SHALIMAR, O EQUILIBRISTA

SALMAN RUSHDIE

Shalimar, o equilibrista

Tradução
José Rubens Siqueira

Copyright © 2005 by Salman Rushdie
Todos os direitos reservados.

Título original
Shalimar the Clown

Capa
Victor Burton

Preparação
Cacilda Guerra

Revisão
Carmen S. da Costa
Renato Potenza Rodrigues

Dados Internacionais de Catalogação na Publicação (CIP)
(Câmara Brasileira do Livro, SP, Brasil)

Rushdie, Salman
    Shalimar, o equilibrista / Salman Rushdie ; tradução José
Rubens Siqueira. — São Paulo : Companhia das Letras, 2005.

    Título original: Shalimar the Clown.
    ISBN 85-359-0674-6

    1. Romance indiano (inglês) I. Título

05-4090   CDD-823

Índice para catálogo sistemático:
1. Romance indiano em inglês 823

[2005]
Todos os direitos desta edição reservados à
EDITORA SCHWARCZ LTDA.
Rua Bandeira Paulista 702 cj. 32
04532-002 — São Paulo — SP
Telefone: (11) 3707-3500
Fax: (11) 3707-3501
www.companhiadasletras.com.br

Em amorosa memória de meus avós caxemirenses
dr. Ataullah e begum Ameer Butt
(Babajan e Ammaji)

Levam-me a remos pelo Paraíso em um rio de Inferno:
fino fantasma, é noite.
O remo é um coração; ele quebra as ondas de porcelana...

... Sou tudo o que você perdeu. Você não vai me perdoar.
A lembrança de mim atrapalhando sempre sua história.
Não há nada a perdoar. Você não vai me perdoar.
Escondi minha dor até de mim mesmo; revelei minha dor apenas a mim mesmo.
Há tudo a perdoar. Você não pode me perdoar.
Se ao menos, de algum jeito, você pudesse ter sido minha,
o que não teria sido possível neste mundo?

> Agha Shahid Ali, em *The Country Without*
> *a Post Office* [O país sem correio], W. W. Norton, 1997

Uma peste nas casas de ambos.
Mercutio, em *Romeu e Julieta,*
> William Shakespeare

Sumário

1. India, 11
2. Boonyi, 51
3. Max, 139
4. Shalimar, o equilibrista, 216
5. Kashmira, 318

1. India

Aos vinte e quatro anos a filha do embaixador dormia mal nas noites quentes e sem surpresas. Acordava com freqüência e mesmo quando o sono vinha seu corpo raramente estava em repouso, debatendo-se, agitado, como se quisesse libertar-se de horríveis algemas invisíveis. Às vezes, era assustador como gritava numa língua que não falava. Homens haviam lhe dito isso, nervosos. Não eram muitos os homens que tiveram permissão de estar presentes enquanto dormia. As provas eram, portanto, limitadas, não havia consenso; porém, um padrão veio à tona. Segundo um relato, ela soava gutural, glótico-explosiva, como se estivesse falando árabe. Árabe-noturno, pensou, a língua de sonho de Sherazade. Outra versão descrevia suas palavras como de ficção científica, como Klingon, como uma garganta pigarreando em uma galáxia muito, muito distante. Como Sigourney Weaver incorporándo um demônio em *Os caça-fantasmas*. Uma noite, com espírito de pesquisa, a filha do embaixador deixou o gravador ligado ao lado da cama, mas quando ouviu a voz na fita, aquela feiúra mortal, que era, de alguma forma, ao mesmo tempo familiar e alheia, ficou muito assustada e apertou o botão de apagar, que não apagou nada importante. A verdade ainda era a verdade.

Esses períodos de fala no sono eram, felizmente, breves e quando terminavam ela caía por algum tempo, suada e ofegante, em um estado de exaustão sem sonhos. Então, abruptamente, acordava de novo, convencida, em seu estado desorientado, de que havia um estranho no quarto. Não havia estranho nenhum. O estranho era uma ausência, um espaço negativo na escuridão. Ela não tinha mãe. Sua mãe havia morrido no parto: a esposa do embaixador lhe contara isso e o embaixador, seu pai, confirmara. Sua mãe era caxemirense, e para ela estava perdida, como o paraíso, como a Caxemira, em um tempo anterior à memória. (Considerar os termos "Caxemira" e "paraíso" como sinônimos era um de seus axiomas, que todos que a conheciam tinham de aceitar.) Ela tremia diante da ausência da mãe, uma forma vazia de sentinela no escuro, e esperava a segunda calamidade, esperava sem saber que estava esperando. Depois que o pai morreu — pai brilhante, cosmopolita, franco-americano, "como a Liberdade", ele dizia, seu amado, saudoso, caprichoso, promíscuo, muitas vezes ausente, irresistível pai — ela começou a dormir profundamente, como se tivesse sido absolvida. Perdoados os seus pecados, ou, talvez, os dele. O peso do pecado fora passado adiante. Ela não acreditava em pecado.

Então, até a morte do pai, ela não fora uma mulher fácil de se dormir junto, embora fosse uma mulher com quem os homens queriam dormir. A pressão do desejo dos homens lhe era cansativa. A pressão de seus próprios desejos era em grande parte não aliviada. Os poucos amantes que tinha tido eram de várias maneiras insatisfatórios e, assim (como para declarar encerrado o assunto), ela logo limitou-se a um sujeito bem mediano e chegou a considerar seriamente a proposta de casamento dele. Então o embaixador foi massacrado na porta de sua casa como uma galinha halal para o jantar, sangrando até morrer por causa de um profundo ferimento no pescoço, feito com um único golpe da lâmina do assassino. Em plena luz do dia! Como a arma deve ter cintilado ao sol dourado da manhã, que era a bênção cotidiana da cidade, ou sua maldição. A filha do homem assassinado era uma mulher que detestava bom tempo, mas a maior parte do ano a cidade oferecia pouco mais. Conseqüentemente, ela era obrigada a suportar os longos meses monótonos de sol sem sombras e calor seco, de estalar a pele. Nas raras manhãs em que despertava com um céu encoberto e um vestígio de umidade no ar, ela se esticava sonolenta na cama, arqueava as costas e ficava, brevemente, até esperançosamente, contente; mas ao meio-dia as nuvens haviam invariavelmente se queimado e lá estava de novo o azul-creche desonesto do céu que fazia o mundo parecer infantil e puro, a ruidosa órbita grosseira brilhando em cima dela como um homem que ri alto demais num restaurante.

Numa cidade assim, não era possível haver áreas cinzentas, ou assim parecia. As coisas eram o que eram e nada mais, sem ambigüidade, carentes das sutilezas do chuvisco, da sombra e do frio. Sob o escrutínio de um tal sol, não havia lugar para se esconder. As pessoas em toda parte estavam em exposição, os corpos brilhando ao sol, parcamente vestidas, fazendo lembrar anúncios. Nada de mistérios aqui ou profundidades; apenas superfícies e revelações. Porém conhecer a cidade era descobrir que essa claridade banal era uma ilusão. A cidade era toda traição, toda engano, uma metrópole cambiante, movediça, que escondia sua natureza, guardada e secreta apesar de toda a aparente nudez. Em um lugar desses, até as forças de destruição não precisavam mais do abrigo da escuridão. Elas queimavam no brilho da manhã, cegando o olho, e esfaqueavam a pessoa com luz dura e fatal.

Seu nome era India. Ela não gostava desse nome. Ninguém se chamava Austrália, chamava?, ou Uganda, ou Ingushetia, ou Peru. Em meados dos anos 60, seu pai, Max Ophuls (Maximilian Ophuls, criado em Estrasburgo, França, numa era mais antiga do mundo), fora o mais querido, e depois o mais escandaloso, embaixador americano na Índia, mas e daí?, as crianças não eram punidas com nomes como Herzegovina, Turquia ou Burundi só porque seus pais tinham visitado essas terras e possivelmente se comportado mal nelas. Ela havia sido concebida no Oriente — uma filha ilegítima nascida em meio a uma fogosa tempestade de ultraje que destruíra o casamento de seu pai e encerrara sua carreira diplomática —, mas se isso fosse desculpa suficiente, se fosse legal carregar o fardo de ter como nome o local de nascimento, então o mundo estaria cheio de homens e mulheres chamados Eufrates, Pisga, Iztaccíhuatl ou Wulumulu. Na América, droga, essa forma de dar nomes não era desconhecida, o que abalava um pouco seu argumento e a incomodava mais que um pouco. Nevada Smith, Indiana Jones, Tennessee Williams, Tennessee Ernie Ford: ela dirigia seus palavrões mentais e um dedo médio levantado a todos eles.

"India" ainda lhe parecia errado, dava a sensação de exotismo, de colonialismo, sugeria a apropriação de uma realidade que não era a dela e, insistia para si própria, não lhe servia de jeito nenhum, não se sentia como India, mesmo que sua cor fosse rica e intensa, o cabelo preto e lustroso. Não queria ser vasta, nem subcontinental, nem excessiva, nem vulgar, nem explosiva, nem apinhada, nem antiga, nem ruidosa, nem mística, nem de forma alguma Terceiro Mundo. Bem ao contrário. Queria se apresentar como disciplinada, bem-cuidada, nuançada, interiorizada, não religiosa, discreta, calma. Falava com sotaque inglês. Não era de comportamento acalorado, mas serena. Era essa a persona que queria, que havia construído com grande determinação. Era a única versão dela mesma que qualquer pessoa na América, além de seu pai e dos amantes que haviam se afastado por medo de suas propensões noturnas, jamais vira. Quanto a sua vida interior, sua violenta história inglesa, a ficha eliminada de comportamento perturbado, os anos de delinqüência, os acontecimentos ocultos de seu breve mas movimentado passado, essas coisas não eram assunto de discussão, não eram (ou não mais) de interesse público. Hoje em dia, tinha as próprias rédeas firmes na mão. A criança-problema dentro dela estava sublimada nos interesses de seu tempo livre, as sessões de boxe semanais no clube de box Jimmy Fish, em Santa Mônica e Vina, onde sabia-se que Tyson e Laila Ali treinavam, e onde a fúria fria de seus golpes fazia os lutadores homens pararem para olhar, os treinos semanais com um sósia de Burt Kwouk estilo Clouseau que era mestre da arte marcial Wing Chun, a solidão desbotada pelo sol das paredes negras da galeria de tiro Saltzman Alvo Móvel no deserto, na Palms, número 29, e, o melhor de tudo, as sessões de arco-e-flecha no centro de Los Angeles, perto do nascedouro da cidade no Elysian Park, onde seus novos dotes de rígido autocontrole, que havia aprendido a fim de sobreviver, de se defender, podiam ser usados para continuar no ataque. Ao estender o arco dourado, tamanho olímpico, sentindo a pressão da corda contra os lábios, tocando às vezes a extremidade da flecha com a ponta da língua, sentia uma excitação dentro de si, permitia-se sentir o calor crescendo por dentro enquanto os segundos a que tinha direito para o disparo corriam para o zero, e por fim deixava voar, liberando o silencioso veneno das flechas, satisfeita com o distante ruído surdo de sua arma ao atingir o alvo. A flecha era sua arma preferida.

Mantinha também sob controle a estranheza de sua visão, a súbita alteridade de visão que ia e vinha. Quando seus olhos pálidos transformavam as coisas que via, sua mente dura as transformava de volta. Não se dava ao trabalho de se deter nessa turbulência, nunca falava da infância e dizia às pessoas que não se lembrava de sonhos.

Em seu aniversário de vinte e quatro anos, o embaixador veio à sua porta. Ela olhou da sacada do quarto andar quando ele tocou lá embaixo e viu que estava esperando no calor do dia, usando aquele absurdo terno de seda como um "coronel" francês. E ainda com um buquê de flores. "Vão pensar que você é meu amante", India gritou para Max, "o namorado que vai me seqüestrar do berço." Ela adorava quando o embaixador ficava embaraçado, o dolorido franzir da testa, o ombro direito subindo para a orelha, a mão levantada como para aparar um golpe. Ela o viu se decompor em um arco-íris de cores pelo prisma de seu amor. Ela o viu retroceder ao passado, parado ali embaixo na calçada, cada momento sucessivo da vida dele passando diante dos olhos dela e perdendo-se para sempre, sobrevivendo apenas no espaço estelar na forma de raios de luz fugidios. Era isso a perda, a morte: uma fuga para as formas de ondas luminosas, para a inefável velocidade de anos-luz e parsecs, as distâncias eternamente recuantes do cosmos. Na fímbria do universo conhecido, uma criatura inimaginável colocaria um dia o olho num telescópio e veria Max Ophuls se aproximando, usando um terno de seda e levando rosas de aniversário, para sempre avançando nas marés das ondas de luz. Momento a momento ele a estava abandonando, transformando-se num embaixador de impensáveis alhures distantes. Fechou os olhos e abriu de novo. Não, ele não estava a bilhões de quilômetros entre as galáxias que giravam. Ele estava ali, correto e presente, na rua onde ela morava.

Ele recuperara a pose. Uma mulher de agasalho de corrida virou a esquina na Oakwood e veio trotando na direção dele, avaliando, fazendo os julgamentos fáceis da época, julgamentos sobre sexo e dinheiro. Ele era um dos arquitetos do mundo do pós-guerra, de suas estruturas internacionais, de suas convenções econômicas e diplomáticas concordes. Seu jogo de tênis era forte ainda hoje, nessa idade avançada. O *forehand* de dentro para fora, sua arma secreta. Aquela silhueta magra de calça branca, com não muito mais que cinco por cento de gordura corporal, podia ainda cobrir a quadra. Fazia as pessoas se lembrarem do velho campeão Jean Borotra: os poucos veteranos que lembravam de Borotra. Olhou com indisfarçável prazer europeu para os seios da corredora americana em seu sutiã esportivo. Quando ela passou, ele ofereceu uma única rosa do enorme buquê de aniversário. Ela pegou a flor e, então, apavorada por seu charme, pela proximidade erótica de seu pronto sorriso de poder, e por si mesma, ansiosamente acelerou o passo e se foi. Amor adolescente.

Das sacadas do prédio de apartamentos, as velhas senhoras da Europa central e oriental também estavam olhando para Max, admiradas, com a lascívia franca da idade desdentada. A chegada dele era o ponto alto do mês. Elas hoje tinham saído em massa. Geralmente se juntavam em pequenos grupos na esquina ou sentavam-se em pares e trios em volta da pequena piscina do pátio, batendo papo, exibindo sem pudor desaconselháveis roupas de banho. Geralmente dormiam muito, e quando não estavam dormindo reclamavam. Haviam enterrado os maridos com quem passaram quarenta ou mesmo cinqüenta anos de vida desconsiderada. Curvadas, fracas, sem expressão, as velhas lamentavam os destinos misteriosos que as haviam feito dar ali, afastadas, do outro lado do mundo, de seus pontos de origem. Falavam línguas estranhas que podiam ser georgiano, croata, uzbeque. Os maridos lhes falharam ao morrer. Eram pilares que desmoronaram, haviam pedido que confiassem neles e trazido as esposas para longe de tudo que lhes era conhecido, para essa terra-lótus sem sombra, cheia de gente obscenamente jovem, essa Califórnia cujo corpo era o templo e cuja ignorância era a felicidade, e depois tinham se mostrado indignos de confiança soçobrando num campo de golfe ou caindo de cara numa tigela de sopa de macarrão, revelando assim a suas viúvas, nesse último estágio de suas vidas, o quanto eram pouco confiáveis a vida no geral e os maridos em particular. À noite, as viúvas cantavam canções da infância no Báltico, nos Bálcãs, nas vastas planícies mongólicas.

Os velhos da vizinhança eram sozinhos também, alguns habitando sacos murchos de corpos sobre os quais a gravidade exercera demasiado poder, outros de cabelos grisalhos curtos que se permitiam circular em camisetas sujas e calças com as braguilhas abertas, enquanto um terceiro contingente, mais vivaz, se vestia bem, exibindo boinas e gravatas-borboleta. Esses garbosos cavalheiros periodicamente tentavam puxar conversa com as viúvas. Suas tentativas, com cintilações amarelas de dentaduras postiças e a melancólica visão de vestígios de cabelos lambidos por baixo das boinas levantadas em cumprimento, eram invariável e desdenhosamente ignoradas. Para esses galãs velhotes, Max Ophuls era uma afronta, e o interesse das senhoras nele, uma humilhação. Eles o matariam se pudessem, se não estivessem tão ocupados protelando a própria morte.

India viu tudo, as velhas exibicionistas, desejosas, piruetando e flertando nas varandas, os velhos rancorosos à espreita. A superantigüidade russa

Olga Simeonovna, um bulboso samovar vestido em jeans, estava cumprimentando o embaixador como se ele fosse um chefe de Estado em visita. Se houvesse um tapete vermelho no prédio, ela o teria desenrolado para ele.

"Ela deixa senhor esperando, mister embaixador, o que se pode fazer, os jovens. Não digo nada contra. Só que uma filha hoje em dia é mais difícil, eu mesma fui uma filha que para mim meu pai era como um deus, deixar ele esperando, impensável. Ai, ai, filhas hoje são difícil de criar e elas acabam deixando a gente sozinha. Eu, sir, já fui mãe um dia, mas agora elas estão mortas para mim, minhas meninas. Os nomes delas eu esqueci, eu cuspo em cima. É assim que é."

Tudo isso dito enquanto ela girava uma batata cheia de raízes na mão. Era conhecida por todo mundo no bairro como Olga Volga e, segundo suas próprias palavras, era a última descendente viva das legendárias bruxas da batata de Astracã, uma perfeita e genuína feiticeira capaz de usar com sutileza a magia da batata para induzir amor, prosperidade ou furúnculos. Naqueles lugares distantes e em tempos remotos, fora objeto da admiração e do medo dos homens; agora, graças ao amor de um marinheiro, já falecido, ela estava à deriva em West Hollywood, usando um macacão de jeans grande demais e na cabeça um lenço escarlate com bolas brancas para cobrir o cabelo branco ralo. No bolso do quadril, uma chave de fenda e uma chave Phillips. Nos velhos tempos, era capaz de amaldiçoar um gato, ajudar uma mulher a conceber ou talhar o leite de alguém. Agora ela trocava lâmpadas, dava uma olhada em fornos com defeito e coletava os aluguéis mensais.

"Quanto a mim, sir", ela insistiu em informar ao embaixador, "eu hoje vive nem neste mundo, nem no de antes, nem na América, nem em Astracã. Eu diria até também nem neste mundo, nem no próximo. Mulher como eu vive em algum lugar entre um e outro. Entre as lembranças e o dia-a-dia. Entre o ontem e o amanhã, no reino da felicidade e da paz perdidas, no lugar da calma extraviada. É nosso destino. Houve tempo que eu achava tudo bem. Isso agora eu não sente mais. Conseqüência é que também não tenho medo da morte."

"Eu também sou natural desse país, madame", interrompeu ele, grave. "Eu também já vivi o bastante para adquirir essa cidadania."

Ela nascera a poucos quilômetros do delta do rio Volga, à vista do mar Cáspio. Depois, na sua narrativa, vinha a história do século XX, moldado pela magia da batata. "Claro que tempos difíceis", dizia ela às velhas em seus balcões, aos velhos junto à piscina, a India onde e quando conseguia caçá-la, agora ao embaixador Max Ophuls no dia do aniversário de vinte e quatro anos da filha dele. "Claro que pobreza; opressão, deslocamento, exércitos, servidão também, a criançada de hoje tem tudo fácil, não sabem nada, dá para perceber que senhor é homem de sofisticação, rodou mundo. Claro que deslocamento, sobrevivência, necessidade de ser esperto feito rato. Estou certa? Claro que em algum lugar um sonho de outra coisa, casamento, filhos, eles não ficam, a vidas deles é deles, eles pegam de você e vão embora. Claro que guerra, marido perdido, nem me fale de tristeza. Claro que deslocamento, fome, decepção, sorte, outro homem, bom homem, homem do mar. Depois viagem por mar, o engano do Ocidente, viagem por terra, segunda viuvez, homem não dura, sem falar do senhor aqui presente, homem não foi feito para durar. Na minha vida, os homens foram como sapatos. Tive dois e os dois ficaram gastos. Depois disso aprendi que podia seguir descalça. Mas não pedi para homens facilitarem coisa nenhuma. Nunca eu pedi isso. Sempre foi o que eu sabia que me trazia o que eu queria. A minha arte da batata, sim. Fosse comida, fosse filhos, fosse documentos para viajar, trabalho. Sempre meus inimigos fracassaram e eu em glória triunfava. A batata é poderosa e tudo por ela se pode conseguir. Só que agora vem o tempo rastejando e nem a batata pode fazer tempo voltar atrás. Nós sabemos como é o mundo, estou certa? Nós sabemos como termina."

Ele mandou o motorista subir com as flores e ficou esperando India em baixo. O novo motorista. Com seu jeito cuidadosamente desapaixonado, India notou que esse era um homem bonito, até belo, quarenta e tantos anos, alto, tão gracioso de movimentos quanto o incomparável Max. Andava como se estivesse na corda bamba. Havia dor em seu rosto e ele não sorria, embora tivesse rugas de riso em torno dos olhos e olhasse para ela com uma intensidade não procurada que parecia um choque elétrico. O embaixador não insistia no uniforme. O motorista usava uma camisa branca aberta e calça de sarja, o antiuniforme da América abençoada pelo sol. Os belos vinham a esta cidade em imensos e patéticos rebanhos, para sofrer, ser humilhados, ver a poderosa moeda corrente de sua beleza desvalorizada como o rublo russo ou o peso argentino; para trabalhar como mensageiros de hotel, garçonetes de bar, coletores de lixo, criadas. A cidade era um penhasco, e eles, os seus lemingues correndo em disparada. Ao pé do penhasco ficava o vale das bonecas quebradas.

O motorista desviou dela o olhar, olhou para o chão. Ele era, disse numa entrecortada resposta à pergunta dela, da Caxemira. O coração dela deu um salto. Um motorista do paraíso. O cabelo dele era um riacho de montanha. Havia narcisos das margens de rios caudalosos e peônias dos altos prados a crescer em seu peito, saindo pelo colarinho aberto da camisa. Em torno deles ecoava roufenho o som do swarnai. Não, era ridículo. Ela não era ridícula, nunca se permitiria mergulhar em fantasias. O mundo era real. O mundo era o que era. Fechou os olhos e abriu de novo e ali estava a prova disso. A normalidade era vitoriosa. O motorista desflorado esperou pacientemente ao lado do elevador, segurando a porta. Ela inclinou a cabeça para agradecer. Notou que as mãos dele estavam trêmulas, os punhos cerrados. As portas fecharam e eles começaram a descer.

O nome pelo qual atendia, o nome que ele disse quando ela perguntou, era Shalimar. Seu inglês não era bom, apenas funcional. Ele provavelmente não entenderia essa expressão: apenas funcional. Tinha olhos azuis, pele de um tom mais claro que a dela, cabelo grisalho com uma lembrança de loiro. Ela não precisava saber sua história. Não hoje. Outro dia perguntaria se eram lentes de contato azuis, se aquela cor de cabelo era natural, se ele estava afirmando um estilo pessoal, ou se era um estilo imposto a ele pelo pai dela, que a vida inteira soubera fazer tais imposições com tamanho charme que as pessoas as aceitavam como se fossem idéias delas próprias, autênticas. Sua mãe falecida também era da Caxemira. Ela sabia isso sobre a mulher de quem sabia pouco mais (mas conjeturava muito). Seu pai americano nunca passara no exame de motorista, mas adorava comprar carros. Daí os motoristas. Eles iam e vinham. Queriam ser famosos, claro. Uma vez, durante uma ou duas semanas, o embaixador tivera dirigindo para ele uma bela jovem, que saiu do emprego para trabalhar nos seriados diurnos. Outros motoristas haviam aparecido brevemente como bailarinos em vídeos de música. Pelo menos dois, uma mulher e um homem, tinham obtido sucesso no campo do cinema pornô, e ela havia deparado com a imagem deles nus, tarde da noite, em quartos de hotel aqui e ali. Ela assistia pornografia em quartos de hotel. Ajudava a dormir quando estava longe de casa. Assistia pornografia também em casa.

Shalimar da Caxemira. Ele era legalizado? Tinha os documentos? Tinha carteira de motorista? Por que havia sido contratado? Tinha um pau grande, um pau que valesse a pena ver em um hotel tarde da noite? O pai dela perguntara o que ela queria de presente de aniversário. Ela olhou para o motorista e por um momento quis ser o tipo de mulher capaz de fazer a ele perguntas pornográficas, ali mesmo no elevador, segundos depois de terem se conhecido; capaz de falar indecências para aquele belo homem, sabendo que ele não entenderia nem uma palavra, que ele daria o sorriso concorde de empregado sem saber com o que estava concordando. Ele tomava no cu? Ela queria ver o sorriso dele. Não sabia o que queria. Queria fazer filmes documentários. O embaixador devia saber, sem precisar perguntar. Devia ter trazido um elefante para ela montar nele e descer o Wilshire Boulevard, ou levá-la para saltar de pára-quedas, ou para Angkor Vat ou para Machu Picchu ou para a Caxemira.

Tinha vinte e quatro anos de idade. Queria habitar fatos, não sonhos. Crentes verdadeiros, esses sonhadores de pesadelo, agarrados ao corpo do aiatolá Khomeini, do mesmo jeito que outros crentes verdadeiros em outro lugar, na Índia cujo nome ela possuía, haviam mordido pedaços do cadáver de são Francisco Xavier. Um pedaço acabara em Macau, outro em Roma. Ela queria sombras, chiaroscuro, nuance. Queria ver abaixo da superfície, o menisco do brilho cegante, atravessar o hímen do brilho, para dentro da sangrenta verdade oculta. O que não estava oculto, o que era aberto, não era verdade. Ela queria a mãe. Queria que o pai lhe contasse sobre a mãe, lhe mostrasse cartas, fotografias, que trouxesse mensagens da morta. Queria que sua história perdida fosse encontrada. Não sabia o que queria. Queria almoçar.

O carro era uma surpresa. Max tendia, de costume, para os grandes veículos ingleses clássicos, mas aquilo era outra coisa inteiramente diferente, um carro veloz de luxo, prata, com portas de asa de morcego, a mesma máquina futurista em que as pessoas estavam fazendo viagens no tempo nos filmes desse ano. Ser conduzido por chofer em um carro esporte era uma afetação indigna de um grande homem, pensou ela, decepcionada.

"Não tem lugar para três pessoas nesse carro-foguete", ela disse, alto. O embaixador colocou as chaves em sua mão. O carro se fechou em volta dos dois, ostentativo, potente, errado. O belo motorista, Shalimar da Caxemira, ficou na calçada, diminuído como um inseto no espelhinho retrovisor dela, os olhos como espadas luminosas. Ele era um peixe-voador, um gafanhoto.

Olga Volga, a bruxa-batata, parada ao lado dele e os corpos dos dois encolhendo na distância pareciam números. Juntos formavam o 10.

Ela havia sentido que o motorista quisera tocá-la no elevador, sentira seu desejo choroso. Isso era intrigante. Não, não era intrigante. O que era intrigante era que a necessidade dele não desse a sensação de ter uma carga sexual. Ela sentiu-se transformada em uma abstração. Como se, querendo encostar a mão nela, ele esperasse atingir alguém mais, através de dimensões desconhecidas, de memórias tristes e acontecimentos perdidos. Como se ela fosse apenas uma representante, um signo. Ela queria ser o tipo de mulher capaz de perguntar a um motorista: quem é que você quer tocar quando quer tocar em mim? Quem, quando você se abstém de me tocar, não está sendo tocada por você? Toque-me, ela queria dizer para aquele sorriso de não compreensão, serei seu condutor, sua bola de cristal. Podemos fazer sexo no elevador e nunca falar disso. Sexo em zonas de trânsito, em lugares como elevadores que estão entre um lugar e outro. Sexo em *carros*. As zonas de trânsito tradicionalmente associadas a sexo. Quando trepar comigo, você vai estar trepando com ela, seja ela quem for ou foi, não quero saber. Não vou nem estar aqui, serei o canal, o médium. E o resto do tempo, esqueça, você é empregado de meu pai. Será uma coisa assim, tipo *Último tango*, obviamente sem a manteiga. Ela não dissera nada para o homem dolorido de desejo, que não teria mesmo entendido, a menos, claro, que entendesse, ela realmente nada sabia do nível das habilidades lingüísticas dele, por que estava fazendo essas suposições, por que estava inventando essa história, soando ridícula? Saíra do elevador, soltara o cabelo e fora para a rua.

Era o último dia que ela e o pai passariam juntos. Na próxima vez que o visse, seria diferente. Essa era a última vez.

"É para você", ele disse, "o carro, não pode ser tão puritana a ponto de não querer." O espaço-tempo era como manteiga, ela pensou, dirigindo velozmente, e este carro, a faca quente que o cortava. Não queria o carro. Queria sentir mais do que sentia. Queria alguém que a sacudisse, que gritasse na sua cara, que batesse nela. Já estava amortecida, como se Tróia tivesse caído. As coisas, porém, estavam bem. Tinha vinte e quatro anos. Havia um homem que queria casar com ela e outros homens que não, que queriam menos. Encontrara o primeiro assunto para um filme documentário e havia o dinheiro, suficiente para começar o trabalho. E o pai estava bem ali a seu lado no banco do passageiro enquanto o DeLorean voava pelo canyon. Era o primeiro dia de alguma coisa. Era o último dia de alguma outra coisa.

Esfomeados, comeram numa pousada no alto do canyon, observados por fileiras de cabeças com galhadas. Pai e filha, iguais em seus apetites, em suas elevadas taxas de metabolismo, em sua paixão por carne, em seus corpos esguios de alto tônus. Ela escolheu carne de gamo para desafiar as cabeças vigilantes dos cervos mortos.

"Oh, fera, vou comer sua bunda."

Ela proferiu essa invocação em voz alta, para fazê-lo sorrir. Ele escolheu gamo também, mas num ato de respeito, disse ele, para dar sentido aos corpos deles, ausentes. "Esta carne que ora comemos não é a verdadeira carne deles, mas a carne de outros como eles, através de quem suas formas perdidas podem ser conjuradas e honradas." Mais substituições, ela pensou. Meu corpo no elevador e agora esta carne em meu prato.

"Fiquei meio pirada com o seu motorista", disse ela. "Ele olha para mim como se eu fosse outra pessoa. Tem certeza de quem ele é? Conferiu direitinho? Que nome, esse, Shalimar. Parece nome de algum clube em La Brea, com dançarinas exóticas. Ou nome de resort cafona, ou de trapezista de circo. Ah, por favor", ela levantou uma mão impaciente antes que ele condescendentemente tentasse lhe dizer o óbvio, "me poupe da sua explicação horticultural." Ela visualizou o outro Shalimar, o grande jardim mughal na Caxemira,* descendo em verdes terraços líquidos para um lago brilhante que ela nunca havia visto. O nome significava "morada da alegria". Ela projetou o queixo para a frente. "Para mim, parece nome de barra de chocolate. A propósito, por falar em nomes, gostaria de finalmente lhe dizer que o meu é um fardo bem pesado. Esse país estrangeiro que você me fez carregar nos ombros. Queria ter algum outro nome e ter o mesmo cheiro perfumado. Talvez use o seu", ela decidiu antes de ele poder responder. "Max, Maxine, Maxie. Perfeito. Me chame de Maxie de agora em diante."

Ele sacudiu a cabeça descartando o assunto e comeu sua carne, sem entender que aquele era o jeito de ela lhe implorar que parasse de lamentar o

---

* Um dos jardins de grande beleza construídos pelo Império Mughal (ou Mogol), dinastia de origem muçulmana que governou a Índia de 1526 a 1858, ao qual a Caxemira foi anexada em 1586. (N. E.)

filho homem que nunca tivera, que abandonasse aquela tristeza antiquada que levava com ele onde quer que fosse e que a feria e ofendia ao mesmo tempo, pois como ele podia permitir que seus ombros pendessem debaixo do peso do filho não nascido sentado lá em cima rindo de seu fracasso, como podia se permitir ser atormentado por aquele malicioso íncubo quando ela estava parada bem ali na frente dele, cheia de amor? E ela não era a própria imagem dele, não era uma criatura mais fina e mais valorosa que qualquer menino não existente? Sua cor e os olhos verdes podiam ser da mãe, os seios certamente eram, mas quase todo o resto, ela disse a si mesma, era legado do embaixador. Quando ela falava, não escutava a sua outra herança, as outras cadências, desconhecidas, e ouvia apenas a voz do pai, subindo e descendo, seus maneirismos, seu tom. Quando olhava no espelho ela cegava-se para a sombra do desconhecido e via apenas o rosto de Max, seu tipo físico, sua lânguida elegância de maneiras e de forma. Uma parede inteira de seu quarto era de portas de armários corrediças espelhadas, e quando deitava na cama e admirava o próprio corpo nu, virando e revirando, descobrindo poses para seu próprio prazer, ela freqüentemente se excitava, realmente ficava com tesão diante da idéia de que era esse o corpo que seu pai teria se fosse uma mulher. Essa linha do maxilar firme, o pescoço como uma haste. Era uma jovem alta e sua altura era presente dele também, dado nas proporções dele; o tronco relativamente curto, as pernas compridas. A escoliose, a ligeira curvatura que fazia a cabeça pender para a frente, dando-lhe um ar de gavião, predatório; isso também vinha dele.

Depois que ele morreu, ela continuou vendo-o no espelho. Ela era o fantasma de seu pai.

Não mencionou a questão do nome de novo. O embaixador, com sua atitude, a fez entender que estava lhe fazendo um favor, perdoando-a ao esquecer um comportamento embaraçoso, do jeito que se perdoa um bebê que urina ou um adolescente que se arrasta para casa bêbado e vomitando depois de ter passado num exame. Esse perdão era irritante; mas ela, por sua vez, deixou passar, fazendo de sua atitude um espelho da dele. Não mencionou nada que importasse ou machucasse, nem os anos de infância na Inglaterra, durante os quais, graças a ele, ela não havia conhecido a própria história, nem a mulher que não era sua mãe, a mulher de boca fechada que a havia criado depois do escândalo, nem a mulher que era sua mãe, e de quem era proibido falar.

Terminaram o almoço e saíram para um passeio nas montanhas, caminhando como deuses pelo céu. Não era preciso falar nada. O mundo estava falando. Ela era a filha da velhice dele. Ele tinha quase oitenta anos, dez anos mais moço que o século perverso. Ela o admirava pelo jeito de andar, sem o menor sinal de fragilidade no passo. Podia ser um filho-da-puta, tinha efetivamente sido um filho-da-puta quase sempre, mas possuía, era possuído, pela vontade de transcendência, pelo poder interior que permitia aos montanhistas escalar picos de oito mil metros sem oxigênio, ou aos monges entrar em suspensão das funções vitais por um número implausível de meses. Ele andava como um homem em seu auge; de uns cinqüenta anos, digamos. Se a vespa da morte estava zumbindo por perto agora, essa demonstração de poder de deter o relógio físico certamente haveria de atrair sua picada. Tinha cinqüenta e sete anos quando ela nasceu. Andava agora como se fosse mais jovem do que naquela época. Ela o adorava por essa força de vontade, sentia-a como uma espada dentro dela, embainhada em seu corpo, esperando. Era um filho-da-puta desde que ela se entendia por gente. Não nascera para ser pai. Era o alto sacerdote do ramo dourado. Habitava o seu bosque encantado e era adorado, até ser assassinado por seu sucessor. Para ser sacerdote, porém, ele também tivera de assassinar o predecessor. Talvez ela fosse filha-da-puta também. Talvez ela também fosse capaz de matar.

As histórias da hora de dormir, contadas naquelas imprevisíveis ocasiões em que ele estivera ao lado da cama de infância dela, não eram exatamente histórias. Eram homilias como as que Sun Tzu, o filósofo da guerra, podia ter contado a seu filho. "O palácio do poder é um labirinto de salas interligadas", Max dissera uma vez à filha sonolenta. Ela imaginou aquilo de fato, caminhou para aquilo, meio sonhando, meio acordada. "Não tem janelas", Max disse, "nem porta visível. Sua primeira tarefa é encontrar um jeito de entrar. Quando resolver esse enigma, quando chegar como suplicante à primeira ante-sala do poder, vai encontrar nela um homem com cabeça de chacal, que vai tentar expulsar você. Se ficar, ele vai tentar devorar você. Se com algum truque conseguir passar por ele, você vai entrar numa segunda sala, guardada dessa vez por um homem com cabeça de cão raivoso, e na sala seguinte vai encontrar um homem com cabeça de urso faminto, e assim por diante. Na penúltima sala, existe um homem com cabeça de raposa. Esse homem vai tentar afastar você da última sala, na qual está sentado o homem de verdadeiro poder. Ou melhor, ele vai tentar convencer você que já está nessa sala e que ele próprio é esse homem."

"Se conseguir perceber os truques do homem-raposa e puder passar por ele, vai se encontrar na sala do poder. A sala do poder não tem nada de especial e nela o homem de poder está na sua frente, do outro lado de uma mesa vazia. Ele parece pequeno, insignificante, medroso; porque, agora que você penetrou nas defesas dele, ele tem de lhe conceder o que o seu coração deseja. Essa é a regra. Mas no caminho da saída o homem-raposa, o homem-urso, o homem-cachorro e o homem-chacal não estão mais lá. No lugar deles, as salas estão cheias de monstros voadores, semi-humanos, homens alados com cabeça de pássaro, homens-águia e homens-abutre, homens-ganso e homens-falcão. Eles mergulham na sua direção e arrebatam seu tesouro. Cada um arranca com as garras um pedacinho dele. Quanto será que você vai conseguir levar para fora da casa do poder? Você vence todos, defende o tesouro com seu corpo. Eles atacam suas costas com garras branco-azuladas brilhantes. E quando você vence todos e está de novo do lado de fora, os olhos apertados e doloridos por causa da luz brilhante, agarrada ao pobre restinho esfarrapado, vai ter de convencer a multidão descrente — aquela multidão impotente, invejosa! — de que você voltou com tudo o que queria. Senão, será marcada como um fracasso para sempre.

"Essa é a natureza do poder", disse ele enquanto ela deslizava para o sono, "e são essas as perguntas que ele faz. O homem que escolhe entrar em seus salões tem sorte de escapar com vida. A propósito, a resposta para a pergunta do poder", ele acrescentou, pensando melhor, "é a seguinte: não entre no labirinto como suplicante. Entre com carne e com uma espada. Dê para o primeiro guardião a carne que ele deseja, pois está sempre com fome, e corte a cabeça dele enquanto come: pof! Depois, ofereça a cabeça decepada para o guardião da sala seguinte, e quando ele começar a devorar a cabeça, corte a dele também. Baf! *Et ainsi de suite.* Quando o homem de poder concordar em atender seus pedidos, porém, você não deve cortar a cabeça dele. Tome todo o cuidado para não cortar! A decapitação de governantes é uma medida extrema, quase nunca exigida, nunca recomendada. Estabelece um mau precedente. Em vez disso, tenha o cuidado de pedir não só o que você foi pedir, mas também um saco de carne. Com o suprimento de carne fresca, vai poder atrair os homens-pássaro para o seu fim. Fora com suas cabeças! Snick-snack! Corte, corte, até estar livre. A liberdade não é uma festa, India. A liberdade é uma guerra."

Os sonhos vieram a ela ainda como lhe vinham a seu eu-criança: visões de batalha e vitória. No sono, ela rolava e virava, lutava uma guerra que ele havia cravado dentro dela. Essa era a herança de que tinha certeza, seu futuro de guerreira, seu corpo como o corpo dele, sua mente como a mente dele, seu espírito Excalibur, como o dele, uma espada arrancada da pedra. Ele era bem capaz de não lhe deixar nada quanto a dinheiro ou bens, bem capaz de argumentar que deserdá-la seria a última coisa de valor que lhe daria, a última coisa que tinha de lhe ensinar, e ela, de aprender. Ela se afastou das idéias de morte e olhou além das montanhas azuis, o céu de fim de tarde alaranjado a dissolver-se preguiçoso no mar morno, modorrento. Uma brisa fresca agitou-lhe os cabelos. Em 1769, em algum lugar por ali, o franciscano frei Juan Crespi encontrara uma fonte de água doce que batizou de santa Mônica, porque lhe lembrava as lágrimas derramadas pela mãe de santo Agostinho quando seu filho renunciou à Igreja cristã. Agostinho tinha voltado à Igreja, claro, mas na Califórnia as lágrimas de santa Mônica continuavam jorrando. India desprezava a religião, sendo seu desprezo uma das muitas provas de que não era uma India. Religião era loucura e, no entanto, suas histórias a comoviam e isso era perturbador. Será que sua mãe, sabendo de sua negação de deus, teria chorado por ela, como uma santa?

Em Madagascar, periodicamente arrancavam os mortos de seus túmulos e dançavam com eles a noite toda. Havia povos na Austrália e no Japão para quem os mortos eram dignos de adoração, para quem os ancestrais eram seres sagrados. Por toda parte onde se ia, uns poucos mortos eram estudados e lembrados, e esses eram os melhores mortos, os menos mortos, vivendo na memória do mundo. Os mortos menos celebrados, menos privilegiados, se contentavam em ser mantidos vivos dentro de uns poucos seios amorosos (ou mesmo odiosos), até de um único coração humano, dentro de cujas fronteiras eles podiam rir, conversar, fazer amor, se comportar bem e mal, ver filmes de Hitchcock, passar férias na Espanha, usar vestidos embaraçosos, gostar de jardinagem, ter opiniões controvertidas, cometer crimes imperdoáveis e dizer a seus filhos que os amavam mais que a vida. A morte da mãe de India, porém, era do tipo pior e mais mortal. O embaixador havia enterrado sua memória numa tumba debaixo de uma pirâmide de silêncio. India queria perguntar a ele sobre ela, queria isso desesperadamente cada vez que se encontravam e em todos os momentos que passavam juntos. O desejo era como uma lança em seu ventre. Mas não conseguiu fazê-lo nunca. A mortal morta em que sua mãe se transformara estava perdida no silêncio do embaixador, havia sido apagada por esse silêncio. Era uma morte de pedra, morte emparedada na câmara mortuária egípcia do silêncio dele junto com os artefatos e fraquezas dela e tudo o que pudesse permitir a ela alguma medida de imortalidade. India poderia ter odiado o pai por essa recusa. Mas então não teria ninguém para amar.

Estavam olhando o sol se pôr no Pacífico no ar lindamente sujo e o embaixador resmungava versos baixinho. Havia sido americano a maior parte da vida, mas era na poesia francesa que ainda ia se alimentar.

"Homme libre, toujours tu chériras la mer!/ La mer est ton miroir..." Depois de salvar a vida dela, ele tinha orientado suas leituras; agora ela sabia o que ele queria que ela soubesse. Ela sabia isso. Oh, homem livre, tu sempre amarás o mar!/ O mar é teu espelho; nele contemplas tua alma/ em suas vagas eternamente a rolar. Então ele estava pensando sobre a morte também. Ela respondeu Baudelaire com Baudelaire. *"Le ciel est triste et beau comme un grand reposoir; Le soleil s'est noyé dans son sang qui se fige."* E de novo: *"Le soleil s'est noyé dans son sang qui se fige... Ton souvenir en moi luit comme un ostensoir!"* O céu é triste e belo como um grande, um grande o quê?, algum tipo de altar. O sol se afogou em seu próprio sangue que coagula. O sol se afogou em seu próprio sangue que coagula. Tua lembrança reluz em mim como, droga, um *ostensoir*. Ah, certo: um ostensório. Mais uma vez a imagética religiosa. Era preciso construir urgentemente novas imagens. Imagens de um mundo sem deus. Até a linguagem da não-religião alcançar a matéria do sagrado, até haver suficiente poesia e iconografia sem deus, esses ecos santificados nunca se apagariam, conservariam seu poder emblemático, até mesmo sobre ela.

Ela disse de novo, em inglês: "Tua lembrança brilha em mim".

"Vamos para casa", ele murmurou, beijando seu pescoço. "Está esfriando. Não vamos exagerar. Eu agora sou um velho."

Era a primeira vez que ela o ouvia admitir sua fragilidade, a primeira vez, em sua experiência, que ele havia admitido o poder do tempo. E por que a tinha beijado então, espontaneamente, quando não havia necessidade? Isso também era uma indicação de fraqueza, um erro de cálculo, como o carro vulgar que lhe dera de presente. Um sinal de estar perdendo o controle. Não tinham mais o hábito de demonstrar afeto um pelo outro, a não ser superficialmente. Com essa abstinência samurai, davam um ao outro provas de seu amor.

"Meu tempo está sendo arrebatado", disse o embaixador. "Nada vai restar." Ele previu o fim acelerado da Guerra Fria, a queda do castelo de cartas da União Soviética. Sabia que o Muro ia cair e que não havia como deter a reunificação da Alemanha, e que isso aconteceria mais ou menos do dia para a noite. Previu a invasão da Europa ocidental por eufóricos alemães orientais com seus carros Trabant, ávidos por empregos. O fim mussoliniano de Ceausescu e as presidências elegíacas dos escritores, de Vaclav Havel e Arpad Göncz, isso também ele previu. Fechou a mente, porém, para outras possibilidades menos palatáveis. Tentou acreditar que as estruturas globais que ajudara a construir, as trilhas de influência, dinheiro e poder, as associações multinacionais, as organizações de tratados, os quadros de cooperação e lei cujo propósito fora lidar com uma guerra quente que se tornara fria, ainda podiam funcionar no futuro que havia adiante do que ele conseguia prever. Ela via nele uma desesperada necessidade de acreditar que o fim da era dele seria alegre, e que o novo mundo que viria depois seria melhor que aquele que morreria com ele. A Europa, livre da ameaça soviética, e a América, livre da necessidade de continuar permanentemente nas frentes de batalha, construiriam esse novo mundo em amizade, um mundo sem muros, uma terra nova sem fronteiras, de infinitas possibilidades. O relógio do juízo final não estaria mais marcado para sete segundos antes da meia-noite. As economias emergentes da Índia, do Brasil e de uma China recém-aberta seriam as novas estações de força do mundo, os contrapesos da hegemonia americana que ele, como internacionalista, sempre reprovara. Quando o viu render-se à falácia utópica, ao mito da perfectibilidade do homem, India entendeu que ele não devia ter muito mais para viver. Ele parecia um equilibrista na corda bamba, tentando manter o equilíbrio mesmo não havendo mais nenhuma corda sob seus pés.

O peso do inexorável caiu em cima dela, como se a força gravitacional da terra houvesse de repente aumentado. Quando mais nova, os dois haviam se tocado com freqüência. Ele podia colocar os lábios em qualquer parte de seu corpo, na mão, na face, nas costas, e ali encontrar um pássaro e fazê-lo falar. Sublime, celebratório, um canto de pássaro brotava de sua pele sob a mágica pressão da boca dele. Até a idade de oito anos ela o escalava como um Everest. Aprendera a história do Himalaia nos joelhos dele, a história dos protocontinentes gigantes, do momento em que a Índia tinha se separado de Gondwana e se deslocado pelos proto-oceanos na direção da Laurásia. Ela fechou os olhos e viu a imensa colisão, as poderosas montanhas subindo para o céu. Ele lhe deu uma lição sobre tempo, sobre a lentidão da Terra: *a colisão ainda está acontecendo*. Então, se ele era um Himalaia, se ele também havia surgido da pressão de grandes forças, de um choque de mundos, então também ele estava se imobilizando. A colisão dentro dele também ainda estava ocorrendo. Ele era o pai-montanha dela e ela a montanhista dele. Ele segurava suas mãos e ela subia até estar montada nos ombros dele, as virilhas no pescoço dele. Ele beijava sua barriga e ela dava uma cambalhota para trás, de seus ombros para o chão.

Um dia ele disse: não mais. Ela teve vontade de chorar, mas controlou-se. A infância acabara? Muito bem, então, acabara. Ela deixaria de lado as coisas infantis.

Na volta para casa a rodovia estava vazia, chocantemente vazia, como se o mundo estivesse acabando, e, enquanto flutuavam naquele vazio de asfalto, o embaixador mais uma vez começou a tagarelar, as palavras saindo dele como tráfego, tentando compensar a ausência de carros. A tagarelice vinha fácil para Max Ophuls, mas era apenas uma de suas muitas técnicas de acobertamento, e ele nunca tinha mais a ocultar do que quando parecia mais aberto. Durante a maior parte de sua vida fora um entocado, um homem de segredos, cujo trabalho era desvendar os mistérios dos outros enquanto protegia os seus próprios, e quando, por escolha ou necessidade, ele falava, o uso do paradoxo era, havia muito, o seu disfarce predileto. Rodavam tão depressa pela auto-estrada livre que parecia que estavam parados, com o mar à direita e a cidade começando a se iluminar à esquerda, e foi sobre a cidade que Max resolveu falar, porque sabia que já havia falado demais de si mesmo, mostrado demais, como um amador. Passou a elogiar a cidade, a enaltecer as qualidades comumente tidas como seus maiores defeitos. O fato de a cidade não ter centro era algo que ele declarou admirar imensamente. A idéia do centro era, a seu ver, superada, oligárquica, um anacronismo arrogante. Acreditar numa coisa dessas era deslocar a maior parte da vida para a periferia, marginalizar e, com isso, desvalorizar. A promíscua expansão descentralizada dessa gigantesca bolha invertebrada, dessa água-viva de concreto e luz, a transformava na verdadeira cidade democrática do futuro. Enquanto India navegava pelas rodovias vazias, seu pai louvava a bizarra anatomia da cidade, alimentada, nutrida por muitas dessas artérias coaguladas e fluidas, mas que não precisava de coração para impulsionar o poderoso fluxo. Ser ela um deserto disfarçado o fazia celebrar o gênio dos seres humanos, sua capacidade de povoar uma terra com sua imaginação, de trazer água para o deserto e movimento para o vazio; e a vingança do deserto no rosto de seus conquistadores, ressecando-os, gravando linhas e rugas, provia esses triunfantes mortais com a salutar lição de que nenhuma vitória era absoluta, de que a luta entre os filhos da terra e a terra não poderia nunca ser decidida em favor de nenhum dos combatentes, mas sim oscilar para lá e para cá por toda a eternidade. Ser ela uma cidade escondida, uma cidade de estranhos, era o que mais o atraía. Na Cidade Proibida dos imperadores chineses, só a realeza tinha o privilégio de permanecer oculta. Nesse burgo brilhante, porém, o segredo estava à total disposição de todos os que chegavam. A moderna obsessão com a intimidade, com a revelação do eu para o outro, não era do gosto de Max. Uma cidade aberta era uma puta nua, deitando convidativamente e fazendo tudo quanto é truque; enquanto esse lugar velado e difícil, essa capital erótica do obscuro estratagema, sabia precisamente como excitar e aumentar nossos desejos metropolitanos.

Ela estava acostumada com esses solilóquios, com essas fugas sobre este ou aquele tema; acostumada também com sua perversidade meio jocosa. Mas agora sua louvação parecia atravessar uma fronteira e levá-lo para longe dela, numa sombra. Quando ele disse admirar as poderosas gangues da cidade pela emocionante potência casual de sua violência e os artistas pichadores por seus passageiros grafites codificados; quando elogiou os terremotos por sua majestade e os deslizamentos de terra por sua censura à vaidade humana; quando sem ironia aparente celebrou a junk food da América e tornou-se lírico ao mencionar a nova banalidade do refrigerante diet; quando louvou os pequenos shoppings por seus neons e as cadeias de lojas por sua ubiquidade; quando deixou de criticar os produtos à venda nos mercados de fazendeiros, as maçãs visualmente adoráveis que tinham gosto de chumaços de algodão, as bananas feitas de polpa de papel, as flores sem cheiro, chamando isso tudo de símbolos do inevitável triunfo da ilusão sobre a realidade, que era a máxima verdade óbvia da história da raça humana; quando ele, que fora um modelo de probidade em sua vida pública (ainda que não na sexual), admitiu ter um sentimento secreto de admiração por um funcionário corrupto da cidade pela vistosa ousadia de sua corrupção e, contradizendo-se, cinicamente louvou um segundo funcionário corrupto local por seus dez anos de sorrateira sutileza no crime, então India começou a perceber que, nas profundidades de sua velhice, cujos efeitos ele tão heroicamente escondera até mesmo dela, ele havia perdido a garra da alegria e que essa falha o corroera por dentro, erodindo sua capacidade de discriminar e fazer julgamentos morais, e se as coisas continuassem a se deteriorar dessa maneira, ele acabaria por se tornar incapaz de tomar decisões de qualquer espécie, menus de restaurante passariam a ser mistérios para ele e mesmo a escolha de sair da cama de manhã ou passar o dia inteiro entre lençóis se tornaria impossível. E quando a escolha final fosse bloqueada, a escolha entre respirar ou não respirar, ele certamente morreria.

"Eu sempre quis muito ouvir suas opiniões", ela disse, para fazê-lo calar. "Mas agora que elas vêm misturadas com toda essa merda, não tenho mais muita certeza se quero ou não."

Voltaram para o prédio dela e o motorista estava esperando, olhos ainda acesos, parado exatamente onde o tinha visto antes, como se não tivesse se mexido dali o dia inteiro. Flores cresciam a seus pés do concreto da calçada e suas mãos e roupa estavam vermelhos de sangue. O quê? O que era aquilo? Ela piscou, apertou os olhos e evidentemente não era nada disso, ele não tinha flores nem mancha nenhuma, esperava pacientemente como um bom empregado faria. Além disso, estivera ocupado durante a ausência deles. Voltara à Woodrow Wilson Drive e trouxera o Bentley do embaixador. Olhe: ali está, maior que a vida. Por que ela não vira logo? Por que lhe ocorriam esses momentos, de onde vinha essa maldição alucinatória? Teria feito alguma coisa que desagradara a Olga Simeonovna e estaria sob efeito de algum feitiço batatal nascido no delta do rio Volga havia séculos, quando os gnomos andavam pela Terra? Mas ela também não acreditava na magia da batata. Estava cansada demais, pensou. As coisas iam se assentar assim que tivesse uma boa noite ininterrupta de sono. Prometeu a si mesma tomar um comprimido na hora de dormir. Prometeu a si mesma uma vida limpa, desimpedida. Prometeu a si mesma calma, um fim para a turbulência. Prometeu a si mesma contentar-se com as monótonas certezas do dia-a-dia.

"Onde você encontrou, afinal, esse seu jardineiro mughal?", perguntou ao pai, que parecia não estar ouvindo. "Shalimar", ela insistiu. "O motorista de nome cafona. Ruim de inglês. Ele passou no exame escrito?"

O embaixador fez um gesto displicente com a mão. "Pare de se preocupar com isso", disse, o que a deixou preocupada. "Feliz aniversário", acrescentou, dispensando-a. *"Un bisou."*

Depois do assassinato, India veria Gorbatchev pela televisão, descendo de um avião em Moscou após ter sobrevivido a uma tentativa de golpe comunista contra ele. Parecia abalado, impreciso, de contornos borrados, como uma aquarela manchada pela chuva. Alguém perguntou se ele pretendia extinguir o Partido Comunista e, no choque dele diante da pergunta, em sua confusão, em sua indecisão, ela percebeu a fraqueza. O Partido havia sido o berço de Gorbatchev, a sua vida. E lhe perguntavam se ia extingui-lo? Não, todo o seu corpo disse, tremendo, indistinto, como poderia?, não vou; nesse momento, ele se tornou irrelevante, a História passou por cima dele, ele se transformou em um caronista falido à beira da rodovia que construíra em seus dias de glória, olhando os carros velozes, os Yeltsins, passarem rugindo por ele, rumo ao futuro. Para o homem de poder também, a casa do poder pode ser um local traiçoeiro. No fim, ele também tem de lutar para encontrar a saída, passar pelos homens-pássaro que atacam. Ele sai de mãos vazias e a multidão, a cruel multidão, ri. Gorbatchev parecia Moisés, ela pensou, o profeta que não conseguiu entrar na Terra Prometida. E foi então que ela começou a ficar parecida com seu pai olhando o pôr-do-sol.

Num outro dia, um dos dias fora do tempo depois do assassinato de Max, ela teve outra visão dele. Na África do Sul, um homem saiu da prisão depois de uma vida inteira seqüestrado do olhar público. Ninguém sabia que aspecto esse lázaro teria. A única fotografia que os jornais estampavam dele datava de décadas. O homem nessa foto parecia pesado, um touro enfurecido, um clone de Mike Tyson. Um revolucionário de olhos incendiados. Mas esse homem era alto, magro e caminhava com leve graça. Quando ela viu a silhueta, comprida e magricela como um alienígena de Spielberg, saindo para a liberdade com os refletores por trás dela, entendeu que estava vendo seu pai levantar-se de entre os mortos. A emoção deu um pulo dentro dela; mas ressurreições não acontecem, não mesmo, e não era seu pai. Quando o brilho das luzes deixou de inundar as lentes da câmera, India compreendeu que estava olhando para uma alegoria do futuro, o futuro que seu pai não tinha querido imaginar. Mandela, metamorfoseado de ativista em pacificador, com a pérfida Winnie a seu lado. Moralidade e imoralidade, o beato e a corrupta, caminharam para as câmeras, de mãos dadas e apaixonados.

Na capital do bilhão de dólares das indústrias de cinema, televisão e música gravada, Max Ophuls nunca ia ao cinema, detestava dramas e comédias na televisão, não tinha aparelho de som e alegremente profetizava o fim próximo dessas perversões temporárias que, previa ele, logo seriam abandonadas por seus devotos em favor do apelo infinitamente superior do imediatismo, da espontaneidade e da continuidade da apresentação ao vivo, do poder emocionante da presença física do intérprete. Apesar dessa posição melancolicamente purista, o embaixador com freqüência descia de sua torre de marfim pela estrada de montanha batizada em honra do presidente que morrera sonhando com uma liga de nações unidas e, como o assírio do poema que descia como um lobo sobre o rebanho de carneiros, ocupava, na calada da noite, a suíte de cobertura de um dos melhores hotéis da cidade. Era de conhecimento geral que muitas damas com grandes carreiras nas formas de entretenimento por ele desprezadas haviam sido ali recebidas. Quando lhe perguntavam por que se recusava a ver seus filmes, ele respondia devotadamente que estava experimentando o poder emocionante de suas performances ao vivo e que nada que fizessem na tela poderia igualar o que estavam fazendo com tanta intimidade, espontaneidade, continuidade e presença, bem ali, naquele hotel famoso.

Um dia antes da sua morte, o primeiro mau presságio se manifestou na forma de um *contretemps* com uma estrela do cinema indiano. No início, Max nem fazia idéia de que ela fosse atriz de cinema, aquela moça com pele cor de terra crestada, o corpo bem escondido e as maneiras reservadas de um discípulo seguindo os passos de um grande rishi. Ela começara a segui-lo pelo saguão do grande hotel dia após dia, até que ele quis saber o que pretendia e ouviu, na voz baixa de uma fã devotada, uma fã de coração, que ela havia sido atraída para o campo gravitacional dele exatamente como o planeta Vênus havia sido sugado para a sua órbita em torno do Sol e que nada pedia além da permissão para circular em torno dele a uma distância respeitável durante, talvez, o resto de sua vida. O nome dela, Zainab Azam, não significava nada para Max, mas com aquela idade ele não ia nem querer olhar os dentes de tão belo cavalo dado. Em sua suíte, depois da primeira vez que fizeram amor, ela de repente falou com conhecimento detalhado e ilimitada admiração do seu longo passado como embaixador na Índia, quando ele havia cunhado a expressão *A Índia é o caos com sentido*, que agora constava de todos os livros de citações e que era usada quase semanalmente por uma ou outra figura pública indiana, sempre com orgulho. A moça lhe disse que ele fora o Rudyard Kipling dos embaixadores, o único de todos os enviados de todas as embaixadas em todos os anos a realmente ter compreendido a Índia, e ela era sua recompensa por essa compreensão. Ela nada pediu, recusou os presentes dele, desaparecia numa inacessível dimensão própria a maior parte do tempo de todos os dias, mas sempre voltava, reservada e retraída como de hábito, até tirar a roupa, depois do que virava uma fogueira e ele o seu lento, mas empenhado, combustível. O que está fazendo com um velho réprobo como eu, ele perguntou, chocado pela beleza dela até o limite da autodesvalorização. A resposta foi tão evidentemente mentirosa que foi muito bom a vaidade dele se reafirmar agilmente e sussurrar em seu ouvido que devia aceitar aquilo humildemente como a verdade sem verniz.

"Estou adorando você", ela respondeu.

Ela o fazia lembrar uma mulher que estava morta para ele havia vinte anos. Ela o fazia lembrar da filha. Devia ser apenas dois ou três anos mais velha que India, quatro ou cinco anos mais velha que a mãe de India quando a vira pela última vez. Em um momento de ócio, Max Ophuls se viu imaginando que as duas jovens, sua filha e sua parceira sexual, podiam se encontrar e ficar amigas, mas essa possibilidade ele descartou com um rápido arrepio de repulsa. Zainab Azam era a última amante de sua longa vida e trepava com ele como se estivesse tentando apagar todas as muitas mulheres que tinham vindo antes. Não contava nada de si mesma e não parecia se importar com o fato de que ele nunca perguntasse. Esse estado de coisas, que o embaixador considerava próximo do ideal, persistiu esplendidamente até a noite da véspera do último dia, quando Max fez o seu breve e imprudente retorno à vida pública.

A questão que ninguém conseguia responder nos dias após o assassinato era por que, depois de tantos anos da opção pela autonegação que o afastara dos efeitos banalizadores e esvaziantes do olhar público, Max Ophuls resolvera ir à televisão para denunciar a destruição do paraíso na linguagem floreada de uma idade declinante. Impulsivamente, ele havia telefonado a um conhecido, o mais famoso apresentador da costa Oeste, que tinha um talk show de fim de noite, para perguntar se podia aparecer no programa o mais cedo possível. A grande celebridade da mídia ficou ao mesmo tempo atônita e deliciada em atender ao pedido. Havia muito o apresentador queria Max em seu show por seu lendário dom de *raconteur*. Uma vez, na casa de Marlon Brando, a famosa personalidade televisiva ficara fascinada com o gênio anedótico de Max Ophuls — com suas histórias sobre Orson Welles entrando e saindo de restaurantes pela cozinha, para ter certeza de que, enquanto surpreendia seus companheiros de jantar pedindo nada mais que uma salada verde simples, o pessoal da cozinha estava enchendo a limusine à espera com caixas de profiteroles e bolo de chocolate; da ceia de Natal que Chaplin oferecera aos hispânicos de Hollywood, na qual Luis Buñuel, com toda solenidade, no espírito do surrealismo, desmontara completamente a árvore de Natal; de uma visita a Thomas Mann, exilado em Santa Mônica com o ar de um homem que guardava as jóias da coroa de si mesmo; de uma noite de bebedeira com William Faulkner; da desesperadora transformação de Fitzgerald no roteirista de aluguel Pat Hobby; e da improvável *liaison* entre Warren Beatty e Susan Sontag, que, dizia-se, ocorrera em data não especificada no estacionamento do In-N-Out Burger, na esquina do Sunset com Orange.

No momento em que o embaixador, um perito amador em história local, entregou-se a um relato da vida subterrânea do misterioso povo lagarto que, diziam, morava em túneis sob Los Angeles, o apresentador do talk show já estava tomado pela idéia de conseguir que esse recluso extrovertido se revelasse na televisão, e o perseguiu ao longo dos anos com uma fidelidade que guardava grande semelhança com amor não correspondido. Que um homem que desprezava o cinema fosse ao mesmo tempo uma enciclopédia de lendas hollywoodianas era uma esquisitice deliciosa; quando o homem em questão tinha também uma vida tão rica quanto a de Max Ophuls — Max, o herói da Resistência, o príncipe filósofo, o bilionário corretor do poder, o modelador do mundo! —, isso o tornava irresistível.

O programa foi gravado no fim da tarde, e as coisas não saíram como o famoso apresentador havia planejado. Ignorando todos os pedidos para repetir seus casos mais saborosos, Max Ophuls desembestou numa diatribe política sobre a chamada "questão Caxemira", um monólogo cuja excessiva veemência e total falta de graça incomodaram o interlocutor mais do que este foi capaz de expressar. Que Ophuls entre todos os homens, esse brilhante contador de histórias de charme infinito, saísse finalmente das sombras para a redentora e validadora luz da televisão e de repente se revelasse um chato das atualidades, um demolidor de índices de audiência, era algo inimaginável, insuportável, e no entanto era o que estava acontecendo bem diante dos olhos da platéia do estúdio, repentinamente sonolenta. O apresentador teve a sensação de estar assistindo ao afogamento de uma realidade, da realidade em que ele vivia, numa súbita corrente do outro lado do mundo, um dilúvio alienígena em reação ao qual seus queridos espectadores formariam uma corrente própria, derramando-se na hora da transmissão de seu programa à meia-noite para o canal de seu amargo rival, o outro apresentador de talk show, o alto, magro e de dentes separados de Nova York, que estaria dançando em uma chuva de ouro.

"Nós que vivemos nestes limbos de luxo, nos purgatórios privilegiados da terra, deixamos de lado as idéias de paraíso", Max rugia para a câmera em uma série de extravagantes locuções, "no entanto, posso dizer a vocês que eu vi e caminhei pela margem de seus lagos repletos de peixes. Se nos ocorrem idéias de paraíso, pensamos na queda de Adão, na expulsão dos pais da humanidade para a terra de Nod, que fica a leste do Éden. No entanto, aqui vim não para falar da queda do homem, mas do colapso do próprio paraíso. Na Caxemira, é o próprio paraíso que está caindo; o céu na terra está sendo transformado em um inferno vivo." Assim, na linguagem de um cuspidor de fogo em púlpito evangélico, linguagem que ficava a uma eternidade de distância dos tons velados da diplomacia e soou como um choque para todos que conheciam e admiravam a habitual suavidade de seu discurso, Max vociferou sobre fanatismo e bombas, num momento em que o mundo estava brevemente cheio de esperança e tinha pouco interesse em suas notícias de desmancha-prazeres. Ele lamentou o afogamento de mulheres de olhos azuis e o assassinato de seus filhos dourados. Vituperou contra o advento de chamas cruéis a uma cidade distante feita de madeira. Falou também da tragédia dos pandits, os brâmanes da Caxemira que estavam sendo expulsos de sua terra natal pelos assassinos do islã. O estupro de meninas, os pais incendiados, queimando como faróis que profetizam o fim. Max Ophuls não conseguia parar de falar. Assim que começara o discurso, ficou evidente que uma grande maré crescera dentro dele e não poderia ser contida. No rosto do célebre apresentador em cujo programa essa diatribe era pronunciada, e para quem a concordância do legendariamente avesso à mídia embaixador Ophuls em ser entrevistado representava a culminação de um empenho de dez anos, espalhava-se agora um brilho vermelho de cólera, no qual misturava-se a fúria da amante desapontada com o pânico do entrevistador que podia ouvir o futuro, o som de canais sendo mudados por toda a América por volta da meia-noite.

Quando ele afinal conseguiu interromper o solilóquio de seu convidado e encerrar a entrevista, considerou brevemente as hipóteses tanto de suicídio como de assassinato. Não cometeu nenhuma dessas impropriedades, contentando-se, ao contrário, com a melhor vingança da televisão. Agradeceu a Max por suas fascinantes opiniões, conduziu-o gentilmente até a saída, depois supervisionou pessoalmente a edição da entrevista, que foi cortada, retalhada, até o osso.

Nessa noite, na suíte de Max, o embaixador e Zainab Azam assistiram a uma versão imensamente abreviada do monólogo do paraíso, e talvez fosse verdade que os pesados cortes haviam mudado o sentido do que fora dito, que esse resto truncado desequilibrara o argumento e distorcera a intenção do discurso do embaixador, mas de qualquer forma, quando a imagem de Max desapareceu da tela, sua amante levantou-se da cama pela última vez na vida, tremendo de raiva, curada tanto da adoração quanto do desejo. "Não me importei que você não soubesse absolutamente nada a meu respeito", disse ela, "mas é uma pena que tenha precisado provar que é burro numa coisa realmente importante." Ela então fez voar uma fuzilada de palavrões que conquistaram o respeito de Max Ophuls, a tal ponto que ele se absteve de mencionar que era estranho alguém que de repente alegava estar falando como um muçulmano ultrajado ter a boca tão suja; nem discutiu também que o fato de o comportamento dela nas últimas semanas em nada indicar que questões devocionais ocupassem lugar de destaque em seus pensamentos. Ele entendeu que a causa da raiva dela era a sua "simpatia" pelo hindus, e de nada adiantaria explicar que seu horror, expresso de maneira igualmente ardente, pelo assassinato de muçulmanos fora eliminado do programa pela tesoura vingativa dos burocratas da emissora, porque a ira religiosa crescera dento dela e a própria raridade de seu ardor tornava impossível mitigá-la.

Quanto à verdade sobre ela, que a moça acreditava ter escondido dele tão cuidadosamente, ele sabia de tudo, havia descoberto sua identidade semanas antes pelo chofer que atendia pelo nome de Shalimar. Na Índia havia dezenas de milhões de homens que cortariam a orelha direita ou o dedo mindinho pelo privilégio de passar cinco minutos na companhia de Zainab Azam. Ela era a estrela de sucesso mais quente daquele distante firmamento, uma deusa do sexo como o cinema indiano jamais vira e, conseqüentemente, não podia sair de sua casa de revista de design, no distrito de Pali Hill, em Bombaim, sem um pelotão de guarda-costas e um comboio de limusines blindadas. Na América, onde ninguém sabia que existia o cinema indiano, ela encontrara a liberdade e durante o romance com Max Ophuls deleitara-se com seu luxurioso anonimato, com a bela ignorância dele — razão pela qual ele nunca tinha lhe revelado que sabia tudo que havia para saber, por exemplo, sobre o coração partido que ela estava curando e para o qual Max não era mais que um paliativo temporário, e sobre o namorado meio gângster, astro de cinema, que partira esse coração com a mesma despreocupação com que batia e descartava carros norte-americanos clássicos, Stutz Bearcats, Duesenbergs, Cords. Mesmo agora, no fim do romance, o velho Max Ophuls, em sua generosidade, deixou que ela continuasse acreditando no manto de segredo sob o qual ela se permitira fazer tantas coisas agradáveis na cama dele.

Chamou o chofer e pediu que levasse a moça para casa. É provável que esse telefonema tenha selado seu destino, ou talvez o que ele estava esperando acontecer tenha sido finalmente precipitado pela raiva que transbordou de Zainab Azam para os ouvidos do motorista. Depois do assassinato, quando esteve por pouco tempo sob suspeita de ter sido a perpetradora de um crime passional, a grande estrela de cinema lembrou-se das últimas palavras do sujeito para ela. "Para cada O'Dwyer", dissera ele em excelente urdu, quando ela desceu do carro, "existe um Shaheed Udham Singh, e para cada Trotsky, um Mercader à espera."

Como estava chafurdando nas poças de piche de sua própria raiva, Zainab não levou a sério essa declaração bombástica. Afinal, o nome Mercader nada significava para ela. A história da morte de Trotsky não fazia parte do seu tesouro dourado de histórias, mas quanto à história do assassino do vice-governador imperialista que sancionara o massacre de Amritsar, a história de Udham Singh, que tinha ido para a Inglaterra e esperado vinte anos para matar O'Dwyer a tiros em uma reunião pública, isso era bem conhecido. Não ocorreu a Zainab que o motorista estivesse falando sério. Os homens estavam sempre tentando cair nas graças dela, afinal, e, sim, talvez ela tivesse dito alguma coisa no sentido de Max Ophuls ser um filho-da-puta e de que gostaria de vê-lo morto, mas isso era só maneira de falar, ela era uma artista da paixão, uma mulher de sangue quente, de que outra forma uma mulher assim falaria de um homem que se mostrara indigno de seu amor? Ela própria era incapaz de matar, era uma mulher de paz e também, me desculpe, uma estrela, havia a responsabilidade com seu público a considerar, uma pessoa em sua posição tinha de dar o exemplo. Tão sentido foi seu depoimento, tão imensos e inocentes eram seus olhos, tão profundo seu horror culpado diante da idéia de que o assassino lhe confessara o crime antes de tê-lo cometido e que, se ela tivesse prestado atenção à confissão, teria salvo uma vida humana, mesmo sendo apenas a vida de um verme humano como Max Ophuls, tão manifestamente genuína foi sua autocrítica, que os policiais que investigavam o crime, homens duros, cínicos, acostumados às manhas das rainhas do cinema americano, se transformaram em seus fãs leais para toda a vida e gastaram partes substanciais de seu tempo de lazer aprendendo hindustâni e caçando vídeos dos filmes dela, mesmo os primeiros, terríveis, nos quais ela estava, para falar com franqueza, um pouco para o rechonchudo.

O segundo mau presságio veio na manhã do crime, quando Shalimar, o motorista, aproximou-se de Max Ophuls no café-da-manhã, entregou-lhe seu cartão de horários do dia e pediu demissão. Os motoristas do embaixador tendiam a ser funcionários provisórios, inclinados a transferir-se para novas aventuras na pornografia ou no ramo de cabeleireiros, e Max estava habituado ao ciclo de aquisição e perda. Dessa vez, porém, ficou abalado, embora não se desse ao trabalho de demonstrar isso. Concentrou-se nos compromissos do dia, tentando evitar que o cartão tremesse. Sabia o verdadeiro nome de Shalimar. Conhecia a aldeia de onde ele vinha e a história de sua vida. Sabia da íntima ligação entre seu próprio passado escandaloso e esse homem sério, antiescandaloso e que nunca ria, apesar dos olhos marcados que indicavam um passado mais feliz, esse homem com corpo de ginasta e face de ator trágico, que aos poucos se transformara mais em valete do que mero motorista, um criado de corpo silencioso, porém absolutamente solícito, que entendia o que Max queria antes dele mesmo, o charuto aceso que se materializava quando ele estava estendendo a mão para pegar a caixa, as abotoaduras certas colocadas em sua cama toda manhã junto com a camisa perfeita, a temperatura ideal da água do banho, os momentos adequados para se ausentar assim como os momentos corretos para aparecer. O embaixador viu-se transportado para seus anos de infância em Estrasburgo, numa mansão belle époque perto de uma velha sinagoga hoje destruída, e viu-se deslumbrado com o renascimento, nesse homem de um distante vale montanhoso, das perdidas tradições serviçais da mimada cultura pré-guerra da Alsácia.

Parecia não haver limites para a disponibilidade de Shalimar. Quando o embaixador, para testá-lo, mencionou ter ouvido dizer que o príncipe de Gales fazia o valete segurar seu pênis enquanto urinava, para controlar a direção do fluxo, o homem cujo nome verdadeiro não era Shalimar inclinou um pouco a cabeça e murmurou: "Eu também, se quiser". Depois, quando o que tinha de acontecer aconteceu, ficou claro que o assassino havia deliberadamente atraído sua vítima para uma intimidade quase tão grande quanto a de um amante, apagara sua própria personalidade com a estratégica disciplina de um grande guerreiro, a fim de estudar a verdadeira face do inimigo e descobrir suas forças e fraquezas, como se esse malévolo assassino tivesse sido dominado pela necessidade de conhecer tão intimamente quanto possível a vida com a qual ele planejava tão brutalmente terminar. Foi dito no tribunal que esse comportamento desprezível provava que o sangue-frio do assassino era tão desumano, seu coração tão calculista e gelado, sua alma tão demoniacamente doente, que não seria seguro devolvê-lo à companhia de homens civilizados.

O cartão de horários efetivamente começou a tremer na mão de Max, apesar de todos os seus esforços para controlar-se. Uma vez, no interregno entre o escândalo que o privara de sua embaixada na Índia e sua designação para o trabalho encoberto de nível de embaixador, mantido em segredo até de sua filha mesmo depois de sua morte, Max Ophuls perdeu o rumo. A súbita desestruturação de seus dias, depois de longos anos em que eram plane-

40

jados e programados em segmentos de quinze minutos, o deixou abalado e confuso, até que seu secretário teve a inspiração de restabelecer os pequenos cartões de compromisso diários a que havia se acostumado, preenchendo-os com coisas a fazer. Não mais, inevitavelmente, os encontros com ministros e capitães da indústria, os convites para conferências do alto escalão e as recepções em embaixadas para os notáveis em visita ao país. Tratava-se de uma agenda mais humilde — oito horas, levantar, ir ao banheiro, oito e vinte, passear com o cachorro, oito e meia, ler o jornal —, mas ela restaurava a ilusão de estrutura, e Max Ophuls agarrou-se a esse farrapo com intensa determinação e lentamente arrastou-se para fora da depressão que ameaçara reclamar-lhe a vida. Desde a sua recuperação desse comprometedor ataque de doença mental, Max Ophuls passara a certificar-se de que haveria sempre um cartãozinho branco esperando por ele toda manhã, o cartãozinho branco que significava que o universo não havia decaído para o caos, que as leis do homem e da natureza ainda estavam em vigor, que a vida tinha direção e propósito e que o vazio incipiente da proscrição não conseguiria engoli-lo.

Agora o vazio estava abrindo sua boca outra vez. Fora a chegada de Shalimar na vida de Max que redespertara a Caxemira dentro dele, trazendo de volta aquele paraíso do qual havia sido expulso muitos anos antes. Fora decerto por Shalimar, ou mais precisamente pelo amor que um dia compartilharam, que Max tinha procurado o estúdio de televisão para pronunciar sua última oração. Fora por conta de Shalimar, portanto, que ele perdera Zainab Azam. E agora Shalimar também estava indo embora. Max teve a visão de seu túmulo aberto, de um buraco negro retilíneo no chão, tão vazio quanto sua vida, e sentiu a escuridão tirando suas medidas para a mortalha. "Vamos discutir essa bobagem depois", disse ele, afetando indiferença, embora o súbito terror houvesse lhe subido à garganta como bile. Rasgou o cartão de compromissos do dia. "Vou ver India. Traga a droga do carro."

Quando estavam no Laurel Canyon, o Himalaia começou a crescer em torno deles, em alta velocidade, como efeitos especiais. Esse foi o terceiro mau presságio. Ao contrário de sua filha e da mãe dela, Max Ophuls não tinha o dom ou a maldição de uma ocasional vidência e, portanto, quando viu os gigantes de oito mil metros de altura subindo vertiginosamente para o céu, eliminando as casas de dois andares do bairro, os bichos de estimação de designer e as plantas exóticas, ele tremeu de medo. Se estava tendo visões, isso queria dizer que havia problemas a caminho. Seriam de natureza extrema e não demorariam muito a chegar. A ilusão assassina do Himalaia persistiu durante dez segundos inteiros, de forma que o Bentley parecia estar deslizando por um espectral vale gelado para a destruição certa, mas, de repente, como num sonho, um sinal de trânsito empinou na neve e, orientada pelo facho vermelho, toda a cidade retornou, incólume. Max sentiu a garganta dolorida e arranhada, como se tivesse pegado um resfriado no rarefeito ar do Karakoram. Pegou sua garrafinha de bolso, engoliu um trago ardente de uísque e chamou a filha pelo telefone.

Fazia meses que India não o via, mas ela não o censurava por isso. Esses hiatos não eram incomuns. Max Ophuls havia salvado sua vida uma vez, mas atualmente o sentido de família dele andava fraco e sua necessidade de contato com o próprio sangue era intermitente e fácil de satisfazer. Sua maior felicidade era mergulhar em mundos que ele mesmo fabricara ou descobrira, ocupando-se, nesses anos de aposentadoria, da edição revisada de seu clássico livro sobre a natureza do poder que India recebera na forma de histórias da hora de dormir, e, ultimamente, na bizarra procura — que a filha inicialmente descartou como obsessão de um velho com muito tempo sobrando —, pelos complexos de túneis, daquele povo lagarto apócrifo que diziam existir em Los Angeles, cuja vida subterrânea ele evocara uma vez no jantar com o famoso apresentador de talk show, e que levava seus caros veículos dirigidos por chofer a alguns bairros malvistos, de cujas gangues armadas ele e Shalimar, pelo menos uma vez, se viram obrigados a fugir em alta velocidade. O embaixador sempre fora insaciavelmente curioso e possuía também uma perigosa e insistente convicção de sua própria indestrutibilidade, de forma que, no curso dessa odisséia sáuria em torno do centro-sul de Los Angeles e da Cidade da Indústria, ele mandou Shalimar parar o carro diante dos portões de uma beligerante escola secundária, diante da qual em certos momentos do dia até os carros de polícia aceleravam, temerosos, e usando binóculos de campanha pela janela meio abaixada começou, com sua voz penetrante, a preconizar quais entre os jovens que saíam terminariam na cadeia e quais iriam para a faculdade, até que o motorista, vendo as armas surgirem de seus esconderijos, as facas desembainhadas como tubarões, os focinhos de revólveres sem coldre na mão, resolveu, sem esperar uma ordem, pôr o pé na tábua e sair dali antes que os bandidos conseguissem dar partida nas motocicletas e persegui-los.

Quando India ouviu a voz do pai no telefone, porém, ela percebeu que não era o Max Ophuls de sempre, confiante, mergulhado desde o nascimento, como Aquiles, nas águas mágicas da invulnerabilidade, que estava vindo visitá-la. A voz do pai soava áspera e brava, como se estivesse finalmente cedendo debaixo do peso de oito décadas, e havia nela uma nota nova, uma nota tão inesperada que India demorou alguns instantes para se dar conta de que era medo. Ela própria estava num estado de preocupação essa manhã. O amor, entre todas as coisas, a estava perseguindo e ela sentia aversão por perseguições em geral e pelo amor em particular. O amor estava em seu encalço na forma de um rapaz de outro apartamento, um cara bem comunzinho — uma idéia tão cômica que seria enternecedora se ela não houvesse erigido muralhas defensivas de aço contra o próprio conceito de ternura. Começara a pensar que teria de mudar de casa para escapar a esse inescapável ataque claustrofóbico. Não conseguia se lembrar nem do nome dele, embora ele repetisse sempre que era fácil porque rimava. "Jack Flack", dizia. "Está vendo? Você não vai esquecer nunca. Não vai me tirar nunca da cabeça. Vai pensar no meu nome na cama, no banho, dirigindo pelas auto-estradas, no armazém. Podia também casar comigo. É inevitável. Eu te amo. Encare os fatos."

Provavelmente fora um erro fazer sexo com o cara, mas ele era inegavelmente atraente no seu estilo rapaz-branco-mediano-alimentado-com-flocos-de-milho e a tinha pegado em um momento de carência. Era o mediano perfeito, o ordinário feito extraordinário, o menino da casa ao lado criado no ideal platônico de vizinhança, e conseqüentemente ela o visualizava em outdoors gigantescos por toda parte nessa cidade dedicada a idealizações, o cabelo loiro e os olhos inocentes, o rosto sem história nem dor, aqui usando camisa do jacarezinho, ali chapéu de vaqueiro, em outro lugar cueca, e exibindo em todos os cartazes seu sorriso supermedianamente atraente, supermedianamente pateta, o corpo rebrilhando como um jovem deus, *le dieu moyen*, o deus mediano dos medianos, que não havia nascido, nem crescido, nem sofrido a vida de nenhuma forma, mas brotara, como Minerva, inteiramente formado, da cabeça dolorida de algum Zeus medíocre.

Ser supermediano na América era um dom em que se podia apostar e fazer fortuna, e o rapaz comunzinho estava dando seus primeiros passos nessa estrada preciosa, simplesmente se preparando para decolar e voar. Não, compreendeu ela, não teria de se mudar, afinal. *Ele* logo se mudaria, primeiro para o luxuoso apartamento da Fountain Avenue em sua gloriosa media-nidade, depois para a mansão em Los Feliz, o palácio em Bel-Air, o rancho de mil acres no Colorado que todos os super-rapazes comunzinhos mereciam. "Como é mesmo seu nome?", ela havia perguntado depois de fazerem sexo, e ele, com o seu jeito supermediano, achou a pergunta engraçada. "Ha! Ha! Essa é boa!" Se Clark Kent não fosse secretamente Super-Homem, era esse cara que ele podia ser. "Jock Flock", ele lembrou a ela quando parou de rir. "Esse nome está gravado a fogo na sua memória. Esse nome se repete aí, re-pete, repete, num refrão, como numa música que você não consegue esque-cer. Está deixando você louca. Você diz isso no chuveiro. Repete e repete. Ja-ke Flake, Jake Flake. Essa coisa é mais forte que a sua vontade. Você não tem a menor chance. Se entregue agora."

Ele queria casar com ela imediatamente. "O único jeito sensato de amar é amar condicionalmente", ela o alertou, recuando. "O que você está pedin-do me parece um pouco incondicional demais para mim." Quando ele não entendia o que India dizia, sorria para ela de um jeito vazio, condescenden-te. Isso despertava os instintos mais violentos dela. "Pense nisso ao menos, o.k.?", ele pediu. "Pense, *missis* Jay Flay. Pense como você gosta do som dis-so. Você gosta *tanto*. Não tem como lutar se pensar um pouco. Me faça um favor. Não decida sem pensar." Isso vindo de um proeminente praticante da vida não refletida. Ela teve de fazer um esforço para se controlar e não dar uma bofetada naquela cara linda, doméstica.

Desde a proposta de Joe Flow, ela ficou vagando pelos corredores do prédio de apartamentos numa névoa de irritação e confusão. Topou com o ovo gigante com casca de jeans, a feiticeira Olga Simeonovna. "Como vai, linda?", Olga Volga perguntou bruscamente, com a batata de sempre rolan-do entre os dedos. "Você parece que seu gato morreu só que você não tem gato." India forçou um sorriso e, em sua perplexidade, deixou escapar seu problema para a super-russa. "É o vizinho", confessou. Olga pareceu desde-nhosa. "Aquele fulaninho, como é mesmo o nome dele? Rick Flick?" India fez que sim com a cabeça. Olga Volga preparou-se para se pôr em pé de guer-ra. "Ele está incomodando você, meu bem? Basta me dizer e ele fora daqui com aquele bundinha dele, tem de procurar é grandão lá do lado de Beverly Center. Quer dizer, desculpe, não conta para ninguém, pequeninho, nin-guém quer olhar."

India sacudiu a cabeça e desembuchou. "Ele me propôs casamento." Olga estremeceu inteira, um terremoto de baixa intensidade sacudindo toda a sua carne. "Sério? Você e Nick? Nick e você? O.K., uau." India se viu controlando-se diante da incredulidade da voz da super. "Bom, não precisa ficar *tão* surpresa. Por que alguém não pode querer casar comigo?" Olga colocou uma grande placa de braço de veias azuis no ombro de India. "Não, claro, não por causa de você, minha querida, minha linda. Só que esse Mick... Sempre, até hoje, eu sempre achei que ele era guy." "Guy?" "Claro, guy. Como todo mundo por aqui. Grande bairro guy, para meu azar, hã. O mister Softee perueiro ali do outro lado da rua, que diz que é 'O Imperador do Sorvete', bem ali, no lado da perua dele ele escreve isso, quem ele pensa que está enganando, sabe? *Completamente* guy. Os passeadores de cachorro guy também, os garçons do café guy, guy na academia, uma garota como você vai lá e ninguém assobia, turma de construção hispânica guy, eletricista e encanador guy, carteiro guy, meninas guy de mão dada na calçada, os caras guy o dia inteiro deitados no bronzeador da piscina depois vai lá embaixo fazer porcaria que nem cachorrinho e eu tem de ignorar tudo isso. Pervertido para todo lado só que agora a gente tem de chamar de meninos e meninas alegres. O que tem de tão guy na perversão, me explique? Nesse crime contra os planos de Deus o que é tão feliz, por favor?"*

India estava com dor de cabeça. A insônia ainda era seu amante mais atento, mais cruel, exigente e que a possuía egoistamente sempre que queria. A leveza de coração estava fora de seu alcance hoje. Um homem de qualidade medíocre estava querendo casar com ela e havia algo errado com a voz de seu pai ao telefone. Não havia tempo para o arremedo de intolerância de Olga Simeonovna. A super-russa tinha visão tão ampla quanto seu traseiro e suas fulminações rituais estavam encharcadas de ironia européia. Ela fingia que na privacidade de seu pequeno apartamento estava tentando alterar a orientação sexual dos vizinhos lançando feitiços batatais, mas na verdade tinha um majestoso desinteresse por tudo o que acontecia a portas fechadas. Sexo, fosse na posição de cachorrinho ou de frango assado, de missionário ou de

---

* Há aqui um jogo de pronúncia e significado: *guy*, cuja pronúncia em português é "gai", é nome próprio masculino e também quer dizer "sujeito"; *gay*, cuja pronúncia é "guei", quer dizer "alegre", e na segunda metade do século XX foi incorporado ao vocabulário da mídia internacional para designar homossexuais de ambos os sexos. (N. T.)

convertido, não era mais preocupação sua. No amor, porém, continuava a fingir interesse. "Diga sim, minha linda. Claro, por que não? Você vai ser muito feliz, dez por cento probabilidade no mínimo, e se não, bah. Casamento me lembro quando era sacramento sagrado de Deus, promessa inquebrável, mas eu sou dinossauro russo extinto. Casamento agora é o quê?, carro alugado. Obrigado por usar nossos serviços, vamos buscar você em casa, quando não precisar mais do veículo levamos você para casa de novo. Consiga todo seguro que puder logo de cara, garantia contra perdas e danos, sei lá, e o risco é nada. Você bate o carro, se livra sem ter de pagar nada. Vá em frente, baby, vai ficar guardando para quê? Hoje em dia não tem mais sapatinho de cristal. Fecharam a fábrica. Não tem mais princesas também. Mataram os Romanov no porão e Anastásia também morreu."

Todos os lugares eram agora uma parte de todos os lugares. Rússia, América, Londres, Caxemira. Nossas vidas, nossas histórias confluíam umas para as outras, não mais nossas, próprias, individuais, discretas. Isso abalava as pessoas. Havia colisões e explosões. O mundo não era mais calmo. Lembrou de Housman em *Shropshire. Essa é a terra do contentamento perdido.* Para o poeta, a felicidade estava no passado. Estava naquele outro país onde se faziam as coisas de um jeito diferente. Inglaterra, Inglaterra. *Um ar que mata.* Ela também tivera uma infância inglesa, mas não se lembrava disso como um lugar dourado, não tinha nenhuma sensação de um antes melhor. Para ela essa desencantada pós-terra era onde havia vivido toda a sua vida. Era tudo o que existia. Contentamento, contente, contentável, essas formas variantes eram nomes de sonhos. Se pudesse oferecer a ele um sonho desses, a seu pretendente, talvez fosse um presente maior que o amor. Voltou ao apartamento para ponderar sobre a proposta dele, droga, como era a porra do nome? Judd Flood.

Mais um belo dia. A rua onde morava, frondosa, boêmia, movimentava-se na luz indolente, preguiçosa, demorada. A maior ilusão da cidade era de suficiência, de espaço, de tempo, de possibilidade. Do outro lado do corredor, a porta do sr. Khadaffy Andang estava aberta, como sempre, uma fresta de meio metro, permitindo um vislumbre de um vestíbulo escuro. O cavalheiro filipino grisalho morava no prédio havia mais tempo que todo mundo. India uma vez o surpreendera nas máquinas de lavar roupa, ao voltar de um raro programa até tarde da noite, e surpreendera-se ela própria de ver como ele estava bem arrumado àquela hora, antes do amanhecer: robe de seda, piteira, perfume, o cabelo penteado para trás. Depois disso, de vez em quando conversavam enquanto esperavam a roupa lavar. Ele lhe falou das Filipinas, de sua província natal, Basilan, palavra que significava "trilha de ferro". Um dia, lá existira um legendário governante, disse ele, o sultão Kudarat, mas aí vieram os espanhóis e o depuseram, vieram os jesuítas também, exatamente como na descoberta da Califórnia. Falou dos rituais de casamento do povo Yakan, das casas sobre palafitas dos pescadores da ilha Samal e dos patos selvagens de Malamawi. Contou que aquele fora um lugar pacífico, mas que agora havia problemas entre muçulmanos e cristãos e que por isso ele se afastara, ele e a esposa só queriam levar uma vida boa, mas infelizmente não havia sido esse seu destino. Mesmo assim, na América a vida era *la dolce vita*, não é mesmo, até para as pessoas para quem não era. Ele aceitava o destino, disse, e então a lavagem da roupa terminou. Ela ficou tocada por aquele cavalheiro doce, que caminhava devagar, e passou a aguardar ansiosamente as conversas com ele, chegando mesmo a contar alguma coisa da própria vida, superando sua natural reserva.

Às vezes, no saguão, havia modernos catálogos de venda pelo correio à espera dele. Porém, como confirmou Olga Simeonovna, ele raramente saía do prédio, a não ser para comprar comestíveis e mantimentos essenciais. A esposa, a esposa que ele trouxera para a América em busca de uma boa vida, o havia deixado alguns anos antes pelo cobrador da companhia de empréstimos. India imaginava a musicalidade da língua filipina, de seus insultos. Pensava nela como um japonês mais macio, mais fluido. Uma língua de protestos curvilíneos, rolantes, como flautas doces. "Ele está sempre pronto", confidenciou Olga, "para o caso de *missis* Andang voltar. Por isso a porta sempre aberta. Mas ela não vai voltar." O homem da cobrança tinha amigos no negócio de seguros. "Ela está bem arranjada. Coberta do dólar até o rabo. Saúde, dentes, acidentes. Ela agora está no conforto. Esse mister Andang não tinha como sustentar. Na idade dela essas coisas importantes." Apesar disso, o sr. Andang deixava a porta semi-aberta. A cidade cantava suas canções de amor, dando-lhe uma ilusão, dando-lhe esperança.

O Bentley do embaixador estava virando a esquina. Havia restrições ao estacionamento do lado da rua em que India morava porque era dia de o caminhão de lixo fazer a coleta. A calçada era larga. O prédio de India tinha um sistema de interfone de entrada. Tudo isso ralentava as coisas, aumentava a janela de vulnerabilidade dele. Havia certas normas que Max Ophuls conhecia intimamente de seus dias no serviço secreto, serviço cujo nome não podia ser dito, serviço que não existia, só que existia, sim, mas o embaixador não estava pensando nessas normas. Estava pensando em sua filha e em como ela iria reprovar fortemente a sua recém-terminada ligação com a mulher que parecia com ela, que parecia com sua mãe tanto quanto ela. As normas exigiam que houvesse batedores chegando antes dele, para interditar um espaço de estacionamento em frente ao local, para entrar antes no endereço e garantir a segurança, para manter a porta aberta. Qualquer profissional dessa área saberia que o chamado "principal" era um alvo fácil de ser atacado no espaço entre a porta do veículo e a porta do local onde ele planejava entrar. Mas a taxa de ameaça a Max Ophuls não andava alta hoje em dia e a taxa de risco era mais baixa. Ameaça e risco não eram a mesma coisa. Ameaça era o nível geral de perigo presumido, enquanto o nível de risco era particular a qualquer atividade determinada. Era possível o nível de ameaça ser alto, mas o risco referente a uma determinada decisão, por exemplo, o capricho de última hora de ir ver a filha, ser insignificantemente baixo. Essas coisas um dia haviam sido importantes. Agora, ele era apenas um velho investigando uma incrível história de um povo lagarto subterrâneo, um indivíduo sexualmente inativo, recentemente rejeitado por sua amante, um pai fazendo uma visita não premeditada à casa da filha. Isso estava dentro de parâmetros de segurança estabelecidos.

Como qualquer outro profissional de sua área, Max sabia que não existia algo como segurança total. O vídeo do atentado ao presidente Reagan era a ferramenta ilustrativa que melhor demonstrava isso. Ali estava o presidente se deslocando do prédio para o carro. Aquelas eram as posições dos membros do corpo de segurança. Todas as posições eram ideais. Ali vinha o atacante. Esses eram os tempos de reação dos funcionários da equipe. Tempos extraordinários, a reação dos funcionários ultrapassando o que se esperava deles. O presidente não fora atingido devido a um erro. Não tinha havido erro. Mas o presidente fora atingido. O POTUS* estava no chão. O homem mais poderoso do mundo, cercado pela elite de segurança do planeta, não estava

---

* POTUS (President of the United States) é uma sigla usada pelo Serviço Secreto americano, que nos anos 90 passou a ser empregada também pelo Departamento de Defesa e outras agências governamentais dos EUA. (N. E.)

seguro entre a porta do prédio seguro e a porta do carro blindado. Segurança era porcentagens. Nada nunca era cem por cento.

E nada na terra poderia protegê-lo de um crime cometido por alguém de confiança, de um traidor leal, do protetor que se transforma em assassino. O embaixador Max Ophuls deixou que Shalimar, o motorista, abrisse a porta do carro para ele, atravessou a calçada e digitou o número do apartamento da filha. Lá em cima, o interfone tocou. India atendeu e ouviu uma voz que só tinha ouvido uma vez antes na vida, no gravador que deixara ligado ao lado da cama para captar a sua fala noturna durante o sono. Quando ouviu aquele gorgolejar incoerente, engasgado, reconheceu a voz da morte e começou a correr. Tudo à volta dela ficou muito lento enquanto corria, o movimento das árvores fora das janelas, os ruídos das pessoas e dos pássaros, até seus próprios movimentos pareciam estar em câmera lenta enquanto ela lançava seu corpo pela escada preguiçosa. Quando chegou à porta dupla de vidro que dava para o mundo exterior, viu o que sabia que ia ver, a grande mancha de sangue no vidro, o grosso rastro de sangue escorrido na direção do chão e o corpo de seu pai, o embaixador Maximilian Ophuls, herói de guerra e detentor da Légion d'Honneur, caído imóvel e encharcado num lago de escuro carmesim. Sua garganta fora cortada com tamanha violência que a arma, uma de suas próprias facas de cozinha Sabatier, caída ao lado do corpo, havia praticamente decepado sua cabeça.

Ela não abriu a porta. Seu pai não estava ali, apenas uma sujeira que precisava ser limpa. Onde estava Olga? Alguém tinha de informar o zelador. Era trabalho para um zelador. Andando com firmeza, as costas retas e a cabeça erguida, India chamou e entrou no elevador. No elevador, ficou com as mãos apertadas diante do corpo como uma criança que recita um poema. De volta ao apartamento, fechou e trancou a porta da frente. No pequeno vestíbulo, debaixo de um espelho redondo, havia uma cadeira Shaker de madeira, e ela se sentou, as mãos ainda juntas, agora repousando no colo.

Queria que o barulho parasse, os gritos, as sirenes zurrando feito burricos. Era um bairro tranqüilo. Ela fechou os olhos. O telefone estava tocando, o que não importava. Houve batidas, depois batidas mais fortes em sua porta, que também não importavam. Uma faca de cozinha devia ficar na cozinha, não tinha nada que estar na calçada. Era preciso uma investigação. Não era assunto dela. Ela era apenas a filha. Era apenas a filha, ilegítima, mas única. Não sabia nem mesmo se havia um testamento. Era importante continuar sentada. Se pudesse ficar sentada ali um ano ou dois, tudo ficaria bem. Às vezes, a alegria leva um longo tempo para voltar.

Era um grande dia. Um homem havia lhe proposto casamento. O garoto do outdoor. Logo haveria um toque de campainha e o et cetera de sempre. Agora mesmo ele havia saltado da sacada dele para a dela e estava do lado de fora das portas corrediças de vidro, gritando meu bem, meu bem. Meu bem, abra, sou eu, Jim. Era um caso de polícia. Ela tinha um trabalho a fazer. Quando o trabalho ia bem ele dava perspectiva, dava para ver as coisas como eram, as distorções eram minimizadas, a estranheza desaparecia. O motorista com sangue nas mãos e grandes manchas escarlate espalhadas pela roupa. Lembrava-se de ter visto aquilo, forçou-se a desver. Podia ter salvo seu pai e não o fizera. Tinha havido maus presságios. Via flores aos pés de Shalimar, flores crescendo na calçada onde ele estava, e também em seu peito, explodindo pela camisa. Não estava nela acreditar nessas coisas, nas coisas que via quando os olhos a traíam. Não cabia a ela salvar o pai. Cabia a ela ficar sentada perfeitamente imóvel, até a alegria voltar.

Alouette, gentille alouette,
Alouette, je te plumerai.

Montada nos ombros do pai, de frente para ele, os dois cantavam. *Et le cou! Et le cou! Et la tête! Et la tête! Alouette! Alouette! Ohhhh...* e ela dava uma cambalhota para trás afastando-se dele, uma cambalhota, as mãos nas mãos dele, as mãos nas mãos dele, as mãos para sempre e nunca mais nas mãos dele.

2. Boonyi

Havia a Terra e havia os planetas. A Terra não era um planeta. Os planetas eram os pegadores. Eram chamados assim porque podiam pegar a Terra e dobrar seu destino à vontade. A Terra nunca era do time deles. A Terra era a pegada.

Havia nove pegadores no cosmos: Surya, o Sol; Chandra, a Lua; Budha, Mercúrio; Mangal, Marte; Shukra, Vênus; Brihaspati, Júpiter; Shani, Saturno; e Rahu e Ketu, os dois planetas-sombra. Os planetas-sombra na verdade existiam sem existir de verdade. Eram corpos celestes sem corpo. Estavam lá, mas não tinham forma física. Eram também os planetas-dragão: duas metades de um único dragão bisseccionado. Rahu era a cabeça do dragão e Ketu era a cauda do dragão. Um dragão era também uma criatura que na verdade existira sem existir de verdade. Existia porque nosso pensamento fazia com que existisse.

Até descobrir sobre os planetas-sombra, Noman Sher Noman nunca havia entendido como pensar sobre amor, como dar nomes aos seus efeitos de iluminação moral, de flutuação em marés, de atração gravitacional. No momento em que ouviu falar do dragão dividido, muitas coisas ficaram claras. Amor e ódio também eram planetas-sombra, não corpóreos, mas existentes, influenciando seu coração e sua alma. Tinha catorze anos de idade e havia se apaixonado pela primeira vez, na aldeia de Pachigam, onde moravam os atores viajantes. Foi o seu tempo de glória. O aprendizado terminara e ele assumira seu nome profissional. Queria deixar de lado Noman, o menino, e ser o seu novo eu, adulto. Queria deixar seu pai orgulhoso de Shalimar, o equilibrista, seu filho. Seu grande pai, Abdullah, o chefe, o sarpanch, que tinha todos na palma da mão.

Foi o pandit Pyarelal Kaul que lhe ensinou pegada-e-pegador e era a filha de olhos verdes do pandit, Bhoomi, que ele amava. O nome dela queria dizer terra, então isso fazia dele um pegador, Noman concluiu, mas a alegoria cosmológica não dava conta de tudo, não explicava, por exemplo, o interesse dela em pegá-lo também. A não ser nos dias de apresentação, quando havia platéia ouvindo, ela nunca o chamava de Shalimar, preferindo o nome com que ele havia nascido, embora não gostasse de seu próprio nome — "meu nome é lama", dizia ela, "é lama, terra, pedra, e não quero ser chamada assim", e pedia que ele a chamasse de Boonyi. Era a palavra local para o plátano celestial caxemirense. Noman ia às florestas de pinheiro atrás e acima da aldeia e sussurrava o nome dela para os macacos. "Boonyi", murmurava também para as poupas no riacho cheio de flores de Khelmarg, onde lhe deu o primeiro beijo. "Boonyi", os pássaros e macacos repetiam, solenes, homenageando seu amor.

O pandit era viúvo. Ele e Bhoomi-que-era-Boonyi moravam num extremo de Pachigam, na segunda melhor casa da aldeia, uma construção de madeira como todas as outras casas, mas com dois andares em vez de um (a melhor casa, que pertencia aos Noman, tinha um terceiro piso, uma sala única, grande, onde se reunia o panchayat e todas as decisões mais importantes da aldeia eram tomadas). Havia também uma casa-cozinha separada e uma cabana-privada no fim de uma pequena passagem coberta. Era uma casa escura, ligeiramente inclinada, com telhado íngreme, de ferro corrugado, igual à casa de todo mundo, só um pouco maior. Ficava junto ao falante riachinho, o Muskadoon, cujo nome queria dizer "refrescante" e cuja água era doce para se beber, mas gelada para se nadar porque descia das neves eternas onde as divindades hindus de peito nu e seios nus brincavam diariamente suas brincadeiras de raio e trovão. Os deuses não sentiam frio, pandit Kaul explicou, por causa do calor divino de seu sangue imortal. Mas nesse caso, pensou Noman, sem ousar perguntar, por que estavam com os mamilos sempre eretos?

O pandit Kaul também não gostava de seu nome. Já havia Kaul demais no vale lá embaixo. Para um homem notável, era humilhante ter um sobrenome tão comum, e ninguém se surpreendeu quando ele anunciou que queria ser chamado de pandit Kaul-Toorpoyni, pandit Kaul da Água Fria. Era um nome comprido demais para ser prático, então ele eliminou de vez o detestado Kaul. Mas pandit Pyarelal Toorpoyn, ou seja, pandit Namorado Riacho Frio, não pegou também. Por fim, ele desistiu e aceitou seu destino nomenclatural. Noman chamava o pandit de tio Sweetie, embora não tivessem ligação de sangue nem de crença. Os caxemirenses se ligavam por laços mais profundos que esses. Boonyi era a única filha do pandit e, quando ela e Noman foram chegando perto do aniversário de catorze anos, descobriram que tinham estado apaixonados um pelo outro a vida toda e que era hora de fazer alguma coisa a respeito, mesmo que essa fosse a decisão mais perigosa do mundo.

Sentaram-se à margem do Muskadoon com o pandit enquanto ele arengava sobre o cosmos, porque era um homem que gostava de falar e esse era um jeito de os dois estarem juntos, falando um com o outro na calada e cautelosa linguagem do desejo proibido, ao mesmo tempo que ouviam Pyare, o pai dela, tagarelar tanto quanto o gárrulo rio atrás dele. Os dedos de Noman se esticavam em direção aos dedos de Boonyi e os dedos dela os desejavam. Estavam vários metros afastados, sentados nas pedras lisas da margem do rio, banhados na implacável claridade do sol da montanha debaixo de um céu límpido que brilhava acima deles, azul como a alegria. Apesar da distância, seus dedos estavam invisivelmente enlaçados. Noman podia sentir a mão dela curvada em torno da sua, enfiando as unhas longas em sua palma, e quando a olhou furtivamente viu pela luz dos olhos de Boonyi que ela também sentia a mão dele aquecendo a dela, friccionando seus dedos, porque as extremidades do seu corpo estavam sempre frias, os dedos dos pés e das mãos, os lóbulos das orelhas e os bicos dos seios tenros, a ponta do nariz grego. Esses lugares exigiam a atenção da mão aquecedora dele. Ela era a Terra e a Terra era a pegada e ele a pegara e procurava dobrar o destino dela à sua vontade.

Como muitos outros homens que se orgulhavam de sua habilidade de resistir à falsidade espiritual e ao charlatanismo sem sentido de todo tipo, o pai de Boonyi, o pandit, nutria um sorrateiro amor pelo fabuloso e pelo fantástico, e a idéia dos planetas-sombra era-lhe poderosamente atraente. Em resumo, ele estava inteiramente sob a influência de Rahu e Ketu, cuja existência só podia ser demonstrada pela influência que exerciam na vida diária das pessoas. Einstein havia provado a existência de corpos celestes invisíveis pela força de seus campos gravitacionais que curvavam a luz, e tio Sweetie podia provar a existência das metades do dragão celeste seccionado por seus efeitos nas venturas e desventuras humanas. "Eles encrespam nossas entranhas!", ele bradava, e havia uma pequena excitação em sua voz. "Eles dominam nossas emoções e nos dão prazer ou dor. Existem cinco instintos", acrescentava, como um parêntese, "que nos mantêm ligados aos propósitos materiais da vida. São eles Kaam, a Paixão; Krodh, a Raiva; Madh, a Embriaguez, por exemplo de álcool, droga et cetera; Moh, o Apego; Lobh, a Ambição; e Matsaya, o Ciúme. Para viver uma boa vida temos de controlar esses instintos, senão eles é que nos controlam. Rahu é o exagerador, o intensificador! Ketu é o bloqueador, o supressor! A dança dos planetas-sombra é a dança do conflito dentro de nós, o conflito entre a escolha moral e a social." Ele enxugou a testa. "Agora", disse à filha, "vamos comer." O pandit era um homem jovial que gostava de comer. Pachigam era uma aldeia de gastrônomos.

Shalimar, o equilibrista, viu os dois se afastarem e teve de lutar para impedir que seus pés os seguissem. Não eram só os planetas-sombra que puxavam por seus sentimentos. Boonyi agia sobre ele também, exercia sua magia sobre ele a cada minuto do dia e da noite, arrastando, puxando, acariciando e mordiscando, mesmo quando estava do outro lado da aldeia. Boonyi Kaul, escura como um segredo, brilhante como a felicidade, seu primeiro e único amor. Bhoomi da Água Fria, grande beijadora, perita acariciadora, destemida acrobata, fabulosa cozinheira. O coração de Shalimar, o equilibrista, batia alegremente porque estava para ver realizado seu maior desejo. No lascivo silêncio durante o monólogo do pandit, os dois haviam decidido que chegara o momento de consumar seu amor e numa troca de sinais sem palavras rapidamente combinaram hora e local. Agora tinham de se preparar.

Nessa noite, enquanto trançava o longo cabelo para seu amante, Boonyi Kaul pensava na abençoada Sita na ermida da floresta de Panchavati, perto do rio Godavari, durante os anos errantes que o príncipe Rama passou exilado de Ayodhya. Rama e Lakshmana estavam fora caçando demônios naquele dia fatídico. Sita foi deixada sozinha, mas Lakshmana traçara uma linha mágica na terra, atravessando toda a boca da pequena ermida, e a alertara a não

54

atravessar nem convidar ninguém a fazê-lo. A linha tinha um poderoso encantamento e a protegeria do mal. Mas, assim que Lakshmana saiu, o rei demônio Ravana apareceu disfarçado de mendigo andarilho, vestido com um pano esfarrapado cor de ocre e sandálias de madeira, carregando um guarda-chuva barato. Não falava como um mendigo sagrado, porém, e sim elogiou efusivamente, em seqüência, a pele de Sita, seu perfume, seus olhos, seu rosto, seu cabelo, seus seios e sua cintura. Não disse nada de suas pernas. As pernas deviam estar ocultas aos olhos, claro, e, embora como grande *rakshasa* Ravana conseguisse enxergar através do pano, ele não podia admitir isso, porque se elogiasse a parte inferior do corpo dela sua natureza lasciva oculta seria revelada instantaneamente. As pernas de quase catorze anos de Boonyi Kaul já eram longas e esguias. Ela queria saber como seriam as pernas de Sita Devi e ficava frustrada pelo fato de elas nunca terem sido descritas.

Queria saber, também, se fora apesar do discurso lisonjeiro e voluptuoso, ou por causa dele, que Sita convidara Ravana disfarçado para entrar e descansar. Era uma questão de alguma importância, porque, assim que Sita convidou o estranho a atravessar a linha mágica, o poder da linha se quebrou. Momentos depois, Ravana retomou sua forma de múltiplas cabeças e levou Sita para o seu reino de Lanka, raptada contra sua nobre vontade na carruagem voadora puxada por mulas verdes. A grande águia Jatayu, velha e cega, tentou salvá-la, matando as mulas no ar e fazendo a carruagem cair na terra, mas Ravana pegou Sita, saltou incólume para o chão e, quando a cansada Jatayu o atacou, ele cortou as asas da águia.

Certamente o conflito épico todo não podia ser simplesmente culpa de Sita, pensou Boonyi Kaul. "Jatayu, você morreu por mim", Sita gritara. Era verdade. Mas como podia a responsabilidade por tudo o que se seguira ao rapto — a queda da águia, a busca da princesa desaparecida por todo o país, a desenfreada guerra contra Ravana, os rios de sangue e as montanhas de mortos — ser colocada na conta da venerada esposa de Rama? Que estranho sentido isso dava à velha história — que a loucura das mulheres desfazia a magia dos homens, que heróis tinham de lutar e morrer por causa da vaidade que fizera uma mulher bonita agir como uma idiota. Isso não parecia certo. A dignidade, a força moral, a inteligência de Sita estavam fora de questão e não podiam ser tão trivialmente ignoradas. Boonyi deu à história uma interpretação diferente. Por mais que os membros da família de Sita procurassem protegê-la, pensou Boonyi, o rei demônio continuava existindo, estava desesperadamente fascinado por ela e teria de ser enfrentado, mais cedo ou mais tarde. Os demônios de uma mulher estavam por aí, como seus amantes, e ela podia ser mimada apenas durante algum tempo. Era melhor não contar com linhas mágicas e confrontar o destino. Tudo bem as linhas na terra, mas elas só serviam para atrasar as coisas. Devia-se permitir que acontecesse o que tinha de acontecer ou isso nunca seria superado.

Então quem era aquele menino, filho do chefe da aldeia, o novo príncipe clown que caía de bunda do grupo de atores, o amante que ela estava se preparando para encontrar no prado de ovelhas lá em cima, além da aldeia, à meia-noite? Era seu herói épico, seu rei demônio ou as duas coisas? Eles exaltariam um ao outro ou seriam destruídos pelo que haviam resolvido fazer? A escolha dela era tola ou boa? Pois ela decerto o convidara a atravessar uma linha poderosa. Como ele era bonito, pensou com ternura, como era engraçado como clown, como era puro seu canto, como era gracioso na dança e leve na corda bamba, e, o melhor de tudo, como sua natureza era maravilhosamente delicada. Não era nenhum demônio guerreiro! Era o doce Noman, que escolhera se chamar Shalimar, o equilibrista, em parte em honra a ela, porque os dois tinham vindo ao mundo na mesma noite no jardim Shalimar, quase catorze anos antes, e em parte em honra à mãe dela, porque esta havia morrido lá naquela noite de muitos desaparecimentos, quando o mundo começara a mudar. Ela o amava porque a escolha desse nome era a maneira de ele homenagear sua mãe morta, assim como de celebrar a ligação indestrutível do nascimento deles. Ela o amava porque ele não machucaria — nem saberia como! — qualquer ser vivo. Como podia lhe fazer mal se não faria mal a uma mosca?

O cabelo estava pronto, e o corpo, ungido. Rahu, o intensificador, havia agido sobre Kaam, a paixão, e seu corpo pulsava de desejo. Tornara-se mulher dois anos antes — precocemente, como sempre, pensou; desde seu nascimento prematuro fizera as coisas antes da hora — e tinha força para enfrentar tudo o que viesse. Através da escuridão sem lua, o aroma das flores de pêssego e maçã deixava suas pálpebras pesadas. Sentou-se na cama, pousou a cabeça no peitoril da janela e fechou os olhos. Sua mãe logo veio a ela, como sabia que viria. A mãe morrera no parto, mas vinha a ela quase todas as noites em sonhos, introduzindo-a nos segredos femininos, na história da família, dando-lhe bons conselhos e amor incondicional. Boonyi não contava isso ao pai porque não queria ferir os sentimentos dele. O pandit tentara ser pai e mãe para ela a vida inteira. A despeito de sua natureza pouco mundana, tratava a filha como um tesouro inestimável, como uma pérola de imenso valor que sua amada esposa deixara para ele como presente de despedida. Havia aprendido os segredos da criação de filhos com as mulheres da aldeia e desde o começo insistira em fazer tudo sozinho, preparando o leite, limpando a bunda dela e acordando para atendê-la sempre que gritava, até que os vizinhos lhe imploravam para dormir um pouco, alertando que era melhor deixá-los ajudar senão a pobre menina ia crescer sem nem um pai com quem contar. O pandit cedia, mas só muito de vez em quando. Quando ela ficou mais velha, ele a ensinou a ler, escrever e cantar. Pulava corda com ela, deixava que experimentasse batom e khol, disse-lhe o que fazer quando ela começou a sangrar. Ele, então, havia feito o máximo, mas a mãe de uma menina era a mãe mesmo que existisse sem existir de verdade, na forma não corpórea de um sonho, mesmo que sua existência só pudesse ser comprovada por seu efeito sobre o único ser humano cujo destino ela ainda se dava ao trabalho de influenciar.

A falecida esposa do pandit havia sido chamada de Pamposh por causa da flor de lótus, mas, como confidenciou à sua filha sonolenta, preferia o apelido de Giri, que queria dizer cerne da noz, que a begum Firdaus, a esposa de cabelo amarelo de Abdullah Noman, Firdaus Butt ou Bhat, uma vez lhe dera como prova de amizade. Num dia de verão, nos campos de açafrão de Pachigam, Firdaus e Giri estavam colhendo crocos quando uma tempestade caiu em cima delas do céu claro e azul como um encantamento de bruxa, ensopando as duas até os ossos. A esposa do sarpanch era uma mulher de boca suja e fez a chuva saber o que ela estava pensando, mas Pamposh dançou no aguaceiro e gritou alegremente: "Não grite com o céu por nos dar a água de presente".

Foi demais para Firdaus. "Todo mundo acha que você tem uma natureza tão doce, tão aberta, tão receptiva, mas você não me engana", disse para Palposh ou Giri enquanto se abrigavam, pingando, debaixo da copa de um plátano. "Claro, eu vejo que você sorri depressa e fácil, que nunca diz uma palavra grosseira para ninguém, que encara toda dureza com serenidade. Eu, eu acordo de manhã e tenho de começar a arrumar tudo o que vejo, preciso sacudir as pessoas, quero que tudo seja melhor, quero limpar toda a merda com que temos de lidar todo dia nesta vida dura. Você, ao contrário, age como se aceitasse o mundo como é, feliz de estar nele e, aconteça o que acontecer, para você está bom. Mas sabe de uma coisa? Eu estou de olho em você. Já entendi direitinho a sua máscara de anjo do paraíso. É brilhante, não há dúvida, mas é só uma casca, a sua casca de noz dura, e por dentro você é uma moça completamente diferente e, na minha opinião, longe de estar satisfeita. Você é a mulher mais generosa que eu conheço, se eu digo que gostei deste ou daquele xale, você me dá de presente, mesmo que tenha sido da sua tataravó, do seu enxoval e uma herança de cento e cinqüenta anos, mas em segredo, apesar de tudo isso, você é uma miserável consigo mesma."

Era o tipo de discurso que ou destrói uma amizade ou a coloca em um novo nível de intimidade, e era típico de Firdaus apostar tudo num único arremesso no jogo de dados. "Acho que eu também enxerguei dentro dela aquele dia", disse Pamposh Kaul a sua filha Boonyi que sonhava, "e percebi a mulher incrivelmente leal e amorosa debaixo daquela atitude desbocada e dura. Além disso, era a única mulher da aldeia capaz de entender o que eu queria dizer." Assim, Pamposh confiou seus segredos mais profundos a Firdaus, surpreendendo-a. Até aquele momento, a esposa do chefe, como todo mundo, pensava em Pamposh como a esposa perfeita do pandit, porque seus pés estavam plantados com firmeza no chão, enquanto a cabeça dele estava sempre absorta no meio de alguma nuvem metafísica. Agora Firdaus descobria que Pamposh tinha uma natureza secreta muito mais fantástica do que a do marido, que os sonhos dela eram muito mais radicais e perigosos que qualquer sonho que Firdaus jamais fora capaz de ter, apesar de todas as suas ambições de sacudir o mundo.

Em questões de amor físico, as mulheres da Caxemira nunca tinham sido violetas delicadas, mas o que Pamposh confidenciou a Firdaus a deixou de queixo caído. A mulher do sarpanch descobriu que, oculta dentro da amiga, havia uma personalidade tão intensamente sexual que era de admirar que o pandit ainda conseguisse levantar da cama e andar por aí. A paixão de Pamposh pelos limites mais loucos do comportamento sexual introduziu Firdaus numa lista de novos conceitos que ao mesmo tempo a horrorizavam e a excitavam, embora temesse que, se tentasse colocá-los em prática em seu quarto, Abdullah, para quem sexo era o simples alívio das imposições físicas e não devia ser indevidamente prolongado, a jogaria na rua como uma reles prostituta. Embora Firdaus fosse, por uns poucos anos, a mais velha das duas mulheres, viu-se na inusitada posição de aluna deslumbrada, perguntando com gaguejante fascinação como e por que determinadas práticas atingiam os resultados desejados. "É simples", Pamposh respondeu. "Se vocês confiam um no outro, você pode fazer tudo e ele também, e pode crer que é bem gostoso." Ainda mais notável nas revelações de Pamposh era a sensação de que ela não acompanhava os desejos do marido, mas os conduzia. Quando passou do sexo propriamente dito para a política sexual e começou a explicar suas idéias mais amplas, sua visão utópica da emancipação da mulher, e a falar de seu tormento em ter de viver numa sociedade que estava pelo menos cem anos atrasada em relação ao que tinha em mente, Firdaus levantou a mão. "Já basta ter enchido minha cabeça com coisas que vão me dar pesadelos durante semanas", disse ela. "Não me perturbe com mais nenhuma das suas idéias hoje. O presente já é demais para mim. E também não consigo dar conta do futuro."

Nos sonhos de sua filha, Pamposh Kaul abordava todas as coisas que Firdaus Noman não quisera escutar. Falou-lhe do futuro sem grilhões que brilhava no horizonte como uma terra prometida em que ela nunca poderia entrar, a visão de liberdade que a mordera durante toda a vida e destruíra sua paz interior, embora ninguém soubesse, porque ela nunca tinha parado de sorrir, nunca baixara a máscara mentirosa de calmo contentamento. "Uma mulher pode fazer todas as escolhas que quiser, só porque quer, e agradar a um homem vem em um pobre segundo lugar, muito lá para trás", disse ela. "Além disso, se o coração de uma mulher é sincero, então o que o mundo pensa não importa absolutamente nada." Isso deixou Boonyi muito impressionada. "Para você, é fácil falar", disse ela à mãe. "Fantasmas não têm de viver no mundo real."

"Não sou um fantasma", Pamposh respondeu. "Sou um sonho da mãe que você quer que eu seja. Estou dizendo a você o que já está no seu coração, o que você quer que eu confirme."

"É verdade", concordou Boonyi Kaul, e começou a se espreguiçar e mexer-se. "Vá encontrar com ele", disse a mãe e desapareceu no nada.

* * *

Boonyi esgueirou-se para fora da casa e subiu a encosta arborizada até Khelmarg, o prado onde às vezes, ao luar, praticava tiro com arco, espetando flechas em árvores inocentes. Tinha dom para o arco, mas essa noite era para um esporte diferente. Não havia luar. Poucas luzes brilhavam no acampamento do Exército indiano do outro lado dos campos, algumas lanternas acesas e pontas de cigarro, mas mesmo os soldados estavam quase todos dormindo. Seu pai certamente estava, roncando seus roncos de búfalo. Ela usava um lenço escuro na cabeça e um phiran escuro comprido por cima de uma camisa longa escura. Havia uma friagem no ar, mas o vestido solto era quente. Por baixo do phiran, seu pequeno kangri de brasas quentes lançava longos dedos de calor para seu estômago. Não usava nenhuma outra roupa, nem roupas de baixo. Os pés nus conheciam o caminho. Ela era uma sombra em busca de uma sombra. Ia encontrar a sombra que estava procurando e ele iria amá-la e protegê-la. "Vou segurar você na palma de minha mão", dissera ela, "do jeito que meu pai me segurava." Noman, também conhecido como Shalimar, o equilibrista, o menino mais bonito do mundo.

Naquele momento, o menino mais bonito do mundo estava fazendo o que fazia sempre que precisava se acalmar e se concentrar no que realmente importava: estava subindo numa árvore. As árvores haviam ocupado um lugar importante tanto em sua educação profissional como em sua vida interior. Uma noite, com a idade de onze anos, Noman não conseguira dormir por causa de suas incertezas sobre a natureza do universo, assunto sobre o qual seus pais tinham discussões tão espetaculares que a aldeia inteira se reunia diante da casa para escutar e tomar partido, discussões sobre a localização exata do paraíso celestial e se no futuro os homens lá chegariam ou não em espaçonaves, e sobre a probabilidade ou improbabilidade de haver profetas e livros sagrados em outros planetas, e, conseqüentemente, se era ou não blasfêmia levantar a hipótese da existência teórica de pequenos profetas de pele verde e olhos esbugalhados recebendo escrituras sagradas nas línguas incompreensíveis de Marte ou das criaturas que viviam no lado invisível da Lua. Noman não sabia escolher entre a abertura mental moderna do pai e as ameaças ocultistas da mãe, que geralmente tinham algo a ver com encantamentos de serpente, de forma que, mesmo com uma tempestade chegando, ele havia fugido pela porta dos fundos e subido no plátano mais alto do distrito de Pachigam, para pensar. Não fora doido de pular para a corda naquela noite. Lá ficara loucamente exposto ao vento e à chuva enquanto em torno dele ramos sacudiam e quebravam. O universo flexionava os músculos e demonstrava seu completo desinteresse por discussões sobre sua natureza. O universo era tudo ao mesmo tempo, ciência e feitiçaria, o que era oculto e o que era conhecido, e não dava a mínima para isso. A fúria da tempestade cresceu. Ele viu mãos de mortos voarem junto ao seu rosto, buscando por ele de seus aéreos túmulos. O vento gritava e queria matá-lo, mas ele gritou de volta na cara dele e xingou, e o vento não conseguiu tirar-lhe a vida. Anos depois, quando se tornou assassino, ele diria que poderia ter sido melhor se ele não tivesse sobrevivido, se sua vida tivesse sido arrebatada naquele dia pelos dentes podres da ventania.

Logo à saída da aldeia havia um grupo de antigos plátanos arranhando graciosamente o céu. Havia uma corda esticada entre duas das árvores mais velhas e agora, em preparação para o seu compromisso com Boonyi, Shalimar, o equilibrista, estava andando nela, rolando, dando piruetas, saltitando com tanta leveza que parecia andar no ar. Tinha nove anos de idade quando aprendeu o segredo de andar no ar. Na clareira verde debaixo da cúpula de folhas vazada pelo sol, ele saíra descalço dos braços do pai e voara. Naquele primeiro vôo, a corda estava a menos de meio metro do chão, mas a excitação fora tão grande quanto qualquer coisa que sentiu depois em sua vida profissional, quando saía de um ramo alto e olhava seis metros abaixo os admiradores boquiabertos, batendo palmas e suspirando. Seus pés sabiam o que fazer sem precisar de instruções. Os dedos se agarravam na corda, apertando forte. "Não pense na corda como uma linha de segurança no espaço", seu pai lhe dissera. "Pense nela como uma linha de ar recolhido. Ou pense no ar como alguma coisa se preparando para ser corda. A corda e o ar são a mesma coisa. Quando entender isso, vai estar pronto para voar. A corda vai derreter e você vai pisar no ar sabendo que ele vai agüentar seu peso e levar você aonde quiser."

Abdullah Sher Noman estava iniciando seu filho num mistério. Uma corda que se transformava em ar. Um menino que podia se transformar em pássaro. A metamorfose era o coração secreto da vida.

Depois de sua primeira caminhada ficou impossível manter Noman longe da corda e aos poucos ela foi subindo mais e mais até ele conseguir voar no nível do topo das árvores. Praticava com qualquer tempo e a todas as horas do dia e da noite, e seu pai Abdullah nunca o impedia, nunca lhe colocava rédeas, nem mesmo quando a begum Firdaus, esposa do grande homem e feroz mãe de Noman, ameaçou enfeitiçar os dois, transformá-los em cobras-d'água e prendê-los em um pote de vidro na cozinha, caso isso fosse necessário para proteger seu filho do maldito idiota do pai que não se importava que Noman caísse de cabeça no chão e se partisse em mil pedaços, como um espelho. As cobras ocupavam um grande espaço na visão de mundo da begum Firdaus e, portanto, da família dela também. "Cobra aparece, o mundo estremece", ela gostava de dizer, com o sentido de que as grandes serpentes escondidas na raiz das montanhas provocavam tremores de terra quando se moviam. Ela conhecia muitos segredos das cobras. Debaixo do gélido Himalaia, dizia, havia uma cidade perdida onde as cobras amealhavam ouro e pedras preciosas. A malaquita era uma das pedras favoritas das cobras e possuir uma trazia boa sorte para o possuidor; mas só se a pedra tivesse sido achada, não comprada. "Não se pode comprar a sorte das cobras", ela alertava. Em geral, se uma cobra entrava na casa, isso devia ser considerado uma bênção, algo a se agradecer, e não só porque ela podia engolir os camundongos domésticos. De qualquer modo, devia-se pegar uma vara e jogá-la para fora da porta ou da janela, porque sorte era uma coisa de que não se podia abusar; mas era preciso fazer isso com respeito e sem tentar esmagar a cabeça dela. A proteção das cobras era uma coisa de que todas as casas precisavam e se você não tinha uma cobra para protegê-lo, melhor ter então umas pedras de malaquita.

(A primeira vez que Noman ouviu o pandit se derramar sobre os dragões do céu Rahu e Ketu, ficou maravilhado com a afinidade secreta entre o pai de sua amada e sua intratável mãe. Dragões, lagartos, cobras, os sinuosos vermes escamosos da terra e do ar; parecia que o mundo inteiro tinha monstros mágicos no cérebro.)

Firdaus tinha o olho direito preguiçoso e as pessoas diziam pelas suas costas que, no momento em que aquele olhar baixo de esguelha se fixava em você, podia ter certeza de que ela própria era meio cobra. Noman às vezes desconfiava que era por causa dos interesses serpentinos de sua mãe que ele deslizava tão bem para cima e para baixo e ao longo de coisas como árvores e cordas. Agora, todos os seus pensamentos estavam se enrolando em torno dessa garota, Boonyi, a quem planejava propiciar boa sorte todos os dias da vida de ambos. As palavras hindu e muçulmano não tinham lugar na história deles, dizia a si mesmo. No vale, essas palavras eram meras descrições, não divisões. As fronteiras entre as palavras, suas arestas duras, haviam se tornado pouco nítidas, borradas. Era assim que as coisas tinham de ser. Isso era a Caxemira. Quando ele disse a si mesmo essas coisas, acreditou nelas de todo o coração. Apesar disso, não tinha contado nem ao pai nem à mãe sobre os seus sentimentos pela filha do pandit. Raramente escondera segredos do pai — com a mãe sempre estivera mais em guarda, porque ela o assustava de um jeito que o pai não fazia — e sentia culpa pelo grande segredo que estava abraçando só para si mesmo ali nas árvores. Mas ninguém, nem mesmo os outros três clowns, que eram também seus irmãos mais velhos e amigos mais íntimos, sabia o que estava planejando fazer essa noite.

Boonyi, cujo primeiro amor e maior dom era a dança, sabia andar na corda também, mas para ela era apenas uma corda. Para o jovem Noman era um espaço mágico. "Um dia, eu vou decolar mesmo", ele disse a ela depois do primeiro beijo. "Um dia, não vou precisar da corda. Vou simplesmente andar no ar vazio e ficar lá pendurado como um cosmonauta sem a roupa. Vou plantar bananeira, ficar em pé, em cima da cabeça e não vai haver nada em que pisar." Ela ficou impressionada com seu ar de total certeza e, mesmo sabendo que as palavras dele eram uma bobagem muito louca, ficou bastante comovida com elas. "Por que tem tanta certeza?", perguntou. "Meu pai me fez acreditar nisso", ele respondeu. "Ele me criou aninhado na palma da mão e meus pés nunca tocavam o chão."

A palma da mão do pai dele não era macia, nem acolchoada como devia ser a mão de um homem rico, mas dura, usada, vivida. Era uma mão que sabia como era o mundo e não o protegia do conhecimento das durezas por vir. Mas era uma mão forte, mesmo assim, e podia protegê-lo dessas durezas. Contanto que Noman ficasse no vale de sua pele, nada podia tocá-lo e não havia nada a temer. O pai o tinha criado na palma de sua mão porque ele era a jóia mais preciosa que Abdullah jamais possuíra, ou, pelo menos, assim dizia o sarpanch quando seus filhos mais velhos, Hameed, Mahmood e Anees, não estavam ouvindo, porque um homem em sua posição, um líder, não devia nunca abrir-se para a acusação de favoritismo. Mesmo assim, Noman na palma da mão de Abdullah sabia o segredo do pai e o guardava. "Você é o meu amuleto da sorte", Abdullah disse a ele. "Com você a meu lado, sou invencível." Noman sentia-se invencível também, pois se era o talismã mágico do pai então seu pai também era o dele. "O amor de meu pai foi a primeira fase", ele disse a ela. "Me levou até o alto das árvores. Mas agora é do seu amor que eu preciso. É isso que vai me fazer voar."

Não havia lua. A fornalha branca da galáxia brilhava no céu. Os pássaros estavam dormindo. Shalimar, o equilibrista, subiu a encosta arborizada até Khelmarg e escutou o rio correndo. Queria que o mundo se congelasse exatamente como estava naquele momento, com ele tão cheio de esperança e desejo, ele tão jovem e apaixonado, sem nenhuma decepção com ninguém, sem ninguém que ele amava ter morrido. Quanto à morte, sua mãe acreditava num pós-vida serpentino, mas a eternidade de seu pai tinha asas. Quando Noman era um menino pequeno de seis anos, seu mal-humorado avô Faruq encerrara sua longa e resmungona vida com um humor atipicamente alegre. "Pelo menos, não vou ter mais de me preocupar com vocês todos estragando as coisas à minha volta", dissera ele. A idéia que Faruq fazia do amor era agarrar as bochechas de Noman, beliscá-las e torcê-las o mais duro que podia.

"Babajan acha que eu sou feio", Noman reclamou.

"Claro que não", respondeu o pai, pouco convincente.

"Se ele não achasse que eu sou mais feio que um bhoot", disse Noman, conclusivo, "não estaria sempre tentando arrancar meu rosto com as garras."

Apesar da má atitude do avô Faruq com a fisionomia de Noman, o menino ficou nervoso com os ritos funerários. O avô Faruq foi enterrado com perturbadora rapidez, entregue à terra seis horas depois de expirar, mas o luto foi devastador e tediosamente longo. Para confortar e animar Noman, Abdullah explicou que depois da morte as almas dos membros da família deles entravam nos pássaros da região e voavam em torno de Pachigam cantando as mesmas canções que costumavam cantar quando eram gente. Como pássaros, cantavam com o mesmo nível de talento musical que haviam possuído na vida humana anterior, nem mais, nem menos. Noman não acreditou e lhe disse isso. O pai respondeu a sério. "Me deixe morrer e depois procure uma poupa com uma voz igual a um cano de escapamento quebrado. Quando você ouvir essa poupa grasnando e cacarejando, serei eu cantando minha canção favorita, 'Eu não te disse?'." Abdullah riu e era verdade que ele soava exatamente como o cano de escapamento rachado de seu velho caminhão e que sua voz para o canto era ainda pior que a risada. Era também verdade que "Eu não te disse?" era a canção favorita de Abdullah Noman, porque ele fora amaldiçoado com a maldição de saber demais e a dupla maldição de ser incapaz de evitar apontar isso, mesmo que fizesse a begum Firdaus ameaçar bater-lhe na cabeça com uma pedra.

"Você não vai morrer", Noman disse a ele. "Não vai morrer nunca, nunca."

Quando era menino, o pai conseguia encontrar passarinhos nele todo. Abdullah beijava o rosto, a barriga ou os joelhos dele e imediatamente o menino ouvia um canto de pássaro bem ali onde os lábios franzidos do pai lhe tocavam a pele. "Acho que tem um passarinho embaixo do seu braço", Abdullah dizia e Noman se retorcia de prazer, tentando fazê-lo parar, não querendo que parasse, e Abdullah lutava para chegar ao ponto e de repente, pronto, lá estavam os pios penetrantes saindo da axila de Noman também. "Quem sabe esse passarinho", dizia o pai movendo-se ameaçadoramente para o rosto dele, "esteja querendo escapar pelo seu nariz."

Abdullah Sher Noman era de fato um leão, conforme o honorífico sher que acabara assumindo como nome intermediário sugeria. Desde seus dias de juventude, as pessoas em Pachigam diziam que havia dois leões na Caxemira. Um era o xeque Abdullah, claro, o próprio Sher-e-Kashmir, líder inquestionável de seu povo. Todo mundo concordava que o xeque Abdullah era o verdadeiro príncipe do vale, não aquele marajá Dogra que vivia no palácio das encostas acima de Srinagar, que depois se transformou no hotel Oberoi. O outro leão era o próprio chefe de Pachigam, Abdullah Noman, que todo mundo admirava e, de um jeito amoroso e respeitoso, também temia um pouco, não porque ele era o chefe, mas também porque tinha uma presença cênica tão imponente em seu heroísmo, tão ferozmente valente pela verdade, que sabia-se que alguns membros menos recomendáveis das platéias em torno do vale tinham se posto de pé e confessado crimes insuspeitados sem nem ao menos esperar o clímax e final da peça.

Abdullah não era alto, mas era forte, com braços tão grossos como os de qualquer ferreiro. Tinha ombros largos, uma profusão de cabelos, e os soldados indianos do acampamento o tratavam com todo o respeito de que eram capazes. Era também um formidável ator-empresário que levava os atores itinerantes onde quer que fosse e era muito amado pelas mulheres também, embora a begum Firdaus fosse bem a leoa de que precisava. "Ele me deu o mesmo nome leonino que usa no meio", escreveu Shalimar, o assassino, muitos anos depois, "mas não mereço portar esse nome. Minha vida ia ser uma coisa, mas a morte a transformou em outra. O céu claro desapareceu para mim e abriu-se uma passagem escura. Agora, eu sou feito de escuridão, só que um leão é feito de luz." Isso ele escreveu numa folha do papel vagabundo, pautado, da prisão. Depois, rasgou o papel em pedacinhos.

O nome oficial da aldeia deles, Pachigam, não tinha nenhum sentido aparente; mas alguns habitantes mais velhos diziam que era uma corruptela recente de Panchigam, que quer dizer aldeia dos pássaros. No aborrecido debate sobre se os pássaros eram ou não almas humanas transfiguradas, esse rumor etimológico não provava nada ou tudo dependia da tendência de cada um. Quando Shalimar, o equilibrista, encontrou Boonyi Kaul esperando por ele no prado Khelmarg, porém, esse debate não era mais importante em sua cabeça. Outro debate estava rugindo lá dentro. Parada diante dele, a pele ungida com óleo e flores silvestres perfumando o cabelo cuidadosamente trançado que, livre do lenço, pousava sobre os ombros, estava a garota que ele amava, à espera de que ele a fizesse mulher e, ao fazê-lo, fazer-se homem. O desejo cresceu dentro dele, mas cresceu também uma força contrária que ele não esperava: contenção. Os dragões de sombra estavam lutando acima dele, Rahu, o exagerador, e Ketu, o limitador, batalhando pelo domínio de seu coração.

Olhou Boonyi nos olhos e viu neles o sinal da sonhadora, alertando-o de que ela havia fumado charas para ter coragem de ser deflorada. No sutil e sugestivo movimento dos lábios dela também dava para discernir a enigmática sedução do seu estado. "Boonyi, Boonyi", ele lamentou, "você me encarregou de uma responsabilidade que não sei como assumir. Vamos, sabe, nos acariciar em cinco lugares, nos beijar de sete maneiras e nos amar em nove posições, mas não vamos nos deixar levar." Como resposta, Boonyi despiu o phiran e a camisa pela cabeça e ficou ali, nua diante dele, a não ser pelo pequeno pote de fogo pendurado lá embaixo, abaixo de sua barriga, aquecendo o que já estava quente. "Não me trate como criança", disse ela numa voz gutural que comprovava que não havia economizado no abuso da droga. "Acha que me dei a todo este trabalho para uma sessão infantil de lamber e chupar?" Quando ouviu essa inesperada grosseria na fala dela, Shalimar, o equilibrista, avaliou que ela devia estar mesmo com muito medo do que havia concordado em fazer, razão pela qual precisara se dopar tão completamente. "Tudo bem, não vai acontecer", disse, e o conflito dentro dele ficou tão grande, as duas metades do dragão agitavam suas entranhas de forma tão intensa, que sentiu-se mal fisicamente. Boonyi riu histérica ao ver a cena. "Acha que isso vai me fazer desistir?", disse, sem fôlego, entre os soluços de riso, e puxou-o para cima dela. "Mister, vai ter de tentar bem mais para conseguir se livrar desta."

Depois disso, Boonyi Kaul jamais disse uma palavra de arrependimento ou recriminação pelo que fizera no prado de Khelmarg, ainda que os acontecimentos daquela noite a tivessem colocado no caminho que levou a uma morte prematura. Ela nunca censurou a si mesma, nem a Shalimar, o equilibrista, pela escolha deles, que na verdade era dela. Shalimar, o equilibrista, estava errado sobre isso também. Ela não havia fumado charas para abdicar da responsabilidade, mas para ter certeza de não deixar passar a oportunidade; nem estava com medo do que havia decidido fazer. A cabeça do dragão a havia conquistado muito tempo antes. A cauda que matava o espírito não tinha poder sobre ela.

"Deus", disse ela, quando terminaram, "e isso era o que você *não* queria fazer?"

"Não me deixe", disse ele rolando de costas, ofegante de alegria. "Não me deixe agora, senão nunca perdoarei você e me vingarei, mato você e se tiver filhos de outro homem mato os filhos também."

"Como você é romântico", ela respondeu, desatenta. "Você diz as coisas mais doces."

Antes de Shalimar, o equilibrista, e Boonyi nascerem existiam as aldeias dos atores e as aldeias dos cozinheiros. Depois, os tempos mudaram. Os artistas pachigamenses do entretenimento tradicional, conhecido como bhand pather ou histórias de clowns, ainda eram os inquestionáveis reis atores do vale, mas Abdullah, o gênio — o jovem Abdullah, em seu auge —, era quem os fazia aprender a ser também cozinheiros. No vale, em época de comemorações, as pessoas gostavam de assistir a um pouco de teatro, mas havia também uma demanda por aqueles que eram capazes de preparar o legendário wazwaan, o Banquete dos Trinta e Seis Pratos no Mínimo. Graças a Abdullah, os aldeões de Pachigam eram os primeiros a fornecer serviço completo, oferecendo tanto sustento para o corpo como prazer para a alma. O resultado era que não tinham de repartir com ninguém o pagamento pelo dia de festividades. Havia outras aldeias especializadas no Banquete dos Trinta e Seis Pratos no Mínimo, a mais famosa das quais era Shirmal, pouco mais de dois quilômetros estrada abaixo; mas, como Abdullah dizia, era mais fácil estudar receitas do que segurar uma platéia na palma da mão.

Não foi sem oposição que ele instituiu essa mudança radical no estilo de vida da aldeia. A begum Firdaus lhe disse que era um esquema muito bobo, que iria arruinar financeiramente a aldeia. "Olhe tudo o que a gente vai ter de comprar — todos os haandis de cobre, as grelhas, os fornos tandoor portáteis, só para começar! —, e depois tem o custo de aprender a fazer a comida e a prática", protestou ela. "Existe alguma razão, teoricamente falando", Abdullah rugiu, ruminativo, para a begum Firdaus, uma manhã fria da primavera — ele havia esquecido havia muitos anos que era possível baixar o tom de voz ao falar — "por que atores não possam ser capazes de fritar especiarias e cozinhar arroz para preparar algo mais que uma papa encharcada?" A begum Firdaus reagiu ao tom dele. "Existe alguma boa explicação, da mesma forma", berrou de volta para ele, "para as cegonhas não voarem de cabeça para baixo?"

A voz dissidente dela estava em minoria, porém, e quando a política adotada começou a dar sinais de ser um sucesso, a principal aldeia cozinheira, Shirmal, resolveu rezar pela mesma cartilha de Pachigam e tentou encenar peças cômicas para acompanhar sua comida. Porém, o show de palco deles era amador e foi um fracasso. Então, uma noite, declarou-se guerra entre rivais. Os homens de Shirmal atacaram num raide a aldeia de Pachigam, com o objetivo de roubar os grandes caldeirões e quebrar os fornos nos quais os atores itinerantes haviam aprendido a cozinhar os quitutes mais nobres da região, o roghan josh, o tabak maaz, o gushtaba, mas os homens de Pachigam mandaram os shirmalianos de volta para casa chorando com as cabeças quebradas. Depois da guerra das panelas, ficou tacitamente aceito que Pachigam era o topo da árvore do entretenimento e os outros só eram contratados quando os contadores de histórias de clown e banqueteiros de Pachigam estava ocupados demais para oferecer seus serviços.

A guerra da panela horrorizou todo mundo em Pachigam, mesmo tendo a aldeia saído vencedora. Eles tinham sempre pensado que seus vizinhos, os aldeões de Shirmal, eram mais que um tanto esquisitos, mas ninguém imaginara que fosse possível abrir-se uma fenda tão ultrajante na paz, que caxemirenses pudessem atacar outros caxemirenses levados por motivações tão mesquinhas quanto a inveja, a malícia e a ganância. A amiga da begum Firdaus, a mulher da tribo gujar e profetisa sem idade Nazarébadur, mergulhou numa tristeza nada característica. Nazarébadur era a mais otimista das videntes, que as pessoas gostavam de visitar em sua cabana de floresta com teto de musgo apesar do cheiro úmido de animais fornicando, porque ela invariavelmente previa felicidade, riqueza, vida longa e sucesso. Depois da guerra da panela, a visão dela escureceu. "Esse é o primeiro pedregulho que começa a avalanche", disse ela, sacudindo a cabeça sem dentes. Depois entrou em sua odorífica cabaninha, puxou um biombo de madeira na frente da entrada e aposentou-se para sempre da arte da adivinhação. Nazarébadur pegara seu nome — "olho gordo, vá embora!" — de um personagem das velhas histórias, uma bela princesa apaixonada pelo príncipe herói Hatim Tai e cujo toque era capaz de evitar maldições, e permitiu que aldeões mais crédulos acreditassem que era de fato nada mais que a bela imortal fabulosa, que a morte não conseguira levar porque possuía o toque da sorte que a mantinha longe de suas garras. "Se isso faz as pessoas felizes", confidenciou a Firdaus, "não me importa que acreditem que já fui a rainha de Sabá."

Para dizer a verdade, Nazarébadur não parecia rainha de nada. Com o turbante frouxo e um único dente de ouro na frente, lembrava mais um corsário naufragado. Quando moça, dizia, havia sido abençoada com ondas esvoaçantes de cabelo avermelhado, dentes brancos brilhantes e o olho esquerdo azul, mas ninguém podia confirmar nada disso porque ninguém na vizinhança lembrava de Nazarébadur jovem. O marido a ofendera morrendo sem conseguir lhe deixar nem mesmo um único filho para cuidar dela nos anos de declínio, coisa que ela considerava o cúmulo dos maus modos e a deixara com uma opinião negativa dos homens em geral. "Se existe um jeito de propagar a raça humana sem depender dos homens", Nazarébadur dissera a Firdaus, "me mostre como é, porque então as mulheres podem ter tudo o que quiserem e dispensar tudo o que não precisam." Quando as notícias sobre inseminação artificial chegaram ao vale, porém, ela passara havia muito da idade de ter filhos e não teria dinheiro para pagar pelo procedimento, mesmo que estivesse no fulgor da juventude.

Ela aproveitara o melhor possível a vida, cuidando de seus animais, fumando seu cachimbo, sobrevivendo. Ler a sorte era uma atividade paralela que rendia um extra, mas não o principal interesse de Nazarébadur. Verdadeira mulher gujar que era, seu primeiro amor era a floresta de pinheiros. Seu lema repetido mais freqüentemente era, em caxemirense: *"Un poshi teli, yeli vun poshi"*, que queria dizer: "Floresta primeiro, comida em segundo". Ela se via como a guardiã das árvores da floresta de Khel, que precisava ser homenageada todo outono, quando os habitantes de Pachigam e Shirmal, que se abasteciam nela, precisavam recolher lenha para as neves de inverno vindouras. "Você não ia querer que seus filhos morressem de frio", os aldeões argumentavam, e ela acabava reconhecendo que crianças humanas eram mais importantes que madeira viva. Conduzia os homens da aldeia até as árvores que estavam mais próximas de morrer e essas eram as únicas que permitia que derrubassem. Eles faziam o que ela mandava, temendo que se não obedecessem ela os enfeitiçasse, arruinando suas colheitas e mandando-lhes uma doença de tremores ou uma peste de furúnculos.

Ela ganhava a vida vendendo leite e queijo de búfala e seu corpo e suas roupas cheiravam constantemente a laticínios e a manteiga clarificada. Isso lhe dava o aroma de uma rainha antiga que tomava banhos de leite e fazia seus lacaios a massagearem com manteiga, mesmo sendo tão pobre como lama da montanha. O mundo fora da floresta lhe parecia irreal e ela não gostava de sair para ele mais do que o necessário. "Foi uma longa viagem que fizemos vindo de Gujria", gostava de dizer, "e quando se fez uma tamanha caminhada não é mais preciso ficar perambulando por aí." O fato de que a suposta migração dos gujars da Gujria ou Georgia tinha ocorrido mil e quinhentos anos antes não alterava nada. Nazarébadur falava da grande caminhada como se tivesse acontecido outro dia e ela tivesse dado cada passo do caminho, iniciado no mar Cáspio, através de toda a Ásia central, Iraque, Irã e Afeganistão, pela passagem Khyber, descendo para o subcontinente indiano. Ela sabia os nomes dos assentamentos que haviam sido deixados no Irã, Afeganistão, Turcomenistão, Paquistão e Índia — Gurjara, Gujrabad, Gujru, Gujrabas, Gujdar-Kotta, Gujargargh, Gujranwala, Gujarat. Falava com tristeza das horríveis secas que assolaram Gujarat no século VI da chamada Era Comum, expulsando seus ancestrais da floresta de Gir para as florestas e campinas verdes das montanhas da Caxemira. "Não tem importância", dizia ela a Firdaus. "Da tragédia sempre aparece alguma coisa boa. Perdemos Gujarat, mas olhe! Veja! No lugar dela conseguimos a Caxemira."

Firdaus Butt ou Bhat, quando garota, desenvolvera o que veio a se transformar num hábito de vida inteira: subir as encostas arborizadas atrás de Pachigam para sentar aos pés da mulher gujar, para ouvir as inesgotáveis histórias de Nazarébadur, beber o chá salgado cor-de-rosa e aprender o segredo de desligar o sentido do olfato, até poder ligá-lo de novo como um rádio, e no brando silêncio de sua ausência mergulhar no som da voz hipnótica de Nazarébadur, sem que seu devaneio fosse interrompido pelo cheiro da merda de carneiro ou pelos freqüentes e excepcionais peidos de búfalo da própria Nazarébadur. A profetisa revelou que tinha sido por volta de sua chegada à puberdade que descobrira ser capaz de evitar desastres de pequena escala profetizando boas novas. Porém, resistiu em fazer as conexões menstruais aparentemente óbvias. "Se tivesse alguma coisa a ver com essa bobagem enviada para transformar a vida das mulheres num inferno, como se o mundo já não fosse bem duro sem isso", zombava ela, "então teria terminado quando parei de sangrar, e isso aconteceu faz tanto tempo que nem é educado dizer."

Nazarébadur lembrava que muito tempo antes, quando menina, vira-se uma vez na cidade em companhia de seu pai, por razões que não conseguia mais trazer à mente. Apesar da beleza das ruas de Srinagar, com suas casas de madeira projetadas sobre a rua, em cujos andares superiores mulheres podiam se debruçar uma na direção da outra para trocar confidências, lençóis, frutas e talvez até mesmo beijos sub-reptícios, apesar dos espelhos brilhantes dos lagos e da magia dos pequenos barcos a cortá-los como facas, a jovem Nazarébadur sentira-se horrivelmente pouco à vontade. "Tantas pessoas em volta", explicou. "Era ofensivo para mim." De repente e inusitadamente, pois era uma menina feliz, de natureza doce, não uma rebelde, a pressão claustrofóbica da vida urbana se tornara excessiva para ela. Pegou uma pedra da rua e arremessou com toda a força no vidro da vitrine de uma loja que vendia tapetes numdah. "Não sei por que fiz isso", ela contou a Firdaus anos depois. "A cidade parecia uma espécie de ilusão e a pedra era um jeito de fazer ela desaparecer, para a floresta poder reaparecer. Pode ter sido isso, mas não tenho certeza. Nós somos mistérios para nós mesmos. Não sabemos por que fazemos as coisas, por que nos apaixonamos ou cometemos assassinato ou jogamos uma pedra numa placa de vidro."

O que Firdaus mais gostava em Nazarébadur era que ela falava com uma menina do mesmo jeito que falaria com um adulto, sem fazer concessões. "Está querendo dizer", perguntou, pensativa, "que um dia eu posso cortar a cabeça de alguém e nem saber por que estou fazendo isso?" Nazarébadur deu um peido barulhento por baixo do phiran. "Não tenha tanta sede de sangue, *missy*", advertiu ela. "E, a propósito, o assunto em discussão agora não é você. Existe uma pedra no ar, voando para o seu alvo."

No momento em que a pedra saiu de sua mão, Nazarébadur se arrependeu. Viu os olhos aturdidos do pai olhando para ela e, pela primeira vez na vida, entrou no transe de poder. Uma espécie de bem-aventurada letargia a envolveu e sentiu como se o mundo tivesse ralentado quase a ponto de parar. "Não vai quebrar! A vitrine não vai quebrar!", ouviu a própria voz gritando no meio daquela estase deliciosa e, naquele momento fora do tempo em que o mundo parou, ela ainda viu a pedra desviar ligeiramente seu trajeto de forma que, quando o movimento voltou ao universo um instante depois, o míssil atingiu a moldura de madeira da loja de numdah e caiu, inofensivo, no chão.

Depois disso, ela descobrira a extensão e os limites de seus poderes num processo de tentativa e erro. No mesmo ano do incidente com a pedra, as chuvas falharam e houve grande preocupação em Pachigam. A menina Nazarébadur ouviu dois aldeões discutindo o assunto enquanto caminhavam na floresta. "Mas será que a chuva vem?", perguntou um para o outro, e aquela adorável lentidão baixou sobre Nazarébadur outra vez. "Vem", ela respondeu alto, assustando os dois homens. "Vai chegar na quarta-feira de tarde." E, de fato, depois do almoço na quarta-feira começou o temporal.

As pessoas apertavam os olhos para olhar para Nazarébadur, com aquela mistura de desconfiança e admiração que os seres humanos reservam para os que são capazes de predizer o futuro. O caminho para seu chalé começou a ficar bem pisado, por amantes perguntando se as namoradas retribuiriam seu amor, por jogadores querendo saber se iam ganhar nas cartas, pelos curiosos e pelos cínicos, pelos crédulos e pelos duros de coração. Mais de uma vez houve campanha contra ela na aldeia, da parte de pessoas cuja reação à anormalidade era expulsá-la da porta de casa. Ela salvou-se por sua discrição, por sua recusa em falar quando não sabia a resposta, porque a indolência visionária que lhe permitia empurrar o futuro na direção exigida não podia ser provocada; vinha quando queria e sua própria vontade parecia ter pouco a ver com isso. Só quando tinha certeza de sua habilidade em garantir um resultado feliz ela murmurava gentilmente a boa notícia no ouvido do consulente.

Ao se tornar mulher, a sua força começara a enchê-la de dúvidas. O dom de afetar o curso dos acontecimentos positivamente, de ser capaz de mudar o mundo, mas só para melhor, devia ser uma fonte de alegria. Nazarébadur fora amaldiçoada com um pendor filosófico, porém, e, conseqüentemente, até sua boa natureza inata não conseguia evitar a contaminação por um traço de melancolia. Perguntas difíceis começaram a atormentá-la. Seria sempre bom melhorar as coisas? Os seres humanos precisavam da dor e do sofrimento para aprender e crescer? Um mundo em que só acontecessem coisas boas seria um mundo bom, um paraíso, ou seria de fato um local intolerável cujos habitantes, imunes ao perigo, aos erros, às catástrofes e às misérias, se transformariam em chatos superconfiantes, insuportavelmente embriagados de si mesmos? Estaria prejudicando as pessoas ao ajudá-las? Será que devia simplesmente parar de meter o nariz nos assuntos dos outros e deixar o destino tomar o curso que escolhesse? Sim, a felicidade era uma coisa de grande e brilhante valor e ela acreditava em promovê-la; mas será que a infelicidade não seria tão importante quanto? Estaria fazendo a obra de Deus ou do Diabo? Não havia resposta para essas perguntas, mas as próprias perguntas pareciam, de vez em quando, uma espécie de resposta.

Apesar das reservas, Nazarébadur continuara a empregar seus dons, incapaz de acreditar que teria recebido esses poderes se não fosse bom usá-los. Mas os medos permaneceram. Por fora, continuava a se comportar com a tranqüilidade alegre, desbocada, flatulenta, mas a infelicidade dentro dela cresceu; devagar, é verdade, mas cresceu. Seu maior medo, que ela não revelava a ninguém, era de que todo o infortúnio que evitava estivesse se acumulando em algum lugar, que ela estivesse vertendo despreocupadamente a reserva de boa sorte enquanto a má sorte se acumulava como água atrás de um dique e um dia as comportas viessem a se abrir, a inundação de miséria se desencadeasse e todo mundo se afogasse. Por isso a guerra da panela a afetara tanto. Seu pior pesadelo estava começando a se realizar.

A amizade de Nazarébadur com a muito mais jovem Firdaus era a razão de ninguém em Pachigam se preocupar com o olho preguiçoso da esposa de Abdullah, e, conseqüentemente, esta conseguia manter um pequeno negócio no ramo da venda de talismãs protetores, como pimentas e limões pendurados em cordões, olhos pintados, malaquitas, flâmulas pretas e dentes arrancados do feroz sur, o porco selvagem da Caxemira, que era sempre aconselhável pendurar no pescoço das crianças. Nos dias de casamento, as pessoas mandavam buscar Firdaus para delinear os olhos do feliz casal com um khol especial e queimar as sementes propiciatórias de flor branca de isband, conhecida como arruda. Durante a cerimônia, Firdaus, muitas vezes em dueto com Nazarébadur, e com um coral de eunucos convocados na aldeia de cantores castrati, entoava suas canções mágicas:

Olhem, a brava menina e seu doce namorado,
que Deus proteja os dois de qualquer mau-olhado.

Quando Nazarébadur se emparedou em seu chalé e parou de comer e beber, Firdaus, pesada com a gravidez do ainda não nascido Noman, foi à porta da casa dela com comida e bebida e implorou para que a deixasse entrar. Não ousou empurrar de lado o biombo nem forçar a entrada, porque isso seria chamar a má sorte sobre a própria cabeça. As duas amigas sentaram-se uma de cada lado da fina divisória de madeira, colaram os lábios nela e começaram a última conversa de suas vidas. "Viva", Firdaus implorou, "senão vai me deixar sozinha para lidar com esta merda de mundo novo cheio de panelas de cozinha e raiva." Ouviu Nazarébadur beijar o outro lado da divisória como se estivesse se despedindo de um amante. "A era da profecia chegou ao fim", Nazarébadur sussurrou, "porque o que está vindo é tão terrível que nenhum profeta terá palavras para dizer."

Firdaus perdeu a paciência. "Tudo bem, morra se quiser", disse, feroz, pousando mãos defensivas no útero inchado, "mas não está certo amaldiçoar a todos nós só porque resolveu ir embora."

Durante algum tempo, não pareceu que a maldição de Nazarébadur fosse se realizar. Pachigam era uma aldeia abençoada e suas duas grandes famílias, os Noman e os Kaul, haviam herdado grande parte das riquezas naturais da região. O pandit Pyarelal era dono do pomar de maçãs e Abdullah Noman tinha pessegueiros. Abdullah tinha abelhas de mel e pôneis de montanha e o pandit era dono de campos de açafrão, além de grandes rebanhos de carneiros e cabras. Naquele verão, o tempo foi generoso e as frutas pendiam pesadas das árvores, o mel gotejava docemente das colméias, a colheita de açafrão foi rica, os animais de corte engordavam bem e as éguas de criação deram à luz os seus valiosos filhotes. Houve muitos convites para os atores apresentarem as peças tradicionais. A dramatização do reinado de Zain-ul-abidin, monarca do século xv conhecido simplesmente como Budshah, o rei, era especialmente solicitada. A única nuvem escura no horizonte eram as relações com a aldeia de Shirmal, que continuavam estremecidas. Abdullah Noman estava seguro de que seu povo continuaria a se defender com sucesso de qualquer outro ataque, mas ficava triste com o estranhamento, mesmo tendo sido sua a idéia de tentar quebrar o monopólio dos shirmalianos no mercado de banquetes. Não sentia nenhuma culpa pela iniciativa. O mundo seguia em frente e todo empreendimento tinha de se adaptar para sobreviver. Porém sentia-se mal com o prejuízo de sua amizade com o waza ou grande chefe dos shirmalianos, Bombur Yambarzal, e Firdaus da língua afiada o fazia sentir ainda pior. "Colocar os negócios antes da amizade é desagradar a Deus", alertou. "Nós tínhamos o bastante para viver, mas em Shirmal as coisas estão duras; se eles não forem contratados para alimentar os outros, morrem eles próprios de fome."

A gravidez de Firdaus estava pesando para ela naqueles dias e ela passava a maior parte do tempo junto com a esposa do pandit, Pamposh, apelidada Giri, o cerne da noz, cuja própria gravidez estava uns dois meses menos avançada, e como às mulheres grávidas se permitem todos os sonhos elas fantasiavam um futuro de eterna amizade para seus filhos não nascidos. A doçura dessas fantasias servia apenas para intensificar a força com que Firdaus atacava o marido por sua atitude com o mestre cozinheiro de Shirmal. Pamposh, porém, defendia Abdullah suavemente. Enquanto as duas mulheres ficavam sentadas na varanda dos fundos da casa de Firdaus olhando os campos de açafrão na direção de Shirmal, Pamposh Kaul observava com delicadeza que o chef era um homem difícil de se gostar. "Abdullah era o único de nós que tinha amizade com ele", disse ela. "Tentar amar alguém que não ama ninguém além de si mesmo — bom, basta isso para mostrar como seu marido é um homem generoso. Agora que a amizade dos dois se rompeu, aquele waza gordão não tem mais nenhum amigo no mundo."

Como o nome sugeria, Bombur Yambarzal era parte uma negra mamangava, parte um narciso; podia picar quando bem entendia e era extremamente vaidoso. Cantava de galo em Shirmal por sua mestria culinária, mas a sua própria brigada da cozinha não gostava nada dele por sua arrogância de militar de desfile e sua insistente exigência de que as panelas fossem areadas até que desse para ver o próprio reflexo nelas. Enquanto a aldeia de Shirmal fora líder inquestionável na confecção do Banquete dos Trinta e Seis Pratos no Mínimo e os shirmalianos forneciam glutônicas quantidades de comida a todos os casamentos e celebrações importantes, Bombur Yambarzal tinha cantado de galo e todo mundo agüentava suas picadas de inseto e seu narcisismo. Porém, sua influência diminuiu quando os rendimentos da aldeia declinaram e, como veremos, o poder do novo mulá Bulbul Fakh começou a crescer. Por isso e muito mais, Yambarzal culpava Abdullah Noman.

Por admiração pela sua grande habilidade como chef e por respeito à sua posição de líder da aldeia, Abdullah durante muito tempo fizera um esforço para manter relações cordiais com Bombur Yambarzal. Por sugestão de Abdullah, os dois homens iam pescar trutas de riacho juntos de quando em quando, passavam uma ou outra noite bebendo rum escuro e davam diversos passeios pela montanha. Abdullah começou a ver lampejos de um outro Bombur, alguém melhor por baixo da superfície inchada e vaidosa que Yambarzal infelizmente apresentava ao mundo: um homem solitário, para quem a culinária era a única paixão da vida, que a encarava com um fervor quase religioso e que ficava, portanto, constante e ferozmente decepcionado com a facilidade com que seus semelhantes humanos se afastavam das extáticas devoções das artes gastronômicas por conta de distrações tão mesquinhas quanto vida familiar, cansaço ou amor. "Se você não fosse tão duro consigo mesmo", Abdullah disse uma vez a Bombur, "talvez pudesse ser mais brando com os outros e se apresentar melhor." Bombur arrepiou-se. "Não estou no jogo da felicidade", disse, duro. "Estou no negócio de banquetes." Era uma declaração que revelava o traço monomaníaco da personalidade do waza, uma característica que o identificava com o ardoroso e fanático mulá Bulbul Fakh, cujos sonhos passaram a ser os pesadelos das duas aldeias.

Depois da guerra da panela, o contato entre os chefes das duas aldeias chegou a um ácido final, até que mensageiros do próprio marajá foram a Pachigam e a Shirmal, solicitando que, a fim de aumentar o pessoal das cozinhas do palácio, deixassem de lado suas querelas e juntassem seus recursos para fornecer alimento (e entretenimento teatral) em um grande banquete do festival Dassehra no jardim Shalimar, um festim concebido numa escala nunca vista no vale desde o tempo do imperador mughal Jehangir. Firdaus Noman, que havia pegado um pouco da habilidade profética de Nazarébadur do mesmo jeito que se pega uma coceira de um cachorro cheio de pulgas, imediatamente concluiu que havia graves problemas a caminho e que o marajá sabia disso. "Ele está fazendo festa como se não houvesse amanhã", disse ela a Abdullah. "Vamos esperar que isso valha para ele, não para nós."

Na manhã de Dassehra, ao final das nove noites navrati de peãs cantados em louvor à deusa Durga, o pandit Pyarelal Kaul acordou com um grande sorriso no rosto. "Por que está tão feliz?", Pamposh perguntou, zangada. A gravidez a deixara se sentindo muito mal essa manhã, de forma que sua disposição era menos que animada, principalmente porque a incessante cantoria de hinos do marido, com a qual ele insistia bravamente não só quando estava oficiando no pequeno templo da aldeia, mas também em casa, havia interferido severamente no sono dela. "Não interessa quantas canções de amor você canta para a deusa", Pamposh acrescentou com azedume, "a única mulher na sua vida é este balão enorme aqui." Mas a jovialidade do pandit não se abateu nem com o mau humor da esposa. "Pense um pouquinho!", disse Pyarelal. "Hoje a nossa aldeia muçulmana, a serviço do nosso marajá hindu, vai cozinhar e representar num jardim mughal — quer dizer, muçulmano — para celebrar o aniversário do dia em que Rama marchou contra Ravana para resgatar Sita. E mais, duas peças vão ser apresentadas: nossa *Rama Leela* tradicional e também *Budshah*, a história de um sultão muçulmano. Quem é hindu esta noite? Quem é muçulmano? Aqui na Caxemira, nossas histórias ficam alegremente lado a lado no mesmo programa duplo, nós comemos nos mesmos pratos, rimos das mesmas piadas. Vamos celebrar alegremente o reinado do bom rei Zain-ul-abidin e, quanto aos nossos irmãos e irmãs muçulmanos, nenhum problema! Todos gostam de ver Sita resgatada do rei demônio e além disso vai haver fogos de artifício." Imagens gigantes de Ravana, de seu filho Meghnath e seu irmão Kumbhakaran seriam levantadas dentro dos muros do Shalimar Bagh, e Abdullah Noman como o Senhor Rama — um ator muçulmano fazendo o papel de um deus hindu — atiraria uma flecha em Ravana, e depois disso as imagens seriam queimadas no coração da grande queima de fogos. "Tudo bem, tudo bem", disse Pamposh, incerta, "mas eu vou ser a moça inchada no canto, vomitando."

No outro extremo de Pachigam, Firdaus Noman acordou ao amanhecer e notou que seu cabelo amarelo havia começado a escurecer. O bebê devia estar quase pronto, sucos estranhos corriam em suas veias e, como estava cheia de premonições íntimas, a sombra em seu cabelo pareceu mais um mau sinal. Abdullah havia aprendido a confiar nos instintos da mulher e chegou a perguntar a ela se a trupe de atores de Pachigam e brigada da cozinha devia ficar em casa e deixar que a apresentação real encomendada fosse para o inferno, mas ela sacudiu a cabeça. "Alguma merda está começando, como Nazarébadur disse", ela respondeu, dando tapinhas no útero distendido. "Isso é certeza, mas a pessoa que está me dando arrepios agora ainda está aqui dentro." Foi a única vez que Firdaus jamais se referiu àquele que seria o maior segredo de sua vida, um segredo para o qual ela não possuía uma explicação racional e ao qual, conseqüentemente, não tinha nenhum desejo de dar voz: que mesmo antes de nascer, seu filho, que todo mundo amou a partir do minuto que nasceu e cuja natureza era mais doce, suave e aberta que a de qualquer outro ser humano de Pachigam, havia começado a quase matá-la de susto.

"Não precisa se preocupar", Abdullah tranqüilizou-a, entendendo tudo errado. "Só vamos ficar longe uma noite. Fique aqui com os meninos" — os gêmeos de cinco anos de idade Hameed e Mahmood e o de dois anos e meio, Anees — "e Pamposh também vai ficar esperando ao seu lado até nós voltarmos..." "Se você pensa que Giri Kaul e eu vamos ficar em casa e perder uma noite festiva dessas", Firdaus interrompeu, voltando a atenção para questões do dia-a-dia, "então os homens são ainda mais ignorantes do que eu pensava. Além do que, se o bebê resolver nascer, não acha que eu ia preferir estar com as mulheres da aldeia, em vez de ficar para trás numa cidade fantasma vazia?" Como todas as mulheres de Pachigam, Firdaus tinha uma visão muito prática do parto. Havia a questão da dor, mas tinha de ser enfrentada sem confusão. Havia riscos em questão, mas era melhor enfrentá-los com um encolher de ombros. Quanto ao momento, o bebê viria quando viesse e sua chegada iminente não era razão para mudanças de planos. "Além disso", acrescentou, conclusiva, "quem mais pode conduzir o show em um jardim do prazer mughal senão uma descendente direta do poderoso Iskander, o Grande?" Abdullah Noman sabia que não ia adiantar continuar discutindo quando Alexandre, o Grande, entrava na discussão. "Tudo bem", disse, dando de ombros, virando para o outro lado, "se as duas galinhas chocas estão preparadas para ir para trás de um arbusto e botar seus filhos como se fossem ovos, enquanto os grandes se banqueteiam com frango, não adianta dizer mais nada."

A fantasia alexandrina de Firdaus Noman, que fazia com que insistisse que seu cabelo loiro e olhos azuis eram uma herança real macedônia, havia provocado as discussões mais veementes com seu marido, que era da opinião que monarcas estrangeiros conquistadores eram uma peste tão indesejável como a malária e, ao mesmo tempo, sem admitir que seu comportamento era de forma alguma contraditório, se deliciava com o retrato cênico que fazia dos governantes arrivistas pré-mughal e mughal da Caxemira. "Um rei no palco é uma metáfora, uma idéia de grandeza encarnada", dizia ele, endireitando o chapéu chato de lã que usava todo dia, como uma coroa, "enquanto um rei num palácio é geralmente um bêbado ou um chato, e um rei num cavalo de guerra" — Firdaus reagiu a essa ironia, como ele sabia que reagiria — "é invariavelmente uma ameaça à sociedade decente." Na questão do atual marajá da Caxemira, Abdullah conseguira manter uma posição de neutralidade diplomática. "Atualmente, não me importa se ele é um marajá, um maharishi, um maha-lout, ou uma truta mahaseer", disse ele aos aldeões reunidos antes do banquete no Shalimar Bagh. "Ele é nosso empregador e os atores itinerantes e cozinheiros wazwaan de Pachigam tratam todos os seus empregadores como reis."

A família de Firdaus mudara-se para Pachigam no tempo de seu avô, levando, em seus pequenos e resistentes pôneis montanheses, os sacos de juta cheios de ouro em pó com que os avós dela haviam comprado os pomares de frutas e os pastos que ela, como única filha, depois levou como dote, ao se casar com o carismático sarpanch. Antes da mudança, a família dela vivera nas belas (mas também infestadas de bandidos) montanhas Peer Rattan, a leste de Poonch, numa aldeia chamada Buffliaz, em honra de Bucéfalo, o legendário cavalo de Alexandre, o Grande, que, segundo a lenda, morrera ali mesmo séculos antes. Nessa cidade de montanha, como Abdullah Noman bem sabia, Bucéfalo ainda era reverenciado como uma semidivindade e foi o sangue buffliaziano de Firdaus que lhe subiu às faces quando o marido riu depreciativamente dos cavalos de guerra.

Era possível também irritar Firdaus falando depreciativamente de formigas gigantes. O historiador Heródoto escrevera sobre formigas cavadoras de ouro no norte da Índia e os cientistas de Alexandre acreditaram nele. Não eram fáceis de enganar, esses cientistas, primitivos como a ciência naqueles dias de espada: por exemplo, eles haviam rapidamente refutado a lenda racista grega de que os indianos tinham sêmen preto. (Melhor não perguntar como.) Apesar disso, acreditavam nas formigas mineiras, assim como os aldeões de Peer Rattan. O próprio Alexandre, segundo os anciãos de Buffliaz, viera àquelas misteriosas montanhas porque ouvira dizer que criaturas semelhantes a formigas, peludas, gigantes, eram encontradas naquela localidade, menores que cachorros, mas maiores que raposas, do tamanho de uma marmota, mais ou menos, e na construção de seus gigantescos formigueiros cavavam grandes montanhas de terra pesada de ouro. Quando o exército grego, ou pelo menos seus generais, descobriram que as formigas mineradoras de ouro realmente existiam, muitos deles se recusaram a voltar para casa, estabeleceram-se na região e levaram a vida dos ricos ociosos, criando famílias miscigenadas, entre as quais crianças com narizes gregos, olhos azuis ou verdes e cabelo amarelo muitas vezes coexistiam com filhos himalaios de cabelo escuro e outros narizes. O próprio Alexandre ali ficou o suficiente para reabastecer seu cofre de guerra e deixar uns filhos bastardos para trás; dos quais nascera uma série de árvores genealógicas acidentais, sendo o ancestral de dois mil anos de Firdaus o primeiro broto dessa planta.

"Minha gente, descendente de Iskander, sabia a localização secreta dos formigueiros carregados de tesouros", Firdaus contava a Noman, seu filho, enquanto crescia, "mas ao longo dos séculos os depósitos de ouro minguaram. Quando finalmente se esgotaram, enchemos nossos sacos com os últimos restos daquela estranha fortuna e migramos para Pachigam, obrigados pela necessidade a nos transformar em contrapartidas representadas dos magníficos que um dia fomos." Firdaus Noman era a terceira geração pachigamense, esposa do chefe e, apesar do olho preguiçoso, das histórias de cidades-formiga e cidades-cobra subterrâneas, contava com a proteção de Nazarébadur, de forma que a aldeia combinou de esquecer o que todo mundo sabia no tempo de seu avô, que quando um sr. Butt ou Bhat chega à cidade na calada da noite vindo de uma bem conhecida região de bandidos e compra sua entrada na comunidade atirando dinheiro para todo lado, dorme sentado com uma arma no colo e usa um nome que todo mundo desconfia que não é o dele porque não sabe soletrar esse nome, ninguém precisa acreditar em formigas caçadoras de tesouro, peludas como marmotas, para entender a situação.

80

O sr. Butt ou Bhat não conversou muito com ninguém em Pachigam no começo. Apenas se sentava toda noite guardando a esposa e o filho que dormiam e durante o dia seus olhos pareciam que iam estalar de dor silenciosa. Ninguém ousava lhe fazer qualquer pergunta óbvia e depois de cinco ou seis anos ele se acalmou e começou a agir como se acreditasse que, fosse quem fosse que o perseguia, não viria mais atrás dele. Depois de dez anos, sorriu pela primeira vez. Talvez o bandido-chefe que o depusera em Buffliaz tivesse se satisfeito com o seu recém-descoberto poder e não precisasse acabar com seu rival desalojado. Talvez realmente existissem formigas gigantes caçadoras de tesouros, mas elas o tinham deixado ir embora. As antigas lendas diziam que as formigas perseguiam aquele que roubasse sua riqueza e o infortúnio se abatia sobre o homem ou a mulher que não corresse depressa ou longe o bastante. A morte sob uma horda de formigas era um destino terrível. Seria melhor se enforcar ou cortar a própria garganta sem valor. O sr. Butt ou Bhat talvez tivesse medo que o exército de formigas fosse vir atrás dele, mas sua sorte permanecera, elas haviam perdido a sua trilha ou encontrado um novo filão para escavar e não tinham mais interesse nos seus patéticos sacos de butim subterrâneo. Enfim, passados quinze anos, as pessoas que lembravam da chegada do sr. Butt ou Bhat começaram a morrer e quando o próprio velho expirou, vinte e um anos depois de chegar a Pachigam, morrendo na cama como todo mundo, sem uma arma de fogo à vista, as pessoas resolveram encerrar o assunto e parar de denegrir o passado sombrio da família. Então, Firdaus fez o seu bom casamento, depois disso o assunto do ouro do bandido passou a ser tabu e a história das formigas era a única que se contava. Duvidar dessa versão era receber o lado pior da língua de Firdaus e essa chibatada só o próprio sarpanch conseguia suportar, mesmo que ele às vezes rodopiasse com a ferocidade de seus ataques verbais. Mas quando Firdaus acordou no dia do banquete de Shalimar e viu que seu cabelo havia começado a escurecer, disse palavras enevoadas sobre o medo que tinha pelo filho não nascido, que nasceria depois da meia-noite naqueles relvados numinosos. "Ele me dá arrepios", ela repetiu para si mesma antes e depois do nascimento, porque viu alguma coisa nos olhos recém-abertos dele, um brilho dourado de pirataria, alertando-a de que em sua vida em botão ele também teria muito a ver com tesouros perdidos, medo e morte.

Na entrada do jardim Shalimar, ao lado do suntuoso lago balouçante de barcos que pareciam uma platéia ansiosa esperando impacientemente a apresentação começar, debaixo dos plátanos sussurrantes e dos álamos bisbilhoteiros, na presença eterna e silenciosa das montanhas indiferentes, preocupadas com o gigantesco esforço de muito lentamente se empurrarem mais e mais alto na direção do céu virginal, os aldeões de Pachigam juntaram os animais que haviam trazido para abater, as galinhas, cabritos e carneiros cujo sangue logo estaria jorrando livremente pelas celebradas cascatas do jardim, e descarregaram os carros de boi, descendo dos ombros suas cargas de utensílios de cozinha e objetos de cena, suas imagens e fogos de artifício, enquanto, como se fosse para diverti-los, um minúsculo demagogo de pé em cima de um barril de óleo vazio fazia uma surpreendente declaração, que enfatizava batendo vigorosamente uma varinha pintada de cor viva contra um enorme tambor. "Existe uma árvore no paraíso", gritava o sujeitinho, "que dá abrigo e sustento a todos os que necessitam. Há muito é minha convicção de que aqui, bem aqui, em nosso inimitável paraíso na terra! — que, para não soar orgulhoso demais a ouvidos estranhos, escolhemos chamar Caxemira! —, existe um primo dessa celestial árvore tuba. Reza a lenda que a localização da tuba terrena foi revelada pelos pares sagrados do imperador Jehangir e que ele construiu o Shalimar Bagh em torno dela. Até hoje, ninguém sabe qual é a árvore. Hoje, porém, por meio de minha magia pessoal, a verdade será revelada." Era um indivíduo de pele escura, olhos brilhantes, com um bigode dançarino que parecia levar uma vida de ginasta independente acima de sua boca cheia de brancos dentes sorridentes, mas, mesmo com a ajuda do barril de óleo e do absurdo turbante de laço em sua cabeça, ele não se distanciava do chão muito mais do que um homem adulto, e ocorreu a Abdullah Noman que ali estava um homem cuja obra da vida era uma forma de vingança da tragédia pessoal de seu tamanho: ele nunca havia aparecido inteiro no mundo e, portanto, queria fazer partes dele se desmaterializarem.

Firdaus via mais fundo. "Ele é ridículo batendo o tambor e berrando desse jeito", murmurou ao marido. "Mas olhe para ele nos breves minutos de repouso. Não vê que ele de repente parece um homem confiante em sua autoridade, calmo, destemido? Se ele calasse a boca, podia nos convencer de que não é uma fraude barata."

"Eu sou o Sétimo Sarkar", gritou o homenzinho, batendo seu tambor.

"Senhoras e senhores! Quem aqui está diante de vocês é o Perpetrador Extraordinário de Ilusão, Delusão e Confusão da Sétima Geração! Em resumo, de Feitiçaria e Jadoo de todos os tipos! E o Expoente Único e Grão-Mestre da Mais Antiga Forma de Magia, conhecida como Indrajal." Então, bateu no tambor com tamanha força que perdeu o equilíbrio em cima do barril e as pessoas começaram, infelizmente, a rir. "Riam o quanto quiserem", trovejou o Sétimo Sarkar, "mas esta noite, no auge das celebrações, depois do banquete, da peça, da dança e dos fogos, eu farei Shalimar Bagh desaparecer completamente por um período de três minutos no mínimo, e nesse momento em que a árvore do paraíso será revelada, pois só uma árvore celeste é à prova dos meus truques, então!, ha!, veremos quem vai rir." Dito isso, saltou do barril de óleo e, batendo o tambor com toda a força, abriu caminho entre a risonha multidão pachigamense.

Firdaus o deteve. "Não lhe desejamos nenhum mal", disse ela. "Também somos artistas e se você fizer esse truque, acredite, vamos ser os primeiros a bater palmas, com mais força e por mais tempo." O Sétimo Sarkar ficou muito mais tranqüilo depois de ouvir essas palavras, mas fingiu que não. "Acha que já não fiz coisas?", bufou. "Por favor! Observem. Vejam." Tirou de dentro da camisa uma pilha de recortes de jornal amarelecidos. Os aldeões se reuniram em torno dele. *"O Sétimo Sarkar fez trem em movimento desaparecer"*, leu, orgulhoso, e *"Puf! A fonte Flora de Bombaim desaparece por mágica."* Depois, sua maior credencial. *"Taj Mahal desaparece num passe de mágica."*

Essas manchetes de reportagens de jornal mudaram o clima em torno dele. Embora ele mal pudesse ser visto no meio da multidão, havia crescido muito em estatura. "O que você faz, então?", perguntou Abdullah Noman, um tanto sem graça, porque sua risada de descrença havia sido a mais alta de todas. "Quer dizer, qual é a base da sua apresentação? Algum tipo de hipnotismo em massa?" O Sétimo Sarkar sacudiu a cabeça alegremente. "Não, não. Nada de hipnotismo. Eu simplesmente sou capaz de manter as coisas distantes dos seus olhos. Nada de sobrenatural, nem ocultista, amigos! É tudo Ciência, a Ciência da Perfeita Ilusão e do Controle Mental." Muitas vozes agora clamavam por maiores detalhes, mas o Sétimo Sarkar bateu no tambor para silenciá-las. "Bas! Silêncio! Querem que eu revele meus segredos numa rua pública antes mesmo de deslumbrar todos vocês? Só vou dizer uma coisa: tenho força de vontade para criar um Equilíbrio Psíquico com o mundo à minha volta, e isso torna possíveis os meus Feitos. O que é Indrajal? É a representação teatral de um sonho benfazejo de viver feliz — pois quando se vive feliz nada parece impossível. Mas cale-se minha voz e nada mais diga! Já falei demais. Mostrem a sua peça, gente do bhand. Depois assistam ao verdadeiro mestre da arte do teatro em ação." Bang! Bang! E lá se foi, sumindo pelos terraços gramados. O pandit Pyarelal Kaul disse a sua mulher: "Você espere; até o fim da noite eu revelarei o segredo desse grande truque de desaparecimento". Era uma noite de sombrias ausências. A própria Giri Kaul estava entre aquelas que desapareceriam.

A partir do momento em que entrou no jardim e se viu mergulhado em altas correntes de folhas douradas, Abdullah Noman começou a ficar apreensivo a respeito do evento. Era uma noite de outubro excepcionalmente fria. Havia começado a cair neve. "Na hora em que os convidados começarem a chegar com suas toaletes, vamos estar no meio de uma tempestade e o ar vai gelar o pulmão das pessoas. Será que há braseiros suficientes para manter os convidados aquecidos enquanto comem? E depois disso? Porque uma platéia fria não é fácil de esquentar. Não é tempo para uma festa ao ar livre. Nem *Rama Leela* e *Budshah* são capazes de superar um obstáculo como esta neve."

Então a magia do jardim começou a agir. O paraíso também era um jardim — Gulistan, Jannat, Éden — e ali, diante dele, estava seu espelho na terra. Ele sempre amara os jardins mughal da Caxemira, Nishat, Chashma Shahi, e, acima de todos, Shalimar, e se apresentar ali fora seu sonho a vida inteira. O marajá atual não era nenhum imperador mughal, mas a imaginação de Abdullah podia facilmente transformar aquilo e, ao se pôr no centro do terraço central e dirigir sua gente a seus postos, enquanto o grupo de teatro ia para o terraço mais alto para construir o palco para a apresentação de *Budshah*, enquanto a brigada do chef ia para as tendas-cozinha e começava o interminável trabalho de picar, fatiar, fritar e cozinhar, o sarpanch fechou os olhos e conjurou o havia muito falecido criador dessas maravilhas de árvores balouçantes, líquidos terraços e música aquática, o monarca horticultor para quem a Terra era a amada e jardins assim sua verde canção de amor para ela. Abdullah deslizou para um estado semelhante ao transe, em que se sentiu transformado no rei morto, Jehanger, o cingidor da Terra, e algo quase feminino penetrou em seu corpo, uma lassidão imperial, uma langorosa sensualidade de poder. Onde estava seu palanquim?, pensou, sonhador. Devia ser carregado para o jardim em um palanquim de jóias levado a ombros por homens fortes de sandálias de corda; por que, então, estava a pé? "Vinho", murmurou baixinho. "Tragam vinho doce e que a música comece."

Havia momentos em que o poder de auto-sugestão de Abdullah assustava seus companheiros de trupe. Quando ele liberava isso, conseguia, ou ao menos parecia, ser capaz de ressuscitar os mortos para habitar sua carne viva, um feito ocultista mais impressionante, mas também mais alarmante que uma mera representação. Agora, como em todas essas ocasiões, os artistas de Pachigam trouxeram sua esposa Firdaus para seu lado, para puxá-lo de volta do passado. "Os tempos estão ficando tão sombrios", ele lhe disse, distante, "que temos de tentar ao máximo nos prender à lembrança da claridade." Era o imperador falando, o imperador em sua última jornada, centenas de anos antes, morrendo na estrada para Caxemira, sem chegar ao muito ansiado abrigo de seu paraíso terrenal, seu jardim de terraços e pássaros como um hino. Firdaus viu que o momento de medidas brandas havia passado e, além do mais, tinha notícias próprias a dar. Agarrou o marido brutalmente e o sacudiu. Macias explosões de neve voaram de seu casaco chugha e de sua barba. "Andou fumando alguma coisa?", gritou ela, fazendo suas palavras soarem o mais ásperas possível. "Este jardim tem um grande efeito sobre homens pequenos. Eles começam a acreditar que são gigantes." O insulto penetrou o devaneio de Abdullah e ele começou a voltar, lamentoso, para a banalidade desperta de si mesmo. Não era nenhum imperador. Era o ajudante. Firdaus, que sabia tudo dele antes de ele próprio saber, leu seus pensamentos e riu na cara dele. Isso aumentou seu sonolento pesar e intensificou a cor de suas faces. "Se quer se preparar para representar um rei", disse ela, mais suave, "pense em Zain-ul-abidin na primeira peça dele. Pense em ser o Senhor Rama na segunda metade do programa. Mas agora tem vidas mais importantes em que pensar. O bebê de Giri está nascendo antes da hora, provavelmente só porque você falou que ia ser assim."

A cabeça dele estava clareando. Havia questões de vida e morte à sua volta toda. *No meio do século XV, o sultão Zain-ul-abidin sucumbiu a uma doença mortal, isto é, um venenoso furúnculo no peito, e decerto teria morrido, não fosse a intervenção de um sábio doutor, um pandit cujo nome era shri Butt ou Bhat. Depois que o dr. Butt ou Bhat curou o rei de sua doença, Zain-*

ul-abidin disse que ele podia pedir um presente muito precioso, pois não havia ele devolvido ao próprio rei a vida renovada, o mais precioso de todos os presentes? "Não preciso de nada para mim", respondeu o dr. Butt ou Bhat, "mas, senhor, sob o poder dos reis que vieram antes do senhor, meus irmãos foram perseguidos infindavelmente e necessitam de um presente pelo menos tão valioso quanto a vida." O rei concordou em parar com a perseguição aos pandits da Caxemira imediatamente. Além disso, tomou em suas mãos o encargo de zelar pela reabilitação das suas devastadas e desgarradas famílias e permitir que orassem e praticassem sua religião sem qualquer empecilho. Ele reconstruiu seus templos, reabriu suas escolas, aboliu os impostos que os sobrecarregavam, restaurou suas bibliotecas e parou de matar suas vacas. Com isso, uma idade de ouro começou.

Palavras redespertaram dentro dele e saíram correndo como carneiros assustados. "Pamposh, ai! ai! Pamposh, onde ela está? Que aconteceu? Ela está bem? O bebê, o bebê vai viver. Onde está Pyarelal, ele deve estar louco. Meu Deus, eu não disse para vocês ficarem em casa? Arré, como ela..., quando ela..., o que nós vamos fazer?"

A esposa colocou a mão nos lábios dele e alto, para consumo público, caçoou, desdenhosamente. "Escutem só o meu grande marido, que tem a aldeia toda na mão", disse. "Escutem só o que um bebê novo é capaz de fazer dele — um menininho em pânico." Então, para que ninguém mais ouvisse, sussurrou no ouvido dele, de um jeito bem diferente. "Pegamos lençóis e montamos uma área particular para o parto atrás das tendas-cozinha. Tem bastante mulher para fazer o que for preciso. Eu posso ajudar com o bebê e as outras vão ficar cuidando dos gêmeos e do pequeno Anees. Mas Giri não está bem e a tempestade não ajuda. A lista de convidados tem médicos e alguns deles moram perto de Srinagar. Pyarelal foi até a cidade para buscar um. Tudo o que dá para fazer está sendo feito. Deixe comigo. Você já tem muito o que cuidar por enquanto."

Abdullah abriu a boca para falar e Firdaus viu as palavras *eu falei para você* tremularem nos lábios dele. "Não diga isso", ela se antecipou. "Nem tente dizer uma coisa dessas."

Abdullah Noman voltou a si. Sim, o médico viria e Pamposh e o bebê seriam salvos. A intervenção de um médico estudado, um pandit, do mesmo jeito que em *Budshah*. Enquanto isso, havia a cozinha a supervisionar e o

86

programa duplo de peças a preparar. Abdullah se movimentou, apontando, dando ordens, acertando pontos de ligação com os membros uniformizados da guarda de segurança do marajá, assim como com o pessoal de serviço e a equipe da cozinha. O mundo retomou sua forma conhecida. Em cada um dos terraços do jardim Shalimar, de cada lado da cascata central, haviam sido erguidas tendas shamianas alegremente coloridas e a criadagem real estava espalhando dastarkhans de Dogra, o forro de chão tradicional cercado de almofadas em que o banquete era tradicionalmente servido aos convidados, sentados em grupos de quatro. Abdullah estava em toda parte, satisfeito de ver que estava tudo conforme devia estar. A neve caía direto em flocos grandes como penas. Era difícil dizer se era uma bênção ou uma maldição.

Na tenda do terraço mais baixo, Bombur Yambarzal, o waza de Shirmal, confrontou-se com ele com uma cara onde as cores eram tudo, menos alegres. Apesar da exigência do marajá de deixarem de lado as rivalidades, aquele não era um homem em paz com seu vizinho. "Isto é a humilhação final", estalou ele. "Nós... nós que éramos os wazwaanis sem rival, virtuosos do pulao desde sempre, mestres da galinha methi e artistas do aab gosh, ficarmos com o terraço menor, onde os convidados menos importantes vão comer! Seus intrometidos, seus ladrões, seus ignorantes que acham que sabem fazer comida sem nem um waza para supervisionar, quanto mais um vasta waza, um grande chef como eu! Vocês serem colocados acima de nós. O insulto é evidente para todo mundo e não será esquecido. O que me consola é que pelo menos vocês, a ralé, também não vão ter acesso às mesas do terraço mais alto, porque os chefs da casa ameaçaram ir embora se não servirem as mesas principais. Evidentemente o marajá estava pronto para insultar toda a aldeia de Shirmal, mas se sentiu obrigado a azeitar os cozinheiros dele."

Abdullah Noman mordeu a língua. Era verdade que Pachigam ia servir os convidados do nível médio, mas no fim da noite a trupe de atores do bhand pather de Abdullah ia representar a história de Zain-ul-abidin e depois o *Rama Leela*, culminando com a queima das imagens e os fogos de artifício, diante do marajá em pessoa. "Não há por que esfregar o fracasso de Bombur no nariz dele", pensou, sentindo uma das suas periódicas pontadas de compaixão culpada pelo waza de Shirmal; inclinou a cabeça para Yambarzal de um jeito que era quase um pedido de desculpas, ou pelo menos deferencial, e seguiu seu caminho sem responder a palavras acaloradas com palavras acaloradas, sem nunca desconfiar que o que vinha em seguida não era uma noite de banquete e teatro, mas um dos momentos decisivos de sua vida e também da vida de tudo e todos que ele amava, uma noite depois da qual nada no mundo continuaria seguindo pelo caminho esperado, os rios mudariam de curso, as estrelas apareceriam em lugares inesperados do céu, o Sol poderia também começar a nascer no norte, no sul, em qualquer lugar, porque toda certeza estava perdida e o escurecimento começaria, trazendo um tempo de horrores que a língua sonhadora de Abdullah havia preconizado sem consultar seu cérebro. Ele continuou com o trabalho, curvando-se na neve, chutando flocos com as botas sólidas; e estava indo inspecionar a construção do palco quando Firdaus, mancando um pouco, o encontrou ao lado do tanque do terraço superior. Fontes exclamatórias esguichavam para cima quando ela se apoiou no braço dele, como se o próprio jardim estivesse chocado pela alteração em seu porte. Ela parecia ter muito menos controle das coisas do que antes, o rosto mostrava sinais evidentes de dor e o olho lento vagou incerto para um lado. "Tudo bem", disse ela, estremeceu e rilhou os dentes, transpirando em silêncio quando uma poderosa contração a dominou, "então, admito, a situação ficou um pouco mais complicada do que nós imaginávamos."

Duas mulheres dando à luz na neve atrás do mato, atendidas por um bem conhecido médico e filósofo sufi local, Khwaja Abdul Hakim, mestre tanto de medicina fitoterápica quanto química, tradicional e moderna, oriental e ocidental. Mas hoje as suas habilidades eram inúteis; a vida chegou sozinha e a morte não podia ser renegada. Um bebê menino, um bebê menina, um parto sem problemas, um fatal. Firdaus Noman deu à luz rápido, cuspindo Noman como um caroço de fruta. "Aí está você, então, que afobado", ela sussurrou no ouvido do menino recém-nascido, negligenciando a obrigação de certificar-se de que a primeira palavra que ouvisse fosse o nome de Deus. "Seu pai é um transformista que chama a bruxaria dele de representação e a família de bandidos de sua mãe é bem suspeita também e nada esta noite está normal; mas você cresça bem normal, certo?, e não me dê nenhuma razão para ter medo." Então Giri gritou e Firdaus teve de ser contida para não dar um pulo e ir ajudar a amiga em sofrimento. As mulheres de Pachigam cuidaram da mãe viva, enfaixaram e cuidaram das duas crianças saudáveis e cobriram o rosto da mulher morta. Levariam o corpo para casa durante a noite num carro de bois coberto com flores do jardim e no dia seguinte ela seria queimada em uma chama de sândalo. O que havia para dizer sobre essas coisas? Elas aconteciam. Não aconteciam com freqüência suficiente para ameaçar a sobrevivência das espécies, as estatísticas estavam melhorando o tempo todo, mas quando chegava sua vez, você ficava cem por cento morto. Havia a carpição a ser feita e seria feita, tão completa quanto era exigido. O pandit e sua filhinha precisavam do apoio da aldeia e o receberiam. A aldeia ia se fechar em torno deles como uma mão. O pandit continuaria vivo. Sua filha continuaria viva. A vida continuaria. A neve ia derreter e novas flores brotariam. A morte não era o fim.

A notícia de um quarto filho foi levada a Abdullah, cujo orgulho pela paternidade teve de ser posto de lado por um momento, com tanta coisa a fazer antes de os convidados chegarem; e, além disso, ele já estava se preparando para o papel de Zain-ul-abidin, metamorfoseando-se no sultão de antigamente que representava para ele tudo o que havia de melhor no vale que ele amava, sua tolerância, sua fusão de credos. Os pandits da Caxemira, ao contrário dos brâmanes em qualquer outra parte da Índia, alegremente comiam carne. Os muçulmanos da Caxemira, talvez invejosos da escolha de deuses dos pandits, apagavam o austero monoteísmo de sua fé orando nos altares do vale, dedicados aos muitos santos locais, seus pares. Ser caxemirense, ter recebido um dom divino tão incomparável, era valorizar o que era comum muito mais do que o que era separado. Símbolo de tudo isso era a história de Budshah Zain. Abdullah fechou os olhos e mergulhou ainda mais fundo em seu papel favorito. Conseqüentemente, não pôde estar presente para consolar seu amigo, o pandit, quando Pamposh Kaul morreu na sangrenta confusão do nascimento prematuro de sua filha.

Uma revoada de sombras aladas subiu do jardim com sua alma. Pyarelal chorou debaixo das árvores iluminadas enquanto o filósofo sufi o abraçava e beijava, chorando tão copiosamente quanto ele. "A questão da morte", disse o khwaja entre lágrimas, "se apresenta todos os dias, não é mesmo, panditji? Quanto tempo ainda temos, será boa ou será ruim quando vier, quanto trabalho mais podemos fazer, quanta riqueza da vida vamos experimentar, quanto da vida de nossos filhos vamos ver et cetera." Em circunstâncias normais, a oportunidade de discutir ontologia, para não falar dos pontos mais sutis do misticismo sufi e hindu, teria deixado Pyarelal Kaul cheio de alegria.

Mas nada era normal essa noite. "Ela agora sabe a resposta", ele chorou de volta, como resposta, "e que amarga resposta essa." O soluçante khwaja acariciou o aflito rosto do viúvo. "Você tem uma linda filha", disse, sufocando. "A questão da morte é também a questão da vida, panditji, e a questão do como viver é também a questão do amor. Essa é a questão que você tem de continuar respondendo, para a qual não existe resposta a não ser continuar." Então, não houve mais palavras. Os dois uivaram alto e prolongadamente para a Lua convexa e fatal. Antes de existir ali um jardim mughal, aquele lugar fora infestado de chacais. O choro dos dois homens adultos soava com uivos de chacais.

A morte, a mais presente das ausências, havia entrado no jardim e daquele momento em diante as ausências se multiplicariam. Era o entardecer, a hora marcada chegara, os cálidos aromas do banquete subiam das cozinhas e apesar da tragédia tudo estava pronto a tempo; mas onde estavam os convidados? Estava frio, por certo, e talvez isso tivesse feito algumas pessoas desistirem; os primeiros convidados Dassehra que efetivamente chegaram estavam embrulhados para se aquecer e pareciam dramaticamente diferentes de gente que vem para se divertir. Mas a esperada inundação de visitantes nunca se materializou e, o que era pior, muitos membros da equipe da casa real começaram a ir embora sorrateiramente, os carregadores, os guardas, até mesmo os chefs do terraço superior, os chefs do próprio marajá que vinham preparando comida para os acompanhantes pessoais dele.

Como se poderia salvar a ocasião? Abdullah Noman corria pelo jardim, gritando para as pessoas, mas conseguiu poucas das respostas de que precisava. Debaixo de um pavilhão mughal encontrou o mágico Sarkar com a cabeça enterrada nas mãos. "É uma catástrofe", disse o Sétimo Sarkar. "As pessoas estão com muito medo de sair nesta tempestade de neve — e pelo que estou ouvindo, não é só a neve que assusta! — e uma realização tão grandiosa vai ser vista apenas por um punhado de bufões de aldeia!"

As tendas shamianas, com as cores brilhantes refulgindo na luz dos grandes braseiros de aquecimento, as alegres guirlandas e fitas de iluminação balançando nas árvores, continuavam quase vazias quando a tarde foi escurecendo para a noite, parecendo fantasmagóricas ao espreitar por entre a neve. Bombur Yambarzal, enervado pelo banquete fantasma, procurou o conselho de Abdullah. "O que aquele feiticeiro está querendo dizer que não é só a neve? Se as pessoas estão com medo demais para comparecer", disse, quase tímido, sua mudança de atitude indicando a profundidade de sua incerteza, "acha que é seguro nós ficarmos?" O coração de Abdullah já estava num torvelinho, a alegria do nascimento de Noman lutando em seu peito com a sensação de desespero pela morte da doce Pamposh. Ele apenas sacudiu a cabeça, perplexo. "Vamos esperar mais um pouco", disse. "Nós dois devemos mandar gente até Srinagar para tomar informações. As coisas precisam ficar mais claras do que estão." Abdullah estava fora de si. Não haveria apresentação de Budshah essa noite e ele tentava sacudir de si a sombra de Zain-ul-abidin, pedaços do qual ainda permaneciam grudados à sua psique. Isso era perturbador. Era a segunda vez naquele dia que se via precisando exorcizar o espírito de um rei e estava cansado.

Na ausência da grande maioria dos convidados, todo tipo de rumor começou a correr por Shalimar Bagh, encapuzados e com capas para se proteger dos elementos, e preencheram os lugares em volta dos dastarkhans: rumores baratos da sarjeta, assim como rumores requintados alegando parentesco aristocrático — toda uma hierarquia social de rumores acomodou-se nas almofadas, criados pelo mistério que envolvia tudo como a tempestade. Os rumores eram velados, sombrios, pouco claros, argumentativos, até maliciosos. Pareciam uma nova espécie de ser vivo e evoluíam segundo as leis estabelecidas por Darwin, sofrendo mutações ao acaso e sujeitos aos amorais processos da seleção natural. Os rumores mais aptos sobreviveram e começaram a se fazer ouvir acima do murmúrio geral; e nos ruídos ciciantes ou murmurados que emanavam desses sobreviventes, os mais altos, mais persistentes, mais potentes rumores, a palavra "kabailis" era ouvida, insistentemente. Era uma palavra nova, que poucas pessoas no Shalimar Bagh conheciam, mas as aterrorizou mesmo assim. "Um exército de kabailis do Paquistão atravessou a fronteira, saqueando, estuprando, queimando, matando", diziam os rumores, "e está se aproximando dos arredores da cidade." Então chegou o rumor mais sombrio de todos e sentou-se na cadeira do marajá. "O marajá fugiu", disse, com uma voz que mesclava desprezo e terror, "porque ouviu falar do homem crucificado." A autoridade desse rumor era tão grande que, para os apavorados aldeões de Pachigam e Shirmal, parecia que o homem crucificado ia se materializar ali, naquele momento, nos gramados do jardim mughal, pregado ao solo branco, a neve em torno dele avermelhando-se com seu sangue. O nome do homem crucificado era Sopor e ele era um simples pastor. Numa remota encruzilhada de montanha no norte distante, as hordas kabailis tinham vindo com ímpeto passando por ele e seus carneiros e quiseram saber o caminho para Srinagar. Sopor, o pastor, levantou um braço e apontou, enviando os invasores deliberadamente na direção errada. Quando, depois de um dia inteiro de buscas inúteis, eles se deram conta do que o pastor havia feito, voltaram pelo mesmo caminho, encontraram-no e crucificaram na terra do cruzamento onde ele os havia enganado, deixando que gritasse um pouco, a implorar a Deus pela morte, que não viria depressa o bastante para o seu sofrimento, e quando se cansaram de seu barulho martelaram um último prego em sua garganta.

Tanta coisa era nova nessa época, tanta coisa apenas semi-entendida. O próprio "Paquistão" era um ex-rumor, uma palavra fantasma que só tivera um lugar real a ele ligado durante dois breves meses. Talvez por essa razão — seu deslocamento pela fronteira entre o mundo de sombras dos rumores e o mundo "real" — a questão do novo país despertou as mais furiosas paixões entre os rumores enxameados no Shalimar Bagh. "O Paquistão tem direito ao seu lado", disse um rumor, "porque aqui na Caxemira um povo muçulmano está sendo impedido por um governante hindu de se juntar a seus correligionários em um novo Estado muçulmano." Um segundo rumor rugiu em resposta: "Como você pode falar em direito, quando o Paquistão desencadeou sua horda assassina sobre nós? Não sabe que os líderes do Paquistão disseram a essas tribos que cortam gargantas que a Caxemira está cheia de ouro, tapetes e belas mulheres e mandaram que pilhassem, estuprassem e matassem infiéis enquanto estavam com a mão na massa? Isso é um país ao qual você quer se juntar?". Um terceiro rumor culpava o marajá. "Ele está hesitando há meses. A Partição aconteceu dois meses atrás! E ele ainda não conseguiu resolver a quem vai se juntar, ao Paquistão ou à Índia." Um quarto intrometeu-se: "O idiota! Ele prendeu o xeque Abdullah, que renunciou a toda política comunal e está ouvindo aquele mulá, Moulvi Yousuf Shah, que obviamente pende para o Paquistão". Então, vários rumores bradaram juntos. "Quinhentos mil tribais estão nos atacando, com soldados do Exército paquistanês disfarçados no comando!" "Estão a menos de quinze quilômetros!" "Sete quilômetros!" "Dois!" "Cinco mil mulheres estupradas e assassinadas na fronteira de Jammu!" "Vinte mil hindus e sikhs massacrados!" "Em Muzaffarabad, os soldados muçulmanos se amotinaram e mataram suas contrapartidas hindus e o oficial encarregado também!" "O brigadeiro Rajender Singh, um herói, defendeu a estrada para Srinagar durante três dias com apenas cento e cinqüenta homens!" "É, mas está morto agora, foi massacrado." "Levantem o grito de guerra por toda parte! *Hamla-awar khabardar, ham Kashmiri hain tayyar!*" "*Cuidado, atacantes, nós, caxemirenses, estamos prontos para vocês!*" "O xeque Abdullah foi solto da prisão!" "O marajá aceitou o conselho dele e optou pela Índia!" "O Exército indiano está chegando para nos salvar!" "Será que chega a tempo?" "O marajá fez o seu último Dassehra Durbar no palácio e depois arrebitou o rabo para Jammu!" "Para Bombaim!" "Para Goa!" "Para Londres!" "Para Nova York!" "Se ele está com tanto medo, que chances temos nós?" "Corram! Salvem-se! Corram por suas vidas!"

Quando o pânico tomou conta das pessoas no jardim Shalimar, Abdullah Noman correu para ficar com a esposa e os filhos na pequena área improvisada em maternidade reservada que Firdaus havia montado em um canto do Bagh. Ele a encontrou sentada no chão, com o rosto soturno, acalentando o bebê Noman e ao lado dela estavam o pandit Pyarelal Kaul e Khwaja Abdul Hakim, de pé, com as cabeças abaixadas diante do corpo de Pamposh. Pyarelal cantava um hino, baixinho. Abdullah não conseguiu falar durante um momento. Estava cheio de sentimentos de autocensura por sua própria ignorância. Não soubera de nada, ou quase nada, da confusão que se arremetia na direção deles. Era o sarpanch e devia ter sabido; como podia proteger o seu povo, se não sabia nada dos perigos que o ameaçavam? Não merecia o seu posto. Não era nada melhor que Yambarzal. Rivalidades mesquinhas e a orgulhosa preocupação de cada um consigo mesmo haviam cegado os dois e trazido os povos de ambos para este terrível conflito, em vez de mantê-los seguros, distantes. Lágrimas rolaram de seus olhos. Ele sabia que eram lágrimas de vergonha.

"Por que está cantando esse canto de louvor?", a voz de Firdaus puxou-o de volta para o mundo. Ela estava olhando ferozmente para Pyarelal. "O que você tem a agradecer a Durga? Rezou para ela durante nove dias e no décimo ela levou sua mulher." O pandit recebeu a censura sem rancor. "Quando se reza para aquilo que mais se quer no mundo", disse ele, "o contrário vem junto. Foi-me dada uma mulher que eu realmente amava e que realmente me amava. O lado oposto desse amor é a dor da sua perda. Só posso sentir esta dor hoje porque ontem conheci esse amor e isso é, decerto, uma coisa a agradecer, a quem ou a que não importa, à deusa, ou ao destino, ou apenas à minha boa estrela." Firdaus desviou dele o rosto. "Talvez a gente seja muito diferente, afinal", ela resmungou baixinho. Khwaja Abdul Hakim retirou-se. "Acho que não vou ficar na Caxemira", disse. "Não quero ver a tristeza destruir a beleza. Estou pensando em doar minha terra para a universidade e ir para o sul. Para a Índia, sempre a Índia; nunca para o Paquistão." Firdaus estava de costas para o khwaja. "Sorte sua", resmungou sem se virar para despedir-se. "Você é um daqueles que têm escolha."

Abdullah pediu e recebeu seu bebê menino enfaixado. "Precisamos ir", disse a Firdaus e a Pyarelal suavemente. "Os rumores que correm por aqui estão deixando as pessoas malucas." Durante todo o dia, pensou ele, havia reis e princesas na minha cabeça. Alexandre, Zain-ul-abidin, Jehangir, Rama. Mas foi a indecisão do nosso príncipe que desencadeou este holocausto e ninguém pode dizer se a Índia, essa terra agora sem rei, pode ou não nos salvar, ou mesmo se ser salvo pela Índia vai acabar sendo bom para nós.

Um tambor soou, imenso, na noite, mais e mais alto, exigindo atenção. Tão potente foi seu toque que congelou as pessoas em seus passos, silenciou os rumores e prendeu a atenção de todos. O homenzinho, Sarkar, o mágico, estava marchando pela avenida central do jardim, batendo em seu poderoso dhol. Por fim, quando todos os olhos estavam sobre ele, levantou um megafone à boca e berrou: "Foda-se. Vim até aqui para fazer uma coisa e vou fazer. A genialidade de minha magia triunfará sobre a feiúra dos tempos. No sétimo toque do meu tambor, o jardim Shalimar desaparecerá." Ele bateu o tambor, uma, duas, três, quatro, cinco, seis vezes. No sétimo som, exatamente como ele dissera, todo o Shalimar Bagh desapareceu da vista. Baixou uma escuridão de piche. As pessoas começaram a gritar.

Pelo resto de sua vida o Sétimo Sarkar iria amaldiçoar a História por lhe furtar o crédito do feito sem precedentes de "esconder das vistas" todo um jardim mughal, mas a maioria das pessoas que estavam lá aquela noite achou que ele conseguiu realizar aquilo porque no sétimo toque de seu tambor a central de eletricidade de Mohra foi explodida pelas tropas irregulares do Paquistão e toda a cidade e região de Srinagar mergulhou em completa escuridão. No Shalimar Bagh envolto pelo manto da noite, a versão terrena da árvore celestial tuba continuou secreta, não revelada. Abdullah Noman experimentou a bizarra sensação de estar vivendo uma metáfora transformada em realidade. O mundo que conhecia estava desaparecendo; aquela noite cega, negra como tinta, era um incontestável sinal dos tempos.

As horas restantes da noite passaram num frenesi de gritos e pés que corriam. De alguma forma, Abdullah conseguiu mandar embora sua família em um carro de bois, que Firdaus teve de repartir com o corpo da amiga morta e, ao lado da falecida Pamposh, Pyarelal Kaul aninhando a filha bebê, cantando sem cessar cantos de louvor a Durga. Então, por um acaso da fortuna, Abdullah topou de novo com Bombur Yambarzal. Bombur no escuro era uma ruína trêmula de homem, mas Abdullah conseguiu colocá-lo de pé. "Não podemos deixar nossas coisas aqui", ele persuadiu Yambarzal, "senão nossas duas aldeias vão ficar para sempre prejudicadas." De alguma forma, os dois reuniram um bando de aldeões, metade shirmalianos, metade pachigamenses, e essa mixórdia que sobrou desmontou os fornos wuri especiais e arrastou muitas dúzias de panelas cheias de comida de banquete para a beira da estrada. O teatro portátil também teve de ser desmontado, e o material das peças, empacotado em grandes cestos de palha, levado terraços abaixo até a beira do lago. Durante toda a noite os aldeões de Shirmal e Pachigam trabalharam lado a lado e quando o alvorecer veio se esgueirando pelas montanhas ao fim daquela noite escura e o jardim reapareceu, o waza e o sarpanch se abraçaram e trocaram promessas de inquebrantável amizade e amor imorredouro. Acima deles, porém, os planetas-sombra Rahu e Ketu existiam sem existir de fato, atraindo e repelindo, intensificando e suprimindo, inflamando e abafando, dançando o embate moral que havia dentro dos seres humanos enquanto permaneciam invisíveis nos céus que clareavam. E quando os atores e cozinheiros partiram de Shalimar Bagh deixaram para trás as imagens gigantescas do rei demônio, de seu irmão e de seu filho, todas cheias de fogos não acesos. Ravana, Kumbhakaran e Meghnath cintilavam no trêmulo vale, sem se importar se eram hindus ou muçulmanos. O tempo dos demônios havia começado.

"O homem está arruinado pelo infortúnio de possuir um senso moral", refletiu o pandit Pyarelal Kaul às margens do loquaz Muskadoon. "Pense na

95

sorte superior dos animais. As feras selvagens da Caxemira, para enumerar apenas algumas, inclusive Ponz, o Macaco; Potsolov, a Raposa; Shal, o Chacal; Sur, o Javali; Drin, a Marmota; Nyan e Sharpu, os Carneiros; Kail, a Íbex; Hiran, o Antílope; Kostura, o Veado Almiscarado; Suh, o Leopardo; Haput, o Urso Negro; Botakhar, o Burro; Hangul, o Veado Barasingha de Doze Pontas, e Zomba, o Iaque. Alguns são perigosos, é verdade, e muitos dão medo. Ponz é um perigo para as nozes. Potsolov é ladino e um perigo para as galinhas, é assustador o rugido de Shal, Sur é um perigo para as colheitas. Suh é feroz e um perigo para os veados. Haput, um perigo para os pastores. O Burro, ao contrário, é um covarde e foge do perigo; porém é preciso lembrar, para mitigar, que ele é um Burro, assim como o Chacal é um Chacal e um Leopardo é um Leopardo e um Javali não tem opção senão ser Javali cem por cento do tempo. Eles não conhecem nem moldam a própria natureza, mas, sim, a natureza é que conhece e os molda. Não existem surpresas no reino animal. Só o caráter do Homem é suspeito e cambiante. Só o Homem, conhecendo o bem, pode fazer o mal. Só o Homem usa máscaras. Só o Homem decepciona a si mesmo. Só deixando de precisar das coisas do mundo e se aliviando das necessidades do corpo..."

E assim por diante. Boonyi Kaul sabia que quando seu pai, um homem de muitos amigos por causa de seu amor pelas pessoas e de muitos queixos por causa de seu amor cada vez mais voraz e perfeccionista pela comida, começava a lamentar as falhas da espécie humana e a fazer recomendações ascéticas para sua melhoria, estava secretamente sentindo falta da esposa, que nunca o decepcionara, cujas surpresas lhe enchiam o coração e pela qual, depois de catorze anos, seu corpo ainda ansiava. Nesse momento, Boonyi geralmente ficava superefusiva, tentando enterrar a dor do pai embaixo de seu amor. Hoje, porém, ela estava distraída e não podia fazer o papel de filha amorosa e dedicada. Hoje, ela e seu Noman, seu amado equilibrista Shalimar, ouviam o pai dela sentados nas pedras de sempre, sem se tocar nem se olhar, ambos lutando por controlar os sorrisos confessionais que insistiam em aflorar a seus lábios.

Era a manhã seguinte ao grande acontecimento no prado do alto da montanha de Khelmarg. Boonyi, embriagada de amor por seu amante, reclinava-se com aberta sensualidade em sua rocha, o corpo em arco uma provocação a qualquer um que se desse ao trabalho de observar. Seu pai, perdido em melancolia, notou que ela estava ainda mais parecida com a mãe, mas, na tolice dos pais, deixou de perceber que era porque o desejo e a satisfação do desejo estavam correndo suas mãos pelo corpo dela, dando as boas-vindas à feminilidade. Shalimar, o equilibrista, porém, estava duplamente agitado pela demonstração dela, ao mesmo tempo excitado e alarmado. Começou a fazer pequenos movimentos repentinos para baixo com os dedos, como se dissesse: calma, não deixe assim tão óbvio. Mas as cordas invisíveis que ligavam as pontas de seus dedos ao corpo dela não estavam funcionando direito. Quanto mais ele insistia em empurrar os dedos para baixo, mais alto ela arqueava as costas. Quanto mais urgente o pedido de passividade de suas mãos, mais langorosamente ela se movimentava. Mais tarde, quando estavam sozinhos na clareira de ensaios, ambos se balançando muito acima do chão na precária ilusão de uma única corda bamba, ele disse: "Por que não parou quando eu pedi?". Ao que ela sorriu e disse: "Você não estava pedindo para eu parar. Eu sentia você me acariciando aqui, tocando, apertando, tudo, me empurrando aqui, forte, e estava me deixando louca, como você sabia perfeitamente que deixaria".

Shalimar, o equilibrista, começou a ver que a perda da virgindade havia desencadeado alguma coisa inquieta em Boonyi, um dar de ombros loucamente desafiante, um súbito exibicionismo que estava descambando para a loucura — pois o alarde sobre seu amor consumado podia fazer a vida dos dois despencar e se estilhaçar. Havia nisso ironia, porque a ousadia de Boonyi era a única qualidade que ele mais admirava. Tinha se apaixonado por ela em grande parte porque ela tão raramente tinha medo, porque se lançava ao que queria e pegava, sem pensar que a coisa podia escapar de sua mão. Agora essa mesma qualidade, intensificada pelo encontro deles, estava colocando ambos em perigo. O truque que servia como assinatura de Shalimar, o equilibrista, no arame alto era inclinar-se de lado, aumentando o ângulo até parecer que ia cair e depois, com grande representação equilibrista de terror e inépcia, endireitar-se com força e habilidade que desafiavam a lei da gravidade. Boonyi havia tentado aprender o truque, mas desistira, rindo, depois de muitos fracassos de moinho de vento. "É impossível", confessou. "O impossível é o que as pessoas pagam para ver", Shalimar, o equilibrista, fez uma reverência na corda bamba como quem recebe aplausos e citou o pai. "Sempre faça alguma coisa impossível logo no começo do show", Abdullah Noman gostava de dizer à sua trupe. "Engula uma espada, se amarre num nó, desafie a gravidade. Faça o que a platéia sabe que nunca poderia fazer por mais que tentasse. Depois disso, vai ter o público comendo na sua mão."

Havia momentos, Shalimar, o equilibrista, entendia com crescente preocupação, em que as leis do teatro podiam não se aplicar precisamente à vida real. Agora mesmo, na vida real, era Boonyi quem estava se inclinando no arame, exibindo descaradamente seu novo status de amante e amada, desafiando toda convenção e ortodoxia, e na vida real essas eram forças que exerciam uma atração para baixo pelo menos tão poderosa quanto a gravidade. "Voe", ela lhe disse, rindo da cara preocupada dele. "Não era esse o seu sonho, mister impossível? Fazer sem a corda e andar no ar." Ela o levou para mais fundo na floresta, fizeram amor de novo e depois, durante um momento, ele não se importou com o que iria acontecer. "Encare os fatos", ela sussurrou. "Casado ou não casado, você passou pela porta de pedra." Os poetas escreviam que uma boa esposa era como uma sombreada árvore boonyi, um belo plátano — *kenchen renye chai shihiji boonyi* —, mas em linguagem cotidiana a imagética era diferente. A palavra para a entrada de uma casa era braand; pedra era kany. Por razões cômicas, as duas palavras eram usadas às vezes, juntas, para se referir à noiva amada de alguém: "braand-kany", o portão de pedra. "Vamos esperar", Shalimar, o equilibrista, pensou, mas não disse, "que as pedras não caiam em cima das nossas cabeças."

Shalimar, o equilibrista, não era a única pessoa do sexo masculino a ter Boonyi Kaul na cabeça. O coronel Hammirdev Suryavans Kachhwaha, do Exército indiano, estava de olho nela fazia algum tempo. O coronel Kachhwaha tinha apenas trinta e um anos de idade, mas gostava de chamar a si mesmo de rajput da velha escola, um descendente espiritual — e, ele tinha certeza, parente distante — dos príncipes guerreiros, os Suryavan e Kachhwaha Rajas e Rana, que haviam dado tanto aos mughal quanto aos ingleses muito em que pensar nos dias gloriosos dos reinos de Mewar e Marwar, quando Rajputana era dominada pelas duas poderosas fortalezas de Chitorgarh e Mahrangarh, e assustadoras lendas de um braço só rodavam em batalha cortando em dois seus inimigos com cutelos, esmagando crânios com massas, perfurando armaduras com o chuço, um machado de nariz comprido com um cruel bico de cegonha. De qualquer forma, o coronel H. S. Kachhwaha, chegado da Inglaterra, tinha um esplêndido bigode rajputiano, um altivo porte rajputiano, uma voz latida no estilo militar britânico e agora era também oficial comandante do acampamento do Exército a poucos quilômetros a noroeste de Pachigam, o campo que todo mundo chamava de Elasticnagar, por causa de sua bem conhecida tendência a esticar. O coronel reprovava de coração esse título irreverente, que em sua rígida opinião estava completamente fora de proporção com a dignidade das Forças Armadas, e depois de chegar ao posto um ano antes tentara insistir que o nome oficial do campo fosse usado por todas as pessoas em todos os momentos, mas desistira ao se dar conta de que a maioria dos soldados sob seu comando esquecera dele fazia muito tempo.

O coronel tinha um apelido favorito para si mesmo também. "Hammer" [Martelo], uma brincadeira em inglês com "Hammir". Um bom nome, apropriado para um soldado. Ele praticava às vezes, quando estava sozinho. "Hammer Kachhwaha." "Hammer por nome, *hammer* por natureza." "Coronel Hammer Kachhwaha a seu serviço, senhor." "Oh, por favor, meu caro, simplesmente me chame de Hammer." Mas essa tentativa de autonomear-se fracassou do mesmo jeito que a batalha contra "Elasticnagar", porque, uma vez que as pessoas ouviam seu sobrenome, elas inevitavelmente queriam abreviá-lo para "Kachhwa Karnail", que quer dizer "coronel tartaruga" ou "jabuti". Então, coronel Tartaruga ele se tornou e foi forçado a procurar suas metáforas de autodescrição mais perto do solo. "Devagar e sempre vence a corrida, hein, certo?", praticava; e "Tartaruga por nome, danado de resistente por natureza". Mas por alguma razão não conseguia levar-se a dizer: "Meu caro, simplesmente me chame de Tartaruga" ou "Geralmente me chamam de Tartaruga, sabe, mas pode me chamar de Tarto". Seu destino testudinídeo azedou ainda mais um humor que já havia sido estragado por seu pai em seu aniversário de trinta anos, quando o recém-promovido coronel estava de licença em sua casa em Jodhpur antes de assumir o posto na Caxemira. Seu pai era, na verdade, o rajput da velha escola que o filho aspirava ser, e seu presente de aniversário para Hammirdev foi um conjunto de duas dúzias de pulseiras douradas. Pulseiras de mulher? Hammir Kachhwaha ficou confuso. "Por quê, sir?", perguntou, e o homem mais velho bufou, sacudindo as pulseiras num dedo. "Se um guerreiro rajput ainda está

99

vivo no aniversário de trinta anos", grunhiu Nagabhat Suryavans Kachhwaha com um tom de desgosto, "damos para ele pulseiras de mulher para expressar nossa decepção e surpresa. Use as pulseiras, até provar que elas não são merecidas." "Morrendo, o senhor quer dizer", o filho procurou esclarecer. "Para cair nas boas graças do senhor tenho de ser morto." O velho deu de ombros. "Evidentemente", disse, sem se dar ao trabalho de comentar por que não havia pulseiras nos seus próprios braços, e cuspiu copiosamente suco de bétel em uma escarradeira que estava à mão.

Então, o coronel Kachhwaha de Elasticnagar era bem conhecido como um homem não feliz. Os homens sob seu comando temiam sua língua disciplinadora e os nativos também aprenderam que não era fácil enfrentá-lo. À medida que Elasticnagar crescia — com os soldados que inundavam o vale do norte e traziam consigo o incômodo material de guerra, armas e munições, artilharia leve e pesada e caminhões tão numerosos que adquiriram o nome local de "gafanhotos" —, crescia também sua necessidade de terreno, e o coronel Kachhwaha requisitava o que precisava sem explicação nem desculpas. Quando os proprietários dos campos tomados protestaram pelo baixo nível de compensação que receberam, ele respondeu furiosamente, seu rosto chocantemente vermelho: "Viemos proteger vocês, seus ingratos. Estamos aqui para salvar a sua terra. Então, pelo amor de Deus, não me venham com histórias tristes quando temos de conseguir dominar esta droga de terra". A lógica do argumento dele era poderosa, mas nem sempre descia bem. Isso não era importante afinal. Indignado por seu contínuo fracasso em morrer na batalha, o coronel era inquieto de espírito e tão lívido quanto uma brotoeja. Aí ele viu Boonyi Kaul e as coisas mudaram — ou poderiam ter mudado, se ela não o tivesse rejeitado, na cara dele e com desprezo.

Elasticnagar era impopular e o coronel sabia disso, mas impopularidade era ilegal. A posição legal era que a presença militar indiana na Caxemira tinha total apoio da população e dizer o contrário era desobedecer à lei. Desobedecer à lei era ser criminoso e criminosos não eram tolerados, portanto estava certo cair pesadamente em cima deles com a panóplia completa da lei, com as botas de pregos e os cassetetes também. A chave para compreender essa posição estava na palavra "integral" e nos conceitos a ela associados. Elasticnagar era integrante do esforço indiano e o esforço indiano era preservar a integridade da nação. Integridade era uma qualidade a ser honrada, e

100

um ataque à integridade da nação era um ataque à sua honra e não podia ser tolerado. Portanto, Elasticnagar devia ser honrado e todas as outras atitudes eram desonrosas e conseqüentemente ilegais. A Caxemira era parte integrante da Índia. Um íntegro era completo, a Índia era um íntegro e frações eram ilegais. Frações provocavam fraturas no íntegro e portanto não eram integrais. Não aceitar isso era faltar com a integridade e implícita ou explicitamente questionar a inquestionável integridade daqueles que o aceitavam. Não aceitar isso era, latente ou patentemente, favorecer a desintegração. Isso era subversivo. Subversão que levava à desintegração não devia ser tolerada e era certo cair pesadamente em cima dela, fosse do tipo coberto ou aberto. A popularidade legalmente compulsória e forçosa de Elasticnagar era, portanto, uma questão de integridade, pura e simples, mesmo que a verdade fosse que Elasticnagar era impopular. Quando a verdade e a integridade entravam em conflito, era a integridade que tinha de ter precedência. Não se podia permitir que nem mesmo a verdade desonrasse a nação. Portanto, Elasticnagar era popular mesmo que não fosse popular. Era uma questão bastante simples de entender.

O coronel Kachhwaha via a si mesmo como um homem do tipo que pensa. Era famoso por possuir uma excepcional memória e gostava de demonstrar isso. Conseguia lembrar uma sucessão de duzentas e dezessete palavras ao acaso e dizer também, quando perguntado, qual havia sido a octogésima quarta ou a centésima qüinquagésima nona, e havia outros testes assim que impressionavam o contingente de oficiais e lhe davam o ar de um ser superior. Seu conhecimento da história militar e dos detalhes de batalhas famosas era enciclopédico. Ele tinha orgulho desse cabedal de informações e ficava satisfeito com o conseqüente e irrefutável acerto de suas análises. O problema de acumular detritos de memórias cotidianas ainda não havia começado a incomodá-lo, embora fosse cansativo lembrar cada dia da vida de uma pessoa, cada conversa, cada pesadelo, cada cigarro. Havia vezes em que ele esperava o esquecimento como um homem condenado espera misericórdia. Havia vezes em que ele se perguntava que efeito de longo prazo tanto lembrar poderia ter, em que se perguntava se haveria conseqüências morais. Mas era um soldado. Sacudia essas idéias e continuava o seu dia.

Pensava em si mesmo também como um homem de sentimentos profundos e conseqüentemente a ingratidão do vale era pesada para ele. Catorze anos antes, por ordem do marajá fugitivo e do Leão da Caxemira, o Exército havia repelido os saqueadores kabaili, mas não chegara a expulsá-los do território caxemirense, deixando-os em controle de algumas áreas montanhosas do norte, Gilgit, Hunze, Baltistan. A partição de fato que resultara dessa decisão podia ser facilmente chamada de erro se não fosse ilegal fazê-lo. Por que o Exército havia parado? Havia parado porque decidiu parar, uma decisão tomada em reação à situação real de campo e conseqüentemente essa fora a decisão apropriada, a única decisão, a decisão com integridade. Tudo muito bem para os peritos de poltrona questionarem agora, mas não tinham estado lá, no campo, na época. A decisão era a decisão correta porque era a decisão que havia sido tomada. Outras decisões que poderiam ter sido tomadas não foram tomadas e eram, portanto, decisões erradas, decisões que não deviam ter sido tomadas, que havia sido certo não tomar. A linha de fato da partição existia e tinha, portanto, de ser aceita e a questão referente a ela dever existir ou deixar de existir não era uma questão. Havia caxemirenses de ambos os lados que tratavam a linha com desprezo e andavam pelas montanhas a hora que queriam. Esse desprezo era um aspecto da ingratidão caxemirense porque não reconhecia as dificuldades enfrentadas pelos soldados na linha de partição, as durezas que suportavam a fim de defender e manter a linha. Havia homens lá em cima congelando o saco e ocasionalmente morrendo, morrendo de frio, morrendo porque interceptavam uma bala paquistanesa de algum franco-atirador, morrendo antes de ganhar pulseiras douradas de seus pais, morrendo para defender uma idéia de liberdade. Se as pessoas estavam sofrendo por você, se estavam morrendo por você, então era preciso respeitar o sofrimento delas e ignorar que a linha que estavam defendendo era desrespeitosa. Esse comportamento não era condizente com a honra do Exército, para não falar da segurança nacional, e era, portanto, ilegal.

Era possível que muitos caxemirenses fossem naturalmente subversivos, que todos fossem, não apenas os muçulmanos, mas os pandits comedores de carne também, que fosse um vale inteiro de subversivos. Nesse caso, não deviam ser tolerados e era certo cair com força sobre eles. Ele resistia a essa conclusão mesmo sendo sua, mesmo havendo algo ineilutável no processo de pensamento que levava a ela, algo quase belo. Ele era um homem de sentimentos profundos, um homem que apreciava a beleza e a suavidade, que amava a beleza e que, conseqüentemente, sentia grande amor pela bela Caxemira, ou que desejava sentir amor, ou que sentiria amor se não fosse impedido disso a cada passo, que seria um amante verdadeiro e sincero se ao menos fosse amado em troca.

Estava solitário. No meio da beleza, estava atolado em feiúra. Se não fosse subversivo dizer que Elasticnagar era um lixo, ele diria que era um lixo. Mas não podia ser um lixo porque era Elasticnagar e portanto, por definição e por lei, e assim por diante. Foi para um canto de sua mente, um cantinho subversivo que não existia porque não podia existir, e cochichou dentro das mãos em concha. Elasticnagar era um lixo. Era cercas e arame farpado, sacos de areia e latrinas. Era Brasso e cuspe, lona e metal, e o cheiro de sêmen nos dormitórios. Não havia mulheres. Não havia mulheres. Os homens estavam ficando loucos. Os homens estavam se masturbando como loucos e havia histórias de loucos ataques a loucas garotas locais e, quando conseguiam visitar os loucos bordéis de Srinagar, as loucas casas de madeira tremiam com a louca luxúria explodindo. Havia muitos Elasticnagar agora e estavam ficando cada vez maiores, alguns deles no alto das altas montanhas onde não havia nem cabras com quem trepar, de forma que não devia estar reclamando, mesmo no cantinho subversivo de sua cabeça que não existia porque, por definição, et cetera, ele devia estar orgulhoso. Estava orgulhoso. Era um homem de integridade, honra e orgulho, e onde estavam as malditas garotas?, por que não chegavam perto dele?, era um macho solteiro de compleição trigueira e boa família que pessoalmente não tinha problemas do tipo comunal hindu-muçulmano, era um secularista completo e afinal não era que estivesse falando em casar nem nada, a questão não se colocava, mas que tal um abraço para o seu oficial comandante, que tal um beijo ou uma droga de um carinho?

Era como aquele pedaço de *Sete homens e um destino* em que Horst Buchholtz descobre que os aldeões estavam escondendo suas mulheres dos guerreiros que haviam contratado para defendê-los. Só que por ali as mulheres não estavam escondidas. Elas simplesmente olhavam através de você com seus olhos azul-gelo, seus olhos dourados, seus olhos de esmeralda, seus olhos de criaturas de outro mundo. Flutuavam por você nos lagos, usando seus lenços de cabeça escarlates, seus lenços de cabeça vinho, cobalto, para esconder uma chama escura ou amarela de cabelo. De cócoras nas proas de seus barquinhos, como pássaros de rapina, ignoravam você como se fosse plâncton. Não viam você. Você não existia. Como podiam sequer pensar em beijar você, em acariciar você, em beijar você, se você não existia? Você não estava vivo ou pelo menos assim parecia num planeta-sombra. Você era uma criatura de outro mundo. Você existia sem existir de fato. Sua existência podia ser percebida apenas através dos seus efeitos. As mulheres podiam ver Elasticnagar, que era um efeito e porque achavam que era feio, mesmo sendo ilegal pensar assim, elas concluíam que os homens invisíveis que moravam lá deviam ser feios também.

Ele não era feio. Sua voz latia como um buldogue inglês, mas seu coração era hindustâni. Era solteiro aos trinta e um anos, mas nada se devia deduzir disso. Muitos homens não estavam preparados para esperar, mas ele estava decidido a esperar. Os homens sob seu comando enlouqueciam e iam a bordéis. Eram de um calibre inferior ao dele. Ele retinha sua semente, que era sagrada. Isso exigia autodisciplina, esse permanecer dentro dos limites do eu e nunca se derramar além da própria fronteira. Esse edifício de aterros interiores, de diques, como o Bund em Srinagar. Quando caminhava pelo Bund à beira do Jhelum, sentia que estava caminhando pelas defesas de seu coração.

Sentia que estava cheio a ponto de explodir de desejo, seu profano desejo não saciado, mas não explodia. Continha-se e não contava a ninguém o seu segredo. Era o seu segredo, que ele atribuía a tudo o que se acumulava dentro dele, tudo o que era amaldiçoado: *seus sentidos estavam mudando*. Havia um vírus no sistema. Seus sentidos eram areia movediça. Se você dedicava muitos dos seus recursos a fortificar uma linha de frente, acabava aberto ao ataque em outra frente. Seus desejos estavam sob rédea e portanto seus sentidos estavam aprontando. Ele mal possuía palavras para descrever esses enganos, essas confusões. Ele hoje enxergava sons. Ouvia cores. Sentia o gosto de sentimentos. Tinha de se controlar na conversa para não perguntar: "Que barulho vermelho é esse?" ou criticar o canto de um caminhão camuflado. Estava num torvelinho. Todo mundo o detestava. Era ilegal, mas isso não impedia nada. As pessoas falavam coisas terríveis sobre o que o Exército fazia, sua violência, sua ganância. Ninguém se lembrava dos *kabailis*. Só viam o que estava diante de seus olhos e o que parecia era que se tratava de um Exército de ocupação, comendo a comida deles, tomando seus cavalos, requisitando sua terra, batendo em seus filhos, e às vezes havia mortes. O ódio tinha um gosto amargo, como o cianureto das amêndoas. Se comesse onze amêndoas amargas, a pessoa morria, era o que diziam. Ele tinha de comer ódio todos os dias e ainda estava vivo. Mas a cabeça dele estava girando. Seus sentidos estavam um se transformando no outro. Os nomes deles não faziam mais sentido. O que era audição? O que era paladar? Ele mal sabia. Estava no comando de vinte mil homens e pensava que a cor dourada soava como um trombone baixo. Precisava de poesia. Um poeta poderia se explicar para si mesmo, mas ele era um soldado e não tinha aonde ir em busca de gazais ou de odes. Se falasse com seus homens sobre sua necessidade de poesia, iam achar que era fraco. Não era fraco. Era contido.

A pressão estava aumentando. Onde estava o inimigo? Dêem-lhe um inimigo e deixem-no lutar. Ele precisava de uma guerra.

Então, ele viu Boonyi. Era como o encontro de Radha e Krishna, só que ele estava num jipe do Exército e não tinha a pele azul, nem se sentia divino e ela mal percebia a sua existência. A não ser por esses detalhes, era exatamente a mesma coisa: transformadora do mundo, modificadora do mundo, mítica, religiosa. Ela parecia um poema. O jipe estava envolto em uma nuvem de ruído cáqui. Ela estava com as amigas, Himal, Gonwati e Zoon, exatamente como Radha com as gopis leiteiras.* Kachhwaha fizera sua lição de casa. Zoon Misri era a garota de pele cor de oliva que gostava de dizer que descendia das rainhas do Egito, mesmo sendo apenas filha do gigantesco carpinteiro da aldeia, Grande Misri, e Himal e Gonwati eram as filhas desafinadas de Shivshankar Sharga, que tinha a melhor voz de cantor da cidade. As quatro estavam ensaiando uma dança de uma peça bhand. Parecia que estavam representando pastoras, o que seria perfeito. Kachhwaha não sabia muito de dança, mas a dança era toda perfume e o olhar dela era esmeralda. Estava indo ao encontro do panchayat de Pachigam para discutir importantes e difíceis questões de recursos e subversão, mas o desejo falou mais alto e ele mandou o motorista parar e desceu sozinho.

As bailarinas pararam e olharam para ele. Ele ficou perdido. Cumprimentou. Foi um passo errado. Aquilo não caiu bem. Pediu para falar com ela

---

* Radha era uma das pastoras de vacas (gopis) para quem Krishna, um dos deuses mais populares do hinduísmo, tocava flauta e ensinou a arte do canto e da dança. Eles se apaixonaram e se tornaram amantes. (N. E.)

a sós. O pedido saiu como uma ordem latida e as amigas se espalharam como vidro quebrado. Ela olhou para ele. Ela era trovão e música. A voz dele fedia a merda de cachorro. Ele mal começara a falar quando ela adivinhou o que ele queria dizer e o viu nu. As mãos dele mexeram-se involuntariamente para cobrir os genitais. "Você é o afsar", disse ela, "Kachhwa Karnail." Ele ficou vermelho. Não sabia como falar com franqueza. É, o oficial, bibi. O oficial que, depois de uma vida inteira de espera, de construção de diques, de salvar a si mesmo, deseja profundamente. Que espera, que mui ardentemente anseia... Ele não disse nada e ela irritou-se. "Veio me prender?", perguntou. "Sou uma subversiva, então? Vou ter de apanhar na sola dos pés, ser eletrocutada, estuprada? Será que as pessoas precisam de proteção contra mim? É isso que você veio oferecer? Proteção?" O desprezo dela tinha cheiro de chuva de primavera. A voz dela chovia sobre ele como prata. "Não, bibi, não é assim", disse ele. Mas ela já sabia a verdade, do nascente desejo de cachorro morto que ele sentia. "Vá se foder", ela disse, e fugiu para dentro da floresta, para a margem do regato, para qualquer lugar que não fosse onde ele estava nos arredores de Pachigam com o aterro desmoronando em torno de sua alma.

De volta a Elasticnagar, ele permitiu que a raiva tomasse conta de si e começou a traçar planos de cair com força total sobre Pachigam. Pachigam ia sofrer por causa da atitude insultuosa de Boonyi Kaul, por ter metaforicamente dado uma bofetada na cara de um superior. O movimento de libertação estava começando naqueles dias e a idéia era podá-lo em botão com fortes medidas de ocupação. Caxemira para os caxemirenses, uma idéia imbecil. Aquele minúsculo vale travado entre montanhas com menos de cinco milhões de pessoas nativas queria controlar seu próprio destino. Aonde levava esse tipo de pensamento? Se a Caxemira, por que não também Assam para os assamenses, Nagaland para os nagas? E por que parar aí? Por que cidades e aldeias não podiam declarar independência, ou ruas da cidade, ou mesmo casas individuais? Por que não exigir liberdade para o quarto de alguém, ou chamar a privada de casa de república? Por que não parar num lugar, desenhar um círculo em torno dos próprios pés e chamar de Euquistão? Pachigam era igual a todos os outros lugares em seu vale furtivo, dissimulado. Havia ali tendências com as quais ele fora tolerante por muito tempo. Tinha pistas: suspeitos, alvos. Ah, sim. Ia baixar com dureza em cima deles. E tinha um informante confiável na aldeia, um espião sutil, impiedoso e habilidoso, que tomava o café-da-manhã quase todo dia justamente na casa de Boonyi Kaul.

O pandit Gopinath Razdan, um homem excepcionalmente magro com um vinco profundo entre as sobrancelhas, as gengivas avermelhadas do viciado em paan e o ar de alguém que esperava encontrar muita coisa que o desagradava aonde quer que fosse, chegou à porta da casa de Boonyi usando estreitos óculos de aro dourado e uma expressão franzida, carregando uma pasta de executivo cheia de textos em sânscrito e uma carta das autoridades educacionais. Usava roupas ocidentais de estilo urbano, paletó de tweed barato com a lapela levantada para proteger da brisa fria e calça de flanela cinzenta com uma mancha de café acima do joelho direito. Era jovem, provavelmente não mais velho que o coronel H. S. Kachhawaha, mas esforçava-se por parecer mais velho. Estava com os lábios contraídos, os olhos apertados e apoiava-se em um guarda-chuva enrolado com ao menos uma vareta visivelmente quebrada. Boonyi não gostou dele à primeira vista e, antes que abrisse o rosto ossudo, disse-lhe: "Deve estar procurando alguém em outra casa. Aqui não tem nada para o senhor". Mas é claro que tinha, sim.

"Está tudo em ordem, por favor, pode ficar tranqüila", disse o pandit Gopinath Razdan, inclinando a cabeça de lado e emitindo um longo jato vermelho de suco de bétel e saliva; e havia altivez em sua voz, mesmo falando com o bizarro sotaque de Srinagar que não só omitia os finais de algumas palavras como também eliminava o meio de outros. "*Tá tud'em ordem, p'favor, po'fica' tranqui'*." "Estou me apresentando — "*Tou me apresenta'no*" — a pedido de seu próprio pai."

Apressado, o pandit Pyarelal Kaul saiu da cozinha cheirando a alho e cebola. "Querido primo, querido primo", agitou-se Pyarelal, lançando olhares de soslaio a Boonyi, "não esperava a sua chegada antes da semana que vem, no mínimo. Acho que pegou minha filha de surpresa." Gopinath estava farejando o ar, com expressão reprovadora. "Se eu não soubesse", disse com a voz esquelética, "poderia pensar que é uma cozinha muçulmana isso que tem aí atrás." *Se não soubes'. Cozin' muçulman'.* Boonyi sentiu um grande ronco de risada borbulhar pelas narinas. Depois uma grande onda de irritação cresceu dentro dela e o impulso de rir se perdeu.

Pyarelal deu fortes tapas nas costas de Gopinath; diante do que ele, o esperto da cidade, tremeu, pode-se até dizer que se encolheu. "Ha! Ha! Meu querido", explicou o pai de Boonyi. "Aqui em Pachigam é tudo uma mistura. Desde que eu fui mordido pelo micróbio da cozinha, estou devagarinho introduzindo a cozinha pandit no wazwaan — uma mudança radical, mas de grande importância simbólica, tenho certeza de que concorda! —, de forma que nós agora, por exemplo, oferecemos para nossos clientes a grelha de costeletas kabargah sem alho e tem pratos que são feitos até com assa-fétida e coalho! E, como retribuição à boa vontade de todo mundo com as minhas inovações, pensei que era justo começar a usar umas lascas de cebola e alho em algumas de minhas comidas, bem ao gosto dos irmãos muçulmanos." Um leve tremor percorreu a débil silhueta de Gopinath. "Vejo", declarou baixinho, "que muitas barreiras — *mui's barre'r's* — vieram abaixo por aqui. Muita coisa, meu senhor, para um homem como eu — *com'eu* — ponderar."

Boonyi ouvira essa conversa com crescente impaciência e perplexidade. Então explodiu: "*Ponderá*, é? Papai, quem é esse que acabou de chegar da cidade e na mesma hora começou a *ponderá* sobre a gente?".

Veio à tona que Gopinath era o novo professor da escola. Temendo a reação de Boonyi, Pyarelal havia escondido dela sua decisão de desistir do papel tradicional de educador exercido pelo pandit, para se concentrar apenas na culinária. Com o passar dos anos, a cozinha fora ficando cada vez mais perto do centro de sua vida. Na cozinha onde um dia Pamposh reinara, ele se sentia em comunhão com sua beleza morta, sentia suas almas se fundirem nos molhos borbulhantes, sua alegria desvanecida se expressar em carnes e legumes. Esse tanto Boonyi sabia: cozinhar era a sua maneira de manter Pamposh viva. Quando comiam a comida dele engoliam também o espírito dela. O que Boonyi não notara, porém, porque os filhos só precisam que seus pais sejam seus pais e, conseqüentemente, prestam menos atenção do que deviam nos sonhos dos mais velhos, era que cozinhar pouco a pouco se transformou em mais que uma terapia para Pyarelal. A cozinha liberava uma insuspeitada veia artística nele e, naquela aldeia de atores que haviam passado a cozinhar como atividade complementar, sua mestria cada vez maior rendeu-lhe um papel central a representar. Mais e mais, quando o povo de Pachigam ia a um casamento preparar o Banquete dos Trinta e Seis Pratos no Mínimo, o pandit assumia um papel de liderança. Seu pulao aromatizado com açafrão era um milagre, sua mistura para almôndega gushtaba era pilada até adquirir a maciez de uma bochecha de bebê. Os convidados de festas de casamento reclamavam seu dum aloo, a galinha com amêndoas, o queijo *cottage* aromatizado com feno grego e tomates, os talos de lótus com molho escuro, o korma de pimentão vermelho e, para encerrar, o delicioso doce de firni e chá de cardamomo. Um dia, mulheres foram até ele e pediram timidamente suas receitas wazwaan, que, ingênuo, sempre querendo ajudar, ele começou a ditar, até seus colegas cozinheiros o calarem aos gritos. Depois disso, desenvolveu uma resposta-padrão a todos os pedidos pelo segredo de seu feitiço culinário. "Ghee, madames", ele sorria. "Mais nada. Use muito, muito ghee, asli, da verdadeira."

Boonyi estava naturalmente bem consciente da importância cada vez maior de seu pai na preparação dos Trinta e Seis Pratos no Mínimo, mas nunca lhe ocorreu que isso o levaria a fazer uma mudança de carreira tão dramática. Fortemente desequilibrada, ela perdeu a cabeça por completo. "Se ensinar não é mais importante para você", explodiu com um aflito Pyarelal, "então aprender também não é importante para mim. Se meu pai, o grande filósofo, quer virar um cozinheiro de tandoori, então eu talvez encontre alguma coisa para virar também. Quem quer ser sua filha? Prefiro ser esposa de alguém."

Era a rebeldia dela falando, aquela coisa impulsiva e descontrolada que Shalimar, o equilibrista, começara a temer. Quando viu o rosto de Pyarelal se abater e as orelhas de Gopinath se espetarem, ela imediatamente lamentou ter ferido o homem que mais a amara desde o dia de seu nascimento e, além disso, ter falado demais na presença de um estranho. O que ela não sabia era que o pandit Gopinath Razdan, primo distante de Pyarelal, era também um agente secreto e havia sido enviado a Pachigam para farejar certos elementos subversivos nessa aldeia de artistas — pois artistas eram subversivos por natureza, afinal. Suas ordens eram relatar as descobertas, secretamente, em primeira instância ao coronel H. S. Kachhwaha, em Elasticnagar, que avaliaria a qualidade e o valor da informação e recomendaria o curso de ação que fosse exigido. Ninguém em Pachigam desconfiava de que Gopinath tinha uma identidade secreta, porque a identidade que ele revelava era tão difícil de engolir que ficava impossível acreditar que ele tivesse um eu ainda mais problemático escondido por baixo dela. As crianças a quem ele ensinava, com uma aspereza e severidade que eram o extremo oposto da alegre tagarelice de Pyarelal, deram-lhe o apelido de "Batta Rasashud". "Batta" era outra palavra para pandit e "rasashud" era uma erva extremamente amarga que se dava às crianças infestadas de aam, quer dizer, vermes redondos. Quando descobriu isso, porque os professores sempre descobrem os nomes rudes pelos quais são conhecidos, seu temperamento ficou ainda pior. Estava vivendo no quarto em cima da sala de aula e à noite os aldeões ouviam estrépitos e xingos emanando de lá, de forma que muitos suspeitavam que o furioso pandit estava possuído por um demônio que saía de seu corpo à noite e voava em torno como um pássaro engaiolado.

Pyarelal sentia-se responsável pelo primo distante e acreditava, à sua maneira bem-intencionada, que um pouco de companhia humana e sentimento familiar poderia melhorar o temperamento do homem. Boonyi discordava veementemente. "Leite coalhado nunca mais tem gosto doce", ela argumentava. Apesar de suas objeções, Pyarelal Kaul garantiu que Gopinath seria sempre bem-vindo à sua mesa. Assim, Boonyi tinha de tomar o café-da-manhã e muitas vezes jantar com o espião, o que, para Gopinath, vinha muito a calhar, uma vez que o interesse do coronel Kachhwaha fazia dela um tópico importante de seus relatórios regulares. E, inevitavelmente, dado o excepcional grau de acesso a ela de que desfrutava, foi apenas uma questão de tempo o mal-humorado pandit acabar embevecido por Boonyi Kaul também. O seu hábito de mascar paan aumentou dramaticamente, mas o vício na noz de bétel não conseguia mascarar sua nova e mais profunda dependência da presença em sua vida de uma menina de catorze anos de idade. Na pequena escola onde ensinava crianças de todas as idades em uma única sala, ele logo viu que Boonyi Kaul era uma aluna lenta, esperta mas preguiçosa, cujo alheamento da própria educação era em parte uma reação deliberadamente antiintelectual ao fato de ser filha de um pai tão letrado, em parte um protesto contra o fato de Pyarelal se retirar da escola e, principalmente, conseqüência de sua imatura convicção, baseada em sua auto-imagem altamente erotizada, de que já sabia tudo o que precisava para fazer os homens fazerem tudo o que quisesse. Era fácil perceber por que uma criança sexualmente tão segura havia inflamado as paixões do pobre e confuso coronel Tartaruga, mas Gopinath achara que era feito de matéria mais rígida. A velocidade de sua rendição aos encantos dela gerou em seu peito os mesmos sentimentos de repulsa que normalmente reservava para os doentes e mutilados. E os evidentes sentimentos dela por Noman Sher Noman, que se chamava simplesmente de Shalimar, o equilibrista, nauseavam o professor ainda mais do que o seu próprio entusiasmo e o distraíam de seu propósito original em Pachigam, a investigação secreta do irmão de Shalimar, o equilibrista, o terceiro filho de Abdullah e Firdaus. Gopinath deixou esse projeto em segundo plano temporariamente e concentrou-se no quarto e mais novo dos meninos, que decidiu privadamente destruir.

Aos dezenove anos de idade, os filhos mais velhos de Abdullah e Firdaus Noman, os gêmeos Hameed e Mahmood, eram tolos gentis e gregários, cujo único interesse na vida era cada um fazer o outro rir. Assim, haviam se contentado em perder-se nas cômicas ficções do bhand pather e estavam tão imersos em seu mundo imaginário, criando versões burlescas de princesas que caíam de bunda no chão e deuses desajeitados, gigantes covardes e diabos apaixonados, que o mundo real perdeu o encanto para eles e talvez fossem os únicos caxemirenses a se tornar imunes à sua beleza natural. O terceiro rapaz, Anees, era introspectivo e soturno, como se esperasse pouco da vida. Fazia as momices de clown que eram exigidas dele com uma cara imutável de melancolia que dividia as platéias. A maior parte reagia com hilaridade ao seu ar lamentoso, mas uma minoria, inesperadamente tocada por sua tristeza em um lugar que não esperavam que uma mera história de clown pudesse atingir, um lugar seqüestrado em que guardavam suas próprias tristezas por suas vidas cerceadas, se perturbava com ele e ficava contente quando ele deixava o palco. Com a aproximação de seu décimo sétimo aniversário, Anees começou a demonstrar cada vez mais habilidade com as mãos, criando despreocupadamente deslumbrantes miniaturas de figuras recortadas em correntes de papel e fantásticas criaturas que fazia retorcendo o laminado prateado dos maços de cigarro. Ele talhava a madeira em minúsculas maravilhas, como corujas com o corpo treliçado dentro do qual se podiam ver outras corujas menores. Foi esse dom que chamou a atenção do comandante da frente de libertação local e, numa noite cheia de estrelas, Anees foi levado por dois combatentes com lenços no rosto a um bosque de montanha onde ficava o velho chalé de Nazarébadur, deteriorado e vazio. Ali, um homem que ele não podia ver lhe perguntou se gostaria de aprender a fazer bombas. Tudo bem, Anees encolheu os ombros. Pelo menos, isso queria dizer que sua vida melancólica provavelmente seria curta. Disse isso exibindo sua cara mais entediada e lúgubre, e o comandante da frente de libertação escondido nas trevas foi misteriosamente tomado por uma inadequada necessidade de rir que só conseguiu controlar em parte.

No dia em que foi delatada, Boonyi estava com as amigas no ensaio de dança da tarde, à margem do Muskadoon. "Olhe", disse Zoon, a filha do carpinteiro, apontando um pequeno promontório rochoso de onde Gopinath as observava, "se não é o próprio senhor Ervamarga em pessoa." O espião desceu das rochas, mascando seu paan, o guarda-chuva batendo na pedra, e Boonyi de repente enxergou através da fingida sisudez dele. "Esse aí não é nenhum coitado rabugento, mas sim um homem muito perigoso", alertou a si mesma, mas era tarde demais. Gopinath já tinha visto tudo o que precisava ver. Aos bosques frondosos e prados de montanha enluarados ele havia seguido Shalimar, o equilibrista, e Boonyi. Filmes de oito milímetros haviam sido feitos, e fotos também. Os dois nunca tinham desconfiado da presença dele, nem ouvido seus passos. Ele, ao contrário, tinha visto mais que o suficiente. Agora estava ali parado diante de Boonyi, cuspiu suco de bétel e deixou cair a máscara. O corpo se endireitou, a voz ficou mais forte e o rosto mudou — a sobrancelha franzida se alisou, a expressão não era mais rígida e contraída, mas calma e autoritária, e evidentemente ele não precisava (e, portanto, tirou) dos óculos; parecia mais jovem e mais frio, um homem a se evitar, um homem que era aconselhável não irritar. "Aquele menino é uma porcaria, não é digno de você", disse ele, alto e bom som. "E as porcarias que você tem feito com ele são indignas de qualquer moça decente." *Di'no. Indi'na.* O sotaque ao menos era genuíno. Zoon, Gonwati e Himal ficaram duras de curiosidade e horror. "Você vai ficar zangada comigo agora", o espião continuou, "mas depois, quando estivermos casados, talvez goste de ter a seu lado um homem de verdade, não um moleque sem-vergonha." A garota sacudiu a cabeça, sem acreditar. "O que você fez?", perguntou. "Pus fim no pecado", replicou o espião. Os pensamentos de Boonyi dispararam. As amigas se fecharam em torno dela, apertando os corpos lealmente contra o dela, formando uma parede contra o ataque externo. A catástrofe estava próxima.

"Neste momento, o panchayat está numa sessão de emergência para examinar as provas que apresentei", disse Gopinath. "O sarpanch, seu pai e os outros logo vão decidir seu destino. Você está desgraçada, claro, sua imagem é negra, seu bom nome está na lama e foi você mesma quem fez isso; mas já informei a eles que estou disposto a restaurar a sua honra e aceitar você como esposa. Que escolha seu pai tem? Que outro homem vai ser tão generoso com uma mulher decaída? Arrependa-se agora e me agradeça depois, quando voltar a si. Seu amante está acabado, claro, marcado para sempre como um patife pusilânime, mas eu não ligo a mínima para ele, como você devia fazer também — como vai fazer quando entrar no único destino possível para você, a sua vida comigo."

Arrepen'-se agor'e m'agrades' depo', quan' volta' si. Era uma incrível proposta de casamento e depois de fazê-la o transformado Gopinath não esperou a resposta da amada, mas afastou-se um pouco pela margem do Muskadoon e sentou-se, talvez a uns cem metros de distância, fingindo não ter preocupações neste mundo. Na verdade, sabia que ia se ver em maus lençóis com seus superiores, por revelar suas habilidades de espião a todo mundo em Pachigam e ao mesmo tempo se transformar no homem mais odiado da aldeia. Seus propósitos sérios estavam destruídos, teria de abandonar imediatamente o emprego na escola e a própria aldeia, e ficaria muito mais difícil para as autoridades plantarem um segundo agente dentro da comunidade, que de agora em diante estaria em guarda contra traidores e espiões. Em resumo, Gopinath havia apostado tudo em Boonyi, disposto a sacrificar sua carreira secreta em troca de capturar uma esposa que jamais retribuiria seu amor, que na verdade o detestaria por pintá-la como indecente e por frustrar seus sonhos de amor. Olhou a água que corria depressa e contemplou a tragédia do desejo.

Um ar de calamidade estava rapidamente envolvendo a aldeia. Os pomares, os campos de açafrão e alagados de arroz estavam vazios e abandonados, uma vez que aqueles que habitualmente ali trabalhavam largaram as ferramentas e se reuniram diante da residência dos Noman, onde o panchayat se reunia. Ninguém fez comida nas cozinhas da aldeia aquela tarde. As crianças corriam descalças para cá e para lá, gritando alegremente rumores infundados de banimento e suicídio. Boonyi e suas três amigas ficaram juntas, braços em volta umas das outras, num círculo de tristeza com o rosto virado para dentro, do qual escapavam constantemente altos gemidos e soluços. Até os animais adivinharam que algo estava errado; cabras e gado, cães e gansos apresentavam aquela agitação premonitória que às vezes se vê horas antes de um terremoto. Abelhas picaram seus tratadores com desusada ferocidade. O próprio ar parecia tremular de preocupação e houve um estrondo no céu vazio. Firdaus Noman veio até Boonyi, correndo num passo lento e deselegante, ofegando pesadamente, gritando ofensas ao judas Gopinath, sentado calmamente à margem do riacho. "Pústula!", ela xingou. "Casco fendido! Bunda fedorenta! Pênis pequeno! Berinjela seca!" O objeto de sua ira, o zaharbad, o pedar, o dono da mandal fedorenta, o kuchur pequeno, o wangan hachi, nem se virou, nem vacilou. Firdaus gritou: "Wattal-nath Gopinath!" — quer dizer, espírito perverso, baixo, degradado Gopinath — e as amigas de Boonyi abriram o círculo e juntaram-se ao canto. "Wattal-nath Gopinath! Gopinath Wattal-nath!" Por toda a aldeia correu aquele grito, prontamente repetido pela crianças, até que toda a aldeia, cujos habitantes agora estavam quase todos reunidos diante da casa do sarpanch, gritava. "Wattal-nath Gopinath! Pênis pequeno, bunda fedorenta, berinjela seca, casco fendido! Gopinath Wattal-nath, vá embora!"

"Dane-se você também", Firdaus disse a Boonyi, num tom mais informal. "Venha, sua criança burra que só pensa em sexo. Vou levar você de volta para a casa do seu pai e lá você fica até o que está feito estar feito e resolverem seu destino." "Nós vamos também", gritaram Zoon, Himal e Gonwati. Firdaus deu de ombros. "Vocês é que sabem. Mas eu vou trancar vocês quatro, suas infelizes." Boonyi não discutiu e foi para casa, conduzida pela mãe irada de seu amado. "Onde está Noman?", ela perguntou a Firdaus em voz baixa. "Cale a boca", Firdaus respondeu alto. "Você não tem nada a ver com isso." Depois, num murmúrio, continuou: "Os irmãos levaram Noman para longe, subiram para o Khelmarg, para impedir que ele decepasse a cabeça gorda do pandit Gopinath Razdan". Boonyi respondeu mais esquentada, e com certeza mais lúbrica do que sua situação permitia. "Eles que não me façam casar com aquela cobra. A primeira vez que ele dormir corto fora o kuchur dele e enfio naquela boquinha perversa." Firdaus deu-lhe uma bofetada forte. "Você vai fazer o que mandarem", disse. "E isso é pela boca suja, que eu não vou tolerar." Diante da fúria incandescente de Firdaus Noman, nem Boonyi nem as amigas ousaram lembrar a ela de onde tinham vindo os primeiros palavrões daquele dia.

Uma vez dentro da casa de Boonyi, Firdaus parou de fingir que estava zangada e preparou para as meninas um bule de chá rosado com sal. "O menino ama você", disse a Boonyi, "e mesmo você tendo agido como se fosse uma puta nojenta, esse amor, para mim, conta." Uma hora depois um menino bateu na porta para dizer que o panchayat havia chegado a uma decisão e a presença delas era solicitada. "Nós também vamos", disseram Himal, Gonwati e Zoon outra vez, e mais uma vez Firdaus não objetou. Foram até a escada da residência do sarpanch, onde os membros do panchayat estavam parados com caras solenes. Shalimar, o equilibrista, lá estava com seus irmãos em volta e o coração de Boonyi deu um pulo quando viu o rosto dele. Havia uma escuridão assassina na testa dele que ela nunca vira antes. Isso a assustou e, pior que isso, fez com que, pela primeira vez na vida, ele não lhe parecesse atraente. Todos os aldeões estavam reunidos em torno desse pequeno *tableau* e quando viram Firdaus se aproximando, com Boonyi e as amigas, baixou um silêncio. O pandit Pyarelal Kaul estava parado ao lado de Abdullah Noman e os rostos dos dois pais eram os mais sombrios ali presentes. "Estou acabada", Boonyi pensou. "Vão me entregar para aquele filho-daputa sentado como um peixe na margem do rio, esperando que me entreguem para ele numa bandeja — eu, Boonyi Kaul, que ele nunca poderia conquistar de outro jeito."

Ela estava errada. Abdullah Noman, o sarpanch, falou primeiro, seguido de Pyarelal, e os outros três membros do panchayat, Grande Misri, o carpinteiro, Sharga, o cantor, e o frágil e velho mestre de dança Habib Joo, também fizeram breves observações, e seu veredicto era unânime. Os amantes eram seus filhos e tinham de receber apoio. O comportamento deles exigia uma forte censura — fora licencioso, impulsivo e cheio de improdriedades que eram uma decepção para seus pais —, mas eram bons filhos, como todo mundo sabia. Abdullah então mencionou kashmiriyat, a caxemiridade, a crença de que no coração da cultura caxemirense havia um elo comum que transcendia todas as outras diferenças. A maioria dos aldeões bhand era de muçulmanos, mas Pachigam era uma mistura, com famílias de origem pandit, os Kaul, os Misri e os parentes de nariz comprido do cantor barítono — sharga era o apelido local para os que possuíam nariz alongado — e até uma família de judeus dançarinos. "Então temos não só a caxemiridade a proteger, mas a pachigamedade também. Aqui, somos todos irmãos e irmãs", disse Abdullah. "Não existe nenhuma questão hindu-muçulmana. Dois jovens caxemirenses — dois pachigamenses — querem se casar, só isso. A escolha é aceitável para ambas as famílias, então haverá um casamento; ambos os costumes, hindu e muçulmano, serão observados." Pyarelal acrescentou, quando chegou sua vez: "Defender o amor deles é defender o que há de melhor em nós mesmos". A multidão deu vivas e Shalimar, o equilibrista, abriu um imenso sorriso de incrédula alegria. Firdaus subiu até onde estava Abdullah e sussurrou: "Se tivesse tomado qualquer outra decisão eu teria chutado você para fora da minha cama". (Mais tarde, nessa noite, quando estavam deitados na cama, no escuro, ela se achava num estado de espírito mais reflexivo. "Os tempos estão mudando", disse, de mansinho. "Nossos filhos não são como nós. Na nossa geração éramos diretos, as duas mãos em cima da mesa, bem visíveis o tempo todo. Mas esses jovens são tipos mais dissimulados, têm sombras na superfície e segredos por baixo, nem sempre são o que parecem, talvez nem sempre nem mesmo o que pensam que são. Acho que é assim que tem de ser, porque eles vão viver uma época muito mais enganadora do que qualquer uma que a gente conheceu.")

Dois membros do panchayat, Misri, o carpinteiro, e Sharga, o barítono, os dois homens maiores e, ao lado do sarpanch, mais fortes de Pachigam, foram despachados para a margem do rio para jogar Gopinath Razdan para fora da cidade — Abdullah, o sarpanch, temendo excesso de violência, proibiu seus enraivecidos filhos de se envolverem de algum modo com a expulsão. Mas quando o batalhão de dois chegou ao Muskadoon o espião já havia escapulido e nunca mais foi visto em Pachigam. Seis meses mais tarde, depois de um período de desgraça profissional, recebeu nova missão na aldeia de Pahalgam, e foi encontrado morto uma manhã no prado de montanha de Baisaran, ali próximo. Suas pernas haviam sido arrancadas por algum tipo de bomba feita em casa, e a cabeça, separada do corpo com um único golpe de lâmina. O assassinato nunca foi solucionado, nem qualquer pista levou a alguém da aldeia dos atores. Por fim, a investigação perdeu fôlego e o caso foi oficialmente encerrado. O coronel H. S. Kachhwaha tinha fortes suspeitas, porém, e sua frustração crescia. Não só havia sido insultado por Boonyi Kaul, como o fracasso da missão de seu espião não lhe dera nem um fiapo de pretexto para "cair com força total" sobre Pachigam, como planejara. As cores de seu mundo continuaram a escurecer e ele anotou que a aldeia de atores estava marcada para receber atenção especial, decisão cujas conseqüências a médio e longo prazo seriam graves.

Durante algum tempo depois da partida do espião, porém, o estado de espírito de Pachigam foi comemorativo. O pandit Pyarelal Kaul concordou em retomar seus deveres de professor, em carregar a dupla carga da educação e da gastronomia enquanto tivesse forças; e os preparativos para as núpcias de Boonyi e Shalimar, o equilibrista, tiveram início. Mas logo começaram a se acumular empecilhos. Os detalhados arranjos de casamento acabaram se mostrando mais problemáticos do que previra Abdullah, com seu plano de uma cerimônia ideal, ecumênica. Isso se deu por causa da chegada das famílias. Vindos de Poonch, de Baramulla, de Sonamarg, de Tangmarg, de Chhamb, de Aru, de Uri, de Udhampur, de Kishtwar, de Riasi, de Jammu, os dois clãs se reuniram; tias, primos, tios, mais primos, tias-avós, tios-avós, sobrinhos, sobrinhas, mais primos ainda e parentes por afinidade baixaram em Pachigam, até que todas as casas da aldeia estavam absurdamente superlotadas e muitos parentes menores tiveram de dormir debaixo das árvores frutíferas e confiar na sorte quanto a chuva e cobras. Quase todos os recém-chegados tinham fortes idéias e expectativas quanto aos procedimentos e muitos desprezaram abertamente o esquema ecumênico do sarpanch. "O quê?, ela não vai se converter ao islamismo?", perguntavam com incredulidade os parentes do lado do noivo, e o pessoal da noiva retorquia: "O quê?, vão servir carne no banquete?". Por toda a aldeia e nos campos e pastos em torno, as discussões grassavam. A única coisa com que todo mundo concordava era que não havia necessidade da tradicional cerimônia thap muçulmana, na qual o jovem par se reúne em um local público para decidir se quer ir em frente com o casamento. "Os dois já estão *thapeados* há muito tempo", disse a língua perversa de uma tia, e houve risos perversos de tios, primos, tias-avós, tios-avós, mais primos e assim por diante.

Depois veio a discussão a respeito das cerimônias livun dos hindus, em que, insistiam os Kaul, as casas das duas famílias eram ritualmente limpas. "Que os Kaul limpem a sua casa idólatra se precisam disso", disse uma vovó muçulmana de linha dura, "mas o lugar da nossa gente já está perfeitamente limpo." Ninguém tinha nada contra os freqüentes banquetes wazwaan, naturalmente, e as disputas entre vegetarianos e não-vegetarianos ficaram relativamente fáceis de resolver quando o pandit Pyarelal Kaul, apesar de seu permanente amor pela carne, concordou em abolir qualquer vestígio dela em sua cozinha, enquanto os Noman, que tinham construído um novo forno wuri de tijolos e barro no quintal, ofereciam menus diários de delícias para carnívoros. No casamento propriamente dito, concordou-se, depois de muito debate, que grupos separados de chefs prepararam ambas as cozinhas, galinha à esquerda, lótus à direita, carne de cabrito de um lado, queijo de cabra do outro. A música também ficou decidida sem grande disputa. O santoor, o sarangi, o rabab, o harmônio eram instrumentos não sectários, afinal. Foram contratados cantores e músicos bachkot profissionais, orientados a alternar bhajans hindus e hinos sufi.

A questão da roupa da noiva foi muito mais espinhosa. "Evidentemente", disse o lado do noivo, "quando a yenvool, a procissão de casamento, chegar à casa da noiva, vamos esperar ser recebidos por uma garota usando lehenga vermelho e, mais tarde, depois que for banhada pelas mulheres da família, vai vestir uma shalwar-kameez." "Absurdo", retorquiam os Kaul. "Ela vai usar um phiran exatamente como todas as nossas noivas, bordado no pescoço e nos punhos. Na cabeça, um arranjo tarang engomado como papel e um largo cinto haligandun na cintura." Esse impasse durou três dias, até Abdullah e Pyarelal decretarem que a noiva ia efetivamente usar seu traje tradicional, como também Shalimar, o equilibrista. Nada de phiran de tweed para ele! Nada de turbante com pena de pavão! Ia usar um elegante sherwani e um karakuli topi na cabeça e pronto. Quando a questão das roupas foi resolvida, a cerimônia mehndi, um costume conjunto, foi rapidamente decidida. Veio então a questão do casamento em si e nesse ponto toda a *entente cordiale* chegou perto do colapso. Para muitos ouvidos muçulmanos, as sugestões do outro lado eram espantosas. Soprem a concha de caramujo se quiserem, gritavam as tias, tias-avós, primos e assim por diante islâmicos, troquem presentes de noz-moscada se quiserem, mas um purohit, um sacerdote, celebrando puja diante de ídolos? Fogo sagrado, fio sagrado? Os recém-casados serem tratados por Shiva e Parvati e adorados como tal?* Ai, ai. Essas superstições não iam dar certo. Os Kaul se retiraram muito indignados. Todo o diálogo entre as duas casas cessou. "Famílias", suspirou Firdaus Noman desesperada, "são a razão baixa e tacanha de todo o descontentamento da Terra."

A noite era de lua cheia. Pachigam estava dividida em dois campos e

---

* Shiva é um dos principais deuses do hinduísmo e tem um poder tanto criador como destruidor. Sua esposa, a deusa Parvati, é filha do Himalaia e personifica as montanhas. (N. E.)

longos anos de harmonia comunal estavam em risco. Então, impulsivamente, o barítono Shivshankar Sharga saiu para a rua principal e começou a cantar canções de amor, canções do amor dos deuses por seres humanos e de seres humanos por Deus, canções de amor entre pais e filhas, mães e filhos, canções de amor correspondido e não correspondido, cortês e apaixonado, sagrado e profano. Suas filhas Himal e Gonwati, a dupla desafinada, sentaram a seus pés com instruções rigorosas de não abrir a boca por mais que a música as comovesse. No começo, a aldeia ainda estava nas garras da peste do mau humor e houve gritos de "Cale a boca, queremos dormir" e "Ninguém está a fim dessas malditas músicas sentimentais." Mas devagar a voz dele operou a sua magia. Portas se abriram, luzes se acenderam, gente sonolenta veio dos campos. Abdullah e Pyarelal se encontraram ao lado do cantor e se abraçaram. "Vamos fazer dois casamentos", disse Abdullah. "Primeiro, fazemos tudo do jeito de vocês e depois repetimos tudo do jeito que nós conhecemos." Uma única tia megera gritou: "Por que do jeito deles primeiro?", mas seu grito de censura foi logo seguido de um gorgolejo abafado, quando o marido tapou com a mão sua boca má e a arrastou para a cama.

Ficou tudo acertado. O pandit Pyarelal Kaul desenterrou a caixa de alumínio que continha as jóias de casamento de sua esposa lá do fundo do quintal, onde a havia enterrado logo depois da morte dela, e trouxe para Boonyi, que estava deitada e completamente acordada em sua cama. "Aqui está tudo o que resta dela", disse à filha. "Estas jóias nesta caixa e a jóia maior, brilhando nessa cama." Deixou a caixa no colchão, beijou-a no rosto e saiu. Boonyi continuou completamente acordada, olhando furiosa para o teto noturno, querendo que as paredes da casa derretessem para ela poder subir diretamente para o céu da noite e escapar. Pois no momento exato em que a aldeia resolvera proteger a ela e a Shalimar, o equilibrista, resolvera ficar do lado deles forçando-os a se casar, sentenciando assim os dois a uma prisão perpétua, Boonyi foi dominada por uma claustrofobia e viu claramente o que não conseguira entender antes, por estar tão profundamente apaixonada por Shalimar, o equilibrista: que aquela vida, a vida de casada, a vida da aldeia, a vida com seu pai tagarelando à margem do Muskadoon, a vida dançando com suas amigas a dança *gopi*, a vida com todas as pessoas entre as quais passara cada um de seus dias, não bastava nem de longe para ela, nem começava a saciar sua fome, seu ávido desejo de algo que ainda não conseguia chamar pelo nome e que, à medida que ela fosse envelhecendo, a insuficiência de sua vida simplesmente tornaria mais difícil e mais dolorosa de agüentar.

Entendeu então que faria qualquer coisa para sair de Pachigam, que passaria cada momento de todos os dias esperando essa chance e quando viesse ela não deixaria de pular em cima dela, ia se mexer mais depressa que a fortuna, esse escorregadio fogo-fátuo, porque se alguém topava com uma força mágica — uma fada, um djin, um evento de sorte que só acontece uma vez na vida — e a prendia no chão, ela realizava o desejo do seu coração; e ela formularia seu desejo: *me tire daqui, para longe de meu pai, para longe desta morte lenta e desta vida ainda mais lenta, para longe de Shalimar, o equilibrista.*

Dois anos depois, um homem magro com uma longa barba espalhada, belos olhos pálidos, que pareciam enxergar diretamente através deste mundo para ver o próximo, e a pele cor de metal enferrujado, de repente apareceu na aldeia de Shirmal usando um casaco comprido e esfarrapado de lã e um turbante preto frouxo, com todos os seus bens terrenos amarrados numa trouxa, como um vagabundo comum, e começou a pregar sobre o fogo do inferno e a danação. Falava a língua com aspereza, como um estrangeiro, como alguém absolutamente desacostumado a falar. As palavras pareciam espinhos arrancados de sua garganta como pedaços de pele áspera, causando-lhe muita dor física. Os shirmalianos, como todos os povos do vale, não estavam acostumados com pregadores desse tipo bombástico, mas ouviram-no um pouco, por causa das lendas do mulá de ferro que estavam circulando nessa época.

Os caxemirenses gostavam de santos de todos os tipos. Alguns deles tinham até associações militares, como a Bibi Lalla ou Lalla Maj, filha de um comandante dos exércitos da Caxemira no século XIV. Muitos eram milagreiros. A história que circulava agora era ao mesmo tempo militar e miraculosa. O Exército indiano havia despejado hardware militar de todos os tipos em cima do vale e apareceram depósitos de ferro velho por toda parte, rasgando a imaculada beleza do vale, como pequenas cadeias de montanhas feitas de escapamentos de caminhão com defeito, armamento enguiçado e esteiras de tanques quebradas. Então, um dia, por graça de Deus, o lixo começou a se mexer. Ganhou vida e assumiu forma humana. Os homens que nasceram miraculosamente desses metais de guerra enferrujados, que saíram pelo vale para pregar resistência e vingança, eram santos de um tipo completamente novo. Eram os mulás de ferro. Diziam que, se alguém batesse no corpo deles, ouvia-se um retinir metálico vazio. Como eram feitos de couraça, não podiam ser atingidos por balas, mas eram pesados demais para nadar e, portanto, se caíam na água se afogavam. A respiração deles era quente e fumarenta, como pneus de borracha queimando, ou como o bufar de dragões. Tinham de ser honrados, temidos e obedecidos.

Naquele dia, em Shirmal, Bombur Yambarzal, o vasta waza, foi o único homem que ousou interromper a tirada do pregador mendicante. Ele enfrentou o estranho faquir na rua e exigiu que ele dissesse qual era seu nome e seu negócio. "Meu negócio são os negócios de Deus", o sujeito respondeu. Naquela primeira conversa, o recém-chegado relutou em informar qualquer nome. Por fim, pressionado por Bombur, disse: "Pode me chamar de Bulbul Shah". Bulbul Shah, como Bombur sabia, era um santo lendário que viera para a Caxemira no século XIV (a época de Bibi Lalla). Era um sufi da ordem Suhrawardy chamado Syed Sharafuddin Abdul Rehman, conhecido como Bilal em honra do muezim do Profeta — um título honorífico que acabou corrompido para "Bulbul" ou rouxinol. Suas origens eram discutíveis. Podia ter vindo do Tamkastan, no antigo Irã, ou de Bagdá, ou, o mais provável, do Turquestão; podia ter sido um refugiado dos mongóis ou não. Fora bemsucedido, porém, ao converter para o islamismo o usurpador de Ladakhi, Rinchin, ou Renchan, ou Rencana, que tomara o trono da Caxemira em 1320, e começara o processo de conversões que fez da Caxemira um Estado muçulmano. De qualquer forma, tinha morrido havia seiscentos anos e certamente não estava parado agora na frente de Yambarzal, exalando um bafo de dragão.

"Isso é bobagem", Bombur disse ao andarilho com seu jeito altivo de sempre. "Fora daqui. Não queremos problemas e você, parado aqui no meio da nossa cidadezinha, berrando sobre os castigos do inferno, você me parece problema." "Existem grandes infiéis", replicou o estranho, calmo, "que negam Deus e seu profeta; e depois existem os pequenos infiéis como você, em cuja barriga o calor da fé há muito esfriou, que toma tolerância por virtude e harmonia por paz. Você me deixa ficar ou me mata e não lhe dou outra escolha. Mas entenda uma coisa: eu sou o brado que reacenderá seu fogo."

"Claro que não vamos matar você", disse Yambarzal, atrapalhado. "Que tipo de gente pensa que nós somos?" "Fracos", respondeu o estranho com sua voz rouca e alarmante. Bombur se acalorou e gritou bem alto para a multidão que crescia. "Dêem um pouco de comida para este mendigo comer e ele logo, logo vai embora." Foi um erro de avaliação. A pretensa reencarnação de Bulbul Shah viera para ficar e muitos ouvidos queriam ouvir o que tinha para lhes dizer, principalmente porque sua resposta à dispensa de Yambarzal foi tirar o turbante da cabeça, fechar a mão direita e bater com força os nós dos dedos no cocuruto careca. Todos os presentes ouviram o clangor metálico e muitas mulheres e diversos homens caíram imediatamente de joelhos.

Depois disso, passou a haver um novo poder em Shirmal. O mulá de ferro recebia abrigo em um lar shirmaliano depois do outro e dentro de um ano o caráter da aldeia havia mudado, e os cozinheiros em cujos corações queimavam novas paixões se agruparam para construir uma mesquita ao Bulbul inspirador. O mulá de ferro nunca falava de suas origens, nunca contava em que seminário ou aos pés de qual mestre havia recebido instrução religiosa; na verdade, nunca dizia uma palavra a respeito de sua vida antes do dia em que chegara a Shirmal para mudar tudo para sempre. Ele até permitiu que as crianças da aldeia mudassem seu nome. A paixão caxemirense por apelidos e o pendor pela sinceridade bem-humorada logo levaram as crianças a chamá-lo de "Bulbul Fakh", "Bulbul mau cheiro", por causa de seu odor sulfuroso. Assim, Maulana Bulbul Fakh ele se tornou, aceitando o nome sem objeções, como se tivesse acabado de chegar ao mundo, ao mesmo tempo inocente e feroz, criado particularmente para aquela aldeia, e como se fosse direito dos aldeões chamá-lo como bem entendessem, como pais que dão nome a um filho recém-nascido.

As relações entre Shirmal e Pachigam estavam bem desde que Bombur Yambarzal e Abdullah Noman tinham se abraçado na noite do fiasco do Shalimar Bagh. Suas expedições de pesca periódicas haviam recomeçado e nas ocasiões em que um cliente com recursos suficientes pedia uma versão gigante do wazwaan, o "super-wazwaan" ou Banquete dos Trinta e Seis Pratos no Mínimo, as duas aldeias juntavam seus recursos e cooperavam. Abdullah chegou a se oferecer para mandar seu pessoal dar aulas de representação para os shirmalianos, caso quisessem continuar procurando emprego como fornecedores de teatro portátil, mas Yambarzal declinou a oferta, chegando a fazer uma observação autodepreciativa. "Não podemos fingir que somos pessoas que não somos", disse, "então vamos ficar com o que somos." Havia algo um pouco canhestro no elogio, mas Abdullah resolveu não dar importância, em parte porque era um dia agradável e os peixes estavam pulando, em parte porque passara a entender que Yambarzal não era muito mais temperamental e egoísta que muitos artistas — inclusive alguns de sua própria trupe de atores —, mas era inquestionavelmente melhor em meter os pés pelas mãos. Bombur estava definitivamente se abrandando, porém. Recentemente, tinha até conseguido elogiar "aquele novo pandit waza de vocês" por "ter mão para o paladar", elogio tamanho que, quando Abdullah o repetiu para Pyarelal, o pandit não conseguiu evitar ficar vermelho de orgulho.

As duas aldeias ainda eram rivais no jogo do banquete, alguma tensão permanecia e palavras duras eram ditas às vezes. Em seus piores momentos, Bombur Yambarzal ainda culpava Abdullah Noman por ter se apossado de parte da renda do wazwaan, da qual o bem-estar econômico de Shirmal e dele próprio, Bombur, dependiam. "Se não fosse Pachigam e aquele cozinheiro hindu", a voz do diabo sussurrava em seu ouvido, "você seria o vasta waza sem rival outra vez e isso faria de você, não de Bulbul Fakh, o indisputável número um de Shirmal." O declínio generalizado de ocasiões festivas atingira duramente tanto Pachigam quanto Shirmal. Os caxemirenses tendiam a comemorar muito menos nessa época. Havia semanas, mesmo meses, em que Abdullah Noman acreditava que os dias do bhand pather estavam contados, que ninguém queria mais as histórias tradicionais de clowns e que seria impossível competir com as peruas que viajavam até as cidades e aldeias mais remotas com projetores, telas e rolos dos últimos filmes de cinema na carroceria. Bombur Yambarzal estava igualmente preocupado com o fato de que o amor dos caxemirenses pela boa mesa pudesse não ser transmitido para a próxima geração. Mas ainda que os intervalos entre representações estivesse aumentando, contratos para apresentação das peças bhand de Pachigam ainda chegavam; e, quanto aos serviços de cozinha de massa, eles ainda eram solicitados. Nem o Exército indiano conseguia impedir as famílias de arranjar casamentos, e havia também ocasionais casamentos por amor, visto que estavam nos anos 60, afinal, e, portanto, graças à otimista insistência da raça humana em geral em se amarrar mesmo em tempo difíceis, e também à constante expectativa caxemirense de que casamentos fossem celebrados com demonstrações de glutoneria de uma semana de duração na maior escala possível, ninguém que estivesse no negócio de preparar o Banquete dos Trinta e Seis Pratos no Mínimo corria o risco de morrer de fome ainda. Porém, dezoito meses depois do aparecimento de Bulbul Fakh, o mulá de ferro, mais de dezessete anos de cooperação mais ou menos agradável entre Shirmal e Pachigam chegaram a um fim abrupto e feio.

O verão de 1965 foi uma estação ruim. A Índia e o Paquistão já haviam se enraivecido em batalha, brevemente, no Rann de Kutch, no sul longínquo, mas agora falava-se de guerra pela Caxemira. Ouviam-se o troar dos comboios e o rugido dos jatos no céu. Faziam-se ameaças — *a força será enfrentada com força esmagadora!* — e contra-ameaças eram proferidas em resposta — *não serão aceitas agressões nem se permitirá que se estabeleçam!* Havia um bater de martelos, um rugido, uma nuvem escura no ar. Crianças nos playgrounds assumiam posições, ameaçavam, atacavam, defendiam, fugiam. O medo era a maior colheita do mundo. Ficava pendurado das árvores frutíferas no lugar de maçãs e pêssegos e as abelhas faziam medo em vez de mel. Nos arrozais, o medo crescia grosso por baixo da superfície da água rasa e nos campos de açafrão o medo, como trepadeira daninha, estrangulava as plantas delicadas. O medo coalhava os rios como jacintos aquáticos e carneiros e cabras nas pastagens altas morriam sem razão aparente. O trabalho era escasso tanto para chefs como para atores. O terror matava a criação como uma peste.

A nova mesquita construída para Bulbul Fakh em Shirmal era uma estrutura bastante simples. A cobertura era de madeira, e as paredes, de barro caiado. Havia duas salas simples, sem janelas, nos fundos, onde ele agora via. Não haviam sido tomadas providências para que senhoras comparecessem às orações. O traço mais marcante estava no salão principal da mesquita, onde, em honra de Bulbul Fakh, um púlpito de ferro velho de aspecto assustador fora construído, completado com uma bateria de faróis de caminhão (que não funcionavam), pára-choques retorcidos espetados para o alto como chifres e uma grelha de radiador como dentes à mostra. O piso, mais tradicionalmente, era coberto com tapetes numdah. Uma sexta-feira, no final de agosto, o mulá de ferro subiu ao seu agourento púlpito e fez uma declaração de guerra pessoal. "Existe um inimigo lá fora", declarou com sua voz fria, coberta de ferrugem, "e existe também um inimigo escondido em nosso meio."

O inimigo interno era Pachigam, a aldeia degenerada onde, apesar da substancial maioria muçulmana entre os habitantes, só um membro do panchayat era do verdadeiro credo, enquanto três anciãos escolhidos — três! — eram adoradores de ídolos e um quinto era judeu. Além disso, um hindu havia sido nomeado waza dos wazwaan e começara a usar coalho na comida. E acima de tudo — oh, prova final, irrefutável da perfídia moral de Pachigam! — havia o seu sincero apoio à devassa, lasciva, prostituída, debochada, ímpia, idólatra relação de quatro anos entre Bhoomi Kaul, mais conhecida como Boonyi, e Noman Sher Noman, apelidado Shalimar, o equilibrista.

Em Elasticnagar, o coronel Kachhwaha logo, logo ouviu falar do sermão. Um sermão desses era pior que impróprio. Era sedicioso. Um sermão desses pedia uma resposta firme: uma captura, uma sentença de prisão de sete anos no mínimo. O coronel Kachhwaha tinha ouvido histórias absurdas sobre os chamados mulás de ferro e era preciso acabar com essas histórias, e ao diabo com os sons metálicos e ocos. Esse sujeito Fakh não era um milagre, mas um homem, e precisava receber uma lição, precisava baixar a crista. Esse sujeito Fakh era um filho-da-puta comunalista pró-Paquistão e ousava pregar sobre inimigos dentro do estado, quando ele próprio era a encarnação desse antagonista. Sim, a situação pedia medida fortes. Um punho de ferro contra o sacerdote de ferro. Isso mesmo. E, no entanto, no entanto.

O Hammirdev Kachhwaha de agosto de 1965 era um sujeito muito diferente do idiota de língua amarrada que permitira que Boonyi Kaul o enfrentasse tão injuriosamente quatro anos antes: por um lado era um comandante amadurecido, se preparando dedicadamente para o combate e, por outro lado, havia as perturbações sensoriais e mnemônicas que se aprofundavam. Seu pai tinha falecido, de forma que não havia mais a incumbência de o filho morrer para ganhar a aprovação dele. No outono de 1963, no dia em que ouviu a notícia da morte de Nagabhat Kachhwaha, o coronel Tartaruga tirou as pulseiras douradas da humilhação, fez seu motorista levá-lo até o Bund em Srinagar, ficou de costas para as grandes lojas da cidade, João Barateiro, Moisés Sofredor e Subhana, o Pior, e atirou os círculos brilhantes bem longe nas lentas águas marrons do Jhelum. Sentia-se como sir Bedivere devolvendo Excalibur para o lago, só que as pulseiras eram um símbolo de fraqueza e não de força. De qualquer forma, nesse caso não havia nenhum braço vestido de seda branca, místico, maravilhoso, emergindo para receber o que era atirado. As pulseiras se espalharam sem ruído na superfície do rio e logo afundaram. Altos álamos oscilaram e folhas de plátano avermelhadas pelo outono tremularam um adeus. O coronel Kachhwaha bateu uma breve e seca continência, fez uma rápida meia-volta e marchou para um futuro novo e mais confiante.

O número de homens sob seu comando havia aumentado. Elasticnagar havia se expandido tanto que as pessoas estavam começando a chamar o campo de Elasticnagar Quebrado. Os tambores de guerra estavam tocando, aeronaves de transporte de tropas estabeleceram uma linha aérea contínua de reposição e os zelosos jawan de olhos brilhantes não paravam de chegar. Kachhwaha era um dos supervisores-chefes das amplas operações em todo o estado que enviava centenas de milhares de soldados para as linhas de frente. Ele agora havia recebido suas próprias ordens de marcha. O chefe de Elasticnagar estava indo para a guerra. Ia esmagar o inimigo com força máxima e a sobrevivência era permitida. Voltar como herói de guerra era permitido. Voltar como herói de guerra condecorado e gozando as atenções de garotas excitadas em casa era não só permitido como ativamente encorajado. O coronel Kachhwaha, de culotes de montaria, bateu o relho de montaria na coxa em expectativa. Desde a morte do pai, começara a sonhar em voltar para casa em triunfo e escolher entre as mulheres, as belas mulheres rajput de olhos brilhantes traçados com khol, as adoráveis mulheres de Jodhpur esperando em seus salões de espelhos, abrindo bem os braços para o herói local conquistador, vestidas em nuvens de organza e renda. Essas mulheres eram mulheres do seu tipo, rosas do deserto, mulheres que apreciavam um guerreiro, mulheres bem diferentes das tolas garotas da Caxemira. Diferentes, por exemplo, de Boonyi. Atualmente, ele não se permitia pensar em Boonyi Kaul mesmo quando chegavam a seus ouvidos notícias de sua extraordinária beleza a desabrochar. Aos dezoito anos, devia estar em plena floração, devia ter entrado no primeiro auge da feminilidade, mas ele não ia se permitir pensar nisso. Sua contenção era louvável. Ele se cumprimentava por isso. Apesar de muitas provocações, não havia perseguido a aldeia dela de boêmios e tipos suspeitos, apesar do insulto que ela fizera à sua honra. Não queria que dissessem dele que H. S. Kachhwaha promovia vendetas em seu posto, que sua conduta fora minimamente inconveniente. Mostrara-se acima dessas coisas. A disciplina era tudo. A dignidade era tudo. Boonyi não era nada para ele, nada comparada às garotas rajput à sua espera, mesmo não sabendo seus nomes nem tendo visto seus rostos, encontrados apenas em sonhos. Essas mulheres de sonho eram as que ele queria. Qualquer uma delas valia dez Boonyi.

Era um soldado e conseqüentemente buscava separar as coisas, colocar suas perturbações numa caixa em um canto da sala e continuar funcionando normalmente. Quando elas transbordavam era lamentável, mas suas tropas haviam se acostumado com a confusão de seus sentidos, com a estranheza de suas descrições. Hoje em dia, seus companheiros oficiais reagiam normalmente quando ouviam que suas vozes eram de um rígido vermelhão, os soldados em desfile mantinham silêncio quando ele os cumprimentava por cheirarem como flores de jasmim e os cozinheiros de Elasticnagar sabiam concordar com a cabeça sabiamente quando eles lhes dizia que o korma de carneiro não estava significativo. Podia-se dizer que seu estado estava sob controle. O problema da memória, de lembrar em excesso, porém, não estava. A acumulação se tornava a cada dia mais opressiva e ficava mais e mais difícil dormir. Era impossível esquecer a barata que havia saído do ralo do chuveiro seis meses antes, ou um pesadelo, ou qualquer das milhares de mãos de baralho que jogara em sua vida militar. O clima do passado se acumulava dentro dele, nomes e rostos se acotovelavam por espaço e uma sobrecarga de palavras e fatos não esquecidos o deixava de olhos arregalados de horror. Dizia-se que o tempo curava todas as dores, não é?, mas a lâmina da censura do falecido pai se recusava a perder o corte com o passar dos meses. Ele agora acreditava que os dois problemas, os dois vírus em seu sistema, estavam de alguma forma ligados. Não procurou tratamento médico para suas perturbações porque qualquer diagnóstico de problemas mentais, mesmo leves, seria certamente razão para removê-lo do comando. Não ia voltar para casa como um doente mental. Não haveria garotas de sonho. E memória não era loucura, não é?, nem mesmo quando o passado lembrado se acumulava tanto por dentro que dava medo que os arquivos dos ontens ficassem visíveis no branco dos olhos. A memória era um dom. Era positiva. Era um recurso profissional.

E assim, para voltar ao assunto em questão, esse mulá, esse Bulbul Fakh, estava bem inaceitavelmente denunciando uma aldeia vizinha por sua tolerância, estava agitando as coisas, incitando à violência e defendendo a ferro e fogo um islã que era decididamente anticaxemirense e antiindiano também. Porém, havia marcado um ponto ao condenar a leviana e seu garoto de caprichos, aquele casal que escolhera escapar da toda convenção social e religiosa decente e que fora defendido nisso pelo povo que devia ser mais lúcido, gente em cujo meio deviam provavelmente se ocultar suspeitos subversivos. Esses agentes da frente de liberação eram subversivos nacionalistas, mais que fanáticos religiosos, e eles e os mulás de ferro não se bicavam. Então por que não dar simplesmente um passo para trás, hein? Os recursos não eram infinitos e o tempo estava passando, não dava para estar em toda parte e havia uma guerra a ser lutada. Não era tanto questão de fechar os olhos, mas sim de priorizar devidamente os objetivos. Por que não deixar dois tipos de subversivos eliminarem um ao outro e permitir que a jovem prostituta colhesse o torvelinho de seus malfeitos? Se mais tarde fosse necessário fazer algum tipo de operação de limpeza, as forças deixadas para trás para policiar o distrito seriam perfeitamente capazes de lidar com a situação. A vez de Maulana Bulbul Fakh iria chegar. Sim, sim. O melhor a fazer era não fazer nada. Essa foi a escolha do estadista.

O coronel Hammirdev Kachhwaha apoiou os pés na mesa de seu escritório, fechou os olhos e rendeu-se durante algum tempo ao torvelinho interno do sistema, submergindo sua consciência no oceano dos sentidos, ouvindo como um menino com uma concha ao ouvido o incessante tagarelar do passado.

Fazia quase dezoito anos que a profetisa gujar Nazarébadur havia morrido, mas isso não a impedia de interferir nos assuntos locais quando surgia a necessidade. Diversos habitantes da região relataram suas visitas, que geralmente ocorriam em sonhos e cujo propósito era normalmente alertar ("Não case sua filha com aquele rapaz, os primos dele do norte são anões", ela aconselhou a um sonolento fazendeiro em uma colina perto de Anantnag) ou para recomendar ("Agarre aquela menina para o seu filho antes que alguém faça isso, porque o primogênito dela está destinado a ser um grande santo", ordenou ela a um barqueiro que dormia em sua shikara no lago Gandarbal, fazendo com que acordasse de um salto e caísse do barco). Na morte, Nazarébadur aparecia mais alegre do que fora nos últimos anos de sua vida e admitira a muitos dos que a receberam em visões que a morte lhe caía bem.

"As horas são melhores", disse ela, "e não tenho de me preocupar com os animais."

Quando apareceu para Bombur Yambarzal, porém, a velha tristeza dela estava de volta. O bulboso waza acordou no escuro e viu sua cara de um dente só inclinada junto ao rosto dele e sentiu o seu frio hálito de morta na face. "Se não fizer alguma coisa muito depressa", disse ela, "a guerra civil de Bulbul Fakh vai queimar as duas aldeias." Ela então afastou-se, fundiu-se com a escuridão e ele acordou de novo, sozinho em sua cama, suando. Poucos segundos depois, ouviu a voz do Maulana soando alto no azaan. O chamado às orações do amanhecer era também, nessa ocasião, um chamado às armas.

Sempre que a informação é muito estreitamente controlada, o rumor se torna uma valiosa fonte alternativa de notícias, e segundo os rumores uma tribo inteira de mulás de ferro estava conclamando a Caxemira às armas naquele dia, convocando todos a se levantarem e livrarem a terra das tropas indianas alienígenas e dos pandits também. Mas Bombur Yambarzal não tinha ouvido nenhum rumor desses. Para ele, aquilo não era uma questão nacional, mas pessoal. Rolou para fora da cama e correu, se sacudindo, ofegando, sufocando e suando até as cozinhas principais da aldeia onde o wazwaan era preparado. Lá se ataviou para a batalha. Quando estava pronto, depois de recuperar o fôlego, marchou muito mais deliberado pela rua principal de Shirmal em direção à mesquita no extremo da aldeia, de um jeito que podia ser quase chamado de real, só que esse era um rei waza com facas de cozinha e cutelos enfiados no cinto, chaleiras e panela amarradas no corpo em lugar de armadura e uma grande caçarola na cabeça. Sangue fresco de galinhas abatidas gotejava dele, espalhado por ele nas mãos, no rosto e em todo o equipamento de cozinha também, e ainda trouxera consigo uma pequena bota cheia de mais sangue, para ter certeza de que o efeito não ia se perder antes da hora. Era ao mesmo tempo horrorizante e ridículo e as mulheres e crianças da aldeia, que esperavam ansiosamente a saída dos homens da mesquita para anunciar sua decisão referente ao ataque a Pachigam, começaram a rir e chorar ao mesmo tempo, sem saber qual era a reação mais adequada. Bombur Yambarzal endireitou as costas, empinou a cabeça orgulhosa e liderou uma parada de mulheres e crianças atônitas até a porta da mesquita.

Quando chegou, tirou do cinto, como se fossem espadas, um par de grandes colheres e começou a bater em sua armadura, fazendo um barulho que era capaz de levantar os mortos se os mortos não preferissem ficar pacificamente embaixo da terra e ignorar o horrendo clamor. Os homens de Shirmal saíram todos da mesquita com fanatismo nos olhos e por trás deles veio um Maulana Bulbul Fakh consideravelmente irritado. "Olhe para mim", gritou o waza Bombur Yambarzal. "Foi num idiota assim, de cabeça dura, ridículo e com sede de sangue, que você todos resolveram se transformar."

Durante muitos anos depois disso, os homens de Shirmal comentavam o grande e excepcionalmente abnegado feito de Bombur Yambarzal. Ao transformar seu mundo familiar de panelas e caçarolas em uma efígie de horror, ao sacrificar sua tão prezada dignidade e orgulho, insultando-os com a arma de si mesmo, ele despertou a todos de seu estranho sono acordado, do poder hipnótico tramado pela língua áspera e sedutora de Bulbul Fakh. Não, eles não iam se levantar contra os vizinhos, disseram todos, iam continuar sendo eles mesmos e as únicas criaturas que sacrificariam seriam os animais destinados às mesas em que pessoas celebravam momentos de alegria privada. Quando Bulbul Fakh viu que havia perdido o dia, que sua clareza cortante havia perdido o fio diante da ofuscante criação de cômico grotesco de Yambarzal, foi para seus aposentos residenciais sem dizer uma palavra e de lá saiu com nada além da trouxa esfarrapada que trazia no dia de sua chegada a Shirmal. "Seus cabeças-duras, ainda não estão prontos para mim", disse. "Mas a guerra que está começando será longa e necessária também, porque seu inimigo é a ausência de Deus, a imoralidade e o mal e graças ao coração corrupto do homem em geral e dos kafires incrédulos em particular esta é uma guerra que não será fácil de encerrar. Quando seus corações se abrirem para mim, nesse momento, posso retornar."

Bombur Yambarzal nunca se casara e agora que tinha mais de cinqüenta anos não esperava mais encontrar uma noiva. Mas, nos olhos e rostos de algumas matronas que assistiram à sua marcha clangorosa e pingando de volta até as cozinhas para tirar a tola armadura de honradez e paz, ele viu alguma coisa que não tinha visto antes nos olhos e rostos das mulheres: ou seja, afeição. A viúva de um recém-falecido sub-waza, Hasina Karim, conhecida como "Harud", Outono, por conta do cabelo tingido de vermelho, uma mulher bonita com dois filhos crescidos para cuidar de suas necessidades materiais, mas ninguém para preencher sua cama, o acompanhou sem que ele pedisse e ajudou-o a tirar as panelas e caçarolas e lavar o sangue da pele. Quando terminaram, Bombur Yambarzal tentou pela primeira vez na vida lisonjear um membro do sexo oposto. "Harud é o nome errado para você",

130

disse a ela, pretendendo completar com: "Devia se chamar Sonth, porque parece tão jovem quanto a Primavera". Mas a ansiedade deixou sua boca boba e sonth, para sua grande aflição, saiu como sonf. "Porque parece tão jovem quanto uma semente de anis" era uma observação idiota, claro. Embaraçado, ficou intensamente vermelho. "Gosto que seja desajeitado com os elogios", ela o consolou, séria, tocando sua mão. "Nunca confiei em homens que têm muita facilidade com as palavras."

Apesar da audácia do waza, ocorreu uma tragédia nesse dia. Sem que ninguém, exceto Bulbul Fakh, soubesse, três jovens, os quase imberbes irmãos Gegroo, Aurangzeb, Alauddin e Abulkalam, um trio de jovens roedores desordeiros e vagabundos a quem Bombur não confiava muita coisa nos banquetes a não ser lavar os pratos, se esgueiraram para fora da mesquita pelos fundos e rumaram para Pachigam, à cata de confusão, tomando coragem de uma garrafa de rum escuro que Bulbul Fakh com toda a certeza teria censurado. Muito mais tarde, essa noite, acobertados pela escuridão, deslizaram de volta a Shirmal e se trancaram na mesquita vazia. Bem a tempo. Antes do nascer do dia, a imensa figura de Grande Misri, o carpinteiro, chegou a Shirmal a cavalo, com machados no cinto e rifles pendurados nas costas. "Gegroos!", berrou ele galopando cidade adentro, acordando todos os moradores que ainda dormiam. "Vocês encararam minha filha, agora vão ter de encarar o seu Deus."

Zoon Misri tinha sido estuprada. Estava a caminho de Khelmarg para colher flores quando aconteceu. Fora arrastada para fora da trilha da montanha, para dentro da floresta, imobilizada no chão duro e brutalizada, e, embora um saco tivesse sido colocado sobre sua cabeça, conseguira facilmente identificar os três atacantes pelas vozes chorosas e anasaladas dos Gegroo, inconfundíveis mesmo estando os irmãos horrivelmente bêbados. "Se não podemos pegar a própria puta blasfema", ela ouviu Aurangzeb dizer, "então a amiga mais bonita dela serve muito bem." "Bem demais", Alauddin concordara, "sempre foi metida demais para olhar para gente como a gente." E o mais novo, Abulkalam, concluiu: "Bom, Zoon, estamos olhando para você agora". Depois do estupro, os atacantes saíram correndo, rindo. Ela encontrou forças para caminhar, contundida e dilacerada, desceu a montanha até Pachigam, onde com uma voz assustadoramente controlada confidenciou todos os detalhes do ataque a Boonyi, Gonwati e Himal, sem ousar contar para o pai (a mãe tinha morrido fazia alguns anos) e, embora a tenham consolado, banhado e dito que não tinha razão para se envergonhar, ela disse que não conseguia imaginar continuar viva com os três dentro dela, com a lembrança da intrusão deles, da semente deles. Boonyi, horrivelmente sobrecarregada pela sensação de que Zoon havia sofrido em seu lugar, que as feridas feitas a sua amiga eram destinadas a ela, foi quem contou a notícia ao carpinteiro. Grande Misri pouco fez para aliviá-la dessa carga. Enquanto selava o cavalo disse a ela: "Vocês três mantenham ela viva. Depende de vocês. Entenderam? Se ela morrer, vou perguntar por que a vocês". E desapareceu na noite, o mais depressa que o cavalo conseguia ir.

Quando os irmãos Gegroo ficaram sóbrios, entenderam que a conseqüência de sua burrice era que suas vidas de repente não tinham mais nenhum valor e que a única esperança de continuar vivos seria ficar dentro do santuário da mesquita até o Exército ou a polícia aparecerem para impedir que o pai de Zoon crucificasse os três, os cortasse em pedaços ou o que quer que estivesse planejando como vingança. Grande Misri de fato tinha em mente uma porção de destinos terríveis para os três Gegroo e, quando informou aos shirmalianos reunidos sobre a natureza do crime dos três irmãos ratos, ninguém teve coragem de dissuadi-lo. Porém o consenso era que o carpinteiro não devia violar a santidade da mesquita. Grande Misri amarrou o cavalo a uma árvore e gritou para os irmãos Gegroo: "Vou ficar esperando até vocês resolverem sair, nem que isso leve vinte anos".

Aurangzeb, o Gegroo mais velho, tentou uma bravata. "Somos três contra um e estamos fortemente armados", gritou de volta. "Melhor tomar cuidado." "Se saírem um de cada vez, vou fatiar vocês como se fossem kababs. Se saírem todos, com certeza pego dois antes de me pegarem e vocês não sabem quem vão ser esses dois." "Além disso", acrescentou Bombur Yambarzal, zangado, "não são três contra um. São vocês três merdinhas contra todos os homens fortes deste lugar." Os homens de Shirmal haviam cercado o prédio para impossibilitar a fuga. Depois de muitas horas, um jipe cheio de policiais militares efetivamente chegou e alertou todos os presentes que não seria tolerada violência, alerta que todos ignoraram. "A propósito", Bombur gritou aos apavorados Gegroo, "ninguém vai trazer comida e bebida para vocês. Então vamos ver quanto tempo vão durar."

O céu gritou quando invisíveis aviões de guerra o arranharam com sel-

132

vagens linhas brancas. Havia batalhas além da fronteira, perto de Uri e Chhamb, onde o coronel Kachhwaha, ignorando o cerco de Shirmal, estava conquistando suas esporas de combate. A guerra entre Índia e Paquistão começara. Durou vinte e cinco dias. Durante cada minuto desse tempo, a não ser por breves intervalos necessários para atender suas funções naturais atrás de um arbusto próximo, Grande Misri permaneceu acocorado como uma rocha na frente da porta da mesquita de Bulbul Fakh com a sela a seu lado. Traziam-lhe comida das cozinhas de Shirmal e um jovem e gentil cavalariço da aldeia abrigou no estábulo, alimentou e exercitou seu cavalo. Uma corrente constante de visitantes de Pachigam trazia-lhe notícias de Zoon, que estava vivendo com os Noman, parecendo calma e dócil, e até sorrindo uma ou duas vezes. Os homens de Shirmal se alternavam ao lado do Grande e a polícia também trabalhava em turnos. Gradualmente as vozes que emanavam de dentro da mesquita silenciaram. Os Gegroo tinham ameaçado, reclamado, lisonjeado, chorado, protestado, brigado, se desculpado e implorado, mas não saíram.

Depois de vinte e cinco dias, o céu parou de guinchar no alto. "Paz", disse Bombur Yambarzal para Hasina Karim, e uma paz manchada de sangue era aquela; o céu silencioso acima de Shirmal dava a sensação de morte. "Ainda estão vivos? O que você acha?", Bombur perguntou a Grande Misri e o carpinteiro se pôs de pé lentamente, oscilando de exaustão, como um soldado que volta de uma guerra. "Sempre foram uns moleques covardes", disse, sabendo que estava ditando o epitáfio dos Gegroo. "Morreram como ratos numa armadilha."

Grande certificou-se de que todas as saídas da construção sem janelas estavam seguramente trancadas antes de suspender sua vigília e levou com ele as chaves. A polícia militar — isto é, o cansado oficial destacado em seu jipe empoeirado — protestou sem muito entusiasmo. "Vá para casa agora", disse Grande para ele. "Nenhum crime foi cometido por nenhuma pessoa viva." "E se eles estiverem vivos?", perguntou o oficial. "Então", respondeu Grande Misri, "eles só precisam bater na porta." Mas nunca se ouviu essa batida. A pequena mesquita no final da aldeia continuou trancada e sem uso. Os grandes acontecimentos de um único dia poderoso, a derrota de Bulbul Fakh por Bombur Yambarzal e suas panelas, o crime dos irmãos Gegroo e a decisão de se emparedarem naquele edifício até morrerem, afastaram de alguma forma a mesquita para longe da consciência dos aldeões, como se ela tivesse sido afastada de suas casas. A natureza a reclamou. Árvores saíram da floresta e a capturaram; trepadeiras e espinheiros a cercaram e guardaram. Como um castelo encantado de conto de fadas, ela desapareceu da vista e por fim o telhado de madeira apodreceu e afundou, os trincos das portas enferrujaram, os cadeados baratos caíram e a memória dos irmãos Gegroo foi também devorada, deixando para trás uma superstição de aldeia tão poderosa que ninguém jamais pisou no lugar de sua morte por covardia e fome; e foi assim que as coisas ficaram até o dia da volta dos irmãos mortos. Esse dia, porém, só viria vinte anos depois, e enquanto isso Zoon Misri continuaria vivendo sossegada, lentamente cuidada para retomar algo parecido com seu eu anterior, embora uma certa leveza de espírito houvesse se perdido para sempre. Nenhum homem jamais pediu sua mão em casamento. Era assim que as coisas eram. Ninguém podia defender, mas ninguém podia mudar também. E ninguém entendia que a única coisa que mantinha Zoon viva era o desaparecimento dos irmãos Gegroo em sua tumba destruída, o que permitiu a ela combinar consigo mesma que eles nunca haviam existido e que a coisa que haviam feito jamais fora feita. O dia da volta deles de entre os mortos seria o último dia da vida dela.

Quando voltou para Elasticnagar da guerra de 1965, o coronel Hammirdev Kachhwaha era mais uma vez um homem transformado. A morte de seu pai o havia liberado brevemente da jaula das expectativas não satisfeitas, mas a experiência da guerra o aprisionou mais uma vez e dessa masmorra ele nunca escaparia. A ação militar fora uma decepção para o coronel Tartaruga. A guerra, cujo máximo propósito era a criação de clareza onde não existia nenhuma, uma nobre clareza de vitória e derrota, não resolvera nada. Houvera glória pouca e muita morte desperdiçada. Nenhum lado reclamou a posse daquela terra, nem ganhou mais que minúsculos retalhos de território. A vinda da paz deixou as coisas em pior estado do que estavam antes dos vinte e cinco dias de batalha. Era uma paz com mais ódio, uma paz com mais amargura, uma paz com desprezo mútuo mais profundo. Para o coronel Kachhwaha, porém, não havia paz, porque a guerra continuava interminável em sua memória, cada momento se repetindo a cada momento de cada dia, a lívida umidade verde das trincheiras, a sufocante bola de golfe do medo na garganta, a explosão das bombas como letais frondes de palmeiras no céu, as azedas caretas das balas passando, a iridescência das feridas e mutilações, a incandescência da morte. De volta a Elasticnagar, ele se emparedou em seus cômodos, baixou as cortinas e mesmo assim a guerra não cessava, a intensa câmera lenta do combate mano a mano em que a vítrea fragilidade de sua própria vida patética, odorosa, podia ser abalada a qualquer momento por essa baioneta aquela faca essa granada aquela cara pintada de preto gritando, onde este torcer de tornozelo aquele girar de quadril esse abaixar de cabeça aquele gesto do braço podia invocar a escuridão que inchava dentro das gretas da terra crestada, a escuridão que lambia os corpos dos soldados, lambendo a força deles as pernas a esperança as pernas as pernas que se dissolviam sem cor. Ele precisava ficar sentado em seu escuro, em seu próprio escuro macio, para que outra escuridão, a dura escuridão não viesse. Sentar no escuro macio e estar em guerra para sempre.

Seus soldados estavam no limite. Contavam os mortos, atendiam os feridos e a alta voltagem da guerra continuava a correr em suas veias. Tinham lutado uma guerra para gente que era ingrata, que não merecia que se lutasse por ela. Uma fantasia do inimigo estava se espalhando pela maioria da comunidade do vale, um sonho de uma vida idílica do outro lado, no Estado religioso. Não dava para explicar as coisas para essa gente. Não dava para explicar as medidas tomadas para a proteção dela tanto na paz como na guerra. Por exemplo, não era permitido a não-caxemirenses possuir terras ali. Essa lei iluminada não existia do outro lado, onde estavam se estabelecendo muitas pessoas cuja cultura não era a cultura caxemirense. Rústicos homens de montanha, fanáticos, estrangeiros estavam chegando lá. As leis aqui protegiam a cidadania contra tais elementos, mas a cidadania continuava ingrata, continuava a exigir autodeterminação. O xeque Abdullah estava dizendo aquilo de novo. Caxemira para os caxemirenses. O slogan idiota era repetido por toda parte, pintado nas paredes, pregado nos postes de telégrafo, pendurado no ar como fumaça. Talvez o inimigo tivesse a idéia certa. A população era inadequada. Devia-se encontrar uma nova população. O vale devia ser esvaziado dessa gente e repovoado com outras pessoas, que seriam gratas por estarem ali, gratas por serem defendidas. O coronel Kachhwaha fechou os olhos. A guerra explodiu na tela de suas pálpebras, suas formas se amalgamando e borrando, as cores ficando mais escuras, até o mundo ser preto no preto.

Agindo sob suas instruções, o Exército começou a fazer varreduras de rotina nas aldeias. Mesmo em varreduras de rotina, isso tinha de ser enfatizado, acidentes podiam ocorrer. E, de fato, o nível de violência acidentalmente aumentava. Falava-se de tiroteios acidentais, espancamentos acidentais, uso acidental de aguilhões de gado, uma ou duas mortes acidentais. Em Shirmal, onde Bulbul Fakh tivera sua base, todos eram suspeitos. Ocorriam longos interrogatórios e essas sessões não eram marcadas pela gentileza dos interrogadores. Houve problemas em Pachigam também, muito embora a presença de três pandits no panchayat contasse alguma coisa. Abdullah Noman, que durante anos tivera a aldeia na palma da mão, se viu na desconhecida posição de ter de depender de Pyarelal Kaul, Grande Misri e de Shivshankar Sharga para falarem bem de sua família e de si mesmo. Os Noman estavam em uma lista. O casamento vergonhoso entre o filho mais novo de Abdullah com Boonyi Kaul franzia testas nos círculos mais altos. Além disso, Anees Noman havia desaparecido. Firdaus disse aos soldados que ele estava visitando parentes no norte, mas não acreditaram nessa explicação. O nome de Anees Noman estava em outra lista.

Bonnyi Kaul Noman e Shalimar, o equilibrista, estavam vivendo com Abdullah e Firdaus. Na noite em que Anees saiu de casa, os irmãos discutiram feio. Ao fim da discussão, Anees disse: "Seu problema é esse seu casamento que não deixa você ver as coisas direito". Boonyi e Shalimar, o equilibrista, não tinham filhos porque Boonyi dizia que era jovem demais para começar uma família. Anees, num lance final, não deixou de observar que isso era um comportamento suspeito da parte dela. Depois, sabendo que havia falado demais, abriu a porta dos fundos e desapareceu na escuridão. "Ele devia ficar lá", disse Shalimar, o equilibrista, para ninguém em particular. "Aqui não é mais seguro para ele." Mais tarde, nessa noite, quando todo mundo estava na cama, Abdullah e Firdaus Noman conversaram, desiludidos. Até agora haviam tentado acreditar que sua adorada caxemiridade seria melhor servida por algum tipo de associação com a Índia, porque na Índia é que a mistura acontecera, a fusão disto e daquilo, de hindu e muçulmano, de muitos deuses e um só. Mas agora o clima estava mudando. A união de Boonyi, filha do amigo deles, e Shalimar, o equilibrista, seu doce menino, que haviam exibido ao mundo como um sinal, parecia um símbolo falsamente otimista e sua feroz defesa dessa união estava começando a parecer algum tipo de fútil última palavra. "As coisas estão se separando", disse Firdaus. "Agora sei por que Nazarébadur temia o futuro e não queria viver para ver ele chegar." Sem sono, ficaram olhando o teto e temendo por seus filhos.

Nessa mesma noite, no outro extremo da aldeia, em uma casa vazia à margem do Muskadoon, o pandit Pyarelal Kaul também estava acordado, também lamentando, também temendo. Mas quando o raio atingiu Pachigam, não foi a questão hindu-muçulmana que alimentou a tempestade. O problema não era causado pela insidiosa loucura do capitão Tartaruga nem pelo perigo latente do mulá de ferro ou pela cegueira da Índia, ou pelas eliminações acidentais ou pela sombra crescente do Paquistão. É que o inverno estava se aproximando. As árvores estavam quase nuas, as noites estavam encurtando e um vento frio soprava. Muitas mulheres da aldeia começaram seu trabalho de inverno, o meticuloso bordado de xales. Então, no momento em que os bhand de Pachigam estavam embalando seus objetos de cena e figurinos até a primavera, um enviado do governo de Srinagar veio informar que haveria a encomenda de uma apresentação extra esse ano.

O embaixador americano, mr. Maximilian Ophuls, estava indo para a Caxemira. Era um cavalheiro educado que evidentemente tinha um forte interesse em todos os aspectos da cultura caxemirense. Ele e seu *entourage* ficariam na casa de hóspedes do governo em Dachigam, um espaçoso abrigo de caça no pé de uma íngreme montanha onde os veados barasingha andavam como reis. (Mas nessa época do ano os machos teriam perdido suas poderosas galhadas e estariam se preparando para o inverno como todo mundo.) O ajudante pessoal do embaixador Ophuls, mr. Edgar Wood, havia solicitado especialmente uma noite de festividades durante a qual o Banquete dos Trinta e Seis Pratos no Mínimo fosse servido, um tocador de santoor de Srinagar tocasse música tradicional caxemirense, os mais importantes autores locais recitassem passagens da poesia mística de Lal Ded assim como seus versos contemporâneos, um contador de histórias orais narrasse histórias selecionadas do gigantesco compêndio histórico caxemirense *Katha-sarit-sagar*, que fazia *As mil e uma noites* parecerem uma novela; e, atendendo a um pedido particular, que os famosos bhand de Pachigam se apresentassem. A guerra havia atingido duramente os ganhos de Pachigam e aquela contratação tardia era uma bênção. Abdullah resolveu oferecer uma seleção de cenas do repertório completo da companhia, inclusive, fatalmente, o número de dança de Anarkali, uma nova peça criada pelo grupo depois do imenso sucesso do filme *Mughal-e-Azam*, que contava a história de amor do príncipe da coroa Salim e da inferior mas irresistível garota nautch Anarkali. O príncipe Salim era uma figura popular na Caxemira, não porque fosse filho do Grão-Mughal Akbar, o Grande, mas porque, assim que assumira o trono como imperador Jehangir, deixara claro que a Caxemira era sua segunda Anarkali, seu outro grande amor. O papel da bela Anarkali seria desempenhado, como sempre, pela melhor dançarina de Pachigam, Boonyi Kaul Noman. Assim que Abdullah Noman anunciou sua decisão, os dados estavam lançados. Os planetas invisíveis voltaram toda a sua atenção para Pachigam. O escândalo que se aproximava começou a ciciar e sussurrar nos plátanos como um vento de monção. Mas as folhas das árvores ficavam imóveis.

Quando Boonyi viu os olhos de Maximilian Ophuls pela primeira vez, ele estava aplaudindo loucamente e olhando penetrantemente para ela enquanto ela agradecia, como se quisesse enxergar dentro de sua alma. Naquele momento, ela entendeu que havia encontrado o que esperava. "Eu jurei que iria agarrar minha chance quando aparecesse", disse para si mesma, "e aqui está ela, me olhando no rosto e batendo as mãos como um bobo."

3. Max

Na cidade de Estrasburgo, um lugar de encantadores bairros antigos e agradáveis jardins públicos, perto do encantador Parc des Contades, virando a esquina de uma velha sinagoga no que é agora a rue du Grand Rabbin René Hirschler, no coração de um adorável e elegante bairro povoado por pessoas deliciosas e encantadoras, havia uma ampla e, sim, inegavelmente encantadora mansão, um *petit palais* da Belle Époque, no qual o embaixador Maximilian Ophuls, um homem famoso por possuir o que um editorialista de jornal uma vez descreveu como "quantidades perigosas, possivelmente até letais" de charme, cresceu em uma família de judeus asquenazes altamente cultivada. "Ser um estrasburguense," ele gostava de dizer, "era aprender do jeito mais difícil a enganosa natureza do charme."

Quando foi indicado por Lyndon Johnson para suceder a John Kenneth Galbraith como embaixador na Índia, quase dois anos depois do assassinato de Kennedy, Max Ophuls chegou a dizer — falava num banquete em sua honra na residência presidencial Rashtrapati Bhavan, oferecido pelo presidente filósofo Sarvepalli Radhakrishnan logo depois de apresentar suas credenciais diplomáticas — que por ser originário da Alsácia é que esperava conseguir entender um pouco a Índia, uma vez que a parte do mundo em que fora criado havia sido também definida e redefinida por muitos séculos por fronteiras cambiantes, levantes e deslocamentos, fugas e retornos, conquistas e reconquistas, o Império Romano seguido pelos alamanos, os alamanos pelos hunos de Átila, os hunos pelos alamanos outra vez, os alamanos pelos francos. Antes mesmo de os anos adquirirem quatro dígitos, Estrasburgo pertencera primeiro à Lotaríngia, depois à Germânia, fora esmagada por húngaros sem nome e reconstruída por saxões chamados Oto. Reforma e revolução estavam no sangue dos cidadãos, cujas contra-reforma e reação transbordavam em suas ruas encantadoras. Depois que a Guerra dos Trinta Anos enfraqueceu o Império Germânico, a França fez o seu lance. A galicização da Alsácia, iniciada por Luís XIV, levou, sucessivamente, à desgalicização em 1871, depois que os prussianos impuseram a fome e queimaram a cidade durante o brutal inverno de 1870. Houve então a germanificação, mas menos de quarenta anos depois ocorreu a desgermanificação também. E depois veio Hitler, e o gauleiter Robert Wagner, e a história deixou de ser teórica e embolorada para se tornar pessoal e malcheirosa. Novos nomes de locais passaram a fazer parte da história de Estrasburgo e da história de sua família também: Schirmeck, Struthof. O campo de concentração, o campo de extermínio. "Sabemos muito bem o que é ser parte de uma antiga civilização", disse o embaixador Max Ophuls, "e sofremos nossa cota de massacres e derramamento de sangue também. Nossos grandes líderes, nossas mães e filhos também foram tirados de nós." Ele baixou a cabeça, momentaneamente impedido de falar, e o presidente Radhakrishnan pegou sua mão. Todo mundo ficou, de repente, em um intenso estado emocional.

"A perda do sonho de um homem, do lar de uma família, dos direitos de um povo, da vida de uma mulher", disse o embaixador Maximilian Ophuls quando conseguiu retomar, "é a perda de todas as nossas liberdades: de toda vida, todo lar, toda esperança. Cada tragédia pertence a si mesma e ao mesmo tempo a todo mundo. O que diminui um de nós nos diminui a todos." Na época, poucas pessoas prestaram atenção a esses sentimentos por demais generalizados; foi o toque de mãos que ficou na lembrança. Aqueles poucos segundos de contato humano não reprimido fez Max Ophuls ser visto como um amigo da Índia, ser acolhido ao seio nacional ainda mais entusiasticamente do que fora seu admirado predecessor. A partir daquele momento, a popularidade de Max disparou e à medida que foi ficando evidente para todo mundo, com a passagem do tempo, que ele era de fato um grande entusiasta da maioria das coisas indianas, a relação se aprofundou na direção de algo não diferente de amor. Por essa razão a tempestade do escândalo foi tão horrivelmente feroz quando irrompeu. O país sentiu mais que mera decepção com Max Ophuls; sentiu-se preterido. Como uma amante desprezada, a Índia voltou-se contra o charmoso cafajeste que era esse embaixador e tentou quebrá-lo em charmosos pedacinhos. E depois de sua partida, seu sucessor, Chester Bowles, que durante muitos anos tentou desviar a política americana, afastando-a do Paquistão na direção da Índia, recebeu mesmo assim um tratamento mais áspero.

Como a maioria das pessoas de sua parte do país, o jovem Max Ophuls fora levado a desconfiar de Paris. Seus pais, Anya Ophuls e Max sênior, tinham um apartamento na avenue Foch, 8, mas raramente usavam o local, a não ser quando negócios exigiam uma não bem-vinda viagem para o oeste e eles invariavelmente voltavam para casa o mais breve possível, com as sobrancelhas levantadas de fastidioso desdém. Max júnior passara alguns anos em Paris depois de se formar na Universidade de Estrasburgo com notas brilhantes em economia e relações internacionais e ficara quase seduzido. Em Paris, somou o direito a suas realizações acadêmicas, estabeleceu uma reputação de dândi e de conquistador com as mulheres, exibiu polainas e usava uma bengala, demonstrando uma inacreditável habilidade técnica como pintor nas horas vagas, fabricando Dalis e Magrittes de brilhantismo tão sutil que enganaram o comerciante de arte Julien Lévy quando visitou o apartamento-estúdio de Max depois de uma longa noite de bebedeira no Coupole. "Por que está perdendo tempo com direito e dinheiro quando devia empenhar a vida em ser um falsificador?", Lévy gritou quando o engano foi revelado. Ele era amante de Frida Kahlo e expositor do pintor de realismo mágico Tchelitchew, e naqueles dias andava também com uma raiva permanente porque seu projeto de construir um pavilhão surrealista na forma de um olho gigante no centro da Feira Mundial de Nova York acabara de ser recusado. "Estes não são falsificações", explicou Max Ophuls, "porque não existem os originais." Lévy silenciou e examinou os quadros mais de perto. "Só tem uma coisa errada com eles", disse. "Vou trazer os artistas para assinar os dois um dia desses, e aí vão estar completos." Max Ophuls ficou lisonjeado, mas sabia que a arte não era o seu mundo. Tinha razão quanto a isso; quanto a sua futura participação no mundo dos falsários, porém, estava incorreto. A História, que era seu verdadeiro *métier*, a verdadeira profissão à qual devotaria sua vida, durante algum tempo valorizaria suas habilidades de falsificador acima de seus talentos em outros campos.

Paris também não era o seu lugar. Logo depois da visita de Lévy, ele surpreendentemente declinou a oferta de sociedade em um dos escritórios de advocacia mais ilustres da cidade e anunciou que ia voltar para casa e trabalhar com seu pai. Era uma recusa tão ridícula quanto a oferta original, disseram seu assombrados amigos parisienses, perplexos por concordarem com seus invejosos inimigos: em primeiro lugar, ele era jovem demais para receber tal honra e, em segundo lugar, era evidentemente burro demais ou, pior ainda, provinciano demais para aceitar. Ele voltou para Estrasburgo, onde dividiu o tempo como professor júnior de economia na universidade — o vice-reitor, o grande astrônomo André-Louis Danjon, ficou "fortemente impressionado" com ele e chamou-o de "um dos homens do futuro, o Próximo Humano" — e ajudando o pai tuberculoso e declinante na empresa editora da família. Dentro de um ano, a catástrofe da Europa colocou um fim naquela era do mundo.

Décadas haviam se passado desde aqueles tempos, mas Paris permanecia na memória americanizada do embaixador como uma série de imagens piscando. Estava presente na maneira como ele segurava o cigarro, ou na lenta espiral de fumaça refletida em um espelho dourado. Paris era seu próprio punho batendo numa mesa de café para enfatizar um ponto de vista político ou filosófico. Era um cálice de conhaque ao lado do café-da-manhã e de um brioche tépido. Aquela cidade inocente-não inocente era uma prostituta, era um gigolô, era sofisticada infidelidade nas tardes culpadas-não culpadas. Era bela demais, alardeando sua beleza como se implorasse para ser desfigurada. Era uma certa mistura precisa de ternura e violência, amor e dor. *Todo mundo tem duas pátrias, a própria e Paris*, disse-lhe um cineasta parisiense naquela época. Mas ele não acreditou. Ela parecia... ele procurou a palavra certa... fraca. A fraqueza de Paris era a fraqueza da França, que possibilitaria a escura metamorfose que estava começando, o pisoteio da sutileza pela crueza, a murcha vitória da tristeza sobre a alegria.

Não foi só Paris que mudou, claro. Sua amada Estrasburgo se metamorfoseou também, de jóia do rio a um barato seixo do Reno. Transformou-se em pão preto sem gosto e nabos demais e no desaparecimento de amigos.

Também no sorriso maldoso de vitória acima do colarinho de uma farda cinzenta, a morte viva da colaboração nos olhos de belas coristas, os fétidos finales dos mortos no esgoto. Tornou-se rápida capitulação e lenta resistência. Estrasburgo, como Paris, se transfigurara e não era mais a mesma. Foi seu primeiro paraíso perdido. Mas em seu coração ele culpava a capital, culpava a capital por sua fraqueza arrogante, por se apresentar ao mundo — a ele — como uma visão de alta civilização que não tinha a força para defender. A queda de Estrasburgo foi um capítulo na história de ida e volta da fronteira. A queda de Paris era culpa de Paris.

Quando Boonyi Noman dançou para ele no abrigo de caça de Dachigam, na Caxemira, ele pensou naquelas emplumadas coristas de olhos mortos engalanadas em fumaça de charuto nazista, exibindo as coxas com ligas. As roupas eram diferentes, mas ele reconhecia a mesma fome dura no olhar dela, a prontidão do sobrevivente em suspender o julgamento moral na presença da imaginada oportunidade. Mas eu não sou um nazista, pensou. Sou o embaixador americano, o cara de chapéu branco. Sou, graças a Deus, um dos judeus que sobreviveram. Ela mexeu os quadris para ele e ele pensou, sou também um homem casado. Ela mexeu os quadris de novo e ele parou de pensar.

Era um francês com nome alemão. As prensas de sua família operavam sob o nome de Art & Aventure, nome que haviam tomado emprestado, em tradução francesa, de Jean Gensfleisch de Mayence, o gênio do século XV cuja oficina em Estrasburgo chamava-se Kunst und Aventur quando, em 1440, ele inventou a imprensa e passou a ser conhecido no mundo como Gutenberg. Os pais de Max Ophuls eram ricos, cultos, conservadores, cosmopolitas; Max cresceu falando alto alemão com tanta facilidade quanto francês e acreditando que os grandes escritores e pensadores da Alemanha pertenciam a ele tão naturalmente quanto os poetas e filósofos da França. "Na civilização não há fronteiras", Max sênior ensinou a ele. Mas, quando a barbárie chegou à Europa, apagou as fronteiras também. O futuro embaixador Ophuls tinha vinte e nove anos de idade quando Estrasburgo foi evacuada. O êxodo começou em 10 de setembro de 1939; cento e vinte mil estrasburguenses tornaram-se refugiados na Dordonha e no Indre. A família Ophuls não partiu, embora a criadagem desaparecesse da noite para o dia sem aviso, fugindo silenciosamente do anjo exterminador, exatamente do mesmo jeito que os servidores do palácio caxemirense abandonariam o banquete real do festival Dassehra no jardim Shalimar, oito anos depois. Os operários das prensas também começaram a desertar de seus postos.

A universidade estava se mudando para Clermont-Ferrand, na Zone Sud, fora da área de ocupação alemã, e o vice-reitor Danjon insistiu com seus gênios econômicos em botão para que o acompanhassem. Mas Max, o mais novo, não partiria a menos que conseguisse levar os pais para um lugar seguro também. Tentou empenhadamente convencê-los a aderir à evacuação. Magros, graciosos, os cabelos brancos cortados curto, as mãos de pianistas, não de impressores, os corpos inclinados para a frente para ouvir a absurda proposição do filho, Max sênior e sua esposa Anya pareciam mais gêmeos idênticos do que um casal. A vida havia transformado um no espelho do outro. Suas personalidades também haviam se matizado uma na outra criando um ser único, de duas cabeças, e tão completa era a sua unanimidade em todos os assuntos, tanto grandes quanto pequenos, que não era mais necessário para nenhum dos dois perguntar ao outro o que queria comer ou beber, ou qual seria sua opinião a respeito de qualquer assunto significativo. No momento, estavam sentados lado a lado em poltronas entalhadas de madeira num restaurante de seiscentos anos perto da Place Kléber — um lugar absolutamente encantador e histórico —, se banqueteando fartamente com choucroute au Riesling e pernil de carneiro caramelizado com molho de cerveja e mel de pinho, olhando para o filho brilhante, o único filho de ouro, com uma mistura de profundo amor e suave, mas genuíno, desdém. "Max júnior não está comendo nada", Max sênior brincou, com ar de assombro, e Anya respondeu: "O coitado do menino perdeu o apetite por causa da situação política". O filho insistiu com os dois para falarem sério e eles imediatamente exibiram sua mais grave expressão com toda aparência (e nenhuma substância) de obediência. Max respirou fundo e partiu para o discurso que havia preparado. A situação era desesperadora, disse. Era apenas questão de tempo até o Exército alemão atacar a França e, se o território fronteiriço seguisse o mesmo rumo da Polônia, o nome alemão da família não os protegeria. Constituíam uma bem conhecida família judia em um bairro fortemente judeu; o risco de informantes era real e tinha de ser encarado. Max sênior e Anya deviam ir para a casa de seus bons amigos Sauerweins, perto de Cro-Magnon. Ele próprio iria para Clermont-Ferrand para dar aulas. Teriam de trancar e lacrar a casa de Estrasburgo e a gráfica e simplesmente esperar pelo melhor. Estava combinado?

Os pais sorriram para o filho advogado e seus argumentos habilmente expostos — e eram sorrisos idênticos, um pouco tortos para o lado esquerdo, sorrisos que não mostravam nada dos dentes envelhecidos. Pousaram os talheres em uníssono e juntaram as mãos de pianistas no colo. Max sênior deu um breve olhar para Anya e Anya retribuiu o breve olhar, oferecendo um ao outro o direito de responder primeiro. "Filho", Max sênior finalmente começou, projetando os lábios, "nunca se sabe as respostas para as perguntas da vida até uma pergunta ser feita." Max conhecia essa filosofada circunvolutória e esperou que chegasse ao ponto. "Você sabe o que ele quer dizer, Maxi", assumiu a mãe. "Enquanto não tiver dor nas costas não sabe qual é a sua tolerância para dor nas costas. Como vai tolerar não ser mais tão jovem, você não sabe enquanto não envelhecer. E até o perigo chegar, a pessoa não sabe com certeza o que a pessoa vai pensar do perigo." Max sênior pegou um palito de pão e mordeu metade; ele quebrou com um estalo alto. "Agora essa questão de perigo está colocada", disse, apontando a metade restante do palito para o filho e apertando os olhos, "então agora eu sei minha resposta."

Anya Ophuls colocou-se em uma rara demonstração de desunião. "É a minha resposta também, Maximilian", corrigiu suavemente o marido. "Acho que deixou isso escapar por um momento." Max sênior franziu a testa. "Claro, claro", disse. "A resposta dela também, eu sei a resposta dela tão bem como sei a minha, e a mim, me desculpe, nada me escapa. Minha mente, me desculpe, é como um punho de aço." Max júnior achou que era hora de pressionar um pouco. "E qual é essa resposta?", perguntou o mais delicadamente possível e, com uma risada curta e alta, o pai esqueceu a irritação e bateu as mãos o mais alto que podia. "Descobri que sou um maldito de um teimoso!", gritou, tossindo forte. "Descobri em mim resistência e obstinação até o último grau. Não vou ser expulso de minha casa e de meu negócio! Não vou para a casa dos Sauerwein para ter de olhar as pinturas de um velho trêmulo e comer *quenelle* de peixe. Vou ficar em minha casa e tocar a minha gráfica e enfrentar o inimigo. Com quem eles pensam que estão lidando aqui? Qualquer malandro com o dedo sujo de tinta saído da rua? Eu posso estar no fim da vida, meu jovem, mas ainda sou alguma coisa nesta cidade." A esposa puxou-lhe a manga do paletó. "Ah, claro", acrescentou ele, encostando debilmente na cadeira e passando o guardanapo na testa. "E sua mãe. Ela é uma maldita de uma teimosa também." Veio depois uma série de tosses e expectorações num lenço de seda que declaravam encerrado o assunto.

"Nesse caso, não toco mais no assunto com vocês", disse Max júnior, admitindo a derrota. "Com uma condição. Se algum dia eu tiver de chegar a vocês e dizer: agora é hora de fugir, nesse dia quero que vocês fujam sem nenhuma discussão, sabendo que nunca direi uma coisa dessas a menos que seja verdade." A mãe sorriu com um orgulho inqualificável. "Veja só como ele é um negociador duro, Maximilian, não é mesmo?", disse ela. "Não nos deixa nenhuma escolha honrosa, senão aceitar."

O professor Max Ophuls informou ao vice-reitor Danjon que responsabilidades familiares obrigavam-no a ficar em Estrasburgo. "Que desperdício", Danjon respondeu. "Se escolher continuar vivo antes de ser morto por eles, venha e nos procure. Embora seja possível que nós também não sejamos poupados. Temo que esse eclipse será do tipo L=o." Nos anos 20, André Danjon havia formulado uma escala de luminosidade, a chamada escala Danjon, para descrever a escuridão relativa da Lua durante um eclipse lunar. L=o significava escuridão total, ausência completa da luz da Terra refletida que podia atribuir à Lua eclipsada uma cor residual que ia do cinza-escuro ao vermelho-cobre brilhante ou mesmo laranja. "Se eu tiver razão", Danjon disse a Max, "você e eu estamos simplesmente escolhendo morrer em cidades diferentes durante o blecaute geral."

Desse dia em diante, os três Ophuls mantiveram uma pequena mala pronta num armário, mas, no mais, continuavam com seu trabalho. Na ausência de ajuda doméstica, a maior parte da mansão da Belle Époque foi coberta com lençóis e trancada. Tomavam as refeições juntos, na cozinha, levaram mesas extras para a biblioteca de Max sênior para montar um escritório para três pessoas, mantinham os próprios quartos limpos e espanados e conservavam uma pequena sala de estar para receber a minguante lista de convidados. Quanto à Art & Aventure, duas das três gráficas famosas de Estrasburgo foram fechadas imediatamente. A terceira, no Quai Mullenheim, uma instalação menor de livros de arte — para texto e fotogravura —, onde durante muitas gerações tinham sido produzidos volumes dedicados aos melhores artistas da Europa, nos mais altos padrões mundiais, foi cenário do último momento dos Ophuls. De início, todos os três iam lá diariamente e operavam as máquinas. Porém, contratos estavam sendo constantemente cancelados, de forma que logo os pais, zangados, foram obrigados a se "aposentar" e Max júnior ia à gráfica sozinho. Cada telefonema de um grande editor da capital aprofundava o desprezo de Max pela fraqueza de Paris. Lembrava-se de sua mãe gritando ao telefone: "Como assim não é o momento para arte? Se não agora, quando?", olhando depois com olhos de fogo para o fone mudo nas mãos como se fosse um traidor. "Ele desligou", disse ela à sala em geral. "Depois de vinte anos de negócios, sem dizer ao menos até logo." A morte da cortesia parecia incomodá-la mais do que o colapso do negócio familiar. O marido, tossindo, aproximou-se para consolá-la. "Dê uma olhada nas estantes", disse ele. "Está vendo esse exército de volumes? Esse exército vai sobreviver a quaisquer homens de aço que venham fazendo barulho e se atravessando em nossas vidas."

Quando pouco mais de um ano depois, Max júnior, escondido atrás de um caminhão queimado, viu os tesouros do catálogo da Art & Aventure sendo jogados em uma fogueira diante da sinagoga em chamas, as palavras de seu pai voltaram-lhe à lembrança. Se tivesse conseguido discutir a queima dos livros com Max sênior, o velho teria provavelmente dado de ombros e citado Bulgakov. *Manuscritos não queimam*. Bem, talvez queimem e talvez não, pensou o órfão Max na noite incandescente; mas gente, claro, queima bastante bem, dada uma razoável oportunidade.

Estrasburgo tornara-se uma cidade fantasma, as ruas rasgadas por ausências. Ainda era encantadora, naturalmente, com seus vigamentos medievais, suas pontes cobertas, seus aspectos agradáveis e parques à margem do rio. Ao vaguear pelas alamedas quase todas desertas do distrito Petite France, o futuro embaixador Ophuls disse a si mesmo: "É como se todo mundo tivesse ido passar agosto fora e qualquer dia destes será hora da *entrée* e o lugar estará movimentado de novo". Mas para acreditar naquilo era preciso ignorar as janelas quebradas, as provas de saque, os cães ferozes pelas ruas, muitos deles cães de estimação enlouquecidos pelo abandono. Era preciso ignorar a ruína da própria vida. Havia modos tradicionais, consagrados pelo tempo, para fazer uma coisa dessas e no curso daquele ano em que sua família perdeu tudo Max Ophuls não ignorou a tradição. Freqüentou alguns bordéis e antros de bebida que ainda funcionavam; eles o recebiam bem, contentes com o negócio, e lhe ofereciam o que havia de melhor a preços de ocasião. O traço melancólico adormecido em sua personalidade se revelou nesses meses, induzindo a períodos de depressão churchilliana durante os quais considerou a idéia de acabar com a vida mais de uma vez e só escapou de fazê-lo por saber que com isso descontentaria profundamente seus pais. Com o avançar do ano de 1940, ano em que todas as notícias eram ruins, andou pelas ruas e praças, alamedas e aterros da cidade em alta velocidade, hora após hora, de cabeça baixa, mãos enfiadas nos bolsos do sobretudo transpassado de sarja e uma boina azul marinho puxada sobre a testa franzida. Se andasse bem depressa, como um super-herói de quadrinhos americano, como o Flash, como um Super-Homem judeu, talvez pudesse criar a ilusão de que o povo de Estrasburgo ainda estava ali. Se andasse bem depressa talvez pudesse salvar o mundo. Se andasse bem depressa talvez pudesse sair para um outro universo em que tudo ainda não estava tão cheio de merda. Se andasse bem depressa talvez pudesse passar à frente da própria raiva e do próprio medo. Se andasse bem depressa talvez pudesse parar de se sentir um bobo inútil.

Essas idéias foram interrompidas numa tarde de maio por uma violenta colisão. Como sempre, ele não estava olhando por onde andava e nessa ocasião havia alguém no caminho, uma mulher surpreendentemente pequena, tão pequena que à primeira vista pensou ter se chocado com uma criança. Um pacote de papel pardo e amarrado com barbante caiu das mãos da mulher pequena quando ela caiu e o papel pardo se rasgou. Seu acompanhante, um sujeito grande e bamboleante, tão grande quanto ela era pequena, ajudou-a a se levantar e apressadamente recuperou o pacote rasgado, despiu cuidadosamente a própria capa e o embrulhou nela. Pegou também o chapéu de sua companheira, com uma pena única espetada, tirou o pó e colocou-o cuidadosamente, até amorosamente, de volta na cabeça de cabelo preto ondulado a permanente. A mulher que caíra não gritou, assim como o homem grande não procurou censurar Ophuls por sua falta de jeito. Eles simplesmente se endireitaram e seguiram em frente. Era como se fossem fantasmas, fantasmas descombinados, surpresos de ainda possuírem solidez, massa, volume, de as pessoas ainda conseguirem colidir com eles e derrubá-los, em vez de passarem através de seus corpos com nada mais que um gélido arrepio de reconhecimento subconsciente.

Depois de uma dúzia de passos, porém, os dois pararam e olharam por cima dos ombros, sem virar os corpos. Viram Max olhando para eles e sentiram-se cobertos por uma espécie de espectral embaraço. Fantasmas provavelmente ficavam sempre surpresos de serem vistos, Max imaginou. A mulher estava sacudindo a cabeça furiosamente e o homem, lentamente, como num sonho, virou-se e voltou na direção de Max. Ele vai me bater, afinal, Max pensou e considerou se devia sair correndo. Então o homem chegou até ele e perguntou, cuidadosamente, em voz baixa: "O senhor é o editor?". Com essas cinco palavras, deu a Max Ophuls uma sensação de propósito na vida.

O senhor é o editor. Mesmo antes da queda da linha Maginot, os primeiros movimentos do que viria a se tornar a Resistência já se faziam sentir. O casal com o pacote de papel pardo, que ele conheceria apenas pelos apelidos "Bill" e "Blandine", foram os primeiros elos com aquele mundo. O grupo deles passaria depois a se chamar Sétima Coluna da Alsácia, mas no momento eram apenas Bill, Blandine e uns poucos associados que pensavam da mesma forma, fazendo o que podiam para se preparar para o desgosto vindouro. Sim, ele era o editor, Max afirmou. Sim, era judeu. Sim, podia ajudar. "O tempo é curto", Bill disse. "Rotas de fuga estão sendo estabelecidas. É preciso imprimir documentos de identidade. Tantos quanto possível. A necessidade é muito grande. Seus pais inclusive. O senhor inclusive." Max olhou o pacote. "Estes são bons", disse Bill, com uma careta. "Mas não é garantido que passem. É preciso um trabalho de alto nível." Os modos de Bill eram sempre corteses e deferenciais. Blandine era a língua afiada dos dois. "Você sabe realmente fazer o que nós precisamos", ela perguntou a Max nessa primeira vez, olhando para ele sem piscar, "ou não passa de um *milord* mimado que paga mal os funcionários e gasta o dinheiro com putas?"

O imenso amante dela pareceu incomodado e mexeu os pés. "Mas não, minha querida, seja boazinha, o cavalheiro vai ajudar. Por favor, desculpe, meu senhor", disse ele a Max. "O comunismo queima forte dentro dela, a luta de classes, a autonomia, essas coisas." Desde que a Quarta Divisão de Gouraud trouxera Estrasburgo de volta ao controle francês, em novembro de 1918, os comunistas locais eram partidários da autonomia da Alsácia tanto da França quanto da Alemanha, enquanto os socialistas eram a favor da rápida assimilação à França. Como essas posições pareciam agora obsoletas, como eram patéticas as paixões que elas haviam tão recentemente despertado. Max retribuiu o olhar ardente de Blandine. "Posso, sim", respondeu para ela, sem saber se estava dizendo a verdade, repentinamente decidido a provar que não merecia o seu desdém, "imprimir essa droga, se quiserem que eu imprima." Ela cuspiu na sarjeta. "Bom", disse. "Então temos trabalho a fazer."

Se andasse bem depressa, talvez pudesse sair para um outro universo. Seu desejo fora realizado. Julien Lévy tinha razão. Max descobriu ter um dom real para a falsificação, o apurado zelo miniaturista de um monge a fazer iluminuras numa Bíblia, que lhe permitia criar réplicas plausíveis do que fosse preciso e confirmar o que dissera. Quando o material fornecido por Bill e Blandine não servia — o papel tinha o grau errado de aspereza ou a tinta era de cor minimamente errada —, ele revirava e cavoucava incansavelmente até encontrar um mais adequado. Uma ocasião, chegou a arrombar uma loja de materiais artísticos deserta e levar o que precisava, prometendo que, se a libertação um dia viesse, pagaria ao proprietário, promessa que, conforme registrou em seu livro de memórias do tempo de guerra, cumpriu fielmente. Ao forjar e imprimir documentos — um a um, a passo de caracol, sempre de noite, sozinho na sala da gráfica, com as venezianas trancadas e à luz de nada mais que uma simples lanterna pequena —, sentia que estava forjando também uma nova personalidade, que resistia, que empurrava o destino, rejeitando a inevitabilidade, escolhendo refazer o mundo.

Muitas vezes, enquanto trabalhava, tinha a sensação de ser o médium, não o criador: a sensação de um poder superior trabalhando através dele. Nunca fora um homem religioso e tentava afastar essa sensação, racionalizando; mas ela persistia, teimosamente. Um propósito estava se realizando através dele. Não podia dar-lhe um nome, mas seus limites eram muito mais amplos que os seus próprios. Quando tinha contato com Bill ou Blandine e entregava para eles cartões de identidade e passaportes adulterados, falava em termos efusivos, otimistas, sobre o que estavam fazendo. Bill era, no máximo, monossilábico ao responder a essas torrentes, até Max aprender a lição de seus silêncios e fazer o máximo para se conter. Blandine era, como sempre, cortante e objetiva. "Ah, fique quieto", dizia. "Ouvindo você, dá para pensar que estamos a ponto de derrubar o Terceiro Reich, em vez de só pinicar o traseiro da fera aqui e ali e talvez salvar umas poucas pobres almas também."

Eram quatro horas da manhã de 6 de junho de 1940. Paris caíra três semanas e meia antes. O comando militar francês acreditara que tanques não passariam pelas densas florestas das Ardenas e que o avanço alemão podia portanto ser enfrentado com o imenso sistema de defesa da linha Maginot

150

na Lorena. Foi um erro. Ao longo da linha havia uma força bem encravada, e também um extenso sistema de túneis, ferrovias, hospitais, cozinhas e centros de comunicação. Enquanto esperavam o assalto alemão, os soldados franceses passavam seus dias subterrâneos pintando murais *trompe-l'oeil* nas paredes do túnel — paisagens tropicais, salas com papel de parede estampado e janelas abertas dando para bucólicas paisagens de primavera, timbres heróicos com lemas como *Não passarão*. Infelizmente, eles não precisaram passar. Sete divisões de blindados comandadas por Rommel e Guderian invadiram através das pretensamente impassáveis Ardenas e chegaram a Dinant, à margem do rio Meuse, em 12 de maio. Em 13 de maio, o governo da França abandonou a capital para o agressor. As forças francesas da linha Maginot se renderam poucas semanas depois sem que um único tiro fosse disparado. Quatro anos depois, a maré da História mudaria com o começo do desembarque na Normandia, mas esses quatro anos levariam um século para passar.

"Tenho de ir", disse Blandine, juntando os documentos que Max tinha para ela, sem uma palavra de agradecimento ou apreciação pela qualidade do trabalho. Era o jeito dela. Mas pela porta dos fundos, assim que ele abriu, ela viu a primeira luz da aurora se esgueirando no céu, estremeceu e encostou-se nele. "O amanhecer antes das trevas", disse, virou-se e beijou-o. Voltaram cambaleando porta adentro para a sala de gráfica e fizeram sexo encostados em uma das grandes máquinas verde-escuras, sem tirar a roupa. Ele teve de levantá-la para penetrá-la e por um momento seus pés de saltos altos ficaram balançando desajeitadamente. Depois, ela rapidamente envolveu a cintura dele com as pernas e apertou. Ele viu que a altura dela era uma questão sensível. Para compensar isso, ela se mantinha quase selvagemente composta todo o tempo. Mesmo durante o sexo, o chapéu com a pena continuou firmemente plantado em sua cabeça. Duas semanas depois, a bandeira nazista tremulou sobre a catedral e as trevas começaram.

O charme da cidade não serviu de defesa. Ele corria fundo, havia túneis subterrâneos de charme, hospitais subterrâneos de charme e cantinas de charme em caso de necessidade, e havia aqueles que se permitiam acreditar que nada ia mudar muito, que os alemães tinham estado ali antes, afinal, e que dessa vez, como nas vezes anteriores, a cidade os enfeitiçaria e moldaria às suas maneiras. Max sênior e Anya Ophuls sucumbiram lentamente a essa fantasia de uma linha Maginot de charme e seu filho se desesperava por eles.

O gauleiter Wagner, apontou ele, não era um homem charmoso. Os pais adotaram expressões sérias e concordaram gravemente. De repente, quando ele não estava olhando, os dois haviam se tornado muito velhos e frágeis, deteriorando-se rapidamente com a mesma simultaneidade com que haviam vivido a maior parte de suas vidas de casados. Sempre minimizaram suas dificuldades, mas no passado essa leveza tivera uma corrente subjacente, uma inteligência consciente, irônica. Essa corrente subjacente desaparecera. O que restara era uma espécie de tolice, uma alegre espécie de não-sabedoria de esquecimento. Eles riam muito e passavam os dias jogando cartas e jogos de tabuleiro na casa amortalhada, comportando-se como se o momento não estivesse fora dos eixos, como se fosse uma excelente idéia a casa estar quase toda fechada, a população ter fugido, os nomes das ruas serem germanizados e o uso da língua francesa e do dialeto alsaciano serem proibidos. "Bom, querido, nós todos falamos *Hochdeutsch*, não é mesmo?, de forma que não há nenhuma dificuldade, não é?", disse Anya quando Max júnior trouxe a notícia sobre a língua. E quando os asseclas de Wagner proibiram o uso de boinas, dizendo que eram um insulto para o Reich, o velho Max disse a seu filho: "Nunca achei que combinasse mesmo com você; use em vez disso um chapéu *trilby*, seja sensato", e voltou a seu jogo de paciência.

Em certos dias, Max achava que seus pais pensavam que poderiam obliterar a existência dos nazistas, fazê-los desaparecer simplesmente tratando-os como se não estivessem ali. Outras vezes, ficava claro que estavam perdendo o domínio das coisas, deslizando para fora do mundo, para uma região de sonhos, escorregando com charme e sem reclamar para a senilidade e para a morte.

O distrito da universidade estava tão deserto quanto o resto da cidade, mas alguns bares de alguma forma conseguiam permanecer abertos. Um desses era o Le Beau Noiseur, e à medida que crescia o desejo de resistência entre os habitantes que permaneceram na cidade ele se tornou um dos lugares onde as partes interessadas se reuniam. Bill, Blandine, Max e uns poucos mais eram clientes regulares. Depois, a inocência e abertura desses primeiros dias pareceria a todos o cúmulo da loucura. O grupo referia-se abertamente a si mesmo como *les noiseurs*, "os barulhentos". Porém, a despeito dessa temeridade, seus membros conseguiram realizar feitos surpreendentes. Depois da rendição francesa, Blandine, por exemplo, tornou-se motorista de ambulância e visitou diversos campos de internação perto de Metz, onde soldados franceses estavam sendo interrogados antes de serem soltos e mandados para casa. Ninguém prestava muita atenção àquela mulher minúscula fardada e, conseqüentemente, ao distribuir comida e medicamentos ela conseguia descobrir muita coisa sobre a tropa alemã e os movimentos de provisões. O problema é que ela não sabia para quem passar a informação; o que nada adiantava para adoçar sua disposição. A irritabilidade dela estava maior do que nunca, a língua mais afiada e a maior parte de suas farpas era dirigida a Max. O episódio desajeitado, apressado, na gráfica nunca se repetiu, nem ela o mencionou. Estava evidente agora que ela e Bill eram casados, embora nenhum dos dois usasse aliança. Max arquivou a lembrança do encontro sexual e acabou por esquecer inteiramente dele. Então, vinte anos mais tarde, ao pesquisar sobre aquele período para um livro, descobriu por acaso que nos malignos estertores da fase nazista, quando os Aliados estavam varrendo a França após os bem-sucedidos desembarques do Dia D, Blandine — cujo nome verdadeiro era Suzette Trautmann — havia sido capturada em uma garagem de porão adaptada, tentando enviar mensagens para o exército de libertação em um aparelho de radioamador e fora executada no local. No bolso do peito de sua camisa, havia a foto tamanho passaporte de um homem desconhecido. A fotografia não havia sobrevivido.

Suponhamos que fosse eu naquela foto, Max pensou, de repente. Suponhamos que todos aqueles ataques verbais fossem sinais invertidos de amor, pedidos em código para que eu fizesse o que ela sozinha não podia fazer: que a arrancasse do seu casamento e a arrebatasse para algum impossível Éden do tempo de guerra. Tentou afastar essas especulações, que eram apenas uma forma de vaidade, ralhou consigo mesmo. Mas a possibilidade de um amor mal compreendido continuou a mordê-lo por dentro. Blandine, Blandine, ele pensava. Os homens são tolos. Não é de admirar que a deixássemos tão louca. Nessa tarde, nos arquivos, quando descobriu o destino de Suzette Trautmann, prometeu a si mesmo que se uma mulher um dia lhe enviasse esses sinais de novo, se uma mulher um dia tentasse dizer por favor, vamos sair daqui, por favor, por favor, vamos fugir e ficar juntos para sempre e para o inferno a danação de nossas almas, *por favor*, ele não deixaria de decifrar o código secreto.

Nunca descobriu o que aconteceu com Bill.

No outono de 1940, os campos fora da cidade estavam sendo preparados para convidados e, no momento apropriado, os cidadãos de Estrasburgo começaram a voltar para a cidade, sob instruções alemãs. Dezenas de milhares de rapazes, os chamados *malgré-nous*, foram rapidamente empurrados para servir nas linhas de frente do Exército alemão. Max Ophuls compreendeu que, paradoxalmente, agora que todo mundo estava em casa, mesmo que temporariamente, era hora de ele e sua família irem embora. As novas casas preparadas perto de Schirmeck, em Natzweiler-Struthof, destinadas aos homossexuais, comunistas e judeus, pareciam um passo abaixo no mundo. (A câmara de gás que estava sendo construída um pouco adiante na rua da oficina de Struthof ainda era segredo.) Já fazia algum tempo que não era possível ir à gráfica no Quai Mullenheim e a diminuição do dinheiro da família forçara Max a empenhar e vender grande quantidade de jóias e prataria dos Ophuls. Elas acabariam logo, e com isso a chance de escapar, pois fontes financeiras substanciais seriam decerto necessárias. A prata era a coisa mais fácil de receptar; derretida e anônima, não dava qualquer indício de sua proveniência. As jóias envolviam o risco maior de serem classificadas como saque, acusação punida com pena de morte; de forma que naqueles dias confusos, antes que o submundo restabelecesse seus sistemas, mesmo peças espetaculares oferecidas por ninharias podiam ser recusadas pelos sempre prudentes penhoristas, perpétuos cata-ventos detectando os rumos das mudanças. Quando as jóias eram receptadas — jóias cujo valor real permitiria à família viver durante décadas —, os preços eram tão baixos que mal pagavam uma semana de provisões essenciais. As posses eram coisa do passado e o futuro estava chegando rapidamente, ninguém tinha tempo — nem dinheiro — para ontens.

Até então as oficinas da Arte & Aventure não haviam sido invadidas nem tomadas pelas novas autoridades da cidade, mas era apenas questão de tempo. Max fazia o melhor possível para esconder seus materiais de falsificação, tendo descoberto diversos enconderijos engenhosos tanto no Quai Mullenheim como em casa, mas uma busca rigorosa podia facilmente revelar um enconderijo comprometedor e depois disso... bem, ele preferia não imaginar o que poderia acontecer depois disso. Essa crescente inquietação e o precário estado de coisas perduraram até a primavera de 1941. Então, uma noite, no Beau Noiseur, Bill disse a Max, aos sussurros, que uma rota de fuga estava pronta para uso e que ele e seus pais haviam sido escolhidos para serem os primeiros. Membros da faculdade e do corpo estudantil da Universidade de Estrasburgo — *les non-jamais* — haviam se recusado a voltar para a "Pátria mãe", o Gross Reich, e permaneceram em exílio interno em Clermont-Ferrand, apesar do risco de serem declarados desertores pelos alemães. O vice-reitor, um certo monsieur Dungeon, havia de alguma forma persuadido a oficialidade de Vichy a manter a Universidade de Estrasburgo nesse "campus externo" e, de momento, os alemães estavam dispostos a permitir que o pessoal de Pétain fizesse como queria. Um professor de História chamado Zeller, auxiliado por estudantes e professores voluntários e com alguma ajuda do governador militar de Clermont-Ferrand, passara o verão construindo um grande "chalé de campo" em Gergovie, perto das bem conhecidas escavações galo-romanas, sobre as quais Bill nada sabia além de que eram bem conhecidas. "Vocês partem esta noite", Bill disse, passando para ele um pedaço de papel. "Se sua família conseguir chegar a Gergovie, vocês serão procurados lá e receberão novas ordens." Max Ophuls ficou com o rosto impassível ao longo dessas instruções, para não revelar a Bill nada que ele não precisasse saber, guardando suas ligações com a universidade para si mesmo. Gaston Zeller, pensou. Seria bom ver a cara feia dele outra vez. Saiu do café sem olhar para trás. Em casa, seus pais haviam tirado o lençol de cima do piano de cauda do salão principal e Anya estava tocando de memória, sorrindo, beatífica, mesmo com o instrumento grosseiramente desafinado. Max sênior estava de pé atrás dela, as mãos pousadas de leve em seus ombros, os olhos fechados, a expressão distante e serena. O filho interrompeu esse devaneio. "Chegou o dia", disse ele. "Chegou a nossa hora de fugir." Para o idoso casal, foi como se o universo tivesse estremecido ligeiramente; então a mãe abriu seu sorriso mais doce. "Ah, mas está fora de questão, querido", disse ela. "Você sabe que o Charles, filho do nosso querido amigo Dumas, vai receber o bachot amanhã. Vamos falar de ir embora depois disso."

Era uma afirmação aterrorizante. Charles Dumas tinha trinta anos, a mesma idade do Max mais novo, e não estava em Estrasburgo. O dia de sua formatura, o baccalauréat, fora muito antes. "Mas vocês prometeram", Max disse, em grande aflição. "Disseram que se eu viesse a vocês com esse alerta, iam fazer o que eu pedisse." O pai inclinou a cabeça. "É verdade que fizemos a promessa", disse ele. "E você está deixando bem clara a importância de termos dado nossa palavra. Dessa forma, dois grandes princípios estão em conflito aqui: honestidade e amizade. Preferimos ser bons amigos para nossos amigos e ficar aqui para o dia tão importante para a família deles, mesmo que isso nos faça desonestos aos seus olhos." "Pelo amor de Deus", gritou o Max mais novo, "não tem cerimônia nenhuma. Vocês sabem perfeitamente bem que todas as escolas e colégios estão fechados desde a evacuação, e mesmo que não estivessem não é a época certo do ano..." Anya Ophuls preparou-se para voltar a tocar o piano. "Shh, shh, meu querido, por favor", ela ralhou. "É só um dia. Depois de amanhã vamos pegar aquelas malas que preparamos e fugir com você para onde quiser."

Não havia nada a fazer senão concordar. No pedaço de papel que Bill dera a Max no bar estava o local do ponto de encontro, um estábulo num canto remoto da propriedade Buggatti na aldeia de Molsheim e a palavra "Finkenberger", que Max sempre achara que fosse o nome de um vinhedo local, não de um homem específico. Ele tomou isso como o pseudônimo do *passeur*, o homem que teria a responsabilidade de facilitar a fuga e conduzir a família Ophuls através das linhas inimigas. Nessa noite, uma noite sem lua que fora selecionada sem dúvida em função de sua excepcional escuridão, Max percorreu de bicicleta os vinte quilômetros da chamada "estrada do vinho" até Molsheim para informar monsieur Finkenberger de que haveria um atraso de vinte e quatro horas no plano. A escolha do ponto de encontro era arriscada porque a fábrica Bugatti estava agora nas mãos dos alemães; porém não havia pontos livres de risco naquele outono. Molsheim, um lindo lugar, com as ruas estilo Velho Mundo calçadas com cascalho e casas tortas de Gepeto, tão absolutamente encantadoras que se esperava ver fadinhas azuis nas janelas e o já famoso Grilo Falante do último filme de Disney na lareira. Hoje, porém, a tragédia da família Bugatti pairava sobre a aldeia como uma mortalha, escurecendo a escuridão sem lua até parecer uma venda nos olhos. Quanto mais perto Max chegava da grande propriedade, mais escuro ficava, até que teve de descer da bicicleta e tatear o caminho como um cego.

Dentro do espaço de um único ano, o legendário designer de automóveis Ettore Bugatti, *Le Patron*, havia sofrido, primeiro, a perda de seu filho Jean — em um acidente de automóvel —, depois de seu pai Carlo, que morrera pouco antes da invasão alemã, como se relutasse em participar desse futuro. Ettore estivera vivendo em Paris e, embora continuasse sendo o genial engenheiro-chefe da companhia, Jean fora, durante muitos anos, encarregado do design de produção das carrocerias, os característicos pára-choques curvos, as formas futuristas do corpo. Depois da morte do filho, Ettore voltou à quase baronial fábrica-propriedade de Molsheim, onde todos os prédios — até mesmo a oficina de moldagem, a oficina do corpo, a fundição, a sala de provas — exibiam grandes portas polidas de carvalho e bronze. Os Bugatti tinham vivido em esplendor feudal. Havia um museu de escultura, um museu de carruagens, luxuosas instalações para seus cavalos puro-sangue, uma escola de equitação. Tinham terriers premiados, gado de primeira, pombos de corrida. Possuíam sua própria destilaria e hospedavam clientes em uma espetacular residência, o Hotel do Puro Sangue. A grandeza do mundo privado que ele construíra serviu apenas para remexer na ferida no coração de Ettore, ampliando o súbito vazio de sua vida. Poucos meses depois de sua volta, ele vendeu tudo aos alemães — foi forçado a isso — e deixou Molsheim com o ar de um homem que saía de uma tumba. Mudou suas operações de manufatura para Bordeaux, mas nenhum carro Bugatti mais foi construído; Ettore agora fabricava eixos de manivela para motores aéreos da Hispano-Suiza. Menos conhecido era o seu trabalho com a Resistência, no qual muitos de seus antigos empregados acompanharam o benevolente mas ditatorial patrão. Um desses empregados, o velho e coriáceo treinador de cavalos conhecido por Max Ophuls como o *passeur* Finkenberger, estava esperando agora no final de uma minúscula alameda arborizada sem saída atrás do estábulo, sentado no mourão de uma cerca, fumando. Max tropeçou pela alameda, chocando-se com os mourões e cercas sádicos, tentando não gritar. A ponta acesa do cigarro de Finkenberger era seu farol e ele nadou na direção dela na escuridão cega como Leandro no Helesponto. Quando o homem dos cavalos falou, foi como se a cortina da noite se rasgasse. Em torno das palavras, Max Ophuls começou a perceber ou ao menos imaginar um rosto, que, para sua grande surpresa, acabou soando familiar. "Que porra", foram as primeiras palavras do homem. "Eu conheço você, não conheço? *Porra.*"

Max Ophuls fora próximo de Jean Bugatti, tinha aprendido a pilotar aviões com ele, fazendo acrobacias aéreas no inocente céu pré-guerra. Tinham também cavalgado por toda a extensão daquele campo antes abençoado, montando dourados corcéis em brilhantes tardes de verão. Essa noite, exausto, cheio de trepidação, Max voltou correndo para aquele tempo mais feliz na língua obscena e inconfundível do *passeur*. "Ophuls, Max", disse ele. "É claro que conheço você, Finkenberger. Quem poderia esquecer?" O outro ofereceu um cigarro, que Max recusou. "Está tudo fodido", confidenciou o treinador de cavalos. "Os nazistas querem usar a fábrica para fabricar armas, claro. Babacas. Mas gostam dos cachorros e dos cavalos e é claro que querem rodar na porra dos carros. Quando eu vejo uma 57-5 com aquela porra daquela suástica voando no capô, sinto vontade de vomitar, porra. Uns ratos de esgoto fodidos fingindo que são aristocratas. Lixo de merda. E aquele hotel, eu sempre achei que o nome estava errado. Eles adoram a porra do lugar. Hotel do Puro Sangue. Agora virou um puteiro. Por que o senhor está sozinho, afinal? Me falaram três pessoas."

Max explicou o problema e houve uma abrupta mudança de clima. O próprio escuro pareceu ficar mais apertado e fechar-se em um par de punhos. Finkenberger jogou fora o cigarro e, a julgar por sua respiração, parecia estar fazendo um esforço para controlar a raiva. Por fim falou. "*Le Patron*, ele saiu de Molsheim, foi se foder em Paris porque achou que os trabalhadores eram ingratos. Da velha escola, ele. Tirar a porra do chapéu quando ele aparece, bater a porra dos dedos na testa, dobrar a porra do joelho, está me entendendo? É, quem sabe tinha uns que não tinham nenhuma gratidão pela chance de agir feito uma porra de um servo, mesmo tendo os cavalos e os benefícios e tal. Tinha uns que não eram gratos porra nenhuma. Monsieur Jean era diferente. Um jeito assim normal. Peito aberto. Sorte sua ser amigo dele. Se não fosse amigo dele e viesse me dizer o que está me dizendo agora, eu dizia para o senhor ir se foder. Se o senhor fosse um daqueles babacas metidos do *Patron* eu dizia que o senhor podia ir à puta que o pariu com esse atraso de vinte e quatro horas. O senhor sabe como é difícil combinar essa porra toda, o perigo de usar o rádio, o número de pessoas pela rua esperando o senhor que têm de ser dispensadas e depois convocadas de novo amanhã, o senhor sabe o perigo fodido em que está colocando essa gente? Umas porras de uns filhos-da-puta de diletantes que nem o senhor não pensam em mais ninguém. Mas o senhor tem sorte, repito, por conta de monsieur Jean, por conta da linda memória dele, porra. Estejam aqui amanhã na hora marcada os três, senão podem ir se foder na porra da sinagoga de vocês numa porra de um dia de *shabat*."

Em Estrasburgo havia fogueiras queimando e esquadrões de valentões de capacete nas ruas. Max Ophuls seguiu cuidadosamente a pé, empurrando a bicicleta, se escondendo nas sombras. Quando viu as labaredas lambendo a Art & Aventure, sentiu o medo latejando dentro dele, batendo como se ele fosse massa de pão. Muito antes de chegar em casa sabia o que ia encontrar, a porta arrombada, a destruição desnecessária, a merda nos Biedermeiers, os slogans rabiscados, a urina no corredor. Se a casa não fora incendiada, só podia ser porque algum nazista lá em cima a queria para si. Todas as luzes estavam acesas e não havia ninguém. Percorreu as salas, uma a uma, apagando as luzes, devolvendo-as para a noite, deixando que entrassem em luto. Na biblioteca com as três escrivaninhas, a destruição era grande, os livros espalhados e rasgados, uma montanha deles queimando no meio do tapete, uma grande pilha de sabedoria chamuscada que alguém havia apagado mijando em cima. Gavetas das mesas abertas. Pinturas retalhadas penduradas das molduras quebradas. Ele havia trazido os documentos falsos dos pais para casa e cometera o erro de deixá-los lá quando saíra para a missão que o havia salvado temporariamente. A descoberta desses documentos aumentava o perigo de seus pais e o condenava também. Ninguém estava na casa, mas até o fim da noite o butim passaria para mãos inimigas, como o Hotel do Puro Sangue. Putas nazistas rolariam onde antes sua mãe deitava. Devia ir embora. Devia, definitivamente, ir embora logo. Não havia ninguém na casa, mas isso ia mudar. Encontrou uma garrafa de conhaque que de alguma forma fora poupada. Estava inteira em um canto perto da chaise longue, entre as cortinas sopradas pelo vento. Tirou a rolha e bebeu. O tempo passou. Não, não passou. O tempo ficou imóvel. A beleza passou, o amor passou, o colaboracionismo passou e a obstinação passou. O tempo ficou imóvel com as mãos para cima. Filhos-da-puta teimosos foram se apagando.

Depois da guerra, ele descobriu como a história dos dois terminara. Soube dos números gravados a fogo em seus antebraços, memorizou-os e nunca esqueceu. Os registros mostravam que haviam sido usados em experimentos médicos. Eram velhos, estavam perdendo a razão, não serviam para nada e então encontraram um uso para eles. Depois de vidas inteiras vividas sobretudo em suas mentes agora enfraquecidas, eles terminaram como meros corpos, corpos que reagiam desse jeito à dor, desse jeito à dor maior, desse jeito à maior dor imaginável, corpos cujas reações ao receberem injeções de doenças eram de interesse, do mais alto interesse científico. Então estavam interessados em conhecimento? Muito bem. Tinham ajudado no avanço do conhecimento de um jeito prático valioso. Nunca chegaram à câmara de gás. O estudo acadêmico os matou antes.

Bêbado, próximo do colapso físico, Max Ophuls voltou em sua bicicleta e fez os vinte quilômetros da estrada do vinhedo pela terceira vez aquela noite. Quando voltou a Molsheim, deu-se conta de que não sabia como encontrar o *passeur*, nenhuma idéia de quantos chalés de trabalhadores podia haver na propriedade Bugatti, nem mesmo se lembrava de seu nome verdadeiro. A noite não estava mais absoluta; um vestígio de cor futura abrandava o negrume. Mais por sorte que por lembrança, achou seu rumo de volta ao pequeno estábulo nos limites da propriedade, uma espécie de lugar temporário, um posto intermediário para cavaleiros cansados, entrou empurrando a bicicleta, passou pelo chão enlameado para uma das cocheiras. Foi aí que Finkenberger o encontrou muitas horas depois, em plena luz do dia, e o sacudiu grosseiramente, gritando xingamentos no ouvido do dorminhoco. Max despertou depressa e assustado, com um cavalo a farejá-lo como se estivesse resolvendo se seria comestível. Junto à cabeça do cavalo, a cabeça de Finkenberger. Finkenberger à luz do dia era um gnomo do tamanho de um jóquei com um rosto cáustico cheio de dentes ruins e provavelmente doloridos. "Você tem uma sorte do caralho, porra", ciciou para Max. "O gauleiter Wagner, o grande filho-da-puta em pessoa, estava querendo andar a cavalo hoje, mas parece que todo mundo está querendo um adiamento de vinte e quatro horas agora." Ele então leu a expressão no rosto de Max e mudou de maneiras. "Merda", disse. "Merda, sinto muito. Ah, merda, merda, merda, merda, merda. Merda para mim pela minha falta de sensibilidade, merda na cova das avós desses fascistas, queria que comessem merda no inferno por toda a eternidade." Sentou-se na lama e passou o braço em torno de Max, que não conseguia chorar. Então, num átimo o *passeur* era todo negócios, perguntas e opções. A rota de fuga para a Zone Sud fora aberta de novo, ele havia feito isso antes de ir dormir, mas se as grandes buscas tivessem começado o risco seria maior, talvez inaceitável. Sim, claro que tinha confiança na rota, mas só na medida em que era possível ter confiança, porque seria a primeira vez e a primeira vez nunca é certeza. E se os filhos-da-puta estivessem no meio de uma grande operação não haveria nenhuma garantia, mas é claro que todo mundo ia fazer o melhor possível. "Parece bom", Max disse, amargamente. "Claro, vamos fazer isso." Foi nesse momento que Finkenberger, o *pas-*

seur, teve a idéia que faria de Max Ophuls um dos grandes heróis românticos da Resistência: o judeu voador.

No começo da guerra, Ettore Bugatti e o bem conhecido engenheiro aeronáutico Louis D. de Monge projetaram um avião — o chamado Modelo 100 — para quebrar o recorde de velocidade mundial, que o Messerschmitt Me209 alemão havia subido para 469,22 milhas por hora em 26 de abril de 1939. Quando a ameaça da guerra cresceu, Bugatti recebeu um contrato para construir uma versão militar do Racer, com duas armas, cilindros de oxigênio e tanques de combustível auto-selantes. O avião foi construído em segredo no segundo andar de uma fábrica de móveis parisiense, mas não podia voar. Quando as tropas alemãs marcharam em Paris, Ettore Bugatti mandou baixar o avião para a rua, carregou-o num caminhão e despachou para fora da cidade, para ser escondido. "Eu sei onde está. Se você conseguir pilotar, pode levar."

O avião estava escondido bem debaixo do nariz do inimigo, num paiol de feno na propriedade. Podia voar a mais de quinhentas milhas por hora, ou isso, de qualquer forma, era no que os projetistas acreditavam. Tinha dois motores de corrida Bugatti T50B, duas asas inclinadas para a frente e um sistema revolucionário de geometria variável nas asas, um sistema de flapes divididos no bordo de fuga que respondia à velocidade do ar e à pressão múltipla, depois se colocava automaticamente em uma de seis posições diferentes: decolagem, cruzeiro, alta velocidade, descida, pouso, taxiar. Era veloz, veloz, veloz e pintado de azul Bugatti. Finkenberger levou Max ao paiol depois que o escuro tornou segura de novo a movimentação e os dois homens trabalharam em silêncio durante uma hora e meia removendo a camuflagem de feno e redes, revelando o Bugatti Racer em toda a sua glória. Estava ainda em cima do caminhão que trouxera de Paris, como um cachorro de corrida em seu cubículo. Finkenberger disse que conhecia um pedaço de estrada reta perto dali que podia servir de pista de decolagem. Max Ophuls deslumbrou-se com a beleza aerodinâmica da forma de bala do Racer. "Vai chegar a Clermont-Ferrand, sim, senhor, mas não fique louco, não, certo? Não precisa ir atrás da porra do recorde de velocidade", disse Finkenberger. "Agora olhe e aprenda." Então, ele era mais que um treinador de cavalos, Max compreendeu. Finkenberger estava explicando o arranjo não ortodoxo de motor/potência da aeronave, seus motores inclinados, os propulsores contra-rotativos. "Nunca foi construído nada como esse aqui", disse Finkenberger. "Único do seu tipo, porra."

"Você pode autorizar isso?", Max Ophuls perguntou, a voz pesada de preocupação, os pensamentos correndo já para o céu. "O vôo inaugural vai ser um ato de resistência", Finkenberger replicou, a linguagem chula desaparecendo ao revelar ele um traço antes oculto de patriotismo emocional. "*Le Patron* não ia querer outra coisa. Pegue ele e leve, o.k.? Leve antes que eles encontrem. Ele também precisa escapar."

O vôo noturno do Bugatti Racer de Molsheim para Clermont-Ferrand se transformaria em um dos grandes mitos da Resistência e na narrativa sussurrada logo adquiriu a força sobrenatural de uma fábula: a impossível supervelocidade da aeronave perfurando o céu negro; o vôo a baixa altitude para a liberdade que só os mais hábeis e destemidos pilotos poderiam ter realizado; a barreira das quinhentas milhas por hora quebrada pela primeira vez na História, quando o recorde mundial foi extra-oficialmente, mas inquestionavelmente, abalado e, mais importante, reclamado pela França aos alemães, transformando-se assim em uma metáfora da Libertação; a audaciosa decolagem de uma estrada campestre e o pouso no escuro sem lua ainda mais perigoso numa planície de relva onde as legiões de Júlio César haviam marchado para a *oppidum* de Gergovia, onde Vercingetorix, o chefe dos arvenos, as derrotou.

Parte disso era certamente verdade, mas nos últimos anos o próprio Maximilian Ophuls parecia pronto a admitir os mitos para embelezar a verdade. Tinha mesmo quebrado o recorde apesar dos alertas de Finkenberger sobre o combustível? Tinha mesmo voado no nível dos telhados, ou quase, todo o trajeto ou não havia sido detectado por sorte, e por conta do forte elemento de inesperado em sua corrida? Em suas memórias dos anos de guerra, Max Ophuls não esclareceu nada, ao contrário, falou com modéstia de herói de sua grande sorte e dos muitos ajudantes sem os quais, e assim por diante. "Pensei em Saint-Exupéry", escreveu ele. "Apesar da situação de ansiedade, entendi o que ele quis dizer quando, em *Vol de nuit*, afirma que voar é uma forma de meditação. *Aquela meditação profunda em que se experimenta uma esperança inexplicável*. Sim, sim. Era assim."

Aqui, também, um leitor pouco generoso poderia perceber uma fusão calculada da história de Max com a de outra figura muito amada. Em 1940, o escritor e piloto Antoine de Saint-Exupéry desempenhara um papel herói-co na batalha da França, depois partira com seu esquadrão para o Norte da África e mais tarde chegara a Nova York. Já era o autor famoso de *Vôo noturno*, mas quando Max Ophuls, em suas memórias, fez referência a um livro posterior de Saint-Exupéry, foi culpado de anacronismo. Na época de seu vôo para a Gergovia, *Pilote de guerre*, publicado em inglês como *Flight to Arras* [Vôo para Arras], ainda estava sendo escrito, e mesmo depois de sua publicação um ano mais tarde e seu considerável sucesso nos Estados Unidos, foi banido pelo governo de Vichy e a edição Gallimard de 1942 foi destruída. Era portanto impossível que Max Ophuls no Bugatti Racer tivesse qualquer conhecimento de seu conteúdo. Apesar desses detalhes confusos, Max Ophuls desavergonhadamente explicitou suas reflexões no ar com um texto do qual não podia ter conhecimento. "*A guerra, para nós, significava desastre. Mas seria o caso de a França, para se poupar de uma derrota, recusar-se a lutar? Não acredito nisso.*" Revivendo seu próprio *vol de nuit* Max acrescentou, concordando: "Enquanto eu assobiava acima das cabeças dos meus conterrâneos adormecidos, eu também não acreditava. A França logo iria despertar." O erro não foi importante. Ele escapou impune. Mesmo os críticos que perceberam a gafe disseram que estava dentro dos limites da licença poética. Um herói era um herói e merecia uma certa folga. O livro de Max foi muito elogiado e tornou-se um sucesso comercial, principalmente na América. Afinal, ao terminar a guerra Saint-Exupéry estava morto, perdido em ação na Córsega, enquanto Max Ophuls era um ás voador e um gigante da Resistência, um homem bonito como um astro de cinema, com múltiplas qualificações, e além disso mudara-se para os Estados Unidos, escolhendo as lustrosas atrações do Novo Mundo no lugar do devastado requinte do Velho.

Assim que pousou, a aeronave foi logo escondida na floresta próxima por um pequeno grupo de voluntários que foram apelidados de gergovianos e liderados pelo temível Jean-Paul Cauchi, organizador do Combat Universitaire, também conhecido como Combat Étudiant, grupo da Resistência com base na Universidade de Estrasburgo no exílio e que respondia a Henri Ingrand, chefe da Região de Combate Seis. Max foi levado para o chalé de floresta onde seus colegas, o vice-reitor Danjon e o historiador Gaston Zeller, estavam esperando com uma garrafa de vinho. Como seus documentos, forjados por ele mesmo, estavam em nome de "Sébastian Brant", sua chegada como membro da faculdade estrasburguense precisaria de alguma explicação. Seria qualificado como um estudioso do sul e Danjon, que exercia um poder quase hipnótico sobre os viajantes nazistas de Vichy, arranjaria a papelada. "Mas você assumiu um risco estúpido ao se dar um nome bem conhecido", Danjon ralhou. "Pode-se quase dizer que você próprio viajou até aqui em uma nau dos insensatos voadora." O verdadeiro Brant era o escritor natural de Estrasburgo, autor de *Stultifera Navis* [A nau dos insensatos] ou *Das Narrenschiff* (1494), uma sátira das loucuras humanas parcialmente ilustrada pelo jovem Albrecht Dürer. Ophuls abriu as mãos, desculpando-se: sim, era verdade, fora uma escolha idiota.

"Mas vai passar batido", Zeller lhe garantiu. "Ninguém com quem você tenha de se preocupar por aqui lê nada."

Não muito tempo depois de sua chegada a Gergovia, Max adquiriu uma segunda identidade falsa. Com fome de vingança, juntou-se ao Setor de Ação do Combat Étudiant sob o codinome de "Niccolò" e aprendeu a explodir coisas. A primeira e única bomba que lançou foi construída por um assistente chamado Guibert no Instituto de Química, e seu alvo era a casa de Jacques Doriot, um pateta de Vichy que chefiava a Associação Doriot, pró-nazista. A explosão — a gigantesca excitação do momento de poder, seguida quase imediatamente de uma reação física involuntária, uma explosão paralela de vômito — ensinou-lhe duas lições que nunca esqueceu: que o terrorismo era emocionante e que, por mais profundamente justificada a causa, ele pessoalmente não conseguia ultrapassar as barreiras morais que precisavam ser superadas para realizar esses atos com regularidade. Foi deslocado para o setor de propaganda e nos dois anos que se seguiram voltou àquilo que conhecia: a criação de falsas identidades. "A reinvenção de si mesmo, esse clássico tema americano", ele escreveria em suas memórias, "começou para mim no pesadelo da conquista da velha Europa pelo mal. Descobrir que o eu pode ser tão prontamente recriado é uma descoberta perigosa, narcótica. Quando se começa a usar essa droga, não é fácil parar."

A falsificação passara a ser a tarefa mais importante do setor. À medida que a Resistência se tornava mais unificada e organizada, e aumentava o número de homens e mulheres envolvidos, documentos falsos eram essenciais porque sem eles nada sério era possível. O Combat Étudiant aos poucos estabeleceu alianças mais próximas com as redes de inteligência de Auvergne, a rede Alibi de George Charadeau, a organização Kléber do coronel Rivet e a Phalanx de Christian Pineau; também com outros comandos de ação, os Ardents, cujo símbolo era a chama de Joana d'Arc; o Mithridate e o ORA. Esse trabalho afastava Cauchi de Clermont-Ferrand durante longos períodos e um sujeito mau humorado e arrogante chamado George Mathieu assumia seu lugar, tornando-se de fato o chefe atuante da Mithridate. Mathieu era um homem grande, todo ossos e dentes. Seus olhos azuis eram um tanto saltados, e o cabelo loiro, lambido com óleo de *macassar*. Ele insistia em usar boina como gesto de desafio e era respeitado por conta de suas maneiras geladas, militares. Sua namorada Christiane trabalhava nas repartições de Vichy, como secretária de um certo capitão Burcez. Isso parecia uma valiosa ligação "interna". De qualquer modo, por uma variedade de razões, ninguém questionava o direito de Mathieu liderar.

Naquela época, muitos pacotes tinham de ser levados para lá e para cá, à medida que os ataques dos comandos aumentavam de freqüência e intensidade e a caça dos alemães à Resistência se intensificava. Max Ophuls resolveu parar de se perguntar o que esses pacotes podiam conter. Os mensageiros precisavam de documentos para garantir livre passagem e seu trabalho era fornecê-los. Depois, quando os judeus de Paris foram agrupados, talvez mil crianças judias escaparam dos trens da morte de Auschwitz; documentos falsos tinham de ser fornecidos com urgência se era para serem trazidas para a segurança do sul. Max Ophuls, cujo trabalho foi elogiado por seu superior imediato, Feuerstein, assim como pelas mais exaltadas, embora cada vez mais remotas, figuras de Cauchi e Ingrand como o melhor que já tinham visto, criou muitas dessas novas identidades, que eram despachadas para seus novos donos via pontos de depósito secretos onde eram recolhidas por intermediários anônimos. Mas talvez a maior contribuição de Max Ophuls para a Resistência tenha sido sexual; embora para realizar o feito ele tenha tido de criar ainda mais uma personalidade falsa e ocupá-la completamente e, ai, de forma um tanto dolorosa. Ele foi o homem que seduziu a Pantera, Ursula Brandt.

Em novembro de 1942, os alemães invadiram a Zone Sud e imediatamente as coisas mudaram. Até então os estudantes da universidade de Estrasburgo no exílio podiam brincar de Resistência, mas com os alemães estabelecidos em Clermont-Ferrand o jogo ficou muito mais perigoso. Ao todo, cento e trinta e nove estudantes e membros das faculdades morreriam como resultado de seu envolvimento nas atividades da Resistência. Nesse novembro, o capitão das ss Hugo Geissler instalou uma "antena" da Gestapo em Clermont-Ferrand. Seu diretor era Paul Blumenkampf, que fingia ser um sujeito amigável e bem-humorado. Sua assistente imensamente influente não usava esse disfarce. Era conhecida como Pantera porque usava um casaco de pele de pantera que nunca tirava, mesmo nos dias mais quentes do ano. Sua habilidade específica era infiltração, demolição pelo lado de dentro; e sua testemunha principal, seu colaborador, seu homem de dentro era ninguém mais senão George Mathieu. Muitos grupos da Resistência — o Mithridate, o ORA — foram esmagados e seus líderes presos graças à traição de Mathieu. Numa série de raides a essas organizações, diversos estudantes da universidade foram presos e o *Reichsführer*-ss Himmler pôde finalmente autorizar um ataque à universidade que havia sido evitado durante muito tempo pela influência de Danjon sobre Vichy e a relutância do ministro do Exterior, Ribbentrop, em derrubar os títeres que ele havia instalado.

O assalto à universidade, que passou a ser conhecido como o Grande Raide, ocorreu em 25 de novembro de 1943. O professor de literatura Paul Collomp, bom amigo de Max Ophuls, foi morto com um tiro ao tentar impedir a entrada dos atacantes na secretaria, onde ficavam os endereços dos professores. Um professor de teologia, Robert Eppel, com quem Max também havia feito amizade, levou um tiro no estômago em sua própria casa. O traidor George Mathieu identificou muitos estudantes que possuíam documentos de identidade falsos. Houve mais de mil e duzentas prisões. Max Ophuls escapou por um instinto de autopreservação que o levara a lidar com Mathieu na base estrita do conhecimento indispensável. Conseqüentemente, os nomes de "Sébastian Brant" e "Max Ophuls" não podiam ser ligados pelo traidor ao "Niccolò" atuante na Resistência e mestre falsificador, e Max esteve seguro por um tempo. Como precaução, porém, mudou-se do chalé de Zeller, foi morar com uma linda e jovem estudante de direito chamada Angélique Strauss, uma das jovens apaixonadas que nunca faltariam em sua vida, forjou para si mais uma nova identidade ("Jacques Wimpfeling", em honra de outro humanista medieval) e tirou licença dos deveres na universidade.

No dia seguinte ao ataque, André Danjon escreveu uma veemente carta de protesto ao primeiro-ministro francês Laval, uma diatribe em que mais ou menos todas as frases eram mentiras. Ele mentiu sobre o número de judeus na universidade e sobre o envolvimento dos estudantes e da faculdade com a Resistência. Naqueles anos de eclipse, sua determinação era como o brilho da Terra; fornecia a única luz disponível. O resultado de seu fingido ultraje foi que permitiu que a universidade continuasse aberta. Danjon então telefonou pessoalmente a Max no apartamento de Strauss. "É o último ato", disse ele. "A cortina já começou a baixar. Você precisa pensar em sair da França." Durante sua estada no chalé em Gergovie, Max Ophuls passara o tempo discutindo história militar com Gaston Zeller e escrevendo ensaios sobre relações internacionais, que ele próprio temia fossem excessivamente utópicos e nos quais especulava sobre a construção de uma ordem mundial mais estável depois da derrota do nazismo, por improvável que isso pudesse soar na época. Esses ensaios, em que previa a necessidade de entidades semelhantes àquelas que depois passariam a existir, como o Conselho da Europa, o Fundo Monetário Internacional e o Banco Mundial, foram muito admirados por Danjon, que revelou ter conseguido que fossem contrabandeados para o quartel-general da França Livre em Londres, onde impressionaram De Gaulle. "Você pode fazer mais por seu país ao lado do *général* do que está fazendo aqui", disse Danjon. "Prepare-se que nós vamos preparar a fuga. Temo que desta vez você não possa voar. Duas vezes seria abusar da sorte."

"Antes de ir", Max replicou, "preciso fazer uma coisa."

A segunda realização legendária de Max Ophuls durante seus anos de Resistência passou a ser conhecida como "Morder a Pantera". Quando as pessoas falavam disso, baixavam a voz ao sussurro reservado para a conquista do ridiculamente, lindamente impossível. O agente Niccolò, agora uma figura sênior da Resistência unificada conhecida como MUR — criada pela fusão do Combat com dois outros exércitos maiores da Resistência, Franc-Tireur e Libération —, simplesmente sumiu de vista. Era como se ele, Sébastian Brant, Jacques Wimpfeling e Maximilian Ophuls, todos tivessem cessado de existir. No lugar deles, chegou um oficial alemão, *Stumbenführer* Pabst, transferido de Estrasburgo para ajudar o grupo de Ursula Brandt em suas investigações, com papéis de autorização assinados pessoalmente por Heinrich Himmler, cuja antipatia pela universidade no exílio vinha de longa data. Testemunho da habilidade do impostor era que o Pabst falso não levantou suspeitas: um tributo à força implacável de sua vontade, que simplesmente não permitia que ninguém alimentasse a idéia de que pudesse não ser o que dizia ser. Falava um alemão imaculado, era notável por sua absoluta devoção ao Reich, seus documentos estavam perfeitamente em ordem e não havia como questionar a autenticidade e a força da assinatura do *Reichsführer*-ss. Era também, como notou a Pantera quando ele elogiou a poderosa qualidade felina que tornava apropriado o seu apelido, um homem de imenso charme pessoal e atração física. Ursula Brandt era uma mulher baixa, atarracada, a quem não se poderia dizer que o termo "pantera" se aplicasse, mas recebeu o elogio sem objeção. Dentro de uma semana, ela e o *Stumbenführer* eram amantes.

Brandt na cama revelava que era uma pantera pelo menos sob um aspecto: gostava de usar dentes e garras. Seu amante estoicamente declarou gostar daquilo e estimulou-a a não se reprimir, mas sim que desse rédea solta a todas as suas tendências sexuais, por mais extremas que fossem. Depois de fazerem amor, muitas vezes os lençóis estavam manchados de sangue, e Brandt, sofrendo de uma contratura, uma forte constrição nas costas que a deixava excepcionalmente maleável. Assim, em troca do segredo compartilhado de suas cicatrizes noturnas, o não existente *Stumbenführer* ganhava acesso quase ilimitado aos segredos do escritório dela durante o dia. Ao longo de um mês de romance, o falso Pabst conseguiu transmitir uma torrente de inestimáveis informações de inteligência à MUR. Então, quando o sinal de alerta combinado do maquis — um pequeno círculo de giz com um ponto no centro, significando "estão começando a suspeitar de você; suma" — apareceu uma manhã na porta de seus aposentos, ele silenciosamente desapareceu de novo.

Esse foi o único exemplo conhecido em toda a Segunda Guerra Mundial de uma bem-sucedida "mordida reversa" em uma operação de infiltração na Gestapo e, uma vez descoberto o engano, a posição de Ursula Brandt tornou-se insustentável e ela, assim como seu amante imaginário, sumiu de vista. O *Reichsführer*-ss Himmler era um homem que não perdoava.

Em suas memórias, Maximilian Ophuls refletiu sobre os acontecimentos do Grande Raide e sua vingança sobre um de seus arquitetos em uma passagem sombria. "Cada momento de alegria na Resistência, cada triunfo, era marcado por nosso conhecimento de outras tragédias. Tivemos sorte de ser bem-sucedidos na operação Pantera, mas ao olhar esses dias do passado penso não em vitória, mas nos camaradas caídos. Penso, por exemplo, em Jean-Paul Cauchi, nosso fundador, nosso líder, que foi preso em Paris apenas dois meses antes dos desembarques do Dia D e mandado para Buchenwald. Em 18 de abril de 1945, no exato momento em que tropas americanas estavam se aproximando de Buchenwald, ele foi vingativamente assassinado pelo desalmado pessoal alemão do campo. E penso com um pouco mais de satisfação no julgamento de George Mathieu, que foi preso em setembro de 1944, alegou ter se tornado traidor porque Ursula Brandt havia ameaçado matar sua namorada grávida se não o fizesse, foi declarado culpado e executado por um esquadrão de tiro em 12 de dezembro. Minha vida inteira me opus à pena de morte, mas no caso de Mathieu devo confessar que meu coração domina minha cabeça."

Ele escreveu também: "Entrar para a Resistência foi, para mim, uma espécie de vôo... a pessoa se despedia do nome, do passado, do futuro, decolava da própria vida e existia apenas no continuum do trabalho, mantido no ar pela necessidade e pelo fatalismo. Sim, uma espécie de sensação de planar tomava conta de mim às vezes, temperada pelo conhecimento perpétuo de que se podia cair ou levar um tiro a qualquer momento, sem aviso, e morrer na terra como um cachorro".

Foi só depois de chegar em segurança a Londres que Max Ophuls entendeu como havia sido privilegiado ao ter acesso à chamada linha Pat, o sistema de fuga com base em Marselha criado pelo capitão Ian Garrow e controlado, depois da traição e captura de Garrow, pelo pseudônimo "comandante Pat O'Leary", um médico belga cujo nome real era Albert-Marie Guérisse. Essa linha, operada pelo Setor DF da Executiva de Operações Especiais Britânica, foi estabelecida e mantida primordialmente para o resgate de homens da Força Aérea britânica e pessoal da inteligência isolados atrás das linhas inimigas, e apesar dos constantes perigos de traição e captura teve um registro espetacular, contrabandeando mais de seiscentos combatentes de volta à segurança. Porém, à luz das crescentes tensões entre o *général* de Gaulle e tanto Churchill quanto Roosevelt, era muito excepcional os serviços da linha serem colocados à disposição de um indivíduo não militar só porque De Gaulle queria que ele se juntasse às Forces Françaises Libres no quartel-general de Carlton Gardens. A razão para tão excepcional arranjo foi a recente chegada, ao quartel-general das FFL, da esposa do novo *aide-de-camp do général*, madame François Charles-Roux, *née* Fanny Zarifi, cuja xará e tia,

Fanny Vlasto Rodocanachi, e seu marido, dr. George Rodocanachi, haviam permitido que seu apartamento em Marselha fosse usado como quartel-general da linha Pat e abrigo de segurança local. Max Ophuls, viajando por sacolejantes estradas secundárias, na carroceria de um caminhão de carga debaixo de uma montanha de beterrabas, não sabia nada desses segredos. Estava pensando que a fuga podia falhar por causa do sacolejar e do peso dos sacos de beterraba que lhe quebravam as costas. A única coisa que nunca lhe passou pela cabeça foi que estava para encontrar a mulher extraordinária que viria a se tornar sua única esposa.

O nome dela era Rata Cinza. O nome verdadeiro era Margaret (Peggy) Rhodes, mas, quando foi apresentada a Max na sala de estar de George e Fanny Rodocanachi por sua conterrânea inglesa Elisabeth Haden-Guest, foi seu famoso apelido que ela usou — um nome que os alemães haviam lhe dado por conta de sua capacidade de ser evasiva. "Niccolò, mestre falsificador", Haden-Guest disse, brincando, "esta é a rata que os pegadores de rato não pegam." Max Ophuls estava perplexo com o ar de relaxamento e diversão, até de hilaridade, que dominava o apartamento preparado para combate dos Rodocanachi e logo percebeu que a orquestradora da leveza da noite era a própria Rata Cinza. Que a Rata era bela não havia dúvida, mesmo que fizesse o máximo para esconder isso. Sua cabeleira loira parecia não ser lavada havia um mês e caía-lhe atrás da cabeça como uma escova de lavar garrafas. Usava uma camisa xadrez de homem folgada que não via um ferro de passar fazia dias e que abotoava até o pescoço. Os punhos estavam abotoados também. Por baixo da camisa, calça larga de veludo cotelê e tênis de corrida. Parecia um vagabundo, Max pensou, um sem-teto abotoado que de alguma forma se infiltrara nas passagens secretas da guerra. E, no entanto, seus olhos eram imensos lagos escuros, e seu corpo, furtivamente perceptível debaixo de toda aquela camuflagem, era longo e esguio. Acima de tudo, ela possuía uma energia tão exuberante que a sala parecia pequena demais para contê-la.

"Tem sorte de ir com ela", Fanny Rodocanachi disse a Max. "Quando a luta começa, ela é igual a cinco homens." A Rata Cinza rolou de rir. "Meu Deus, Fanny querida, você sabe mesmo recomendar uma garota a um rapaz", gargalhou. "O que acha, Niccolò? Está pronto para engatinhar por baixo dos espinheiros da fronteira da Espanha, sozinho com uma garota que matou um homem com as mãos nuas?"

Tinha vinte e quatro anos, quase dez a menos do que Max e já fora casada uma vez, com um empresário marselhês chamado Maurice Liota, torturado e morto pela Gestapo um ano depois do casamento por se recusar a revelar o paradeiro dela, e que ela descrevia para Max Ophuls antes, durante e depois do casamento deles como "o amor de minha vida". Ela escapara à captura de esqui e dirigindo um carro tão depressa e com tamanha habilidade que o avião que a perseguia não conseguira detê-la. Uma vez, saltou de um trem em movimento. Outra vez, em Toulouse, foi detida em prisão, mas encarnou uma inocente dona de casa provençal com tamanha habilidade que depois de quatro dias os alemães a soltaram e nunca descobriram que tinham tido a Rata Cinza nas mãos. "Detesto a guerra", disse ela a Max naquele primeiro encontro no apartamento de segurança em Marselha, "mas ela está aí, não? Então eu não planejo absolutamente abanar meu lencinho para os homens que partem e depois ficar em casa tricotando gorros para eles."

A fuga foi bem-sucedida, aterrorizante, com escapadas por um triz tão bizarras que pareciam quase ficcionais, mas eles conseguiram. Barcelona, Madri, Londres. Nos olhos dos *passeurs* de ambos os lados da fronteira, debaixo da estudada neutralidade de expressão, Max às vezes pensava detectar uma estranha combinação de ressentimento e desprezo. *Você está indo e nós não podemos* alternado com *Você está fugindo e nós não*. Estava perturbado demais para se importar; porque no momento em que chegaram a Northolt da RAF em um avião militar britânico, Maximilian Ophuls estava apaixonado. Northolt estava envolto como sempre no vento gelado do inverno londrino; e não evitava também o lugar-comum da chuva gelada. François Charles-Roux fora enviado para encontrar o embevecido Max e um oficial da inteligência sem nome estava esperando a Rata Cinza. Os dois refugiados estavam embrulhados sobre o asfalto debaixo do chuvisco gelado e a Rata Cinza tentou se despedir, mas antes que seguissem cada um o seu caminho Max perguntou se poderia vê-la de novo. Isso a reduziu à confusão e desencadeou uma surpreendente seqüência de pés se mexendo, rubor intenso, mãos retorcidas, pequenas risadas duras pontuadas por erupções de discurso entrecortado. "Ha! Ha! Bom, não faço a menor idéia! Por que você ia querer me ver? Mas, ahn-han! Ah! Se você quer mesmo, quer dizer! Sério, sabe? Ninguém está querendo... Hahaha!... impor nada! Não que eu fosse ser uma imposição, quem sabe? Eh, eh, haha? Já que você é que está pedindo! Já que é você, ah, gentileza sua, ah" (*sopro*) "eu sou ridícula nisso! Ah, me ajude, minha mãe, tudo bem." Então, avançando para lhe dar um beijo desajeitado na face, ela pisou forte no pé dele.

O primeiro encontro deles, na Lyons Corner House, em Piccadilly, foi uma catástrofe. Margaret estava mal, de olhos vermelhos, nariz escorrendo, incapaz de controlar as lágrimas. A linha Pat havia sido traída. Um homem em quem haviam confiado, Paul Cole, cujo nome verdadeiro era sargento Harold Cole e que usava o codinome de Delobel, revelou-se um embusteiro, agente duplo e apontou com o dedo todos do grupo de Marselha. Fanny Vlasto e Elizabeth Haden-Guest escaparam, mas "Pat O'Leary" — Guérisse — foi capturado pela Gestapo e enviado para Dachau. Surpreendentemente, ele sobreviveria à tortura e viveria para ver um dia melhor e envelhecer na nova Europa que ele tanto fizera para libertar. O dr. George Rodocanachi não teve tanta sorte. Morreu em Buchenwald poucos meses depois de sua captura. "Eu vou voltar à ativa, sabe", disse a Rata Cinza, assoando o nariz ferozmente. "Vou voltar assim que conseguir obrigar que me permitam." Max queria implorar para ela ficar, mas manteve silêncio e segurou as mãos dela. Três meses depois permitiram que voltasse. A maré da guerra havia virado e a vida de Maximilian Ophuls mudou de direção também, fluindo fortemente na direção dessa mulher bonita, desajeitada, destemida, sexualmente adormecida — e, além disso, para longe da França, na direção da América, por causa da poderosa antipatia, beirando hostilidade, demonstrada pelo *général* Charles de Gaulle.

Londres nesse inverno era um coração cheio de crateras. Os rasgos da blitz estavam por toda parte, as ruas cortadas, as casas pela metade, as falhas, a falta, a falta. Não havia muitos carros na rua. Mesmo assim as pessoas continuavam com suas atividades objetivamente, como se nada tivesse acontecido, como se não fossem passar a noite em uma plataforma de metrô sem nem mesmo uma muda de roupa, como se o bem-estar de seus filhos evacuados não estivesse atormentando suas mentes. Carlton Gardens estava relativamente incólume. Charles-Roux levou Max ao escritório do *général*. De Gaulle estava de pé à janela no escritório de lambris, de perfil, como uma caricatura de si mesmo, e cumprimentou Max sem se virar. "Então: o jovem gênio de Danjon", disse. "Deixe-me dizer uma coisa, monsieur. Não questiono a avaliação de meu amigo, o vice-reitor. Suas realizações e talentos são sem dúvida notáveis.

Porém as proposições de suas teses são na maioria irrealizáveis. Algum tipo de associação européia, muito bem. Será preciso esquecer o que aconteceu e fazer as pazes com a Alemanha. Isso, sim. Tudo o mais que o senhor propõe é um lixo bárbaro que nos entregará, de mãos amarradas e amordaçados, ao poder dos americanos, o que quer dizer uma nova servidão imediatamente depois de uma velha. Isso eu jamais permitirei." Max ficou em silêncio. De Gaulle também parou de falar. Depois de um momento, Charles-Roux tocou o cotovelo de Max e levou-o para fora da sala. Quando saíram, ouviram De Gaulle, ainda colocado à janela com as mãos às costas, fazer a observação: "Ah, quando eles souberem os palitos quebrados que tive de usar para liberar a França!".

"Você tem de entender que Roosevelt está tratando De Gaulle como um nada", Charles-Leroux disse ao sair pela porta do *général*. "E Churchill também mostra respeito insuficiente. Muitos, mesmo no corpo diplomático francês, se colocaram contra uma grande aproximação com a FFL. Roosevelt se livraria do *général*, se pudesse. Ele prefere, por exemplo, Giraud." Max teve pouco contato com De Gaulle depois desse dia. Foi posto a trabalhar no setor de propaganda, escrevendo mensagens para serem despejadas na França, traduzindo textos alemães, enchendo o tempo, esperando as noites e a Rata.

Porchester Terrace, em Bayswater, despido de seus tradicionais portões e cercas pelas exigências da indústria bélica, como todas as ruas desnudadas de Londres, escondia sua nudez no fog de inverno. Max estava vivendo no porão de uma casa que pertencia ao irmão de Fanny Rodocanachi, Michel Vlasto. Um grande trecho da escada havia sido destruído por uma bomba de fósforo e a casa tinha um cheiro forte de queimado. Para subir e descer era preciso abraçar a parede. Em toda parte a vida tinha buracos, era um livro com páginas arrancadas, amassadas, jogadas fora. "No tem 'portância, ahn", disse a empregada indiana de Vlasto, mrs. Shanti Dickens, uma mulher grande que usava uma boina imensa, casaco verde folgado e botas de amarrar. Mrs. Dickens era uma pessoa de tamanho apetite que mascava a própria linguagem. "Ninguém 'tando ferido, iss' qu'interess', noé?" Ela apontou um balde de areia. "Tem um em cada andá. Porrón, térr', primer' andá, tudos. Caso de necessidá." Mrs. Dickens era capaz de recitar de memória as notícias de crimes do jornal de domingo. " 'Le picó ela pedacinhos, sir, 'magine", dizia, com grande prazer. "Muito horível, sir, noé? Quem sabe 'tá 'gora comend' ela com tchá."

A Rata ia visitá-lo sempre que podia, lutando com o blecaute e o fog verde, tomando cuidado para manter a lanterna virada para baixo. Nas noites em que ela não aparecia, Max sentava-se sozinho com seu sobretudo junto a um aquecedor de uma única barra, amaldiçoando o destino. A depressão que estava sempre à espreita nos cantos de sua cabeça saltava para o meio da sala, usando o frio e a solidão como combustível. Traição era moeda corrente desse tempo. Os americanos desprezavam a França Livre porque acreditavam que a organização tinha traidores de Vichy infiltrados e os britânicos reagiram infiltrando Carlton Gardens com informantes britânicos também. George Mathieu, Paul Cole. Seus amigos se tornavam seus matadores. Se você confiava demais, com muita facilidade, você morria. Porém, que tipo de vida era possível sem confiança, como podia haver alguma profundidade ou alegria nas relações humanas sem isso? "Esse é o prejuízo que vamos todos levar para o futuro", Max pensou. Desconfiança, a expectativa do engano: essas eram as crateras em cada coração.

"Se nós sobrevivermos a isto, Ratty, nunca vou trair você", ele jurou alto em seu quarto solitário. Mas ele traiu, claro. Ele não a matou, mas passou a vida remexendo as feridas de suas infidelidades no coração dela. E aí veio Boonyi Kaul.

A difícil verdade era que Margaret "Peggy" Rhodes era uma péssima amante. Não punha o coração naquilo. Havia sido moldada pela Resistência e não tinha nenhum conceito das alegrias de ceder. Maximilian Ophuls tentou cuidadosamente, e sem parecer didático, escolá-la e durante breves períodos ela pareceu disposta a aprender, mas não tinha paciência para isso, queria apenas acabar logo para poderem conversar, se aconchegar e se comportar nus exatamente como pessoas completamente vestidas: não como amantes, mas como amigos. Sempre tivera "libido baixa", confessou. Mas insistia que o amava. Abraçada forte nele debaixo dos cobertores xadrezes daquele porão de inverno, ela jurou que nunca havia sido tão feliz e que o resultado disso é que agora tinha medo de morrer. Contou também que era estéril. "Quer dizer, faz alguma diferença? Tudo acabado? Porque com uma porção de sujeitos seria o fim, sabe? Sem chance de bebês, a droga da coisa toda vai para a droga do ralo. Ha! Aha! Hahaha!" Ele respondeu, surpreso consigo mesmo, que não tinha importância. "Tudo bem, ótimo", ela disse. "Mudar de assunto? Tudo bem? O sujeito que encontrou comigo em Northolt, lembra dele? Um recruta M19? Quer trocar uma palavra com você. Quer dizer, eu sou só a mensageira. Nenhum problema de lado nenhum. Mas posso marcar."

O encontro com o oficial da inteligência, cujo nome era Neave, aconteceu uma semana depois, no Metropole Hotel, na Northumberland Avenue. "Eu mesmo fui resgatado pela linha Pat, sabe", disse o inglês à guisa de apresentação. "Então somos formados pela mesma escola, por assim dizer." Max Ophuls estava pensando em como era quente ali no Metropole e que qualquer um estaria pronto a fazer qualquer coisa para ficar quente assim. Será que teria recusado a proposta feita por Neave aquele dia se tivesse acontecido em uma sala fria e ventosa? Seria tão baixo assim? "... Em resumo, queremos você a bordo", Neave estava terminando. "Mas isso não quer dizer que você tem de desertar. Grande decisão, sabe. Você provavelmente vai precisar pensar. Vá em frente. Cinco minutos. Dez." Assim que ouviu a proposta, Max Ophuls entendeu que não ia recusar. O britânico, falando com conhecimento e apoio dos americanos, *o queria a bordo*. Seu modo de pensar era *em cima da mosca* e a comunidade mundial estava entrando na linha mesmo que o grosso *général* de nariz grande não estivesse. Os alemães iam perder a guerra. O futuro ia ser construído em New Hampshire ao longo de três semanas de julho, em um lugar chamado Bretton Woods. Delegados de, talvez, quarenta e tantas nações iam se reunir com seus "cientistas", seus "intelectuais", seus "sonhadores", para moldar a recuperação pós-guerra da Europa e abordar os problemas de taxas de câmbio instáveis e políticas comerciais protecionistas. Maximilian Ophuls era uma *peça-chave no quebra-cabeça*. Havia uma cadeira universitária para ele, em Columbia, muito provavelmente, e uma bolsa Oxbridge. "Mãos dadas sobre o mar", Neave disse. "Consideramos você um dos principais. Não tem de ser afiliado a uma delegação nacional. Precisamos de você para orientar grupos de trabalho, fazer o trabalho de fundo, nos dar estruturas que fiquem em pé."

O futuro estava nascendo e ele estava sendo chamado a ser a parteira. Em vez da fraqueza de Paris, do esgotado castelo de cartas da velha Europa, ia construir um arranha-céu de ferro e aço da próxima grandeza. "Não preciso de tempo", respondeu. "Conte comigo." Sentiu como se tivesse recebido e aceitado uma proposta de casamento de um pretendente inesperado, mas infinitamente desejável, e sabia que a França, a noiva escolhida para ele por parentesco e por sangue, a França com quem um casamento fora arranjado no dia de seu nascimento, poderia nunca perdoá-lo por deixá-la no altar. Certamente Charles de Gaulle não perdoaria. Nessa noite, embrulhado com Peggy Rhodes debaixo das cobertas de sua cama no piso ligeiramente inclinado do apartamento de porão de Porchester Terrace, ele fez uma proposta de casamento pessoal. "Quer casar comigo, Ratty?" Ao que ela respondeu: "Ooh. Ooh. Ooh. Ooh, sim, Moley, quero."

Ele encontrou Neave de novo, no começo dos anos 80, época em que Max Ophuls retomou o mundo secreto enquanto o antigo oficial da inteligência tornara-se membro do Parlamento e íntimo confidente da primeira-ministra Thatcher. Os dois tomaram um drinque no terraço do palácio de Westminster e conversaram sobre os velhos tempos. Logo depois da conversa, Airey Neave explodiu em pedaços, vítima de uma bomba do IRA quando saía de carro do estacionamento da Câmara dos Comuns. A traição não tinha fim. Sobrevive-se a uma trama, mas a próxima nos pega. O ciclo de violência não se rompera. Talvez fosse endêmico da espécie humana, uma manifestação do ciclo da vida. Talvez a violência nos mostrasse o que realmente significamos ou, pelo menos, talvez fosse simplesmente o que fazemos.

Em abril de 1944, a esposa recém-casada de Max Ophuls, Rata Cinza, foi lançada de pára-quedas sobre Auvergne. A missão dela era localizar bandos de maquis e levá-los até as armas e munições que estavam sendo lançadas pela RAF dia sim, dia não. Depois, ela precisava ajudar a organizá-los para o levante armado que devia coincidir com os desembarques na Normandia. Como parte desse processo de preparação, ele liderou um raide da Resistência contra o quartel-general da Gestapo em Montluçon e atacou também uma fábrica de armas alemã. Aí chegou o 6 de junho, era o Dia D, a Hora H, o Minuto M, e ela ficou no solo para combater ao lado da MUR, cujo momento havia muito esperado finalmente chegara. Quando Maximilian Ophuls partiu para a conferência de Bretton Woods no final de junho, não tinha como saber se a Rata estava viva ou morta. Conforme temia, as FFL haviam sido instruídas por seu líder a tratá-lo como um pária, um quase traidor. Sua deslealdade nunca foi perdoada. Nenhuma informação chegaria a ele dessa direção. No fim, foi através de mrs. Shanti Dickens que a informação veio, por telefone. "Sir! Sir! Mister Max, noé? É, sir! Tudo bem! Carta, mister Max, de missis Max! Eu abro, sir? Sim, sir! O.k.! Missis Max 'tá muito boa, sir! Ela ama senhor, sir! Hurra! 'Tá pergunta naonde porra que senhor foi? O.k.? Tudo bem, sir! Hurra!"

Em 26 de agosto, um dia depois da libertação de Paris, De Gaulle marchou pelos Champs-Élysées com representantes do movimento França Livre e membros da Resistência. Uma inglesa marchou com os franceses nesse dia. E, em 27 de agosto, mrs. Max, Margaret Rhodes, a Rata Cinza, voou para Nova York e os Ophuls começaram a sua vida de casados americana.

Quase vinte e um anos depois, na véspera de partir com seu marido para Nova Delhi, mrs. Margaret Rhodes Ophuls sonhou que depois de longas décadas estéreis finalmente ficava grávida e tinha um filho na Índia. O bebê era bonito e peludo com uma longa cauda curva, mas ela não conseguia amá-lo e quando o colocava ao seio ele mordia o bico dolorosamente. Era uma menina e, mesmo que seus amigos ficassem horrorizados de vê-la ninando uma rata preta, ela não se importava. Havia sido uma rata também, mas acabara se tornando humana, não é mesmo?, hoje em dia lavava o cabelo, usava roupas elegantes, quase nunca torcia o nariz, nem corria pelo lixo, nem fazia nada de rato, e sem dúvida aconteceria a mesma coisa com sua filhinha, sua Ratetta. E ela agora era mãe, então, se apenas se portasse como se amasse de fato Ratetta, seu amor provavelmente começaria a fluir, devia ser apenas alguma espécie de bloqueio temporário. Algumas mães tinham problemas para amamentar, não tinham?, o leite não descia, então, ela estava tendo o mesmo tipo de problema com o amor. Afinal, já estava no meio da década dos quarenta e o bebê lhe chegara tarde na vida, então era de se esperar que houvesse alguns problemas incomuns. Não era nada sério. *Ratetta, doce Ratetta*, ela cantava no sonho, *quem poderia ser melhor que você?*

Não contou sua visão ao marido. Nessa época, ela e o embaixador Maximilian Ophuls praticamente levavam vidas separadas. Porém mantinham uma fachada pública. As memórias de Max haviam transformado sua história de amor do tempo da guerra em propriedade pública, não haviam?, e o livro permanecera na lista dos mais vendidos durante dois anos e meio, então como poderiam não continuar sendo a coisa que havia lhes dado o salto para a imortalidade? Pois eles eram, e isso havia duas décadas, "Ratty e Moley", o casal dourado cujo beijo em Nova York ao final da grande batalha tornara-se para uma geração uma imagem, a imagem-ícone do amor vencendo tudo, da eliminação de monstros e das bênçãos do destino, do triunfo da virtude sobre o mal e da vitória do melhor da natureza humana sobre o pior. "Se nós tentássemos nos separar — Ha! Hoho! — seríamos provavelmente — não seríamos? — linchados", ela uma vez dissera a ele, escondendo o coração partido debaixo do estoicismo entrecortado. "Sorte, então, eu realmente — he-he-he! — não acreditar na *droga* do *divórcio*."

Assim, a ficção do romance eterno foi mantida, impecável da parte dela, pecável ao extremo da dele. Ela mantinha tabelas, porém. Era uma mulher rica então. Desde a morte dos pais, entrara na posse de impressionantes porções de terra de cultivo de primeira em Hampshire, além de substanciais vinhedos de vinho do Porto no Douro. Isso lhe dava os recursos para financiar suas investigações, nas raras ocasiões em que seus velhos contatos do mundo das sombras apareciam de mãos vazias. Conseqüentemente, sabia o nome de todas as mulheres que seu marido seduzira, cada adoradora pós-graduanda da faculdade, cada assistente disposta a ser pesquisada, cada beldade devassa da alta sociedade e cada vagabunda de festas da baixa, todas as tradutoras simultâneas bilíngües em suas conferências internacionais, cada puta de verão do East End que ele comia na residência deles em South Fork, pendurada nos altos arborizados deixados para trás pelas geleiras que recuavam, as terras altas da moraina terminal. Na maioria dos casos, ela havia obtido também o endereço residencial e os números de telefone que não constavam da lista. Nunca havia entrado em contato com nenhuma dessas mulheres, mas dizia a si mesma que gostava de ter a informação, que preferia saber. Era uma mentira que pregava em si mesma. Os nomes das mulheres retorciam dentro dela como facas, os endereços, números de apartamentos, códigos postais e números de telefone queimavam buracos em sua memória como pequenas bombas de fósforo.

Mas ela achava difícil culpar apenas Max. À medida que a guerra recuava no passado, recuavam também suas urgências sexuais. Seu interesse nesse assunto, sempre superficial e intermitente, pareceu murchar em botão. "Que o coitado vá procurar em outro lugar se precisa", ela dizia a si mesma, sombria, "contanto que não me esfregue isso na droga do meu nariz. Assim posso continuar com minha leitura e minha jardinagem, sem perder tempo com toda aquela lengalenga pegajosa." Dessa forma, fechava os olhos para os sentimentos reais com tamanha eficiência que, quando a depressão a assolou, como assolava periodicamente, fazendo com que caísse em prantos sem aviso e sofrendo inexplicáveis ataques de tremores, não conseguia entender por que estava tão desgraçadamente infeliz. No avião para a Índia, com o grande homem a seu lado, ela se permitiu pensar: "Ora bolas, é uma fantástica história de amor, a nossa. Nada convencional, garanto; mas também, o que é convencional quando se olha de fato as coisas? Levante a tampa de qualquer vida e ela é estranha, borbulhante; por trás de toda porta doméstica sossegada o idiossincrático e o estranho estão à espreita. Normalidade, esse é que é o mito. Os seres humanos não são normais. Max e eu, voando alto, e ainda de mãos dadas depois de vinte anos. Não está tão esfarrapado afinal. Nada mau mesmo". Ela então fechou os olhos e lá estava a visão de novo, a rata da meia-noite empinada nas pernas traseiras, implorando amor, chamando-a de *mãe* com a voz aguda de Ratetta. Na Índia, ela decidiu, ia trabalhar bastante com órfãos. Sim: as crianças sem mãe da Índia iam descobrir que tinham nela uma boa amiga. Talvez fosse esse o sentido do sonho.

"Eles gostavam de Galbraith", dizem que Lyndon Johnson disse a Dean Rusk, "então vá em frente e mande para eles mais um professor liberal, mas não deixe esse agora virar nativo contra nós." Quando o secretário Rusk chamou Maximilian Ophuls, imediatamente depois da guerra indo-paquistanesa de 1965, e lhe ofereceu a embaixada da Índia, Max compreendeu que estivera esperando o chamado, esperando sem saber que esperava e que a Índia, que nunca havia visitado, poderia se revelar, senão o seu destino, pelo menos o destino a que a labiríntica jornada de sua vida levava o tempo todo. "Precisamos que parta imediatamente", Rusk disse. "Aqueles cavalheiros indianos estão precisando de uma boa surra americana e acreditamos que você seja exatamente a pessoa para dar isso a eles." Em sua clássica pesquisa *Por que os pobres são pobres*, Max Ophuls usara a economia da Índia, da China e do Brasil como estudos de caso e no muito discutido último capítulo do livro propusera um meio pelo qual esses "gigantes adormecidos" podiam despertar. Foi talvez a primeira vez que um grande economista ocidental analisou seriamente o que veio a ser conhecido como "colaboração Sul-Sul" e Max, ao desligar o telefone naquela noite úmida de Manhattan — era fim de setembro, mas o verão não acabava —, se perguntou em voz alta por que um acadêmico que acabara de publicar um modelo teórico de como as economias do Terceiro Mundo podiam florescer aprendendo a contornar o dólar americano devia representar os Estados Unidos em um desses países do Sul. Sua esposa, a Rata, sabia a resposta para isso. "Glamour, querido, glamour. Ha! Não entendeu, não, bobo? Todo mundo gosta de uma estrela."

A América não sabia o que fazer com a Índia. Johnson gostava do ditador do Paquistão, o marechal-de-campo Mohammed Ayub Khan, a tal ponto que estava até disposto a fechar os olhos para a crescente intimidade do Paquistão com a China. "Uma esposa pode entender uma escapada de sábado à noite do marido, contanto que ela seja a esposa", ele disse a Ayub, em Washington. Ayub riu. Claro que a América era a esposa, como o presidente podia duvidar disso? Aí, ele voltou para casa e estabeleceu laços ainda mais próximos com a China. Rusk, enquanto isso, era abertamente hostil aos interesses indianos. Foi o período em que a desvalorização da rúpia indiana e a crise nacional de alimentação haviam colocado a Índia na humilhante posição de dependente dos suprimentos americanos. Esses suprimentos, porém, demoravam a chegar e B. K. Nehru, embaixador da Índia nos Estados Unidos, teve de enfrentar Rusk a esse respeito: "Por que está tentando nos matar de fome?". A resposta foi igualmente franca: porque a Índia está recebendo armas da União Soviética. Antes de partir para Nova Delhi, Max visitou Rusk em Foggy Bottom e se viu como receptor de uma extensa invectiva antiindiana na qual Rusk não só se opôs à linha indiana na Caxemira, mas criticou também as anexações de Hiderabad e Goa, e o apoio verbal de diversos líderes indianos ao governo do Vietnã do Norte. "Professor Ophuls, estamos em guerra com esse cavalheiro, Ho Chi Minh, e o senhor fará a gentileza de deixar claro para as autoridades indianas que o amigo de nosso inimigo só pode ser nosso inimigo." Foi por isso que, depois do incidente em que Radhakrishnan pegou sua mão, Max Ophuls disse a Margaret que a súbita popularidade provavelmente teria curta duração. "Se eu dançar pela música de Rusk", disse, "logo vão começar a atirar coisas em cima da gente."

Quando expressou um desejo de ir imediatamente para a Caxemira, o ministro do Interior indiano Gulzarilal Nanda colocou-se fortemente contra: as preocupações com segurança eram muito grandes, sua integridade não podia ser garantida. Então, pela primeira vez na vida, Max Ophuls exercitou o poder dos Estados Unidos da América. "A natureza do poder dominador é tal", escreveria ele mais tarde em *The man of power* [O homem de poder], "que o homem poderoso não precisa aludir a seu poder. A realidade dele está presente na consciência de todo mundo. Assim, o poder faz seu trabalho em segredo e os poderosos podem subseqüentemente negar que sua força jamais foi usada." Em questão de horas, Nanda foi destituído pelo escritório do primeiro-ministro Shastri e a visita a Caxemira recebeu luz verde.

Cinco dias depois, o embaixador Maximilian Ophuls, com protetores de orelhas de pele, colete à prova de balas e chapéu duro, estava parado no que então se chamava linha do cessar-fogo e mais tarde seria conhecida como Linha de Controle. Toda a sua vida de repente pareceu absurda. A mansão da Belle Époque de Estrasburgo, o chalé em Gergovie, o porão de Porchester Terrace, o píncaro econômico em New Hampshire, o apartamento de décimo primeiro andar na Riverside Drive e até a Roosevelt House, a espaçosa e recentemente terminada residência do embaixador construída pelo meio elogiado, meio depreciado Edward Durrell Stone no enclave diplomático Chanakyapuri da capital indiana... tudo isso se apagou. Durante um longo momento, Max libertou-se de todos os seus diferentes eus, o brilhante jovem economista, advogado e estudante de relações internacionais, o mestre falsificador da Resistência, o ás da pilotagem, o sobrevivente judeu, o gênio de Bretton Woods, o autor de best-seller e o embaixador americano encasulado na casa de poder. Parou, sozinho e como se estivesse sem roupa, apequenado pelo alto Himalaia e despido de compreensão pela escala da crise feita carne, os dois exércitos congelados se encarando através da fronteira explosiva. Então sua história voltou a se afirmar e ele tornou a vestir a roupa conhecida — em particular a história de sua cidade natal e as chibatadas da fronteira franco-alemã sobre as vidas de seus povos. Tinha trilhado um longo caminho, mas talvez não tivesse chegado muito longe. Haveria dois lugares mais diferentes?, perguntou a si mesmo; haveria dois lugares mais iguais? A natureza humana, a grande constante, certamente persistia independentemente de todas as diferenças superficiais. Uma fronteira serpenteante fizera dele o que era, viu-se pensando. Teria vindo até ali, a uma outra zona instável e crepuscular, para ser desfeito?

O ministro do Exterior Swaran Singh tocou seu braço. "Já basta", disse ele. "Realmente não é seguro ficar aqui parado durante muito tempo."

Durante o resto da vida, Max Ophuls lembraria aquele instante durante o qual a forma do conflito da Caxemira parecera grande e estranha demais para a compreensão de sua mente ocidental, e o sentido de urgente necessidade com que havia envolvido sua própria experiência em torno de si, como um xale. Estivera tentando entender ou fechar os olhos ao seu fracasso em fazê-lo? Sua mente encontrava semelhança no diferente a fim de esclarecer o mundo ou a fim de obscurecer a possibilidade desse esclarecimento? Ele não sabia responder. Mas era uma pergunta e tanto.

Começara a procurar aliados em Washington e encontrara alguns: um conselheiro da Segurança Nacional, McGeorge Bundy, seu sucessor Walt Whitman Rostow e o homem que sucederia Max em Nova Delhi depois do escândalo, Chester Bowles. Bundy descobriu que a relação Ayub—China era "significativamente mais próxima" do que ambos admitiam e advertiu Johnson de que a Índia, a "maior e potencialmente mais poderosa nação asiática não comunista", era "o grande prêmio da Ásia", e que, devido ao fato de os Estados Unidos entregarem setecentos milhões de dólares em ajuda militar ao Paquistão, corriam o risco de perder esse prêmio. O rabo estava sacudindo o cachorro. Rostow concordou. "A Índia é mais importante que o Paquistão." E Bowles argumentou que a recusa da América em armar a Índia havia empurrado o falecido Jawaharlal Nehru, e agora Lal Bahadur Shastri, para os braços dos russos. "Só quando ficou claro que não estávamos dispostos a dar essa assistência à Índia foi que a Índia se voltou para a União Soviética como sua fonte principal de equipamento militar." Johnson continuava relutante em favorecer a Índia. "Devíamos nos afastar da ajuda militar tanto à Índia quanto ao Paquistão", ele replicou. Porém, os contatos de Max Ophuls em Washington insistiram para que discutisse com urgência, com total prioridade, o que a Índia mais queria: comprar jatos supersônicos americanos em números significativos e em termos vantajosos. Sentados em tapetes e almofadas no abrigo de caça de Dachigam, rindo e bebendo nos intervalos entre os atos da peça que estava sendo representada pelos bhand de Pachigam, o embaixador Maximilian Ophuls, o "judeu voador", o homem que havia pilotado o Bugatti Racer para a segurança, murmurava para a delegação do ministro do Exterior indiano as várias maneiras como talvez fosse possível estruturar um acordo pelos jatos de alta velocidade. Então Boonyi Kaul Noman apareceu para dançar e Max entendeu que seu destino indiano teria pouco a ver com política, diplomacia ou venda de armas e tudo a ver com os muito mais antigos imperativos do desejo.

182

Assim como Anarkali dançando sua dança de feiticeira no Sheesh Mahal, o salão de espelhos da corte mughal, havia conquistado o coração do príncipe Salim, assim como a dança de Madhubala no filme de sucesso havia enfeitiçado milhões de homens de queixo caído, também Boonyi no abrigo de caça de Dachigam entendeu que sua dança estava mudando sua vida, que o que estava nascendo nos olhos do desatinado embaixador americano era nada menos que seu próprio futuro. No momento em que ele se pôs de pé e aplaudiu forte e prolongadamente, ela entendeu que ele encontraria um meio de levá-la com ele e que tudo o que lhe restava era fazer uma simples escolha, um simples ato de vontade, sim ou não. Então os olhos dos dois se encontraram, incendiaram a resposta e o ponto sem volta foi ultrapassado. Sim, o futuro viria para ela, um mensageiro descendo do céu para informar a uma simples mortal a decisão dos deuses. Só precisava esperar e ver que forma o mensageiro assumiria. Juntou as palmas das mãos, tocou as pontas dos dedos no queixo, olhou e depois inclinou a cabeça para o homem de poder e teve a sensação, ao deixar a presença dele, de que não estava saindo do palco, estava entrando no maior palco que jamais tivera a oportunidade de pisar, que sua apresentação não estava terminando, mas começando, e que não terminaria enquanto não se esgotassem os dias de sua vida. Dependia dela garantir que sua história tivesse um final melhor que o da dançarina da corte. O castigo de Anarkali pela temeridade de amar um personagem da realeza fora ser emparedada. Boonyi tinha visto o filme, no qual os cineastas haviam encontrado um jeito de permitir que a heroína vivesse: o imperador Akbar se abrandava e mandava construir um túnel por baixo da tumba para permitir que Anarkali escapasse para o exílio com sua mãe. Uma vida de exílio não era muito melhor que a morte, Boonyi pensou. Era a mesma coisa que ser emparedada, só que em um túmulo maior. Mas os tempos haviam mudado. Talvez na segunda metade do século xx fosse permitido a uma dançarina faturar um príncipe.

O assistente da embaixada Edgar Wood, de cabelo escorrido, alto, pálido e magro, com uma pinta permanente na face direita para insinuar sua ridícula juventude e uma débil sombra de bigode Zapata para confirmá-la, era um ex-estudante de graduação de relações internacionais em Columbia que acompanhara Max à Índia por insistência especial do embaixador. A razão para isso não era nem o brilhantismo, nem a industriosidade de Wood (embora fosse efetivamente inteligente e aprendesse depressa, conhecido em Columbia como Eager Wood, o "Ambicioso Wood", apelido que o levou à embaixada). Não, a razão pela qual Wood era indispensável era que ele faria qualquer coisa que o embaixador precisasse e ficaria de boca fechada a respeito. Não era fácil encontrar um perfeito organizador, um mensageiro leal, um manipulador impecável, mas sem uma pessoa assim era impossível para um homem na vida pública levar qualquer tipo de vida que a natureza de Max Ophuls o impelisse a levar. Ele tinha o seu próprio apelido para Wood; a seus olhos, o rapaz não era tanto um "Eager", porém mais um "Beaver", um castor, um trabalhador empenhado; mas evidentemente nunca lhe disse isso. Na primeira vez que puxou o assunto de seus encontros com mulheres e sua necessidade de um assistente discreto, Beaver Wood se ofereceu imediatamente. "Só uma pergunta, sir", ele disse a Max. "O senhor tem dor nas costas?" Max ficou intrigado. Não, respondeu, não tinha nada nas costas. Wood sacudiu a cabeça, aprovando, aparentemente aliviado. "Excelente", disse. "Porque sexo demais e dor nas costas foram as razões de o presidente ter sido assassinado."

Era estranho, Max pensou, e também evidente que Wood era um sujeito mais interessante do que sua aparência crua e juvenil achara jeito de revelar. "A cinta, sir", Wood explicou. "Kennedy já tinha as costas ruins, mas ficou tão pior de ele tanto trepar por aí que teve de passar a usar a cinta o tempo inteiro. Ele estava de cinta em Dallas e foi por isso que não caiu quando levou o primeiro tiro. Ficou ferido e dobrou o corpo para a frente, mas a cinta fez ele se sentar de novo, boing, e aí a segunda bala explodiu a parte de trás da cabeça dele. Entende o que estou dizendo, professor?, talvez se ele fizesse menos sexo, talvez não estivesse usando a cinta e aí, nada de boing, teria caído de frente depois de ser ferido; a primeira bala não foi fatal, lembre bem, e ele não estaria, como dizem, *disponível* para o segundo tiro, e Johnson não seria presidente. Tem uma moral aí em algum lugar, acho, mas como o senhor não tem dor nas costas, professor, não se aplica ao senhor."

No abrigo de caça de Dachigam, Max Ophuls, reclinado em tapetes e almofadas, encostou-se para trás, para longe do ministro do Exterior indiano, e cochichou para Edgar Wood. "Descubra os detalhes dela", disse. Wood respondeu: "Sir, acredita-se que foi sepultada em Lahore, Paquistão, e que seu nome verdadeiro era ou begum Nadira ou Sharf-un-Nissa. O príncipe Salim deu a ela o nome amoroso de Anarkali, que quer dizer 'botão de romã', é isso, sir." Max franziu a testa. "Não a droga do personagem, Wood. Não a maldita figura histórica apócrifa." Wood sorriu. "Já estou indo, sir. Estava só brincando com o senhor." Max tolerava essa ousadia. Era um preço pequeno a pagar pelos serviços que Wood prestava sem reclamar, até com entusiasmo. Voltou-se para Swaran Singh, um homem de fala mansa e hábitos simples, cujo charme e erudição eram tão grandes quanto os de Max e de quem Max começara a gostar muito. Swaran queria expor sua própria reação ao número de dança. "Como sabe, Akbar era incrivelmente tolerante com o hinduísmo", disse. "Na verdade, a própria esposa dele, Jodhabai, mãe de Salim, se manteve hindu praticante ao longo de todo o casamento. Interessante é que na diferença de classe é que ele colocava o limite. Sugere que, como povo, a ordem social importa mais para nós do que a crença religiosa. Como os ingleses, não? Não é de admirar que a gente se dê tão bem." Max riu, como era conveniente. "Por sinal", acrescentou Swaran Singh, conhecido por sua estrita retidão moral, mas também como homem sábio que conhecia a eficácia de uma tática de choque, "o senhor por acaso notou os seios daquela jovem?" Soltou uma alta gargalhada que Max, em função das relações indo-americanas, sentiu necessidade de imitar. "Tesouros nacionais", respondeu a sério, usando muito autocontrole para esconder sentimentos mais profundos, mas temendo que Swaran tivesse notado a poderosa reação involuntária que estava tentando pescar. "Partes integrantes da Índia", acrescentou, por precaução. Isso despistou Swaran Singh de novo. "Embaixador", riu o ministro do Exterior, "estou vendo que com o senhor como nosso guia, a nova Índia vai se tornar mais pró-Ocidente do que nunca antes."

Depois que Peggy Ophuls, sozinha no apartamento de Nova York, atendeu seu telefone e ouviu de um de seus informantes que Edgar Wood estava escalado para ser transferido para a Índia, seu coração disparou e ela atirou com toda a força o copo alto de Pellegrino que estava segurando na direção geral de "ZOOMMM!!!", o retrato em cinemascope de seu marido pilotando o Bugatti Racer que havia encomendado a Lichtenstein como presente de amor e que estava pendurado, quando não emprestado para esta ou aquela grande galeria, em uma longa parede da sala de estar de seu espaçoso apartamento na Riverside Drive. Era tal sua agitação que o copo passou longe da grande pintura e se espatifou na parede branca à direita da tela sem proteção. Ela deixou os cacos onde caíram, cerrou os punhos e controlou-se. Melhor um cáften conhecido, disse a si mesma, furiosa. Se Wood tivesse ficado na América, seu marido teria sem dúvida encontrado outro pequeno ajudante, e durante algum tempo Margaret não teria sabido quem estava arranjando a ação sem a qual Max Ophuls aparentemente não conseguia viver e que ela, por essa época, estava enfaticamente decidida a não prover. Nem Max nem Edgar faziam a menor idéia de que ela sabia sobre eles — que ela sabia *tudo*, que ela sabia onde estavam todos os corpos — não enterrados — ha! aha! — qual era a palavra certa? — é! *deitados*, que ela sabia *em detalhe* onde todos os malditos malditos malditos corpos eram muito bem e efetivamente deitados, que ela havia tomado isso como encargo seu, que estava em posição de, que um desses dias, por Deus, ela iria, que qualquer mulher na sua situação — e ela já havia matado um homem uma vez! — tinha o direito de, de. De *uma maldita vingança*.

A sedução de Boonyi Kaul Noman — ou, mais precisamente, a sedução de Max Ophuls por Boonyi — levou tempo. Mesmo para um homem com as aptidões excepcionais de Edgar Wood não foi fácil arranjar um encontro particular do embaixador americano com uma dançarina caxemirense casada. Ao final das festividades no abrigo de caça de Dachigan, Wood anunciou o desejo do embaixador de agradecer pessoalmente àqueles que haviam proporcionado uma noite tão adorável e vieram todos em grupo, os poetas e tocadores de santoor, os atores e cozinheiros. Max se deslocou no meio deles com um intérprete e a sinceridade de seu interesse e preocupação tocou a todos com quem conversou. A certo ponto, casualmente, como se não fosse esse o objetivo de todo o exercício, ele se voltou para Boonyi e elogiou sua habilidade. "Um talento como o seu", disse ele, "deve com certeza procurar avanço e desenvolvimento." O intérprete traduziu e Boonyi, com os olhos modestamente baixos, sentiu uma brisa no rosto, como se uma porta se abrisse e o ar do mundo exterior estivesse entrando. Ela disse a si mesma que paciência era tudo agora. Você agora tem só de sentar e esperar o que virá.

"Pergunte o nome dela", Max Ophuls pediu ao intérprete. "Boonyi", o sujeito respondeu. "Ela disse que é o que ela prefere, como se diz, o nome de opção. Na verdade, o nome dela mesmo é Bhoomi, a terra, mas os amigos estão chamando por esse cognome de Boonyi, sir, que é a árvore amada da Caxemira." "Entendo", disse Max, "um nome para os estranhos e um apelido para os amigos. Pergunte a ela então, a Bhoomi, a terra, ou Boonyi, a árvore amada, como dançarina, na carreira dela como dançarina, o que ela quer?" Não havia nada pessoal nem na voz, nem na maneira dele, nenhum sinal de impropriedade. A resposta dela foi igualmente cortês, sem nenhuma intenção, uma polidez neutra. "Boonyi diz que ela é primeiro Boonyi", o intérprete traduziu, "e segundo que agradar ao senhor é o que basta." Max Ophuls viu Swaran Singh olhar para a multidão na sala com um vago sorriso no rosto, o mais inocente dos sorrisos, um sorriso suave, bem isento de malícia.

Max afastou-se de Boonyi e não olhou mais na direção dela a noite inteira. Porém, conversou prolongadamente com Abdullah Noman, fez perguntas cuidadosas sobre as condições econômicas do vale, descobriu sobre o declínio da fortuna do bhand pather, expressou um fascínio com suas antigas habilidades herdadas que não precisou fingir. Logo, Abdullah mordeu a isca, como Max sabia que morderia. "Ele, chefe de Pachigam, sir, está dizendo que seria maior honra da vida para ele se um dia o senhor desse o privilégio para a aldeia dele", disse o intérprete. "Será maior privilégio da vida dele o senhor ver apresentações completas de peças tradicionais e modernas e, se houver interesse, o senhor ver também como técnicas et cetera são refinadas. Cozinha também, cozinheiros wazwaan desta noite são todos daquela aldeia apenas." Nesse ponto Edgar Wood interferiu, todo pressa e negócios. "Os compromissos do embaixador não permit..." Max deu uma palmadinha no braço do empenhado e jovem assistente. "Edgar, Edgar, estamos só conversando", disse. "Quem sabe? Pode ser que um dia até o embaixador americano tenha um momento livre."

Depois de um encontro coreografado com tanto sucesso, Max Ophuls voltou para Delhi, ao fresco e espaçoso *palazzo* em estilo Novo Formalista, com sua decoração modernista cercada por mosaicos de treliças de pedra branca, onde ele agora vivia. Andou em volta do espelho d'água cercado de fontes e, igual a Boonyi Noman, esperou. A esposa do embaixador, enquanto isso, estava quase sempre ausente da residência diplomática. Transformada em seu novo personagem Peggy-Mata, a mãe dos sem-mãe, embarcara em uma excursão nacional sem escalas pelos orfanatos indianos e de vez em quando mandava para Max um bilhete dizendo coisas como *Estas crianças são tão bonitas que eu queria simplesmente pegar um punhado delas e levar para casa*. Seu sucesso no levantamento de fundos na América e na Europa para melhoria das condições dos orfanatos por toda a Índia aumentou a popularidade do casal. "Talvez devêssemos considerar Peggy-Mata o verdadeiro embaixador dos Estados Unidos", sugeriu o editorial de um jornal, "e mr. Ophuls como seu charmoso e elegante consorte." Junto ao editorial havia uma grande foto de Peggy Ophuls ao lado de um belo e jovem padre católico, padre Ambrose, cercada pelas meninas sorridentes de um orfanato, o Orfanato para Meninas de Rua Incapacitadas & Abandonadas Sagrado Amor da Índia Evangalática, em Mehrauli. "Os moribundos de Calcutá têm Madre Teresa", dissera o padre, segundo o jornal, "mas para os vivos temos Peggy-Mata bem aqui."

Enquanto isso, o casamento dos Ophuls continuava a decair. Seis meses depois da visita do embaixador à Caxemira, a coisa que Peggy Rhodes Ophuls mais abominava aconteceu. Em vez de jogar limpo e levar para a cama toda mulher que sucumbia a seu famoso charme, o filho-da-puta de seu marido estava obcecado por uma garota em particular, uma ninguém, um nada, maldito seja. Quando veio a primavera, ele visitou a aldeia dos atores itinerantes que, segundo todos os relatos, apresentou um grande show, drama, comédia, números na corda e, é claro, a dança, e logo depois Max decretou que fosse dado um banquete "para amigos indianos" na Roosevelt House, que, a propósito, era a residência não só do devasso embaixador americano, mas também da pobre esposa do embaixador, e ele provavelmente tivera essa idéia só para poder trazer a espertinha a Nova Delhi, sob o pretexto de fornecer entretenimento após o jantar — entretenimento após o jantar, sei! O esquema tinha todas as impressões digitais daquele jovem fulano Wood e o pior, o pior do pior, era que ele, o marido dela, o embaixador — o homem que ela ainda amava, à sua maneira, da única maneira que conhecia, que não dava a ele o que ele precisava, mas o que não queria dizer que não fosse amor —, o seu Max fizera que ela, Peggy, voltasse de sua inspeção a orfanatos para servir de anfitriã, para sentar em sua própria casa e ficar olhando a garota dançar para ele, será que ele achava que ela era cega, não precisava de nenhum espião para ver o que a garota estava fazendo, a afronta em seus quadris, o atrevimento em seus olhos, era como se os dois estivessem nus, fazendo amor bem ali, na frente de Peggy, na frente de todo mundo, a humilhação daquilo, ela já tinha visto uma boa dose de crueldade humana na vida, os dois tinham, então não ia perder o senso de proporção, aquilo não era assim tão mau, mas mesmo assim era bem cruel, droga, bem impossível de engolir, droga.

Os dois tinham trilhado todo aquele caminho juntos, a Rata e sua Toupeira, tinham sobrevivido a muita coisa, só para naufragar por fim no rochedo de uma beldade caxemirense à caça de ouro. Se a ligação durasse, Peggy Ophuls teria, evidentemente, de deixá-lo, depois de todo esse tempo e dispêndio de tanto amor e tolerância ela voltaria a ser Margaret Rhodes e, de alguma forma, viveria sem ele pelo resto da vida. "Hora da abóbora, Cinderela", disse a si mesma. O encanto mágico estava para se romper, seu vestido ia voltar a ser de trapos das cinzas, seus cocheiros voltariam a ser camundongos, a bela ficção de seu casamento teria finalmente de ceder aos fatos bem intragáveis. O sapato de cristal não lhe servia mais. Estava no pé de outra mulher.

O governo da Índia era GOI. O governo do Paquistão era GOP. Na trilha da Conferência de Paz de Tashkent (CPT) entre os dois países, durante o período de vácuo político parcial criado pelo enfarte fulminante do primeiro-ministro indiano Lal Bahadur Shastri (LBS) no dia seguinte à assinatura da Declaração de Tashlent (DT), Max Ophuls lançou uma nova e importante iniciativa americana. Nesse interregno, um amargo empate entre os potentados do Partido do Congresso terminou quando os dois criadores de reis Kumaraswami Kamaraj (KK) e Morarji Desai (MD) elevaram Indira Priyadarshini Gandhi (IPG) ao posto de primeiro-ministro, na crença equivocada de que ela seria um títere impotente deles dois. Durante esse período de violenta guerra intrapartidária, só o presidente Sarvepalli Radhakrishnan se manteve acima do temporal político. Sua estatura nacional e o ar de santo-filósofo deram-lhe uma excepcional influência sobre todos os assuntos governamentais, mesmo que os autores da Constituição indiana tivessem claramente pretendido que o papel do presidente fosse em grande parte cerimonial. A amizade próxima de Max com essa figura reverenciada (PSR) forneceu a abertura para o chamado Plano Ophuls.

A idéia do embaixador era que, se conseguisse convencer ambos os governos a trabalharem juntos em projetos multilaterais (GOI/GOP-MP), poderiam começar a se acostumar com a interdependência em vez do conflito. Dominando a linguagem das siglas impronunciáveis que era a verdadeira língua franca da classe política do subcontinente, ele propôs um programa de troca de combustível, ou PTC: o Paquistão exportaria seu gás (GP) para a Índia e a Índia enviaria carvão (CI) para o Paquistão. Ele propôs ainda que as duas nações cooperassem em projetos de hidrelétrica e irrigação (PHEI) no sistema fluvial Ganges-Brahmaputra-Tista (SFGBT ou, coloquialmente, SIFGABRAT). Falou com o ministro de Planejamento e Trabalho Social do governo indiano (MPTSGI ou MINPLATRASOC), Asoka Mahta, e garantiu a ele o apoio do Banco Mundial. Encorajou seu velho amigo, o ministro de Relações Exteriores, MREGOI, Swaran Singh, a mandar um prospector a sua contrapartida, o GOP, quanto à possibilidade de conversas privadas sobre a limitação de armas (CPLA). Indira Gandhi estava se colocando como PMGOI, também conhecida por MADAME, e Max insistiu com ela para trilhar o caminho da reconciliação. O resultado de todas essas lisonjas e intimidações foi a prontamente celebrada Declaração Conjunta de Islamabad, a chamada DECOI ou DCGOIGOP(ISL)66. Max recebeu mensagens pessoais de congratulações tanto do POTUS quanto do SGONU. Ultimamente, a América fora contaminada por uma cepa ocidental da doença sul-asiática de inicialite acronímica. JFK, RFK, MLK tinham ido embora, mas POTUS, claro, era LBJ e SGONU era o secretário-geral da Organização das Nações Unidas, U Thant.

A feiúra da terminologia burocrática, seu agressivo desinteresse pela eufonia, marcavam-na como fala do poder. O poder não precisava de beleza, não precisava facilitar as coisas. Ao demonstrar desprezo pela felicidade verbal, revelava a si mesmo como si mesmo, nu e sem adornos. O punho de ferro tomava o lugar da luva de pelica.

A euforia pelos acordos de Islamabad teve vida curta. O carinho comum pela sopa de letrinhas das duas nações indispostas não queria dizer que haviam desenvolvido um gosto pela paz. MADAME convocou Max para lhe revelar sua raiva pelo cancelamento de todos os projetos conjuntos. As propostas militares de conversas privadas haviam sido sobre ajustes territoriais ao longo da linha de cessar-fogo; a Índia tinha de compensar o Paquistão pela perda de áreas estratégicas. Ou, se isso não fosse aceitável para o Paquistão, a Índia sugeriu que podia concordar em aceitar garantias de controles mais adequados pela ONU. A sra. Gandhi contou a Max o número "real" dos mortos na guerra de ambos os lados. Era muito mais alto que o publicado. "Não podemos permitir que nossos jovens continuem morrendo assim", disse ela. "E os paquistaneses concordam, sabe. Os generais estão furiosos com Zulfy" — o MREGOP Zulfikar Ali Bhutto — "por ter levado os jovens ao combate por um pedaço de terra deserta gelada. *Quelques arpents de neige*, não é?" Apesar das preocupações comuns das duas nações, não haveria nenhum movimento efetivo na direção de uma maior compreensão sobre as fronteiras. Dois homens poderosos juntaram-se para sabotar o Plano Ophuls. O velho grande do Congresso Vengalil Krishnan Krishna Menon — grande orador e grande inteligência da esquerda que um dia, no Conselho de Segurança, discursou durante oito horas, sem texto preparado, sobre a questão do direito inalienável da Índia de possuir e dominar a Caxemira; que se intitulava "chabstêmio" porque, embora não consumisse nada de álcool, tomava um total de trinta e seis xícaras de chá por dia e, conseqüentemente, falava mais depressa que qualquer outro homem na Índia; cuja grosseria era legendária; e que era considerado um inimigo por Indira Gandhi mesmo tendo sido amigo do pai dela — trabalhara assiduamente para sabotar a détente. Ele encontrara um aliado dedicado no ministro do Interior Gulzarilal Nanda, que fora primeiro-ministro interino duas vezes, durante alguns dias cada vez, primeiro depois da morte de Jawaharlal Nehru e novamente depois da morte de Shastri, cujo ressentimento com aqueles que conseguiam o posto para valer era amargo e absoluto e cujo nariz ainda estava fora do lugar porque Shastri o havia desautorado sobre a conveniência de permitir que Max Ophuls visitasse a zona de guerra na Caxemira. Juntos, Nanda e Krishna Menon trabalhavam duro para construir uma oposição a Ophuls dentro do gabinete do Parlamento indiano, enquanto, ao mesmo tempo, apoiavam o controle militar do Exército indiano sobre o vale da Caxemira. Naqueles primeiros estágios de sua carreira, a sra. Gandhi foi obrigada a confessar que havia permitido ser manobrada. "O senhor também, mister Ophuls", disse ela. "O MRIGOI Nanda e VKKM passaram a perna em você também. Sinceramente! Que *schmuck*." SCHMUCK?, pensou Max. Hã... Sabotagem da Cooperação... de quê? de Harmonia Motivada por Usos Concernentes à Caxemira? A primeira-ministra da Índia alisou de leve o braço dele. "Não é uma sigla", disse ela.

Boonyi saiu de Pachigam sem seu marido, porque os americanos haviam solicitado a Abdullah Noman apenas um número de dança. Ela recebera ordem de fazer Anarkali de novo, de deslumbrar os grandes da capital em um palco especialmente construído no átrio central da residência, debaixo de uma lanterna piramidal. Himal e Gonwati estavam com ela, para dançar atrás e ao lado dela, contentes com seus papéis secundários, felizes de brilhar um pouco à luz refletida dela. Habib Joo, o velho professor de dança, ia também, além de um trio de músicos. "Pachigam enviando uma trupe para Nova Delhi, para a embaixada americana", Abdullah Noman disse, contente, no ponto de ônibus, abraçando um por um. "Quanta honra vocês todos nos trazem."

Shalimar, o equilibrista, veio se despedir dela. Quando o ônibus chegou, fazendo a barulheira e algazarra de sempre, coberto de alertas de motoristas e pedestres, Noman subiu ao teto com o colchonete dela enrolado, para se certificar de que estava tudo amarrado com segurança. Quando Boonyi se despediu dele, sabia que era um fim. Ele não entendeu nada, não previu que seu coração ia se partir. Amava-a demais para desconfiar que ela tivesse uma alma traiçoeira. Mas ele era apenas um clown e seu amor não levava a lugar nenhum, não mudaria nada, não podia levá-la aonde estava seu destino. Ao subir pela porta do ônibus, ela olhou para trás e viu Shalimar, o equilibrista, parado ao lado de sua sofrida amiga Zoon Misri, uma presença vaga e flutuante, meio humana, meio fantasma, cujo lugar ao lado dele era como um presságio da dor que ela, Boonyi, logo estaria impondo a ele. Ela deu seu melhor sorriso, mais brilhante, e ele acendeu em troca, como sempre. Era assim que ela ia se lembrar dele, da beleza dele iluminada pelo amor. Então, o ônibus partiu com um tranco e uma corrida, virou uma esquina, ele desapareceu, e ela começou a se preparar para o que ia acontecer. *O que você quer?*, o embaixador havia perguntado. Ela sabia o que queria. Queria o que os homens querem. Mas era importante ter uma resposta à pergunta dele. Saber exatamente o que queria e o que estava preparada a oferecer em troca.

Quando ele veio a ela, estava pronta. Edgar Wood, aquele jovem peculiar, havia arranjado tudo com perfeição. As dançarinas foram acomodadas em quartos confortáveis na ala de hóspedes da Roosevelt House, e Wood tivera o cuidado de procurar a aprovação de mrs. Ophuls para os arranjos. A suíte particular de mrs. Ophuls ficava no extremo do edifício — ela e o embaixador preferiam não ter um quarto conjunto — e Beaver Wood havia escolhido a dedo os marines que ficariam de guarda na rota entre os cômodos do distinto casal e também os marines destacados para o corredor dos quartos das dançarinas. (Depois de sua chegada a Nova Delhi, o Beaver tomou como sua primeira incumbência determinar em quais membros do corpo de segurança da embaixada podia confiar, aqueles que entendiam que a lealdade absoluta era devida ao embaixador e não aos valores morais conservadores de seus pais no Meio-Oeste americano e nem mesmo a Deus.) Era política da embaixada, Wood informou às garotas, que, a fim de garantir sua segurança, os corredores da residência seriam proibidos à circulação até a hora do café-da-manhã, mesmo para elas. Himal e Gonwati não fizeram nenhuma objeção, particularmente porque seus quartos estavam cheios de peças de tecidos, vidros de perfume, colares e pulseiras de prata antiga, e cestos transbordando de coisas boas para comer e beber. Com gritos de prazer elas correram para seus presentes. Enquanto isso, Habib Joo e seu trio de músicos foram levados a uma suíte de quartos em Ashoka, onde travaram conhecimento com os minibares pela primeira vez na vida e resolveram, bem contentes, que sua religião fecharia os olhos às noites com despesas pagas longe de casa em hotéis de luxo cinco estrelas.

Em seu quarto na Roosevelt House, Boonyi não examinou nenhum sari, não experimentou nenhum perfume, não comeu nenhum bombom. Ainda usando a roupa de Anarkali, o corpete escarlate justo que revelava sua cintura fina e a barriga chata e musculosa, a saia ampla, muito pregueada, de seda verde-esmeralda com barrado de ouro, as meias brancas por baixo, para preservar a modéstia quando a saia se abria e levantava ao girar, e as jóias do figurino, o pingente de "rubi" no pescoço, o anel de "ouro" no nariz, as tranças de pérolas falsas no cabelo, sentou-se na beira da cama, ainda "dentro do personagem", representando o papel da grande cortesã à espera do herdeiro do trono mughal. Com as mãos dobradas no colo ela esperou, sem reclamar. Eram três horas da manhã quando ouviu um único toque, suave, em sua porta.

Ele havia preparado uma declaração em caxemirense, recém-aprendida, mas ela colocou um dedo sobre seus lábios. Como ele era bonito, quanta coisa seus olhos haviam visto, quanta coisa seu corpo sabia. "Falo um pouco de inglês", disse ela — não era à toa que era filha de Pyarelal Kaul! — e riu quando o corpo dele relaxou de alívio surpreso. Ela havia preparado um discurso também, que repassara na cabeça, inquieta, enquanto passava insone as horas tardias na cama ao lado do marido, que de nada desconfiava. Ela estava no palco e era o momento de seu solilóquio. "Por favor, quero ser uma grande bailarina", disse a ele. "Então, quero um grande professor. Também, quero, por favor, educação de alto nível. E quero um lugar para viver, por favor, onde não tenha vergonha de receber o senhor. Por fim", e então sua voz tremeu, "como vou desistir de muita coisa por isso, por favor, sir, quero ouvir de seus próprios lábios que vai me proteger."

Ele ficou ao mesmo tempo comovido e divertido. "Você vai me guiar nisso tudo", respondeu, gravemente. *"Meh haav tae sae wath.* Por favor, me mostre o caminho." Em seguida, durante uma hora, elaboraram o tratado de sua afiliação como se fosse uma negociação a portas fechadas ou um acordo de armas internacional, cada um reconhecendo no outro uma necessidade que complementava a sua própria. Max Ophuls ficou efetivamente excitado com o pragmatismo nu da jovem. Talvez sua notável abertura quanto à ambição preconizasse uma igual abertura ao fazer amor. Queria muito descobrir se era assim. A negociação era também agradável em si. Foram logo assentados os detalhes do "Entendimento", conforme ambos resolveram chamar o acordo — embora Max, em particular, preferisse o termo DCA(C)/ BKN/MO, que resumia mais completamente a declaração conjunta de acordo (confidencial) entre Boonyi Kaul Noman e ele. Assim como o auto-interesse mútuo era a única garantia real de um acordo durável entre nações, também a percepção de Boonyi de que essa ligação era sua melhor chance de levar adiante seus propósitos constituía uma garantia confiável de sua futura seriedade e discrição. O fato de a cláusula mais delicada no contrato não escrito não se revelar um obstáculo dava a Max a necessária garantia. "E de sua parte, se eu fizer como você quer?", ele perguntou: a pergunta que ela sabia que ele faria e à qual, em seus pensamentos a resposta fora dada, refinada e repetida mil e uma vezes. Ela olhou nos olhos dele. "Nesse caso, farei tudo o que quiser, sempre que quiser", respondeu Boonyi com inglês imaculado. "Meu corpo é seu para tudo o que ordenar e será minha alegria obedecer."

Assim, todos os requisitos de Max estavam no lugar: não só discrição e seriedade, mas também completa docilidade, absoluta submissão, máxima atenção, excepcional disposição em agradar e acesso ilimitado, tudo movido pela determinação da garota em melhorar a si mesma, em dar o salto da aldeia para o mundo, em dar a si mesma o futuro que acreditava merecer. O clown do marido não era problema, mas ela insistiu que Max não precisava se preocupar com esse assunto, porque era uma coisa de que ela podia facilmente se encarregar. Tudo era aceitável. Edgar Wood, cujo forte era antecipar-se, já havia encontrado o apartamento, no Tipo-1 número 22, Southeast Hira Bagh, dois cômodos cor-de-rosa com cruas luzes branco-azuladas de neon e sem balcão, em um prédio que era um grande bunker de concreto verde numa "colônia" residencial de aluguel baixo na parte sul do centro da cidade. Os cômodos ficavam no primeiro andar da casa do guru de dança odissi Jayababu — o pandit Jayanta Mudgal, de rosto roxo —, que seria bem pago para ensinar à garota tudo o que ele sabia e ficar surdo e cego para tudo o que não devia saber. Max e Boonyi realmente apertaram-se as mãos para selar o acordo. À idade de cinqüenta e cinco anos, o embaixador Ophuls via oferecido a ele um jardim de delícias terrenais. Havia, porém, uma estranheza. Apesar do cinismo do Entendimento, ele sentiu que alguma coisa que estivera adormecida durante muito tempo e não devia ser despertada estava começando a se mexer dentro dele. O desejo não era de admirar, pois raramente havia estado na presença de uma mulher tão bonita. Mas o vírus que se mexia dentro dele era mais profundo que o desejo.

"Não faça isso", alertou a si mesmo. "Apaixonar-se romperia o tratado, disso não vai resultar nada senão problemas." Mas a criatura secreta dentro dele se espreguiçou, bocejou, subiu para fora de seu porão quase esquecido e surgiu para a luz. Ele começou a dar um sorriso idiota cada vez que pensava nela, a visitá-la com mais freqüência do que era aconselhável e a cobri-la de presentes. Ela queria tesouros da loja dos diplomatas dos Estados Unidos: queijo americano em lata, as novas batatas fritas onduladas americanas que pareciam campos arados em miniatura, discos de 45 rpm celebrando as alegrias do surfe e de dirigir carros velozes e, acima de tudo, todas as barras de chocolate. Doces e chocolates, que seriam a sua queda, entraram em sua vida em quantidade pela primeira vez. Ela desejava também a moda feminina de 1966, não o tedioso estilo Jackie Kennedy de casquetes redondinhos e pérolas, mas a aparência que estava nas revistas que devorava, as bandanas de Pocahontas, os tremulantes vestidos tubinho estampados em laranja, jaquetas de couro com franjas, os quadros de Mondrian usados por Saint Laurent, os vestidos saco, os macacões da era espacial, as minissaias, o vinil, as luvas. Ela só usava essas coisas na privacidade do ninho de amor, arrumando-se dedicadamente para seu amante, rindo com a própria ousadia e permitindo que ele a despisse como quisesse, demorando ou arrancando as roupas brutalmente de seu corpo, deixando-as em frangalhos pelo chão. Edgar Wood, que tinha o encargo de adquirir e depois se desfazer desses presentes de forma a evitar que as suspeitas caíssem sobre o embaixador, cumpria seus deveres com crescente hostilidade, que Boonyi altivamente ignorava. A vingança dele era estar presente para garantir que tomasse a pílula anticoncepcional diária prevista no Entendimento como essencial ao acordo.

O resultado da inesperada paixão romântica de Max — devido também ao fato de Boonyi ser exatamente tão atenciosa quanto prometera — foi que ele não percebeu o que ela vinha silenciosamente lhe dizendo desde o começo, o que ela achou que ele soubesse ser parte do acordo prático que fizeram: *Não me peça o meu coração, porque estou arrancando o coração de meu peito, quebrando em pedacinhos e jogando fora, de forma que não terei coração, mas você não vai saber disso porque serei a contrafação perfeita de uma mulher apaixonada e você vai receber de mim a falsificação perfeita de amor.*

Havia, então, duas cláusulas não expressas no Entendimento, uma relativa a dar amor, outra relativa a reter o amor, codicilos mutuamente contrastantes e impossíveis de conciliar. O resultado, como Max previra, foram problemas; o maior rebuliço diplomático indo-americano da História. Mas durante algum tempo o mestre falsificador foi enganado pela falsificação que comprou, enganado e satisfeito, tão contente de possuí-la quanto um colecionador que descobre uma obra-prima escondida em um monte de lixo, tão feliz de mantê-la escondida das vistas quanto um colecionador que não consegue resistir a comprar o que sabe ser propriedade roubada. E foi assim que a esposa infiel da aldeia do bhand pather começou a influenciar, a complicar e até a moldar a atividade diplomática referente à incômoda questão da Caxemira.

Pachigam era uma armadilha, ela dizia a si mesma toda noite, mas o Muskadoon ainda corria em seus sonhos, a rápida e fresca música de montanha cantando em seus ouvidos. Era uma garota das montanhas e o clima da planície lhe fazia mal. Quando era verão em Delhi, os aparelhos de ar-condicionado ficavam invariavelmente incapacitados pelos cortes de energia por "excesso de carga" nas horas mais quentes do dia. O calor era como um martelo, como uma pedra. Esmagada por ele, caía em seu ilícito leito de vergonha e pensava em Chandanwari, em Manasbal e Shishnag, no Gulmarg atapetado de flores e nas neves eternas acima, nas frias geleiras e nas fontes borbulhantes, nos altos templos gelados dos deuses. Ela ouvia o bater macio de um remo em forma de coração na água de um lago espelhado, o farfalhar das folhas de plátano, as canções dos barqueiros e o macio bater de asas, asas de tordos, asas de mainás, as asas dos rouxinóis e das poupas, dos bulbul de topete que pareciam meninas com o cabelo preso para cima. Quando fechava os olhos, via invariavelmente seu pai, seu marido, seus companheiros, o lugar que lhe era destinado nesta terra. Não o novo amante, mas sua vida antiga, perdida. *Minha velha vida como uma prisão*, ela disse a si mesma, selvagemente, mas seu coração a chamava de tola. Tinha feito tudo de ponta-cabeça e da frente para trás, o coração ralhava com ela. O que pensava como sua antiga prisão fora liberdade, enquanto a chamada libertação não era nada mais que uma gaiola de ouro.

Pensou em Shalimar, o equilibrista, e mais uma vez ficou horrorizada com a facilidade com que o abandonara. Quando deixou Pachigam, nenhuma das pessoas mais próximas adivinhou o que estava fazendo, os bobos. Ninguém tentou salvá-la de si mesma, e como poderia perdoá-los por isso? Que idiotas eram eles todos! Seu marido, o superidiota número um, e seu pai, o superidiota número dois, e todo mundo logo atrás. Mesmo depois de Himal e Gonwati voltarem a Pachigam sem ela e começar o falatório, mesmo então Shalimar, o equilibrista, lhe mandava cartas confiantes, cartas assombradas pelo fantasma de seu amor assassinado. *Estendo os braços e toco você sem tocar você como na margem do rio antigamente. Sei que está em busca de seu sonho, mas esse sonho vai sempre trazer você de volta para mim. Se o amrikan está ajudando, muito bem. As pessoas sempre dizem mentiras, mas sei que seu coração é verdadeiro. Sento com as mãos no colo e espero sua volta.* Ela ficava transpirando na cama, presa nas correntes da solidão escravizante e rasgava as cartas em pedaços cada vez menores. Eram cartas que humilhavam tanto o autor quando o receptor, cartas que não tinham de existir, que nunca deveriam ter sido mandadas. Essas idéias não deviam nunca existir, e não existiriam, não fosse a mente débil daquele homem sem honra que tivera a vergonha de desposar.

Os pedaços de papel caíam de sua nervosa mão de verão e flutuavam como flocos de neve no chão do quarto, e de fato as mensagens que traziam eram tão irrelevantes para sua nova vida quanto a neve. Que tipo de marido era ele afinal, esse clown? Iria atacar a capital em sua ira como um conquistador muçulmano de antigamente, um tughlaq ou um khilji pelo menos, senão um mughal, ou, como o Senhor Rama, enviaria afinal o deus macaco Hanuman para encontrá-la antes de lançar-se no ataque letal a seu seqüestrador, o Ravana americano? Não, ele estava sonhando em cima de seu retrato e chorando nas águas do estúpido Muskadoon, como um pateta impotente, aceitando seu destino como um verdadeiro covarde caxemirense, contente de ser pisado por alguém que sentia vontade de pisar, um imbecil todo errado que brigava com seu irmão Anees, que ao menos tivera coragem de pegar a coisa nas próprias mãos e explodir algumas coisas inúteis. Ele estava se comportando como o cachorro amestrado que era, uma criatura que imitava a vida para fazer as pessoas darem risada, mas que não tinha a menor compreensão de como um homem devia viver.

Na noite em que deitara com ele pela primeira vez, ela se lembrava, ele a ameaçara amorosamente, jurando persegui-la e tirar-lhe a vida, dela e de seus filhos, se algum dia fizesse o que tão insensivelmente fizera. Como os homens diziam palavras vazias quando tinham conseguido o que queriam de uma mulher. Ele era um fraco, um peru posudo, um tolo. No lugar dele, ela teria caçado a si mesma e matado a si mesma na sarjeta, como um cão, para que a vergonha daquilo durasse mais que ela.

As cartas pararam. Mas mesmo assim, toda noite, em sonhos, ele vinha até ela, andando no arame, pulando corda no céu, saltando no ar como se fosse um trampolim, brincando de pula-sela com os irmãos no arame alto e fino, recuperando o equilíbrio, depois escorregando em uma casca de banana imaginária e caindo um caótico e hábil tombo até o chão, final que sempre punha abaixo a platéia. Em seus sonhos, ela sorria de seu gênio, mas quando despertava o sorriso murchava e morria.

Em resumo, ela não conseguia tirar o marido corno da cabeça e como era impossível falar com seu amante americano de qualquer coisa importante, ela falava acaloradamente da "Caxemira". Sempre que dizia "Caxemira", secretamente queria dizer seu marido, e essa artimanha permitia-lhe declarar amor ao homem que traíra para o homem com quem cometera o ato de traição. Mais e mais freqüentemente falava de seu amor por essa codificada "Caxemira", sem despertar suspeitas, mesmo quando os pronomes de vez em quando escorregavam, de forma que se referia às montanhas dele, aos vales dele, aos jardins dele, aos riachos dele, às flores dele, aos gamos dele, aos peixes dele. O amante americano era evidentemente burro demais para decifrar o código e atribuía as escorregadelas de pronomes à falta de domínio de sintaxe da parte dela. Ele, porém, o embaixador, anotava cuidadosamente a paixão dela e ficava claramente emocionado quando ela estava no auge da zanga, quando castigava a "Caxemira" por sua covardia, por sua passividade em face dos crimes horríveis cometidos contra ela. "Esses crimes", ele perguntava, reclinado nos travesseiros dela, acariciando suas costas nuas, beijando o quadril exposto, beliscando-lhe o mamilo, "seriam de ações das Forças Armadas indianas que você está falando?" Naquele momento, ela resolveu que a expressão "Forças Armadas indianas" ia se referir secretamente ao próprio embaixador, ela usaria a presença indiana no vale como uma representação da ocupação de seu corpo pelo americano, então: "É, é isso", ela bradou, "as 'Forças Armadas indianas', estuprando e saqueando. Como você pode não saber? Como pode não entender a humilhação disso, a vergonha de ver suas botas marchando pelos campos que são meus?". Mais uma vez, aqueles deslizes. Suas botas, meus campos. Mais uma vez, distraído por sua beleza inflamada, ele não prestou atenção aos erros dela. "É, querida", disse em voz abafada, entre suas coxas, "acho que estou começando a entender, mas seria possível adiar a discussão por enquanto?"

O tempo passava, Max Ophuls sabia que Boonyi Noman não o amava, mas de início deixou de lado essa noção, fechando os olhos a suas conseqüências, porque ela assumira residência temporária no canto mais mole de seu coração. Sabia que ela escondia dele muita coisa sobre si mesma, expondo apenas seu corpo, como uma verdadeira cortesã, como qualquer prostituta comum, mas resolvera consigo mesmo esquecer isso, enganando-se para achar que ela retribuía o que ele gostava de chamar de seu amor. E permitia que as diatribes dela sobre a "ocupação" da "Caxemira" afetassem seu pensamento, sem nunca suspeitar que ela estava secretamente protestando contra ele e contra o marido ineficiente que deixara de vir em seu socorro. Ele começou a se opor, em reuniões particulares e em discursos públicos, à militarização do Vale da Caxemira, e quando a palavra "opressor" saiu de seus lábios, pela primeira vez a sua borbulhante popularidade explodiu.

Editoriais de jornais o fustigaram. Ali, diziam, ali estava, por baixo de toda a falsa pose de indiófilo, apenas mais um "cigarro" barato (era um termo de gíria que queria dizer Pak-americano, um americano simpatizante do Paquistão, um jogo de palavras com o nome da companhia de tabaco Pak-Ame-

199

rican), apenas mais um gringo que não entendeu nada. A América estava pisando em cima do Sudeste Asiático, crianças vietnamitas sendo queimadas com inapagável fogo de napalm e mesmo assim o embaixador americano tinha a audácia de falar de opressão. "A América devia botar sua casa em ordem", trovejaram os principais escritores da Índia, "e parar de nos dizer como cuidar de nossa própria terra." Foi nesse ponto que Edgar Wood corretamente identificou a causa dos problemas do embaixador e resolveu que Boonyi Noman tinha de ir embora.

Observe esse untuoso roedor, esse Eager Beaver Wood, esse invisível e rápido azeitador de engrenagens, esse possibilitador subterrâneo do visível, essa pessoa lagarto, essa cobra na base da montanha! Um cáften dessa laia, um alcoviteiro dessa extração poderia parecer pouco equipado para o pesado encargo da reprovação moral. Não é fácil olhar os outros de cima para baixo quando a própria posição não é elevada. No entanto, o feito foi realizado pelo sempre cheio de recursos e dissimulado Wood, que procedeu inteiramente por inversões. Filho de um prelado de Boston (e, portanto, ele próprio uma espécie de brâmane), tinha se afastado da religião em tenra idade. Mas tendo rejeitado a observância religiosa, continuou a abrigar um amor secreto pela santimônia e pela pompa. Secretamente pomposo e santimonial, fingira humildade e arejada tolerância. Sendo humilde, escondia dentro de si um vanglorioso orgulho. Sendo orgulhoso, oferecia a si mesmo para Max Ophuls como um devoto abnegado, um eliminador das próprias necessidades, um faz-tudo, um nada-vê sem qualidades, um servidor, um apoio para o sapato de seu alto mestre. Assim, embora baixo por natureza, conseguia se considerar elevado. Veja-o agora, rodando pelas ruas da capital indiana em um pipocante riquixá puxado a motoneta, a kurta branca batendo ao vento. Note os chappais simples em seus pés. Veja como chega a sua residência e observe, por favor, as obras de arte indiana e as lembranças ali dentro, a pintura mandhubani, a arte tribal warli, as miniaturas das escolas caxemirense e companhia. Não é a própria imagem de um ocidental que se fez nativo? No entanto, esse mesmo Wood estava privadamente convencido da inata superioridade do Ocidente, cheio de um sombrio desprezo pela nação cujo estilo procurava tão assiduamente macaquear. Estava atormentado, isso temos de admitir a seu favor. Essas tergiversações da alma, essas torções da psique, essas tortuosas contradições entre o aparente e o real, certamente, devemos admitir, seriam difíceis de suportar.

Um homem serpente tão enrolado e dissimulado seria, de qualquer modo, um adversário formidável demais para uma jovem pesadamente comprometida e em grande parte indefesa, mas a verdade é que ela tornou a tarefa muito mais fácil do que ele esperava; e, afinal de contas, Max também. As coisas em Delhi não haviam saído como Boonyi Kaul Noman havia desejado. O rosa de seus dois pequenos e solitários cômodos logo se tornou a cor de seu isolamento, de sua aversão a si mesma. O branco-azulado das luzes de neon tornou-se a cor do julgamento, um áspero brilho desdenhoso que apagava sombras e a deixava sem ter onde se esconder. E quanto ao verde-sálvia das paredes do apartamento de seu guru de dança, bem, aquilo passou a ser a cor de seu fracasso. O mestre de odissi, pandit Mudgal, a desdenhara desde o início. Era o guru de Sonal Karnaa e Kumkum Segal! Tinha ensinado Alarmel Mansingh! Era o mestre de Kiran Qunango! Ninguém havia feito mais do que ele para popularizar a dança odissi! Onde estariam todas sem ele — Aloka Panigrahi, Sanjukta Sarukkai, Protima Mahapatra, Madhavi Mohanty? E, agora, em sua velhice essa menina de aldeia, crua, preguiçosa, essa concubina, essa nada. Era o brinquedo de um americano rico e ele a desprezava por isso; de alguma forma, desprezava a si mesmo por aceitar os dólares ianques e participar do arranjo e isso também tinha contra ela. As lições tinham ido mal desde o começo; e não houvera nenhuma melhora subseqüente. Com o tempo, o pandit Mudgal, um homem atarracado com a configuração — e toda a sensualidade — de uma abobrinha gigante, disse para ela: "Sim, madame, sex appeal a senhora tem, isso nós todos podemos ver. Você se mexe e os homens olham. Isso é só uma coisa. Grande mestria exige uma grande alma e sua alma, madame, está condenada". Ela saiu correndo da frente dele e no dia seguinte o embaixador mandou Edgar Wood dizer a Mudgal que o salário dele seria aumentado — dobrado! — se ele perseverasse. Como Charles Foster Kane tentando transformar em cantora sua esposa desafinada, Max Ophuls tentou comprar o que não podia ser comprado, e fracassou. Jayababu, um dia um homem alto, esguio e belo, agora uma berinjela escura, uma berinjela mal-humorada, recusou o dinheiro.

"Sou um homem de desafios", disse ele a Edgar Wood. "Mas essa moça não é para mim. O dela não é o alto desafio, mas o baixo."

A atenção de Max começou a oscilar depois disso, embora, durante muito tempo, se recusasse a admitir a mudança em si mesmo. Manteve-se longe de Boonyi por longos períodos. Uma ou duas vezes jantou na intimidade com sua mulher. Peggy Ophuls sentiu-se incomodada consigo mesma por ficar tão satisfeita. Era legendária por sua dureza, mas com ele sempre fora fraca. Como voltava para ele com facilidade, como abria os braços pateticamente e permitia que escorregasse sem nenhuma vergonha para casa! Ele murmurava alguma coisa sobre os velhos tempos, sobre a linha Pat ou a Lyons Corner House e imediatamente ondas de emoção reprimida jorravam por seu corpo. Ele imitava o estilo vocal de mrs. Shanti Dickens, de Porchester Terrace, quando se deliciava com as reportagens de crime do dia — *"Muito horível, sir, noé? Quem sabe 'tá 'gora comend' ela com chá."* — e lágrimas de riso enchiam os olhos da Rata Cinza. Essa vez foi a mais difícil de todas para ela. Ela o tinha perdido durante tanto tempo que temia nunca mais consegui-lo de volta. Mas ali estava ele, virando-se para olhar para ela de novo. Era isso que os dois tinham, disse ela a si mesma, essa inevitabilidade. Eram construídos para durar. Levantou o copo para ele e um sorriso tremulou nos cantos de sua boca. Sou a mulher mais iludida do mundo, pensou. Mas olhe para ele, está aqui. Meu homem.

Nenhum caso amoroso de Max Ophuls durou muito antes de ele vir para a Índia. Boonyi tinha sido diferente. Aquilo era "amor" e a natureza do amor era durar, não era? Ou seria isso apenas um dos erros que as pessoas faziam com o amor?, Max se pôs a pensar. Estaria vestindo com roupagens de civilização uma coisa essencialmente selvagem, irracional, embonecando-a com a camisa formal da durabilidade, a calça de seda da constância, a casaca elegante da solicitude e a cartola do desprendimento? Como Tarzan, o homem macaco, quando foi para Londres ou Nova York: o natural transformado em antinatural. Mas, por baixo de todo o aparato requintado, a realidade indomável, grosseira, permanecia, uma coisa feral mais parecida com gorila que com humano. Que tem menos a ver com doçura, ternura, atenção e mais com rastro, território, trato, dominação, sexo. Algo provisório, independentemente do tipo de tratados com que você concorde, contratos de casamento ou declarações de acordo particulares.

Quando ele começou a pensar assim, o toureiro Edgar Wood compreendeu que o touro estava se cansando e mandou os picadores, ou, para ser preciso, as picadoras. As beldades que apontou para Max foram cuidadosamente selecionadas nos altos escalões da sociedade de Delhi e Bombaim para fazer Boonyi parecer mal. Eram mulheres ricas, cultas, educadas, extraordinárias. Circularam em torno dele à distância, depois se aproximaram. As lanças de seus olhares de flerte, seus movimentos graciosos, seu toque, picavam-no de vez em quando. Ele caiu de joelhos. Estava quase pronto para a espada.

Então, talvez a incapacidade de ser excepcional além de bela foi o que condenou Boonyi, ou talvez fosse apenas a passagem do tempo. Fechada em sua vergonha rosada, às vezes por dias seguidos (visto que o embaixador era um homem cada vez mais ocupado), com apenas o opróbrio de seu mestre de dança por companhia, ela deslizou para a ruína, primeiro devagar, depois com velocidade cada vez maior. O excesso de Delhi a desarranjou, o excesso de exageros, os odores fecais, o barulho infernal, o anonimato, a multidão desinteressada dos desesperados lutando para sobreviver. Ela viciou-se em mascar tabaco, mantinha um pedacinho de tabaco aninhado entre os molares inferiores e a bochecha. Para passar o tempo ocioso, ficava doente com freqüência, de um jeito lânguido, falsamente consumido e (com maior verdade) sofrendo de estresse, depressão, hipertensão, problemas estomacais e todos os outros incômodos da histeria, e assim, à medida que passavam os lentos meses, ela começou a aprender sobre remédios, sobre a capacidade de comprimidos, cápsulas e poções para fazer o mundo parecer diferente do que era, mais rápido, mais lento, mais excitante, mais calmo, mais feliz, mais pacífico, mais gentil, mais louco, melhor. O hamal de treze anos de idade do pandit Mudgal, o menino de trabalhos domésticos que o professor de dança periodicamente levava para a cama de um jeito descuidado, senhorial, guiou Boonyi mais fundo na selva psicotrópica, mostrando a ela o afim: o ópio. Depois disso, ela passou a se enrolar na fumaça metamórfica sempre que podia e sonhava pesadamente com alegrias perdidas, enquanto o tempo, cruelmente, continuava a passar.

Mas a droga preferida acabou sendo a comida. Em certo momento, logo no começo do segundo ano de sua liberada cativydade, começou a comer, com grande seriedade e a capacidade de excesso que aprendera com o próprio demônio da cidade. Se seu mundo não podia se expandir, seu corpo podia. Entregou-se à glutonia com o mesmo entusiasmo sem fundo que um dia tivera pelo sexo, desviando a imensa força de suas exigências eróticas da cama para a mesa. Comia sete vezes ao dia, engolindo um café-da-manhã adequado, depois um prato no meio da manhã, em seguida um almoço completo, depois um conjunto de especialidades doces no meio da tarde, depois um farto jantar, depois um segundo jantar na hora de dormir e, por fim, um ataque à geladeira nas horas antes do amanhecer. Sim, ela era uma puta, admitiu com uma pontada no coração, mas ao menos seria uma puta extremamente bem alimentada.

De tudo isso, seu tratador, Edgar Wood, estava plenamente consciente e de tudo foi inteiramente cúmplice. Se ela estava trilhando a rota da autodestruição, pensou Wood, quem era ele para impedir? Poupava-lhe a dificuldade de conduzi-la exatamente por esse caminho. Sem uma palavra para seu chefe, comprava para ela o tabaco de mascar que estava arruinando seu sorriso, enchia o armarinho do banheiro com comprimidos para apagar, enevoava sua cabeça com ópio e, acima de tudo, arranjava comida para preparar e para ser entregue, comida aos baldes, aos montes, entregues por um carro não identificado ou por um entregador de marmitas confiável empurrando uma carreta de madeira de duas rodas carregada. Tudo isso ele fazia com uma graça sóbria que a enganava inteiramente. Nunca confiara nele até agora, mas a imaculada cortesia dele e sua lista crescente de vícios forjaram uma espécie de confiança, ou pelo menos a levaram a deixar de lado a questão da confiabilidade dele. O pragmatismo comandava; ele era o único que podia satisfazê-la agora. Em certo sentido, ele havia se tornado seu amante, suplantando o embaixador. Ele era o único que dava o que ela precisava.

O próprio Edgar Wood era muito afeito às regras para fazer uma sugestão dessas. Ele simplesmente estava ali para dar assistência, garantiu a Boonyi. Nada era demais para a mulher que o embaixador escolhera amar. Ela só precisava pedir. E ela pedia. Era como se a lembrança nostálgica dos "superwazwaan" da Caxemira, do Banquete dos Sessenta Pratos no Máximo, a dominasse e enlouquecesse. No momento em que entendeu que Edgar estava pronto a satisfazer todos os seus caprichos, foi ficando cada vez mais promíscua e peremptória em sua glutoneria. Mandava buscar comida da Caxemira, claro, mas também das cozinhas tandoori e mughlai do norte da Índia, os boti khababs, os murgh makhani e os pratos de peixe da costa de Malabar, os masala dosas de Madras e as lendárias abóboras novas da costa de Coromandel, os curries de pickles apimentados de Hiderabad, o kulfi e barfi e pista-ki-lauz, e os doces sandesh bengaleses. Seu apetite cresceu a um tamanho subcontinental. Atravessava fronteiras de linguagem e costumes. Era vegetariana e não vegetariana, comia peixe e carne, comida hindu, cristã e muçulmana, uma onívora democrática e secularista.

Em todo o resto do mundo era o verão do amor.

Inevitavelmente, sua beleza se apagou. O cabelo perdeu o brilho, a pele ficou áspera, os dentes apodreceram, o cheiro do corpo azedou e seu volume — ah! seu volume — aumentava constantemente, semana a semana, dia a dia, hora a hora. A cabeça chacoalhava de comprimidos, os pulmões estavam cheios de papoulas. Logo a desculpa das lições caiu por terra. A educação geral que solicitara como parte do acordo com o embaixador cessara havia muito; sempre fora preguiçosa demais para ser boa aluna, mesmo em Pachigam. Agora a dança também caíra por terra. O pandit Mudgal ficava lá embaixo com seu jovem hamal e Boonyi vivia acima dele em um torpor perpétuo, com a cabeça num torvelinho químico e a barriga cheia de comida. Edgar Wood, seu baleiro, permitia-se imaginar, negligentemente, se a atitude incrivelmente autodestrutiva dela seria uma deliberada tentativa de suicídio, mas bem francamente não estava interessado na vida interior dela para levar adiante a reflexão. O que mais o interessava era a durabilidade do sentimento do embaixador por ela. Max continuou a visitá-la durante um tempo considerável depois de ela ultrapassar o que Edgar Wood, privadamente, chamava de ponto repulsivo. Deve ser como dormir não em cima de, mas com um fedido colchão de espuma, pensava com um tremor de nojo: eca. Segundo o menino de Mudgal, um jovem voyeurista que Wood estava pagando para obter informações, o embaixador gostava do uso que a mulher da Caxemira fazia dos dentes e das unhas como pregos durante o sexo. Como tanta gente, Edgar Wood havia lido os relatos excepcionalmente francos de Max Ophuls a respeito de suas experiências no tempo da guerra. Que estranho, pensou ele, que o famoso antinazista ainda ficasse excitado com sua lembrança das preferências sexuais da fascista Ursula Brandt, a Pantera, que ele comera pela Causa. Que estranho que uma inchada mulher caxemirense pudesse fechar o círculo sexual, a ponto de ele continuar precisando dos serviços dela muito depois de ela deixar de ser atraente. No fim, porém, o rompimento se deu; o embaixador parou de visitar Boonyi. "É impossível", disse ele a Edgar Wood. "Cuide para que ela seja bem cuidada, coitadinha. Que desastre ela fez de si mesma."

Quando um homem poderoso retira sua proteção a uma concubina, ela passa a ser como uma criança abandonada nas montanhas infestadas de lobos. A adoção de Mowgli pela matilha seeonee é atípica; geralmente não é assim que essas histórias se desenrolam. Boonyi Noman, prostrada em sua cama gemente, ofegante debaixo do peso do próprio corpo, viu Edgar Wood entrar em seus cômodos como um predador, sem a civilidade de um toque na porta, nem uma palavra de saudação, com a morte nos olhos, e entendeu que a crise se abatera sobre ela. Chegara a hora de revelar o segredo.

Edgar Wood ouviu a notícia da gravidez e admitiu que havia sido superado por uma mestra. Tinha vindo para encerrar o Entendimento, para dar a Boonyi um último pagamento em dinheiro, uma passagem para o esquecimento e um alerta para os perigos de uma futura indiscrição, e viera até ela de um jeito feio porque era um feio dever que tinha a cumprir, porque o homem que era o autor dessa feia atitude não tinha a decência de vir ele próprio. Mas, antes que pudesse dar o recado de feiúra, ela jogou o seu trunfo. Ele trouxera a ela diariamente a pílula anticoncepcional e observara enquanto ela a colocava na boca, tomava um gole de água e engolia, mas evidentemente ela o havia enganado, colocado a pílula de um lado com a língua, escondida debaixo dos permanentes pedaços de tabaco, e agora estava grávida do filho do embaixador e havia muitos meses. Estava tão obesa que a gravidez ficara invisível, escondida em algum lugar dentro da gordura, e era tarde demais para pensar em aborto, estava avançada demais e os riscos eram muito grandes. "Parabéns", disse Edgar Wood. "Nós subestimamos você." "Quero falar com ele", Boonyi respondeu. "Diga para ele vir aqui imediatamente."

Em uma versão da história da dançarina Anarkali, o próprio imperador Akbar vai falar com a beldade e a convence de que o romance com o príncipe Salim tem de acabar, que ela tem de enganá-lo fingindo que já não o ama, para que ele possa afastar-se dela e voltar para o caminho do destino que acabará por levá-lo ao trono; e exatamente como em *La traviata*, exatamente como Violetta, que desiste de Alfredo depois da visita de seu pai Germont, ela concorda. Mas Boonyi não era mais Anarkali, havia perdido a beleza, não podia mais dançar e o embaixador não era filho de ninguém, mas ele próprio o poderoso. E Anarkali não ficava grávida. Histórias eram histórias e vida real era vida real, nua, feia e por fim impossível de ser maquiada com as tintas da lenda. Max Ophuls foi ao quarto rosa de Boonyi nessa noite. Ficou diante da cama dela no escuro, ligeiramente inclinado para a fren-

206

te, apertando a aba do chapéu de palha nas mãos trêmulas. A visão do corpo inflado, cetáceo, ainda teve o poder de chocá-lo. O que havia ali dentro, o que estava crescendo diariamente dentro de seu útero, era ainda mais chocante. Seu filho estava tomando forma ali dentro. Podia ser seu primogênito. "O que você quer?", perguntou em voz baixa, enquanto pensamentos sombrios e loucas emoções assolavam suas ruas e praças interiores.

"Quero dizer para você o que acho de você", disse ela.

O inglês dela havia melhorado e ele havia aprendido a língua dela também. No momento de maior proximidade, às vezes esqueciam que língua estavam falando; as duas línguas se fundiam em uma. Ao se afastarem, afastaram-se também os discursos. Agora ela falava sua própria língua e ele a dele. Um entendia o outro bastante bem. Ele sabia que haveria abuso e houve abuso. Ocas ameaças e acusações de traição. Tudo isso ele compreendia. Olhe para mim, ela estava dizendo. Sou a sua obra feita carne. Você pegou beleza e transformou em horror, e desta monstruosidade nascerá o seu filho. Olhe para mim. Eu sou o sentido dos seus atos. Eu sou o sentido do que você chamou de "amor", seu amor destrutivo, egoísta, libertino. Olhe para mim. Seu amor parece exatamente com ódio. Eu nunca falei de amor, ela estava dizendo. Eu era sincera e você me transformou em sua mentira. Esta não sou eu. Esta não sou eu. Esta é você.

E então veio outra linha de ataque, mais antiga. Eu devia saber, ela estava dizendo. Devia saber que não devia deitar com um judeu. Os judeus são nossos inimigos e eu devia saber.

O passado empinava. Brevemente ele viu de novo o exército dos judeus caídos. Deixou a lembrança de lado. A roda havia girado. Nesse momento de sua história, ele não era a vítima. Nesse momento, ela, não ele, tinha o direito de reclamar parentesco com os perdidos. Eu pelo menos nunca falei de amor, ela estava dizendo. Conservei o amor por meu marido embora meu corpo servisse a você, judeu. Olhe o que você fez do corpo que eu lhe dei. Mas meu coração ainda é meu.

"Nunca me amou então", disse ele, de chapéu na mão, quando ela terminou. Soava ridiculamente falso e hipócrita, mesmo para si mesmo. Ela estava rindo dele, perversamente. Um rato ama a cobra que o engole?, ela estava perguntando. Ele estremeceu com o afiado da língua dela, com a violência que crescia dentro dela. "Vai ser bem cuidada. Tudo o que você precisar", disse ele, e virou-se para ir embora. Na porta, parou. "Um dia, amei uma Rata", disse. "Talvez você seja a cobra que comeu a Rata."

O escândalo estourou uma semana depois. Um bebê mudava as coisas. Uma gravidez não podia ser ignorada. Max Ophuls nunca descobriu quem vazou a informação para os jornais — a própria Boonyi, a abobrinha mestre de dança do andar de baixo, o jovem catamito, alguém dos grupos de motoristas e guardas de segurança escolhidos por sua pretensa discrição por Edgar Wood, ou mesmo o próprio Wood, Wood lavando as mãos depois de tantos anos no serviço sujo do patrão —, mas poucos dias depois do último encontro de Max com Boonyi todos os jornalistas da cidade tinham a história. Não era a maior história do momento, mas o momento se alimentava naturalmente dessas histórias. A comissão de trabalhos da conferência nacional de Jammu e Caxemira havia aprovado por unanimidade uma resolução pedindo a fusão permanente do estado à Índia. Indira Gandhi havia solicitado e recebera poderes para colocar fora da lei grupos que questionavam a soberania da Índia sobre o vale. Uma garota caxemirense arruinada e destruída por um poderoso americano fornecia ao governo indiano uma oportunidade de fazer parecer que iria levantar-se e defender os caxemirenses contra saqueadores de todos os tipos, defender a honra da Caxemira com tanto vigor quanto defenderia qualquer outra parte integrante da Índia. Nada mais servia, senão a cabeça de Max numa bandeja. Seu amigo Sarvepalli Radhakrishnan havia se retirado da presidência; o novo presidente, Zakir Hussain, estava dando declarações privadas violentas sobre a exploração que o ímpio americano fizera de uma inocente menina muçulmana. Ninguém usara as palavras "assédio sexual" ainda, mas Max sabia que não devia estar longe dos lábios das pessoas. Ele não era mais o bem-amado amante da Índia, mas seu violador sem coração. E Indira Gandhi queria sangue.

A Guerra do Vietnã estava no auge e também a impopularidade dos americanos na Ásia. Queimavam cartões de recrutamento no Central Park, Martin Luther King liderava uma marcha de protesto às Nações Unidas e na Índia um maldito embaixador americano estava aparentemente fodendo o campesinato local. Então a América dilacerada pela guerra voltou-se contra Max também, sua alegada opressão de Boonyi tornou-se uma espécie de alegoria do Vietnã. Norman Mailer escreveu sobre Boonyi e Max como se ela fosse o campo perto de Saigon e ele fosse a Operação Cedar Falls. Joan Baez fez uma canção sobre eles. Essas intervenções não eram simpáticas a Max Ophuls. Era como se os seus eus anteriores fossem apagados da noite para o dia — o herói da Resistência, o autor de best-seller, o gênio da economia, o famoso amante de sua igualmente heróica esposa e o "judeu voador" — e no seu lugar aparecesse esse ogro igual ao Barba Azul, esse predador sexual que não servia para nada a não ser a castração. Pichar e cobrir de penas era bom demais para gente como ele. Che Guevara foi morto por essa época e esse acontecimento foi praticamente o único a não ser colocado nas costas de Max.

Nessa época, não havia os "cercos da mídia" no sentido moderno. A Rádio All-India mandou um repórter ficar parado um tanto hesitantemente na porta do prédio de apartamento verde-sálvia no tipo 1 número 22 da Southeast Hira Bagh, segurando um microfone como se fosse uma tigela de esmolas. Doordarshan, único canal de televisão naquela época, mandou um cameraman e um técnico de som. O texto que lhes seria permitido dizer no comentário seria, sem dúvida, enviado depois pelo escritório do primeiro-ministro, portanto não havia necessidade de mandar um jornalista. Havia um homem da agência PTI e dois ou três outros da mídia impressa. Eles viram divas da dança odissi ir e vir e o menino de Jayababu cumprindo tarefas. Os ocupantes anônimos de outros apartamentos do mesmo prédio não tinham visto nada, não sabiam de nada, recuavam das câmeras e dos microfones como do perigo e fugiam. Uma única vez, o próprio Jayababu saiu e ralhou com a imprensa por fazer barulho demais e incomodar sua aula de dança e, diante disso, os repórteres envergonhados imediatamente passaram a falar em sussurros. Dos atores principais do drama não havia nem sinal. À hora das refeições, os vigilantes se dispersavam em busca de alimento e logo perderam o interesse em permanecer em seus postos. Delhi no inverno era fria como um fantasma e de manhã e de tarde a neblina baixava e enfiava as mãos úmidas por dentro da pele, congelava os ossos. Não havia necessidade de ninguém ficar. As notícias estavam sendo construídas em outros lugares. O embaixador americano estava sendo retirado em desgraça. A embaixada dos Estados Unidos é que era o lugar para se procurar. Hira Bagh era apenas uma nota de fofoca. Na bruma do inverno parecia um mundo fantasma.

Numa noite branca de fog, por volta das três da manhã, muito depois de os cavalheiros da imprensa terem ido embora, uma figura encapuzada chegou ao apartamento rosa de Boonyi. Quando a mulher grávida encalhada na praia de sua cama como um monstro marinho ouviu uma chave girar na fechadura, achou que era Edgar Wood fazendo a sua visita de alimentação noturna. Nesses dias, ele só a visitava no meio da noite, chegava sem fôlego, carregado com grandes quantidades de comestíveis. Ela não tinha simpatia por ele. Era um efeito colateral necessário em sua vida doente, como vômito. "Estou com fome", ela bradou. "Você está atrasado." Ele entrou no quarto gemendo como se fosse um escolar preso com o braço para trás por algum valentão, uma criança cuja orelha estava sendo torcida por uma tia disciplinadora. A figura encapuzada entrou atrás dele no quarto, tirou o véu e olhou Boonyi com uma simpatia ativa, maternal. "Ah, meu Deus", disse ela. "Meu Deus, que horror de... ha! Não dá para acreditar, minha nossa, que eu quase senti inveja... haha! — ah, deixa pra lá. Mas aí está. Eu quase perdoei. Dá para acreditar nisso? — Incrível. — Mas eu quase perdoei, apesar de tudo. Apesar, meu Deus, de você. — Mas olhe só para você. Nenhuma disciplina. Não dá para ser assim. — Humm. — Edgar, que criatura perversa e pegajosa, foi você que fez os arranjos? Bom, claro que foi, era isso que você fazia. — É o que ele faz, querida. É, você também tem horror dele, claro que tem, todo mundo tem. — Ahn-han. — Vamos tirar você daqui, minha querida. Você vai precisar de cuidados. Vamos cuidar de você até a hora. — Ah, sei. Está me entendendo mal. — Não, meu marido não me mandou aqui. Ele saiu do país. Deixou o serviço diplomático. Mas vou ser franca, não me deixou a mim. Fui eu que deixei meu marido. Está entendendo? — Humm? — Deixei depois de tudo e apesar de tudo e no fim de tudo. — Ah, deixa pra lá. — A questão é levar você para algum outro lugar. Sem ninguém espionando e um lugar que tenha bons cuidados médicos. — Hummm? De quantos meses está? Sete meses? Mais? Oito? Aha. Oito. Bom. Não vai demorar então. Ah, vamos logo com isso, Edgar, pelo amor de Deus. — Edgar foi despedido também, querida, achei que você gostaria de saber. Vou providenciar para esse merdinha nunca mais trabalhar para o país dele de novo, isso eu prometo a você. — Hoje é a sua última gracinha, não é, Edgar? E foi além da sua própria utilidade, eu diria. Pobre Edgar. O que vai ser de você? — Ha! — Não, pensando bem, acho que não vamos nos preocupar com você, não é, querido? Não. — Bom, então, Edgar: onde está essa maldita perua?"

"Está na esquina." Assim Edgar Wood rilhou entre dentes. "Mas eu avisei que ela talvez esteja grande demais para passar pela porta." Margaret Rhodes Ophuls virou para encará-lo e secou-o com seu olhar de fogo de dragão. "Certo, Edgar", disse, docemente. "Avisou mesmo. Então vá correndo e traga uma droga de um machado."

Boonyi deu à luz uma filha num quarto limpo, simples, no Orfanato para Meninas de Rua Incapacitadas & Abandonadas Sagrado Amor da Índia Evangalática, do padre Joseph Ambrose, localizado na 77-A, ala 5, em Mehrauli, uma instituição que se beneficiara grandemente com a habilidade de levantar fundos e generosidade pessoal da ex-esposa do embaixador. Apesar do afeto e simpatia de todos do Orfanato Evangalático por Peggy-Mata, a nova residente que ela impôs a eles não foi popular, inicialmente. Todos os detalhes da história de Boonyi se tornaram conhecidos no orfanato quase de imediato. Havia no Evangalático meninas resgatadas dos bordéis de Nova Delhi com a idade de nove anos e essas crianças se reuniam na frente da porta de Boonyi para conversar em voz alta e grosseira sobre a vadia do ricaço que havia voluntariamente escolhido a vida humilhante da qual conseguiram escapar. Havia meninas que pareciam aranhas gigantes por causa de problemas de coluna que as obrigavam a andar de quatro e elas se juntavam às ex-prostitutas infantis para caçoar do novo tipo de aleijada, que havia se tornado quase imóvel devido à pura gulodice. Havia meninas do campo que fugiram para a cidade grande para escapar dos velhos sórdidos a quem tinham sido dadas como noivas — ou melhor, vendidas como noivas —, e essas meninas também juntavam-se à multidão à porta de Boonyi para expressar sua descrença de que uma mulher pudesse deixar um bom homem que realmente a amasse.

As coisas estavam a ponto de passar dos limites quando padre Ambrose, alertado por Peggy Ophuls, falou com as meninas e cobrou delas algo como compaixão. "O sagrado amor da Índia trouxe vocês todas ao abrigo deste porto seguro", disse ele, um jovem mas carismático padre católico que crescera em uma aldeia de pescadores de Kerala e era, conseqüentemente, afeito a metáforas marítimas. "O amor de Deus lançou suas redes no mar imundo onde vocês nadavam. Deus pescou suas almas da água negra e revelou sua luz brilhante. Me mostrem então que vocês também podem ser pescadoras do espírito. Joguem as redes de sua compaixão e tragam de volta a um porto seguro essa alma que chora por seu amor."

Depois do pequeno discurso de padre Ambrose, Peggy Ophuls conseguiu algumas ajudantes, não apenas o médico e a parteira, mas também meninas para cozinhar para Boonyi, para dar-lhe banho e pentear o cabelo emaranhado. Mrs. Ophuls não fez nenhuma tentativa de limitar o consumo de alimento da mulher adoentada. "Vamos cuidar da segurança da criança", disse ela ao padre Ambrose e às órfãs (que resmungaram mal-humoradas, mas não fizeram objeção). "Depois podemos pensar na mãe."

No devido momento, nasceu o bebê. Boonyi, aninhando a filha, deu-lhe o nome de Kashmira. "Está me ouvindo?", sussurrou no ouvido da menininha. "Seu nome é Kashmira Noman e vou levar você para casa."

Foi quando o rosto de Peggy Ophuls endureceu e ela revelou seus propósitos sombrios, desvendando o segredo que mantivera escondido até aquele momento debaixo do manto de seu altruísmo aparentemente sem limite. "Minha jovem", disse ela, "chegou a hora de encarar os fatos. Quer voltar para casa, você disse?" "Quero, sim", respondeu Boonyi, "é a única coisa que eu quero no mundo." "Humm", disse Peggy Ophuls. "Para sua casa e para aquele seu marido em Pachigam. Aquele que nunca veio buscar você. Aquele que parou de escrever. O clown." Os olhos de Boonyi encheram-se de lágrimas. "Isso mesmo, querida, eu tomei o cuidado de me informar. — Ha! Sei! — É para esse rapaz que você vai voltar com a filha de outro homem nos braços? Mmm? E imagina que esse rapaz vai dar o nome dele para essa menininha — *Kashmira Noman* — e vai aceitar como se fosse dele e daí vão todos ver o pôr-do-sol em algum lugar para viver felizes para sempre?" As lágrimas corriam pelo rosto de Boonyi. "Isso não vai acontecer, minha querida", disse Peggy Ophuls sem nenhum sentimentalismo, aprontando o bote. "*Noman*, sei! — Não é esse o nome dela. E o que você disse? *Kashmira?* Não, não, querida. Não pode ser esse o futuro dela." Algo novo no tom da voz dela fez Boonyi secar as lágrimas.

"Uma coisa, porém", acrescentou Peggy Ophuls, como se a idéia tivesse acabado de lhe ocorrer. "Veja só, um plano. — Está escutando? É bom você escutar." Boonyi estava prestando atenção agora. "Estamos no inverno", disse Peggy Ophuls. "A estrada para Pir Panjal está fechada. Não dá para chegar ao vale por terra. — Não importa. Posso dar o que você quer. Posso arrumar um avião para levar você para lá. Você provavelmente precisa de mais que uma poltrona. Isso tem de ser levado em conta. — Não precisa se preocupar com a amamentação da menina. Já arrumei uma ama-de-leite. — Você pode viajar, o quê?, dentro de uma semana? Digamos uma semana. Posso providenciar um veículo confortável para esperar você do outro lado para levar até Pachigam com toda classe. Que tal isso? — Humm? Parece bom, espero. Ha! Claro que é bom."

As lágrimas de Boonyi haviam secado. "Por favor, não estou entendendo", disse ela, afinal. "Para que uma ama-de-leite?" Quando as palavras saíram de sua boca ela viu a resposta à sua pergunta nos olhos da benfeitora.

"Conhece a história de Rumpelstiltskin?", perguntou Peggy Ophuls, sonhadora. "Não, claro que não. — Bom, em resumo. Era uma vez a filha de um moleiro que um daqueles reis malucos dos contos de fadas disse para ela, *se não fiar toda essa palha em ouro até amanhã de manhã, você vai morrer.* — Sabe o tipo de sujeito de que estou falando, querida. Eles trepam com você para cortar fora sua cabeça, esses príncipes assassinos, amor e morte é a mesma coisa para eles. Eles trepam com você e cortam a sua cabeça. Trepam com você *enquanto sua cabeça está sendo cortada...* — Desculpe. Como eu estava dizendo. — No meio da noite, sentada, desamparada, chorando, trancada na torre do castelo, ela ouve uma batida na porta e entra um anãozinho, que pergunta 'o que você dá para mim se eu fiar isso para você?'. E ele fez, sabe?, três noites seguidas ele fiou a palha em ouro e a filha do moleiro viveu e é claro que casou com o rei maluco e teve um filho. Mulher idiota! Casar com o homem que era capaz de matá-la num piscar de olhos. — Bom! — Sherazade casou com o assassino Shariar também. — Não tem nada mais burro que mulher, não é? Veja eu, por exemplo. Casei com meu príncipe maluco também, o assassino do meu amor. Mas você sabe tudo sobre ele, claro, me desculpe. — Então, lá estava eu. — É. Concluindo. — Uma noite, o anãozinho voltou. 'Você sabe o que eu vim buscar', ele disse. Rumpelstiltskin era o nome dele."

As duas estavam sozinhas no quarto; sozinhas com suas necessidades desesperadas. O silêncio era terrível: uma quietude escura, sem esperança, de inevitabilidade. Mas a expressão no rosto de Margaret Rhodes Ophuls era pior, ao mesmo tempo selvagem e feliz. "*Ophuls*", disse Peggy-Mata. "Esse é o nome do pai dela. E *India* é um nome bom, um nome que contém, por assim dizer, a verdade. A questão das origens é uma das duas grandes questões. *India Ophuls* é uma resposta. Para a segunda grande questão, a questão da ética, ela vai ter de encontrar respostas dela mesma."

"Não", Boonyi gritou. "Isso eu não faço." Peggy Ophuls estendeu a mão para a cabeça da jovem mãe. "Você recebe o que quis", disse ela. "Você vive e vai para casa. Mas nós somos duas aqui, minha querida. — Não percebe? — Duas para satisfazer. É. Você sabe, na véspera de embarcar para a Índia, sonhei que não iria embora sem uma criança para chamar de minha. Sonhei que estava segurando uma nenezinha e cantando para ela uma canção que eu tinha feito especialmente. E aí, durante todo esse tempo com todas essas crianças, fiquei imaginando de onde viria a minha filha. — Você entende, tenho certeza. — A gente quer que o mundo seja o que não é. — A gente se apega à esperança. Depois, finalmente se encara a verdade. — Vamos olhar o mundo como é, vamos? — Eu não posso ter filhos. Isso está claro. Mais de uma razão agora. Biologia e divórcio. — E você? — Não pode ficar com essa menininha. Ela vai acabar com você e será morte para você e morte para ela. — Está entendendo? — Enquanto comigo pode viver como uma rainha."

"Não", disse Boonyi, tonta, abraçando a filha. "Não, não, não."

"Estou tão contente", disse Peggy Ophuls. "Hummm? — É. De verdade! — Não podia estar mais contente. Eu sabia que você ia entender quando fosse devidamente explicado." Ao sair do quarto, ela estava cantarolando a canção do sonho para si mesma. *Ratetta, doce Ratetta, cantou, quem pode ser melhor que você?*

Aqui está o ex-embaixador Maximilian Ophuls caindo, pela primeira vez, para fora da História. Aqui está ele em desgraça, afundando nas águas turbulentas de 1968, passando pela Primavera de Praga, pela Magical Mystery Tour, pela ofensiva do Tet, pelos événements de Paris, pelo massacre de My Lai, pelos corpos mortos do dr. King e de Bobby Kennedy, por Grosvenor Square, por Baader-Meinhof, por Mrs. Robinson, por O. J. Simpson e Nixon. O oceano inchado dos eventos, poderoso e sem coração, fecha-se sobre Max como sempre se fecha sobre os perdedores. Aqui está o afogado Max, o homem invisível. Max underground, preso num mundo Edgar Wood subterrâneo, um mundo dos negligenciados, do povo lagarto e do povo cobra, de prostitutas destituídas e amantes descartadas, de líderes perdidos e esperanças anuladas. Aqui está Max vagando entre as altas pilhas de corpos que ele rejeitou, as cadeias de montanhas de derrota. Mas mesmo nessa sua recém-descoberta invisibilida-

*de ele está à frente de seu tempo, porque nesse solo oculto estão sendo planta-
das as sementes do futuro e o tempo do mundo invisível chegará, o tempo da
dialética alterada, o tempo da dialética na clandestinidade, quando anônimos
exércitos espectrais lutarão em segredo pelo destino da Terra. Um bom homem
nunca é descartado por muito tempo. Sempre se encontra um uso para um homem desses. Max invisível terá um novo uso. Ele será um dos forjadores dessa
nova era também, até a velhice finalmente baixar a cortina e a Morte vir bater à sua porta na forma de um belo homem, um Mercader, um Udham Singh,
a Morte, em nome da mulher que um dia ambos amaram, lhe pedindo trabalho.*

4. Shalimar, o equilibrista

O ar estava cheio de partículas de si mesmo. Cada respirada que dava raspava-lhe a garganta antes de derreter, mas para Boonyi, parada na pista de pouso militar de Elasticnagar, o frio inalado tinha a doce picada do lar. "Oh, gelada beleza", lamentou ela em silêncio, "como pude abandonar isto aqui?" Estremeceu e o tremor era a sensação de voltar para si mesma. Desde o dia em que partira, sua mãe não a visitava em sonhos. "Até um fantasma é mais sensato que eu", pensou, quase querendo deitar no asfalto para dormir ali mesmo e renovar sua relação com Pamposh. "Minha mãe também está esperando por mim em casa." O Fokker Friendship fretado, chamado "Yamuna" em honra do grande rio, recebera permissão especial para pousar ali, longe de olhos curiosos. Peggy-Mata tinha muitos amigos. Boonyi embarcara no avião em um canto discreto do setor geral de aviação em Palam, parcialmente sedada para acalmar sua histeria, mas à medida que o pequeno avião voava para o norte, o vazio em seus braços começou a pesar como uma carga intolerável. O peso da filha ausente, o vazio aninhado, era demais para agüentar. No entanto, tinha de ser suportado.

O avião chegou ao Pir Panjal e fez uma espiral ascendente para ganhar altura; depois, sem aviso, baixou dois mil pés em um buraco de ar e ela gritou de terror. Duas vezes espiralou para cima, duas vezes caiu, duas vezes ela gritou. O Pir Panjal era o portal do vale e Boonyi sentiu como se o portal estivesse trancado para ela. O peso da menina ausente aumentara tanto que o avião não conseguia levá-lo sobre os picos. As montanhas a empurravam para trás, dizendo para pegar sua poderosa carga e ir embora. Mas não conseguiriam. Havia abandonado seu bebê para poder voltar para casa e não ia permitir que as montanhas se pusessem no caminho. Na terceira tentativa do avião, ela reuniu toda a força de vontade que lhe restava e deixou o bebê fantasma ir embora. Não havia bebê, disse a si mesma. Não tinha nenhuma filha. Estava voltando para casa, para o marido e não havia nenhum vazio de chumbo carregado no ninho de seus braços. Sentiu o peso em seu colo diminuir, sentiu o avião subir. Jogou fora o bebê perdido e forçou o avião a subir e seguir. Dessa vez, a espiral não terminou em uma queda e as montanhas passaram por baixo da barriga do pequeno avião, envolto em uma tempestade. Então, o vale se desenrolou debaixo dela usando seu arminho de inverno. Enquanto o avião descia para Elasticnagar, ela pensou ver Pachigam e todos os aldeões estavam na rua principal, olhando para o avião e saudando.

O "Yamuna" não tinha serviço de bordo e o pacotinho com o almoço que estava entre os presentes de despedida de Peggy Ophuls desaparecera fazia tempo. Não havia armário de remédios a bordo e seu fornecedor tinha desaparecido também. Estava com fome e louca. Não havia tabaco para mascar. Tinha fome de vísceras. Havia um grito em seu sangue. Forças invisíveis poderosas puxavam por ela. Os planetas-sombra estavam em guerra. Claro que os aldeões não estavam saudando sua volta ao lar. Era uma ilusão. Ela era vulnerável a ilusões de todo tipo, sabia disso. Estava sendo castigada por suas dependências. Não sabia se poderia viver sem as coisas de que precisava, os engarrafados e cozidos. Não sabia se poderia viver sem sua menininha. Quando pensou nisso, o peso caiu sobre seu colo e a trajetória do avião afundou severamente. Ela fechou os olhos e afastou a menina. Não existia Kashmira. Existia apenas a Caxemira.

"Madame, senta, faz favor". Um jovem soldado com um nome sulino de enrolar a língua e um sorriso cheio de dentes inocentes estava esperando por ela diante do pequeno prédio de madeira dos desembarques, sentado atrás da direção de um jipe do Exército. Boonyi estava usando o phiran escuro e a echarpe azul que Peggy Ophuls havia lhe dado na véspera. O xale shahtush estava dobrado na mala. Não queria parecer ostensiva. Pedira que um kangri de brasas quentes estivesse pronto para ela e o motorista o tinha à espera. Quando sentiu o calor familiar junto à pele seu ânimo melhorou. O mundo estava recuperando a forma ordenada. Sua aventura sulista estava se apagando. Talvez nunca tivesse acontecido. Talvez sua inocência ainda estivesse impoluta. Não, tinha acontecido, sim, mas talvez, pelo menos, as manchas pudessem ser facilmente lavadas, sem deixar marca permanente. Boonyi Kaul estava de volta. Havia trocado seu bebê por um phiran, uma echarpe, um xale, um pacote de almoço, um vôo num Fokker Friendship e uma volta de jipe. Quando pensava nisso, a força gravitacional da Terra aumentava de repente e ela ficava incapaz de se mover. Rilhou os dentes. *Não existe Kashmira.* "Me ajude", disse, e com a mão na mão do motorista subiu dolorosamente para o banco de passageiros do jipe. O motorista era cortês e falou com ela como se fosse um dignitário em visita, mas ela não estava fora de si a ponto de pensar em si mesma dessa forma.

Não tinha planos, a não ser implorar misericórdia. Iria para sua aldeia, deixando para trás o mundo de tratamento VIP a que tivera acesso brevemente e atiraria sua inchada pessoa aos pés do marido na neve. Aos pés do marido e dos pais dele e aos pés de seu pai também e imploraria até a levantarem e beijarem, até o mundo voltar a ser o que fora e a única marca de sua transgressão ser a marca de seu corpo prostrado na brancura onipresente, um eu-sombra que logo seria obliterado, pela próxima nevasca ou por um súbito descongelamento. Como poderiam não recebê-la de volta quando havia sacrificado a própria filha só para ter uma chance de ser aceita? Quando pensou nisso, o imenso peso, o peso crescente da filha perdida, despencou em cima dela de uma só vez, o jipe deu uma guinada para a esquerda e morreu. O motorista franziu a testa, perplexo, olhou brevemente para ela, pediu desculpas e deu partida no motor. Boonyi repetiu seu mantra mágico para si mesma, insistentemente, *não existe Kashmira, só existe a Caxemira.* O motor do jipe pegou e seguiram em frente.

O Exército estava por toda parte. Ela tivera permissão para usar as instalações militares, de forma que podia deslizar de uma esfera do mundo para outra, de forma que podia deixar para trás o público e voltar para o privado. Havia razão para duvidar que esse deslizar ainda fosse possível. Ao rodar para fora dos portões de Elasticnagar e ser acariciada pelas sombras dos álamos e plátanos da beira da estrada que a faria passar por Gargamal e Grangussia até

Pachigam, lembrou-se de uma discussão entre Anees Noman e seus irmãos, que começara quando seu cunhado fabricante de bombas insistiu durante o jantar que a fronteira, *a linha de cessar-fogo*, entre a vida privada e a arena pública não existia mais. "Tudo é política agora", ele dissera. "Acabaram-se os velhos dias confortáveis." Os irmãos começaram a caçoar dele. "E a sopa?", perguntou Hameed, o gêmeo mais velho. "A sopa de nossa mãe também é politizada?" E o gêmeo que nasceu em seguida, Mahmood, acrescentou, pensativo: "Tem também a questão da barba. Nós dois somos uns filhos-da-mãe barbudos que temos de fazer a barba duas vezes por dia, mas você, Anees, é liso feito uma menina e nem precisa do toque do barbeador. Então muita barba é conservador ou é radical? O que os revolucionários acham?".

"Vocês vão ver", Anees gritou, dando um murro na mesa de jantar, caindo na armadilha dos irmãos e soando ridículo. "Um dia, até as barbas vão ser objeto de disputas ideológicas." Hameed Noman retorceu os lábios judiciosamente. "Tudo bem, tudo bem", concedeu. "Até aí tudo bem. Mas é melhor deixarem minha sopa de galinha em paz."

A caminho de casa, Boonyi viu a casa de Abdullah Noman com os olhos da mente, iluminada pelo brilho dourado da memória. O patriarca estava sentado à cabeceira da mesa familiar, os lábios apertados, olhando ao longe com um brilho divertido nos olhos, fingindo ter coisas mais elevadas na cabeça enquanto os filhos se chocavam e discutiam e Firdaus, com seu olho lento, batia um prato de comida na frente dele como se o estivesse desafiando para um duelo. Chamas amarelas tremulavam em lanternas de ferro e tambores, santoors e gaitas estavam empilhadas em um canto perto do cabide de ricos figurinos e de um gancho de onde pendia meia dúzia de máscaras pintadas. A cena barulhenta dos gêmeos continuou como sempre e Anees, de constituição dolorida, ficou irritado com isso. Essa irritação também era costumeira. A família era eterna e não ia, não podia, mudar, e ao voltar para ela Boonyi recolocaria tudo do jeito que era antes, iria até desmanchar o desentendimento entre Anees e seu marido, Shalimar, o equilibrista, e à mesa de Firdaus gozariam de novo de um final feliz para as refeições conjuntas, abençoados pela ilimitada largueza gastronômica da esposa do sarpanch.

Ao se aproximarem de Pachigam, começou a nevar. "Me deixe no ponto de ônibus", disse ao motorista. "Clima inclemente, madame", ele respondeu. "Melhor parar na casa sua." Mas ela foi inflexível. O ponto de ônibus era o lugar de onde se despedira dessa vida e era no ponto de ônibus que pretendia retornar a ela. "Bom, madame", disse o motorista, incerto. "Espero até buscarem a senhora?" Mas ela não queria ser vista com um homem do Exército. Estava nevando pesado quando viraram a última esquina. Ali era o ponto de ônibus. Não havia placa, mas não tinha importância. Ali estava o armazém onde seu pai e o sarpanch vendiam frutas de seus pomares. Estava lacrado com tábuas por causa da nevasca. "Por favor, madame", disse o motorista. "Eu temo pela sua boa saúde." Ela ainda sabia olhar para um simplório com o desdém de uma dura mulher de aldeia. "O frio é calor para nós", disse. "A neve para mim é igual a um banho quente para você. Não tem por que se preocupar."

Então, estava parada sozinha na tempestade de neve quando os aldeões a viram, imóvel no ponto de ônibus, com neve nos ombros e montes de neve se acumulando junto a suas pernas. A visão de uma mulher morta que havia de alguma forma se materializado na orla da cidade com o colchão enrolado e a mala ao lado dela atraiu a aldeia inteira para a rua, com neve ou sem neve. Todo mundo ficou hipnotizado pela visão daquele corpo imobilizado que parecia não ter feito nada na outra vida além de comer. Parecia uma mulher de neve feita por uma criança, uma mulher de neve com o corpo da falecida Boonyi dentro dela. Ninguém falou com a mulher de neve. Podia atrair má sorte falar com um fantasma. Mas a aldeia inteira sabia também que alguém teria de falar alguma coisa mais cedo ou mais tarde, porque Boonyi não sabia que estava morta.

Ela viu todos eles através da nevasca, circulando em torno dela como corvos, mantendo distância. Chamou, mas ninguém respondeu. Um a um se aproximaram dela — Himal, Gonwati e Shivshankar Sharga, Grande Misri, Habib Joo — e um por um eles recuaram. Então os atores principais fizeram sua entrada, crostas de neve nas barbas e sobrancelhas. Hameed e Mahmood Noman vieram de braços dados, com uma risada peculiar, como se ela tivesse feito alguma coisa estranha ao voltar, algo que não era realmente engraçado. E aquela era Firdaus Noman, a amiga de sua mãe, Firdaus que estendeu a mão em sua direção, depois baixou e saiu correndo. Boonyi pensou entender. Estava sendo castigada. Estava sendo julgada na neve muda e ritualmente colocada em ostracismo. Mas certamente não continuariam assim, não com aquela nevasca. Certamente alguém a levaria para dentro, ralharia com ela, lhe daria um abraço e alguma coisa quente para beber?

Quando seu doce pai veio saltando desajeitado pela neve, ela teve certeza de que o encanto se quebraria. Mas ele parou a dois metros dela e chorou, as lágrimas congelando nas faces. Era sua única filha. Ele a amara mais que a própria vida, até ela morrer. Se ele não falasse agora, o olhar morto dela o amaldiçoaria. Uma filha rejeitada pode colocar mau-olhado no pai que a rejeita, mesmo depois da morte. Em voz baixa, numa voz que ela mal podia ouvir acima do assobio do vento, ele murmurou palavras supersticiosas: *nazaré-bad-door*. Mau-olhado, vá embora. Então, lentamente, como se lutasse contra correntes, os pés dele afastaram-se dela aos passinhos, a neve toldou a visão dela e ele se foi. Em seu lugar, por fim, estava seu marido, Noman que era Shalimar, o equilibrista. Que expressão era aquela em seu rosto? Ela nunca tinha visto aquela expressão antes. Humildemente, disse a si mesma que era a expressão que merecia, na qual ódio e desprezo misturavam-se a dor, mágoa e um terrível amor rompido. E algo mais, algo que ela não entendia. O pai dele, o sarpanch, estava junto, segurando o braço dele. O pai que tinha a todos na palma da mão. Abdullah Noman parecia estar contendo o filho, puxando-o para longe dela. E lá estava seu próprio pai outra vez, colocando-se entre o marido e ela. Por que faria isso? Shalimar, o equilibrista, tinha alguma coisa na mão. Talvez fosse uma faca, segura com força assassina, a lâmina para cima, escondida dentro da manga da chugha com o cabo apertado na mão. Talvez ela fosse cair ali debaixo da lâmina do marido. Estava pronta para morrer. Caiu de joelhos na neve, os braços abertos, e esperou.

Zoon Misri, a filha do carpinteiro, ajoelhou-se ao lado dela. A beleza egípcia de pele escura de Zoon parecia pertencer a outro tempo e lugar, um mundo seco e quente de desertos e cobras dentro de cestos de figos e grandes leões com cabeça de rei. Em tempos mais felizes, ela acentuava seu ar exótico com linhas de kohl dramaticamente viradas para cima nos cantos dos olhos, mas desde o ataque dos irmãos Gegroo não usava nenhum embelezamento. Tinha ficado mais magra; os olhos vívidos eram duas lanternas queimando num rosto de osso polido. "Muita gente por aqui pensa em mim como um fantasma vivo", ela disse, distante, sem olhar para Boonyi. "Essa gente pensa que quando uma coisa acontece com uma mulher como a coisa que aconteceu comigo, a mulher devia ir calada para as árvores e se enforcar." Sorriu, debilmente. "Eu não fiz isso." O ânimo de Boonyi melhorou um pouquinho. A amiga estava com ela. Ainda existia lealdade no mundo, mesmo para uma traidora como ela. Com seus atos, com seu arrependimento cheio de remorso e com ações corretas, conquistaria de novo a lealdade dos outros. A amizade de Zoon era o início de que precisava. Estendeu a mão. Zoon fez um minúsculo movimento negativo com a cabeça. "Foi porque me trataram assim que eu posso falar", disse ela. "Os mortos vivos podem falar um com o outro, não é? Senão, não seria justo." Agora, pela primeira vez, olhou Boonyi nos olhos. "Eles mataram você", disse ela. "Depois do que você fez. Disseram que você estava morta para eles, anunciaram a sua morte e obrigaram todo mundo a fazer um juramento. Foram até as autoridades, preencheram um formulário, fizeram com que fosse assinado, selado, e agora você está morta, não pode voltar. Houve o luto adequado durante quarenta dias, com todos os rituais religiosos e sociais e é claro que você não pode simplesmente aparecer assim de novo. Você é uma pessoa morta. Sua vida terminou. É oficial." Zoon estava controlando os músculos da face e a voz também era estritamente disciplinada. "Quem me matou?", Boonyi perguntou. "Me diga os nomes." O silêncio de Zoon foi tão longo que Boonyi achou que estava se recusando a responder. Então a filha do carpinteiro disse: "Seu marido. O pai de seu marido. A mãe de seu marido. E." A voz de Boonyi tremeu quando implorou à amiga para continuar. "Quem mais?", suplicou. "Está dizendo que houve mais alguém."

Zoon virou o rosto para o outro lado. "E seu pai", replicou.

Estava nevando mais forte do que nunca e o frio apertava as garras no corpo dela, mesmo através das camadas de gordura protetoras e apesar do kangri de brasas quentes aninhado contra sua barriga. Ela e Zoon viram-se envolvidas pela tempestade; o resto de Pachigam era uma nuvem branca. Boonyi pôs-se de pé para pensar nessa nova situação, sobre a questão de estar morta. "Uma pessoa morta pode se abrigar de uma tempestade?", pensou em voz alta. "Ou tem de congelar até a morte? Uma pessoa morta pode comer e beber alguma coisa ou uma pessoa morta tem de morrer de novo, de fome e sede? Não estou nem perguntando agora se uma pessoa morta pode voltar à vida. Só estou pensando, se os mortos falam alguém escuta ou suas palavras caem em ouvidos surdos? Alguém conforta os mortos quando eles choram, ou perdoa quando se arrependem? Os mortos estão condenados para todo o sempre ou podem ser redimidos? Mas talvez essas perguntas sejam grandes demais para serem respondidas numa tempestade de neve. Tenho de diminuir as minhas exigências. Então agora se limitam ao seguinte: uma pessoa morta pode deitar num lugar quente ou tem de encontrar uma pá e cavar o próprio túmulo?"

"Tente não ficar amarga", disse Zoon "Tente entender a dor que matou você. Quanto à sua pergunta, meu pai disse que você pode assombrar o barracão de madeira esta noite."

O barracão de madeira era à prova de água, pelo menos, e apesar de sua morte os Misri a acomodaram o melhor possível, abrandando com tapetes e cobertores o desconforto da construção separada da casa. Penduraram uma lanterna de óleo em um prego. A tempestade amainou quando caiu a escuridão e Boonyi recolheu-se a esse mundo temporário de madeira para enfrentar sua primeira noite como morta ou, mais precisamente, como uma mulher que sabia que não existia mais, porque para falar a verdade sua vida terminara fazia bem mais de um ano. Os mortos não têm direitos, ela sabia, de forma que tudo o que antes pertencera a ela, das jóias de sua mãe à mão de seu marido, nada mais estava em suas posses. E havia também algum possível perigo. Tinha já ouvido histórias de pessoas declaradas mortas e quando essas entidades falecidas tentavam retornar à vida e reclamar suas posses eram às vezes assassinadas de novo, de modo a terminar com todas as discussões sobre sua condição. Mas esses outros membros da confraria dos mortos vivos, os mritak, eram assassinados pela ambição dos parentes. Sua morte não era culpa de ninguém, senão dela própria.

Nas horas tardias da noite, de repente ouviu uma voz conhecida. Seu pai estava encostado à parede externa do barracão, enrolado em todas as roupas quentes que pudera encontrar, porque era um homem que sofria com o frio. O pandit Pyarelal Kaul dirigiu-se ao barracão com familiaridade, como se fosse uma pessoa viva, ou pelo menos um membro dos mortos vivos: "Vamos falar do Oceano de Amor", disse o pandit Pyarelal Kaul ao barracão através de dentes que batiam. "Quer dizer, o *Anurag Sagar*, a grande obra do poeta K-K-K-Kabir." Mesmo na tristeza de sua morte, Boonyi, sepultada dentro do barracão de madeira, não conseguiu reprimir um sorriso. "Uma das grandes figuras do *Anurag Sagar* é Kal", o pai disse para o barracão de madeira. "Kal, cujo nome quer dizer ontem e amanhã, que quer dizer, T-T-T-Tempo. Kal era um dos dezesseis filhos de Sat Purush, cujo nome quer dizer Poder

Positivo, e depois de sua queda veio a ser o pai de Brahma, de Vishnu e de Shiva. Isso não quer dizer que nosso mundo nasceu do mal. Kal é uma figura que cai, mas não é nem mau, nem bom. Porém é verdade que ele insiste em olho por olho e que as exigências que faz nos limitam e nos impedem de atingir dentro de nós aquilo que temos para ser."

O coração dela saltou de alegria e a chama da lanterna queimou mais brilhante porque tanto a chama quanto o coração sabiam que aquele era o jeito de o pai de Boonyi voltar para ela, de fazê-la voltar para ele. A próxima sentença dela, porém, permitiu que a escuridão se fechasse mais uma vez. "Segundo Kabir", disse o pandit para o barracão de madeira, "só m-m-m-mritak, a Morta Viva, pode se livrar da dor de Kal. O que quer dizer isso? Alguns dizem que deve ser entendido assim: só os valentes podem atingir o Amado. Mas outro sentido é: só os mortos vivos estão livres do T-T-T-Tempo."

Escutem, ó santos, a natureza de mritak. Fiquei longe mais tempo do que pensava, ela disse a si mesma. Meu pai, o homem da razão, meu prático pai, cedeu a seu pendor místico, a seu planeta-sombra e virou algum tipo de sadhu. O conhecimento acadêmico ao qual o pandit sempre acrescentara um toque de ironia, expondo suas versões das idéias antigas com um sorrisinho malandro, era agora, aparentemente, enunciado sem nenhum recurso de distanciamento. A mais alta das aspirações humanas, o pandit Pyarelal Kaul cantou para o barracão de madeira, era viver no mundo e, no entanto, não viver nele. Extinguir o fogo que queima na mente e viver a vida sagrada da renúncia total. "A Morta Viva serve ao S-S-S-Satguru. A Morta Viva manifesta amor dentro dela; e recebendo amor seu espírito vital é libertado." Boonyi ouviu o exemplo da terra. "A terra não fere ninguém. Seja assim. A terra não odeia ninguém. Seja assim também." Ela ouviu o exemplo da cana-de-açúcar e do cande. "A cana-de-açúcar é cortada, moída e fervida para fazer o j-j-j-jagra. O jagra é fervido para fazer o açúcar cru. O açúcar queima para fazer a pedra de cande. E, da pedra de cande, açúcar cande provém, e todo mundo gosta disso. Da mesma forma, a Morta Viva agüenta seus sofrimentos e atravessa o Oceano da Vida p-p-p-para a alegria." Ela compreendeu que seu pai estava ensinando como devia viver agora, mas tinha detestado o ensinamento e a raiva incendiou-a por dentro. Mas ela reagiu. Ele tinha razão, assim como Zoon tinha razão. Tinha de abandonar a raiva e atingir a humildade. Tinha de deixar tudo e ser como nada. Não era o amor de

Deus que buscava, mas o amor de um homem em particular; porém, ao adotar a postura abnegada dos discípulos diante do Divino, ao se anular, ela podia também anular seu crime e fazer de si mesma algo que seu marido poderia amar de novo.

Só a alma valente consegue fazer isso. A pessoa Morta Viva tem de controlar seus sentidos, disse o pandit para o barracão. Ela controla o órgão de ver e entende "belo" e "feio" como a mesma coisa. Ela controla o órgão de ouvir e pode tolerar palavras más tanto quanto boas. Ela controla o órgão do gosto e deixa de saber a diferença entre coisas gostosas e coisas ruins. Ela não se excita mais, mesmo que lhe tragam os Cinco Néctares. Ela não recusa comida sem sal e amorosamente aceita o que lhe for servido. O nariz também ela controla. Cheiros agradáveis e desagradáveis são o mesmo para ela.

"Também controlado é o órgão da luxúria." O pandit Pyarelal Kaul foi particularmente firme nesse ponto, como se quisesse ter certeza de que o barracão de madeira entendia que seus desejos pecaminosos tinham de cessar. "O d-d-d-deus da luxúria é um ladrão. A luxúria é uma força poderosa, dolorosa e negativa. A mulher luxuriosa é a mina de Kal. A Morta Viva iluminou-se com a luz do conhecimento. Ela bebeu o néctar do Nome e fundiu-se no Não Elemental. Depois de fazer isso, a luxúria estará t-t-t-terminada." De início, ela tentou encontrar a verdadeira mensagem nas palavras em si. A certo ponto, porém, começou a ouvir as palavras por baixo das palavras. A idade da razão havia terminado, ele estava lhe dizendo, assim como a idade do amor. O irracional estava chegando a si mesmo. Estratégias de sobrevivência podiam ser necessárias. Lembrou-se do que ele dissera ao vê-la parada no ponto de ônibus, coberta de neve. *Nazarébadur.* Havia entendido erradamente que ele estava afastando o mau-olhado, quando de fato ele estava lhe dando um conselho, dizendo-lhe onde devia ir. A velha profetisa gujar havia se retirado do mundo antes de ela, Boonyi, nascer e amaldiçoara o futuro com suas últimas palavras. *O que está por vir é tão terrível que nenhum profeta terá as palavras.* Anos depois, os irmãos Gegroo se emparedariam numa mesquita por medo da ira de Grande Misri; mas Nazarébadur havia se fechado porque temia Kal, a passagem do Tempo em si. Sentara-se de pernas cruzadas na posição samadhi e simplesmente cessara de existir. Quando os aldeões finalmente reuniram coragem para olhar dentro da cabana, o corpo dela havia adquirido a fragilidade de uma folha seca e a brisa que entrou pela porta o soprou para longe como poeira. Agora era a vez de Boonyi. Uma pessoa morta que queria superar Kal faria bem em seguir a trilha da profetisa. E havia outro precedente, que Boonyi, a antiga dançarina, não deixou de lembrar. Anarkali também fora emparedada por se permitir uma luxúria proibida. E o alçapão e a passagem que a libertaram? Isso era só nos filmes. Na vida real não havia essas escapadas.

Suba na montanha e morra direito. Se essa era a mensagem de seu pai para ela, não tinha escolha senão obedecer. Ele não estava mais do lado de fora do barracão de madeira. A tempestade havia cessado e ela estava sozinha. Era uma vaca gorda, mas ia se arrastar montanha acima até a cabana da profetisa e esperar a morte chegar. Não tinha fim a lista de coisas que queria e não podia mais ter. Comida, comprimidos, tabaco, amor, paz. Ia se virar sem nenhuma delas. O peso impossível da filha ausente a esmagava. Como se todos os troncos do barracão de madeira tivessem rolado sobre seu corpo. Ficou no chão, esmagada, ofegante. Sentia as amarras da sanidade se soltarem e deu boas-vindas à loucura confortante. Um belo dia começou.

Quando saiu do barracão de madeira, mergulhou até os joelhos na brancura. A encosta arborizada pairava sobre ela como uma ameaça. O prado de Khelmarg estava lá em cima, com suas memórias de amor. E em outra direção, no coração da floresta sempre verde, estava Nazarébadur, a morta esperando a morta. Cada passo era uma conquista. Estava levando seu colchão enrolado e a mala. Seus pés, joelhos, quadris, todos gritavam protestos. A neve a empurrava para trás a cada avanço. Mesmo assim, seguiu em seu caminho lento, batido. Mais de uma vez caiu contra os montes de neve e pôr-se de novo em pé não era fácil. Estava com as roupas molhadas. Não conseguia sentir os dedos dos pés. As pedras escondidas na neve cortavam-lhe os pés e as agulhas de pinheiro enterradas a picavam. Mesmo assim, subia a encosta e forçava as pernas a se mexerem. Rapidez não importava. O movimento era tudo.

Viu Zoon observando à distância. A filha do carpinteiro mantinha-se a quinze metros e não dizia uma palavra; mas subiu toda a montanha com Boonyi. Às vezes, saltava adiante e ficava esperando, como uma sentinela, um braço levantado para indicar o caminho mais fácil. Os olhos delas nunca se encontravam, mas Boonyi, contente pela ajuda, seguiu a orientação da velha amiga. Seus pensamentos perderam coerência, o que era uma bênção.

Teria sido impossível subir a montanha com o grande peso de Kashmira nas costas, mas sua filha havia se desviado no momento, para algum lugar na confusão da cabeça da mãe. Boonyi recolheu punhados de neve e enfiou gulosamente na boca para saciar a sede. A meio caminho da montanha, encontrou um embrulho de papel pardo em seu caminho. Dentro, havia o milagre da comida: um círculo grosso de pão ázimo lavas, um pouco de dum aloo num pequeno recipiente de lata e dois pedaços de galinha em outra latinha. Ela devorou tudo, sem fazer perguntas. E montanha acima continuou seguindo, o calor do sol castigando por cima, o frio da neve por baixo. O alento lhe vinha em longos haustos chiados. A floresta a circundava, girando e girando em torno dela. Estava cambaleando agora, tropeçando, sem ter certeza nem de estar subindo ou descendo a encosta de floresta. Mais e mais depressa as árvores giravam em torno dela, até que veio a inconsciência, como um presente. Quando acordou estava encostada na porta de uma cabana gujar.

Nos dias que se seguiram, sua sanidade mental enfraqueceu ainda mais, de forma que lhe parecia ser a única viva e que todos os outros estavam mortos. O interior da cabana de Nazarébadur havia sido limpo e varrido, como se uma presença fantasmagórica soubesse que ela estava chegando, e um novo colchão fora posto no chão. O fogo foi montado e aceso e havia lenha seca empilhada ao lado da lareira. Um caldeirão de ensopado borbulhante de hastes de lótus em molho fervia no fogo, coberto por uma chapa de alumínio barato. Havia água na surahi de barro em um canto. A cobertura de sapé e musgo estava em mau estado e a água da neve derretida pingava sem parar, mas ela acordava à noite para ouvir os passos arrastados dos fantasmas correndo sobre o telhado como camundongos e de manhã havia mais sapé no lugar do antigo e não havia mais vazamentos. Chorava por sua mãe. "Maev". Sua mãe Pamposh, cujo apelido vinha do cerne da noz, voltara dos mortos para cuidar da filha recém-morta.

Quando enfiava a cabeça para fora da cabana, pensava ver sombras se movendo entre as árvores e lembrava-se da lição do pai sobre Haput, o Urso Preto; Suh, o Leopardo; Shal, o Chacal, e Potsolov, a Raposa. Essas criaturas eram perigosas e talvez estivessem se aproximando para matá-la, mas não se podia censurá-las, porque eram fiéis à sua natureza. *Só o Homem usa máscaras. Só o Homem é uma decepção para si mesmo. Só deixando de precisar de coisas do mundo e se aliviando das necessidades do corpo* e assim por diante. O corpo lhe doía de fome e de outras carências e a cabeça não era totalmente sua, mas, por alguma razão, não tinha medo. Por alguma razão descrevia para si mesma as formas das árvores como guardiãs. Por alguma razão havia sempre água fresca na surahi quando ela acordava e comida deixada na porta ou, a partir do momento em que se sentiu bem para fazer pequenas caminhadas, no fogo. Por alguma razão, não fora abandonada. Um período de purgação em um lugar intermediário era preciso. Lentamente, os vícios deixariam seu corpo e a mente começaria a clarear. Enquanto isso, teria a mãe a seu lado. A neve derreteu, ela foi até Khelmarg e as flores silvestres estavam brotando. Apanhou braçadas de krats, que podiam ser comidas como salada e eram boas para os olhos, e shahtar, que produzia um doce efeito refrescante quando misturada ao soro de leite que era deixado numa tigela em sua porta. Nas encostas das montanhas encontrou o arbusto kava dach, que ajudou a purificar seu sangue, e comeu também a fruta e as folhas do wan palak ou quenopódio. As flores brancas de bolsa de pastor ou kralamond estavam por toda parte. Ela as apanhava e comia cruas. Colhia phakazur, erva-doce e dafne, que eram gandalun. Quando comia a chicória de flor azul wonhand e deitava em campos de dente-de-leão maidan-hand sentia a vida e a mente voltando. As flores da Caxemira a salvaram. Nos pomares de seu pai as amendoeiras deviam estar florescendo. A primavera havia chegado.

Quando soube da infidelidade dela com o americano, Shalimar, o equilibrista, afiou sua faca favorita e foi para o sul pensando em matar. Felizmente, o ônibus em que ele havia deixado Pachigam quebrou debaixo de uma pequena ponte em Munda de Baixo, perto da nascente do Jhelum, em Verinag. Seus irmãos Hameed e Mahmood, despachados por seu pai, o alcançaram na garagem, onde estava esperando, impaciente, pelo próximo transporte disponível. "Pensou que ia fugir de nós, hein, boyi", gritou Hameed, o mais falante e barulhento dos gêmeos. "Sem chance. Nós somos problema em dobro, nós." Veículos de transporte de tropas estavam reabastecendo à volta toda deles e um grupo de soldados fumando charutos olhava, alheio, depois não tão alheio — as palavras "problema em dobro" não tinham sido bem escolhidas — para os três irmãos que discutiam. O Exército estava nervoso.

Dois líderes nacionalistas, Amanullah Khan e Maqbool Butt, tinham formado um grupo armado chamado Frente Nacional de Libertação de Jammu e Caxemira e haviam cruzado a linha de cessar-fogo daquilo que chamavam de Azad Kashmir para o setor indiano, a fim de fazer uma série de ataques surpresa a posições e pessoal do Exército. Esses três rapazes discutindo podiam facilmente ser lutadores da FNL puxando briga. Mahmood Noman, sempre o mais cauteloso dos gêmeos, disse depressa para Shalimar, o equilibrista: "Se esses filhos-da-puta encontrarem a faca que está com você, boyi, nós vamos presos para sempre." Foi essa frase que salvou a vida de Boonyi Noman. Shalimar, o equilibrista, explodiu numa risada alta, falsa, e seus irmãos aderiram, dando-se tapas nas costas. Os soldados relaxaram. Depois, nessa tarde, os três Noman estavam em um ônibus de volta para casa.

Quando os irmãos o trouxeram de volta, Firdaus Noman olhou nos olhos de seu filho traído e corneado, Shalimar, o equilibrista, e ficou tão horrorizada que resolveu desistir para sempre de brigar. Suas famosas batalhas com o ilustre marido sobre a natureza do universo, sobre as tradições da Caxemira e os maus hábitos deles dois haviam entretido a aldeia durante anos, mas agora Firdaus viu a conseqüência de sua disposição irascível. "Olhe para ele", sussurrou para Abdullah. "Ele tem dentro de si uma raiva que acabaria com o mundo se pudesse."

O sarpanch se encontrava num estado distraído. Sua saúde começara a deteriorar. Sentia as primeiras pontadas da dor nas mãos que acabariam por aleijá-las, deixando-as congeladas e inúteis, em forma de garras que tornavam difícil comer, segurar instrumentos ou lavar o traseiro. À medida que aumentavam as dores, aumentavam seus sentimentos de insatisfação. Sentiu-se colhido entre coisas, entre o passado e o futuro, entre o lar e o mundo. Suas próprias necessidades estavam em conflito. Alguns dias, ansiava pelo aplauso de uma platéia e lamentava o lento declínio da sorte do bhand pather, graças à qual tal gratificação era cada vez mais difícil de ocorrer, enquanto outras vezes ansiava por uma vida tranqüila, sentado a fumar um cachimbo ao lado de um fogo dourado. Maior ainda era o conflito entre suas exigências pessoais e as necessidades dos outros. Talvez devesse renunciar à posição de chefe da aldeia. Talvez só fosse possível ser abnegado até certo ponto, depois disso vinha o momento de um pouco de egoísmo. Não podia continuar segurando para sempre todo mundo nas mãos. Suas mãos estavam doendo. O futuro era sombrio e sua luz começara a se apagar. Precisava de um pouco de suavidade.

"Trate bem dele", Abdullah disse distraído para Firdaus, pensando principalmente em si mesmo. "Talvez seu amor consiga apagar essa chama."

Mas Shalimar, o equilibrista, recolheu-se em si mesmo, mal falando durante dias seguidos, exceto durante os ensaios na clareira de treinamento. Todo mundo na trupe de atores notara que seu estilo havia mudado. Era um comediante fisicamente tão dinâmico quanto sempre fora, mas havia nele uma nova ferocidade que podia facilmente assustar as pessoas em vez de fazê-las rir. Um dia, ele propôs que a cena na peça de Anarkali, em que a dançarina era agarrada pelos soldados que tinham vindo levá-la para ser emparedada, podia ficar mais interessante se os soldados entrassem com fardas do Exército americano e Anarkali usasse o chapéu de palha em forma de cone achatado das camponesas vietnamitas. A tomada americana de Anarkali como Vietnã, defendeu ele, seria imediatamente entendida pela platéia como uma metáfora da presença sufocante do Exército indiano na Caxemira, que estavam proibidos de mostrar. Um Exército ocuparia o lugar do outro e o momento daria à peça deles um maior sentido contemporâneo. Himal Sharga ocupara o papel que era de Boonyi e não gostou da idéia. "Sei que não sou uma grande dançarina", disse ela, petulante, "mas você não tem de transformar a minha grande cena dramática em uma bobagem de protesto só porque tem razões para odiar os americanos." Shalimar, o equilibrista, virou-se, tão feroz que por um momento os atores reunidos acharam que ia bater nela. Então, de repente, esfriou, virou-se e acocorou-se desanimado num canto. "É, não é uma boa idéia", resmungou. "Esqueçam. Não estou pensando direito." Himal era a mais bonita das duas filhas de Shivshankar Sharga, o barítono da aldeia. Ela foi até Shalimar, o equilibrista, colocou a mão em seu ombro. "Tente ver as coisas direito, isso sim", disse ela. "Não procure o que não está aqui, procure o que existe."

Depois do ensaio, a irmã de Himal, Gonwati, alertou-a, com a amêndoa amarga da inveja coalhando suas palavras, que sua causa era perdida. "Comparada com Boonyi, você fica completamente apagada", disse, gravemente maliciosa por trás das grossas lentes dos óculos. "Do mesmo jeito que eu desapareço quando estou do seu lado. E na cabeça dele você está sempre ao lado dela, um pouco mais baixa, um pouco mais feia, com um nariz que é um pouco comprido demais, um queixo que é um pouco fraco demais e um corpo que é pequeno demais onde devia ser grande e grande demais onde devia ser pequeno." Himal agarrou a comprida trança escura bem no alto, perto da cabeça, e puxou. "Deixe de ser essa peste ciumenta, quatro olhos", disse docemente, "e me ajude a caçar ele para mim, como é dever de uma boa ben."

Gonwati aceitou a bronca e, em prol da causa familiar, deixou de lado as próprias esperanças. As irmãs Sharga passaram a arquitetar a captura do coração partido de Shalimar, o equilibrista. Gonwati lhe perguntou o nome de seu prato favorito. Ele disse que sempre tivera um fraco por uma boa gushtaba. Himal imediatamente se pôs ao trabalho com empenho, bateu a carne da gushtaba para amaciar e quando ofereceu a ele o resultado como presente para "alegrá-lo" ele imediatamente jogou uma bola de carne na boca. Segundos depois, a expressão de seu rosto deu a ela a má notícia e ela confessou que era famosa na família como a pior cozinheira que existia. Em seguida, Gonwati sugeriu a Shalimar, o equilibrista, que Himal podia substituir Boonyi no número da corda bamba que haviam desenvolvido e que ele não podia realizar sem uma ajudante feminina. Shalimar, o equilibrista, concordou em ensinar Himal a andar no arame, mas depois de poucas lições, quando o arame estava a menos de meio metro do chão, ela confessou que sempre sofrera tremendamente de vertigem e que se tentasse andar no ar nem mesmo seu desejo de agradá-lo a impediria de cair para a morte. A terceira estratégia foi mais direta. Gonwati contou a Shalimar, o equilibrista, que sua irmã também fora infeliz no amor recentemente, que um mau-caráter da aldeia de Shirmal, cujo nome não ia se dignar a pronunciar, havia brincado com os sentimentos dela, depois a desdenhado. "Vocês dois deviam consolar um ao outro", ela propôs. "Só você é capaz de entender o quanto ela está sofrendo e só ela é capaz de chegar perto de perceber o quanto a sua dor é terrível." Shalimar, o equilibrista, permitiu ser influenciado e acompanhou Himal em um passeio ao luar pelas margens do Muskadoon. Mas sob a dupla influência do luar e da beleza dele, a pobre Himal perdeu a cabeça e confessou que o patife de Shirmal não existia, que ele, Shalimar, o equilibrista, sempre fora o homem que ela amava. Shalimar, o equilibrista, manteve distância das irmãs Sharga, que, mesmo assim, continuaram a ter esperança.

A idéia de declarar Boonyi como morta foi insistência de Gonwati Sharga. Os traços de Gonwati por trás dos óculos davam-lhe um ar de estudiosa virtude que escondia a natureza de um malicioso jogador de xadrez. "Ele nunca vai esquecer aquela mulher enquanto ela estiver viva", lamentou-se a irmã depois do desastre do passeio ao luar. "Meu Deus, às vezes, eu queria que ela tivesse morrido." Gonwati respondeu, sem entender de início o que estava dizendo. "Calma aí, ben. Os desejos podem se realizar." Nos dias seguintes, seu propósito tomou forma para ela mesma, e passou a se empenhar em fazer outras pessoas acreditarem que tinham tido a idéia sozinhas. Num jantar de família, citou o sentimento da irmã para ela própria. "Se aquela Boonyi estivesse morta em vez de estar apenas em Delhi com o americano dela", disse, "talvez o pobre do Shalimar pudesse recomeçar a vida dele." O pai, Shivshankar Sharga, deu um profundo ronco de barítono. "Em Delhi com um americano", disse, esmurrando a mesa, "é o que eu chamo de mesmo que morta." Gonwati voltou os grandes olhos míopes para Shivshankar. "Você faz parte do panchayat", disse. "Não podia fazer isso ser uma coisa oficial?"

Antes da reunião seguinte do panchayat, Shivshankar sondou Habib Joo, o mestre de dança, que levantou a questão de declarar Boonyi morta. "Para mim, está morta", respondeu ele e confessou que tinha uma sensação de culpa pelo erro dela. "Foi o que eu ensinei que ela usou para trair a todos nós." Isso eram dois de cinco. Juntos aproximaram-se de Grande Misri. "Não sei", disse o carpinteiro, incerto. "Zoon gostava dela, afinal." Shivshankar Sharga se viu argumentando veementemente. "Não quer impedir que os homens fujam com as nossas meninas?", perguntou. "Depois do que aconteceu na sua família, achei que você seria o primeiro a aderir ao nosso plano." Eram três de cinco; o que deixava os dois pais, Pyarelal e Abdullah, a serem persuadidos. "O sarpanch tem o coração tão mole que vai ser duro de dobrar", disse Gonwati quando o pai relatou os acontecimentos, umas noites depois. "Pode crer, vai ser o próprio pai de Boonyi que vai concordar."

A razão da confiança de Gonwati era a sua recente intimidade com o pandit Pyarelal Kaul. Durante muitos meses, depois da fuga da filha para o sul, o pandit perdera-se em contemplação. A desatenção com seus deveres como waza chefe de Pachigam ficara tão notável que os wazas juniores terminaram por pedir, gentilmente, que ele ficasse em casa nos dias de wazwaan até se sentir melhor. Pyarelal baixou a cabeça e deixou para trás o mundo das panelas e dos banquetes. Amara a comida durante toda a vida, mas agora parecia-lhe uma irrelevância. Sozinho em casa, preparava o mínimo possível, comia irregularmente o que era necessário para a vida e tinha prazer nisso. Meditava durante onze horas todos os dias. O mundo externo ficara doloroso demais para ser suportável. O desaparecimento da filha era como uma segunda morte da esposa. Nem mesmo a beleza da Caxemira conseguia aplacar a agonia de uma perda que não era apenas física, mas moral. A ausência dela já era horrível, mas a imoralidade dela era pior. Transformava-a em uma estranha. Ele sentia que estava se desmanchando, como se fosse um velho edifício cujos alicerces apodreceram. Sentia-se puxado por uma maré e sabia que corria do risco de se afogar. Meditando, conseguia fazer a esfera do sentimento recuar e encontrar socorro na luz da filosofia. Em algum momento de suas meditações, pensou em Kabir.

As pessoas diziam que Kabir havia sido fruto de um nascimento virginal, por volta de 1440, mas Pyarelal não estava interessado nessas baboseiras. O que se sabia era que Kabir fora criado por tecelões muçulmanos e que a única palavra que sabia escrever era "Rama". Isso também era relativamente desinteressante. Interessante em Kabir era o conceito de duas almas, a alma pessoal ou alma da vida, jivatma, e a sobre-alma divina, paramatma. A salvação se conquistava conduzindo essas duas almas a um estado de união. O interessante era abandonar o pessoal e ser absorvido pelo divino. E considerar isso uma forma de morte em vida era apenas uma percepção externa. A percepção interna de uma conquista dessas seria a alegria do êxtase.

Um dia, Pyarelal emergiu de suas meditações e viu uma moça sentada em uma pedra à margem do Muskadoon e durante um instante de confusão achou que Boonyi tinha voltado. Quando se deu conta de que era Gonwati Sharga, a filha do cantor, ele combateu a decepção e saiu para fazer-lhe companhia. "Panditji", disse ela, depois de algum tempo, "eu sempre via Boonyi e Shalimar, o equilibrista, sentados aqui e, desculpe, panditji, mas sentia um pouco de inveja. Eu também queria ouvir suas palavras brilhantes. Eu também queria aproveitar a sua sabedoria. Mas como não era sua filha, tinha de aceitar meu destino." O pandit Pyarelal Kaul ficou profundamente comovido. Ele não sabia! Algumas vezes sentira que a própria filha estava apenas tentando agradá-lo quando se sentava com o noivo para ouvir suas divagações. Mas esta moça realmente queria aprender! A confissão de Gonwati trouxe um sorriso ao rosto do pandit Pyarelal, pela primeira vez em meses. Nas semanas seguintes, a garota sentou-se aos pés dele sempre que pôde e era tal a seriedade e a compaixão do interesse dela que o pandit desabafou muitos de seus pensamentos mais íntimos. Por fim, ela se levantou da pedra junto ao rio, foi até Pyarelal para pegar sua mão e deu sua própria versão do conselho de sua irmã para Shalimar, o equilibrista.

"Não assuma a culpa do que está morto", disse ela, "mas agradeça a Deus pelo que está vivo."

Abdullah Noman não podia se colocar contra o plano de mritak se o próprio pai de Boonyi estava a favor. "Tem certeza?", perguntou ele a Pyarelal na reunião seguinte do panchayat. Estavam bebendo chá rosado com sal na sala de reuniões do segundo andar da casa de Noman. A xícara de Pyarelal começou a bater no pires quando ele pronunciou a sentença de morte. "Durante onze horas por dia", o pandit contou a seu velho amigo, "meditei sobre a questão de viver no mundo sem viver nele. Muita coisa me ficou clara quanto ao sentido desse enigma. Bhoomi, minha filha, escolheu o caminho da morte em vida. Uma vez que ela fez essa escolha, não devo me prender a ela. Escolho deixar que vá embora. E temos de pensar também", acrescentou, "na questão de controlar seu filho enfurecido."

"Mataram você", Zoon Misri dissera a Boonyi na tempestade de neve. "Mataram porque amavam você e você foi embora."

Havia um trecho deserto do Muskadoon logo depois de Pachigam onde a folhagem protegia o rio de olhos indiscretos. Nos verões da infância, as quatro meninas inseparáveis, as irmãs Sharga, Zoon Misri e Boonyi Kaul corriam para lá depois da escola, tiravam a roupa e mergulhavam. O frio da água era estimulante, até excitante. Elas gritavam e riam como se as mãos frias do deus do rio estivessem acariciando sua pele. Depois se enxugavam rolando na relva das margens, esfregavam o cabelo entre as palmas das mãos e só voltavam para casa quando os indícios da transgressão haviam secado. E nas noites de inverno as quatro amigas próximas, com o restante das crianças da aldeia, se juntavam para se aquecer na sala do panchayat em cima da cozinha da casa dos Noman e os adultos lhes contavam histórias. A memória de Abdullah Noman era uma biblioteca de histórias, fabulosas e inexauríveis, e sempre que ele terminava uma das crianças gritava pedindo mais. As mulheres da aldeia se revezavam para contar fatos familiares. Cada família em Pachigam tinha a sua reserva de narrativas assim, e como todas as histórias de todas as famílias eram contadas para todas as crianças, era como se todas pertencessem a todos. Esse círculo mágico é que se rompera para sempre quando Boonyi fugiu para Delhi para se transformar na puta do embaixador americano.

No dia em que ela voltou a Pachigam, obesa, estropiada por dependências, coberta de neve, as amigas Himal e Gonwati a circundaram na nevasca e a emoção que sentiram não continha nenhum traço daquele amor infantil. Se Gonwati Sharga sentia alguma culpa pelas frias maquinações que haviam levado ao assassinato de Boonyi, eliminou isso com a raiva. "Como ela ousa voltar para cá", sibilou para a irmã, "depois de todo o mal que causou?" Mas Himal estava cheia de felicidade com as mudanças na aparência de Boonyi, cujas vantagens compensavam grandemente o ultraje de a mulher morta voltar à vida. "Olhe para ela" sussurrou para Gonwati. "Como a gente pode gostar dela agora?"

A terrível verdade, porém, era que o fracasso de Himal Sharga em seduzir Shalimar, o equilibrista, não tinha nada a ver com o fato de ele continuar amando a esposa traiçoeira. A verdade era que Shalimar, o equilibrista, havia parado de amar Boonyi no instante em que ficou sabendo de sua infidelidade, imobilizado como um autômato desplugado da tomada, e a imensa cratera deixada pela destruição daquele amor enchera-se instantaneamente com um mar amarelo de ódio bilioso. A verdade é que, apesar de os irmãos o terem trazido de Munda de Baixo para casa, no ônibus ele fizera um juramento de matá-la se e quando ela voltasse para Pachigam, cortaria sua cabeça mentirosa e, se ela tivesse algum filho com aquele filho-da-puta daquele americano louco por sexo, não teria misericórdia e cortaria também a cabeça dele. A razão principal de Pyarelal Kaul suportar a morte da filha por decreto oficial e de Abdullah Noman ter concordado com o plano era que o assassinato burocrático de Boonyi constituía o único jeito de impedir que Shalimar, o equilibrista, cometesse um crime horrível. Os dois pais se empenharam muito em convencer o marido abandonado de que não havia necessidade de pensar em decapitar uma pessoa quando ela já estava morta. A princípio, Shalimar teve dúvidas quanto ao plano de mritak. "Se nós todos concordamos em mentir", ele argumentava, "no que seremos melhor que ela?" Abdullah e Pyarelal discutiram com ele três dias e duas noites sem dormir, e quando os três estavam morrendo de cansaço os dois pais conseguiram convencer Shalimar, o equilibrista, a aceitar o compromisso, fizeram-no ju-

235

rar que aceitaria aquilo como uma solução total de sua legítima ofensa, mas no fundo de seu coração ele tinha certeza de que chegaria o dia em que seus dois juramentos entrariam em conflito, seus dois planetas-sombra, o juramento cabeça do dragão Rahu que o obrigava a matá-la e o juramento cauda do dragão Ketu que o obrigava a deixar que ela continuasse vivendo, na medida em que os mortos podem e às vezes efetivamente vivem, e ele não era capaz de prever qual das duas promessas quebraria.

Para preparar uma armadilha para si próprio, assim como para Boonyi, continuou escrevendo cartas a ela, as mesmas cartas que a haviam enraivecido e levado a desprezá-lo por sua fraqueza, cartas cujo propósito era levá-la a acreditar que ele estava pronto a perdoar e esquecer e cujo propósito mais profundo era levar as coisas a um termo, trazê-la de volta e forçá-lo a escolher entre juramentos, de forma a descobrir que tipo de homem ele era de fato. E de repente ali estava ela no ponto de ônibus debaixo da nevasca, envolta em tecido adiposo e coberta de neve e, sem parar para pensar, ele correra até ela com a faca na mão, mas os dois pais impediram seu caminho, agarrando-o pela cauda de dragão, lembrando-lhe o seu voto. Andaram em torno dela na neve que caía pesada e Pyarelal Kaul disse a Shalimar, o equilibrista: "Se tentar quebrar sua palavra vai ter de me matar também". Foi quando do Shalimar, o equilibrista, resolveu o enigma dos dois juramentos. "Em primeiro lugar", disse, "o juramento que fiz a vocês dois era uma promessa pessoal a vocês, então vou respeitar enquanto um dos dois ainda estiver vivo. Mas o juramento que fiz para mim mesmo também era uma promessa pessoal e quando vocês dois estiverem mortos não vão mais poder me controlar. E em segundo lugar", concluiu, virando-se para ir embora sem dar nem um aceno de cabeça na direção da esposa morta, "mantenham a puta longe dos meus olhos." A neve continuou caindo, caindo pesada, sobre todos os vivos e mortos.

A primavera foi uma ilusão de renovação. Flores desabrocharam, bezerros e cabritinhos nasceram e ovos chocaram nos ninhos, mas a inocência do passado não retornou. Boonyi Kaul Noman nunca mais voltou a viver em Pachigam. Morou todo o resto da vida naquela cabana da floresta de pinheiros na montanha onde a profetisa um dia resolvera que o futuro era horrível demais para contemplar e, de pernas cruzadas, esperara a morte. Aos poucos foi se tornando competente em questões práticas, mas sua percepção da realidade tornava-se proporcionalmente mais instável, como se alguma coisa dentro dela se recusasse a perceber que o mundo no qual estava ficando tão auto-suficiente jamais voltaria a ser aquele que ela queria, aquele em que podia enrolar o amor do marido em torno de si mesma ao enrolar o próprio amor em torno dele. A mãe fantasma era agora sua companhia perpétua e, como o fantasma de Pamposh não envelhecia, as duas mortas cada vez mais pareciam duas irmãs. Quando Pyarelal Kaul visitou a filha para aconselhá-la a não visitar a aldeia, porque isso era tudo o que ele e Abdullah podiam fazer para conter Shalimar, o equilibrista, quando ela não estava à vista e porque era impossível garantir sua segurança se fosse a Pachigam, ela replicou com a alegria da loucura: "Estou bem aqui com Pamposh. Ninguém pode encostar um dedo em mim enquanto ela está ao meu lado. O senhor devia ficar conosco. Nenhuma de nós duas pode ir à aldeia, pelo que parece, mas nós três podíamos passar muito bem aqui sozinhos".

Diante da perturbação de sua querida filha, o pandit Pyarelal Kaul penetrou em sua própria escuridão. Subia a montanha todos os dias para cuidar das necessidades dela e ouvir suas divagações e não conseguiu contar-lhe que a desilusão tomara conta de seu otimismo e o espremera quase até a morte. O amor de Boonyi e Shalimar, o equilibrista, fora defendido por toda Pachigam, valera a pena defendê-lo, como um símbolo da vitória do humano sobre o inumano, e o horrível fim desse amor fizera Pyarelal questionar, pela primeira vez na vida, a idéia de que os seres humanos eram essencialmente bons, que se os homens pudessem ser ajudados a despir suas imperfeições, seus eus ideais se revelariam, brilhando na luz, para todo mundo ver. Estava questionando até os princípios anticomunalistas incorporados na noção de kashmiriyat e começando a pensar se a discórdia não era um princípio mais poderoso que a harmonia. A violência comunal em toda parte era um crime íntimo. Quando ela explodia, o sujeito não era assassinado por estranhos. Mas por seus vizinhos, pelas pessoas que participavam dos pontos altos e baixos de sua vida, as pessoas cujos filhos brincavam com seus filhos ainda ontem. Essas eram as pessoas em quem o fogo do ódio de repente se acendia, que podiam esmurrar sua porta no meio da noite com tochas acesas nas mãos.

Talvez a kashmiriyat fosse uma ilusão. Talvez todas aquelas crianças aprendendo as histórias umas das outras na sala do panchayat no inverno, todas aquelas crianças se transformando em uma única família, fossem uma ilusão. Ele havia começado a receber raivosas circulares políticas a esse respeito de vários organizações de pandit. *Sikander, o iconoclasta, que mais esmagou hindus.* Os crimes do século XIV tinham de ser vingados no XX. *Saifuddin ultrapassou todos os limites de crueldade.* Saifuddin era o primeiro ministro do filho de Sikander, Alishah. *Por medo da conversão, brâmanes pularam no fogo. Muitos brâmanes se enforcaram, alguns consumiram veneno e outros se afogaram. Inúmeros brâmanes saltaram das montanhas para a morte. O estado estava cheio de ódio. Os partidários do rei não impediram nem uma única pessoa de cometer suicídio.* E assim por diante, avançando até o dia de hoje. Talvez a paz fosse seu sonho de ópio e nesse caso ele, à sua maneira, era tão viciado quanto sua pobre filha e ele também precisava passar por uma cura dolorosa.

Empurrou alguns maus presságios para o fundo da cabeça e cuidou da filha. O delírio de seus sintomas de alheamento piorou e durante longos períodos ela tremia convulsivamente, suava gelado, a boca cheia de agulhas e os pulmões como se fossem feras selvagens que iriam devorá-la se não recebessem o que realmente queriam. Então, lentamente a crise passou, até ela não estar mais à mercê das drogas que não podia mais ter; e o vício do fumo também estava superado. Durante o período alucinatório de seu desamparo ela sabia que os guardiões nas árvores estavam cuidando dela. Pouco a pouco, eles emergiram das sombras e em seu estado de perturbação ela imaginou que sua mãe, Pamposh, os conduzia até ela, sua mãe ousada, independente, que não julgava as pessoas por ceder a seus desejos sexuais. O fantasma de Pamposh era pelo menos tão substancial para sua filha quanto os outros que a visitavam e, embora ela reconhecesse entre seus anjos o próprio pai acima de todos e Firdaus Noman, Zoon e Grande Misri também, ficava feliz de acreditar que sua amada mãe estava realmente liderando as coisas.

Pyarelal assumia a culpa pela obesidade dela. "Pobre menina, herdou o meu corpo e não o corpo esguio da mãe", ele se castigava por dentro. "Já em criança era cheinha. Não é de admirar que Shalimar, o equilibrista, tenha caído por ela quando ainda era criança. Minha fraqueza era a comida e isso também eu passei para ela." Mas o corpo dele havia mudado como conseqüência de seu novo regime de asceta e o corpo dela mudara também. A beleza ia voltando devagar, à medida que a saúde física melhorava. Os meses viraram anos e a gordura desapareceu — ninguém ali ia ajudá-la a comer sete refeições por dia! — e ela parecia consigo mesma de novo. Algum dano permaneceu. Sofria de dores nas costas. Veias negras saltavam-lhe nas pernas e em alguns pontos a pele era mais solta do que deveria. A descoloração dos dentes que ocorrera em conseqüência do tabaco nunca desaparecera por completo, embora ela usasse assiduamente os bastões de neem com que seu pai a mantinha abastecida. Ela intuía, por causa de ocasionais ataques de arritmia, que seu coração também havia sido afetado. Não importa, dizia a si mesma. Não era seu destino envelhecer. Era seu destino viver entre fantasmas como um meio-fantasma até aprender a atravessar a linha. Ela disse isso em voz alta uma vez e seu pai caiu em prantos.

Sua auto-suficiência fora dura de conquistar. O vício da comida era tão doloroso de superar quanto as dependências químicas, mas no fim sua atitude em relação a todas as coisas comestíveis passou a ser menos voraz. Durante longo tempo, o pai e outros aldeões amigos forneceram-lhe os suprimentos essenciais e ela aprendeu a complementá-los. Começou a cultivar as próprias verduras. Um dia, encontrou um casal de cabritinhos amarrados a uma estaca na frente da cabana. Aprendeu a cuidar deles, o tempo passou e seu rebanho cresceu. Passou a vender leite de cabra e outras coisas. Todo dia o pai levava um latão de leite montanha abaixo até a loja e tomates na estação. Era uma pequena reabilitação. As pessoas aceitavam a idéia de pagar dinheiro de verdade para comprar coisas da morta. Os dias dela eram cheios de trabalho físico e enquanto estivesse usando o corpo a loucura ficava sob controle. Seu corpo se fortalecera. Apareceram músculos nas nádegas, nos braços, nas pernas. Os ombros ficaram mais duros, e a barriga, reta. A Boonyi dessa terceira fase era bonita de um outro jeito, do jeito machucado, endurecido pela vida, imperfeito, de uma mulher adulta. Sua razão é que ficara mais machucada e à noite essas feridas ainda doíam. À noite, quando o trabalho do dia estava feito, quando era hora de a mente assumir o lugar do corpo, seus pensamentos corriam soltos. Tinha certeza de que em algumas noites de verão Shalimar, o equilibrista, espreitava das árvores em volta da cabana. Nessas noites, ela deliberadamente saía e tirava toda a roupa, desafiando-o a amá-la ou matá-la. Podia fazer isso porque todo mundo sabia que era louca. Sua mãe, Pamposh, saía com ela e dançavam nuas sob o luar, como lobas. Que um homem se aproxime! Se tiver coragem! Elas o estraçalhariam com suas presas.

Ela estava certa; Shalimar, o equilibrista, às vezes subia efetivamente a montanha, faca na mão para observá-la de trás de uma árvore. Era reconfortante saber que ela estava lá, que quando se visse liberado do juramento ela estaria bem ali para que ele a matasse, indefesa, do mesmo jeito que a vida dele ficara indefesa quando ela a arruinara, indefesa e vulnerável bem como o coração dele um dia fora, indefesa, vulnerável e frágil exatamente como a capacidade dele de confiar. Dance, esposa minha, ele dizia para ela em silêncio. Um dia, eu vou dançar com você outra vez, pela última vez.

Shalimar, o equilibrista, resolveu que tinha de matar o embaixador americano em algum momento não muito depois do fim da guerra de Bangladesh, por volta da época em que os bhand de Pachigam foram para o Norte, representar perto da linha de cessar-fogo que haviam acabado de transformar em Linha de Controle; época em que a Índia e o Paquistão assinaram em Simla o acordo que prometia que o status da Caxemira seria decidido bilateralmente numa data futura; época em que os militares indianos apertaram sua mão de ferro sobre o vale — porque o amanhã era para políticos e sonhadores, mas o Exército controlava o hoje — e incrementaram a dureza no tratamento com a maioria da população; em que aquela esposa de Bombur Yambarzal comprou a primeira televisão da localidade e instalou-a em uma tenda no meio de Shirmal. Desde o começo das transmissões de televisão, no início dos anos 60, o panchayat de Pachigam assumira a posição de que, como a nova mídia estava destruindo o seu meio de vida tradicional erodindo as platéias do teatro ao vivo, o monstro de um olho só devia ser banido da aldeia. O waza de Shirmal, porém, fora levado pelo espírito empreendedor de sua noiva, a viúva de cabelo vermelho Hasina "Harud" Karim, uma mulher com um forte desejo de autodesenvolvimento e dois filhos cheios de segredos, Hashim e Hatim, que tinham aprendido a profissão de eletricistas em Srinagar e se empenhavam em levar a aldeia para a idade moderna. "Dê uma amostra grátis durante uns meses", Hasina Karim sugeriu ao novo marido, "e depois disso vai poder começar a cobrar ingressos sem ninguém reclamar do custo."

Para financiar a compra do aparelho preto-e-branco ela vendeu algumas peças das jóias de casamento do primeiro matrimônio. Os filhos que, como ela, eram de natureza prática, não fizeram objeção. "Não dá para assistir novela num colar", observou razoavelmente Hashim, o mais velho. Os dois irmãos não eram próximos de Bombur Yambarzal, mas também não se opunham ao novo marido da mãe. "Saber que a senhora não está sozinha libera a gente para seguir nosso caminho, que é melhor a senhora não saber muito qual é", explicou Hatim, o mais novo. Era um jovem alto, mas a mãe esticou a mão e despenteou seu cabelo afetuosamente, como se fosse um menino. "Ensinei bom senso a meus meninos", disse ela, orgulhosa, para Bombur Yambarzal. "Está vendo como eles calculam bem as dificuldades da vida?"

Quando começaram as soirées de televisão dos Yambarzal, a vida noturna de Shirmal se modificou, mesmo em Pachigam, cujos residentes mostraram-se perfeitamente dispostos a deixar de lado a longa história de dificuldades com os vizinhos para poder assistir a comédias, shows musicais, recitais de canções e exóticos números coreografados dos filmes de Bombaim. Em Pachigam, assim como em Shirmal, tornou-se possível falar de qualquer assunto proibido que o sujeito resolvesse abordar, a plenos pulmões, na rua, sem medo de represálias; a pessoa podia defender a blasfêmia, a incitação à rebeldia ou à revolução, podia confessar assassinato, incêndio criminoso ou estupro e ninguém prestava atenção ao que se dizia porque as ruas estavam desertas — quase toda a população das duas aldeias estava apinhada na gorda tenda de Bombur, o waza, para assistir àqueles malditos programas idiotas na tela brilhante e loquaz de "Harud" Yambarzal. Abdullah Noman e Pyarelal Kaul estavam entre os poucos que se recusavam a ir, Abdullah por questão de princípios e Pyarelal devido à amarga e profunda depressão que se espalhava para fora de sua pessoa física e afetava o ambiente circundante, pairando no ar abafado de sua casa vazia como um cheiro ruim. Alguns dias, isso fazia murchar as flores da margem do rio quando ele passava. Algumas manhãs, coalhava o leite do dia.

Firdaus estava louca para ver a nova maravilha, mas desde o retorno de Boonyi vinha trabalhando intensamente para mudar seu comportamento e evitar discussões com Abdullah, por maior que fosse a provocação. Então, quando terminavam os trabalhos do dia ela ficava em casa, mal-humorada, mas sem reclamar. Depois de poucos dias, porém, Abdullah não conseguiu mais agüentar a pressão de sua silenciosa frustração. "Que droga, mulher", ele exclamou, fazendo borbulhar mais violentamente a água do narguilé, "se você está disposta a andar mais de dois quilômetros para vender a alma para o diabo, não sou eu que vou impedir." Firdaus se pôs de pé e vestiu roupa de sair. "O que você está querendo dizer", disse ela a Abdullah, com majestoso autocontrole, "é assim: 'querida esposa, depois de todo o seu trabalho duro, você merece sair e se divertir um pouco, mesmo sendo eu um velho rabugento que nem se lembra mais o que é diversão'." Abdullah olhou duro para ela. "Exatamente", concordou com um tom de voz novo, frio, e virou para o outro lado.

Ao longo de todo o caminho até Shirmal, Firdaus foi pensando naquele novo tom de voz e sua chocante frieza. Tinha dedicado a vida àquele homem por suas maneiras gentis e seu jeito de cuidar do bem-estar de todo mundo. Não se importava, ou tinha ensinado a si mesma a não se importar com o fato de ele nunca mimá-la, nunca se lembrar de seu aniversário, nunca lhe trazer um buquê de flores silvestres colhidas com a própria mão. Ela aprendera a aceitar a solidão de sua cama matrimonial, resignara-se a uma vida inteira dormindo ao lado de um homem cujo mais prolongado e entusiasmado desempenho sexual havia durado menos de dois minutos. Ela admirava a preocupação dele com os filhos e com a comunidade da qual era o pastor, e ignorava ou pelo menos tentava entender a correspondente falta de interesse nas necessidades e desejos da esposa. Mas alguma coisa havia mudado nele desde que a doença da garra começara a aleijar suas mãos; sua compaixão pelos outros diminuíra à medida que aumentara a autopiedade. Verdade, ele havia impedido Shalimar, o equilibrista, de cometer um crime vil; mas talvez aquilo fosse um último estertor da agonizante personalidade do velho Abdullah, o Abdullah cujos maiores dons eram a tolerância, a retidão moral e o grande calor pessoal, em lugar do qual esse novo Abdullah, aleijado, parecia estar se mostrando cada vez mais freqüente. Num país frio, nenhuma mulher pode viver com um homem frio, ela disse a si mesma ao chegar a Shirmal, e sua surpresa ao considerar a possibilidade de deixar o marido foi tão grande que não conseguiu prestar atenção ao milagre da transmissão de televisão por causa da qual havia caminhado tudo aquilo para assistir, até que começou o jornal.

O jornal vespertino, o programa menos interessante da noite por causa do efeito mortal e muitas vezes ficcionalizador da pesada censura governamental, geralmente esvaziava a tenda. As pessoas saíam para fumar beedis, contar piadas e fofocar. Embora homens e mulheres se sentassem juntos dentro do auditório de Yambarzal, como membros iguais da grande audiência nacional da televisão, eles se dispersavam assim que saíam e formavam grupos separados. Mas Firdaus Noman não se juntou a nenhum grupo; era sua primeira vez e ela ficou em seu lugar. Um avião Fokker Friendship da Indian Airlines chamado "Ganges", em honra do grande rio, havia sido seqüestrado por terroristas paquistaneses, dois primos chamados Qureishi, que se evadiram além da fronteira do Paquistão. Os primos haviam permitido que os passageiros saíssem, depois explodiram o avião e renderam-se às autoridades paquistanesas, que armaram uma simulação de prendê-los, mas se recusaram a atender aos pedidos de extradição da Índia. Ficou patente que quem estava por trás do ato era o arquiterrorista Maqbool Butt, que agora tinha sua base no Paquistão, com total conivência e concordância da liderança paquistanesa. Zulfiqar Ali Bhutto visitara os terroristas em Lahore, descrevera-os como lutadores da liberdade e declarara que sua "ação heróica" era um sinal de que nenhum poder na Terra conseguiria deter o conflito caxemirense. Prometeu também que seu partido ia entrar em contato com a Frente Nacional de Libertação da Caxemira para oferecer sua cooperação e assistência, que se estenderiam também aos próprios seqüestradores. Dessa forma, o envolvimento do regime paquistanês com o terrorismo ficava provado para todo mundo ver. Depois de algum tipo de julgamento de fachada, a reportagem conjeturava, os bandidos sem dúvida seriam libertados como heróis. A determinação do governo indiano, porém, nunca fraquejou. O estado de Jammu e Caxemira era parte integrante et cetera, et cetera, fim. Quando a platéia voltou para dentro da tenda ao final do noticiário, Firdaus pôs-se de pé e contou do seqüestro, diante do que aconteceu uma coisa extraordinária. Membros da minoria comunitária condenaram unanimemente os traiçoeiros primos Qureishi e o desejo de seu líder Maqbool Butt de desestabilizar a situação na Caxemira, enquanto membros da maioria deram altos vivas aos seqüestradores e sufocaram os protestos dos zangados hindus. Não havia nenhum traço de divisão entre Shirmal e Pachigam, nenhuma distinção entre opinião masculina e feminina, apenas esse profundo abismo comunal. A maioria muçulmana via seus oponentes pandit hindus com uma súbita desconfiança que chegava incomodamente perto da hostilidade aberta. E, no entanto, minutos antes estavam todos fumando e fofocando juntos fora da tenda. De repente, ficara opressivo estar ali naquela feia multidão. Sem dizer uma palavra, como se alguma espécie de votação tivesse sido feita, todos os membros da comunidade pandit se levantaram e saíram da tenda. Firdaus lembrou-se da última profecia de Nazarébadur — "o que está para vir é tão terrível que nenhum profeta vai ter palavras para predizer" — e seu apetite para outros divertimentos televisivos desapareceu.

A estrada Shirmal—Pachigam era uma humilde estradinha do campo, esburacada e empoeirada, que corria ao longo de um bund ou aterro, centímetros mais alta que os campos de ambos os lados; e ladeada de álamos. Shalimar, o equilibrista, estava esperando Firdaus perto do ponto médio de sua volta para casa. Ele não tinha ido até a tenda da televisão; na verdade, estava fora fazia várias semanas porque os bhand de Pachigam haviam sido contratados pelas autoridades culturais do governo para prover entretenimento em uma das áreas com menos entretenimento do mundo, as aldeias e bases do Exército ao sul imediato da fronteira de fato desenhada no meio do coração partido da Caxemira. Abdullah, cuidando das mãos afetadas, dissera a seu talentoso filho para se encarregar da trupe. "Um dia vai ter de fazer isso", dissera o sarpanch numa voz seca, despida de toda emoção, "então é melhor você já começar naquela parte esquecida do mundo, diante daqueles camponeses brutalizados e daqueles soldados indianos para quem não encontro palavras sem ter de usar linguagem que não gosto de empregar na frente dos meus filhos." A política de Abdullah estava mudando igual ao resto dele. Nesses dias, estava decepcionado com o governo indiano, que a toda hora colocava seu xará, o líder xeque Abdullah, na cadeia, depois fazia acordos secretos com ele, depois o reinstalava no poder com a condição de que apoiasse a união com a Índia, depois se irritava de novo quando ele começava a falar sobre autonomia apesar de tudo. "A Caxemira para os caxemirenses e todos os outros, por favor, se retirem", Abdullah Noman disse, repetindo seu herói. "Porque se continuarmos protegidos por esse Exército muito mais tempo, vamos acabar arruinados para sempre."

Era uma noite sem lua e Shalimar, o equilibrista, estava usando roupa escura, deitado no campo, e saltou na frente de Firdaus como se fosse um álamo ganhando vida, assustando-a. "Eu estava dormindo", disse. Ela entendeu de imediato que seu filho não estava falando literalmente, mas sim con-

244

tando que chegara a um ponto de virada em sua vida, razão por que ela não interrompeu o filho mesmo ele estando em chamas, falando com ela na língua suja que o pai se recusava a usar, o discurso de um homem que havia começado a sonhar com a morte. Um vento frio estava cortando o coração dela. "Estou perdendo meu tempo", Shalimar, o equilibrista, continuou. "Tudo o que eu aprendi foi andar numa corda e cair como um idiota para fazer uns poucos entediados darem risada. Tudo isso está ficando inútil e não só por causa da bobagem da televisão. Fiquei tanto tempo olhando as coisas ruins que parei de enxergar, mas não estou dormindo agora e vejo como as coisas são: o pesadelo de verdade começa quando a gente acorda, os homens em tanques que escondem o rosto para a gente não saber seus nomes e os torturadores de mulheres que são piores que os homens e as pessoas feitas de arame farpado e as pessoas feitas de eletricidade cujas mãos fritam o seu saco se você aperta a mão delas e as pessoas feitas de balas, as pessoas feitas de mentiras, e estão todas aqui para fazer alguma coisa importante, exatamente foder com a gente até morrer todo mundo. E agora que eu acordei tem uma coisa importante que eu preciso fazer também e não sei como. Preciso que você me diga como entrar em contato com Anees."

Os phirans escuros dos dois tremulavam ao vento da noite como mortalhas. "Agradeça por não ser mãe nos dias de hoje", ela respondeu para ele. "Porque se fosse você ia estar contente de seus dois filhos brigados se reunirem de novo, mas ao mesmo tempo estaria cheia de medo porque seus dois filhos provavelmente iam terminar mortos e o conflito dessa felicidade com esse terror seria demais para agüentar."

"Agradeça por não ser um homem", ele retorquiu. "Porque na hora que se pára de dormir se vê que só existem inimigos para nós neste mundo, inimigos que fingem nos defender, que param na nossa frente com armas, farda cáqui, ambição, morte e por trás deles inimigos que fingem nos resgatar em nome do nosso Deus, só que também são feitos de morte e ambição, e por trás deles inimigos que vivem no meio de nós usando nomes ímpios, que nos seduzem e nos traem, inimigos para quem a morte é um castigo brando demais, e por trás deles os inimigos que nunca vemos, aqueles que puxam os cordões da nossa vida. Este último inimigo, o inimigo invisível na sala invisível de um país estrangeiro distante: é esse que eu quero enfrentar e se tiver de abrir o caminho passando por todos os outros para chegar até ele é isso que eu vou fazer."

Firdaus queria implorar e suplicar, pedir a ele para esquecer dos monstros de seu sonho acordado, para deixar de lado as idéias sobre o americano desaparecido, para perdoar sua esposa e aceitá-la de volta e ser feliz com as bênçãos da vida, tais como eram. Mas isso faria dela uma inimiga também e não queria isso. Então concordou em fazer o que Shalimar, o equilibrista, estava pedindo e na noite seguinte, depois de trabalhar o dia inteiro nos pomares, ela foi até Shirmal de novo e dessa vez quando o jornal começou ela se levantou, acompanhou Hasina Yambarzal até lá fora e puxou seu xale para indicar que queria uma palavra em particular. De início, quando Firdaus contou à mulher do waza o que queria, Hasina fingiu perplexidade, mas Firdaus levantou a palma da mão direita para indicar que o tempo de subterfúgios havia passado. "Harud, me desculpe", disse ela, "mas por favor, pare com essa besteira. Não conheço você tão bem quanto deveria, mas já conheço melhor que seu marido, que está muito cheio de amor para ver você direito. Reconheço a dor nos seus olhos porque tenho a mesma dor nos meus. Então diga para seus filhos eletricistas cheios de segredos que a próxima vez que encontrarem com meu filho entalhador de madeira, meu menino sempre tão capaz com as mãos, para dizerem que o irmão dele quer ser amigo dele outra vez." As outras mulheres estavam reunidas em torno de um braseiro aceso e começaram a lançar olhares curiosos na direção delas, então as duas começaram a rir e cochichar como se estivessem trocando confidências maliciosas sobre seus maridos, o waza e o sarpanch. Os olhos de Hasina Yambarzal não estavam rindo, porém. "A resistência não é um clube social", ela riu, colocando as mãos sobre a boca e arregalando aqueles olhos calculistas como se tivesse ouvido alguma coisa realmente horrível. "Eu não sou boba, madame", Firdaus riu, severa. "E Anees com certeza vai entender o que eu quero dizer." Um de seus olhos era preguiçoso, mas o brilho nele era inconfundivelmente enérgico. Hasina logo calou-se, fez que sim com a cabeça e voltou para a tenda para ver televisão.

Na manhã seguinte, Firdaus pediu para Abdullah acompanhá-la até o campo de açafrão onde, muitos anos antes, ela havia se divertido com a jovem Pamposh Kaul. Ali, longe de ouvidos imprudentes, contou ao marido que um demônio do mal tinha entrado no filho deles, Shalimar, o equilibrista, lá no norte gelado, perto da Linha de Controle. "Ele agora só pensa em matar todo mundo", disse ela a Abdullah Noman, "a mulher dele, tudo bem, houve um problema antes, mas agora é o americano sedutor também, e o

Exército inteiro e não sei mais quem. Então, ou foi algum djinn que tomou conta dele, ou quem sabe já estava escondido dentro dele esse tempo todo, como se ele fosse uma garrafa esperando alguém para destampar, e ou foi isso que Boonyi fez quando voltou do americano ou alguma coisa aconteceu com ele quando estava longe de casa. 'Hai-hai'", ela gemeu. "O que meu filho fez de errado para ser presa do diabo?"

"Não é nenhum diabo falando, é a hombridade dele", Abdullah Noman disse, sem ternura. "Ele ainda é jovem a ponto de ter a idéia de que pode mudar a História, enquanto eu estou me acostumando com a idéia de ser inútil, e um homem que se sente inútil pára de se sentir um homem. Então, se ele está inflamado com a possibilidade de ser útil, não vamos apagar essa chama. Talvez matar filhos-da-puta seja o que tempo exige. Quem sabe se minhas mãos ainda funcionassem eu não estrangulava alguns eu mesmo."

A discórdia havia entrado em Pachigam, para nunca mais ir embora. Abdullah Noman não contou à mulher que as relações entre ele e Shalimar, o equilibrista, estavam numa maré baixa, em parte porque o sarpanch não gostara do olhar de avidez nos olhos do filho quando se apresentou a oportunidade de substituir o pai como líder do bhand, mas principalmente por causa da assustadora sensação de que Shalimar, o equilibrista, estava esperando Abdullah e Pyarelal Kaul morrerem para poder se libertar do juramento. Nessa época, os dois sexagenários não conversavam muito. Abdullah começara mencionando a palavra azadi, mas para Pyarelal a palavra não significava liberdade, e sim algo mais parecido com perigo e isso causou uma dificuldade entre os dois velhos amigos. Os dois faziam seus trabalhos e pensavam seus pensamentos e se encontravam para as reuniões do panchayat, depois das quais Pyarelal voltava para casa no extremo da aldeia e lá ficava, olhando os nós de pinho queimando na lareira. Mas Abdullah Noman sabia que o pandit tinha o mesmo problema que ele com o olhar vigilante de Shalimar, o equilibrista; era como ser observado por um abutre ou um urubu. Era como ser observado pela própria Morte. Então, se Shalimar, o equilibrista, queria ir para as montanhas juntar-se a Anees e aos guerreiros da frente de libertação, talvez não fosse uma coisa ruim afinal, ele que fosse e fizesse o que tinha a fazer, mesmo que a frente de libertação ainda fosse um bando de comediantes tentando descobrir como fazer jus ao nome.

Duas semanas depois, Shalimar, o equilibrista, foi até Shirmal ver televisão e durante o intervalo para fumar do jornal de notícias parou junto ao braseiro, de costas para os eletricistas cheios de segredos, e recebeu as instruções pelas quais estava esperando. Hatim e Hashim fingiram estar falando um com o outro sobre as belezas do alto campo de pinheiros de Tragbal, localizado a mais de quatro mil metros acima do nível do mar e com vista para o lago Wular, e concordaram que o lugar estaria em seu momento mais bonito logo depois da meia-noite do dia seguinte. Shalimar, o equilibrista, afastou-se deles sem comentários e voltou para dentro da tenda de Bombur Yambarzal para participar da furiosa discussão que explodira lá dentro por conta do anúncio feito por Hasina Yambarzal de que de agora em diante seria cobrada uma taxa de admissão, uma pequena taxa, um pagamento simbólico, porque a vida não era uma instituição de caridade, afinal. As pessoas tinham de respeitar o que os Yambarzal estavam fazendo por elas e os bilhetes de entrada seriam um sinal desse respeito. Depois que ela disse isso, as pessoas começaram a gritar de um jeito que não parecia nada respeitoso, diante do que a incisiva e pragmática senhora curvou-se, pegou o cabo elétrico e desligou a conexão. Isso calou todo mundo imediatamente, como se ela houvesse desligado o plugue deles também, e os filhos dela entraram com tigelas de latão e passaram pela platéia recolhendo moedas de baixo valor. Shalimar, o equilibrista, pagou, mas quando a novela voltou à tela, foi embora sem assistir ao que acontecia com a chorosa heroína nas garras de seu tio malvado. Já estava farto de heroínas chorosas. Iria até o lago Wular para entrar no mundo dos homens.

Shalimar, o equilibrista, deixou Pachigam na manhã seguinte levando nada além da roupa do corpo e da faca na cintura, e não foi visto mais na aldeia por quinze anos. Acima do escudo brilhante do lago Wular e pouco abaixo do campo de Tragbal ele encontrou seu futuro em uma encosta pontilhada de rochas. Seu futuro tinha a forma de uma dupla de homens com chapéus de lã puxados sobre os olhos e cachecóis enrolados na parte de baixo dos rostos. Um desses homens estava esculpindo um pássaro de madeira. O outro era o enteado de Bombur Yambarzal, Hashim Karim. Havia um terceiro homem parado atrás de uma rocha e era esse o homem importante. "Queria ver seu irmão", disse o homem atrás da rocha. "Seu irmão está aqui." A faca de Anees continuou cortando sem parar. "Isso devia ser tocante", disse o homem atrás da rocha, "se a gente estivesse no negócio de ser tocante. Ou quem

248

sabe fosse engraçado, se a gente estivesse no negócio das risadas. Por que você não me conta o que eu estou fazendo aqui, ouvindo uma porcaria de um ator que quer fazer papel de herói de ação de verdade e, quem sabe, de mártir também?" Shalimar, o equilibrista, ficou calmo. "Preciso aprender outra profissão", disse. "E, com o tempo, vocês vão precisar de gente com essas qualidades." O homem atrás da rocha pensou um pouco. "O que eu ouvi dizer", disse ele, "foi que você andou falando de boca cheia, para quem quisesse ouvir, sobre as pessoas que queria eliminar, inclusive o ex-embaixador americano. Isso me parece palhaçada." O rosto de Shalimar endureceu. "De agora em diante e até chegar a liberdade, mato quem você quiser", disse ele, "mas é, sim, um dia desses vou querer o embaixador americano em meu poder."

Houve um grunhido atrás da rocha. "E eu quero ser o rei da Inglaterra", disse o homem invisível. Fez-se depois um longo silêncio. "Tudo bem", disse o homem atrás da rocha. Seguiu-se um silêncio mais longo. Shalimar, o equilibrista, virou-se para seu irmão, que sacudiu a cabeça. "Daqui a uns minutos", disse Anees Noman, "vai ser a nossa vez de ir embora." "Eu vou com você?", perguntou Shalimar, o equilibrista. A faca de entalhar do irmão fez uma breve pausa.

"Vai", disse ele. "Vai, sim."

Antes de saírem da montanha, Shalimar, o equilibrista, foi atrás de uma pedra para se aliviar. Só depois que o jato quente se esgotou foi que ele olhou para baixo e viu a enorme serpente, uma cobra-rei, enrolada embaixo da pedra, a dois centímetros da poça. Durante suas atividades com a frente de libertação ele sempre pensava na serpente adormecida, que o fazia lembrar das superstições de sua mãe, Firdaus. "Sorte de cobra", ele disse um dia a seu irmão quando estavam agachados atrás de uma rocha perto de Tangmarg, esperando um comboio de tropas do Exército passar em cima das minas que haviam colocado na estrada muito íngreme. "Devo ter uma sorte de cobra do meu lado. É um bom sinal." A melancolia habitual de Anees Noman aprofundou-se mais ao desenterrar essa lembrança de uma mãe que ele temia nunca mais ver de novo, mas disfarçou a tristeza e retorceu o rosto em um sorriso tristonho. "Enfim, é isso que a gente faz", Shalimar, o equilibrista, cochichou ainda. "Mijar na cobra, eu quero dizer. Se aquela cobra tivesse acordado aquela noite, eu hoje seria um homem morto. Mas esta cobra, essa em que a gente está mijando, está bem acordada, sim, senhor, acordada, molhada e brava."

Anees mascava, sombrio, a ponta de um beedi. "É só mirar nos olhos da filha-da-puta", disse ele. Seu vocabulário havia embrutecido com os anos. "Se mijar forte, talvez abra um buraco na porra da cabeça dela."

Naqueles dias, antes de os malucos entrarem em cena, a frente de libertação era razoavelmente popular e azadi era o grito universal. Liberdade! Um minúsculo vale de não mais que cinco milhões de almas, encravado no interior, pré-industrial, rico de recursos, mas pobre de dinheiro, pendurado a milhares de metros de altura nas montanhas como uma comidinha verde gostosa presa nos dentes de um gigante, querendo se libertar. Seus habitantes haviam chegado à conclusão de que não gostavam muito da Índia e não simpatizavam com o som de Paquistão. Então: liberdade! Liberdade para ser brâmanes comedores de carne ou muçulmanos adoradores de santos, para fazer peregrinações ao lingam de gelo, o falo no alto das neves eternas, ou para se curvar diante do cabelo do profeta em uma mesquita à margem do lago, para ouvir o santoor e tomar chá salgado, para sonhar com o exército de Alexandre e escolher nunca mais ver um exército, para fazer mel e talhar nogueira em forma de animais e de barcos e ver as montanhas subindo, centímetro a centímetro, século a século, mais alto no céu. Liberdade para escolher a loucura em vez da grandeza, mas sem ser bobo de ninguém. Azadi! O paraíso queria ser livre.

"Mas livre não é sem preço", Anees Noman disse ao irmão, à sua maneira tristonha. "O único paraíso livre assim é um lugar de conto de fadas, cheio de mortos. Aqui, entre os vivos, a liberdade custa dinheiro. É preciso fazer coleta." Embora ele não soubesse, aquilo soava igualzinho a Hasina Yambarzal anunciando aos aldeões de Shirmal e Pachigam que iam ter de começar a pagar para assistir televisão.

A primeira fase da iniciação de Shalimar, o equilibrista, no mundo da frente de libertação envolveu-o no grupo de atividades de levantamento de fundos. O primeiro princípio desse trabalho era que os operadores trabalhando no campo financeiro não podiam ser mandados para suas próprias localidades, uma vez que o levantamento de fundos às vezes não era brincadeira e essa falta de humor nunca caía bem com as pessoas próximas. O segundo princípio era que, uma vez que era fato bem estabelecido que os pobres eram mais generosos do que os ricos, era adequado ser mais, por assim dizer, persuasivo ao lidar com os ricos. Não era preciso explicitar a natureza precisa dessa persuasão. Cada operador devia ser capaz de divisar as táticas mais bem adequadas à situação. Shalimar, o equilibrista, membro da equipe financeira de seu irmão, um homem recém-despertado para a raiva e disposto a medidas extremas, se preparou para ameaçar, cortar e queimar.

Porém, Abdullah e Firdaus Noman haviam criado os filhos para serem corteses todo o tempo e, mesmo que Shalimar, o equilibrista, estivesse possuído por um demônio, seu irmão Anees não estava. Quando chegaram, ao entardecer, a uma grande mansão à margem do lago no limite de Srinagar cuja atmosfera sombria combinava perfeitamente com a de Anees, a dona da casa, uma certa sra. Ghani, informou-os que seu marido, um importante dono de terras, não estava em casa; diante disso, Anees resolveu que seria impróprio meia dúzia de homens armados entrar na casa de uma senhora respeitável quando o homem da casa estava ausente e anunciou que ele e seus colegas iam esperar o marido, sr. Ataullah Ghani, do lado de fora. Esperaram quatro horas, acocorados diante da entrada de empregados com os rifles enrolados em cachecóis, e a sra. Ghani mandou chá quente e petiscos. Por fim, Shalimar, o equilibrista, insubordinadamente expressou sua ansiedade. "O nível de risco é inaceitável", disse. "Essa senhora já podia ter telefonado para as forças de segurança muitas vezes." Anees Noman parou de entalhar a madeira em forma de coruja e levantou um dedo repreensivo. "Se for nossa hora de morrer, então morremos", replicou. "Mas vamos morrer como homens de cultura, não bárbaros." Shalimar, o equilibrista, recolheu-se a um silêncio zangado e tocou o fio de sua lâmina dentro das dobras do manto. Uma das coisas mais difíceis para se tornar um combatente da liberdade era ter de aceitar a superioridade da posição do irmão mais novo na organização.

Depois de quatro horas e meia, o sr. Ghani voltou e saiu para fumar um cigarro pensativo com o comitê financeiro na sacada de trás. "Esta casa", disse ele, "pertenceu a meu falecido tio paterno do lado Ghani, o bem conhecido Andha Sahib, o filantropo cego que viveu até a grande idade de cento e um anos, Deus seja louvado, e morreu faz apenas três anos. Talvez tenham ouvido falar dele? Sua vida pessoal foi uma grande tragédia, uma pobre recompensa para toda a sua generosidade, porque ele perdeu a amada filha, única, que mudou-se para o Paquistão e depois morreu lá em 65, em conseqüência de um bombardeio aéreo durante aquela guerra boba. Antes de Andha

Sahib, aqui residiram outros eminentes membros de minha família durante cento e um anos mais. Existe aqui uma coleção de pinturas européias de qualidade. Uma pintura de Diana, a caçadora, é particularmente boa. Se quiserem ver, terei prazer em levar vocês. Naturalmente, existem também minha esposa e minhas filhas. Eu agradeço a vocês terem respeitado a santidade da casa e a honra das mulheres da família. Para expressar minha gratidão, em abençoada memória de Naseem Ghani, filha desta casa e minha prima pessoal que a Força Aérea indiana matou em um bombardeio em sua própria cozinha em Rawalpindi em 22 de setembro de 1965, vou garantir a vocês a seguinte quantia, a ser paga com intervalos de duas semanas."

A soma nomeada era suficientemente grande para impossibilitar que os combatentes da libertação continuassem a parecer impassíveis. Houve aspirações abafadas por baixo dos capuzes de lã. Depois, quando recuaram para as sombras, Shalimar, o equilibrista, pareceu envergonhado de seus medos anteriores, mas Anees Noman teve a gentileza de não tocar nisso. "Srinagar não é como a nossa terra", disse ele. "Leva tempo para adquirir conhecimento local. Onde está o apoio, onde não, onde é preciso uma pequena ajuda do tipo que você está louco para dar. Você logo pega o jeito."

Não era possível voltar para casa. Havia um sistema de aquartelamento em operação. Aos irmãos Noman coube uma série de acomodações temporárias com famílias que às vezes os recebiam bem, outras vezes tinham de ser obrigadas a abrigar hóspedes potencialmente tão perigosos e os tratavam com uma mistura de raiva e medo, mal falando com eles a não ser quando absolutamente necessário, trancando as filhas casadouras e mandando os filhos mais novos para morar em algum outro lugar até não haver mais perigo. Anees e Shalimar, o equilibrista, ficaram com uma família amiga trabalhando nas incubadoras de trutas de Harwan; com apoiadores fervorosos na indústria de seda de Srinagar; em uma casa hostil de camponeses criadores de pôneis perto da famosa fonte de Bawan, consagrada a Vishnu, com seu tanque sagrado explodindo de peixes famintos, e num acampamento ainda mais ameaçador de mineradores de calcário perto da pedreira de Manasbal, acomodação que abandonaram depois de uma única noite porque ambos tiveram o mesmo sonho, um pesadelo em que eram mortos dormindo, com as cabeças esmagadas por homens furiosos com pedras nas mãos. Dormiram durante uma temporada num quarto de sótão na casa da apavorada família de um motorista de caminhão em Bijbehara, perto da aldeia turística de Pahalgam. Esse era o bairro em que o espião Gopinath Razdan havia sido assassinado alguns anos antes, depois de vazar a notícia da ligação de Boonyi com Shalimar, o equilibrista. Era, portanto, uma região da qual os Noman tinham algum conhecimento prévio. Shalimar, o equilibrista, sentiu uma estranha saudade de casa ali. O Liddar de águas rápidas o fez lembrar do Muskadoon, menor, e o adorável prado de montanha de Baisaran acima de Pahalgam, onde Razdan fora morto, trazia-lhe à mente o Khelmarg atapetado de flores onde seu grande e letal amor havia sido consumado. O diabo dentro dele assanhou-se com a lembrança da esposa infiel e o assassinato voltou a ocupar todos os seus pensamentos.

Num outro verão, os irmãos ficaram entre gente amiga, os barqueiros tribais Hanji e Manji, que remavam e navegavam sua embarcação pela miríade de caminhos de água do vale, colhendo singharé, nozes de água, no lago Wular, ou trabalhando nos mercados ao ar livre no lago Dal, pescando ou recolhendo madeira flutuante nos rios. Quando um barqueiro levava passageiros em sua embarcação, os irmãos Noman sentavam-se amontoados na parte de trás do barco com os rostos enrolados em xales. Outras vezes, em barcos maiores, eles se envolviam no trabalho e batalhavam tão duro quanto seus hospedeiros. Deslocar com varas de um lago para outro um barco carregado com sete toneladas de grãos era trabalho duro. À noite, depois de um dia de tanto esforço, os irmãos se reuniam com as famílias flutuantes no extremo da cozinha de um dos gigantescos barcos cobertos com tetos de sapé e comiam refeições de peixe muito condimentado e raiz de lótus. O barqueiro com que ficaram mais tempo foi o patriarca não oficial da tribo hanji, Ahmed Hanji, que não só parecia um profeta do Antigo Testamento como acreditava que seu povo era descendente de Noé e que seus barcos eram filhos pigmeus da arca. "Um barco é o melhor lugar para se estar agora", ele filosofava. "Vem vindo um outro dilúvio e Deus sabe quantos de nós vão se afogar dessa vez." "Esse é o problema com este nosso maldito país", Anees Noman sussurrou para o irmão quando se deitaram para dormir nessa noite. "Todo mundo é profeta."

Todos os homens da frente de libertação tinham medo quase todo o tempo. Eles não eram muitos, as forças de segurança os caçavam e em toda aldeia corriam histórias de famílias fuziladas pela suspeita de terem abrigado insurrecionistas, histórias que dificultavam o recrutamento de novos membros, ou a obtenção de apoio e ajuda da população assustada e oprimida. Azadi! A palavra soava como uma fantasia, uma fábula infantil. Mesmo os combatentes da liberdade às vezes não conseguiam acreditar no futuro. Como o futuro podia começar quando o presente exercia tamanha opressão sobre tudo e todos? Temiam a traição, a captura, a tortura, a própria covardia, a lendária loucura do novo oficial encarregado de toda a segurança interna do setor da Caxemira, general Hammirdev Kachhwaha, o fracasso e a morte. Temiam o assassinato de seus entes queridos em represália por seus poucos sucessos, uma ponte bombardeada, um comboio do Exército atingido, um notório oficial de segurança dominado. Temiam, quase acima de todas as coisas, o inverno, quando seus acampamentos das terras altas ficavam inutilizáveis, quando a rota Aru pela montanhas ficava intransponível, quando seu acesso a armas e suprimentos de combate minguava, quando não havia nada a fazer senão esperar ser preso, sentar tremendo nos sótãos sem amor e sonhar com o inatingível: mulheres, poder e riqueza. Quando o próprio Maqbool Butt foi capturado e preso, o moral atingiu seu ponto mais baixo. O velho parceiro de Butt, Amanullah Kahn, acabou exilado na Inglaterra. A resistência mudou de nome e passou a ser FLJC, quatro iniciais em vez de três, Frente de Libertação "Jammu e Caxemira" no lugar de "Nacional", mas isso não fez nenhuma diferença. Os caxemirenses da Inglaterra, em Birmingham, Manchester e Londres, podiam continuar sonhando com a liberdade. Os caxemirenses da Caxemira estavam tremendo, sem líder e muito perto da derrota.

Nas histórias antigas, o amor tornava possível uma espécie de contato espiritual entre amantes há muito separados pela necessidade ou pelo acaso. Nos dias anteriores às telecomunicações, o amor verdadeiro em si era suficiente. Uma mulher deixada em casa fechava os olhos e o poder de sua carência permitia que visse seu homem no navio no oceano, combatendo piratas com alfanje e pistola, seu homem na refrega da batalha com espada e escudo, vitorioso entre corpos em algum campo estrangeiro, seu homem atravessando o deserto distante cujas areias estavam em chamas, seu homem entre picos de montanhas, bebendo a neve derretida. Enquanto ele vivesse ela acompanharia sua jornada, saberia do dia-a-dia dessa jornada, hora a hora, sentiria o entusiasmo e a dor dele, lutaria contra a tentação com ele e com ele se alegraria diante da beleza do mundo; e se ele morresse, uma lança de amor voaria através do mundo para vir perfurar seu coração onisciente à espera. Com ele seria a mesma coisa. Em meio ao fogo do deserto ele sentiria a mão fresca da amada no rosto e no calor da batalha ela murmuraria palavras de amor em seu ouvido: viva, viva. E mais: ele saberia também da vida diária dela, dos humores, das doenças, dos trabalhos, da falta de amor, dos pensamentos dela. O laço da comunhão deles jamais se romperia. Era isso que as histórias contavam do amor. Era isso que os seres humanos sabiam ser o amor.

Quando Boonyi Kaul e Shalimar, o equilibrista, se apaixonaram, não precisavam ler livros para descobrir o que era aquilo. Podiam ver um ao outro com os olhos fechados, tocar um ao outro sem contato físico, ouvir as falas de amor do outro mesmo quando nenhuma palavra era dita em voz alta e cada um sabia sempre o que o outro estava fazendo e sentindo, mesmo quando estavam em extremos opostos de Pachigam, ou dançando, ou cozinhando, ou representando um longe do outro em distantes cidades desconhecidas. Um canal de comunicação se abrira para eles e, embora o amor deles tivesse morrido, o canal ainda funcionava, mantido aberto por uma espécie de antiamor, uma força alimentada por fortes emoções que eram os opostos sombrios do amor: o medo dela, o ódio dele, a convicção de ambos de que a história deles não estava encerrada, que eles eram um o destino do outro e que ambos sabiam como iria acabar. À noite, em sua acomodação imposta, ou numa cama de palha em alguma fétida cocheira do campo, ou a bordo de um barco balouçante entre dois sacos de grãos, Shalimar, o equilibrista, continuava procurando Boonyi em sua cabeça, ele espreitava a noite e a encontrava, e imediatamente os fogos de sua raiva se inflamavam e o mantinham aquecido. Ele zelava por esse calor, as brasas quentes de sua fúria, como se estivessem num kangri junto à pele e mesmo quando a luta pela liberdade estava no ponto mais baixo, essa chama escura mantinha forte a sua vontade, porque seus próprios objetivos eram pessoais além de nacionais e não podiam ser renegados. Mais cedo ou mais tarde, duas mortes o livrariam de seu voto e possibilitariam uma terceira. Mais cedo ou mais tarde, ele encontraria seu rumo até o embaixador americano também e sua honra estaria vingada. O que aconteceria depois disso não era importante. A honra estava acima de qualquer outra coisa, acima dos votos sagrados do matrimônio, acima da divina interdição ao assassinato a sangue-frio, acima da decência, acima da cultura, acima da própria vida.

Aí está você, ele a saudava toda noite. *Não vai escapar de mim.*

Mas também não conseguia escapar dela. Falava com ela em silêncio como se estivesse deitado ao lado dela, como se sua faca estivesse na garganta dela e ele estivesse lhe confessando seus segredos antes de levá-la para o túmulo, contava tudo para ela, sobre o comitê de finanças, as acomodações, a impotência, o medo. Afinal de contas, ódio e amor não estavam tão longe um do outro. Os níveis de intimidade eram os mesmos. As pessoas o ouviam murmurar no escuro, seus companheiros combatentes o ouviam assim como os hospedeiros, mas não dava para distinguir as palavras, e ninguém se importava mesmo, porque os outros combatentes também estavam murmurando, falando com suas mães, filhas, esposas e ouvindo suas respostas. O ódio assassino de Shalimar, o equilibrista, sua possessão pelo diabo, queimava ferozmente dentro dele e o impelia à frente, mas na noite murmurante isso era apenas uma de muitas histórias, uma pequena história não contada em uma multidão de outras histórias semelhantes, uma porção minúscula da história não escrita da Caxemira.

Ele disse: *Não saia dessa cabana, local do seu exílio, senão vai me liberar do meu juramento e voltarei, decerto saberei e decerto voltarei.*

Ela disse: *Vou ficar aqui e esperar e sei que você voltará.*

Ele disse: *Esta época terrível, este tempo intermediário em que todos morremos de não fazer nada, está chegando ao fim. Vou para as montanhas. Aqui estou, nas montanhas. Estou pegando a Passagem Tragbal. Acima de mim está o Nanga Parbat, o pico poderoso que esconde seu rosto em nuvens de tempestade e cospe raios em todos que ousam passar por ele. No outro lado da montanha está a liberdade, a parte da Caxemira que é livre. Gilgit, Hunza, Baltistan. Os lugares que perdemos. Vou ver como será a Caxemira quando for livre, quando seu rosto não estiver velado por lágrimas.*

Ele disse: *Discuti com Anees outra vez. Falei de nossos aliados paquistaneses e disse para ele que confiaria neles e em nosso Deus comum e ele me chamou de mentiroso, de puta que quer ser comida pelos dois lados, por trás e pela frente ao mesmo tempo. Ele anda com a boca muito suja. Ele é contra o Paquistão e não quer falar de religião. Riu na minha cara quando falei da minha fé e me disse que eu não sei o que é fé se podia ser infiel a meu próprio ir-*

mão. Eu disse que existia uma lealdade mais alta e ele riu na minha cara de novo, disse que talvez eu conseguisse enganar os outros, mas que não podia enganar a ele, que de repente eu havia me tornado algum tipo de come-fogo por Deus. Ele fala como um velho. Não me importo mais com os modos antigos. Quero expulsar os filhos-da-puta do Exército e o inimigo de nosso inimigo é nosso amigo. Ele disse que não, que o inimigo de nosso inimigo é nosso inimigo também. Mas ele sabe tanto quanto eu que muitos dos nossos camaradas vão atravessar as montanhas. O próprio chefe dele vai deixar ele para trás e vem comigo. Está comigo agora. Estou nas montanhas agora. Deixei meu irmão para trás, mas estou com meus irmãos. Anees e eu nos separamos mal, o que eu lamento. Ele diz que sabe que não vai viver até ficar velho, mas quem quer envelhecer no inferno? Estou com botas de borracha verde-escuras e por dentro delas enrolei na perna um cobertor de lã rasgado ao meio. Estou usando tudo o que consegui encontrar de quente, mas não tem brasa para o meu kangri. Me deram um casaco de polietileno e calça para vestir por cima de tudo. Do outro lado da montanha existem campos de treinamento. Do outro lado da montanha existem camaradas, armas, dinheiro e apoio político. Do outro lado da montanha vou encontrar o fim do arco-íris.

Ele disse: Somos seis subindo as trilhas. O comandante invisível, chefe de Anees, diz que não lamenta nada. Deixamos Anees para trás, deixamos Anees com seus modos antiquados e estávamos indo para o futuro. A insurreição está dividida; então, tudo bem, está dividido. Vamos juntar a nossa turma com os radicais do outro lado da montanha. O nome do comandante invisível é Dar, mas existem dez mil Dar na Caxemira. Ele diz que sua gente era de Shirmal. Não conheço nenhuma família Dar em Shirmal. Nós todos agora nos inventamos, não temos mais de ser nós mesmos. Ele tem formação de cozinheiro júnior, mas diz que está com a resistência quase desde o começo, quase desde a infância. Cedo aprendeu a invisibilidade e agora não é visto por ninguém a não ser que escolha que quer ser visto. Vejo a roupa enrolada com força no corpo dele, os óculos de neve, a crosta de neve na barba. O rosto dele é um mistério. Ele diz que é mais novo que eu. Na montanha, as pessoas confiam umas nas outras. Cochichamos nossas mentiras secretas. Podemos morrer a qualquer minuto, de frio, de uma bala. De uma bala congelada. Eu chamo ele de Doorway, ou Portal, Dar-waza, coloco o nome dele e a profissão de antes lado a lado e é isso que quer dizer. Chamo de Montanha Nua porque, igual ao Nanga

Parbat, ele nunca mostra o rosto. Dizem que nos raros dias em que a monta-nha se desvenda, ela é tão bonita que cega todo mundo que olha. Talvez meu Doorway-Darwaza, meu líder Montanha Nua, seja também um homem ex-cepcionalmente bonito, cuja beleza deixe cego. De qualquer jeito, ele vai ser minha porta para o próximo lugar. Do outro lado da montanha, vou ser trei-nado e minha força vai aumentar. Vou encontrar homens de poder e tirar po-der deles. Vou aprender as artes sutis do engano e do disfarce nas quais você já é mestra e vou aperfeiçoar a arte da morte. O tempo do amor passou. Podemos morrer a qualquer minuto. As tropas indianas conhecem as rotas que nós usa-mos e talvez estejam à espera. Estamos indo no auge do inverno quando só gente louca iria porque pode ser que não estejam vigiando. Está frio demais. É impossível atravessar as montanhas. Estamos atravessando as montanhas. Somos impossíveis. Somos invisíveis e impossíveis e estamos indo para o outro lado da montanha para sermos livres.

Boonyi também falava sozinha, sobre passagens da montanha, perigo e desespero. Zoon Misri foi visitá-la e ouviu a amiga resmungando sobre a vol-ta do mulá de ferro e a sobrevivência dos irmãos estupradores, e começou a tremer. Caiu de suas mãos o cesto que levara para Boonyi de presente, com pães feitos em casa e kababs embrulhados em um pano. Ela desceu corren-do todo o trajeto até a casa de Pyarelal à margem do regato. "Quanto mais ela fica lá em cima na cabana de Nazarébadur, mais começa a falar como alguma maluca profetisa gujar", chorou ela. "Só que está virando uma Na-zarébad que amaldiçoa, só o mau-olhado, sem a proteção."

Pyarelal tentou consolá-la. "As pessoas que passam muito tempo sozi-nhas começam a falar consigo mesmas", disse ele. "Não quer dizer nada. Ela provavelmente nem sabe que está fazendo isso." Zoon continuou chorando. "Não, ela está louca, está mesmo", insistiu, a língua solta pela emoção. "Con-versa com Shalimar, o equilibrista, como se ele estivesse sentado bem do la-do dela, discute com ele como vai ser morta por ele, como se fosse uma coi-sinha sem importância, entende?, como se fosse conversa de namorados, pode imaginar?, bobagenzinhas sobre a morte. Hai-hai! Pergunta onde ele vai esfaquear primeiro e quantas vezes e sei lá mais o quê, como pode uma pes-soa fazer essas perguntas e reagir como se ficasse excitada com a resposta, como se, me desculpe, ji, ficasse sexualmente excitada? E agora começou a dizer coisas piores, coisas que vão ser a morte não só dela, mas a minha também." Que coisas eram essas, Pyarelal tentou descobrir, mas Zoon apenas sacudiu a cabeça e chorou. Havia palavras que não podia dizer, nomes que não conseguia falar. *Os irmãos Gegroo estão vivos e Bulbul Fakh também.* Essa era a frase que acabaria com a vida dela se fosse falada em Pachigam. Contanto que continuasse apenas flutuando no ar na cabana de montanha de uma louca seria possível Zoon Misri sobreviver. "Não posso mais fazer nenhuma visita para ela", disse a Pyarelal. "Não me pergunte por quê. É muito perigoso para mim lá em cima, só isso."

Boonyi disse: "Eles atravessaram a passagem Tragbal. Nenhum soldado indiano estava à espera deles e passaram com segurança. Vieram homens ao encontro deles e um desses homens é Maulana Bulbul Fakh. O mulá de ferro colocou todos sob a sua proteção. Ele mora em Gilgit e está tramando sua volta triunfal. Os três Gegroo estão com ele. Foram trancados na mesquita de Shirmal igual a Anarkali, mas havia uma passagem secreta como em *Mughal-e-Azam*. Eles escaparam para a floresta, subiram as montanhas e esperaram a sua hora".

Pyarelal perguntou: "Como você sabe essas coisas?". Era inverno, então estavam encolhidos em volta do fogo na cabana dela. As cabras estavam no curral que ele ajudara a construir. Dava para ouvir o toque dos sininhos de latão no pescoço delas. Sua filha estava num estado não diferente do transe. Estava ao mesmo tempo ali na cabana e em algum outro lugar também. Ouvia o que ele dizia, mas também ouvia no outro lugar. Ela disse: "Meu marido me conta. Ele atravessou as montanhas para encontrar com o mulá de ferro. O mulá de ferro diz que a questão da religião só pode ser respondida olhando as condições do mundo. Quando o mundo está em desarranjo, então Deus não manda uma religião de amor. Nessas horas, ele manda uma religião marcial, pede que a gente cante hinos de batalha e esmague o infiel. O mulá de ferro diz que na raiz da religião está esse desejo, o desejo de esmagar o infiel. Está a força fundamental. Quando o infiel tiver sido esmagado poderá haver tempo para o amor, embora, na opinião do mulá de ferro, isso seja de importância secundária. A religião exige austeridade e auto-renúncia, diz Bulbul Fakh. Ela não tem tempo para as branduras do prazer ou para as fraquezas do amor. Deus deve ser amado, mas com um amor masculino, um amor de ação, não uma aflição feminil do coração. O mulá de ferro prega para muitas centenas de homens, de muitas partes do mundo. Estão se preparando para a guerra".

Pyarelal perguntou: "Como o seu marido conta isso para você?".

Ela respondeu: "Ele fala comigo como você fala. Ele está cheio de fogo e morte. Quando você e o sarpanch não existirem mais, ele vem aqui em busca da honra dele".

"Então isso é uma parte do que ele diz", o pai precisava saber.

"É a razão por que nós conseguimos conversar", ela replicou. "É a nossa ligação que não pode ser rompida." Ela caiu de lado e ficou inconsciente. Pyarelal a levantou e colocou delicadamente para dormir. "Então eu não vou morrer nunca", sussurrou ele para o corpo adormecido da filha. "Vou viver para sempre e ele nunca será liberado do juramento."

Não era assim que as coisas deviam correr, segundo a velha história. Na velha história, Sita, a pura, era seqüestrada e Rama fazia uma guerra para reconquistá-la. No mundo moderno tudo estava virado de pernas para o ar e de dentro para fora. Sita, ou melhor, Boonyi no papel de Sita, havia escolhido livremente fugir com seu Ravana americano e decididamente ser amante dele e ter um filho dele; e Rama — o clown muçulmano, Shalimar, mal-escalado para o papel de Rama — não lutou nenhuma guerra para resgatá-la. Na velha história, Ravana morria para não entregar Sita. Na adaptação contemporânea da história, o americano afastara-se de Sita e permitira que sua rainha roubasse a filha dela e a mandasse para casa, coberta de vergonha. Na história antiga, quando Sita voltava a Ayodhya depois de defender sua castidade ao longo de todos os anos de cativeiro, Rama a mandava para um exílio na floresta porque a longa residência debaixo do teto de Ravana tornava sua castidade suspeita aos olhos da gente comum. Na história de Boonyi, ela também fora exilada na floresta, mas era a sua gente — a amiga Zoon, o pai, até o sogro — quem a ajudara e salvara sua vida, desviando a faca assassina do marido, fazendo-o prestar um juramento; depois disso, e no momento errado, o marido partira para a guerra e ela sabia que para ele a batalha era uma forma de esperar, que ele ia lutar com outros inimigos, matar outros adversários, até estar livre para voltar e tomar a sua vida infiel.

Mas era algo mais que isso. Era também um jeito de estar com ela. Quando estava longe, os pensamentos dele voltavam-se para ela e os dois comungavam como antes. E mesmo que esses pensamentos fossem assassinos, essa comunhão prolongada dava sempre a sensação, a forte sensação, para ela, de amor. Tudo o que restava entre eles era morte, mas o adiamento da morte era vida. Tudo o que restava entre eles, talvez, era ódio, mas essa ânsia do ódio à distância sem dúvida era uma das muitas caras do amor, sim, a cara mais feia. Ela começou a alimentar fantasias de obter o perdão dele e conquistar seu coração. No grande livro antigo, Sita invocava os deuses para defender sua virtude, entrava no fogo e saía ilesa; e pedia ao submundo que se abrisse para ela poder deixar este mundo no qual sua inocência não era o bastante, e os portões do submundo realmente se abriam e ela entrava em sua escuridão. Se ela, Boonyi, tocasse fogo em si mesma, nenhum deus a protegeria. Iria queimar e a floresta queimaria com ela. Por isso, ela não acendia nenhum fogo. Uma vez, em desespero, realmente pedira que os portões do inferno se abrissem na terra sob seus pés, mas nenhuma cavidade abriu a boca. Ela já estava no inferno.

O mulá de ferro Maulana Bulbul Fakh era o superior designado para eles. Seu hálito ainda era o bafo sulfuroso de dragão que lhe valera o seu fétido nome, *fakh*, e ainda falava com aspereza, como se o discurso humano fosse penoso para ele, mas era mais alto do que lembrava Shalimar, o equilibrista, um gigante de mais de dois metros de altura e também mais magro e muito mais bonito do que nos velhos tempos de Shirmal. Seria possível ele ter ficado maior e mais atraente com o passar dos anos? Quanto a ser feito de ferro, não havia mais como questionar isso. Havia pontos em suas canelas e ombros em que os golpes da vida dura haviam ralado a cobertura de pele e o metal sem brilho debaixo ficava visível, endurecido pelas batalhas, indestrutível. Essas provas de sua natureza miraculosa davam a Bulbul Fakh uma grande autoridade nos campos das montanhas. Ele levava sempre um pedaço de sal de rocha a todos os momentos. "Isto é sal paquistanês", disse ao comandante da frente de libertação e a seus homens. "Isso é que nós vamos trazer para a Caxemira quando estiver libertada." Embrulhou o sal num lenço verde e guardou em uma bolsa. "O verde é por nossa religião, que torna tudo possível. Se Deus quiser", disse ele. "Com a bênção de Deus", responderam os outros.

O mulá de ferro os levou a um "campo avançado", conhecido como "CA-22", uma instalação da linha de frente do centro mundial de atividades islamitas-jihadistas Markaz Dawar, estabelecido pelo ISI, Inter-Serviços de Inteligência paquistanês. Naqueles dias iniciais, o CA-22 era um buraco. Havia uns poucos prédios pukka — a única acomodação para dormir era em imundas tendas remendadas — e não havia comida nem calor suficientes. Porém, havia uma quantidade surpreendente de armas disponíveis e pessoal do ISI à mão para oferecer treinamento no uso dessas armas, inclusive treinamento de franco-atiradores assassinos de alta precisão. Havia estandes de tiro com alvos móveis e instrutores que empurravam os recrutas pelas costas ou batiam em seus cotovelos ao mesmo tempo que mandavam atirar, e eles tinham de aprender a não errar, porque acertar um alvo móvel quando em desequilíbrio era o que estavam aprendendo. Semanalmente, havia seminários e exercícios de treinamento em tempo real de operações de alta velocidade, estilo guerrilha de ataque e retirada da Linha de Controle. Havia uma fábrica de bombas e um curso de técnicas de infiltração quinta-coluna e, acima de tudo, havia oração.

As cinco orações diárias no maidan do campo eram compulsórias a todos os combatentes e o único livro tolerado no local, excluindo-se os manuais de treinamento, era o sagrado Corão. Nos intervalos das orações formais, havia muitas discussões sobre Deus, conduzidas por estrangeiros falantes de línguas que Shalimar, o equilibrista, não entendia, nas quais só se destacava a palavra Deus. Maulana Bulbul Fakh era seu guia para armamento e estrangeiros também. Mas, antes de estar pronto para a grande obra diante dele, sua consciência precisava ser alterada. Foi solicitado que Shalimar, o equilibrista, fizesse algumas revisões em sua visão de mundo. "Não é possível atirar direito", Bulbul Fakh disse, direto, "se o jeito como você vê as coisas é todo fodido."

A ideologia era o primordial. O infiel, obcecado por posses e riqueza, não percebia isso e acreditava que os homens eram motivados primordialmente por interesses próprios, sociais e materiais. Era esse o erro dos infiéis e também sua fraqueza, que possibilitava que fossem derrotados. O verdadeiro guerreiro não era motivado primordialmente por desejos mundanos, mas por aquilo que acreditava ser verdade. A economia não era primordial. A ideologia era primordial.

O mulá de ferro tomou para si a tarefa de reeducar os recém-chegados. Era uma parte de sua doação à revolução, uma parte da obra de Deus. Shalimar, o equilibrista, sentou-se em uma pedra junto ao gelado regato de montanha e ouviu o mulá de ferro como um dia havia escutado o pandit Pyarelal Kaul enquanto sonhava com a simples felicidade do toque de Boonyi. Mas essa felicidade provara ser uma ilusão, um engano, e para Shalimar, o equilibrista, a lembrança de ter sido enganado tornava mais fácil aceitar as lições do mulá de ferro.

Tudo o que eles pensavam saber sobre a natureza da realidade, sobre a maneira como as coisas funcionavam e o que eram as coisas estava errado, disse o mulá de ferro. Era a primeira coisa que um verdadeiro guerreiro tinha de aprender. *É, sim*, pensou Shalimar, o equilibrista, *é isso mesmo, tudo o que eu achei que sabia sobre ela era um erro*. O mundo visível, o mundo de espaço, tempo, sensação e percepção no qual eles acreditavam estar vivendo era uma mentira. *É isso mesmo*. Tudo que parecia ser, não era. *Isso mesmo*. Ao atravessar as montanhas, haviam ultrapassado uma cortina e agora estavam no limiar do mundo da verdade, que era invisível para a maioria dos homens. Graças a Deus, pensou Shalimar, o equilibrista. *A verdade. Afinal. A verdade que dura. A verdade que nunca se transforma em mentira.* No mundo da verdade, pregava o mulá de ferro, não havia lugar para fraqueza, para discussão ou para meias medidas. Diante do poder da verdade, todos os joelhos tinham de se dobrar e a verdade, então, o protegeria. A verdade manteria sua alma segura na palma de sua mão poderosa. *Na palma de sua mão.* Só a verdade pode ser seu pai agora, mas através da verdade vocês serão pais da História. *Só a verdade pode ser meu pai.* Só a verdade pode ser sua mãe agora, mas quando a verdade conquistar sua vitória todas as mães abençoarão o seu nome. *Só a verdade pode ser minha mãe.* Só a verdade pode ser seu irmão, mas na verdade você será um irmão de todos os homens. *Só a verdade pode ser meu irmão.* Só a verdade pode ser sua esposa. *Só a verdade pode ser minha esposa.*

O próprio tempo era servidor da verdade, disse o mulá de ferro. Anos podiam passar num instante ou um momento poderia ser infinitamente prolongado, se a verdade fosse melhor servida assim. A distância também não era nada aos olhos da verdade. Uma jornada de mil milhas podia ser realizada em um único dia. E se tempo e distância pudessem ser deslocados e mudados, se essas grandes coisas eram os maleáveis discípulos da verdade, então até que ponto seria mais fácil moldar o eu do homem! Se as chamadas leis do universo eram ilusões, se essas ficções não eram mais que o tecido do véu por trás do qual se escondia a verdade, então a natureza humana era também uma ilusão e os desejos humanos e a inteligência humana, a personalidade humana e a vontade humana, tudo se curvaria aos imperativos da verdade quando o véu fosse removido. Nenhum homem podia encarar a verdade nua, desafiá-la e sobreviver.

Os novos recrutas que ouviam o mulá de ferro sentiam suas vidas anteriores ressecarem na chama da certeza dele. O comandante invisível que se chamava Dar de Shirmal, embora não houvesse nenhum Dar em Shirmal, levantou-se de um salto, arrancou o gorro de lã, os agasalhos externos de polietileno, o colete de lã, as botas de borracha, as tiras de cobertor de lã enroladas nos pés, o macacão de lã cinzenta com decote em V e sem mangas, a kurta longa de lã de cor cáqui e o pijama, as meias e a cueca e colocou-se diante de Bulbul Fakh nu e pronto para a ação. "Não tenho nome", gritou alto, "a não ser o nome da verdade. Não tenho rosto, a não ser o rosto que o senhor escolher para mim. Não tenho corpo a não ser este que morrerá pela verdade. Não tenho alma a não ser a alma que é de Deus." O mulá de ferro foi até ele e, delicadamente, como faria um pai, ajudou-o a se vestir de novo. "Este guerreiro", anunciou carinhosamente Bulbul Fakh quando o homem que Shalimar, o equilibrista, pensava ser a Montanha Nua estava inteiramente vestido de novo, "despiu as vestes da mentira e vestiu as da verdade. Ele está pronto para a guerra."

Enquanto o comandante invisível estava nu, Shalimar, o equilibrista, percebeu o quanto era jovem: talvez apenas dezoito ou dezenove anos, jovem o bastante para estar pronto a se eliminar pela causa, jovem o bastante para se transformar na folha em branco em que outro homem poderia escrever. Para o próprio Shalimar, o equilibrista, a abnegação total do eu era uma exigência um tanto mais problemática, um lugar pegajoso. Ele era, ele queria ser, parte da guerra santa, mas tinha também questões pessoais a cuidar, votos pessoais a cumprir. À noite, o rosto da esposa enchia seus pensamentos, o rosto dela e atrás do dela o rosto do americano desconhecido. Abandonar a si mesmo seria abandoná-los também; e descobriu que não conseguia ordenar a seu coração que libertasse seu corpo.

"O infiel acredita na imutabilidade da alma", disse Bulbul Fakh. "Mas nós acreditamos que todas as coisas vivas podem ser transformadas a serviço da verdade. O infiel diz que o caráter de um homem decidirá seu destino; nós dizemos que o destino de um homem lhe forjará um novo caráter. O infiel diz que o quadro do mundo que ele pinta é um quadro que devemos todos reconhecer. Nós dizemos que o quadro não significa nada para nós, pois nós vivemos em um mundo diferente. O infiel fala da verdade universal. Nós sabemos que o universo é uma ilusão e que a verdade está além da ilusão, onde o infiel não consegue enxergar. O infiel acredita que o mundo é dele. Mas nós devemos arrancar os infiéis de seus redutos para jogar na escuridão e vivermos no paraíso, nos alegrando enquanto ele mergulha no fogo."

Shalimar, o equilibrista, pôs-se de pé e rasgou a roupa. "Leve-me!", gritou. "Verdade, estou pronto para você!" Ele era um artista formado, um ator protagonista na mais importante trupe de bhand pather do vale e claro que podia fazer seus gestos mais convincentes e imbuir sua jornada para a nudez com mais sentido do que qualquer jovem de dezoito anos. Tirou a camisa e gritou sua aquiescência. "Eu me limpo de tudo que não seja a luta! Sem luta eu não sou nada!", gritou seu assentimento. "Leve-me ou me mate agora!" — e arrancou as outras roupas. A paixão de seus votos impressionou o mulá de ferro. "Nós sabíamos que aqueles que escolheram fazer a árdua jornada de inverno pela Passagem Tragbal deviam ser impelidos por dentro", disse ele. "Mas em você o desejo queima mais feroz do que eu pensava." Ajudou Shalimar, o equilibrista, a vestir de novo suas roupas, a vestir as roupas transformadas por seu despojamento em vestes de compromisso. Quando estava inteiramente vestido de novo, Shalimar, o equilibrista, prostrou-se aos pés de Bulbul Fakh e quase acreditou na própria representação, quase acreditou que não era mais o que era e que podia realmente deixar para trás o passado.

Ao fim do dia, porém, foi abordado na mesa de refeições por um sujeitinho de aparência extremo-oriental com um rosto quase absurdamente inocente, um homem de quase quarenta anos que parecia dez anos mais jovem, que parecia brilhar com algum tipo de louca luz interior e que falava o suficiente de híndi macarrônico para se fazer entender. O sujeitinho perguntou polidamente: "Okay? Eu senta? Okay?". Shalimar, o equilibrista, deu de ombros e o sujeito sentou-se. "Moro", disse, batendo no próprio peito. "Muçulmano filipino. De Basilan, Mindanao. Sabe dizer isso?" Shalimar, o equilibrista, topou o jogo: "Basilan, Mindanao", disse. O sujeitinho aplaudiu. "Era pescador lá, filho de pescador", disse. "Janjalani, Abdurajak Abubakar. Isso consegue dizer também?" "Janjalani", repetiu Shalimar, o equilibrista. "Não fica muito no peixe. Peixe fede. Peixe apodrece no cabeça. Estado filipino fede que nem peixe podre. Entrou na Frente Libertação Nacional Moro", Janjalani disse em seu híndi imperfeito. "Mas saiu. Entrou Tabligh Al-Islâmico, movimento bom. Dinheiro saudita, de Paquistão também. Mandaram eu para escola Ásia ocidental. O que vocês chama Oriente Médio." Shalimar, o equilibrista, entortou a boca para mostrar que estava impressionado. "Está longe de casa", sugeriu. "Estudou. Aprendeu", disse o homenzinho. "Arábia Saudita. Líbia. Afeganistão. Estuda na Base. Conhece Base? Irmão Ayman, irmão Ramzi, xeque Usama. Aprende muita coisa boa. Rifle de campo, eu aprende. Emboscada aprende. Seqüestro eu aprende também. Extorsão, bomba, assassinato. Luta com russo, mata russo. Boa educação." Ele riu gostoso. "Educação no caráter da pessoa eu já tem. Então enxerga dentro do senhor. Enxerga dentro como se fosse janela. O senhor não é homem de Deus." O corpo de Shalimar, o equilibrista, enrijeceu e ele calculou a velocidade com que tiraria a faca e atacaria se um ataque fosse necessário. "Não, não, meu senhor", o homenzinho replicou fingindo alarme. "Por favor, por favor. Eu aqui como observador apenas. Não combatente. Ha! Ha! Muito respeito, por favor. Homem de Deus no lugar dele, combatente assassino no dele. Homem de Deus inspira. Homem de guerra faz. Pessoa combinada estilo Bulbul Fakh muito rara. O senhor pessoa não combinada eu acho. Faz que é pessoa combinada para agradar Bulbul de ferro, mas senhor guerreiro assassino. Tudo bem. Mas eu pessoa combinada como Bulbul, mesmo mesmo. Guerreiro, mas ustadz. Pregador. Destino meu."

A história de cada um era parte da história de todos. Shalimar, o equilibrista, no campo avançado número 22, fazendo amizade com um homenzinho luminoso que lutara com afegãos e com a Al-Qaeda contra a União Soviética, que aceitara armas e apoio dos Estados Unidos, mas abominava os Estados Unidos porque os soldados americanos haviam historicamente apoiado o estabelecimento de católicos em Mindanao contra os desejos dos muçulmanos locais. A maioria muçulmana da população de sete milhões de pessoas fora empurrada para condições de vida cada vez mais apertadas e amontoadas para abrir espaço. Basilan, a pequena ilha a sudoeste da ilha principal de Mindanao, era um lugar de triturante pobreza quando a lei das armas começara a imperar. Os cristãos controlavam a economia e os muçulmanos eram mantidos na pobreza. "Em 70, grande guerra. Cem mil, cento vinte mil morreu. Aí, acordo de paz, quando Frente Libertação MFNL rachou, MFNL-MFLI, aí luta de novo. Odeio governo filipino. Odeio EUA também. Embaixador americano secreto vem na Base para dar armas e apoio. Eu suspende fogo, mas meu coração quer matar esse homem." Quando Shalimar, o equilibrista, ouviu o nome do embaixador, endireitou-se à mesa do refeitório. "Abdurajak, meu amigo", disse, a voz tremendo por causa da descoberta, "esse homem eu também quero matar."

"Me avisa se eu pode ajudar", disse o revolucionário filipino.

Às vezes, agora, ela não ouvia a voz dele durante semanas, meses até. À noite, procurava por ele, mas encontrava só o vazio. Ele estava além de seu alcance e ela só podia esperar que voltasse, sem saber se queria que voltasse para poder preservar seu sonho de um final feliz, ou se queria que ele morresse porque a morte dele a libertaria. Mas ele sempre acabava voltando e quando o fazia parecia que na vida dele passara-se apenas uma noite, ou no máximo duas ou três. Anos da vida dela estavam desaparecendo, mas no lugar de onde ele a chamava o tempo corria em velocidade diferente, o espaço em torno dele assumia uma forma diferente. Ela não sabia contar para ele tudo o que estava acontecendo em Pachigam. Não havia tempo. Cada vez mais, porém, ele queria apenas mandar a ela a mensagem de si mesmo, do fogo que continuava a queimar dentro dele e a única questão para a qual precisava de uma resposta era aquela velha e macabra: eles já tinham morrido? Mas Abdullah Noman e Pyarelal Kaul estavam vivos, embora os anos deles também corressem ao longo das semanas. Em seu tempo, ele não teria de esperar muito.

Os russos estavam no Afeganistão e conseqüentemente muitos afegãos haviam fugido para o Paquistão e podiam ser encontrados até no campo avançado número 22 no setor "Azad", "livre", da Caxemira. A despeito dos números enormes de refugiados que ocupavam os imensos campos do tamanho de cidades no noroeste paquistanês, os afegãos não eram pobres. Havia extensos campos de ópio na proximidade dos campos e os chefes dos refugiados compravam seu lugar no mercado da papoula, usando ouro e jóias trazidos como capital ao atravessar a fronteira e apoiando o negócio com ameaças e armas. Ao ganharem o controle dos campos de papoulas instituíram um sistema de dupla colheita, de forma que podiam produzir tanto heroína quanto ópio. O rendimento da heroína era suficiente para comprar as autoridades paquistanesas e pagar os custos dos campos de refugiados também. As autoridades fechavam os olhos para o que acontecia nos campos de papoulas porque isso permitia que os refugiados não se tornassem uma carga para o Estado e, além disso, havia as compensações, que eram generosas.

Os afegãos tinham seus próprios combatentes da liberdade e os Estados Unidos resolveram apoiar esses combatentes contra seu próprio grande inimigo, que ocupara o país deles. Os operadores de campo — pessoal da CIA, das Unidades Contra Terrorismo e Unidades Especiais — passaram a se referir a esses combatentes como os muj, que soava misterioso e excitante, e escondia o fato de que a palavra mujahid significava a mesma coisa que a palavra jihadi, guerreiro sagrado. Armas, cobertores e dinheiro jorravam para o norte do Paquistão e uma parte dessa ajuda realmente chegava aos muj. Boa parte dela acabava nos bazares de armas da louca zona de fronteira, e uma outra porcentagem chegava ao "Azad" caxemirense. Depois de algum tempo, os guerreiros reunidos na Caxemira controlada pelo Paquistão começaram a se chamar de muj caxemirenses. O ISI lhes fornecia poderosos mísseis de longo alcance que eram destinados ao front afegão, mas haviam infelizmente sido desviados no meio do caminho. Outras armas de alta qualidade também começaram a aparecer no CA-22: atiradores automáticos de granada de origem soviética e chinesa, cápsulas de foguetes com timers de bateria solar que possibilitavam disparos retardados de fogo de barragem de foguetes, morteiros de 60 mm. A certo ponto, mísseis Stinger, SAMs, também estavam disponíveis para os "muj caxemirenses". O treinamento no uso de armas ocupava grande parte de todos os dias. O instrutor-chefe era um afegão companheiro de guerra de Janjalani, o filipino, um guerreiro de turbante negro de Kandahar que se chamava simplesmente de Taleb, que quer dizer "o estudante". A palavra para conhecimento era taleem. Os que adquiriam o conhecimento eram estudiosos: taleban. Taleb, o estudante, era uma espécie de mulá, ou, pelo menos, havia sido educado em uma escola religiosa, uma madrasa. Assim como o mulá de ferro Bulbul Fakh, porém, nunca mencionava o nome de seu seminário. Taleb, o afegão, perdera um olho em batalha e usava uma venda negra. Assim, fora temporariamente afastado da linha de frente, mas estava decidido a voltar aos deveres de combate o mais cedo possível. "Enquanto isso", disse, "a obra de Deus pode ser feita aqui também."

O olho único de Taleb, o afegão, perfurou Shalimar, o equilibrista, e pareceu ler seus pensamentos, ver os pretextos que havia ali, como Janjalani vira, o segredo não expresso, proibido. Janjalani entendera suas razões, mas Shalimar, o equilibrista, temia que Taleb não entendesse. Sentia-se uma fraude e temia constantemente ser exposto. Não havia rendido o seu eu como lhe fora solicitado, mantivera-o escondido fundo por baixo de uma performance de abnegação, a maior performance que jamais fizera. Tinha seus próprios objetivos na vida e não ia desistir deles. *Estou pronto para matar, mas não estou pronto a deixar de ser eu mesmo*, repetia muitas vezes em seu coração. *Mato prontamente, mas não vou renunciar a mim mesmo.* Mas seus objetivos não existiam oficialmente, não nesse lugar perigoso. "Você era ator", Taleb, o afegão, lhe disse com desdém, em mau urdu, com pesado sotaque. "Deus cospe em atores. Deus cospe em dança e canto. Você talvez está representando agora. Talvez é traidor e espião. Sorte sua eu não sou encarregado deste campo. Mandava executar imediatamente todos artistas de diversão. Deus cospe em diversão. Mandava matar também todos dentistas, professores, esportistas e prostitutas. Deus cospe em intelectualismo, em licenciosidade, em jogos. Se segurar o lançador de foguetes assim vai quebrar o ombro. É assim que faz."

Shalimar, o equilibrista, pensou, de início, que entendia a raiva de Taleb, o caolho, achou que era a raiva de um guerreiro ferido privado da guerra, da pessoa de ação transformada em professor. Depois reviu essa opinião. A raiva de Taleb não era um efeito colateral. Era a sua razão de ser. Uma idade de fúria estava se iniciando e só os raivosos dariam forma a ela. Taleb, o afegão, transformara-se em sua própria ira. Era um estudante, um acadêmico da raiva. Tinha desprezo por todos os outros aprendizados, mas era sábio no ramo da raiva. Ela havia queimado por dentro dele e era agora tudo o que restava: a raiva e sua ligação com Zahir, o menino que trouxera com ele de

Kandahar, seu *protégé*, discípulo e amante. Um guerreiro de Kandahar, como um antigo grego, pegava um menino assim por algum tempo, transformava-o em homem e deixava que seguisse seu rumo. Zahir, o menino, dormia na tenda de Taleb, cuidava de suas armas e atendia a suas necessidades noturnas normais. Mas não era homossexualidade. Era hombridade. Taleb, o afegão, era a favor de executar homossexuais, aqueles efeminados antinaturais sobre os quais Deus expectorava com mais força.

Shalimar, o equilibrista, forjou uma espécie de amizade com Zahir, que muitas vezes parecia solitário e amedrontado e cuja necessidade de abrir o coração era grande. Zahir falava de Kandahar, dos pais e amigos, de sua escola fechada, destruída, de seu amor por empinar pipas e montar cavalos, e do quanto havia visto de sangue e morte aterrorizante. Foi por meio de Zahir, o menino, que Shalimar recebeu, por um acaso total, notícias do homem que queria matar mais que qualquer outro na Terra. "Os americanos nos trazem armas para matar os russos", Zahir disse. "Assim, até o infiel acaba fazendo a obra de Deus. Mandam a gente importante deles para lidar conosco e pensam em nós como aliados. É divertido." O embaixador Max Ophuls, que naquela época apoiava as atividades do terror se intitulando o embaixador do contraterrorismo, havia sido encarregado da ligação com o ramo do muj de Taleb, o afegão. Um tigre saltava dentro de Shalimar, o equilibrista, toda vez que ouvia aquele nome e era difícil fazer com que voltasse para a jaula. O olho único de Taleb teria visto aquele salto e desconfiado imediatamente, mas Zahir, o menino, ainda estava muito envolvido no passado para ver o que acontecia debaixo de seu nariz.

Nossas vidas vão se tocar de novo, Shalimar disse silenciosamente para o embaixador. *Talvez a arma que estou segurando tenha chegado a esta região trazida por você. Talvez um dia eu aponte esta arma para você e atire.* Mas ele sabia que não queria dar um tiro no embaixador. Sua arma preferida sempre fora a faca.

Estava pronto para a batalha. O inverno estava se dissolvendo em primavera e as trilhas da montanha estavam ficando ultrapassáveis. As bases avançadas estavam se enchendo de homens. O CA-22 estava explodindo de homens com o jeito de cães de ataque, rosnantes, espumando, loucos para atacar. Novos grupos estavam aparecendo todos os dias, ou pelo menos era o que parecia: harakates, lashkares, hizbes disto ou daquilo, martírio, fé ou glória. Corria a notícia de que Amanullah Khan tinha vindo da Inglaterra para o Paquistão a fim de comandar a FLJC. Shalimar, o equilibrista, cumpria sua rotina diária, os exercícios de condicionamento físico, o treino de guerrilha, o trabalho com as armas e imaginava como seria matar um homem. Então o mulá de ferro perguntou se gostaria de ir para o exterior.

O peso da filha perdida ainda a tocava todos os dias e, enquanto a filha ia ficando mais velha no outro mundo ao qual Boonyi renunciara, o peso dela aumentava. Agora, quando Boonyi pensava em Kashmira era como ser esmagada debaixo de uma casa. Era como se a força gravitacional da Terra aumentasse, a puxasse para baixo e imobilizasse. A pressão no peito era tão grande que seus pulmões mal conseguiam funcionar. Se vai me matar, meu marido, pensava ela, volte para casa e mate logo, senão minha filha, cujo nome não sei, cujo rosto não posso ver, vai passar na sua frente. Mas o marido não voltou para ela ainda por longo tempo. Quando finalmente veio, havia estranhas palavras em suas mensagens, nomes de lugares cuja existência ela suspeitava apenas vagamente: Tajikistão, Argélia, Egito, Palestina. Quando ouviu esses nomes, ela entendeu apenas que o velho Shalimar tinha morrido. No lugar dele, usando seu nome, havia essa nova criatura, banhada em estranheza, e tudo o que restava de Shalimar, o equilibrista, era o desejo assassino. Ela desistiu de seu sonho de um final feliz e ficou esperando a volta dele.

De repente, ele tinha quarenta anos, endurecido pelas batalhas, e não precisava mais se perguntar como era matar. Em uma esquina na frente de um estacionamento no Norte da África, um agente da FIS pagara alguns dinares a um vendedor de cigarros para ele deixar sua bandeja e desaparecer por uma hora. Ele então fora trazido, Shalimar, o equilibrista, de rosto barbeado, usando roupas ocidentais, e um homem barbudo usando uma khamis e com um forte cheiro de almíscar colocou a correia da bandeja do vendedor em seu pescoço, deixou em cima dela um revólver embrulhado num pano branco e desapareceu. Shalimar, o equilibrista, sentiu-se estranhamente potente, sentiu-se como o Super-Homem, porque haviam espetado uma agulha em seu braço e injetado um líquido esbranquiçado. Não tinha língua em comum com as pessoas para quem estava realizando o feito, mas Taleb, o caolho, havia mandado Zahir, o menino, junto com ele para ser tradutor e ajudante. Taleb dissera que Zahir, o menino, falava excelente árabe e já estava na hora de ser homem. Mostraram a Shalimar, o equilibrista, a foto de um homem e levaram-no até ali numa perua sem janelas, deram-lhe a injeção e deixaram-no na rua com a arma. Dentro da perua, Zahir, o menino, traduzira o que o homem barbudo dissera. O homem que ele ia matar era um homem ímpio, um escritor contra Deus, que falava francês e vendera a alma para o Ocidente. Era só isso que precisava saber. Não devia precisar perguntar nada. Era um trabalho simples.

Shalimar, o equilibrista, ficou parado na esquina, cercado de árabes, e quando alguém vinha comprar cigarros, Zahir, o menino, fazia a venda e Shalimar, o equilibrista, sorria feito bobo, apontava as orelhas e a boca aberta, querendo dizer: *Sou surdo-mudo, não posso falar com você, não faço idéia do que está dizendo.* Então, o homem da fotografia apareceu, usando óculos de sol tintos de azul, uma camisa branca aberta no peito, calça cor de creme, levando um jornal dobrado na mão esquerda. O homem andou depressa para o estacionamento e Shalimar, o equilibrista, removeu a bandeja de vendedor, pegou o pano com o revólver dentro e foi atrás dele. Levava o pano na mão esquerda e não tirou o revólver de dentro dele porque queria saber qual seria a sensação quando encostasse a lâmina da faca na pele do homem, violando a soberania de outra alma humana, ultrapassando o tabu, na direção do sangue. Qual seria a sensação de cortar ao meio a garganta do filho-da-puta de forma que sua cabeça pendesse para trás, para o lado do pescoço e o sangue jorrasse para cima como uma árvore? Qual seria a sensação quando o sangue se derramasse sobre ele e se afastasse do corpo, da inútil coisa a se retorcer, do pedaço de carne cheio de moscas? Zahir veio correndo e a perua sem janela apareceu depressa na esquina, o homem com cheiro de almíscar puxou-o para dentro, bateu a porta e a perua foi rápido embora enquanto o homem com cheiro de almíscar gritava com ele por um longo, longo tempo. Zahir, o menino, disse: "Ele diz que você é louco. Que a arma tinha um silenciador e que seria rápido e limpo. Você desobedeceu ordens e ele devia matar você por isso". Mas Shalimar, o equilibrista, não foi morto. Zahir, o menino, traduziu o que o homem com cheiro de almíscar disse depois que se acalmou. "Para um homem como você, um babaca de um louco do caralho, vai sempre haver muito trabalho."

Então ele agora sabia a resposta para sua pergunta e aprendeu algo sobre si mesmo que não sabia antes. Os anos passaram e de fato houvera muito trabalho. Ele se tornou uma pessoa de valor e conseqüência, como são os assassinos. Além disso, seu propósito secreto estava cumprido. Tinha passaportes em cinco nomes e aprendera bom árabe, francês comum e mau inglês e abrira caminhos para si mesmo, caminhos no mundo real, no mundo invisível, que o levariam aonde precisava ir quando o embaixador viesse. Lembrou-se de seu pai ensinando-o a andar na corda e compreendeu que viajar pelas rotas secretas do mundo invisível era exatamente a mesma coisa. As rotas eram ar acumulado. Quando a pessoa aprendia a usá-las, a sensação era de estar voando, como se o mundo ilusório em que vivia a maioria das pessoas estivesse desaparecendo e o sujeito voasse pelo céu sem precisar nem mesmo embarcar num avião.

O CA-22 estava diferente quando voltou: maior, construído com mais solidez. Não parecia mais um esconderijo de bandidos. Muitas casas de madeira haviam sido construídas e cabanas Nissen levantadas. Taleb, o afegão, voltara ao serviço militar ativo e Zahir, o menino, também fora embora havia tempo. Maulana Bulbul Fakh estava lá, porém, e deu as boas- vindas a Shalimar, o equilibrista, com as palavras: "Chegou bem a tempo. O levante está próximo". Ele ficara longe tempo demais. O xeque Abdullah, o Leão da Caxemira, morrera havia cinco anos. Choques Índia-Paquistão haviam ocorrido na geleira Siachen, seis mil e quinhentos metros acima do nível do mar. Mas as pesquisas de opinião pública recém-concluídas é que mudavam tudo. Corria o ano de 1987 e o governo indiano realizara eleições estaduais na Caxemira. Farooq Abdullah, o filho do xeque, era a escolha preferida do governo. O partido de oposição, a Frente Muçulmana Unida, indicou como seu candidato um certo Mohammad Yousuf Shah, descrito pelo general Hammirdev Kachhwaha como o "mais procurado militante" do estado. Extra-oficialmente, quando foram divulgados os resultados, ficou claro que o homem errado é que estava vencendo. Então, a eleição foi fraudada. Partidários da FMU e agentes eleitorais foram capturados e torturados. Mohammad Yousuf Shah foi para a clandestinidade e, com o nome de Syed Salahuddin, passou a ser o chefe do grupo militante Hizb-ul-Mujahedin. Seus ajudantes mais próximos, o chamado grupo HAJY (Abdul Hhamid Shaikh, Ashfaq Majid Wani, Javed Ahmed Mir e Mohammad Yasin Malik), atravessaram as montanhas e se juntaram à FLJC. Milhares de jovens antes seguidores das leis tomaram armas e juntaram-se ao militantes, desiludidos com o processo eleitoral. O Paquistão foi generoso. Havia AK-47 para todo mundo.

Abdurajak Janjalani voltara para casa e havia iniciado um novo grupo próprio, os Portadores de Espada ou facção Abu Sayyaf. Sempre falara em fazer isso e mais de uma vez tentara recrutar Shalimar, o equilibrista, para ajudá-lo. "Irmãos de toda parte reunidos", dissera. "Vai ver só. É triunfo da nossa internacional." Ao ver que Shalimar, o equilibrista, tinha outras coisas em mente, Janjalani não o pressionara, mas garantiu-lhe que sempre haveria um lugar para ele na luta. "Se quer ir para Basilan", disse, "esta pessoa aqui, chame. Tudo arranjado depressa e bem. Irmão Ramzi vai. Tem tantos fundos." O nome no pedaço de papel não significava nada para Shalimar, o equilibrista, mas quando os Portadores de Espada chegaram rapidamente ao noticiário com uma campanha de bombas e seqüestros em troca de resgate, as redes visíveis e invisíveis do mundo começaram a buzinar e vários nomes começaram a aparecer, como Mohammed Jamal Khalifa, um primo do xeque Usama que liderava uma série de instituições de caridade islâmicas no sul das Filipinas e era tido como um dos maiores financiadores do novo grupo. O presidente Kadhafi, da Líbia, condenou a Abu Sayyaf, mas as instituições de caridade líbias no sul das Filipinas também passaram a ser suspeitas de serem possíveis canais de dinheiro oficial líbio. Da mesma forma, os nomes de importantes figuras malasianas começaram a aparecer ao lado das palavras "Abu Sayyaf". O nome e número de telefone no pedaço de papel de Shalimar, o equilibrista, eram ambos malasianos, mas nenhum dos dois jamais apareceu na imprensa. Claro que o pedaço de papel existira por menos de uma hora. Shalimar, o equilibrista, memorizara o nome e o número e queimara o papel assim que os fixara de cor.

Os irmãos Gegroo tinham ido embora também. As idéias nacionalistas seculares dos militantes da FLJC nunca foram do gosto deles e Taleb, o instrutor, os havia conduzido (antes de ir embora também) na direção do mais "afegão" dos novos grupos, o Lashkar-e-Pak ou Exército da Pureza. O LeP tinha objetivos morais além de políticos. Um mês antes de Shalimar, o equilibrista, voltar para o CA-22, os Gegroo haviam participado de um ataque do LeP à aldeia de Hast, no distrito Rajouri, de Jammu e Caxemira. Apareceram cartazes do LeP na aldeia ordenando que todas as mulheres muçulmanas usassem a burca e adotassem as roupas e os princípios de comportamento estabelecidos pelo Taleban no Afeganistão. A maioria das mulheres caxemirenses não estava acostumada ao véu e ignorou os cartazes. Na noite em questão, o grupo LeP, inclusive os Gegroo, fez represálias. Entraram na casa de Moahmmed Sadiq e mataram sua filha de vinte anos, Nosen Kausar. Na casa de Khalid Ahmed, decapitaram Tahira Parveen, de vinte e dois anos. Na casa de Mohammed Rafiq mataram a jovem Shehnaaz Akhtar. E decapitaram a begum Jan, de quarenta e três anos, em sua própria casa.

Nos meses que se seguiram, o LeP foi ficando mais ousado em suas atividades no próprio Srinagar. Professoras foram queimadas com ácido por não aderirem ao código de vestimenta islâmico. Foram feitas ameaças e estabelecidos prazos e muitas mulheres caxemirenses vestiram, pela primeira vez, as mortalhas que suas mães e avós haviam sempre orgulhosamente recusado. Então, no verão de 1987, os cartazes LeP apareceram em Shirmal. Homens e mulheres não podiam mais sentar juntos e ver televisão. Essa era uma prática obscena e licenciosa. Hindus não podiam sentar entre muçulmanos. E, é claro, todas as mulheres tinham de instantaneamente adotar o uso do véu. Hasina Yambarzal ficou indignada. "Rasguem esses cartazes todos e anunciem as coisas como sempre", ela ordenou aos filhos. "Eu não pretendo assistir aos meus programas de televisão por um buraco numa tenda de uma mulher só, nem planejo ser liberada para dentro de outro tipo de cadeia."

A última apresentação feita pelos bhand de Pachigam ocorreu logo no começo do ano seguinte, no início da estação turística, no dia em que começou a insurreição nacional. Abdullah Noman, com a avançada idade de setenta e seis anos, levou sua trupe de atores para um auditório em Srinagar para representar para os visitantes indianos e estrangeiros ao vale, de cuja economia dependiam. Suas grandes estrelas não estavam mais no grupo. Não havia nenhuma Boonyi para dançar Anarkali e devastar platéias com sua beleza, nem Shalimar, o equilibrista, com sua vertiginosa habilidade no arame alto sem rede, e ele próprio achava extremamente difícil desembainhar e brandir uma espada real com suas mãos idosas e aleijadas. Os mais novos de hoje em dia tinham outros interesses e precisavam ser obrigados a representar. A mal-humorada rigidez desses jovens atores era um insulto para a antiga arte. Abdullah lamentava por dentro ao assistir ao ensaio deles. Pareciam palitos de fósforo quebrados fingindo ser árvores poderosas. "Quem vai assistir a essa bobagem desajeitada?", pensava tristemente. "Vão jogar frutas e legumes na gente e vaiar até nos expulsar do palco."

Ele se desculpou antecipadamente com seu amigo septuagenário e aliado de longa data, o administrador cultural e celebrado horticulturalista sikh sardar Harbans Singh, que havia mantido o bhand pather ao longo de toda a sua carreira e, aposentado, convencera seus jovens sucessores — tão impacientes com as velhas técnicas quanto os jovens de Pachigam — a dar aos velhos intérpretes uma ocasional brecha de descanso. "Depois desta noite, sardarji", Abdullah Noman disse ao velho e elegante cavalheiro, "os organizadores provavelmente vão querer abrir brechas é nas nossas cabeças." "Não se preocupe com isso, meu velho", Harbans respondeu secamente. "Os turistas estão fugindo do vale aos bandos desde a semana passada e a maioria nem apareceu já para começar. É uma catástrofe, um naufrágio e eu temo que seja seu dever nos fornecer entretenimento enquanto nos afogamos."

Firdaus não viera a Srinagar com a companhia. Abdullah sabia que ela estava infeliz, porque tinha começado a resmungar sobre maldições de serpente. Quando sua mulher começava a ver formas de cobras nas nuvens, nos galhos das árvores, na água, isso invariavelmente queria dizer que estava preocupada com as misérias da vida. Recentemente afirmara que cobras de verdade estavam entrando na aldeia, que ela as via onde quer que fosse, nas cocheiras de alimentar animais, nos pomares, nas bancas de mercadorias e nas casas. Não tinham começado a picar ainda, nem se havia anunciado nenhuma morte por cobra de gado ou de seres humanos, mas elas estavam se reunindo, Firdaus disse, como um exército invasor estavam formando batalhões e, a menos que se fizesse alguma coisa, podiam atacar a hora que quisessem e fim. Houve tempo em que Abdullah Noman rugiria sua descrença e a aldeia se reuniria, deliciada, na frente da casa para ouvir a discussão, mas Abdullah não rugia mais, mesmo sabendo que ela ia preferir que rugisse. Ele se recolhera em si mesmo, a velhice e a decepção o haviam empurrado para um lugar frio e ele não sabia mais como sair. Via a mulher olhando para ele às vezes, fixando nele um infeliz olhar questionador que perguntava: *Para onde você foi, o que aconteceu com o homem que eu amava?* e sentia vontade de gritar para ela: *Ainda estou aqui, salve-me, estou preso dentro de mim mesmo,* mas havia uma camada de gelo em torno dele que suas palavras não atravessavam.

"Se a apresentação for tão mal quanto eu temo que vá", ele disse a ela, rígido, "então vou parar. Para o inferno com tudo! Não quero passar meus últimos anos humilhado em público com apresentações que eu próprio não pagaria para assistir." Pachigam estava mais pobre do que qualquer um dos dois conseguia lembrar. Os contratos teatrais eram mais raros e mais espaçados e desde a aposentadoria do pandit Pyarelal Kaul da posição de vasta waza, chefe cozinheiro, a reputação de wazwaan de Pachigam havia decaído. Firdaus replicou ao anúncio do marido com umas poucas palavras rígidas. "Então, se vamos ficar ainda mais duros do que já estamos", disse ela, "foi bom mesmo eu nunca ter tido nenhum sonho de viver bem." Abdullah sabia que ela estava reclamando de seu comportamento, de seu fracasso em fazê-la se sentir amada, mas as palavras que abrandariam o coração dela entalaram em sua garganta e ele partiu para Srinagar dizendo, com um seco assentimento de cabeça: "É verdade. Os pobres não devem nunca sucumbir ao sonho de uma vida confortável".

O ônibus que levava os atores e músicos para Srinagar não conseguiu chegar à garagem por causa das multidões que se reuniam nas ruas da cidade sob os olhos nervosos do Exército e da polícia. Os bhand tiveram de descer, carregar seus próprios adereços e ir andando. Já havia mais de quatrocentas mil pessoas enchendo as ruas. Abdullah Noman perguntou ao motorista do ônibus o que estava acontecendo. "É um enterro", ele respondeu. "Vieram chorar a morte da nossa Caxemira."

A cortina subiu para mostrar a história do bom rei Zain-ul-abidin e Adbullah entrou no palco com uma espada em riste em uma mão e uma lança na outra, apertando forte as armas, ignorando as pontadas de dor que atravessavam suas mãos. Estava dando o exemplo pela última vez na vida, dando um recado para a sua trupe entediada e rebelde. *Se eu conseguir me colocar acima da minha dor, talvez consiga me colocar acima da indiferença deles.* Mas o auditório estava três quartos vazio e os poucos turistas sentados ali não estavam ouvindo de verdade, porque através das paredes do teatro vinham os sons abafados do começo do levante, da multidão de um milhão de pessoas marchando pelas ruas levando tochas acesas acima das cabeças e gritando "Azadi!". O sardar Harbans Singh estava sentado no meio da sétima fila toda vazia, junto com seu filho Yuvraj, um rapaz excepcionalmente bonito, cujas tendências à modernização eram alardeadas pelo rosto barbeado e ausência de turbante sikh.

Com a sensação de um homem que mergulha de um alto pináculo para a morte, Abdullah Noman fixou em seu camarada o olhar mais feroz, mais brilhante e lançou-se à peça com toda a força que lhe restava. Durante a hora seguinte, no silêncio de tumba do auditório, os bhand de Pachigam contaram uma história que ninguém queria ouvir. Diversos membros da platéia se levantaram durante a apresentação. No intervalo, Yuvraj, o filho do sardar Harbans Singh — um homem de negócios que, apesar da situação política cada vez pior, estava exportando com sucesso as caixas de papier mâché, as mesas de madeira entalhada, os tapetes numdah e os xales bordados da Caxemira para o resto da Índia e também para compradores ocidentais, que apoiava os bhand "como um ato de ridículo otimismo, considerando que a região está a ponto de enlouquecer" —, alertou Abdullah Noman que as coisas podiam escapar ao controle na rua e os manifestantes poderiam até invadir o teatro. "Você está segurando uma espada e uma lança", Yuvraj Singh lembrou a Abdullah. "Se eles entrarem aqui, quer um conselho? Esqueça da peça. Jogue esses objetos de cena no chão e saia correndo." Ele próprio teria de perder o segundo ato, desculpou-se. "A situação, entende?", explicou, vagamente. "A pessoa tem os seus deveres pessoais a cumprir."

No vácuo do teatro vazio, Abdullah Noman viu sua trupe de jovens desinteressados fazer a performance de suas jovens vidas, como se repentinamente tivessem entendido um segredo que ninguém havia lhes explicado antes. As fortes pulsações da manifestação ressoavam em torno deles, o brado dos manifestantes era como um coro gritando a condenação, a ameaça da multidão cada vez maior estalando em torno dos lugares vazios como uma carga elétrica. Mesmo assim, os bhand de Pachigam continuaram com a apresentação, dançando, cantando, fazendo palhaçadas, contando sua antiga história de tolerância e esperança. A certo ponto, Abdullah Noman sucumbiu à ilusão de que suas vozes, seus instrumentos, tinham ficado inaudíveis, que, embora estivessem declamando seus versos, cantando suas canções e tocando sua música com uma paixão que não demonstravam havia muito tempo, reinava um completo silêncio no teatro, uns poucos espectadores sentados, mudos, assistindo a uma apresentação muda, enquanto lá fora na rua o barulho já era imenso e ficava maior a cada instante, um segundo grupo de ruídos agora se sobrepondo ao primeiro, os ruídos dos transportes de tropas, jipes e tanques, de botas marchando juntas, de armas carregadas se aprontando e, por fim, os tiros de revólver, de rifle e de automáticas. Os slogans se transformaram em gritos, as batidas de tambor em trovão, a marcha transformou-se em estampido e, quando o auditório começou a tremer, a história do rei Zain-ul-abidin atingiu silenciosamente o seu final feliz, os atores deram-se as mãos e agradeceram, mas mesmo o sardar Harbans Singh, única pessoa que restava na platéia, aplaudindo com a maior força que podia naquela situação, batia palmas sem fazer nenhum som.

Durante algum tempo foi impossível voltar para casa. Quarenta manifestantes foram mortos. A situação nas ruas era altamente instável, havia bloqueios e tropas com veículos blindados por toda parte e o transporte público não era uma prioridade. Os bhand de Pachigam se entrincheiraram no teatro e esperaram. O sardar Harbans Singh se recusou a ficar com eles. "Vou dormir na minha cama, meus amigos", declarou. "Minha esposa ia ficar muito desconfiada se eu não fosse. Além disso, tenho de cuidar das minhas plantas." O jardim da mansão cercada de Harban era uma das maravilhas secretas da cidade e acreditavam alguns ter sido colocado sob um encantamento por um pari de Pari Mahal, um encanto mágico que protegia do mal ao jardim e a todos os que lá moravam. Mas Harbans não parecia precisar da ajuda das fadas. Conseguiu encontrar a pé o rumo de volta à sua casa na cidade velha, apesar da confusão. Harbans era uma raposa esperta, conhecia todos os meandros e becos da cidade e voltou diariamente sem falta, imaculadamente vestido com paletó e calça achkan, a barba e o bigode grisalhos aparados e untados, para trazer comida e suprimentos essenciais para a companhia. Às vezes, vinha escoltado por seu filho, mas na maioria das vezes vinha sozinho, por conta dos deveres não especificados de Yuvraj, que consistiam em contratar e administrar uma força de segurança particular para proteger suas instalações de negócios e armazéns da ação de saqueadores e bombardeadores. O sardar Harbans Singh sacudiu a cabeça, tristonho. "Meu filho é uma pessoa de altos ideais e nobres crenças", disse a Abdullah, "obrigado pelo tempo a lidar com moleques de rua e malandros, valentões mercenários que ele contrata para proteger nossos bens de outros valentões e que ele tem de vigiar como um falcão para impedir que façam eles próprios o trabalho sujo. O coitado nunca dorme, mas não reclama nunca. Faz o que é preciso. Como todos deveríamos." O sardar Harbans Singh usava uma bengala-espada de castão de prata e andava depressa pelas ruas inseguras, desdenhando o risco para si mesmo. "Sou um velho", dizia. "Quem iria perder tempo de fazer alguma coisa para mim quando nosso Pai Tempo já está fazendo o seu bendito trabalho?" Abdullah sacudia a cabeça, preocupado. "Pode-se conhecer um homem há cinqüenta anos e não fazer idéia do ele é capaz", dizia. Harbans encolhia os ombros em auto-reprovação. "Nunca se sabe a resposta para as perguntas da vida, enquanto não são feitas", disse.

O serviço de ônibus de Pachigam começou a funcionar de novo cinco dias depois desses eventos. Quando Abdullah Noman chegou à porta de sua casa, Firdaus não conseguiu evitar de chorar copiosamente de alegria. Abdullah caiu de joelhos na soleira e implorou seu perdão. "Se ainda puder me amar", disse, "então por favor me ajude a encontrar forças para enfrentar a tempestade que está a caminho." Ela o levantou e o beijou. "Você é o único grande homem que eu já conheci", disse, "e vou sentir orgulho de ficar ao seu lado e enfrentar a morte, o diabo, o Exército indiano ou qualquer outro problema que esteja a caminho."

Bombur Yambarzal uma vez fizera uma coisa valente, quando enfrentou o mulá de ferro Maulana Bulbul Fakh incitando a multidão na porta da mesquita de Shirmal, mas agora que a vida estava lhe fazendo de novo perguntas difíceis em sua velhice, seu medo pela segurança da esposa amada o deixava perdido. Não era mais o barrigudo vasta waza de antigamente. Os anos o haviam murchado, entorpecido suas mãos, marcado sua pele com manchas hepáticas e colocado cataratas em seus olhos, tinha agora uma aparência magra, nada impressionante, e imaginava com alguma ansiedade se viveria para ver o alvorecer de seus oitenta anos. Esse enfraquecido Bombur expressou a opinião de que o Lashkar-e-Pak olharia com maior benevolência para Shirmal e seria menos provável que fosse tentar "qualquer coisa esquisita" se as pessoas reagissem à campanha de cartazes dos radicais com um espírito de concessão, não de confronto. "Devíamos aceitar pelo menos uma coisa que eles propõem, Harud", disse ele, "senão nós é que vamos parecer pouco razoáveis e linha dura."

Hasina Yambarzal, aquela senhora de constituição poderosa, que a idade não enfraquecera minimamente, e que continuava a passar hena no cabelo para justificar o rubicundo apelido de "Harud", estava preparando a tenda para a sessão noturna de televisão. "O que você sugere?", disse com voz firme. "Já falei o que eu acho da burca e se tentar impedir as mulheres de virem aqui vai ser um inferno." O waza de Shirmal aceitou o argumento dela. "Nesse caso", disse ele, "será que não podemos simplesmente dizer aos nossos irmãos e irmãs hindus que, diante da intervenção do LeP, e tendo em conta a gravidade da situação regional, e depois de pesar as opções disponíveis, e só provisoriamente, e neste clima perigoso, e até as coisas se dissiparem, e para o próprio bem deles assim como o nosso, e puramente como medida de precaução, e sem nenhuma intenção maldosa, e levando tudo isso em consideração, e apesar de nossa profunda relutância e com o coração pesado, e compreendendo perfeitamente seus muito compreensíveis sentimentos de decepção, e esperando sinceramente que dias melhores logo cheguem, e com a intenção de suspender a decisão o mais breve possível, seria melhor para todos os envolvidos se." Ele parou de falar porque não conseguia dizer em voz alta as palavras finais. Hasina Yambarzal sacudiu a cabeça judiciosamente. "Algumas famílias pandit em Pachigam não vão gostar, claro", disse ela, "mas aqui em Shirmal não tem por que ninguém ficar nervoso."

Quando chegou a Pachigam a notícia de que a tenda da televisão era agora apenas para muçulmanos, Firdaus não conseguiu se controlar. "Aquela Hasina, me desculpe por falar nisso", disse para Abdullah, "as pessoas dizem que ela é uma mulher muito pragmática, mas eu colocaria de outro jeito. Na minha opinião, ela era capaz de dormir com o diabo se tivesse algum interesse nisso, e entortou de tal jeito aquele tonto do Bombur que ele ia achar que era uma boa idéia."

Duas noites depois, a tenda de Yambarzal estava cheia de espectadores exclusivamente muçulmanos, assistindo a um episódio de um seriado de fantasia em que o legendário príncipe do Yemen, Hatim Tai, durante sua busca da solução para o misterioso enigma colocado pelo diabo Dajjal, se viu na terra de Kopatopa por ocasião da celebração do ano-novo deles. A frase kopatopana para "feliz ano-novo" — *tingi mingi took took* — agradou a tal ponto os emocionados espectadores que a maioria deles se pôs de pé e começou a se curvar um para o outro e repetir incessantemente: "Tingi mingi took

took! Tingi mingi took took!". Estavam tão entretidos desejando uns aos outros um feliz ano-novo kopatopano que não notaram imediatamente que alguma pessoa ou pessoas havia tocado fogo na tenda.

Foi uma grande sorte ninguém morrer queimado no incêndio. Depois de algum tempo de gritos, pânico, agitação, correria, raiva, fuga, perplexidade, rastejamento, covardia, lágrimas e heroísmo, em resumo, todos os costumeiros fenômenos que podem ser observados onde e quando as pessoas se vêem presas em uma tenda em chamas, a congregação de fiéis escapou inteira, em melhor ou pior estado, com queimaduras ou sem elas, espirrando e ofegando por conta dos efeitos da inalação de fumaça, ou então, por sorte, sem ofegar nem espirrar, queimados ou não, deitados no chão a alguma distância da tenda agora incandescente, ou então (e muito mais úteis) trazendo água para garantir que o fogo, que naquele momento já havia dominado a tenda com força demais para poder ser extinto antes de consumir sua presa, pelo menos não se espalhasse pela aldeia, mas se consumisse ali mesmo.

Conseqüentemente, todo mundo perdeu a cena em que Hatim Tai encontrava a princesa imortal Nazarébadur, cujo toque podia desviar não só o mau-olhado, mas a própria morte. Naquele preciso instante em que Nazarébadur tentava beijar o príncipe Hatim — ele valentemente recusava seus avanços, lembrando que amava uma outra "mais do que amava a própria vida" —, o aparelho de televisão da família Yambarzal explodiu ruidosamente e pifou, levando consigo a maior fonte de rendimento da família, mas, em oposição a isso, uma significativa causa de discórdia comunal também.

Na manhã seguinte, os três irmãos Gegroo, Aurangzeb, Alauddin e Abulkalam entraram de volta em Shirmal, montados em pequenos pôneis montanheses, de armas espetadas e engalanados com cartucheiras de balas. Era um belo dia de primavera. A umidade matinal rebrilhava nos telhados de metal corrugado das casinhas de madeira e flores brotavam em todas as portas. A beleza do dia só serviu para enfatizar a feiúra do círculo preto de grama queimada e terra que marcava o ponto onde o fogo havia consumido o local e o meio de entretenimento dos Yambarzal, e os Gegroo fizeram uma pausa no ponto ainda fumegante e dispararam no ar seus revólveres. Os aldeões que conseguiram sair de suas casas viram três fantasmas do passado, mais velhos, mais ainda risonhos e barbudos. A velha casa deles ainda estava de pé, trancada e vazia como uma casa fantasma, mas os irmãos pareciam não se importar. Haviam parado apenas para cumprimentar por conta de seus atuais patrões, o LeP. "Vocês fizeram isso conosco?", Hasina Yambarzal perguntou. Os três deram risadinhas. "Se o LeP tivesse colocado fogo", berrou Aurangzeb Gegroo no máximo volume de voz agora, "todas as almas na tenda já teriam encontrado agora o seu criador." Isso não era nem verdade, nem falsidade. Estava virando uma característica da época as pessoas nunca saberem por que ou por quem haviam sido atingidas.

Alauddin Gegroo tocou o cavalo até Hasina Yambarzal, desmontou e berrou na cara dela. "Você não sabe, mulher burra e desobediente, exibindo na minha frente a vergonha do seu rosto descoberto, que foi só por nossa causa que o Lashkar ainda não castigou o seu povo? Não sabe que nós é que estamos protegendo a nossa aldeia natal da ira sagrada do Lashkar? Por que vocês, povo miserável e ignorante, não entendem quem são seus verdadeiros amigos?" Mas uma outra explicação possível era que só por conta do desejo de vingança dos irmãos Gegroo é que o LeP havia assumido o risco de mandar um grupo tão longe quanto Shirmal. Porém aquele evidentemente não era o momento para um debate.

Abulkalam Gegroo encerrou a arenga a certa altura, expondo uma fileira de dentes estragados num esgar exagerado que o identificava como o pior tipo de homem fraco, o tipo que pode muito bem matar uma pessoa para provar a sua força. "Vocês são os mesmos aldeões idiotas que mandaram embora o grande Maulana Bulbul Fakh. Os mesmos aldeões idiotas que não querem observar as decências islâmicas mais simples, pedidas com gentileza, e que mesmo assim esperam ser defendidos das conseqüências dessa recusa. Os mesmos aldeões idiotas que acharam que nós éramos poeira, nós, os inúteis irmãos Gegroo que vocês estavam prontos a matar de fome em uma mesquita, cujas vidas não valiam dois paisas para vocês, os patéticos Gegroo que não podiam contar com sua própria gente para se livrar dos hindus assassinos — as mesmas pessoas que só estão vivas hoje porque esses mesmos Gegroo ficaram intercedendo por elas. Arré, até que ponto gente burra pode ser tão burra? Porque mesmo esses inúteis Gegroo mortos que vocês estavam prontos para jogar fora como corpos de cachorros mortos são capazes de descobrir que essas pessoas que queimaram a sua tenda devem ser as mesmas que vocês expulsaram dela, seus irmãos e irmãs hindus, que vocês tanto amam, que se sentem mal pelo que fizeram com eles, mesmo não dando a mínima para o que fizeram conosco, e vocês ainda não entendem, ainda não enxergam que os hindus que botaram o fogo, seus amigos pandit, teriam ficado contentes de ver vocês todos caídos aqui na rua, queimados feito carvão como se fossem uns kababs sikhs passados do ponto."

"Ele tem razão", disse Hashim Karim de repente, pegando a mãe de surpresa.

"Ele deve ter razão", o irmão Hatim concordou. "Grande Misri adorava assistir televisão e sempre foi um grande homem na vingança."

Um carpinteiro na Caxemira sempre conseguia encontrar trabalho na primavera, quando as casas e cercas de madeira de todo o vale exigiam cuidados, de forma que Grande Misri era um dos poucos cidadãos de Pachigam imunes à depressão econômica geral. Ele viajava pelas estradas campestres numa motoneta com o saco de ferramentas nas costas e muitas vezes, quando passava por algum pequeno bosque escondido que ficava longe das vistas de sua aldeia natal em uma curva do Muskadoon, parava a motoneta, escondia-se nas árvores, pousava a sacola de ferramentas e dançava.

Grande sempre fora da opinião de que suas habilidades terpsicoreanas haviam recebido um julgamento muito duro dos bhand de Pachigam e que era capaz de saltar tão alto e girar tão bem quanto qualquer um. Abdullah Noman lhe dissera com delicadeza, mas firme, que o mundo ainda não estava preparado para um gigante saltador, então Grande Misri era obrigado a praticar sua arte em segredo, sem esperança de ter uma platéia, por amor apenas, e muitas vezes de olhos fechados para poder imaginar os rostos enlevados da platéia que nunca lhe seria permitido ter. No último dia de sua vida, estava saltando e piruetando com suas botas de excedente do Exército quando ouviu o som de aplauso insincero. Ao abrir os olhos, viu que estava cercado pelos três irmãos Gegroo, pesadamente armados nos seus pôneis montanheses, e entendeu que sua hora havia chegado. Havia uma faca escondida dentro de cada uma de suas botas, então ele se pôs apoiado em um joelho e implorou que o poupassem com a voz mais coitada e covarde que conseguiu produzir, o que divertiu muito os irmãos e, no mesmo instante, quando os Gegroo estavam se sacudindo de rir em vez de se concentrar em sua vítima, ele pegou ambas as facas e atirou. Abulkalam Gegroo foi atingi-

284

do no pescoço e Alauddin Gegroo no olho esquerdo, e caíram das montarias sem fazer mais nenhuma contribuição aos eventos. Aurangzeb Gegroo, mobilizado pela calamidade que atingira seus irmãos, retardou sua reação quase o tempo suficiente para permitir que o carpinteiro atacante o pegasse. Grande Misri, o dançarino secreto, deu o maior salto de sua vida, as mãos estendidas para Aurangzeb Gegroo, mas o mais velho e único sobrevivente voltou a si bem a tempo e disparou à queima-roupa seus dois AK-47 no Grande que voava. Grande Misri já estava morto quando seu corpo atingiu Aurangzeb, derrubando-o para trás do pônei e quebrando-lhe o pescoço fino.

Nessa mesma noite, depois que o corpo de Grande Misri foi encontrado deitado em cima de Aurangzeb Gegroo como se fossem amantes que haviam feito um pacto de morte, com os outros dois Gegroo mortos ao lado, Zoon Misri subiu a montanha até as margens do prado Khelmarg e se enforcou num majestoso plátano, a única árvore de seu tipo a se enraizar e sobreviver a essa altitude, entre as sempre-verdes. Foi encontrada por Boonyi Noman, que entendeu de imediato o significado dessa eloqüente mensagem final de sua amada amiga. O horror agora estava sobre eles e não podia ser negado.

O general Hammirdev Suryavans Kachhwaha deu-se conta, ao pensar sobre a chegada de seu aniversário de cinqüenta e nove anos, de que a razão para nunca ter se casado era que durante quase trinta anos a Caxemira fora sua esposa. Durante mais da metade de sua vida estivera casado com esse ingrato e ladino estado montanhês, onde a deslealdade era um emblema de honra, e a insubordinação, um modo de vida. Fora um frio casamento. Agora as coisas estavam chegando a um ponto crucial. Ele queria se acertar com ela de uma vez por todas. Queria domar a megera. Depois, queria o divórcio.

A batalha vindoura contra a insurreição, refletiu o general Hammirdev Suryavans Kachhwaha, seria um conflito sem nenhuma nobreza. O verdadeiro soldado queria uma guerra nobre, buscava a nobreza que se pudesse encontrar. Essa luta seria uma suja luta de punhos nus contra imundos ratos de esgoto e não havia nela nada para exaltar sua alma marcial. Não era do feitio do general Kachhwaha jogar sujo, mas quando se enfrentava terroristas qualquer tentativa de se manter limpo estava fadada a uma ignóbil derrota. Não era de seu feitio tirar as luvas, mas havia um tempo e um lugar para lutar e a Caxemira não era um ringue de boxe, as regras do marquês de Queensberry não se aplicavam. Era isso que ele vinha dizendo ao seu escalão político. Informara o escalão político que, se lhe fosse possível tirar as luvas, se os seus meninos tivessem autorização para parar de pisar manso, para parar de pieguice, de frescura, de enrolação, se tivessem autorização para arrebentar com os canalhas por qualquer meio necessário, então poderiam limpar aquela bagunça, sem problemas, ele podia esmagar os testículos da insurreição com a mão até ela pingar sangue pelos cantos dos olhos.

Durante muitos anos, o escalão político fora relutante. Durante tempo demais, dissera sim e não ao mesmo tempo. Mas agora, por fim, havia movimento. O caráter do escalão político mudara. Seu novo sistema de crença tinha o apoio de membros destacados da camada intelectual e do estrato econômico, e afirmava que a introdução do islamismo no período clássico fora uniformemente deletéria, uma calamidade cultural, e que era preciso fazer correções com séculos de atraso. Figuras de peso da camada intelectual falavam de um novo despertar da energia cultural suprimida das massas hindus. Proeminentes habitantes do estrato econômico investiram maciçamente nesse cintilante novo mundo de tolerância zero. O escalão político reagiu positivamente a esse encorajamento. A introdução da Norma Presidencial dotou o pessoal de segurança com poderes irrestritos. O código de procedimento criminal com suas emendas dava a todos os servidores públicos, soldados inclusive, imunidade contra processos por atos praticados no desempenho do dever. A definição desses atos era ampla e incluía a destruição de propriedade privada, a tortura, o estupro e o assassinato.

A decisão do escalão político de declarar a Caxemira "área conflagrada" foi também grandemente apreciada. Numa área conflagrada, não eram exigidos mandados de busca, nem mandados de prisão, e o tratamento de atirar para matar suspeitos era aceitável. Suspeitos que permaneciam vivos podiam ser presos e detidos por dois anos, período durante o qual não era necessário acusá-los, nem estabelecer uma data para julgamento. Para suspeitos mais perigosos o escalão político permitia reações mais severas. Pessoas que cometiam o crime extremo de desafiar a integridade territorial da Índia ou, na opinião das Forças Armadas, tentavam perturbar a mesma, podiam ser presas por cinco anos. O interrogatório desses suspeitos ocorria a portas fechadas e confissões extraídas a força durante esses interrogatórios secretos seriam admitidas como provas, uma vez que o oficial interrogador tivesse razão para acreditar que a declaração fora feita voluntariamente. Confissões feitas depois que o suspeito fora espancado ou pendurado pelos pés, ou depois de ter experimentado choques elétricos ou o esmagamento de mãos ou pés, seriam consideradas espontâneas. O ônus da prova seria deslocado e dependeria dessas pessoas provar a falsidade das presunções automáticas de culpa. Se não conseguissem fazê-lo, a pena de morte podia ser aplicada.

No escuro, o general Kachhwaha experimentou uma sensação lisa e ovóide de satisfação, de justificativa mesmo. Sua velha teoria, que propunha a natureza essencialmente sorrateira e subversiva da população muçulmana da Caxemira *in toto*, e que em tempos passados fora relutantemente deixada de lado, foi uma das que viram chegar seu momento. O escalão político manifestou-se. *Todo muçulmano caxemirense deve ser considerado um militante. A bala é a única solução.* Enquanto os militantes não fossem eliminados, a normalidade não poderia voltar ao vale. O general Kachhwaha sorriu. Essas instruções ele podia seguir.

Mudara-se de Elasticnagar para o quartel-general do Corpo do Exército em Badami Bagh, Srinagar. Apesar do nome, não era nenhum jardim das amêndoas fragrantes, mas um centro do poder nu. Ao chegar à gigantesca base, o general Kachhwaha deu ordens imediatas para reproduzirem o seu antigo conjunto de cômodos em Elasticnagar e longo se sentou outra vez no escuro, no centro da teia. Não havia mais nada que precisasse supervisionar em pessoa. Sentiu o inchaço da memória expandindo seu corpo, estava todo inchado, estofado até o limite com a babel do inesquecido e a confusão de seus sentidos crescia sempre, mais extrema. A idéia de violência tinha uma maciez de veludo agora. Tiravam-se as luvas e sentia-se a doce fragrância da necessidade. Balas entravam na carne como música, o bater de cassetetes era o ritmo da vida e havia também a dimensão sexual a considerar, a desmoralização da população por meio da violação das mulheres. Nessa dimensão, cada cor era brilhante e tinha um gosto bom. Fechou os olhos e desviou a cabeça. O que tem de ser, tem de ser.

A insurreição era patética. Lutava consigo mesma. Metade dela estava lutando por aquele velho conto de fadas, a Caxemira para os caxemirenses, enquanto a outra metade queria o Paquistão, queria fazer parte do terror islâmico internacional. Os insurretos se matavam enquanto ele observava. Mas ele ia matá-los também, para apressar as coisas. Não se importava com o que eles queriam. Queria vê-los mortos. No escuro, enquanto esperava, havia refinado e aperfeiçoado a filosofia e a metodologia da futura repressão. A filosofia da repressão era *foder com o inimigo na pressão*. A metodologia da repressão podia ser expressa tecnicamente como "cercar e dar busca". Seriam impostos toques de recolher e soldados iriam de casa em casa. Podia-se exprimir coloquialmente também como *e foder com eles na pressão de novo*. Cidade a cidade, povoado a povoado, cada parte do vale seria visitada por sua ira, por homens que haviam tirado as luvas, seus guerreiros, seus *stormtroopers*, seus punhos. Ele ia ver então o quanto essa gente amava a insurreição, quando tivessem o Exército indiano a lhes foder na pressão.

Ele sabia tudo e não esquecia nada. Lia os relatórios, fechava os olhos e devorava com prazer as cenas que conjurava, sorvendo nutrição dos detalhes. A aldeia Z entrou em repressão e o diretor da escola foi capturado, um filho-da-puta por nome A. Era acusado de ser militante. Teve a ousadia de mentir e negar, disse que não era militante, mas diretor. Pediram-lhe que identificasse quais de seus alunos eram militantes e esse homem, esse autointitulado diretor, teve a coragem de afirmar que ele não só não sabia nada sobre seus próprios alunos, mas também que não sabia de nenhum militante. Mas todo caxemirense era um militante, conforme havia sido estabelecido pelo escalão político e, portanto, esse mentiroso estava mentindo e precisava ser ajudado a voltar à verdade. Foi espancado, evidentemente. Depois, sua barba foi incendiada. Depois, ofereceram eletricidade aos seus olhos, genitais e língua. Depois, ele alegou ter sido cegado de um olho, o que era uma evidente mentira, uma tentativa de culpar os investigadores por um estado existente previamente. Ele não tinha orgulho e implorou que os homens parassem. Repetia suas mentiras, que era apenas um diretor de escola, o que os ofendeu. Para ajudá-lo, levaram-no até um pequeno riacho contendo água suja e vidro quebrado. O mentiroso foi empurrado para dentro do riacho e mantido ali por cinco horas. Os homens andavam em cima dele com suas botas, aplicavam sua cabeça nas pedras da água. Ele perdeu os sentidos para evitar responder, então quando acordou eles o castigaram de novo. Por fim, foi decidido que o correto seria deixá-lo ir embora. Ele foi alertado de que na próxima vez seria morto. Ele saiu correndo, gritando: *Juro que não sou militante. Sou professor*. Essas pessoas estavam além da possibilidade de salvação. Para elas, não havia esperança.

288

A cidade de Y entrou sob o regime de repressão e um homem de meia-idade por nome B foi capturado junto com seu filho de dezesseis anos, C. A porta da casa deles, suspeita de ser um ninho de ratos terrorista, foi arrombada a chutes. Para mostrar a ele que a coisa era séria, o Corão de seu pai foi jogado no chão e pisado por botas enlameadas. Não haveria mais tratamento especial para muçulmanos. Isso tinha de ficar entendido. Ordenaram que a filha dele fosse para um quarto dos fundos, de onde ela saltou uma janela e fugiu, o que era uma infelicidade, mas comprovava tratar-se de uma família muito valiosa de ratos terroristas. O rapaz de dezesseis anos foi formalmente acusado de terrorismo. Ele teve o descaramento de negar. Mais uma vez foi acusado e novamente negou. E uma terceira vez, idem. Disse que era estudante e esse subterfúgio inflamou o sentimento dos homens. Foi levado para fora e coronhas de rifles aplicadas à sua pessoa. O pai, B, tentou intervir e ele também recebeu vigorosos cuidados físicos. Quando o jovem terrorista C perdeu a consciência, foi colocado na carroceria de um caminhão e levado embora para seu próprio bem, para receber assistência médica. Num momento posterior, o homem de meia-idade, B, reclamou que seu filho havia sido localizado em um fosso, sem roupa e com uma bala nas costas. Isso não foi ato dos homens. Provavelmente, depois de receber cuidados médicos e autorização para voltar para casa, deve ter encontrado terroristas de uma facção rival que cuidaram dele.

A aldeia de X, no alto, perto da linha de neve e da Linha de Controle, ficou sob repressão porque militantes sempre atravessavam a fronteira na vizinhança e então estava claro que os aldeões os abrigavam, davam-lhes camas para descansar e comida para comer. Foram recebidos relatórios da presença na localidade do chamado "mulá de ferro", Maulana Bulbul Fakh, que o general Kachhwaha um dia cometera o erro de tolerar, nos velhos tempos de fraqueza tolerante. Aqueles dias eram passado, como o sacerdote notório e seu bando de renegados logo iam descobrir, como já haviam descoberto seus asseclas em X — o malévolo rapaz D, que não ia mais incomodar as forças de segurança, os idiotas E (gênero m.) e F (gênero f.), cuja casa foi demolida para castigá-los, e as mulheres G, H e I, sobre as quais a ira viril das forças indianas foi potentemente desencadeada. O uso da baioneta no útero da mulher grávida J foi, porém, uma alegação vil: pura ficção. Ninguém do pessoal a postos aquele dia levava baionetas; apenas armas automáticas, granadas, facas. Os inimigos do Estado não se detinham diante de nada para difamar seus protetores militares. Isso não iria mais impedir as forças de segurança de fazer o que fosse necessário. A manifestação da ira viril dos protetores sobre a população feminina era uma importante ferramenta psicológica. Desencorajava os homens de executar atos subversivos que estava em sua natureza executar. Conseqüentemente, diminuía o perigo para as forças de segurança. Eram assuntos estratégicos e táticos e não deviam ser discutidos emocionalmente.

Era apenas o começo. As coisas agora iam andar mais depressa. Ele não era mais o coronel Tartaruga. Era o Martelo da Caxemira.

Naquele verão escuro, depois que os Misri pereceram, os frutos do pomar de maçãs do pandit Pyarelal Kaul ficaram amargos, impossíveis de comer, mas os pêssegos de Firdaus Noman estavam tão suculentos como sempre. O açafrão do campo de açafrão de Pyarelal era mais pálido e menos potente, mas o mel das colméias de Abdullah estava mais doce do que nunca. Essas coisas eram difíceis de entender; mas quando Pyarelal ouviu no rádio que o conhecido líder pandit Tika Lal Taploo fora abatido a tiros, a natureza dos maus presságios ficou clara. "No tempo de Sikandar But-Shikan, Sikander, o iconoclasta", disse ele à filha na cabana gujar da floresta, "os ataques muçulmanos aos hindus caxemirenses eram descritos como a descida de nuvens de gafanhotos sobre as indefesas plantações de arroz. Eu temo que a comparação com o que está começando agora venha a fazer a época de Sikandar parecer pacífica." Nas semanas seguintes, sua profecia se cumpriu e ele disse a Boonyi: "Agora que tudo o que eu sempre defendi está em ruínas, estou pronto para morrer, mas vou continuar vivo para proteger sua vida da insanidade de seu marido, muito embora nenhum de nós dois tenha nada mais por que viver". As alas radicais do partido Jammat-i-Islami tinham nomes novos para "pandit": mukhbir, kafir. Que significam espião, infiel. "Então agora somos caluniados de quinta-coluna", lamentou Pyarelal. "Isso quer dizer que o ataque não pode estar longe."

No rastro da insurreição muçulmana contra o domínio indiano, outro pandit foi assassinado em Tangmarg. Apareceram cartazes na estrada que ia de Srinagar para Pachigam, exigindo que todos os pandits deixassem suas propriedades e saíssem da Caxemira. Os primeiros hindus a reagir à campanha dos pôsteres foram os deuses, que começaram a desaparecer. A famosa estátua de pedra negra de Maha-Kali foi uma das vinte divindades que esvaziou sua morada em forte Hari Parbat e desapareceu para sempre. Uma divindade inestimável do século IX fugiu do Lok Bhavan em Anantnag e nunca mais foi vista. O lingam de Shiva do templo de Dewan também partiu misteriosamente. Essas saídas foram oportunas, porque logo depois que ocorreram começaram os bombardeios. O complexo do templo Shaivite em Handwara, perto do famoso santuário de Kheer Bhawani, foi devastado por uma explosão. Pyarelal sentou-se ao lado de Boonyi e enterrou o rosto nas mãos. "Nossa história terminou", disse. "Não é mais a história de nossas vidas, mas a história de um ano de peste durante o qual tivemos a infelicidade de estar por perto para desenvolver ínguas nas axilas e morrer mortes imundas e fétidas. Não somos mais protagonistas, só agonistas." Poucos dias depois, no distrito de Anantnag começou a orgia de uma semana de violência não provocada contra propriedades residenciais e comerciais pandits, contra templos e pessoas físicas de famílias pandits. Muitos deles fugiram. O êxodo dos pandits da Caxemira havia começado.

Firdaus Noman foi ver Pyarelal na casa dele, para lhe garantir que os muçulmanos de Pachigam protegeriam seus irmãos hindus. "Meu sábio e doce amigo", disse ela. "Não tema nunca; nós vamos cuidar da nossa gente. O assassinato de Grande Misri e o suicídio de Zoon já foram muito ruins e não vamos deixar acontecer de novo. Você é precioso demais para se perder." Pyarelal sacudiu a cabeça. "Está em suas mãos", disse. "Nossas naturezas não são mais fatores críticos para nossas fés. Quando os assassinos chegarem, será que vai importar se vivemos bem ou mal? As escolhas que fizemos afetarão nosso destino? Vão poupar os mansos e gentis entre nós e levar apenas os egoístas e desonestos? Seria absurdo pensar assim. Massacres não são enjoados. Posso ser precioso ou posso ser inútil, mas isso não quer dizer nada de lado nenhum." Ele mantinha o rádio perto do ouvido o tempo todo. Enquanto as maçãs amargas caíam das árvores e apodreciam no chão, Pyarelal ficou em casa, de pernas cruzadas, com o transistor encostado na cabeça, ouvindo a BBC. Saques, pilhagens, incêndios, desordem, assassinato, êxodo: essas palavras eram recorrentes, dia após dia, e uma frase do outro lado do mundo que voara milhares de quilômetros para encontrar um novo lar na Caxemira.

"Limpeza étnica."

"Mate um, assuste dez. Mate um, assuste dez." Casas comunitárias, templos, casas particulares e bairros hindus inteiros estavam sendo destruídos. Pyarelal repetia, como uma oração, os nomes dos lugares tocados pela calamidade. "Trakroo, Uma Nagri, Kupwara, Sangrampora, Wandhama, Nadimarg. Trakroo, Uma Nagri, Kupwara, Sangrampora, Wandhama, Nadimarg. Trakroo, Uma Nagri, Kupwara, Sangrampora, Wandhama, Nadimarg." Esses nomes tinham de ser lembrados. Esquecer seria um crime contra aqueles que sofriam incêndios "absolutos" de seus bairros, ou a tomada de suas propriedades, ou a morte, precedida por tais violências que não podiam ser imaginadas nem descritas. *Mate um, assuste dez*, entoavam as multidões muçulmanas e dez, de fato, se assustavam. Mais de dez. Trezentos e cinqüenta mil pandits, quase toda a população pandit da Caxemira, fugiu de suas casas e dirigiu-se ao sul, para os campos de refugiados onde iriam apodrecer como maçãs caídas, como os não-amados, mortos não mortos em que haviam se transformado. Nos chamados Mercados Bangladesh na área Iqbal Park-Hazuri Bag de Srinagar, as coisas saqueadas de templos e residências estavam sendo abertamente compradas e vendidas. Os comerciantes cantarolavam a canção mais popular da época ao comprarem suas bonitas peças da Caxemira hindu, uma canção do bem-amado Mehjoor: "Darei minha vida e minha alma à Índia, mas meu coração é do Paquistão".

Havia uma tropa de seiscentos mil indianos na Caxemira, mas o pogrom dos pandits não foi impedido, por que isso? Três lakhs e meio, trezentos e cinqüenta mil seres humanos chegaram em Jammu como pessoas deslocadas e durante muitos meses o governo não forneceu nem abrigo, nem alimento, nem mesmo registrou seus nomes, por que isso? Quando o governo finalmente construiu campos só permitiu que seis mil pessoas continuassem no estado, dispersando as outras pelo campo, onde seriam invisíveis e impotentes, por que isso? Os campos de Purkhoo, Muthi, Mishriwallah, Nagrota foram construídos nas margens e nos leitos de nullahas, cursos de água sazonais, e quando a água veio os campos foram inundados, por que isso? Os ministros do governo fizeram discursos sobre limpeza étnica, mas os servidores civis mandavam memorandos uns aos outros dizendo que os pandits eram simplesmente migrantes internos cujo deslocamento fora auto-imposto, por que isso? As tendas fornecidas para os refugiados viverem não eram inspecionadas e muitas vezes vazavam, inundadas pelas chuvas de monção, por que isso? Quando os dormitórios coletivos chamados ORT foram construídos para substituir as tendas, eles também vazavam profusamente, por que isso? Havia uma privada para cada trezentas pessoas em muitos campos, por que isso? e os dispensários médicos não tinham material básico de primeiros socorros, por que isso? e milhares de deslocados morreram por causa da comida e do abrigo inadequado, por que isso? talvez cinco mil mortes em conseqüência do intenso calor e umidade, por picadas de cobra, gastroenterite, dengue, diabete, estresse, males dos rins, tuberculose, psiconeurose, e não foi realizado um único levantamento pelo governo, por que isso? e os pandits da Caxemira foram abandonados em seus campos-favela para apodrecer, para apodrecer enquanto o Exército e os insurretos lutavam pelo vale quebrado e ensangüentado, para sonhar com o retorno, para morrer sonhando com o retorno, para morrer depois que o sonho de retorno morresse de forma que não pudessem nem morrer sonhando com o retorno, por que isso por que isso por que isso por que isso por que isso?

Ela sabia onde ele estava. Ele estava no norte com o mulá de ferro na Linha de Controle. Ele fazia parte da elite do "comando de ferro". Ela sabia o que ele estava fazendo. Ele estava matando gente. Estava matando tempo. Estava matando todos que encontrava para matar para poder agüentar o tempo que tinha de passar até poder matar a ela. Ela culpava a si mesma por essas mortes. Venha e acabe logo com isso, ela dizia a ele. Venha: eu libero você de suas obrigações. Não importa o que prometeu a meu pai e ao sarpanch. Meu pai tinha razão, não existe mais nenhuma razão para nenhum de nós viver. Venha e faça o que tem de fazer, o que você precisa fazer num lugar tão profundo que lhe causa dor. Não tenho nada além de você e de meu pai, do amor dele e do seu ódio, e o amor dele se arruinou agora, a capacidade dele está comprometida, a imagem do mundo que ele faz rompeu-se e quando um homem não tem imagem do mundo ele enlouquece um pouco, que é como está meu pai. Ele diz que o fim do mundo está chegando porque as maçãs dele estão amargas demais para comer. Diz que existe um terremoto sacudindo a terra e começou a acreditar nas histórias de cobra da mulher do sarpanch, começou a acreditar que as cobras vão despertar, por seu desgosto com a humanidade elas sairão e nos matarão a todos e o vale terá paz, paz de serpente, a paz está além das forças dos seres humanos. Ele diz que a terra está empapada de sangue e cederá e nenhuma casa ficará sobre ela. Diz que as montanhas subirão à nossa volta, subirão mais alto para o céu e o vale desaparecerá e isso é o que acontecerá com ele, não merecemos tamanha beleza, éramos os guardiões da beleza e não fizemos o nosso trabalho. Digo que somos o que somos e fazemos o que fazemos e estou além do orgulho de mim, agora sou apenas uma coisa que respira e se parar de respirar ou viver não faria a menor diferença a não ser para ele, a não ser, apesar de tudo, e por poucos momentos mais, para ele. Venha se quiser. Estou esperando. Não me importa mais.

Ele disse: *Tudo o que eu faço me prepara para você e para ele. Cada golpe que dou, atinge a você ou a ele. As pessoas que nos conduzem até aqui em cima estão lutando por Deus ou pelo Paquistão, mas eu estou matando porque foi nisso que me transformei. Eu me transformei na morte.*

Ele disse: *Logo estarei aí.*

A situação tal como estava desenvolvera novas características que se prestavam à vantajosa exploração pelas Forças Armadas. O general Hammirdev Saryavans Kachhwaha fechou os olhos e deixou as imagens fluírem. Já o Exército havia feito contato com os militantes renegados pelo país e quando fosse preciso uma atividade extrajudicial esses renegados podiam ser usados para matar outros militantes. Depois das execuções, os militantes renegados vestiriam fardas e levariam os corpos para esta ou aquela casa pertencente a este ou àquele indivíduo e colocariam os corpos na dita locação com armas nas mãos. Os renegados então partiriam e devolveriam as fardas enquanto as Forças Armadas atavam a casa, reduziam-na a pedaços e matavam os militantes mortos de novo para consumo público. Se o dono da casa e sua família objetassem, podiam ser acusados de abrigar militantes perigosos e as conseqüências para essas acusações seriam severas. Sabendo disso, era pouco provável que o dono da casa protestasse.

Havia beleza nesses esquemas, elegância e beleza. O general Kachhwaha estava discutindo consigo mesmo se os militantes renegados podiam ou não ser usados contra outras categorias de pessoas, como jornalistas e ativistas de direitos civis. A negação dessas operações era um saldo positivo. As possibilidades deviam ser exploradas.

A batalha contra os fracotes da FLJC logo seria vencida. O general Kachhwaha desprezava os fundamentalistas, os jihadis, o Hizb, mas desprezava mais os nacionalistas seculares. Que Deus era o nacionalismo secular? As pessoas não morreriam por isso por muito tempo. A repressão já estava surtindo efeito. Logo as duas facções principais da FLJC suplicariam a paz. Yasin Malik, do grupo HAJY, iria ceder, assim como o próprio Amanullah Khan. Os canais secretos se abririam e seriam feitos acordos. Este mês, no mês seguinte, este ano, no ano que vem. Não importava. Ele podia esperar. Ia apertar a garra nos testículos da insurreição e deixar que viesse a ele. Chegaram-lhe notícias do outro lado das montanhas, flutuando pelas calotas de gelo e borboleteando até seus ouvidos, que o Inter-Serviços de Inteligência paquistanês sentia pela FLJC a mesma coisa que ele sentia. Os fundos do ISI para a FLJC estavam sendo reduzidos e o Hizb estava conseguindo dinheiro em seu lugar. O Hizb era forte, talvez tivesse dez mil membros, e isso ele respeitava. Podia desprezá-los e respeitá-los simultaneamente. Não havia dificuldade aí.

Rivalidades entre grupos brincavam entre suas mãos. Já acontecera um caso de um comandante de área da FLJC ser assassinado pelo Hizb. Quando a FLJC tivesse sido eliminada, os jihadis se voltariam uns contra os outros. Ele ia cuidar para isso acontecer. O Lashkar deste e o Harkat daquele. Ia cuidar deles, sim. E também do temido "comando de ferro" do Maulana Bulbul Fakh. Logo teria esses filhos-da-puta sob seus olhos.

Anees Noman havia assumido o comando de seu instável grupo militante da FLJC depois que o comandante invisível "Dar" foi embora para as montanhas. Seus heróis eram Guevara, o cubano, e a FSLN da Nicarágua, e gostava de cultivar uma aparência de guerrilheiro latino. Quando o grupo estava em alguma operação, ele exibia uma boina, farda de combate ocidental, botas pretas e queria ser conhecido como "Comandante Zero" em honra de um famoso combatente sandinista, mas seus soldados, que eram menos solenes no respeito a ele do que ele gostaria, o chamavam de "Baby Che". No período posterior ao início da insurreição, sua habilidade em colocação de minas o levou a alguns notáveis sucessos contra comboios militares e a reputação do grupo do Baby Che cresceu. A notícia de sua existência chegou aos ouvidos do general Kachhwaha em Badami Bagh e, embora a identidade de Baby Che fosse incerta, as autoridades militares desconfiaram durante algum tempo. Mais de uma vez, porém, a proposta de colocar Pachigam sob repressão, de forma que todas as suas associações subversivas pudessem ser devidamente exploradas, foi vetada pela autoridade civil. Um ataque do Exército às artes folclóricas da Caxemira, às suas tradições teatrais e gastronômicas, era exatamente o tipo de história que fazia manchetes. Mesmo aposentado, o sardar Harbans Singh estava ao lado de seu velho amigo, o sarpanch de Pachigam. Mesmo em sua velhice de dedos em garra Abdullah Noman ainda podia afirmar que protegia sua aldeia, como sempre fizera.

Não havia trabalho, porém. Não havia dinheiro. Os pêssegos e o mel da família Noman eram distribuídos gratuitamente entre os aldeões. Pachigam era uma aldeia de sorte, com seus campos férteis e rebanhos de animais, mas todo mundo sabia que uma grande dureza estava chegando. Se a crise continuasse, uma fome de dimensão estadual era uma possibilidade real. "Vamos encarar a fome, se vier", Firdaus Noman disse a seu marido. "Estou tão enjoada de mel e pêssegos que talvez até preferisse passar fome." Os filhos Hameed e Mahmood concordaram. "De qualquer jeito", disse Hameed, animador, "talvez a gente não viva o bastante para chegar ao ponto da fome." Mahmood concordou. "Que sorte a nossa! Podemos escolher tantas maneiras diferentes de morrer."

Firdaus Noman acordou uma noite com o marido roncando a seu lado e a mão de outro homem cobrindo sua boca. Quando reconheceu a figura cabeluda, de boina, do filho que não via fazia tantos anos, ela se permitiu chorar, e quando ele fez menção de tirar a mão cautelosa de cima de seus lábios, ela pegou sua mão e cobriu-a de beijos. "Não acorde seu pai ainda", disse ela a Anees, olhando para Abdullah. "Quero você para mim um pouquinho. E como você pensa que está com esse cabelo? Antes de falar com seu pai é melhor ficar parecendo filho dele e não um selvagem da floresta." Ela o levou para a cozinha, colocou-o sentado num banco e cortou seu cabelo. Anees não se opôs, não disse a ela que era perigoso para ele demorar demais, não a apressou nem insistiu para acordar os irmãos e o pai. Sentou no banquinho de madeira, fechou os olhos e encostou-se nela, sentindo o corpo dela se mexer devagar contra suas costas enquanto os cachos escuros caíam de sua cabeça. "Lembra, maej", disse, "quando eu era o palhaço mais triste de Pachigam e as pessoas batiam palmas quando eu saía do palco?" Ela fez um pequeno ruído negativo com os lábios. "Você é o meu filho mais profundo", disse, orgulhosa. "Eu ficava preocupada de você mergulhar tão fundo dentro de você mesmo que pudesse acabar desaparecendo. Mas olhe só você: está aqui."

Quando os homens da casa foram despertados, a família fez um conselho de guerra em volta da mesa da cozinha. "Como Grande Misri fez um favor a todos nós e livrou o mundo daqueles inúteis Gegroo antes de morrer, o Lashkar-e-Pak agora está mais de olho em Pachigam do que em Shirmal", Anees disse, baixo. "Isso é ruim. Mesmo sem os Gegroo, aqueles malucos filhos-da-mãe do LeP têm talvez uns quarenta ou cinqüenta soldados na área e não há como evitar, eles vão escolher um momento e atacar." Firdaus Noman sacudiu a cabeça. "Como pode o rosto de uma mulher ser o inimigo do islã?", perguntou, furiosa. Anees pegou as mãos dela. "Para esses idiotas, maej, é tudo questão de sexo. Eles acham que é fato científico que a mulher emite raios que levam os homens a cometer atos de depravação sexual. Acham que se as pernas nuas da mulher se esfregam uma na outra, mesmo embaixo de um vestido que vá até o chão, a fricção das coxas delas gera um calor sexual que vai ser transmitido pelos olhos dela para os olhos dos homens e inflamar os homens de um jeito que não é santo." Firdaus espalmou as mãos num gesto de resignação. "Então, segundo eles, os homens são uns animais e as mulheres têm de pagar por isso. Essa história é velha. Conte outra." Anees assentiu com a cabeça com seu jeito grave, sem sorrir. "Por isso é que estou aqui", disse. "Minha unidade resolveu que vai defender Pachigam e Shirmal também, se for preciso. Não se preocupem. Temos cem homens bons e dá para conseguir amigos para ajudar. Mas vocês têm de estar preparados. Escondam armas em todas as casas, mas não tentem lutar com eles quando chegarem. Sejam pacientes e aceitem qualquer insulto que eles façam. Quando a gente começar a batalha, então e só então vocês vão poder nos ajudar a transformar em merda os filhos-da-puta, desculpe, maej. Fala de soldado." Firdaus deu um murro na mesa, de leve. "Filhinho", disse ela, "você nem sabe o que é merda até ver esta sua mãe em ação."

Três semanas depois, o Laskhar-e-Pak chegou a Pachigam montado a cavalo, em plena luz do dia, sem esperar resistência. O líder, um maníaco homicida afegão de quinze anos de idade, de turbante preto, mandou todo mundo sair para a rua e anunciou que, como as mulheres de Pachigam eram desavergonhadas demais para se cobrir, o islã ordenava que tirassem toda a roupa para o mundo inteiro ver as putas que eram de fato. Um grande murmúrio percorreu os aldeões, mas Firdaus Noman deu um passo à frente, tirou o phiran e começou a se despir. Seguindo seu exemplo, as outras mulheres e meninas da aldeia também começaram a se despir. Caiu um silêncio. Os guerreiros do LeP não conseguiam tirar os olhos das mulheres que estavam se despindo devagar, sedutoramente, mexendo os corpos com ritmo, de olhos fechados. "Deus me ajude", gemeu em árabe um dos guerreiros estrangeiros do LeP, se retorcendo em cima do cavalo. "Essas diabas de olhos azuis estão roubando minha alma." O maníaco homicida de quinze anos apontou o Kalashnikov para Firdaus Noman. "Se eu matar você agora", disse, perverso, "nenhum homem em todo o mundo muçulmano vai dizer que não tenho razão." Nesse momento, um buraquinho vermelho apareceu na testa dele e a parte de trás de sua cabeça explodiu. O grupo de Baby Che estava começando a ficar famoso pela precisão de seus franco-atiradores, assim como pelas minas terrestres, e tinha uma reputação pela qual zelar.

A batalha de Pachigam não foi muito longa. Os homens de Anees estavam bem posicionados e dispostos a lutar. Os militantes do LeP foram cercados e superados em número e em poucos minutos estavam também mortos. Firdaus Noman e as outras mulheres vestiram as roupas de novo. Firdaus falou, triste, para o corpo de quinze anos do comandante Lashkar. "Você descobriu que as mulheres são perigosas, meu filho", disse ela. "Azar seu não ter tido a chance de crescer para virar homem e descobrir que também somos boas para amar."

O extermínio do grupo de radicais LeP não serviu de garantia para alguns aldeões. O velho mestre de dança Habib Joo havia morrido pacificamente em sua cama alguns anos antes, mas seus filhos e filha crescidos, todos na casa dos vinte anos agora, jovens sóbrios, sossegados, que haviam herdado o amor do pai pela dança, ainda viviam. O filho mais velho, Ahmed Joo, veio informar Abdullah Noman que seu irmão mais novo, Sulaiman, sua irmã, Razia, e ele haviam decidido ir para o sul com os refugiados pandit. "Por quanto tempo Anees vai conseguir nos proteger?", disse ele, e continuou: "Achamos que não é uma boa idéia ser judeu quando os islamitas vierem de novo à cidade". Abdullah sabia que os filhos de Joo eram bailarinos dotados como o pai, que eram o futuro dos bhand de Pachigam, só que os bhand de Pachigam pareciam não ter futuro. Não tentou detê-los. No dia seguinte, o grupo de dança da aldeia ficou ainda mais pobre quando as meninas Sharga vieram dizer que elas também estavam indo embora. Himal e Gonwati ficaram aterrorizadas com as histórias dos ataques a famílias pandit e forçaram o pai, o grande barítono, a ir com elas. "Não é hora de cantar", disse Shivshankar Sharga, "e afinal meus dias de cantor se acabaram."

Triste dizer que os Joo e os Sharga não se salvaram por sua decisão de fugir. O ônibus lotado em que estavam viajando para o sul sofreu um acidente no sopé das montanhas, não longe da Passagem Banihal. O motorista, com terror de ser detido por alguém, força de segurança ou militantes, estava correndo o mais que podia. Fazendo guinchar os pneus, virou certa curva da estrada para descobrir que uma das imensas pilhas de lixo, que vinham se acumulando por toda parte no vale devido à interrupção do serviço de saneamento, havia caído sobre a estrada. O motorista e a maioria dos passageiros ficaram seriamente feridos e um dos passageiros mais velhos, o notável cantor Shivshankar Sharga, morreu.

Seguiu-se uma confusa espera junto ao ônibus acidentado. O ar estava cheio de vapores de gasolina. Todos que conseguiam chorar ou gritar faziam isso. (Himal estava gritando, enquanto Gonwati chorava.) Outros, menos capazes vocalmente, contentavam-se com gemidos (os irmãos Joo caíam nessa categoria), enquanto outros ainda (como o barítono morto) eram incapazes de fazer qualquer som. Por fim os serviços de emergência apareceram e os passageiros feridos foram hospitalizados em uma instalação médica próxima. A sala de emergência era suja. Os lençóis, muito manchados. Manchas vermelhas de ferrugem pelas paredes. Havia poucos leitos e os colchões no chão eram imundos e rasgados. Os passageiros foram colocados nos leitos, nos colchões, no chão e ao longo do corredor de fora. Um único médico, um exausto jovem com um bigode fino e uma expressão amortecida no rosto, dirigiu-se às vítimas do acidente, que continuavam a gritar (Himal), chorar (Gonwati) e gemer (Ahmed, Sulaiman, Razia Joo) enquanto ele falava. "É minha onerosa obrigação, antes de continuar", disse o jovem médico, "oferecer a todos minhas obsequiosas desculpas e recolher de vocês uma explanação obrigatória. Isto é odioso, mas é a rotina normal indispensável. Sinceras desculpas, em primeiro lugar, pela falta de pessoal. Grande parte dos funcionários pandit foi deslocada e a polícia não permite substituições. Muitos motoristas de ambulância também foram abordados pelas forças de segurança e estão sendo severamente castigados e portanto não aparecem mais para trabalhar. Desculpas em segundo lugar pela falta de suprimentos. Não temos remédio para asma. Não temos tratamento para diabetes. Não temos tanques de oxigênio. Em virtude de queda na corrente certos medicamentos não estão refrigerados e o estado desses medicamentos é duvidoso. Desculpas ainda pelo suprimento de sangue não ter sido testado contra HIV. Por fim, desculpas quanto à presença de uma epidemia de meningite neste departamento e pela impossibilidade de colocar o mesmo em quarentena. Neste momento, devemos seguir nossa própria cabeça. Sob as circunstâncias até aqui definidas vocês gentil e seriamente confirmarão ou não o seu desejo de serem admitidos ou não admitidos nesta instalação, de forma que o tratamento possa ter prosseguimento ou não. Não tenham nenhuma dúvida, senhoras e senhores, que, se confiarem em nós, faremos o melhor que estiver ao nosso alcance."

Nossa! Ninguém do contingente de cinco dançarinos de Pachigam sobreviveu, sucumbindo a uma hemorragia interna não diagnosticada (Himal), a uma perna quebrada não tratada e subseqüentemente gangrenada (Gonwati), convulsões horrendas e por fim fatais devido à injeção de remédio deteriorado (Ahmed e Razia Joo) e, no caso de Sulaiman Joo, meningite viral aguda passada por uma menina de sete anos de idade que estava morrendo na cama ao lado dele. Não havia parentes à mão para recolher os corpos e não existiam condições de devolver os cinco dançarinos para sua aldeia natal, de forma que foram queimados na pira municipal, até mesmo os três judeus.

Seus personagens não eram seus destinos.

No começo de 1991, antes do degelo de primavera, o pandit Pyarelal Kaul sentiu a vida se destacando de seu corpo em uma série de pequenos, indolores, inaudíveis estalos. Bom, tudo bem, pensou, não tinha mais ninguém a ensinar além de si mesmo e mesmo a si mesmo não tinha mais nenhum conhecimento a comunicar. Passou muito tempo em sua pequena biblioteca nesses dias finais, sozinho com seus velhos livros. Esses livros, seu verdadeiro tesouro, também se perderiam quando chegasse sua hora. Correu os dedos pelas lombadas gastas de suas cúpulas do tesouro nas estantes e tirou os românticos ingleses. *Mais que nunca é rico morrer agora, no meio da noite cessar sem dor*. Ah! Pobre Keats. Só os muito jovens podiam imaginar que a morte era uma reação adequada à beleza. Nós, na Caxemira, ouvimos também o Bulbul, ele apostrofava o grande poeta através do espaço e do tempo e pode se revelar como a morte de todos nós.

Fechou os olhos e visualizou sua Caxemira. Conjurou seus lagos de cristal, Shishnag, Wular, Nagin, Dal; suas árvores, a nogueira, o álamo, o plátano, a macieira, o pessegueiro; seus picos portentosos, Nanga Parbat, Rakaposhi, Harmukh. *Os pandits sanscritizaram o Himalaia*. Viu os barcos como dedinhos traçando linhas na superfície das águas e as flores numerosas demais para se nomear, incendiadas de brilhante perfume. Viu a beleza das crianças douradas, a beleza das mulheres de olhos verdes e azuis, a beleza dos homens de olhos azuis e verdes. Parou no cimo do monte Shankaracharya, que os muçulmanos chamavam de Takht-e-Sulaiman, e falou em voz alta o famoso e antigo verso referente ao paraíso terreno. *É isto, é isto, é isto*. Estendidos abaixo dele como um festim, viu suavidade, tempo, amor. Considerou pegar a bicicleta e sair pelo vale, rodando até cair, penetrando mais e mais na beleza. *Oh! Aqueles dias de paz em que estávamos todos apaixonados e a chuva estava em nossas mãos aonde quer que fôssemos*. Não, ele não podia rodar pela Caxemira, não queria ver seu rosto marcado, as fileiras de tambores de óleo queimando nas estradas, os veículos acidentados, a fumaça das explosões, as casas destruídas, as pessoas destruídas, os tanques, a raiva e o medo em todos os olhos. *Todo mundo leva o endereço no bolso para que pelo menos seu corpo volte para casa*.

"Ya Kashmir!", gritou. "Hai-hai! Ya Kashmir!"

Não veria de novo sua filha, sua única filha, cuja vida ele havia salvado transformando-a numa exilada, transformando-a numa selvagem mulher tribal. Que estranha história a dela. Não a conhecia mais inteiramente, não conseguia captar seus pensamentos. Ela havia se voltado para dentro de si mesma e estava em comunhão com a morte. Como ele agora estava. Bhoomi Kaul, Boonyi Noman. Não podia mais protegê-la. Mandou para ela uma amorosa palavra de despedida e sentiu uma brisa subir e levar a palavra a sua floresta encantada.

Ele se perguntou se viveria para ver os botões de suas macieiras e sentiu um estalo de resposta dentro de si. Ah, então não vai demorar. Começou a nevar de leve, os últimos flocos a cair antes da primavera. Ele vestiu o traje de casamento, as roupas que usara muito tempo antes, quando se casou com a querida Pamposh e que ele guardara todo esse tempo embrulhada em papel de seda dentro de um baú. Como um noivo, saiu de casa e os flocos de neve acariciaram suas faces enrugadas. Estava com a mente alerta, disposto a andar, e não havia ninguém esperando por ele com um cassetete. Tinha seu corpo e sua mente e parecia que devia lhe ser poupado um fim brutal. Isso ao menos era delicado. Entrou no pomar de maçãs estragado, sentou-se de pernas cruzadas embaixo de uma árvore, fechou os olhos, ouviu os versos do Rig-Veda encherem o mundo de beleza e no meio da noite cessou sem dor.

Anees Noman foi capturado vivo, embora sofrendo com ferimentos a bala na perna e no ombro direitos, depois de um encontro com forças de segurança na aldeia de Siot, no sudoeste, onde estava escondido com vinte guerreiros militantes entre quinze e dezenove anos no andar de cima de uma loja de alimentos chamada Ahdoo, cujo dono chamou as tropas porque os jovens beberam todas as suas latas de leite condensado, decisão que ele veio a lamentar quando o Exército destroçou sua loja com granadas que explodiram toda a parede da frente dos dois andares do edifício de madeira e diversas baterias de tiros de automática de um veículo blindado estacionado a dois passos destruíram todos os produtos que conseguiram sobreviver ao ataque de granadas. "Olhem o que a voracidade de vocês fez", o velho Ahdoo reclamou com os corpos dos militantes, enquanto eram arrastados para fora da sua sala do andar de cima, acrescentando, numa explicação para o mundo em geral: "Eles beberam meus produtos importados. Coisas do estrangeiro! O que eu podia fazer?".

Vários rapazes que morreram também tinham participado da defesa de Pachigam contra o LeP e salvaram a vida de Anees se colocando entre ele e as granadas e as balas. Teria sido melhor que o deixassem morrer em Siot, porém, porque ele não teria encontrado seu fim nas câmaras de tortura secretas de Badami Bagh, aquelas salas que nunca tinham existido, não existiam e nunca existiriam, e nas quais ninguém jamais ouvia um grito, por mais alto que fosse.

Na parede da sala, alguém havia escrito três palavras com lápis preto. Eram as últimas palavras que Anees leria.

Todo mundo fala.

Depois da captura de Anees Noman, filho do sarpanch de Pachigam, os tomadores de decisões de Badami Bagh sabiam que não era mais possível para sardar Harbans Singh ou qualquer outro puxador de cordões de alta classe e coração mole proteger os traidores fodidos daquela aldeia de pretensos atores e cozinheiros tradicionais. O general Kachhwaha em pessoa assinou o documento de autorização e as equipes de invasão e revista da repressão mexeram-se em dobro. O status de protegida da aldeia bhand era havia muito tempo um incômodo para jawans e também para oficiais de patente. A repressão em Pachigam seria, portanto, particularmente satisfatória, e as luvas, evidentemente, seriam removidas.

O oficial do Exército que levou o corpo de Anees Noman para a casa da mãe dele, o encarregado do despacho, não deu nome nem pêsames. O corpo foi jogado na soleira da porta, embrulhado em um cobertor cinzento ensangüentado, e a porta da frente foi arrombada. Firdaus foi arrastada pelos cabelos grisalhos e empurrada de tal forma que caiu em cima do filho morto. Um único grito escapou de sua boca, mas depois disso, a despeito de tudo o que viu no corpo dele, permaneceu em silêncio, até se levantar e olhar o encarregado nos olhos. "Onde estão as mãos dele?", perguntou. *As mãos que eram tão hábeis, que entalhavam e esculpiam tanto.* "Me devolva as mãos dele."

O pai de Anees ajoelhou-se orgulhosamente junto ao filho, juntou as mãos retorcidas e começou a recitar versos. O encarregado não se impressionou. "Por que sua mulher está fazendo barulho por causa das mãos", disse a Abdullah, "quando as suas mãos não sabem rezar?" Ele fez um gesto e dois soldados agarraram as mãos do sarpanch e empurraram contra o chão. "Mãos, é?", disse o encarregado. "Antes de mais nada, vamos endireitar estas aqui."

O que era aquele grito? Era um homem, uma mulher, um anjo ou um deus que lamentava assim? Uma voz humana era capaz de fazer um som tão desolado?

Havia a Terra e havia os planetas. A Terra não era um planeta. Os planetas eram os pegadores. Eram chamados assim porque podiam pegar a Terra e curvar o destino dela à sua vontade. A Terra nunca foi do tipo deles. A Terra era o sujeito. A Terra era a pegada.

Pachigam era a Terra, a pegada, desamparada, e poderosos planetas descuidados curvavam-se, estendiam seus tentáculos celestiais e impiedosos, e pegavam.

Quem acendeu aquele fogo? Quem queimou o pomar? Quem atirou naqueles irmãos que riram a vida inteira? Quem matou o sarpanch? Quem quebrou suas mãos? Quem quebrou seus braços? Quem quebrou seu pescoço antigo? Quem algemou aqueles homens? Quem fez aqueles homens desaparecerem? Quem matou aqueles meninos? Quem matou aquelas meninas? Quem destruiu aquela casa? Quem destruiu *aquela* casa? Quem destruiu *aquela* casa? Quem matou aquele jovem? Quem espancou aquela avó? Quem esfaqueou aquela tia? Quem quebrou o nariz daquele velho? Quem partiu o coração daquela garota? Quem matou aquele amante? Quem atirou na noiva dele? Quem queimou os figurinos? Quem quebrou as espadas? Quem queimou a biblioteca? Quem queimou o campo de açafrão? Quem abateu os animais? Quem queimou as colméias? Quem envenenou os arrozais? Quem matou as crianças? Quem açoitou os pais? Quem estuprou aquela mulher de olho parado? Quem estuprou aquela mulher grisalha de olho parado enquanto ela gritava sobre a vingança das cobras? Quem estuprou de novo aquela mulher? Quem estuprou de novo aquela mulher? Quem estuprou de novo aquela mulher? Quem estuprou aquela mulher morta? Quem estuprou aquela mulher morta de novo?

A aldeia de Pachigam ainda existe nos mapas oficiais da Caxemira, ao sul de Srinagar e a oeste de Shirmal, perto da estrada de Anantnag. Nos registros públicos ainda disponíveis para inspeção a população é dada como de trezentos e cinqüenta habitantes e em poucos guias, para informação do leitor, há referências circunstanciais ao bhand pather, uma arte folclórica agonizante, e ao minguante número de trupes dedicadas que procuram preservá-la. Essa existência oficial, esse ser de papel é seu único memorial, pois onde Pachigam antes estava, junto ao alegre Muskadoon, onde sua ruazinha corria da casa do pandit para a casa do sarpanch, onde Abdullah rugia e Boonyi dançava, Shivshankar cantava e Shalimar, o equilibrista, andava na corda bamba como se pisasse no ar, não resta nada parecido com uma habitação humana. O que aconteceu com Pachigam aquele dia não precisa ser aqui narrado em detalhe, porque brutalidade é brutalidade e excesso é excesso e nada mais que isso. Há coisas que têm de ser olhadas indiretamente porque podem cegar se olhamos para elas diretamente, como o fogo ou o Sol. Então, repetindo: não existia mais Pachigam. Pachigam fora destruída. Imagine você mesmo.

304

Segunda tentativa: a aldeia de Pachigam ainda existia nos mapas da Caxemira, mas naquele dia ela cessou de existir em qualquer parte, senão na memória.

Terceira tentativa, final: a bela aldeia de Pachigam ainda existe.

O uso crescente de fidayeen, homens-bomba suicidas, pelo grupo liderado por Maulana Bulbul Fakh e também por outros insurretos, Hizb-ul-isto, Lashkar-e-aquilo, Jaish-e-qualquer coisa, era um novo incômodo, pensou o general Hammirdev Kachhwaha acocorado no escuro, mas era também indício de que atividades puramente militares, mesmo os chamados "comandos de ferro", haviam sido consideradas pouco ferozes e uma segunda fase, decisiva, havia começado. Os florzinhas do nacionalismo secular tinham tido o seu momento e à medida que passavam os meses pareciam cada vez mais com irrelevâncias secundárias. "Caxemira para os caxemirenses" não era mais uma opção. Só os meninos grandes foram deixados em pé e então era Caxemira para os indianos ou Caxemira para os paquistaneses, cujos representantes eram as organizações do terror. As coisas estavam esclarecidas e criar clareza era, afinal, o objetivo universal da ação militar. O general Kachhwaha gostava desse mundo mais simples, mais claro. Agora, disse a si mesmo, somos nós ou eles, e nós somos mais fortes, vamos inevitavelmente prevalecer.

Tinha de admitir que as missões suicidas haviam obtido sucessos. Ali estavam todas em sua memória. Treze de julho do ano passado, ataque ao campo da Força de Segurança da Fronteira em Bandipora, DIG e quatro soldados mortos. Seis de agosto, um major e dois JCOs mortos no campo do Exército de Natnoos. Sete de agosto, coronel e três soldados mortos no campo do Exército de Trehgam. Três de setembro, em um ousado ataque na área do perímetro do próprio quartel-general do Corpo do Exército de Badami Bagh, dez soldados mortos, inclusive um funcionário de relações públicas (não uma perda, na opinião não expressa do general Kachhwaha). E assim ia, toque a toque. Dois de dezembro, quartel-general do Exército, Baramulla, um JCO morto. Treze de dezembro, Linhas Civis, Srinagar, cinco soldados. Quinze de dezembro, campo do Exército, Rafiabad, muitos feridos, nenhuma morte. Sete de janeiro, centro meteorológico, Srinagar, atacado. Quatro soldados perdidos. Dez de janeiro, carro-bomba em Srinagar. Catorze de fevereiro, pônei sem cavaleiro usado para transportar um AEI (aparelho explosivo improvisado) em um campo da força de segurança em Lapri, distrito de Udhampur. O general Kachhwaha era capaz de admirar a iniciativa quando se via diante dela. Porém as perdas do inimigo durante esses encontros também eram pesadas. Tinham apanhado duramente. O "comando de ferro" estava cheio de buracos de bala. Daí a nova tática. Eles aceitavam algumas pequenas perdas de vida a fim de infligir grandes feridas. Dezenove de fevereiro viu os primeiros ataques fidayeen em Badami Bagh. Dois soldados mortos. Três semanas depois, um segundo ataque de homem-bomba suicida no quartel-general, quatro soldados do Exército mortos.

Havia os que diziam que os terroristas, inspirados pelas atividades dos fidayeen, estavam ganhando força, que a guerra estava sendo perdida. Havia pedidos para que o general Kachhwaha fosse substituído. Fidayeen bombardeou a sala de controle da polícia em Srinagar (oito mortos). Fidayeen atacou a base de Wazir Bagh em Srinagar (quatro mortos). Fidayeen atacou a base do Exército em Lassipora, distrito de Kupwara (seis). E, ao lado disso, houve uma emboscada não fidayeen em Morha Chatru, no distrito de Rajouri (que roubou quinze vidas), uma patrulha vítima de emboscada em Gorikund, Udhampur (cinco vidas), um ataque à base de Shahlal, Kupwara (cinco), à delegacia de polícia de Poonch (sete). AEIs foram colocados embaixo de ônibus militares em Hangalpua (oito) e Khooni Nallah (cinco). Muito bem, o general Kachhwaha admitiu contrafeito, a lista era longa. Ataques fidayeen em Handwara, duas vezes. A peregrinação anual Amarnath atacada, nove peregrinos mortos. Mais hindus mortos no templo Raghunath em Jammu, cortesia de dois homens-bomba fidayeen. Fidayeen atacou um ponto de ônibus em Poonch e um deputado superintendente da polícia foi morto. Um esquadrão de três fidayeen atacou um campo do Exército na aldeia de Bangti na estrada Tanda, em Akhnoor, Jammu: oito mortos, inclusive um brigadeiro e quatro generais importantes feridos. Depois, por fim, houve alguns sucessos a relatar. Baby Che, o famoso militante Anees Noman, estava morto. Um ataque fidayeen a um campo da força de segurança em Poonch foi frustrado; dois mercenários estrangeiros foram mortos. Um ataque fidayeen ousado e altamente perigoso à residência do ministro-chefe na rua Maulana Azad, em Srinagar, foi abortado; ambos os terroristas foram mortos. A maré estava virando. O escalão político tinha de levar isso em conta. A situação estava sendo estabilizada. Aproximadamente cem pretensos insurretos e seus alegados associados estavam sendo fuzilados todos os dias. A questão era ter a vontade de vencer. Se fossem necessárias cinqüenta mil mortes, haveria cinqüenta mil mortes. A batalha não estaria perdida enquanto houvesse a vontade e ele, o general Kachhwaha, era a encarnação dessa vontade. Portanto, a batalha não estava sendo perdida. Estava sendo vencida.

A notícia de que Pachigam fora arrasada correu depressa. O Martelo da Caxemira transformara essa aldeia em exemplo e sua tática de mão forte havia sido eficiente à sua maneira. As pessoas ficaram ainda mais apavoradas de abrigar militantes. Os poucos sobreviventes da ação repressora, alguns velhos, algumas crianças, uns poucos camponeses e pastores que tinham conseguido se esconder na floresta atrás da aldeia, tomaram o rumo da aldeia vizinha de Shirmal, onde foram recebidos com a generosidade de que os shirmalianos eram capazes naquele momento de bolsos vazios e bocas abertas. Os velhos ressentimentos entre Pachigam e Shirmal foram esquecidos como se nunca tivessem existido. Bombur Yambarzal e sua esposa Hasina, também conhecida por Harud, cuidaram pessoalmente para que os refugiados fossem alimentados e abrigados por enquanto. As ruínas de Pachigam ainda estavam fumegando. "Primeiro deixem as coisas esfriarem", Harud Yambarzal disse aos aterrorizados e sofridos pachigamenses, "depois vamos cuidar da reconstrução de suas casas." Estava tentando soar o mais animadora que podia, mas por dentro estava em pânico. Na privacidade da casa Yambarzal, esbofeteou os dois filhos com a mão aberta e disse que a menos que rompessem imediatamente toda ligação com grupos militantes ela, pessoalmente, cortaria fora o nariz deles enquanto dormiam. "Se pensam que vou deixar o que aconteceu com Pachigam cair em cima desta aldeia", chiou para eles, "então, meninos, é porque não conhecem sua mãe. Criei vocês para serem práticos e sensatos. Chegou a hora de pagarem a dívida da sua infância e fazerem o que eu mandar." Era uma senhora formidável e os filhos, os eletricistas secretos, resmungaram tudo bem, tudo bem, e escapuliram pelos fundos para fumar beedis e esperar que parasse o tinido no ouvido. Naquele momento, havia falta de rapazes nas aldeias da Caxemira. Tinham afundado na clandestinidade em Srinagar, que ainda era mais segura que as aldeias, afundado na clandestinidade para se juntar aos militantes, ou afundado nas quinta-colunas contra-insurreição do Exército, ou afundado do outro lado da Linha de Controle para se juntar aos grupos jihadi do ISI paquistanês, ou simplesmente tinham afundado num túmulo. Hasina Yambarzal havia se agarrado a seus meninos pela simples força de sua personalidade. Queria que estivessem onde pudesse vê-los: em cima da terra, em casa.

Sete noites depois da destruição de Pachigam, para horror de Hasina Yambarzal, Maulana Bulbul Fakh entrou em Shirmal com três jipes, acompanhado de Shalimar, o equilibrista, e vinte outros guerreiros do terrível "comando de ferro". Logo a casa Yambarzal foi cercada por homens armados. O mulá de ferro entrou com alguns de seus ajudantes, um dos quais era o único filho sobrevivente do falecido sarpanch de Pachigam. Até mesmo Bombur Yambarzal, um homem cujo sentido da própria importância o tornava um mau observador de outros, notou a mudança em Shalimar, o equilibrista, e mais tarde, nessa noite, perguntou a ela o que achava. "A tragédia caiu em cima desse homem com tanta força que não é de estranhar ele dar a impressão de que vai pular na sua garganta se você estalar os dedos na hora errada, hein, Harud", disse ele mansamente, temendo levantar a voz no caso de alguém estar ouvindo do lado de fora. Hasina Yambarzal sacudiu a cabeça devagar. "A tragédia é uma ferida nova, e dá para ver a dor dele, isso com certeza", ela respondeu em voz tão baixa quanto a do marido. "Mas eu também vi nos olhos dele essa coisa de que você está falando, e ouça o que eu digo, esse ar de assassino está lá já faz muito tempo. Não é o ar de um homem chocado pela morte da família, é a expressão de um homem acostumado a matar. Só Deus sabe por onde ele andou ou no que se transformou, para voltar com uma cara daquelas."

"Nosso desolado irmão precisa visitar o túmulo dos parentes", Bulbul Fakh dissera sem preâmbulos. "Para hoje à noite eu requisito, portanto, a sua ajuda na questão de acomodação e alimento para os animais e para os homens." Bombur Yambarzal tremeu nos sapatos e perdeu momentaneamente o uso da fala, porque tinha certeza de que o mulá de ferro não havia esquecido o dia em que o desafiara tantos anos antes, de forma que foi Hasina quem disse: "Faremos o possível, mas não vai ser fácil porque já estamos com os desabrigados de Pachigam para alimentar e acomodar". Ela propôs, porém, que a casa abandonada dos Gegroo fosse aberta para uso dos guerreiros e o mulá de ferro concordou. Bulbul Fakh instalou-se naquela velha ruína empoeirada com metade de seus combatentes em guarda e Bombur serviu pessoalmente a eles uma refeição simples de verduras, lentilha e pão. Os outros combatentes comeram depressa e se dispersaram nas sombras em volta de Shirmal, para vigiar. Shalimar, o equilibrista, pegou um pônei emprestado e montou sozinho na direção de Pachigam sem uma palavra a ninguém.

"Coitado", disse Bombur Yambarzal olhando-o se afastar. Ninguém respondeu. Hasina Yambarzal notara algum tempo antes que seus dois filhos não estavam em lugar nenhum, o que significava que estavam sendo seguidas as instruções que tinha dado no momento em que vira os guerreiros do "comando de ferro" entrarem na cidade. O melhor agora era todo mundo ficar dentro de casa. "Venha para a cama", disse e Bombur sabia que era melhor não discutir com ela quando usava aquela voz específica.

Nas horas tardias da noite, as forças do general Hammirdev Kachhwaha, informadas da situação pelos emissários de Hasina, Hashim e Hatim Karim (altamente recomendados por seu patriotismo e imediatamente empossados em postos de honra na milícia antiinsurreição), lançaram um grande ataque a Shirmal. "Primeiro os Hizb-ul-Mujaheddin começaram a trair a FLJC", refletiu o general Kachhwaha, "e agora as pessoas começaram a trair o Hizb. A situação tem muitos aspectos satisfatórios." O cordão sanitário em torno da área de Shirmal foi estabelecido tão secreta e rapidamente que nenhum dos guerreiros do "comando de ferro" conseguiu escapar. À medida que o laço se apertava, as sentinelas da floresta recuavam para a casa dos Gegroo e lá fizeram seu último posto. Quando os tanques do Exército ribombaram Shirmal adentro, não houve destruição indiscriminada do tipo recentemente sofrido por Pachigam. A cooperação tinha suas recompensas e, de qualquer modo, graças a Hasina Yambarzal, os ratos já estavam todos direitinho na armadilha. Depois de um breve mas poderoso período de explosões de granadas e fogo de artilharia, a casa dos Gegroo deixou de existir e ninguém dentro dela permaneceu vivo. Os corpos dos guerreiros do "comando de ferro" foram levados para fora. Dentro das roupas do Maulana Bulbul Fakh não se descobriu nenhum corpo humano. Porém encontrou-se uma quantidade substancial de peças de máquina desmontadas, pulverizadas além de qualquer possibilidade de reparo.

Deitado na cama em seus cômodos escuros no quartel-general do Exército em Badami Bagh, o general Hammirdev Suryavans Kachhwaha deslizou contente para o sono. Havia sido despertado por um telefonema informando da bem-sucedida erradicação de pelo menos vinte combatentes do "comando de ferro" e da morte presumida de seu líder, o fanático jihadi conhecido como Maulana Bulbul Fakh. O general Kachhwaha desligou o telefone, suspirou de mansinho e fechou os olhos. As mulheres de Jodhpur apareceram diante dele, abrindo os braços para recebê-lo. Logo o seu longo casamento com o norte estaria terminado. Logo ele poderia voltar em triunfo para aquela terra de cores quentes e mulheres ardentes e aos sessenta anos de idade seria restaurado a uma vigorosa juventude por uma beldade cujas atenções conquistaria, cuja doce atenção ele merecia tão completamente. A beldade se aproximaria dele, acenando. O braço deslizaria pelo ombro dele, macio como uma serpente, e como uma serpente a perna dela se enrolaria na dele. Depois, como uma terceira serpente o outro braço dela e como uma quarta serpente a outra perna dela, até ela estar deslizando inteira em cima dele, pendurada em torno de seu corpo, lambendo a orelha dele com as línguas bífidas, as muitas línguas bífidas, as línguas nas extremidades dos braços e pernas. Ela possuía tantos braços e pernas como uma deusa, membros múltiplos e, irresistível, ela se enrolava e se apertava em torno dele e, por fim, com todo o poder que possuía, ela mordia.

A morte acidental do general H. S. Kachhwaha, por picada de cobra-rei, foi anunciada em Badami Bagh na manhã seguinte e ele foi enterrado com todas as honras no cemitério militar da base. Os detalhes do acidente não foram dados a público, mas apesar de todos os esforços das autoridades não demorou muito para todo mundo ficar sabendo do enxame de cobras que de alguma forma penetrara no santuário mais interno do poder militar da Caxemira, cobras cujos números se multiplicavam a cada vez que a história era contada até haver dúzias delas, cinqüenta, cento e uma. Dizia-se, e logo passou a ser acreditado no geral, que as cobras haviam cavado seu caminho por baixo das defesas do Exército — e tratava-se de cobras gigantes, não esqueçam, as cobras mais venenosas que se pode imaginar, cobras que chegaram depois de uma longa jornada subterrânea de suas tocas secretas nas raízes do Himalaia! —, para vingar os malfeitos contra a Caxemira e, as pessoas diziam umas às outras, quando o corpo do general Kachhwaha foi encontrado parecia ter sido atacado por um enxame de marimbondos, tantas e tão ferozes eram as picadas. O que não era de conhecimento geral, porém, era que, ao morrer, Firdaus Noman de Pachigam havia invocado uma praga de serpente sobre o chefe do Exército; adequadamente, esse detalhe macabro não fazia parte da história que corria.

Ela sabia que ele estava chegando, podia sentir sua proximidade e preparou-se para sua chegada. Matou o último cabrito, temperou com as melhores ervas e preparou uma refeição. Banhou-se no regato de montanha que corria pelo prado de Khelmarg e trançou o cabelo com flores. Estava com quase quarenta e cinco anos, as mãos eram ásperas do trabalho, tinha dois dentes quebrados, mas o corpo era macio. Seu corpo contava a história de sua vida. A obesidade de sua época de loucura desaparecera, mas deixara marcas, as veias rompidas, a pele solta. Ela queria que ele visse sua história, que lesse o livro de sua nudez, antes de fazer o que vinha fazer.

Queria que ele soubesse que ela o amava. Queria lembrá-lo das horas junto ao Muskadoon, do que acontecera em Khelmarg, da ousada defesa que a aldeia fizera do amor deles. Se mostrasse a ele seu corpo, ele veria tudo ali, assim como veria as marcas das mãos do outro homem, as marcas que o forçariam a cometer assassinato. Ela queria que ele visse tudo, sua queda e sua sobrevivência à queda. Seus anos de exílio estavam escritos em seu corpo e ele saberia a história deles. Queria que ele soubesse que, ao final da história do corpo dela, ainda o amava, ou de novo, ou ainda. Não vestiu nenhuma roupa, mexeu a panela de comida no fogo baixo e esperou.

Ele veio a pé, segurando uma faca. Havia o nitrir de um cavalo em algum lugar, mas ele não veio montado. Não havia Lua. Ela saiu da cabana para saudá-lo.

Quer comer primeiro?, perguntou, afastando do rosto uma mecha de cabelo. Se quiser comer, fiz comida.

Ele nada disse. Estava lendo a história da pele dela.

Todo mundo morreu, disse ela, meu pai morreu e o seu, acho que talvez você também esteja morto, então por que eu quereria viver?

Ele nada disse.

Vá em frente, ela disse. Ah, meu Deus, acabe com isso, por favor.

Ele foi até ela. Estava lendo o corpo dela. Segurou o corpo dela nas mãos. Agora, ela ordenou. Agora.

* * *

Ele estava descendo a floresta da montanha com lágrimas nos olhos quando ouviu as explosões em Shirmal e adivinhou o resto. Aquilo simplificava as coisas, de certa forma. Tinha sido o braço direito do mulá de ferro e chefe das comunicações, mas os dois homens não se entendiam mais. Shalimar, o equilibrista, não gostou nunca de usar os suicidas fidayeen, que lhe pareciam um jeito pouco viril de fazer guerra, mas Bulbul Fakh convencia-se cada vez mais do valor da tática e estava mudando rapidamente dos ataques militares do tipo "comando de ferro" para o recrutamento e treino de fidayeens. Encontrar rapazes jovens e mesmo garotas jovens dispostas a se explodir parecia humilhante para Shalimar, o equilibrista, que havia decidido, portanto, romper com o mulá de ferro assim que conseguisse pensar em um jeito de fazer isso sem que levasse à sua execução por deserção. As explosões em Shirmal resolviam esse problema. Não restava mais nada para ele na Caxemira e agora que o último obstáculo fora removido, era hora de fugir.

Desmontou do pequeno pônei montanhês que havia pegado emprestado de Bombur Yambarzal, esfregou o rosto e pescou na mochila o telefone por satélite. Era sempre arriscado usar telefone por satélite porque a comunicação era monitorada de perto pelo inimigo, mas não tinha escolha. Estava longe demais das passagens norte da montanha e o extremo sul da Linha de Controle era pesadamente militarizado e difícil de atravessar. Havia pontos de passagem se a pessoa soubesse onde procurar, mas, mesmo tendo uma boa idéia de onde ir atrás deles, seria difícil conseguir sozinho. Precisava de uma pessoa que um dia, em uma outra guerra, em uma outra época, se chamava de *passeur*.

O primeiro telefonema resolveu isso. O segundo foi uma loteria. Mas o número de telefone do intermediário malaisiano era um número de verdade, a voz que atendeu o chamado falava e entendia árabe, e os códigos que lhe foram dados pareciam significar alguma coisa, a mensagem que ele precisava enviar foi aceita para transmissão e uma instrução foi dada em troca. Mas nada podia ser feito enquanto não atravessasse a Linha de Controle. No fim das contas, porém, isso acabou não sendo um grande problema. O *passeur* apareceu e fez seu trabalho no lado indiano da linha e o guerreiro em quem ele pensava como o portal, o militante conhecido como Dar, que ele chamava de Montanha Nua, estava esperando do outro lado da linha com um grupo de sanguinários que não pareceram felizes de vê-lo. "Desculpe", Montanha Nua disse em caxemirense, "mas você sabe como é." Era o último contato humano de Shalimar, o equilibrista, com sua velha vida. Vendaram-lhe os olhos e levaram-no para interrogatório em uma sala sem janelas, onde foi amarrado a uma cadeira e convidado a explicar como ele sozinho havia escapado ao massacre de Shirmal e a dar aos seus interlocutores da inteligência uma boa razão para não ser considerado um babaca de um traidor sujo e fuzilado em menos de uma hora. De olhos vendados, sem saber o nome de seu interrogador, falou a frase codificada que lhe foi dada pelo telefone via satélite e fez-se um longo silêncio na sala. Então o interrogador saiu e depois de muitas horas um outro homem entrou. "Tudo bem, confere", disse o segundo homem. "Você tem uma sorte filha-da-puta, sabia disso? Nosso plano era cortar seu saco e enfiar na sua boca, mas parece que você tem amigos importantes, e se o ustadz quer você do lado dele, então, meu amigo, é exatamente para lá que você vai."

Depois disso, o mundo real deixou de existir para Shalimar, o equilibrista. Ele entrou no mundo fantasma da fuga. No mundo fantasma, havia ternos de empresário e aviões comerciais, e passou de mão em mão como se fosse um pacote. A certo ponto, estava em Kuala Lumpur, mas aquilo era apenas um aeroporto e um quarto de hotel e depois outro aeroporto de novo. No extremo da fuga fantasma, havia nomes de lugares que não significavam quase nada: Zamboanga, Lamitan, Maluso, Isabela. Houve diversos barcos. Em torno da ilha principal de Basilan, havia sessenta e uma ilhas menores e em uma dessas, parte do grupo Pilas, ele emergiu do mundo fantasma em uma casa sobre palafitas de teto de palha de palmeira em uma aldeia que cheirava a atum e sardinhas, e foi saudado por um rosto familiar. "Então, homem sem deus", disse o ustadz em seu híndi ruim e alegre, "como vê eu volta para pescador de novo, mas também — certo? certo? — bom pescador de homens."

Abdurajak Janjalani tinha ricos patrocinadores, mas seu grupo Abu Sayyaf estava na infância. Havia menos de seiscentos combatentes no total. "Então, meu amigo, precisamos de bom guerreiro assassino como você." O plano era simples. "Em Basilan e Mindanao inteiros a gente tocaia cristãos, bombardeia cristãos, queima comércio cristão, seqüestra turista cristão em troca de resgate, executa soldado cristão e depois tocaia de novo. No meio a gente mostra diversão para você. Terra do muito! Muito peixe, muita borracha, muito milho, muito óleo de palma, muita pimenta, muito coco, muita mulher, muita música, muito cristão para pegar tudo e não deixar nada para muito muçulmano. Muita língua. Quer aprender? Chavacano, tipo de espanhol. Também Yakan, Tausug, Samal, Cabuano, Tagalog. Esqueça, não tem importância. Agora nós traz nossa língua nova. Na nossa língua precisa poucas palavras. Tocaia, bomba, seqüestro, resgate, execução. Chega de bonzinho! A gente Portador de Espada." Estavam comendo peixe com arroz na cabana de pescador. O ustadz chegou mais perto. "Conheço você, meu amigo. Lembro de sua busca. Mas como vai encontrar sua caça? Ele conhece mundo secreto e o mundo também é grande." Shalimar, o equilibrista, encolheu os ombros. "Talvez ele me encontre", disse. "Talvez Deus faça ele vir até mim por justiça." Janjalani riu alegremente. "Combatente assassino sem Deus, você homem engraçado." A voz dele baixou: "Lute junto comigo um ano. Que mais tem para você? Vamos tentar encontrar ele. Quem sabe? O mundo é cheio de ouvidos. Quem sabe a gente tem sorte".

Exatamente um ano depois — no dia exato! —, estavam em Latuan, a leste de Isabela, e tinham acabado de queimar uma plantação de borracha chamada Timothy da Cruz Filipinas. Contra um pano de fundo de chamas apocalípticas, Abdurajak Janjalani virou-se para ele, usando um keffiyeh palestino vermelho e branco e a súbita glória do sorriso largo. "Notícia maravilhosa! Meu amigo! Eu cumpre palavra." Shalimar, o equilibrista, pegou o envelope que o ustadz lhe estendeu. "O embaixador, não?" Janjalani riu. "A fotografia, o nome, o endereço. Agora vamos mandar você na sua missão. Olhe dentro, olhe dentro! Los Angeles, meu amigo! Hollywood and Vine! Colônia Malibu! Beverly Hills 90210! Vamos mandar você para virar grande estrela, grande, e logo vai beijar garota americana na tevê, dirigir carrão, fazer discurso bobo de agradecimento no Oscar! Eu homem de palavra, não acha?"

Shalimar, o equilibrista, olhou o envelope. "Como fez isso?", perguntou. Janjalani encolheu os ombros. "Como eu disse. Talvez nós ficamos com sorte. Filipinos por todo lado, com olhos para ver e ouvidos para ouvir." Uma idéia eclodiu em Shalimar, o equilibrista. "Há quanto tempo você sabe? Você sabia o tempo todo, não é?" O ustadz Abdurajak Janjalani fingiu parecer contrito. "Meu amigo! Combatente assassino! Por favor, desculpe. Precisava de você um ano. Obrigado! Esse foi acordo. E agora mando você para onde você precisa ir. Obrigado! Nossas histórias se tocam. Tudo bem. Basta. Esse meu presente de despedida."

E depois de mais um mergulho no mundo fantasma, depois de barcos, carros e aviões, depois da travessia da fronteira canadense no helicóptero da ponte aérea Vancouver—Seattle e de uma viagem de ônibus para o sul, depois de um estranho encontro no restaurante IHOP do Sunset e Highland com seu contato local, um cavalheiro filipino de meia-idade de cabelo lambido e smoking de seda, depois de dormir uma noite em uma pensão no centro da cidade em frente ao Hotel de Um Milhão de Dólares, ele parou com seu terno de executivo diante do alto portão da Mulholland Drive e falou o abre-te-sésamo no interfone. Eu vem para embaixador Max e meu nome é Shalimar, o equilibrista. Não, senhor, não vendedor. Não entende, senhor. Você faz favor informa embaixador Max, senhor, espere um pouco, senhor, por favor, senhor. E no segundo dia de novo, o discurso da voz sem nome, a voz hostil, alheia, proibitiva do segurança, sem assumir nenhum risco, considerando as piores possibilidades, tomando medidas. No terceiro dia, havia dois cachorros do outro lado do portão. Senhor, disse ele, sem cachorros, por favor. Eu conhecido do embaixador Max. Sem problema, senhor, por favor. Só por favor informe excelência e espero sempre às ordens.

Dormia na relva dura abaixo da borda da rua, longe das vistas dos carros de patrulha. Era treinado em muitas coisas. Podia ter pegado os cachorros pelo queixo e aberto suas cabeças em duas. Podia ter encarado a voz do segurança e mostrado uns truques para ele, podia ter feito ele rolar como um cachorro e fazer de morto como um cachorro. Era uma voz de cachorro e o dono dele ia ser morto como um cachorro. Mas controlou-se, foi humilde, suplicante, branco. Quando o Bentley do embaixador saiu do portão no quarto dia, Shalimar, o equilibrista, apareceu. Os guardas de segurança levantaram as armas, mas ele tinha um chapéu de lã da Caxemira nas mãos, a cabeça baixa, e seu porte era de adoração e triste. A janela do carro baixou e ali estava seu alvo, o embaixador Max, velho agora, mas ainda o homem que ele queria, sua presa. A presa de alguém pode ser caçada de muitas maneiras. Algumas são secretas. Quem é você, o embaixador estava dizendo, por que fica vindo aqui. Senhor, ele disse, meu nome é Shalimar, o equilibrista, e uma vez, na Caxemira, o senhor conheceu minha mulher. Ela dançou para o senhor. *Anarkali*. Sim, senhor, Shalimar. Sim, senhor, Boonyi, minha mulher. Não, senhor, não quero confusão. O que está feito está feito. Não, senhor, infelizmente ela está morta. Sim, senhor. Faz algum tempo. Triste, sim, senhor, muito triste. A vida é curta e cheia de tristeza. Sim, senhor, obrigado por perguntar. Estou contente de estar aqui na terra de livres, morada de bravos. Só que eu precisando emprego. Isso, por ela, senhor, eu peço. Senhor, se puder, por amor. Deus abençoe, senhor. Não vou decepcionar.

Volte amanhã, disse o embaixador. Vamos conversar. Ele baixou a cabeça e recuou. No quinto dia, tocou de novo. Vim para embaixador Max e meu nome é Shalimar, o equilibrista.

O portão se abriu.

Ele era mais que um motorista. Era um valete, um criado particular, a sombra do embaixador. Não havia limites para a sua disponibilidade em servir. Queria atrair o embaixador para perto, tão perto quanto um amante. Queria conhecer seu verdadeiro rosto, suas forças e fraquezas, seus sonhos secretos. Conhecer tão intimamente quanto possível a vida que planejava exterminar com um máximo de brutalidade. Não havia pressa. Havia tempo.

Sabia que o embaixador tinha uma esposa, de quem vivia distante. Sabia que havia uma filha que fora criada pela esposa, mas que agora vivia em Los Angeles também. Mr. Khadaffy Andang, o estranho cavalheiro filipino, era uma ligação das ligações do ustadz, um agente secreto de longa data plantado na Califórnia pelos operadores da Base e que havia sido ativado pelo Xeque a pedido do ustadz para ajudar Shalimar, o equilibrista. Por acaso, ou por intervenção divina, o agente residia no mesmo prédio de apartamentos da garota Ophuls. Ele conversava com ela nas máquinas de lavar e suas maneiras corteses e gentis do Velho Mundo a deixavam à vontade. Assim é que a informação sobre o embaixador viera à tona. O mundo era assim. Às vezes, o desejo do seu coração está pendurado no galho mais alto da árvore mais alta e não há como trepar tão alto para alcançá-lo. Ou então simplesmente espera-se pacientemente e ele nos cai no colo.

O embaixador não mantinha nenhuma foto de família emoldurada em sua mesa. Era essa a sua preferência, ser discreto em questões de família. Então foi o aniversário da filha e o embaixador mandou-o levar flores ao apartamento dela. Quando ele a viu, quando aqueles olhos verdes o perfuraram, começou a tremer. As flores sacudiam em suas mãos e ela as pegou depressa dele, parecendo divertida. No elevador, não conseguiu tirar os olhos dela, até que ela percebeu que ele a estava encarando e ele então desviou o olhar e fez força para baixar os olhos para o chão. Ela falou com ele. O coração dele disparou. A voz era incrível. Era a voz do embaixador na superfície, mas por baixo das palavras inglesas ele podia ouvir uma voz que conhecia. Ele era da Caxemira, disse, respondendo à pergunta dela. Fez seu inglês parecer pior do que era, para impedir o começo de uma conversa. Não podia conversar com ela. Mal conseguia falar. Queria tocar nela. Não sabia o que queria. Ela soltou o cabelo e os olhos dele se encheram de lágrimas. Ficou olhando-a ir embora no carro com o pai e tudo o que podia pensar era: ela está viva. Não sabia o que queria. Ela estava vivendo na América agora e por algum milagre tinha de novo vinte e quatro anos, rindo dele com seus olhos de esmeralda, era a mesma e não a mesma, mas ainda estava viva.

Ele alertara Boonyi que não devia abandoná-lo. Em Khelmarg, muito tempo antes, ele prometera a ela: "Nunca perdoarei você. Eu me vingarei. Mato você e se você tiver algum filho com outro homem mato os filhos também". E agora ali estava aquele filho, uma filha que ela escondera dele até o final, uma filha em quem a mãe renascera. Como era bonita. Poderia amá-la se ainda soubesse amar. Mas tinha esquecido como. Tudo o que sabia era matar. *Mato os filhos também.*

5. Kashmira

O que era a justiça, as velhas diziam em coro, as velhas sem dentes da Croácia, da Geórgia, do Uzbequistão, as viúvas com suas sotainas escuras oscilando em lento uníssono com Olga Volga, a super da casa nua à frente delas, rebolando os quadris, girando o grumoso corpo branco como uma gigantesca batata descascada, não havia justiça, as mulheres entoavam, os maridos morriam, os filhos abandonavam o lar, os pais eram assassinados, não havia justiça, só vingança.

Depois de algum tempo, India Ophuls nem precisava dormir para ver o sonho, ele lhe vinha sempre que fechava os olhos, sempre que se sentava na cadeira Shaker de costas retas de seu pequeno vestíbulo, esperando o que quer que estivesse esperando. Quando viu as velhas fofoqueiras no corredor agora, imediatamente as visualizou vestidas com sotainas, e quando topou com Olga Simeonovna, imaginou-a sem roupa, o que criava uma intimidade entre elas. A antiga feiticeira astracã havia tomado sob suas asas a jovem mulher arrasada pela tristeza, transformando-se em sua mais nova mãe substituta, arrumando o apartamento enquanto ela ficava olhando o espaço em silêncio, cozinhando para ela guisados de carne com molho grosso, bolinhos de massa e batatas ou sopa de tomate, ou, quando o tempo era curto, tirando da geladeira hambúrgueres vegetarianos orgânicos e batatas fritas Ore Ida.

Estava colocando as batatas para funcionar de outros jeitos também. A caçada a Shalimar, o assassino, estava fracassando, enfurecendo Olga. "A polícia de Los Angeles, me desculpe, não consegue pegar nem resfriado num vento russo", disse com desprezo. "Mas pelo poder da magia da batata vamos agarrar esse babaca."

Numa parte distante de sua consciência, India sabia que estava preenchendo um buraco no coração de Olga Simeonovna, deixado pelas duas filhas que haviam ido embora e cujos nomes ela nunca dizia, as irmãs gêmeas que tinham ofendido o código moral da mãe posando para fotos apimentadas e desenvolvido um número cheio de insinuações de duas irmãs loiras para acompanhar e que provavelmente definhavam agora em algum pulgueiro de Vegas ou, pior, em algum inferno de múltiplas ruínas de Howard Johnson, os narizes arruinados pelo uso de drogas, as bocas e os seios arruinados por cirurgias plásticas baratas que deram errado, as finanças arruinadas por agentes traço maridos que fugiam com as patéticas economias que conseguiam juntar. Tinham sumido do mapa, talvez envergonhadas demais para voltar para casa e encarar uma mãe que diariamente amaldiçoava seus nomes, mas naquele amplo seio elas poderiam mesmo assim encontrar redenção ou, ao menos, a si mesmas.

As pessoas estavam se mudando do prédio às pressas e alguns moradores remanescentes sugeriram sem nenhuma gentileza que India é que devia se mudar, que ela os estava colocando todos em risco ao ficar. Olga reagiu a essas sugestões com indisfarçada fúria maternal. "Dizem para mim uma vez, quem sabe, se têm coragem", disse ela a India, controlando-se, "mas juro não vão dizer duas vezes." Do lado de fora do prédio havia uma grande placa anunciando apartamentos vagos, mas sangue demora para ser lavado. A prisão ou, para usar sua palavra preferida, a palavra usada por seu advogado, a *rendição* do sr. Khadaffy Andang assustara muitos residentes já temerosos por causa do assassinato na porta de entrada, a, para usar a palavra que aparecera no jornal, *execução*. A expressão *agente secreto* era assustadora. "O tempo todo eu pensava que ele estava só esperando a mulher", Olga Simeonovna se assombrava em seu apartamento escuro com cartões-postais de ícones de Rublev e pôsteres de agência de viagem do mar Cáspio pendurados nas paredes, servindo muitas xícaras de chá escuro para India — as xícaras eram copos, na verdade, receptáculos de vidro encaixados em suportes de metal batido — com um profundo suspiro cáspio. "E ele acaba sendo homem ruim apesar do roupão de seda. Dormindo, como Rip van Winkle, mas lá no Lado Escuro." O sr. Khadaffy Andang havia gritado para India quando ela estava em sua sacada assistindo à partida dele, as mãos algemadas atrás das costas, os truculentos oficiais da polícia de Los Angeles nada gentis em torno dele, a rua incendiada com as luzes dos carros de polícia e das câmeras dos jornalistas, o ar cheio de ordens de megafone e reportagens de microfone, todo mundo para dentro, mas ela ficou na sacada com os braços cruzados sobre o coração, com as mãos abraçando os ombros, sem se importar com os focinhos das câmeras na rua virados para cima, olhando a operação da polícia, as peruas brancas da mídia de informação com os discos de antenas nos tetos, os atiradores da polícia no edifício do outro lado da rua, os repórteres policiais anotando tudo, os fotógrafos tirando fotos dela; e como estava lá fora, flutuando acima do evento, sentindo-se um pouco louca, ouviu o que o sr. Khadaffy Andang gritou, ao se virar e olhar diretamente para ela, exatamente antes de um policial colocar um capuz em sua cabeça. "*Eu não deixa ele entra, miss India*", ele gritou. "*Miss India, ele queria que eu abria para ele, mas eu não abriu.*"

Ela adivinhou então que o sr. Khadaffy Andang podia ter se rendido em parte por causa dela, em parte porque havia conversado com ela na lavanderia e ela ouvira as histórias de sua terra natal e porque não queria sangue em suas mãos, mas provavelmente também porque era apenas um velho cavalheiro grisalho e corno hoje em dia, um perdedor com um gosto por seda, que podia ter concordado em ser agente duplo anos antes, mas que nunca esperou ser acionado e só queria se livrar daquilo, porque tinha medo também.

Depois disso, India aceitou que ela própria podia estar em perigo, como os oficiais da polícia haviam lhe dito, entendeu que teria de mudar dali apesar de seu obstinado desejo de ficar só para provocar os vizinhos covardes, *talvez algumas semanas com um membro da família ou com uma amiga*, sugeriram os policiais, *seria bom ter algum apoio emocional*, ela era a única herdeira do pai, disseram os advogados, ia tudo para ela, a começar pela grande casa na Mulholland Drive, com todos os criados, com todo o mais moderno equipamento de alta segurança e vinte e quatro horas por dia da empresa de segurança Jerome, todos os códigos já haviam sido mudados, os procedimentos revisados e os números pessoais seriam aumentados se ela se mudasse para a casa, portanto o conhecimento que Shalimar tinha do interior da propriedade, as configurações de segurança e os níveis dos funcionários de nada lhe adiantariam. Mas ela não estava pronta para voltar, para viver lá na rota aérea de novo, para calçar os sapatos grandes do pai e dormir na cama dele e examinar todos os papéis no estúdio com lambris de mogno, não estava pronta para sentir o cheiro da colônia dele, nem para ver os segredos do cofre dele, então ficou em seu apartamento e se viu pensando que se o assassino aparecesse para terminar o trabalho ela realmente não se importaria, ele que viesse, ela talvez até lhe desse boas-vindas.

O mundo não pára, mas a crueldade continua, as viúvas diziam em coro pelos corredores. Numa época de tragédia a gente pensa nisso, na capacidade que o mundo tem de continuar. Quando nossos maridos nos deixaram, achamos que o planeta ia parar de girar e nós todas íamos sair flutuando pelo espaço, esperávamos silêncio, respeito, mas o tráfego não quer saber do que o coração precisa, os cartazes não ligam, as coisas seguem em frente. Tem uma moça nova gigantesca segurando uma garrafa dourada de cerveja perto do Château. Tem um lugar novo uns dois quilômetros para leste, as mulheres dançam no bar enquanto os meninos espertos uivam de lascívia. A lascívia continua, claro que continua, querida, o poder continua, celebram barganhas, apertam-se as mãos e torcem braços, vencedores e perdedores continuam, querida, passear o cachorro continua, bem no nosso quarteirão cachorros passam pela cena do crime toda manhã, cachorros não ligam, seguem em frente. Os novos filmes de horror estréiam na sexta-feira, negócio é negócio e o horror da vida diária continua também, está aqui na televisão, o inexplicável sacrifício de cabritos no Hollywood Bowl no meio da noite, a descoberta de manhã de talvez quarenta carcaças fedidas e o sangue, todo aquele sangue coagulado, a loucura continua, a magia negra continua, a escuridão nunca termina. Roupas à venda por todo lado. Roupas continuam, continuam também a fome dos cidadãos e o alívio da fome. Boa pizza para comer. Estacionamento com valete continua. As estrelas saem para brincar. O pai de uma mulher morre, ela chora sozinha. A morte dele já é notícia velha.

Depois que o pai morreu, ela se sentou na cadeira Shaker do vestíbulo do apartamento, por quanto tempo, uma hora, um ano, olhando em frente sem ver nada, enquanto nos corredores e na piscina do pátio as velhas fofocavam e na calçada a "comunidade guy" de quem Olga Volga reclamava à toa, sem maldade, vinha avaliar a cena do crime, os ratos de academia guys, as moças guys no ramo de cabeleireiros, os pedreiros hispânicos guys cuja obra a um quarteirão nunca acabava, o Imperador do Sorvete guy que acordava a rua inteira de manhã quando manobrava a perua na sua baia do estacionamento, as melodias tilintantes do sorvete soando altas como um coro mecânico matinal ou o hino nacional do império. O rapaz (não guy) que queria se casar com India subiu na sacada dela pelo apartamento vizinho e esmurrou a porta de vidro corrediça, mas ele era irrelevante agora, ela havia terminado com ele, não tinha nem nome e o que ele pensava que estava fazendo batendo daquele jeito lá, o que ela podia fazer, *abrir a porta e dar?*, mas aquilo era nojento, não era hora de sexo.

Onde estava a justiça? A justiça não devia ser feita? Onde estavam as forças da justiça, onde estava a Liga da Justiça, por que os super-heróis não estavam baixando todos do céu para levar o assassino do pai dela à justiça? Mas ela não queria a Liga da Justiça, realmente, aqueles caras do bem com aquelas roupas esquisitas, queria a Liga da Vingança, queria super-heróis sombrios, homens duros que não entregariam mansamente o assassino às autoridades, que alegremente matariam o filho-da-puta, que atirariam nele como um cachorro, ou como cachorros loucos eles próprios o estraçalhariam em pedaços sangrentos, que tirariam a vida dele devagar e com dor. Queria anjos vingadores, queria anjos da morte e da danação, para virem em seu auxílio. Sangue chamava sangue e ela queria que as Fúrias antigas baixassem guinchando do céu e dessem paz ao espírito inquieto de seu pai. Ela não sabia o que queria. Estava cheia de idéias de morte.

Não entendemos bem a motivação dele, miss Ophuls, parece política neste ponto, seu pai serviu no país dele em algumas zonas explosivas, ele veio dar à América nadando em águas bem turvas, sim, senhora, e o assassino é um profissional, sem dúvida. Antigamente eles não costumavam combater mulheres e crianças, era uma espécie de código de honra, o alvo era o alvo e ninguém ganhava pontos no Céu por matar crianças ou esposas. Mas as coisas agora são mais duras, alguns desses caras não são mais tão melindrosos e neste caso tem alguma coisa que a gente ainda não entendeu, tem uns vazios que a gente tem de preencher, então a gente tem certo grau de preocupação, dona, respeitamos seus sentimentos mas queremos levar a senhora para lugar seguro. Homens severos ofereceram a ela seus empertigados conselhos e consolação, alguns deles — *todos* eles — desejando secretamente dar apoio de um tipo mais pessoal, mais informal: policiais uniformizados e homens à paisana de grupos antiterroristas antes desconhecidos para ela, caçando respostas e pronunciando infames alertas. *A senhora deve isso à vizinhança.* Estavam do lado dos moradores assustados. Não estava direito. Era uma mulher inocente. Não devia nada a ninguém e sugerir o contrário era feio. Era, cavalheiros, *pouco atraente.* Ela imaginou os policiais em torno com os corpos nus brilhando de óleo, estilo *Full Monty*, usando quepes policiais e tapa-sexos de couro com tachas com as insígnias pregadas na frente, imaginou-os enxameando em torno do corpo dela sentada, acariciando seu corpo sem tocá-la e encostando em seu rosto nada surpreso as armas frias de canos longos. Ela imaginou os policiais de gravatas e casacas brancas, fazendo uma dança macia de arrastar os pés — arrastar os *gumshoes* —* ou sapateando com cartolas e bengalas, imaginou a si mesma uma ginger para os freds deles, jogada com leveza de mão em máscula mão. Imaginou-os como um segundo coro para acompanhar as fofoqueiras de sotainas. Suas idéias estavam soltas, não tinha como impedir. Agora estava meio louca.

Dentro de mais algum tempo — uma semana ou uma década — ela pegou seu arco dourado, foi para o Elysian Park e atirou flechas em um alvo, hora após hora. Abriu o pequeno cofre de parede onde mantinha suas armas de fogo e dirigiu o DeLorean, último presente absurdo do pai para ela, até o deserto para um fim de semana no pavilhão de tiro Salzman. Passou esparadrapo nas mãos e reservou horário de ringue no Jimmy Fish, onde os outros boxeadores a assistiriam com o respeito deferente atribuído àqueles que tiveram sua foto na televisão e na revista *People* também. Eles pareciam os cidadãos de Micenas inspecionando sua rainha enlouquecida de dor depois de a filha, Ifigênia, ter sido sacrificada, oferecida aos deuses por Agamenon, para atrair um vento que soprasse suas velas para Tróia. Sentia-se como Clitemnestra, fria, paciente, capaz de qualquer coisa. Voltou ao seu mestre de Wing Chun para treinar as técnicas de combate e ele elogiou a ferocidade nova que havia em seu golpe de mão. (Sua fraqueza defensiva, porém, continuava a preocupar.) Não conseguia dormir enquanto não estivesse fisicamente

---

* *Gumshoe*, literalmente, é "sapato de sola de borracha", e, ao mesmo tempo, gíria policial para "detetive". (N. E.)

exausta e, quando finalmente adormecia, sonhava com coros circundando. Seu eu mais jovem estava renascendo dentro dela. Ela saía de si mesma à noite, à procura de confusão e uma, duas vezes, fez sexo áspero com estranhos em quartos anônimos e voltou para casa com sangue seco debaixo das unhas. Tomava banho e voltava para o Elysian Park, para Santa Monica e Vina, para a Palms, 29. Suas flechas chiavam para o coração do alvo. Seu tiro com arma de fogo, nunca de grande qualidade, sempre um tantinho perdido, ficou um pouco mais preciso. No ringue de boxe do Fish, ela mandou o instrutor calçar luvas, deixar as almofadas que usava nas mãos, almofadas macias que ela devia atingir sem correr o risco de ser atingida de volta. Aquilo era besteira, ela lhe disse. Não ia mais aparecer para os exercícios. Estava vindo para lutar.

Estava planejando um documentário de longa-metragem chamado *Camino real*, o Discovery Channel chegara perto de dar o sinal verde. A idéia era examinar a vida contemporânea da Califórnia seguindo a trilha da primeira expedição européia por terra, de San Diego a San Francisco, expedição liderada pelo capitão Gaspar de Portola e pelo capitão Fernando Rivera y Moncada, cujo diarista fora frei Juan Crespi, o mesmo padre franciscano que escolhera o nome de santa Monica por causa das lágrimas da mãe de santo Agostinho e que, por medida de segurança, escolhera o nome de Los Angeles também. Não havia pensado no ângulo histórico como muito mais que um gancho, não estava realmente interessada nas vinte e uma missões franciscanas estabelecidas ao longo da trilha, porque o material contemporâneo era o que queria de fato, a mutante cultura de gangues dos bairros, as famílias dos estacionamentos de trailers à margem das rodovias, os exércitos de imigrantes que alimentavam o boom da moradia como um enxame, as novas cidades do prazer sendo construídas nos canyons sem saída para abrigar os arrivistas de classe média, as cidades menos prazerosas no grosso da expansão urbana se enchendo de coreanos, de indianos, de ilegais, ela queria o ventre sujo do paraíso, as cordas de harpa quebradas, os halos rachados, a felicidade narcótica, a embriaguez humana, a verdade. Então seu pai morreu e ela parou de trabalhar no filme, sentou-se em sua cadeira Shaker, levantou-se, saiu, atirou flechas e balas, trabalhou no saco de golpes, envolveu-se com o professor de artes marciais, trepou com estranhos, uma vez cada um, tirou sangue, voltou para casa tomar banho e o que estava pensando era onde estão os anjos, onde estavam eles quando ele precisara, sendo a verdade que não havia nenhum, nenhuma maravilha alada vigiando a Cidade dos Anjos. Nenhum espírito guardião para salvar o pai dela. Onde estavam os malditos anjos quando ele morreu?

Os anjos da cidade estavam longe, em outra zona de terremoto. Eram italianos e nunca tinham visto a cidade. Junto com a Virgem Maria estavam pintados na parede do altar da primeira igrejinha de são Francisco de Assis de La Porziúncola, porciúncula em espanhol, que quer dizer "pedaço de terra muito pequeno". Na quarta-feira, 2 de agosto de 1769, a expedição Portola chegara às cercanias do que era agora o Elysian Park, acampara no monte Buena Vista e o frei Juan Crespi, impressionado com a beleza do vale, batizou o rio em honra da igreja de são Francisco, cuja lembrança ele levava consigo como uma cruz. Tinha quarenta e oito anos e já guardava dentro de si o verme da morte chegando devagar, mas sempre que o verme se mexia dentro dele a imagem dos anjos de La Porziúncola agia como um antídoto, afastando a morbidez e relembrando a ele a alegre e eterna vida futura. Ele batizou o rio Los Angeles em honra dos anjos de Assis e sua sagrada senhora e doze anos depois, quando um novo assentamento ali surgiu, adquiriu seu título do nome inteiro do rio, passando a ser El Pueblo de Nuestra Señora la Reina de los Angeles de Porziúncola, a Cidade de Nossa Senhora Rainha dos Anjos do Terreno Pequeno. Mas a Cidade dos Anjos agora ficava em um Grande Terreno, pensou India Ophuls, e os que moravam ali precisavam de protetores mais potentes do que os que lhes haviam sido dados, anjos da lista A, do time A, anjos familiarizados com a violência e a desordem das cidades gigantes, anjos angelinos que chutam bundas, não do tipo devagarinho, fracote, efeminado, olá pássaros olá céu, paz e amor, tipo veadinho de Assis.

O assassinato do embaixador Maximilian Ophuls estava sendo pranteado em todo o mundo. O governo francês lamentou a queda de um dos últimos heróis sobreviventes da Résistance e a imprensa francesa recontou com brilho a história do vôo do Bugatti Racer. As lideranças fragmentadas e conflitantes da Índia se uniram para elogiar Max como um verdadeiro amigo do país, comprometido com "uma honrosa détente indo-paquistanesa", e o escândalo que encerrara sua carreira de embaixador mal foi mencionado. Vieram tributos da Casa Branca e da comunidade de inteligência dos Estados

Unidos também. Como o homem invisível do cinema, a morte devolveu Max a algo como plena visibilidade, tornando públicos muitos detalhes de sua vida; o longo obituário e efusivos encômios revelaram seu prolongado serviço ao país no coração do mundo invisível durante sua última, oculta, carreira como espião sênior, no Oriente Médio, no Golfo, na América Central, na África e no Afeganistão. Três anos depois do ignominioso encerramento de seu posto em Nova Delhi, considerou-se que ele havia expiado seus pecados, tendo sido purgado por seu temporário afastamento do poder, e ofereceram-lhe a chance de servir em nova função. O posto de chefe do contraterrorismo dos Estados Unidos, que Max mantivera perenemente por mais tempo do que qualquer outro, sob diversas administrações, era do grau de embaixador, mas nunca mencionado em público. O nome da pessoa que detinha o posto não podia ser pronunciado, seus movimentos não eram mencionados nos jornais; ele deslizava pelo mundo como uma sombra, sua presença detectável apenas pela influência nos atos dos outros. India Ophuls acreditara ter ficado mais próxima de seu pai em seus últimos anos, mas descobriu agora um outro Max sobre o qual o Max que conhecia jamais falara, Max, o servidor secreto do interesse geopolítico americano, *seu pai serviu o país em algumas zonas explosivas e veio dar à América nadando em águas bem turvas*, Max Invisível, em cujas mãos invisíveis podia haver, muito certamente havia, tinha de haver, não tinha?, uma boa quantidade do sangue visível e invisível do mundo.

O que era então a justiça? Ao lamentar por seu pai chacinado, ela estaria invocando (não havia chorado) um homem culpado? Seria Shalimar, o assassino, na verdade a mão da justiça, o carrasco apontado por alguma alta corte invisível, era a sua espada justiceira, havia sido *feita justiça a Max*, algum tipo de sentença fora executada em resposta aos seus crimes de poder ignorados, incógnitos, invisíveis, porque sangue quer sangue, um olho exige um olho e quantos olhos havia seu pai acobertadamente arrancado, por ação direta ou indireta, um ou cem ou dez mil ou cem mil, quantos corpos como troféu, como cabeças de veados, adornavam suas paredes secretas?

As palavras *certo* e *errado* começaram a se desmanchar, a perder o sentido e era como se Max estivesse sendo assassinado de novo, assassinado pelas vozes que o estavam elogiando, como se o Max que ela conhecia estivesse sendo desmanchado e substituído por esse outro Max, esse estranho, esse

Max clonado se deslocando pelos lugares desertos queimando em chamas pelo mundo, parte comerciante de armas, parte fazedor de reis, parte terrorista ele próprio, lidando com o futuro, que era a única moeda que importava mais que o dólar. Ele havia sido um poderoso especulador naquela mais potente e menos controlável de todas as moedas, havia sido ao mesmo tempo manipulador e benfeitor, ao mesmo tempo filantropo e ditador, ao mesmo tempo criador e destruidor, comprando ou roubando o futuro daqueles que não mereciam mais possuí-lo, vendendo o futuro àqueles que seriam mais úteis dentro dele, sorrindo o falso sorriso letal do poder a todas as hordas gananciosas de futuro no planeta, seus doutores assassinos, seus guerreiros sagrados paranóicos, seus altos sacerdotes prontos para o combate, seus financiadores bilionários, seus ditadores loucos, seus generais, seus políticos venais, seus matadores. Ele havia sido um comerciante do perigoso, alucinogênico narcótico do futuro, oferecendo-o por um preço aos viciados escolhidos, as coortes reptilianas do futuro que seu país havia escolhido por si mesmo e pelos outros; Max, seu pai desconhecido, o robótico servidor invisível do arrogante poderio amoral de seu país.

Os telefones tocavam, mas ela não atendeu. A campainha da porta tocava, mas ela não respondeu. Os amigos estavam preocupados, deixavam urgentes expressões de preocupação na secretária eletrônica, gritavam sua preocupação da rua embaixo de sua sacada, *vamos, India, deixe a gente entrar, está assustando a gente,* mas ela manteve as defesas levantadas, sendo as defesas Olga Volga e as duplas de policiais que guardavam seu andar em turnos de duas horas, *sem visitas,* ela disse a eles, banindo de sua presença os amigos cada vez mais zangados. Sua querida amiga, a poderosa executiva caçadora de cabeças, uma italiana gesticulativa com uma aguda tendência a dizer a coisa errada na hora errada, mandou-lhe um e-mail expressando a exasperação geral: *Tudo bem, querida, então seu pai morreu, tudo bem, é triste, eu concordo, é horrível, não há como negar, mas e daí?, você vai nos matar a todos também, estamos aqui morrendo de preocupação, quantas mortes mais você quer na sua consciência?* Mas mesmo os mais íntimos não lhe pareciam mais reais, nem mesmo seu amigo produtor de filmes que acabara de sobreviver a um enfarte com a idade de trinta e oito anos e que agora, saudável de novo, passara a recomendar entusiasticamente a operação de quatro pontes de safena a todos os colegas, nem sua amiga personal trainer, atualmente solteira, cujos óvulos haviam rendido bebês para quatro outras mulheres, mas que não tinha nenhum filho próprio, nem mesmo seu amigo (e ex-amante) que liderava a banda cujo nome mudava todo dia e que estava sempre assinando contratos com empresas independentes que imediatamente faliam, de forma que a banda estava ficando com a infeliz reputação de dar azar, nem mesmo a amiga que rompeu com o marido porque ele ficou zangado quando ela reclamou de seus roncos, nem mesmo o amigo que deixou a mulher por um homem do mesmo nome, nem mesmo o amigo *geek* que estava perdendo a fortuna pontocom, nem mesmo os amigos quebrados que estavam sempre quebrados, nem mesmo seu cameraman, seu operador de som, seu contador, seu advogado, seu terapeuta, todos histórias com as quais não podia se relacionar agora, ela era a única pessoa que parecia real para si mesma, além do pai morto e do assassino, eles eram reais e quando ela estava no ringue com o instrutor Jimmy Fish ele dava a breve sensação de ser real também.

Fish era um homem de meia-idade, atarracado, com cabelo italiano preto de azeviche, pesadão, o rosto ainda bonito num estilo Marciano de nariz chato e que abrandava os golpes, o que não queria dizer que não machucassem. A primeira vez que ele a atingiu, no estômago, evitando os seios, ela ficou severamente chocada e um pouco temerosa, mas continuou calma, o gelo não sumiu de suas veias e momentos depois conectou um par de jabs de esquerda rápidos no queixo e teve a satisfação de ver a raiva se acender nos olhos dele, de vê-lo batalhando para se controlar. Ele pediu tempo. Os dois estavam respirando pesado. "Escute", disse ele. "Você é uma moça bonita, não vai querer estragar nada que não dê para consertar." Ela deu de ombros. "Me parece", disse ela, "que foi você que apanhou de uma mulher." Ele sacudiu a cabeça lamentando e falou mais devagar, como um pai. "Você não está me ouvindo", disse ele. "Eu era peso leve classificado. Sabe disso. *Classificado*. Subia no ringue com gente que você não quer nem imaginar subir junto no ringue, nem que seja só para segurar a placa dizendo o round que é. Acha que agüenta comigo? Moça, eu sou lutador profissional. Tá entendendo? Você é motorista de fim de semana. Não peça pra eu bater em você. Deixe eu botar de novo a almofada na mão e você faz um bom exercício para fortalecer esse corpo aí, que é que nem um tesouro nacional. Você trabalhe com o que Deus lhe deu e pare de sonhar. Acha que eu estou lutando com você? Benzinho, você não consegue lutar comigo. Se lutar comigo, morre. Preste atenção agora. É sério. Você é amadora. Não é do ramo. Você é Kay Corleone. Não pode lutar comigo."

Ela tocou luvas com ele e recuou, flexionando as pernas, gingando, dançando. "Não tenho nada para te dizer", disse ela. "Não vim aqui para conversar."

O assassino de seu pai era marido de sua mãe. A investigação descobrira essa coisa imensa, devastadora, que explicava tudo. O crime, que de início parecera político, resultara uma questão pessoal, na medida em que alguma coisa ainda era pessoal. O assassino era um profissional, mas as conseqüências das escolhas políticas dos Estados Unidos no Sul da Ásia e suas ressonâncias nos meandros labirínticos da paranóica mente jihadi, essas e outras variáveis geopolíticas correlatas afastavam-se da análise, podiam com alta porcentagem de probabilidade ser eliminadas da equação. O quadro se simplificara, assumindo uma imagem familiar: o marido corno e agora vingado, o sedutor desacreditado e agora quase decapitado, ligados em um abraço final. O motivo também resultou convencional. *Cherchez la femme*. India ficou sabendo o nome real do assassino, que soava mais como apelido do que o apelido e todos os relatos confirmavam também o nome da esposa, o nome de sua mãe, que India já sabia porque havia encontrado em um velho exemplar do *Indian Express* preservado em microficha na biblioteca de jornais do British Museum em Colindale. Nem o pai de India nem a mulher com quem ela vivera quando criança haviam pronunciado aquele nome; nem uma única vez em um quarto de século. Seu pai se referira acidentalmente à amante pelo nome de seu maior papel, Anarkali, e India, observando o pai como só crianças observam os pais, viu uma expressão atravessar seu rosto que só aparecia quando ele pensava na mãe dela, uma expressão em que seu inalterado desejo pela jovem dançarina se misturava com vergonha, nostalgia e algo mais sombrio, uma premonição da morte, talvez, uma intuição de como essa história particular de Anarkali terminaria. Quanto à mulher que não era sua mãe, a mulher com quem havia vivido em criança, nas raras ocasiões em que essa mulher se via forçada pelas perguntas de India a mencionar sua mãe natural, usava o termo *amante*, como *a amante de seu pai*, e quando se irritava com a insistência de India, dizia em tom definitivo: *Não vamos falar dela*. Mas agora a roda havia girado e o nome dessa mulher é que nunca era pronunciado, por India pelo menos, enquanto o nome Bhoomi, conhecida também como Boonyi Kaul Noman, viajava nas ondas do mundo, por exemplo, pela CNN.

Os oficiais da Força de Elite especial, parecendo um pouco incomodados de o caso ter virado para o lado do comum, passaram a responsabilidade de investigação para a central de homicídios, os caras da eliminação de crimes regulares, não terroristas, e os dois novos detetives, tenente Tony Geneva e sargento Elvis Hilliker, homens de olhos tristes com grande quilometragem nos seus taxímetros, vieram inspecionar a cena do crime, mas não se interessaram em informar a India o andamento da busca pelo homem em quem ela agora tentava pensar como "Noman", talvez houvesse material confidencial que eles mantinham em segredo, mas as únicas coisas que vieram à tona eram fórmulas brandas, preestabelecidas, como *a caçada está sendo intensificada, dona* e fragmentos de fatos inúteis, *ele planejou tudo cuidadosamente, estava com uma muda de roupa no carro, encontramos a roupa suja lá*, disse o tenente Geneva, e o sargento Hilliker acrescentou: *Ele abandonou o carro poucos quarteirões a leste daqui, na Oakwood esquina com Crescent Heights, e se estiver a pé nesta cidade não vai ser difícil de encontrar, ainda mais se tentar roubar um carro, nós vamos estar de olho nele e vamos pegar, dona, nem se preocupe, aqui não é a Índia, não, é a nossa terra.*

Ela entendeu que essas observações significavam que os dois estavam sob pressão dos oficiais superiores e precisavam soar eficientes. (Quando ela inocentemente usou o termo "superiores" para descrever os chefes deles na Prefeitura, os dois tiveram muito a dizer, momentaneamente ficaram algo próximo de loquazes, *não são nossos superiores, dona, são oficiais mais antigos, isso que eles são*, ralhou o tenente Geneva, e o sargento Hilliker acrescentou veemente, *o que não quer dizer que sejam mais que a gente*. Hoje em dia, todo mundo era sensível. Todo mundo tinha um vocabulário a negociar. As palavras passaram a ser tão dolorosas como espetos e pedras, ou talvez as peles tenham ficado mais finas. India colocou a culpa na camada de ozônio, pediu desculpas e mudou de assunto.) A morte de Max era uma notícia grande e não era só o comissário que estava em cima deles, o público da televisão também estava impaciente, queria imagens logo, um tiroteio, ou uma persegui-

330

ção de carros com câmeras num helicóptero, ou, no mínimo, um close do assassino capturado, algemado, despenteado ou num uniforme de prisão cor de laranja, verde ou azul, pedindo para ser executado por injeção letal ou ácido cianureto porque não merecia viver.

Ela não tinha como saber se a prisão estava próxima porque não fazia parte do anel de informação. Mas a verdade — a impossível verdade, a verdade que provava a ela que estava mais que um pouco louca agora, a verdade que ela não podia revelar a ninguém e que, conseqüentemente, a isolava das pessoas que a amavam —, a louca, segregadora verdade era que ela sabia coisas sobre o fugitivo que a polícia não sabia, porque começara a ouvir a voz dele dentro da cabeça. Ou não exatamente uma voz, mas uma transmissão não verbal incorpórea, como um guincho maluco cheio de estática e discórdia interna, ódio e vergonha, arrependimento e ameaça, maldições e lágrimas; como um lobisomem uivando para a lua. Nunca havia experimentado nada assim antes e apesar de seu ocasional poder de previsão passou a ter muito medo dessas manifestações auditivas, dessa transformação em médium para um vivo. Trancou a porta do apartamento e ficou sentada no escuro, duvidando da própria sanidade até entender devagarinho o que estava acontecendo. O discurso gritado, argumentativo, descontrolado dentro de sua cabeça era o grito de uma alma perturbada, de um homem em estado de intenso horror, ele podia ser um profissional, pensou ela, mas não estava reagindo profissionalmente dessa vez, alguma coisa naquele ato o havia tirado do eixo, aquilo não fora feito a sangue-frio. Aquilo era quente.

Vim para embaixador Max e meu nome é Shalimar, o equilibrista. A frase com que o assassino havia se apresentado e nomeado a sua presa, citada por um dos guardas de segurança da Mulholland Drive, de algum jeito chegou aos jornais e ela ficou pensando muito nisso, tentando desvendar seus segredos. *Shalimar, o equilibrista.* O que queria dizer isso? Ele era marido de sua mãe. O que ela podia fazer com informação tão poderosa? Agora entendia o que ele tanto olhava para ela no elevador aquele primeiro dia, no seu aniversário, ele via nela o que ela própria não podia ver, o que seus instintos de sobrevivência, seus mecanismos de defesa, fizeram com que ela mantivesse fora de sua visão. Ele encontrara a mãe dela nela e agora aquela mãe dentro dela estava ouvindo o silencioso grito demente desse homem.

Foi para o quarto, tirou toda a roupa e examinou o corpo nas portas es-

331

pelhadas do armário, ajoelhada na cama, se esticando, curvando-se, tentando ver em sua forma despida o que ele havia visto nela quando totalmente vestida, lutando para ver além dos ecos de seu pai e encontrar a mulher que nunca pudera ver. Lentamente, o rosto de sua mãe começou a tomar forma em sua mente, borrado, fora de foco, vago. Era alguma coisa. Um presente de um assassino. Ele tomara seu pai, mas sua mãe estava lhe sendo dada. Sentiu raiva de repente. Numa onda de raiva, chamou por ele, nua, com os olhos fechados, como uma bruxa em uma sessão espírita. Me fale dela, gritou. Me fale de minha mãe, que queria voltar para você, que estava pronta para desistir de mim, que teria me abandonado por você se não tivesse morrido antes. (Esse cruel fragmento de informação lhe fora passado muito tempo antes pela mulher que não era sua mãe, a mulher que não lhe dera a vida, mas lhe dera seu nome, um nome de que ela não gostava.) Me fale, ela gritou na noite, de minha mãe que amava você mais do que a mim. Então, veio uma idéia inesperada: *ela ainda está viva. Talvez não fosse verdade que morreu e ela ainda estivesse viva.* Onde ela está?, perguntou para a voz dentro de sua cabeça. Era isso o que ela queria, matar o amante, permitir que o marido reconquistasse sua honra matando o homem por quem o deixara? Ela mandou você fazer isso? Como ela deve me odiar, primeiro me abandonar depois mandar matar meu pai. Como ela é? Ela pergunta de mim? Mandou uma foto minha para ela? Ela quer me ver? Ela sabe meu nome? Ela ainda está viva?

Seu desejo de entender o assassino vinha lutando contra anseios mais vingativos. Uma parte dela acreditava que o ato de tomar a vida nunca era trivial, era sempre profundo, queria acreditar nisso, mesmo em uma era de intermináveis assassinatos, uma era primitiva em que idéias duramente conquistadas, a soberania do indivíduo, a santidade da vida, estavam morrendo debaixo das pilhas de corpos, enterradas debaixo das mentiras de senhores da guerra e sacerdotes, e esta parte queria entender inteiramente o porquê disso, não para desculpar o fato, mas ao menos para entender, para conhecer o outro que havia com tamanha determinação alterado o estado do ser dela. Para uma outra parte, talvez maior, a memória de seu pai caído no sangue era toda a informação de que precisava. O que era a justiça? A compreensão era necessária antes de se poder fazer um julgamento e passar uma sentença? Shalimar, o equilibrista, havia entendido o homem que matara? E se sentisse que sim, isso tornaria suas ações defensáveis? Será que entender trazia a justiça em sua trilha? Não, disse para si mesma, o entendimento e a justiça eram coisas não relacionadas, como o arrependimento e o perdão. Um homem compreensivo podia também ser injusto. Uma mulher podia ver o assassino de seu pai se arrepender, se arrepender de verdade, e mesmo assim ser incapaz de perdoar.

Ele não tinha respostas para ela. Era incipiente, contraditório, turvado. Era um homem caçado, vivendo em uma ravina, como um coiote, como um cachorro. Estava morrendo de fome e de sede. Ele era todo maldade e sangue. Minha mãe também está aqui?, ela perguntou a ele, insistentemente. Você trouxe minha mãe com você?, ela está esperando em algum lugar, escondida em algum hotel barato de beira de rodovia, para comemorar a morte de meu pai? O que você faz para comemorar suas matanças?, bebe até apagar?, não?, você não deve beber, ou é sexo?, é assim que você libera o seu brutal prazer?, ou você reza?, você e minha mãe, vocês dois se põem de joelhos e batem as testas alegres no chão? Onde está ela?, me leve até ela, deixe eu olhar a cara dela. Ela tem de me olhar no rosto. Ela está aqui, não está? Não iria perder isto. Ela está aqui, em um motel de neon, esperando. Ela pediu para você cortar a cabeça dele? Ela queria que ele fosse decapitado?, mas ele era duro demais para você, não lhe deu essa satisfação. A cabeça dele continuou em cima dos ombros e frustrou seu obsceno objetivo, seu ataque contra a humanidade. Onde está ela? Se ela mandou você, vai ter de me ver. Isto não terminou. Eu ainda estou aqui. Vão ter de lidar comigo. Vou chamar você para prestar contas. Sangue terá sangue. Mais cedo ou mais tarde eu terei de ser enfrentada.

Ele não tinha respostas para ela. Ele apagou, como um sonho. O súbito silêncio na cabeça dela era como um roubo. Durante um momento, ela não conseguiu respirar, puxou o ar, asmaticamente. Depois, chorou. Enfiou o rosto no travesseiro e chorou as primeiras lágrimas que derramava desde a morte do pai, chorou durante três horas e dezessete minutos sem parar e caiu num sono profundo, do qual só despertou quinze horas e quinze minutos depois, acordada por Olga Simeonovna, que entrara no apartamento com a chave mestra, acompanhada de um espectro do passado. Massas de coros circundaram-na em seus sonhos, mas os sonhos não eram assustadores, eram divertidos, ela os assistia como filmes e esqueceu deles ao despertar. India

Ophuls não precisava mais de pesadelos. O mundo desperto já era pesadelo suficiente.

O coro de velhas fofoqueiras vestidas de sotaina girava em sentido horário em torno dela, entoando baixinho, ah, a princesa órfã, o que vai fazer agora, ela está um pouco louca, nós achamos, pode ter todo o dinheiro do mundo, mas isso não vai comprar de volta o que perdeu, ela é apenas humana como todos nós, vai ter de lidar com isso, vai ter de descer para a terra; nós tememos que ela esteja planejando uma terrível vingança, mas cuidado!, princesa, cuidado!, esse sujeito é ruim!, o pior!, e você nem é do ramo, não pode lutar com ele, você é Kay Corleone. Em torno do primeiro círculo, do coro de viúvas, ela via um segundo círculo, girando em sentido contrário, os torsos flácidos e infelizes de policiais barrigudos, a elite de corpos duros Chippendale havia desaparecido, deixando para trás esses Tonys e Elvis de meia-idade, estamos chegando perto, dona, entoavam, foi visto com certeza no Ventura Boulevard, está com os dias contados, ahn-han, ahn-han, contato cem por cento em uma loja de computadores em Pico, ele pode fugir, dona, mas não tem como se esconder, informação sobre um vagabundo em Nichols Canyon, informação sobre um vagabundo perto da Woodrow Wilson, informação sobre um vagabundo na Cielo Drive, ahn-han, ahn-han, é só questão de tempo. E mais uma vez as mulheres de sotaina levantavam as vozes, justiça não faria sentido sem injustiça, elas entoavam primeiro, e depois, em segundo, justiça é conflito. A guerra faz de nós o que nós somos. Mesmo dormindo ela reconheceu Heráclito falando pela boca das viúvas — Heráclito, o Buda grego, o poeta perdido da sabedoria quebrada, parte filósofo, parte biscoitinho da sorte, borbulhando dos dias em que ela lia essas coisas, os dias em que ela lia, para aumentar o baixo valor dele. Agora, em torno das corocas orientais e dos policiais curvados, ela percebia um terceiro círculo, um círculo mais externo, formado de seus amigos, que estava girando em direção horária, como as velhas, e cantando com vozes de secretária eletrônica um ansioso canto de súplica. Volte, seus amigos cantavam com estridente harmonia, baby, volte. Os amigos cantando o velho sucesso dos Equals, Oh won't you please! Come back. I'm on my knees! Come back. Baby come back [Ah, por favor! Volte. Estou de joelhos! Volte. Baby volte].

Olga Simeonovna estava sacudindo India. "Acorde", Olga Volga dizia. "E não diga que falou nada de visitas porque isto aqui diferente, certo? Isto boa notícia. Aqui está sua mãe que atravessou oceano e continente para ficar do lado da filha quando problema aparecer. Acorde, India, por favor. Sua mãe está esperando." Seria parte do sonho, ela pensou. Não, estava acordada, o bater dentro do peito não podia ser sonhado. Virou agitada para Olga e viu a mulher septuagenária de calça comprida parada atrás dela, um pouco para o lado, o cabelo uma pilha da palha onde um rato podia se esconder. O golpe de decepção atingiu India com dureza. Ela virou para o outro lado, escondeu a cabeça com as cobertas, ignorando a testa franzida de censura de Olga, a mãe abandonada: Olga, para quem, apesar de toda a violência das filhas que foram embora, um abraço entre mãe e filha havia muito separadas era uma fantasia querida. "Ha! Bela recepção, eu diria", ralhou Margaret Rhodes. "Você pode não gostar, minha querida, mas — ahah! hah! — é verdade, sua querida mãe está na cidade."

Ratetta, doce Ratetta. Paggy Rhodes voltara à Inglaterra com um bebê nos braços e um ar no rosto que tornava impossível a qualquer um perguntar por seu marido ou mesmo falar seu nome descartado. A criança adotada foi batizada como India Rhodes e, como era bem conhecido o trabalho da mãe com orfanatos, não houve necessidade de explicar sua proveniência. A verdade rumpelstiltskina, que ela se livrara de um marido e tomara a filha do amor dele em seu lugar, era tão estranha que ninguém desconfiaria. Forçara Max a jurar manter segredo, a renunciar a todos os direitos e responsabilidades paternos e manter distância de mãe e filha igualmente. Estava limpando a sujeira dele, dissera, e não queria que ele sujasse as coisas de novo. De cabeça baixa, envergonhado, ele não discutiu. Tentou expressar seus sentimentos. "Não se desculpe, pelo amor de Deus", disse ela. "Acha que um pedido de desculpas pode compensar o que você fez?" Ele silenciou. Durante sete anos desapareceu da vida dela.

As únicas outras pessoas que sabiam dos fatos eram o padre Joseph Ambrose, cujo Orfanato Evangalático dependia da largueza de Peggy Rhodes para seu bem-estar financeiro, e o pandar, Edgar Wood, que foi tragicamente colhido por um carro numa alameda do campo em Long Island quinze meses depois de seu retorno de Nova Delhi e morreu instantaneamente. A própria Peggy não voltou para os Estados Unidos. Comprou uma casa urbana na Lower Belgrave Street, sw1, de uma conservadora lady inglesa que queria escapar da sociedade permissiva da Londres do final dos anos 60 e estava emigrando para a Espanha falangista em busca de um país com um pouco mais de disciplina. Nos anos seguintes, a Rata Cinza tornou-se uma figura assustadora na rua, que brigava com as crianças barulhentas que brincavam na calçada, reclamava da qualidade dos produtos na quitanda, chamava a polícia quando o barulho no The Plumber's Arms, o pub do outro lado da rua, ficava muito alto, batia na porta dos vizinhos para acusá-los de entupir seus ralos jogando tampões na privada e recusava o argumento de que a propriedade deles não usava o mesmo encanamento que a dela.

Começou a usar roupa de homem: calças de veludo cotelê largas e camisas brancas de linho. Cortava o cabelo duro e deixava que ficasse como quisesse. Na estação dos patos ia para a beira dos lagos e matava um grande número de pássaros. Fumava muito, bebia scotch e soda, tornou-se uma jogadora de golfe mediana e desenvolveu gosto por apostas, passando muitas noites no Clermont Club, em Berkeley Square, jogando bacará e *chemin de fer*. Sabia que seu divórcio tinha estragado o que havia de feminino nela, mas nada fez para remendar o que estava quebrado. Apesar de tudo o que fizera, do esforço que empreendera para conseguir uma filha, apesar da estranheza de suas ações, ela se tornou uma mãe descuidada, negligente, cujo relacionamento com a filha adotada era, na melhor das hipóteses, vago, e começou a achar que havia cometido um erro terrível porque cada vez que olhava a filha adotada via a sua própria humilhação tornada carne, imaginava Max e Boonyi fazendo amor e a semente de seu marido se esgueirando para o ovo desesperado, implacável. India foi, então, entregue a uma série de babás (nenhuma durava muito tempo, porque Peggy Rhodes tornara-se uma empregadora intolerante e colérica) e começou a ficar difícil.

Com a idade de sete anos, a menina estava se transformando em uma criança-problema, uma selvagem, uma agressiva kickboxer no jardim-da-infância que, às vezes, parecia uma criatura possuída por demônios e uma mordedora perversa que causou pelo menos um ferimento sério em uma coleguinha de classe da exclusiva escola primária para meninas de Chelsea. Em duas ocasiões chegou perto de ser expulsa por "comportamento inaceitável". A primeira expulsão foi ameaçada, porém, ela, um tanto assustada, logo mudou completamente de atitude, adotando, pela primeira vez, a persona fria, controlada, disciplinada que viria a ser o seu disfarce favorito ao longo de toda a vida. Tornou-se solene, não violenta, parada, e sua transformação assustou os colegas de classe, despertando algo como reverência, dando-lhe o carisma elétrico de líder. A máscara só escorregou uma vez, logo depois do aniversário de sete anos, quando atacou a briguenta da escola, uma valentona sádica de onze anos de idade, chamada Helena Wardle, batendo-lhe atrás da cabeça com uma grande pedra cinzenta. Helena era conhecida entre os funcionários como uma criança de comportamento muitas vezes brutal e que tinha por hábito acusar suas vítimas de atacá-la antes que elas pudessem acusá-la, de forma que quando foi correndo para a matrona da escola com a cabeça cortada, India, que afirmou que Helena havia caído e se cortado acidentalmente, recebeu o benefício da dúvida, principalmente porque sua mentira foi confirmada por diversas colegas que detestavam Helena Wardle tanto quanto ela.

Não havia como negar o cabelo escuro, a pele não inglesa, a ausência de qualquer traço dos genes de Peggy Rhodes em seu rosto. Três dias antes do sétimo aniversário, a menina perturbada descobriu que era adotada, descobriu isso juntando coragem para perguntar, depois que sua vítima ferida iniciara uma campanha de rumores no jardim-da-infância. Peggy Rhodes ficou vermelha de raiva quando desafiada, mas deu a India uma espécie de resposta. *Sinto muito*, disse a Rata Cinza, *mas humm, humm, eu não sei o nome da mulher que teve você. Que diabo! Acho que ela morreu logo depois que você nasceu. A identidade do pai também não é confirmada. Você tem de — ahn? hah! — parar de fazer essas perguntas. Eu sou sua mãe. Sou sua mãe desde os primeiros dias de vida. Você não tem nenhuma outra mãe, nem pai, só eu, me desculpe, e não quero saber dessas malditas perguntas.* Ela então ficou presa dentro de uma mentira, longe da verdade, no cativeiro de uma ficção; e dentro dela cresceu a turbulência, um espírito inquieto moveu-se, como uma serpente gigante enrolada se agitando no fundo do mar.

O acontecimento que abalaria o casulo de mentira em que vivia ocorreu alguns meses depois, em novembro de 1974, quando ocorreu um famoso e sangrento assassinato na Lower Belgrave Street, na casa de número 46. Um aristocrata chamado lorde Lucan, que se desentendera com a mulher Veronica e vivia separado, entrou na casa da família em 7 de novembro, usando um capuz e, na cozinha do porão, assassinou a babá das filhas, mrs. Sandra Rivett, provavelmente tomando-a, no escuro, por sua mulher. Subiu e, apesar da presença das três crianças pequenas na casa, atacou lady Lucan violentamente, enfiou três dedos enluvados em sua garganta, depois tentou estrangulá-la, arrancar seus olhos e espancou-a na cabeça. Ela era uma mulher pequena, mas agarrou os testículos dele, apertou e, quando ele caiu de dor, ela escapou. Correu para a rua e irrompeu pelo Plumber's Arms gritando assassinato. Lord Lucan escapou, abandonou o carro na cidade portuária de Newhaven e nunca foi encontrado. Deixou diversos bilhetes para amigos, muitos dos quais de conteúdo financeiro e grandes dívidas de jogo. John Bingham, "Lucky Lucan", era o sétimo conde. O terceiro conde de Lucan havia adquirido sua má reputação cento e vinte anos antes. Durante a Guerra da Criméia, o terceiro conde foi o responsável por ordenar a catastrófica Carga da Brigada Ligeira. Isso ocorreu durante a batalha de Balaclava. Curiosamente, o gorro de lã usado por seu trineto assassino era do tipo conhecido como balaclava.

Na manhã desses acontecimentos, um policial tocou a campainha da casa das Rhodes e perguntou se ninguém tinha ouvido nenhum ruído estranho durante a noite anterior. India estava dormindo e Peggy Rhodes disse que não ouvira nada. Quando a história apareceu nos jornais da noite e todo mundo ficou sabendo da fuga de lady Lucan para a segurança, India ficou pensando como Peggy podia não ter ouvido nada uma vez que fazia uma noite excepcionalmente quente e as janelas da sala de estar estavam completamente abertas; e, afinal, o Plumber's Arms ficava bem do outro lado da rua. Depois a polícia voltou a perguntar a Peggy se, como sócia do Clermont Club de alta jogatina, não havia conhecido lorde Lucan. "Não", disse ela, "conhecia de vista, mas não era especialmente amigo." India tinha ouvido mais de uma vez a mãe se referir a seus "amigos" Aspinall, Elwes e Lucky, porém agora estava mentindo para a polícia, por que isso? Descobriu depois que a mãe não era a única mentirosa da história. Era opinião corrente que, para proteger os que dela faziam parte, a classe alta se fechava por trás de uma versão aristocrática da *omertà*, o código de silêncio siciliano. Mas India ouviu Peggy soluçando forte à noite. *John, oh, John.* Não tirou nenhuma conclusão. Tinha apenas sete anos. Poucos dias depois a polícia soltou uma declaração criticando a sociedade freqüentada por Lucan por não colaborar com o inquérito e apontando que esconder informação em um caso de assassinato constituía crime, mesmo que os que escondiam o crime fossem milionários e aristocratas. Mas India já havia esquecido tudo sobre Lucky Lucan então, porque dois dias depois do assassinato Peggy Rhodes veio falar com ela no quarto à noite, os olhos vermelhos de chorar, e disse: "Tenho de dizer uma coisa para você, é, é. Hum! Ha! Coisas que você tem de saber".

Você tem um papai. Um mês depois de a Rata Cinza, tomada por uma inexplicável emoção, ter dado um nome a seu pai, Maximilian Ophuls estava parado na porta da casa da Lower Belgrave Street com um buquê de flores e uma boneca idiota. "Eu não brinco com boneca", India disse solenemente, revelando muito sobre a atitude de Peggy em relação à maternidade e ao gosto por brinquedos de criança. "Gosto de arco-e-flecha, de estilingue, de excalibur e de armas." Max olhou para ela sério e enfiou a boneca em suas mãos. "Aqui está", disse. "Use como alvo para praticar. Não tem graça sem alvo." Ele a pegou no colo, apertou num abraço forte e ela se apaixonou por ele, como todo mundo. Sentou-se ao lado dela no banco de trás de um grande carro prateado e mandou o motorista levá-los o mais depressa possível para um restaurante elegante junto ao rio. Ele estava com sessenta e quatro anos e sabia a letra da canção *send me a postcard, drop me a line. Will you still need me, will you still feed me?* [mande um cartão, mande uma cartinha. Você ainda vai precisar de mim, ainda vai me alimentar?]. "Você é um papai muito velho, não é?", ela perguntou, tomando sorvete. "Vai morrer logo?" Ele sacudiu a cabeça muito sério. "Não, meu plano é não morrer nunca", disse. "Vai morrer um dia", ela argumentou. "Talvez", disse ele, "talvez quando eu tiver duzentos e sessenta e quatro anos e estiver cego demais para ver a morte chegando. Mas até lá, bah!, eu estalo os dedos para a Morte, bato no nariz e mordo o polegar para ela."

Ela riu. "Eu também", disse, mas não conseguia estalar os dedos. "Bom", ela acrescentou, "eu também quero morrer quando tiver duzentos e sessenta e quatro anos."

No final do dia, ele estava cheirando o pescoço dela, encontrando passarinhos escondidos ali e ela estava aprendendo a letra de *Alouette*, subindo nos ombros dele e dando uma cambalhota para trás. Quando ele a levou de volta para a mãe, olhou nos olhos da Rata Cinza, agradeceu e ela entendeu que ele havia roubado dela a menina, que de agora em diante a filha dele não era mais dela. Se sou filha dele tenho de ter o nome dele, a menina disse nessa noite, Peggy Rhodes não conseguiu recusar e India Ophuls nasceu. E minha mamãe?, disse a menina, enfiada na cama com a luz noturna lançando estrelas a girar pelo teto. Quero saber da minha mamãe também. Ela está morta mesmo ou está escondida como papai estava? Peggy Rhodes perdeu o controle. *Aquela mulher está morta para todo mundo agora — certo? hmmm? — mas ela já estava, ah, ah, morta para mim em vida. Ela largou o marido dela e tentou roubar o seu papai e — bah! — teve a filha dele e estava pronta para abandonar a filha, onde é que você estaria se eu não tivesse pegado você? Ela ia largar você, humm? humm? e voltar para o lugar de onde saiu e não queria a vergonha de um bebê, não queria a vergonha — está entendendo? — de você. Então houve, ahn, complicações e ela, hmph, morreu. Do que ela morreu? Para onde que ela ia voltar? Não vou responder a essas perguntas. Mas ela não gostava mesmo de mim? Não importa. Ela não escolheu você. Eu escolhi você. Mas, mamãe, como era o nome da minha mamãe? Eu sou sua mamãe.* Não, mamãe, minha mamãe de verdade, eu estou dizendo. *Eu sou sua mamãe de verdade. Boa noite.*

Então Max desapareceu de sua vida de novo. "É assim que ele é, querida", a Rata Cinza disse, franca, "sei que ele é seu pai, mas você tem de entender, ahmm, que ele é o tipo que viaja de noite", e quando ele finalmente apareceu, duas vezes por ano, nos aniversários dela e nas manhãs de Natal, havia coisas que não dizia, coisas de que não queria falar, e ela levou perto de uma década para entender a guerra secreta entre a mulher com quem vivia e estava aprendendo a odiar e o pai que mal conhecia, mas que amava com todo o coração, ela nunca o entendeu até que ele salvou sua vida. Max nunca falou nada contra Peggy e mesmo quando India insistia ele nunca traía os segredos que a Rata Cinza não queria que fossem revelados, sabendo que a possibilidade de ver a filha dependia de aceitar os termos ferozes da Rata Cinza, mas durante longo tempo India o culpou por suas ausências e silêncios e a raiva que sentia dele a incomodava muito mais do que a repulsa que sentia pela mulher com quem vivia, porque ele era o adorável, ele era o que ela queria ver todo dia, rir junto, dar cambalhotas, andar em carros velozes, atirar balas BB em bonecas, abraçar, beijar e amar. Ela não entendia que a mulher com quem vivia havia banido Max outra vez, havia negado a ele todo acesso, a não ser o acesso mais superficial, à filha adotada, cada vez mais truculenta, por quem ela, Peggy, tinha sentimentos confusos, mas que representava a pedra de sustentação de sua imorredoura briga com Max e à qual, conseqüentemente, tinha de se agarrar mesmo que sua presença fosse um lembrete diário da vergonha passada.

"É, sua mãe morreu", ele disse a India, quando ela perguntou. Tinha suas razões para confirmar a inverdade da ex-mulher. "É, foi como Margaret disse." E não contou mais nada.

Eram essas as confusões que cresciam dentro de India Ophuls nos anos 70. Ela se segurou durante alguns anos, passava fome trezentos e sessenta e três dias do ano e se conformava com os dois dias de festejos, porém ao se aproximar dos treze anos tinha o ar abalado de um navio jogando na tempestade, indo irremediavelmente na direção das rochas cortantes. Quando a puberdade chegou, ele saiu dramaticamente dos trilhos. Seguiu-se uma delinqüente descida ao inferno. O inferno parecia preferível ao mundo suspenso de mães mentirosas e pais ausentes em que estava aprisionada e do qual, durante a adolescência arruinada, ela conseqüentemente tentou escapar por todas as várias vias de escape autodestrutivas disponíveis. A espiral descendente havia sido rápida e ela, afinal, tivera sorte de sobreviver ao choque. Com quinze anos de idade era vagabunda, mentirosa, enganadora, *drop-out*, ladra, fugitiva adolescente, junkie e até, por um breve tempo, prostituta, exercendo o ofício à sombra dos gigantescos cilindros de gás atrás da estação de Kings Cross. Ao acordar em seu quarto em L. A. e encontrar a mulher que abominava olhando para ela com a empenhada Olga ao lado, ela sentiu seus quinze anos reprimidos fervendo de novo na cabeça, como uma maré alta batendo numa brecha em um aterro. Lutou contra as lembranças, mas elas insistiam em emergir. Lembrou de um quarto suado, febril, com manchas nas paredes e um estranho abrindo o zíper da calça. Lembrou das drogas, dos alucinógenos amortecendo a razão e produzindo monstros, o duro brilho do pó branco, a plenitude mortal da agulha, o chapéu branco do cafetão jamaicano. Lembrou da violência praticada contra ela e por ela, lembrou de vomitar e tremer de calor e de um rosto no espelho tão pálido e azul que a fez dar um grito. Lembrou de cortar os pulsos e de engolir comprimidos. Lembrou das lavagens estomacais. Lembrou das palavras duras de um juiz para a mulher cujo nome ela nunca mais usaria, *a senhora foi, minha senhora, um abjeto fracasso como mãe*, e lembrou que Max é que a tinha salvo, Max que a arrebatara para o céu como uma águia e a recolhera da sarjeta, ele que dissera à mulher que ela abominava que não podia mais ficar quieto, que pediu julgamento ao juiz, afastou os dedos em garra daquela mulher dos braços feridos da filha e arrebatou a filha para ser curada, primeiro em uma clínica suíça no alto do que ela sempre pensaria como a Montanha Mágica e depois para o sol, palmeiras e azul-cobalto do Pacífico. Ela imaginou a última conversa dele com a mulher que odiava, *Você teve a sua chance com ela, mas nunca terá outra*, ela o imaginou dizendo e em sua fantasia viu os traços amargos da Rata Cinza se contorcerem como os de Rumpelstiltskin em uma máscara de derrota.

Fique com ela então, ela disse.

Fora do âmbito da imaginação de India, porém, Max Ophuls continuou se recusando a criticar a ex-esposa, talvez por causa de seus sentimentos de culpa pela velha traição. Uma ou duas vezes, em tom de pena, ele falou sobre o poder dos golpes violentos da vida e das lentas agonias para desviar uma boa pessoa de seu caminho natural, do mesmo jeito que a dinamite ou a erosão podem — dramática ou gradualmente — mudar o curso de um rio e nesses discursos podia estar falando de Margaret, mas podia também estar descrevendo a si mesmo. E sua seletividade era um traço que partilhava com a ex-esposa, os dois eram cidadãos do underground, os dois tinham coisas a esconder. Mas pelo menos ele entendia de submundos e acompanhara India até o fim de seu inferno particular e ficara ao lado dela meses a fio, até o deus sombrio a liberar e deixar que o seguisse para a luz, e os médicos suíços declarassem que estava suficientemente boa para retomar o mundo da vida comum, e ele desceu com ela da montanha no banco de trás do Bentley novo, dirigido pelo novo motorista de libré, aninhando-a nos braços como se ela fosse os Dez Mandamentos, e restaurou-a, se não à vida normal, a Los Angeles, pelo menos.

A casa da Mulholland Drive era espalhada, com acomodações de funcionários, estábulos, uma quadra de tênis, um chalé para hóspedes e piscina, construída em estilo missão espanhola, paredes brancas, com telhados de telhas cerâmicas e uma torre de sino que lembrava *Um corpo que cai*, de Hitchcock, e dava ao local um ar inadequadamente eclesiástico. Pensou em Kim Novak caindo da torre da Missão San Juan Bautista no final do filme, estremeceu e recusou o convite do pai de subirem ao alto da torre para ver o carrilhão. Durante algum tempo, logo que chegou a L. A., ela ficava dentro de casa, enrolada em poltronas e pelos cantos, grata por estar viva, mas tomando tempo para ter certeza de que estava segura. Preferia manter os pés no chão e o teto sobre a cabeça. Os pisos de pedra eram frescos sob as solas dos pés e o vidro manchado das janelas da sala de estar vertia cores sobre ela todos os dias. Kim Novak tinha feito o papel de uma impostora, uma mulher chamada Judy, contratada para representar o papel de uma mulher chamada Madeleine Elster, que fora assassinada pelo marido. Havia dias em que India se sentia como uma impostora também, em que se sentia como se tivesse sido contratada por Max para fazer o papel de uma filha que morrera.

O estúdio de Max era uma anomalia escura nessa casa de cor e luz: com lambris de madeira, pesados sofás europeus e mesas de mogno, as estantes cheias de livros impressos havia muito tempo pela Art & Aventure, um cenário de filme de Belle Époque decorado para evocar outra sala perdida havia muito, a biblioteca de seu pai em Estrasburgo: mais uma lembrança que um lugar. Ele não se permitia o sentimentalismo aberto de pendurar os retratos dos pais na parede. A sala em si era o retrato deles. Ele passava grande parte do dia nessa sala, lendo e lembrando, e deixava para a filha os cuidados com o restante da velha e imensa casa vazia. Um dia, revirando os armários da casa de hóspedes, ela encontrou uma caixa de chapéus contendo uma peruca loira curta, um despojo de alguma amante do pai havia muito esquecida, e recuou, aterrorizada, como se aquilo fosse uma sentença de morte. Havia algo da graça lenta de James Stewart em Max, e quando as sombras caíam em seu rosto de um certo jeito, ela ficava com medo dele. Ele teve de lembrá-la que Jimmy Stewart não era o assassino em *Um corpo que cai*, ele era o mocinho. Ela andava um pouco louca esses dias também, limpa, mas excitável, mas ele ficara com ela. O que não quer dizer que tenha sido bonzinho. Gentil, sim, à sua maneira, bom numa crise, sem esperar agradecimentos por fazer o que via como seu dever, mas não bonzinho. Quando ela falou de Kim Novak e da peruca no armário, ele não segurou a língua. "Tenha a bondade", disse, concluindo uma eloqüente tirada, "de parar de se lançar nessas fantasias. Belisque o braço, se esbofeteie se for preciso, mas entenda, por favor, que você é não-ficção e que isto é a vida real."

Depois, durante algum tempo, ela esteve sadia e feliz na casa da Mulholland Drive e surpreendeu a si mesma ao se tornar uma atleta eficiente e uma estudante brilhante com forte interesse em História, em biografias e, mais particularmente, em filmes baseados em fatos. Ao deixar a escola secundária, viajou sozinha a Londres para estudar o movimento documentarista do cinema britânico dos anos 30 e 40 e — embora não tenha mencionado isso a ninguém — para fazer uma pequena pesquisa documental própria. Durante esses meses, viveu em um quarto mal iluminado mas espaçoso e de teto alto nos cômodos mobiliados para estudantes perto de Coram's Fields, porém não fez nenhuma tentativa de entrar em contato com a Rata Cinza. Não ia nunca ao sul, até a Lower Belgrave Street, mas pegou a linha norte e foi até Colindale, onde desenterrou os registros jornalísticos frustrantemente fragmentados dos acontecimentos em torno de seu nascimento. Voltou para Los Angeles, não contou nada sobre a viagem à Biblioteca de Jornais, mas informou falantemente o pai sobre a recente descoberta dos documentaristas britânicos John Grierson e Jill Craigie e sua decisão de afastar-se dos perigos da imaginação e fazer uma carreira no mundo da não-ficção, fazer filmes que insistissem, como ele havia insistido, na absoluta predominância da verdade. *Isto é a vida real.* No final dos anos 80, ela estudou cinema documentário no Conservatório AFI, formou-se com láureas, mudou-se para seu próprio apartamento na Kings Road e estava pronta para deixar o pai orgulhoso dela quando o assassino acabou com sua chance.

A mulher tinha vindo para confessar. Carregara esse peso durante um quarto de século e isso a tinha esgotado; depois de uma vida de porte ereto, entrara em uma velhice curvada. O peso, os anos, a solidão transformaram seu corpo em um ponto de interrogação. Ela não importava mais, India pensou, não tinha força. Saíra da casa do poder de mãos vazias, os homens-pássaro voadores haviam arrebatado o tesouro de suas mãos e as pessoas zombavam dela na rua. Por que teria vindo?, não era preciso receber as condolências em pessoa. Tinha vindo para ajudar a polícia na investigação, disse ela, soando como um personagem da época da televisão em preto-e-branco. Aqui não tem policial nenhum, India disse, então não tem ninguém para você ajudar.

A mulher abriu a bolsa, tirou uma fotografia e jogou em cima da cama. "O trabalho que deu para manter isto aqui longe dos jornais, hah!, você não faz idéia." Depois, falando depressa, só para dizer logo, a confissão da mentira. "Ela não morreu ela deu você para mim e voltou para a Caxemira eu arranjei o avião e um carro mandei para onde queria ir e nunca mais ouvi falar dela de forma que podia muito bem ter morrido mas na verdade não morreu." O nome da aldeia, da aldeia de sua mãe. A aldeia dos atores viajantes.

344

A aldeia de Shalimar, o equilibrista. "Está me ouvindo?" Não, India não estava ouvindo, estava escutando as palavras, mas a fotografia dominara toda a sua atenção. O pai estava morto, mas a mãe voltava à vida, só que aquela não era sua mãe, era outra mentira, sua mãe era uma grande bailarina, havia seduzido Max dançando para ele, então aquela mulher inchada não podia ser ela. Viu as lágrimas caírem na fotografia e se deu conta de que eram suas. "Desculpe", a mulher estava dizendo. "Horrível o que eu fiz, acho. Hah! Tenho certeza que você acha isso. Mas ela escolheu dar você e eu escolhi pegar você. Eu sou sua mãe. Me desculpe. Fiz seu pai mentir também. Eu sou sua mãe. Me desculpe. Ela não morreu."

Arrependimento é para o pecador. Perdão é para a vítima: quem podia olhar a fotografia molhada e não conseguir, não poder perdoar? Quem era todo intransigência, sem saber que um golpe ainda mais forte estava para ocorrer?

"Kashmira", disse a mulher, girando nos calcanhares, removendo sua detestável e indesejada presença que mudava o mundo. "Kashmira Noman. Foi esse o nome que você recebeu." Ela sentiu como se o peso de seu corpo tivesse de repente duplicado, como se tivesse de repente se transformado na mulher da fotografia. A gravidade a puxou e ela caiu de costas na cama, batalhando para respirar. Ouviu o estrado da cama gemer, viu no espelho o colchão ceder e afundar. Kashmira. O peso da palavra era demais para agüentar. Kashmira. A mãe estava chamando por ela do outro lado do mundo. A mãe que não morrera. Kashmira, a mãe chamava, venha para casa. Estou indo, ela respondeu. Estarei aí o mais cedo possível.

"Hoje eu perdôo minhas filhas", Olga Volga anunciou, acariciando o cabelo de India enquanto as duas choravam. "Não importa mais o que elas fizeram."

Na prisão de San Quentin, um homem de trinta e nove anos de nome Robert Alton Harris foi executado na câmara de gás. As pastilhas de cianeto de sódio envoltas em gaze foram baixadas para um pequeno barril de ácido sulfúrico e Harris começou a sufocar e se retorcer. Depois de quatro minutos, ele se imobilizou e o rosto ficou azul. Três minutos depois, tossiu e seu corpo teve uma convulsão. Onze minutos depois do início da execução, o diretor do presídio Daniel Vazquez declarou Harris morto e leu suas últimas palavras: "Você pode ser um rei ou um varredor de rua, mas todo mundo dança com a ceifadora sombria". Era uma frase tirada de um filme com Keanu Reeves, *Bill & Ted — uma aventura fantástica.*

Todo lugar era um espelho de todos os outros lugares. Execuções, brutalidade da polícia, explosões, tumultos: Los Angeles estava começando a parecer com a Estrasburgo do tempo da guerra; com a Caxemira. Oito dias depois da execução de Harris, quando India Ophuls, também conhecida como Kashmira Noman, decolou do Aeroporto Internacional de Los Angeles, rumo ao Oriente, o júri chegou ao veredicto no julgamento dos quatro oficiais acusados de espancar Rodney King na Divisão de Polícia da Base do Vale de San Fernando, um espancamento tão selvagem que o vídeo amador da cena parecia, para muita gente, algo saído da praça Tienanmen ou de Soweto. Quando o júri de King declarou os policiais inocentes, a cidade explodiu, dando o seu veredicto ao veredicto ateando fogo a ela, como um homem-bomba, como Jan Palach. Abaixo do avião de India que subia, motoristas eram arrancados de dentro de seus carros, perseguidos e espancados por homens armados de pedras. O corpo imóvel de um homem chamado Reginald Denny estava sendo selvagemente espancado. Um grande pedaço de bloco de concreto foi atirado em sua cabeça por um homem que executou uma dança de guerra para celebrar isso e fez o sinal de uma gangue para o céu, insultando os helicópteros de jornalistas e os passageiros aéreos lá em cima, talvez até insultando a Deus. Lojas foram saqueadas, carros incendiados, houve incêndios também, por exemplo, em Manchester, Vermont, Figueroa, Martin Luther King Jr., Crenshaw, Jefferson, Rodeio e Century Boulevard. O que estava queimando? Tudo. Supermercados, farmácias, lojas de peças de automóvel, lojas de bebidas, feiras de rua, empresas coreanas, restaurantes e minishoppings por toda a cidade. L. A. era um Whopper na grelha essa noite. O povo lagarto estava saindo de seus redutos subterrâneos; o dragão adormecido estava acordando. E India, voando para o Oriente, estava incendiada também. Não existe India, pensou. Existe apenas Kashmira. Existe apenas a Caxemira.

Não seria India na Índia. Seria a filha de sua mãe. Como Kashmira, então, Kashmira com boné de beisebol e calça jeans, ela entrou no Clube da Imprensa de Delhi e com ousadia americana pediu orientação e ajuda aos velhos funcionários indianos, e foi alertada de que poderia enfrentar problemas para conseguir credenciais de jornalista para subir ao vale com uma equipe de documentário, e aconselharam-na a nem pensar em subir até lá, onde as coisas estavam piores do que nunca, os assassinatos não paravam de aumentar e mochileiros estrangeiros apareciam sem cabeça nas encostas, havia fúria no ar, até que ela própria explodiu de raiva: "De onde vocês acham que eu vim?", gritou, "da porra da Disneylândia?". A veemência de sua explosão garantiu que tinha a atenção deles e poucas horas depois, naquela noite quente, sentada numa espreguiçadeira no gramado de um outro clube exclusivo perto de Lodi Gradens, ela bebia cerveja com o membro mais antigo do corpo da imprensa estrangeira e, depois de deixar claro que estava falando cem por cento extra-oficialmente, contou a ele sua história. "Isso não é jornalismo", disse-lhe o inglês. "É pessoal. Esqueça a câmera e o equipamento de som. Quer entrar lá? Nós colocamos você lá. A segurança, porém, é por sua conta e risco." Três dias depois dessa conversa, estava em um Fokker Friendship voando para Srinagar com documentos, apresentações, números de telefone e um novo nome cujo significado tinha de aprender. A necessidade não dava a sensação de excitação. Mas de dor. Quando o avião atravessou o Pir Panjal, sentiu como se tivesse atravessado um portal mágico e, de repente, a dor ficou mais forte, agarrou seu coração e apertou forte, e ela pensou, em súbito terror, se teria vindo à Caxemira para renascer ou para morrer.

O sardar Harbans Singh faleceu pacificamente em uma cadeira de balanço de vime, num jardim de flores de primavera e abelhas de mel em Srinagar, com sua manta xadrez favorita em cima das pernas e o filho amado, Yuvraj, o exportador de artesanato, a seu lado, e quando parou de respirar, as abelhas pararam de zunir, o ar silenciou seus sussurros e Yuvraj entendeu que a história do mundo que conhecera a vida inteira estava chegando ao fim e que aquilo que viesse depois viria porque tinha de vir, mas seria inquestionavelmente menos gracioso, menos cortês e menos civilizado do que aquilo que terminara. Naquela última noite, o sardar Harbans Singh estava falando com nostalgia das glórias do chamado Khalsa Raj, o período de vinte e sete anos dos nove governadores sikhs da Caxemira que sucedeu à conquista do vale pelo marajá Ranjit Singh em 1819, durante a qual, como ele contou ao filho, "a agricultura floresceu, todas as profissões floresceram, todos os gurdwaras, templos e mesquitas foram cuidados, tudo no jardim era lindo e mesmo que as pessoas criticassem o marajá Ranjit Singh por ter caído presa dos encantos das mulheres, do vinho e das práticas bramânicas, que importava isso? Essas coisas não eram falhas graves em um homem. Você, meu filho", ele continuou, mudando de rumo, "pode saber ou não saber muita coisa sobre as práticas bramânicas e o vinho, mas é melhor não demorar muito para encontrar uma mulher. Não me importa se os seus armazéns estão bem cheios ou se a sua conta bancária é muito gorda. Um depósito cheio e uma carteira estufada não são desculpa para uma cama vazia."

Foram suas últimas palavras e então, quando uma mulher chamada Kashmira apresentou-se na casa enlutada, trazendo uma carta de apresentação de um amigo de seu pai, o famoso jornalista inglês, quando ela chegou no nono dia depois da cremação, quando a leitura completa do guru Granth Sahib estava a um dia de terminar, Yuvraj considerou aquilo um sinal do Todo-Poderoso e recebeu-a como membro da família, ofereceu-lhe a hospitalidade de sua casa, insistiu para que ficasse, embora fosse um tempo de tristeza, e permitiu que participasse da cerimônia bhog com que se encerravam os rituais no décimo dia, que ouvisse os hinos de passagem, que repartisse o karah paesad e o langar e que estivesse presente quando recebesse o turbante que fazia dele o novo chefe da família. Só quando os parentes se dispersaram, sem choro nem lamentação, como era o modo preferido entre os sikhs, foi que ele teve tempo de conversar com ela sobre a razão de sua visita e nesse momento ele já sabia a resposta verdadeira, ou seja, que ela tinha vindo à casa dele para que ele pudesse se apaixonar. Em resumo, ela era o último presente de seu pai.

"Você chegou no fim da nossa história", ele disse. "Se meu querido pai ainda estivesse conosco ia poder responder a todas as suas perguntas. Mas talvez a verdade seja que, como ele costumava dizer, nossa tragédia humana é que somos incapazes de compreender nossa experiência, ela nos escapa por entre os dedos, não conseguimos preservar a experiência e quanto mais o tempo passa, mais difícil fica. Talvez tenha passado muito tempo para você e você vai ter de aceitar, desculpe dizer isso, que existem na sua experiência coisas que nunca vai entender. Meu pai dizia que o mundo natural nos dava explicações para compensar os sentidos que não conseguíamos captar. O ângulo do sol frio num pinheiro de inverno, a música da água, um remo cortando o lago e o vôo dos pássaros, a nobreza das montanhas, o silêncio do silêncio. A vida nos é dada, mas temos de aceitar que ela não pode ser retida e nos alegrar com o que pode ser retido no olho, na memória, na mente. Era esse o credo dele. Eu próprio passei a vida fazendo negócios, sujando minhas mãos com dinheiro e só agora que ele foi embora posso sentar no seu jardim e ouvir ele falar. Só agora com a tristeza da partida dele, mas com a alegria da sua chegada."

Ele descrevia a si mesmo como empresário, mas havia nele um lado poético. Ela perguntou sobre seu trabalho e liberou uma torrente de discurso. Quando ele falou sobre o artesanato que comprava e vendia, sua voz se encheu de sentimento. Contou sobre as origens da fabricação de tapetes numdah na Ásia central, em Yarkand e Sinkiang, na época da grande Rota da Seda e as palavras Samarcanda e Tashkent faziam seus olhos brilharem de glória antiga, mesmo que Tashkent e Samarcanda, atualmente, fossem buracos apagados e gastos. O papel machê também havia chegado à Caxemira vindo de Samarcanda. "No século xv, um príncipe da Caxemira foi colocado na prisão durante muitos anos e aprendeu a técnica na cadeia." Ah, as cadeias de Samarcanda, disse com um brilho nos olhos, onde um homem podia aprender essas coisas! Contou para ela os dois estágios do processo criativo, a sakhtsazi ou manufatura, os restos de papel deixados de molho, a secagem da polpa, o corte da forma, a colagem das camadas com cola e gesso, a colagem das camadas de papel de seda e depois a naqashi ou fase decorativa, pintura e laqueadura. "São muitos artistas juntos fazendo cada peça, o produto final não é obra de um homem só, é produto de toda a nossa cultura, não é só feita em, mas feita pela Caxemira."

Quando descreveu a tecelagem e bordado dos xales da Caxemira sua voz baixou de assombro. Comparou liricamente os xales às tapeçarias de Gobelin, embora nunca tivesse visto essas coisas. Caiu na linguagem técnica, *o padrão é formado pelos fios da trama entrelaçados onde as cores mudam* e era tal sua excitação juvenil com a habilidade dos tecelões que ela, ouvindo, ficou excitada também. Ele falou das técnicas de bordado sozni, tão refinadas que o mesmo motivo podia aparecer dos dois lados do xale em cores diferentes, sobre a costura de cetim, sobre a técnica ari, sobre os pêlos do cabrito íbex, sobre os legendários xales jamawar que não eram feitos havia centenas de anos, a não ser secretamente, ilegalmente, pelos descendentes dos grandes artistas de antigamente. Quando terminou, desculpando-se por aborrecê-la, ela já estava meio apaixonada.

Mas não tinha vindo à Caxemira para se apaixonar. O que, então, esse homem estava fazendo, amando ela? O que, quando não fazia nem duas semanas que seu pai havia morrido, estava fazendo aquela expressão boba no rosto dele, aquele rosto indiscutivelmente bonito, aquela expressão que não precisava de tradução? E o que havia de errado com ela, afinal, por que demorava ali naquele jardim estranho que parecia imune à História, por que deixava de lado sua missão, a ouvir o zumbido dessas abelhas inocentes, a passear entre essas cercas vivas que nenhum mal conseguia penetrar, aspirando o perfume de jasmim em nada poluído pelo cheiro da pólvora e passando os dias banhada pelo olhar de adoração desse estranho, a ouvir seus intermináveis relatos sobre a manufatura de artesanato e seus recitais de poesia naquela voz indiscutivelmente bela, de alguma forma isolada dos ruídos diários da cidade, dos pés marchando, das exigências de punhos cerrados e das insolúveis reclamações da época? O sentimento estava crescendo dentro dela também, tinha de admitir isso, e embora fosse seu hábito não se render ao sentimento, controlar-se, ela entendeu que esse sentimento era forte. Talvez se mostrasse mais forte que sua capacidade de resistir a ele. Talvez não. Ela era uma mulher de longe que defendera o coração durante longo tempo. Não sabia se conseguiria satisfazer as necessidades dele, não via como poderia, estava perplexa de sequer pensar nisso. Não era o seu propósito. Sentia-se chocada, quase traída, por suas emoções. Olga Simeonovna alertara sobre a natureza essencialmente sorrateira do amor. "Nunca vem de onde a gente está olhando", dissera ela. "Se esgueira por trás da orelha esquerda e bate na cabeça feito uma pedra."

À noite, ele cantava para ela e sua voz a mantinha envolta em encantamento. Ele era filho do pai a ponto de saber um pouco da música da Caxemira e sabia tocar o santoor, embora um tanto vacilante. Ele cantava as ragas muquam à maneira clássica, conhecida como Sufiana Kalam. Cantava para ela as canções de Habba Kahtoon, a legendária princesa poetisa do século XVI, que introduzira a lol ou poesia amorosa lírica na Caxemira, canções da dor de sua separação do príncipe Yusuf Shah Chak, preso pelo imperador mughal Akbar na longínqua Bihar — "meu jardim desabrochou em flores coloridas, por que você está longe de mim?" —, e desculpou-se por não ter uma voz de mulher. Cantava as canções bakhan de métrica irregular do estilo musical pahari. A música tinha seu efeito. Durante cinco dias ela permaneceu no jardim encantado, soporífica de prazer não procurado. Então, no sexto dia, acordou, sacudiu-se e pediu a ajuda dele. "Pachigam." Ela falou o nome como se fosse um encantamento, um abre-te-sésamo que rolaria uma pedra da porta da caverna do tesouro dentro da qual sua mãe brilhava, fulgurava, como ouro amealhado. Pachigam, um lugar de fábula que precisava se tornar real. "Por favor", disse ela. E ele, declinando mencionar os perigos das estradas campestres, concordou em levá-la, em conduzi-la de carro para dentro da fábula, ou pelo menos para dentro do passado. "Não sei qual é a situação daquela aldeia e para meu pesar não sei contar o que você quer saber", disse ele. "A aldeia esteve sob repressão faz algum tempo. Isso foi noticiado. Era meu pai que tinha contatos lá. Lamento não ter sido tão ativo na área cultural. Sou um empresário." O que queria dizer repressão, ela quis saber. Quem era, quem é, o que acontecera. Ele não contou como podia ser brutal um episódio de repressão. "Não sei", ele repetiu insatisfeito. "Infelizmente não sei nada dos detalhes." "Mas nós vamos e descobrimos, não vamos?", disse ela. "Vamos", ele concordou, arrasado. "Podemos ir hoje."

Ela sentou no Toyota Qualis verde-oliva e quando saíram pelo porão da casa, aquele pequeno Shangri-Lá, aquela miraculosa ilha de calma no meio da zona de guerra, ela olhou de lado para ele, meio esperando que ele murchasse e morresse, que envelhecesse horrivelmente diante de seus olhos, como acontecia com os imortais quando saíam de seu paraíso mágico. Mas ele continuou ele mesmo, a beleza e a graça inalteradas. Ele viu que ela estava olhando para ele e teve a vaidade de ficar vermelho. "Sua casa, seu jardim, são tão bonitos", ela disse depressa, tentando disfarçar a luz em seus olhos: tarde demais. Ele ficou mais vermelho. Um homem que ficava vermelho era irresistível, não havia como negar. "Na minha infância, era um céu dentro do céu", disse ele. "Mas agora a Caxemira não é mais tão celestial e eu não sou tão jardineiro como meu pai. Temo que a casa e o jardim não durem, sem." Parou no meio da frase. "Sem o quê?", ela provocou, adivinhando as palavras não ditas, mas ele corou de novo e se concentrou na estrada em frente. *Sem um toque de mulher.*

A Caxemira na primavera, as folhas brotando nos plátanos, os álamos balouçando, os botões nas árvores frutíferas, o berço de montanhas circundando tudo em torno. Mesmo em seu momento de escuridão ainda era um lugar de luz. Como era fácil, de início, desviar os olhos das casas queimadas, dos tanques, do medo nos olhos de todas as mulheres, do terror diferente nos olhos dos homens. Mas lentamente o encanto do jardim do sardar Harbans Singh se esgotou. O humor de Yuvraj também ficou mais sombrio. "Conte", disse ela. "Eu quero saber." "É difícil falar dessas coisas", disse ele. *Isto é a vida real.* "Preciso saber", ela disse. Desajeitadamente, cheio de eufemismos no início e depois mais diretamente, ele contou sobre os dois diabos que atormentavam o vale. "Os fanáticos matam nossos cavalheiros e o Exército envergonha nossas damas." Citou algumas cidades, Badgam, Batmaloo, Chawalgam, onde militantes haviam matado habitantes locais. Fuzilamentos, enforcamentos, esfaqueamentos, decapitações, bombas. "Este é o islã deles. Querem que a gente esqueça, mas nós lembramos." Enquanto isso, o Exército usava o ataque sexual para desmoralizar a população. Em Kunan Poshpora, vinte e três mulheres tinham sido estupradas por soldados sob a mira de armas. A violação sistemática de meninas por unidades inteiras do Exército indiano estava se transformando em lugar-comum, as meninas levadas a acampamentos do Exército, nuas, amarradas a árvores, os seios cortados com facas. "Sinto muito", disse ele, se desculpando pela feiúra do mundo. Sua mão esquerda tremeu na direção. Ela colocou a mão direita por cima. Era a primeira vez que se tocavam.

Um riacho corria ao longo da estrada. "É chamado Muskadoon", disse ele. "Estamos perto de Pachigam." O mundo desapareceu. Havia apenas o riacho, seu marulhar como um trovão no ouvido dela. Parecia que estava se afogando. "Você está bem?", ele perguntou. "Não está enjoada por causa do carro, não é? Quer que pare um pouquinho para descansar?" Amortecida, ela sacudiu a cabeça. Viraram uma curva da estrada.

Era como se gigantescas criaturas cavadoras, formigas ou minhocas, tivessem saído do chão e construído uma colônia de edificações de terra em um cemitério. As ruínas da velha aldeia ainda eram visíveis, os alicerces calcinados das casas de madeiras, os pomares infectados por doenças, as ruas quebradas, e em torno, por entre esses fantasmas, novas moradas haviam surgido, barracões periclitantes de varas, terra e musgo jogados de qualquer jeito, sem qualquer mostra de cuidado ou planejamento, iglus de barro com fumaça azul saindo por buracos do teto, produtos desleixados de uma espécie inferior, Yuvraj os qualificou, soando zangado, "ou da nossa própria espécie, voltando para a selvageria". Trapos pendurados das portas e rostos taciturnos olhando para fora, silenciosos, inamistosos. "Alguma coisa aconteceu aqui que não foi nada boa, eu acho", disse Yuvraj, cauteloso. "Os aldeões originais não são esses. Eu assisti aos atores do bhand pather de Abdullah Noman e não são esses. Tem gente nova aqui. Não querem falar porque tomaram terra que não é deles e estão com medo de perder isso."

Desceram pela margem do Muskadoon observados por olhos desconfiados. Ninguém veio saudá-los, nem fazer perguntas, nem dizer para irem embora. Eram tratados como fantasmas, como entidades que não existiam, que podiam ser levadas a desaparecer se ignoradas. Havia pedras lisas à margem do rio e os dois se sentaram alguns metros separados, ficaram olhando a água corrente sem falar. Ela podia sentir os dedos do desejo dele se estendendo para ela e constatou mais uma vez que o desejava também, imaginou como seriam as mãos dele em seu corpo, fechou os olhos e sentiu os lábios dele na nuca, sua língua deslizando ali, mas quando abriu os olhos ele ainda estava sentado em sua pedra a alguns metros, olhando para ela, desamparado de amor.

Naquele momento, ele estava detestando a própria vida, o trabalho empresarial ao qual se dedicara e o que esse trabalho havia feito dele, um banal empresário. Não era digno dela, não era nada além de um vendedor de barcos-casa de madeira entalhada, de vasos de papel machê, um fornecedor de xales e tapetes. Sentiu o toque das sombras dos bhand desaparecidos e sentiu vontade de desistir de sua existência comercial para passar o resto da vida tocando santoor e cantando as canções do vale para ela em seu jardim onde nada de mal conseguia entrar. Quis se declarar, mas não se declarou porque podia ver a sombra sobre ela, o medo cada vez mais profundo ao qual não sabia ainda dar um nome. Queria confortá-la, mas não tinha palavras. Queria ajoelhar-se e implorar seu coração, mas não o fez e amaldiçoou por dentro o destino que o enchia de desejos inadequados, mas abençoou ao mesmo tempo que amaldiçoava. Era um bom homem que sabia amar, queria dizer isso, mas não conseguiu. Iria amá-la sempre e amoldar sua vida aos caprichos dela, mas não era o momento de dizer isso. Não era hora de amar. Ela estava agoniada e ele não tinha certeza de que o aceitaria mesmo que não estivesse. Era uma mulher de muito longe.

Os sentimentos dela não conseguiam subir à superfície, estavam enterrados debaixo de seu medo. Ela não conhecia os planetas-sombra, mas sentia-se na presença de forças escuras. Era o regato de sua mãe, pensou. Junto a essa água sua mãe dançara. Nas clareiras dessa floresta o assassino de seu pai aprendera a arte do clown-equilibrista. Ela se sentiu perdida e longe de casa. Numa pedra, a poucos metros, havia um estranho sentado, morrendo absurdamente de amor.

Yuvraj pensou em seu pai, de repente, o sardar Harbans Singh, que de alguma forma profetizara a chegada dessa mulher, que talvez tivesse arranjado isso depois de passar pelo fogo da morte, Harbans que amara e abraçara as velhas tradições em cujas ruínas seu filho agora estava, que fora um jardineiro da beleza dessas tradições. As sensações de perda e frustração fizeram Yuvraj pôr-se de pé e arrancaram dele palavras ásperas. "Para que ficar sentados aqui?", explodiu. "Este lugar está acabado. Os lugares são arrasados e deixam de ser os lugares que eram. É assim que as coisas são." Ela se levantou também, tomada por uma impotente agitação, as mãos cerradas, sufocando de medo. Olhou zangada para ele e ele murchou, como se tivesse sido queimado. "Desculpe", disse. "Sou um idiota desajeitado e perturbei você falando sem pensar." Não precisava explicar. Ela viu a dor nos olhos dele e sacudiu a cabeça, perdoando. Os olhos dela estavam desesperados por respostas. Era preciso encontrar alguém que pudesse falar.

Havia narcisos crescendo no riacho, visitados por abelhas. Yuvraj Singh lembrou-se de um nome que o pai mencionara, o nome do famoso vasta waza de Shirmal, mestre do Banquete dos Sessenta Pratos no Máximo, que tinha o nome da mamangava, bombur, e da flor de narciso. "Havia um homem aqui perto, chamado Yambarzal", disse.

"Então Boonyi tinha uma filha", Hasina Yambarzal disse, e pela fresta da burca preta apertou os olhos para olhar essa moça, essa Kashmira da América com voz de inglesa. "É, é verdade", concluiu. "Você tem o mesmo ar de querer o que quer e não dar a mínima se o resto do mundo vai para o inferno por causa disso." Bombur Yambarzal, agora uma figura decrépita, antiga, acrescentou em voz alta de seu banquinho de fumante num canto: "Diga para ela que o desgraçado do avô dela não se contentou com os campos e pomares que tinha e teve de tentar tirar o meu ganha-pão como cozinheiro. Ele não tinha nem quinze por cento da minha qualidade, mas mesmo assim fazia pose. Alguém pode resolver que vai se chamar de vasta waza, mas isso não muda as coisas. Agora não tem importância mais, claro, até ele conseguiu morrer, mas eu ainda estou aqui sentada, esperando a minha vez".

A aldeia de Shirmal, como a maioria dos lugares do vale, havia sido atacada pelas doenças gêmeas da pobreza e do medo, essa dupla epidemia que estava arrasando o velho modo de vida. As casas decadentes pareciam ser realmente construídas de pobreza, os telhados sem conserto da pobreza, as janelas sem dobradiças da pobreza, os degraus quebrados da pobreza, as cozinhas vazias da pobreza e as camas sem alegria. O medo se revelava no fato surpreendente de as mulheres — até mesmo Hasina Yambarzal — estarem todas veladas agora: mulheres caxemirenses, que toda a vida haviam desprezado o véu. O veículo grande, reluzente, parado na porta da casa do sarpanch, parecia um invasor de outro mundo. Dentro da casa, uma velha velada que não tinha mais o impulso de zangar-se com o destino ofereceu a hospitalidade que estava ao seu alcance para o filho do sardar Harbans Singh e a filha de Boonyi Kaul Noman. Mesmo que não se pudesse ver nada dela a não ser as mãos e os olhos, ficava evidente que havia sido uma mulher formidável em seu tempo e que algum resto dessa força permanecia. Em um canto, atrás dela, sentava-se o marido octogenário decrépito, de olhos leitosos, fumando um cachimbo hookah, cheio da malícia sem dentes da velhice. "Sinto muito você nos ver neste estado", disse Hasina Yambarzal, oferecendo aos convidados copos de chá quente salgado. "Já fomos orgulhosos, mas até isso tiraram de nós." O velho no canto gritou: "Ainda estão aí? Por que está conversando com eles? Diga para irem embora para eu poder morrer em paz". A mulher velada não se desculpou pelo marido. "Ele está cansado da vida", explicou, calma, "e faz parte da crueldade da morte levar nossas criancinhas, nossos homens e mulheres na flor da idade também e ignorar os pedidos da única pessoa que todo dia implora pela vinda dela."

Depois dos acontecimentos em Shirmal que tinham levado à morte do mulá de ferro Maulana Bulbul Fakh, outros militantes vieram à noite. Entraram na casa do sarpanch, arrastaram-no para fora da cama e realizaram um tribunal ali mesmo, considerando-o, em nome de toda a sua aldeia, culpado por ajudar as Forças Armadas, trair a fé e participar da ímpia prática de cozinhar pródigos banquetes que estimulavam a gula, a lascívia e o vício. De joelhos, Bombur Yambarzal foi condenado à morte em sua própria casa e disseram a sua mulher que, se os aldeões não parassem com esse comportamento pouco religioso e adotassem os modos sagrados, dentro de uma semana os militantes voltariam para executar a sentença. Naquele momento, Bombur Yambarzal, com um revólver na testa e uma faca na garganta, perdeu para sempre a visão, literalmente cego de terror. Depois disso, as mulheres não tiveram escolha senão usar burcas. Durante nove meses, as mulheres veladas de Shirmal imploraram ao comando militar para poupar a vida de Bombur. Por fim, a sentença foi comutada para prisão residencial, mas foi-lhe dito que se algum dia voltasse a preparar o pérfido Banquete dos Sessenta Pratos no Máximo, ou mesmo o mais modesto, mas ainda assim nojento Banquete dos Trinta e Seis Pratos no Mínimo, eles cortariam fora sua cabeça, fariam com ela um ensopado que toda a aldeia seria obrigada a comer no jantar.

"Conte o que ela quer saber", resmungou, malevolente, o cego Bombur, cercado de fumaça. "E veja se ela vai ficar contente de ter vindo."

Na manhã do dia seguinte ao assassinato de Maulana Bulbul Fakh e seus homens na velha casa dos Gegroo em Shirmal, Hasina Yambarzal se deu conta de que Shalimar, o equilibrista, não havia voltado e que o pônei que levara emprestado também estava sumido. "Se esse rapaz escapou", pensou ela, "é melhor a gente estar preparado para ele algum dia voltar e se vingar." Pensou na jovem graça dele no arame alto, em sua excepcional qualidade de libertar-se da gravidade, no jeito que a corda parecia desaparecer e dar a ilusão de que o jovem macaco estava realmente andando no ar. Era difícil colocar aquele rapaz na mesma pele do guerreiro assassino em que havia se transformado. Vinte e quatro horas depois, o pônei foi encontrado voltando para Shirmal, com fome, mas ileso. Shalimar, o equilibrista, havia desaparecido; mas nessa noite Hasina Yambarzal teve um sonho tão profundamente horrorizante que ela acordou, vestiu-se, enrolou-se em cobertores quentes e se recusou a contar ao marido onde estava indo. "Não pergunte", alertou ela, "porque não tenho palavras para descrever o que vou encontrar." Quando chegou à cabana gujar na floresta da montanha, a casa de Nazarébadur que depois se transformou no último reduto de Boonyi Noman, descobriu que a realidade pútrida e cheia de moscas deste mundo possuía uma força horrenda muito maior que de qualquer sonho. Nenhum de nós é perfeito, pensou ela, mas o governante deste mundo é mais cruel que qualquer um de nós e nos faz pagar alto demais por nossos erros.

"Meus filhos trouxeram o corpo dela da montanha", contou à filha de Boonyi. "E enterramos em um túmulo decente."

Ela ficou ao lado do túmulo da mãe e alguma coisa entrou dentro dela. O túmulo da mãe estava atapetado de flores de primavera: um túmulo simples em um cemitério simples no extremo da aldeia, perto do lugar onde a floresta reclamara a desaparecida mesquita do mulá de ferro. Ajoelhou-se junto ao túmulo da mãe e sentiu alguma coisa entrar nela, rápida, decisiva, como se estivesse esperando por ela abaixo do chão, como se soubesse que viria. A coisa não tinha nome, mas tinha uma força e tornou-a capaz de qualquer coisa. Ela pensou no número de vezes que sua mãe havia morrido ou sido morta. Agora sabia a história inteira, uma história contada por uma mulher velha amortalhada em pano preto sobre uma mulher jovem envolta em uma mortalha branca que jazia embaixo da terra. Sua mãe deixara tudo o que conhecia e partira em busca de um futuro e, embora pensasse nele como uma abertura, havia sido um fechamento, a primeira morte, depois da qual vieram maiores falecimentos. O fracasso de seu futuro, a entrega da filha e sua volta em desgraça tinham sido mortes também. Viu a mãe parada na nevasca enquanto as pessoas com quem havia crescido a tratavam como fantasma. Eles a mataram também, tinham efetivamente ido até as autoridades competentes e determinado sua morte com assinaturas e selos. E, enquanto isso, em outro país a mulher cujo nome não podia dizer havia matado sua mãe com uma mentira, matado quando ela ainda estava viva, e seu pai havia concordado com a mentira de forma que ele era assassino dela também. Depois, em uma cabana na montanha, seguiu-se um longo período de morte em vida enquanto a morte a circundava, esperando o momento, e então a morte veio na figura de um equilibrista. O homem que matara seu pai, matou também sua mãe. O homem que matara seu pai havia sido marido de sua mãe. E matou sua mãe também. O peso frio da informação era como gelo em seu coração e a coisa entrou dentro dela e a tornou capaz de qualquer coisa. Não chorou pela mãe, nem nesse momento, nem em qualquer outro, mesmo tendo acreditado que sua mãe estava morta quando de fato estava viva e quando acreditou que a mãe estava viva quando já estava morta e agora, finalmente, tivera de aceitar que a mãe morta estava morta, morta pela última vez, morta de tal forma que ninguém podia matá-la mais, durma, mãe, pensou ela ao lado do túmulo da mãe, durma e não sonhe, porque se os mortos sonhassem só poderiam sonhar com a morte e por mais que quisessem jamais conseguiriam acordar do sonho.

O dia estava chegando ao fim e seria melhor partir para a cidade enquanto ainda havia luz, mas havia ainda coisas que precisavam ser vistas, o prado de Khelmarg onde sua mãe fizera amor com Shalimar, o equilibrista, e a cabana gujar na floresta onde ele a matara cortando fora sua cabeça. A mulher de burca veio com ela para mostrar o caminho e o homem que se apaixonara por ela veio também, mas eles não existiam, só o passado existia, o passado e a coisa que havia entrado em seu peito, a coisa que a tornava capaz de qualquer coisa que fosse preciso, de fazer o que precisasse ser feito. Ela não conheceu a mãe, mas viu os lugares da mãe, seus locais de vida e morte. O prado brilhava, amarelo na luz de sombras longas do fim da tarde. Viu a mãe ali, correndo e rindo com o homem que amava, o homem que a amava, ela os viu cair e se beijarem. Amar era arriscar a vida, pensou. Olhou para o homem que a trouxera ali e sem planejar deu um passo para trás, afastou-se dele. Sua mãe fora na direção do amor, desafiando as convenções, e isso lhe custara caro. Se fosse esperta, aprenderia a lição do destino da mãe.

A cabana na floresta estava em ruínas; o teto havia caído e antes de permitir que ela entrasse Yuvraj bateu o chão coberto de mato com uma vara, no caso de haver cobras. Numa panela enferrujada, num fogão havia muito apagado, o cheiro da comida não comida de alguma forma ainda permanecia. Onde foi que aconteceu?, perguntou à mulher de burca, que não conseguia falar, não conseguia descrever, por exemplo, o estado meio carcomido do corpo mutilado. Muda, Hasina Yambarzal apontou. *Lá fora*, ela disse. *Encontrei ela lá*. A grama crescera forte e escura onde Boonyi havia caído. A filha imaginou que fora alimentada pelo sangue dela. Viu a faca descendo, sentiu o peso do corpo tocando o chão e de repente a força da gravidade aumentou, seu próprio peso a puxou para baixo, sentiu a cabeça tonta e desmaiou brevemente, caiu no ponto onde a mãe havia morrido. Quando recuperou a consciência estava deitada no colo de Hasina e Yuvraj andava de um lado para outro, atrapalhado, agitando as mãos, no papel de homem. A luz estava caindo sobre a montanha e as pessoas com quem estava a levantaram pelos braços e a levaram embora. Não conseguia falar. Não agradeceu à mulher de burca, nem olhou para trás para se despedir quando o carro a levou embora.

Voltando para a cidade, a noite perigosa caiu. Homens com rifles e lanternas acenaram para pararem em um posto de vigia, homens fardados e não fardados com cachecóis de lã enrolados na cabeça, amarrados embaixo do queixo. Era impossível saber se esses homens eram membros das forças de segurança ou militantes, impossível saber que grupo seria mais perigoso. Era preciso parar. Havia obstáculos na estrada: cercas de metal e madeira. Havia luzes brilhando em seus rostos e seu companheiro estava falando com firmeza e depressa. Então, apesar de seu estado de choque, a coisa dentro dela saiu e olhou para os homens lá fora. E o que eles viram nos olhos dela fez com que recuassem, tirassem o bloqueio da estrada e permitissem que a Qualis continuasse. Nada a detinha agora. Não precisava mais estar ali, os usos do local haviam se exaurido. O homem que dirigia o carro tentou dizer alguma coisa. Estava tentando expressar compaixão ou amor, compaixão *e* amor. Ela não conseguiu prestar atenção. Tinha acordado da fantasia de amor e felicidade, tinha abandonado o sonho da terra de lótus da alegria e precisava voltar para casa. Sim, aquele era um homem que a amava, um homem que ela podia ser capaz de amar, se amor fosse uma possibilidade para ela, coisa que de momento não era. Alguma coisa havia entrado dentro dela no túmulo de sua mãe e não podia ser negada.

A Qualis passou pelo portão de Yuvraj e dessa vez a magia não funcionou, o mundo real recusou-se a ser banido. Ela não estava bem. Estava com febre e foi chamado um médico. Foi confinada à cama em um quarto fresco, de janelas fechadas, e lá ficou uma semana. Na cama com quatro postes feita de madeira de nogueira e envolta em mosquiteiro, ela suou e tremeu e quando dormia só via horrores. Yuvraj sentou-se junto à cama e colocou compressas frias em sua testa até ela pedir que parasse. Quando recuperou a saúde, ela saiu da cama e fez as malas. "Não, não", ele implorou, mas ela endureceu o coração. "Cuide dos seus negócios", disse, fria, "porque eu tenho de cuidar dos meus." Ele recuou ligeiramente, fez que sim com a cabeça uma vez e deixou-a com sua arrumação. Quando estava pronta, ficou dentro da casa até a hora de partir, recusando-se a pisar no jardim, temendo que aquele soporífico encanto enfraquecesse sua determinação. Ele era todo nobreza ferida, rígido e monossilábico. Como homens de segunda classe, ela disse a si mesma. Por que as mulheres se atrelam a uma espécie de tal mediocridade? Ele não conseguia nem dizer simplesmente o que estava escrito em todo o seu rosto. Em vez disso, se agitava, amuado. Eram os homens que apresentavam o comportamento que tinham o desplante de chamar de feminino, enquanto as mulheres carregavam o mundo nas costas. Os homens é que eram covardes e as mulheres é que eram guerreiras. Ele que se escondesse atrás dos potes e tapetes se quisesse! Ela precisava travar a sua batalha, tinha a sua zona de guerra do outro lado do mundo.

No aeroporto, porém, ele finalmente reuniu coragem e disse que a amava. Ela rilhou os dentes. O que ele achava que ela devia fazer com essa declaração, perguntou para ele, era pesada demais, ocupava muito espaço, era bagagem que não podia levar consigo no vôo. Ele recusou a bofetada. "Não vai conseguir escapar de mim", disse. "Logo eu vou atrás de você. Não vai poder se esconder de mim." Foi uma nota em falso. A imagem de um pretendente anterior, que também se vangloriara, o modelo de cueca americano, apareceu na cabeça dela. *Não vai me tirar nunca da cabeça*, ele dissera. *Vai pensar no meu nome na cama, no banho. Podia também casar comigo. É inevitável. Encare os fatos.* Mas parada na barreira do aeroporto de Srinagar, ela não fazia idéia de como era o nome do americano, mal conseguia lembrar de seu rosto, embora a cueca tivesse sido memorável. A frieza apertou mais o domínio sobre ela. Ela sacudiu a cabeça. Este homem também ela conseguiria esquecer. O amor era um engano e uma cilada. Os fatos eram que sua vida estava em outro lugar e queria voltar a ela. "Cuide do seu belo jardim", disse ao comerciante de artesanato, tocou seu rosto com mão vaga, distraída, e voou dez mil milhas para longe dos instáveis perigos daquele amor inútil.

Três dias depois de sua volta a Los Angeles, o principal suspeito pelo assassinato do embaixador Maximilian Ophuls foi capturado vivo nas proximidades do Runyon Canyon. Estava vivendo nas áreas altas e desertas, em condições animais, sofrendo os efeitos de prolongada exposição aos elementos, da fome e da sede. *Recebemos uma informação e saímos em campo atrás dele, o coitado do filho-da-puta veio quietinho, parecia até contente de se entregar,* disse o tenente Tony Geneva na televisão, falando para a moita de microfones espetados. O suspeito havia descido do morro e se revelado ao procurar comida em uma lata de lixo no parque de cães no sopé do canyon e fora capturado, um tanto ignominiosamente, segurando uma embalagem vermelha do McDonald's, catando as poucas batatas fritas frias que ainda continha. Quando Olga Simeonovna viu a notícia, assumiu o crédito pela prisão. "Grande é o poder da batata", ela grasnava para quem quisesse ouvir. "Aha! Parece que não perdi a mão." O homem sob custódia foi positivamente identificado como Noman Sher Noman, membro confirmado de mais de um grupo terrorista, também conhecido como "Shalimar, o equilibrista". Quando soube da notícia, Kashmira Ophuls se viu lutando contra uma estranha sensação de decepção. Havia uma coisa dentro dela que queria caçá-lo sozinha. A voz dele, aquela voz caótica, estava ausente de sua cabeça. Talvez estivesse fraco demais para se ouvir. A Caxemira permanecia nela, porém, e a prisão dele na América, seu desaparecimento debaixo das cadências estrangeiras do discurso americano, criavam nela uma turbulência que de início não identificou como choque cultural. Não via mais aquilo como uma história americana. Era uma história caxemirense. Era sua.

A notícia da prisão de Shalimar, o equilibrista, ganhou as primeiras páginas e rendeu ao Departamento de Polícia de Los Angeles, castigado pelos tumultos, alguma avaliação positiva em um momento de excepcional impopularidade. O chefe de polícia, Daryl Gates, deixara o posto, depois de se recusar a isso inicialmente. O tenente Michael Moulin, cujos policiais aterrorizados e em menor número haviam sido retirados da esquina da Florence com Normandie quando os problemas começaram, deixando a área nas mãos dos manifestantes, ele também deixou a força policial. O dano à cidade foi estimado em mais de um bilhão de dólares. O dano às carreiras do prefeito Bradley e do promotor Reiner foi irreparável. Nesse momento, o sólido trabalho policial do tenente Geneva e do sargento Hilliker os transformou em heróis da mídia, bons tiras para contrastar com o notório quarteto do episódio Rodney King, sargento Koon e policiais Powell, Briseno e Wind. O próprio Rodney King apareceu na televisão, pedindo uma reconciliação. "Por que não podemos nos dar bem?", ele perguntava. O tenente Geneva e o sargento Hilliker foram entrevistados em um dos shows tarde da noite, conduzido, naquele mês de maio, por Johnny Carson, e ele perguntou aos dois se o DPLA poderia algum dia recuperar a confiança do público. "Com toda certeza", Tony Geneva respondeu. E Elvis Hilliker bateu o punho direito na mão esquerda e acrescentou: "E hoje à noite tem um bandido na cadeia que prova exatamente isso".

Então, por um momento, houve camisetas de Elvis e Tony à venda na Melrose e em Venice Beach. Uma das redes de televisão anunciou o projeto de um filme sobre a caçada humana, com os papéis de Tony e Elvis feitos por Joe Mantegna e Dennis Franz. Com incrível velocidade, Shalimar, o equilibrista, transformou-se em ator na história da polícia de Los Angeles e Kashmira Ophuls, que era sempre Kashmira agora, que estava fazendo todo mundo usar o nome, Kashmira, cuja mãe e pai haviam sido vilmente assassinados, ficava cada vez mais zangada. Ela havia se ajoelhado no túmulo da mãe em Shirmal e algo entrara dentro dela, algo que era importante, mas agora o sentido dos grandes acontecimentos de sua vida estava sendo lavado, só se falava de corrupção policial, de maçãs podres e dos bons e honestos policiais chamados Hilliker e Geneva. O mundo não parou, mas a crueldade continuou. Max não tinha mais significação nele, nem Boonyi Kaul. Tony e Elvis eram os heróis do momento e Shalimar, o equilibrista, era propriedade deles, seu vilão. Ele era, podia-se dizer, o seu final feliz, seu último grande golpe, o que dava sentido às suas vidas, que tirava sentido da vida dela e entregava a eles. Sozinha no quarto de seu apartamento, Kashmira bateu os punhos contra a parede. A sensação, como era a sensação?, era obscena. Quero escrever para ele, pensou. Quero que ele saiba que estou aqui fora, esperando. Quero que ele saiba que pertence a mim.

Vou lhe falar sobre meu pai, ela escreveu a ele. Você devia saber mais coisas sobre o homem que matou, com quem você estabeleceu uma relação tão íntima e se transformou no portador de sua morte. Ele não tinha muito mais para viver, mas você não podia esperar, tinha pressa do sangue dele. Foi uma vida grandiosa a que você tirou e você tem de saber dessa grandeza. Vou ensinar para você o que ele me ensinou sobre entrar na casa do poder, e como ele era quando eu era pequena, como ele colocava os lábios em meu pescoço e fazia barulho de pássaros, vou contar para você da tola obsessão que ele tinha pelo imaginário povo lagarto que, pelo menos ele pensava, um dia viveu embaixo de L. A. Vou levar você com ele em um vôo de avião pela França e pela Résistance que acho que vai ser interessante para você. Tenho certeza de que você pensa em seu ato violento como realizado em prol de algum tipo de libertação, então vai achar interessante saber que ele também era um guerreiro. Quero que conheça as músicas que ele cantava — *je te plumerai le cou!* — e a comida de que mais gostava, o chucrute com Riesling e o carneiro com mel de sua juventude alsaciana, quero que saiba que ele salvou a vida da filha e que a filha o amava. Vou escrever, escrever e escrever para você e minhas cartas serão a sua consciência e vão torturar você e transformar sua vida em um inferno até que, se as coisas correrem como devem, sua vida chegue ao fim. Mesmo que você não leia as cartas, mesmo que elas nunca cheguem a você ou, se chegarem, mesmo que você rasgue os envelopes em pedacinhos, eles ainda são lanças que atravessarão seu coração. Minhas cartas são maldições que murcharão sua alma. Minhas cartas são ameaças que deveriam assustar você e não vou parar de escrever enquanto você não morrer e talvez depois que você morrer eu continue escrevendo ao seu espírito enquanto ele queima e elas atormentarão você com maiores agonias que o inferno. Você nunca mais verá a Caxemira, mas Kashmira está aqui e agora você habitará em mim, vou escrever um mundo em torno de você e isso será uma prisão mais horrenda que a sua prisão, uma cela mais confinada que você mesmo. As durezas que eu mandar para você farão as durezas de sua prisão parecerem alegrias. Minhas cartas são flechas envenenadas. Conhece a canção de Habba Khatoon em que ela fala de ser perfurada? Oh, atirador, meu peito está aberto aos dardos que você me atira, ela canta. Esses dardos estão me perfurando, por que está zangado comigo? Agora você é meu alvo e eu sou seu atirador, só que minhas flechas não foram mergulhadas em amor, mas em ódio. Minhas cartas são flechas de ódio e vão abater você.

Serei uma sombria Sherazade, ela escreveu. Vou escrever a você sem falhar um dia, sem falhar uma noite, não para salvar minha vida, mas para tomar a sua, para enrolar você com a cobra venenosa de minhas palavras até que as presas perfurem seu pescoço. Ou serei o príncipe Shariar e você minha desamparada virgem noiva. Vou escrever a você e minha voz assombrará os seus sonhos. Todas as noites vou contar a história de sua morte. Está me ouvindo? Ouça minha voz. Todos os dias vou escrever para você. Todas as noites, não importa quantas noites leve, vou sussurrar em seu ouvido até a história se acabar. Você não consegue mais entrar em minha cabeça. Em vez disso, eu estou na sua.

Shalimar, o equilibrista, passou um ano e meio na Prisão Masculina Central do Condado de Los Angeles, na Bauchet Street, esperando seu julgamento começar. Foi segregado dos outros prisioneiros e colocado no setor 7000 da prisão, onde eram mantidos os presos notórios. Usava algemas nos tornozelos, recebia as refeições na cela e tinha direito a três períodos de uma hora de exercício por semana. Nas primeiras semanas de confinamento, estava num estado altamente perturbado, muitas vezes gritava durante a noite, reclamando de uma demônia que ocupava sua cabeça, enfiando hastes quentes em seu cérebro. Foi colocado sob vigilância contra suicídio e recebeu altas doses do tranqüilizante Xanax. Perguntaram-lhe se gostaria de receber visitas de um sacerdote da religião islâmica e ele disse que sim. Um jovem imã da mesquita USC da Figueroa Street foi providenciado e depois da primeira visita relatou que o prisioneiro estava genuinamente arrependido de seu crime e declarou que, por não dominar a língua inglesa, ele havia entendido errado certas declarações sobre a questão da Caxemira feitas por Maximilian Ophuls em um programa de entrevistas na televisão e fora erroneamente levado a assassinar um homem que tomara por inimigo dos muçulmanos. O assassinato era, portanto, resultado de um infeliz lapso lingüístico e conseqüentemente ele foi consumido pelo remorso. Na segunda visita do imã, porém, o prisioneiro estava num estado de intensa agitação apesar do Xanax e parecia às vezes se dirigir a uma pessoa ausente, aparentemente uma mulher, em inglês que, embora de jeito nenhum perfeito, era bastante bom para comprometer o que dissera antes. Quando o jovem imã observou isso, o prisioneiro se tornou ameaçador e teve de ser contido. Depois, o imã declinou voltar e o prisioneiro se recusou a ver outro sacerdote, muito embora um membro qualificado da Associação Muçulmana Lationa de Los Angeles, Francisco Mohammed, visitasse ocasionalmente a Prisão Masculina Central para aconselhar outros presos e ter mencionado que estaria disponível se fosse solicitado.

Quando o caso de Shalimar, o equilibrista, foi levado ao grande júri do condado de Los Angeles, o novo promotor, Gil Garcetti, que substituiu Ira Reiner depois dos tumultos, argumentou que as declarações do acusado ao imã da Figueroa Street confirmavam tratar-se de um indivíduo dissimulado, um assassino profissional com muitos codinomes e alter egos, cujos protestos de remorso e arrependimento não deviam ser levados a sério. Shalimar, o equilibrista, foi devidamente indiciado pelo grande júri pelo assassinato do embaixador Maximilian Ophuls e voltou à Bauchet Street para aguardar julgamento. O grande júri aceitou que as circunstâncias especiais ligadas ao caso o tornavam passível de pena de morte. Se fosse condenado, ele seria, portanto, passível de execução por injeção letal a menos que optasse pela câmara de gás, que ainda era oferecida como método alternativo se o sujeito assim preferisse.

Shalimar, o equilibrista, de início recusara representação legal, mas depois aceitou uma equipe de defesa liderada pelo advogado William T. Tillerman, bem conhecido por seu pendor para defender os indefensáveis, um brilhante *performer* na sala do tribunal, lento e pesado, que fazia lembrar Charles Laughton em *Testemunha de acusação*, que se destacou como membro júnior da equipe de defesa de Richard Ramirez, que a imprensa de tablóides rebatizara de Caçador da Noite, alguns anos antes. Havia insistentes rumores de que Tillerman tinha sido a "mão oculta" a dar forma para a estratégia de defesa no julgamento dos famosos irmãos Menendez, embora ele não tivesse sido o advogado nomeado para o caso. (Erik e Lyle Menendez eram, assim como Shalimar, o equilibrista, prisioneiros do bloco de celas 7000 onde, depois da prisão de Shalimar, o equilibrista, o ex-astro do futebol Orenthal James Simpson também passaria algum tempo.) Quando as cartas endereçadas a Shalimar, o equilibrista, escritas pela filha órfã de Max Ophuls, começaram a chegar em grande número à Bauchet Street, 441, foi Tillerman quem viu a ligação entre essas cartas e a alegada perseguição noturna de seu cliente por uma demônia e formulou, então, o que passou a ser conhecido como a "defesa da bruxa".

Quando a avalanche de cartas começou, Shalimar, o equilibrista, foi consultado, primeiro pelos funcionários da prisão e depois por seu advogado, se queria vê-las, foi alertado do tom de excepcional raiva e hostilidade das cartas e instruído com firmeza por William Tillerman a não respondê-las por mais que sentisse vontade de fazê-lo. Ele insistiu em receber os envelopes.

"São de minha enteada", disse a Tillerman, que notou que o inglês de seu cliente tinha um forte sotaque, mas era competente, "e é meu dever ler o que ela quer dizer. Quanto a responder para ela, não é preciso. Ela não quer ouvir resposta nenhuma." O sistema funcionava devagar e as cartas tinham duas ou três semanas quando ele as recebia, mas isso não importava porque no momento em que leu a primeira, Shalimar, o equilibrista, identificou sua autora como a bhoot que o perseguira durante os aterrorizantes pesadelos. Entendeu prontamente o que a filha de Boonyi estava lhe dizendo: que ela se colocara como sua nêmesis e fosse qual fosse o julgamento da corte californiana ela seria seu verdadeiro juiz; ela, e não doze americanos no júri, é que seria seu único júri; e ela, não um carrasco de prisão, se encarregaria de aplicar fosse qual fosse a sentença que ela determinasse. Não era importante saber o como, quando ou onde. Ele se preparou para seus ataques noturnos, gritava sob a sedação, mas resistiu. Lia cuidadosamente suas acusações diárias, lia e relia, memorizava todas, dando-lhes o devido valor. Ele aceitou o desafio dela.

Depois da bomba que explodiu no World Trade Center em Nova York — oito anos depois, isso seria lembrado como o primeiro bombardeio —, ele sentou-se à mesa com seu advogado em uma fétida sala de segurança e expressou temores por sua segurança. Mesmo nessa ala de máxima segurança, de confinamento solitário, a prisão naquela época era perigosa para um muçulmano acusado pelo Estado de ser um terrorista profissional. Shalimar, o equilibrista, vestiu-se para a reunião com Tillerman, o mais elegante que a prisão permitia, usando bonneroos, calça jeans e jaqueta jeans fornecidos pela prisão. Havia uma placa na parede da sala que dizia SÓ PODE PEGAR NA MÃO e outra que dizia 1 BEIJO 1 ABRAÇO NO COMEÇO 1 ABRAÇO 1 BEIJO NO FINAL. Essas mensagens não se aplicavam a seu caso. Ele evitou os olhos de Tillerman e falou em voz baixa num inglês falhado, mas operacional. Morriam homens o tempo todo na Prisão Masculina. O xerife punha a culpa nos cortes de orçamento, mas não adiantava nada, não fazia ninguém se sentir mais seguro. Um prisioneiro assassino conseguiu sair para os corredores à noite e matou outro preso que havia testemunhado contra ele em seu julgamento, embora as celas de ambos fossem em andares diferentes. Os outros prisioneiros em suas celas, seis mil, agiam sob instrução de gangues, viravam as costas, não viam nada. Notícias dessas coisas chegavam a Shalimar, o equilibrista, em sua cela do bloco 7000. Um membro de uma gangue coreana recebeu trinta facadas, foi enfiado em um carrinho de roupa suja e ninguém o encontrou durante dezesseis horas, até a lavanderia começar a feder. Um homem que espancou a esposa foi chutado até a morte. Duzentos homens participaram de um tumulto iniciado por uma discussão sobre o uso do telefone público. Na discussão, um preso foi esfaqueado doze vezes. E agora, depois do ataque a Manhattan, talvez um guarda pudesse deixar uma porta do 7000 destrancada uma noite e algum godzilla chamado Sugarpie Honeybunch, ou Goldilocks Ali, ou Big Chief Bull Moose, ou Virginia Slim ou Cisco Kid, algum ovg — Old Valley Gangster [Gângster do Velho Vale] — pudesse tentar uma vingança americana. Tillerman deu de ombros. "Tudo bem. Eu cuido disso." Depois, inclinou-se sobre a mesa e mudou de assunto. "Me fale da garota." Inicialmente, Shalimar, o equilibrista, relutou em responder, mas aos poucos cedeu à insistência do advogado e começou a falar.

O caso do Povo contra Noman Sher Noman foi a julgamento seis meses depois na Corte Superior do condado de Los Angeles no Centro Governamental do Vale de San Fernando em Van Nuys, perante o juiz Stanley Weissberg, que fora encarregado do julgamento do caso Rodney King em Simi Valley, quando os quatro policiais do DPLA foram absolvidos, precipitando os tumultos. Era um homem brando, professoral, de seus cinqüenta e poucos anos e parecia em nada abalado pela experiência de Simi Valley. Devido à atmosfera tensa criada pelos acontecimentos em Manhattan, a segurança do tribunal foi algo sem precedentes. Shalimar, o equilibrista, chegava e saía todos os dias algemado e acorrentado, numa perua branca blindada, cercado por uma operação policial que lembrava uma carreata presidencial. Ruas impedidas, batedores de motocicletas, atiradores da polícia nos telhados, uma procissão de onze veículos. "Não queremos uma situação Jack Ruby aqui", disse à imprensa o novo chefe de polícia, Willie Williams. Com o que o senhor compararia a operação em termos de escala?, um repórter perguntou a ele. Ele respondeu com a cara dura: "É o que faríamos para Arafat".

A corte convocou inicialmente quinhentas pessoas para seleção do júri. Para garantir um julgamento justo, foi solicitado a todas as quinhentas que respondessem a um questionário de cem páginas e com base nesses questionários e nos desafios usuais doze jurados e seis suplentes foram escolhidos. Quatro homens e oito mulheres julgariam o caso de Shalimar, o equilibrista. A média de idade era trinta e nove anos. Tillerman queria um júri jovem com predominância feminina. Ele se considerava um estudioso da natureza humana e era, sem dúvida, um filósofo de bar do tipo usual do desencantado. Era sua opinião que os jovens, acreditando-se imortais, tinham menos respeito pela vida humana e, portanto, eram menos passíveis de ser vingativos com um assassino. E afinal — era isso que estava por trás da idéia de encher o júri de mulheres — Shalimar, o equilibrista, era um homem altamente atraente, tinha uma trágica história de amor infeliz e traição para contar. O crime passional não era uma categoria legal na Califórnia, apesar de que essas circunstâncias atenuantes só podiam ajudar a defesa.

Os promotores de trinta e poucos anos, Janet Mientkiewicz e Larry Tanizaki, pareciam inocentes com carinha de bebê ao lado do muito mais velho, mais corpulento e vivido Tillerman, mas eram advogados duros determinados a pegar o seu homem. Tanizaki expressara algumas dúvidas pessoais sobre a pena de morte, sabendo que muito jurados não gostavam de impô-la, mas Mientkiewicz defendeu sua posição. "Se isto não é um crime para enforcamento, então nada é", disse ela na escada do tribunal no dia da audiência prévia. A maior preocupação de Tanizaki e Mientkiewicz era que a defesa pudesse tentar negar o crime. Estranhamente, embora o assassinato de Maximilian Ophuls tivesse ocorrido num dia claro e ensolarado de L. A., não havia testemunhas. Era como se toda a rua tivesse virado as costas para o fato, assim como os presos da Prisão Masculina haviam feito na noite da morte por vingança. A promotoria tinha a faca com impressões digitais, a roupa manchada de sangue, o motivo, a oportunidade e a prova do sr. Khadaffy Andang, que estava colaborando plenamente com o Estado. Não tinham testemunha para o crime. Porém, William Tillerman informou-os na audiência pré-julgamento que seu cliente não negaria a responsabilidade pela morte do embaixador Ophuls; mas acrescentou que, se a acusação não fosse reduzida para assassinato em primeiro grau, teria de pleitear inocência. "Meu cliente é um homem seriamente perturbado", asseverou. Sofria de quê?, o juiz Weissberg quis saber. "Dos efeitos", respondeu Tillerman, solene, "da feitiçaria."

Uma mulher, minha mãe, morreu pelo crime de deixar você, Kashmira escreveu. Um homem, meu pai, morreu por recebê-la. Você matou dois seres humanos por seu egoísmo, seu incrível egoísmo, que valoriza a sua honra mais do que a vida deles. Você banhou sua honra em sangue, mas não a lavou, ela está ensangüentada agora. Você queria eliminar os dois, mas fracassou, não matou ninguém. Eu estou aqui. Eu sou minha mãe e meu pai, eu sou Maximilian Ophuls e Boonyi Kaul. Você não conseguiu nada. Eles não estão mortos e não foram esquecidos. Eles vivem em mim.

Pode me sentir dentro de você, mister assassino, mister gozador? À noite, quando fecha os olhos, você me vê aí? À noite, quem impede você de dormir e se você dorme quem espeta você até acordar? Está gritando, mister assassino? Está gritando, mister clown? Não me chame de enteada, não sou sua enteada, sou filha de meu pai e filha de minha mãe e se estou dentro de você eles também estão. Minha mãe que você trucidou atormenta você e meu pai executado também. Eu sou Maximilian Ophuls e Boonyi Kaul e você não é nada, é menos que nada. Eu esmago com o calcanhar.

No começo de 1993, ela tentou brevemente voltar ao trabalho, os amigos insistiram que retomasse sua vida e durante algum tempo ela viajou para cima e para baixo da US-101, para o sul até San Diego onde começava a estrada para Presidio Park e para o norte até a Missão Sonoma, passando pelos sinos de concreto pendurados de seus postes em forma de gancho que marcavam a rota da velha trilha tomada por frei Junipero Serra nos anos 1770, à procura das histórias que queria contar em seu projetado documentário *Camino real*. Mas não estava com o coração naquilo e abandonou o projeto depois de poucas semanas. O modelo de cueca entrou em contato e convidou-a para jantar, coisa que, sob pressão das amigas, ela concordou em fazer, mas embora ele tivesse lhe trazido flores, estivesse usando paletó e gravata, a levasse ao Spago, tivesse dito que ela estava mais bonita que qualquer atriz de cinema, tivesse tentado não falar de si mesmo, ela não chegou ao final da refeição, pediu desculpas — "Não estou pronta para companhia humana neste momento" — e fugiu.

Resolveu que havia chegado o momento de mudar do apartamento e voltar para a grande casa da Mulholland Drive para viver com o fantasma de seu pai. Olga Simeonovna, cujas filhas haviam voltado e mudado para um dos muitos apartamentos vazios do prédio, deu a Kashmira uma sonora, buzinada e lacrimosa despedida e prometeu que ela ia "se recuperar lá no colo do luxo" assim que pudesse. No colo do luxo, Kashmira levava uma vida cada vez mais reclusa. A equipe doméstica sabia seus deveres e a casa corria sozinha, havia comida na mesa três vezes ao dia e lençóis limpos nas camas duas vezes por semana. Os especialistas em segurança pesadamente armados da companhia consultora de riscos Jerome cuidavam de seu trabalho silenciosamente e prestavam contas diariamente ao vice-presidente de operações da empresa. A turma do dia se concentrava nos portões da frente e dos fundos, no muro perimetral, e o destacamento maior da noite patrulhava o terreno com a ajuda de óculos de visão noturna e holofotes giratórios que faziam a casa parecer um teatro em noite de estréia de tapete vermelho. Não era preciso que Kashmira desse ordens. Eles, por outro lado, a orientavam: no uso do quarto do pânico blindado — na realidade um armário imensamente comprido e praticamente vazio, construído para acomodar o guarda-roupa de uma estrela de cinema, no qual ela mantinha suas poucas roupas, inadequadamente glamourosas — e em como era importante, no caso de haver uma "falha", ela não tentar lidar pessoalmente com o intruso. "Não seja heroína, madame", disse o sujeito da Jerome. "Tranque-se aí dentro e deixe que a gente faz o que for preciso." Recentemente, tinha havido um escândalo na Jerome. Um de seus homens mais importantes havia seduzido duas mulheres imensamente ricas, ambas clientes da Jerome, uma em Londres, outra em Nova York. Dera a ambas o mesmo apelido amoroso, "*Rabbit*" [Coelha], como a "Jessica", para minimizar o risco de um deslize nos travesseiros. Mas no fim foi pego e a descoberta do romance com as duas Jessica Rabbit levou a processos que prejudicaram seriamente a reputação da empresa, assim como sua rentabilidade, e levou à introdução de novas regras draconianas de contratação que proibiam absolutamente os especialistas de falar com os "principais", a não ser de negócios profissionais e sempre na companhia de uma terceira pessoa. Kashmira não tinha nenhum problema com isso. Isolamento era tudo o que queria. Em uma ocasião, quando pediu a um dos operadores da Jerome um óculos de visão noturna, "só de brincadeira", ele o trouxe para ela sub-repticiamente, culpado, como um menino que encontra uma menina para uma empresa secreta. "Isso fica entre nós dois, madame", disse ele. "Eu não devia olhar nem para o lado da senhora a não ser que tenha um bandido às suas costas."

Às vezes, no meio da noite, ela acordava com o som de uma voz de homem cantando uma canção de mulher e levava alguns momentos para entender que estava ouvindo uma lembrança. Em um jardim encantado um homem que a amava cantando um lol melodioso. O nome original de Habba Khatoon era Zoon, que quer dizer Lua. Ela viveu quatrocentos anos atrás em uma aldeia chamada Chandrahar em meio a campos de açafrão e árvores de plátano. Um dia, Yusuf Shah Chak, governante da Caxemira, ouviu Zoon cantando ao passar, apaixonou-se por ela e, quando os dois casaram, ela mudou de nome. Em 1579, o imperador Akbar ordenou que Yusuf Shah fosse para Delhi e quando Yusuf chegou lá foi preso e encarcerado. *Venha e entre por minha porta, minha jóia, Habba Khatoon cantava, sozinha na Caxemira, por que se esqueceu do caminho para a minha casa? Minha juventude está em flor, ela cantava, este jardim é seu, venha tomá-lo. O choque de sua partida foi um golpe para mim, ó cruel, eu continuo a suportar minha dor.* Yuvraj, pensou ela. Desculpe. Eu também estou em uma espécie de prisão.

Ela nadava na piscina, fazia exercícios na academia particular, trabalhava em casa com um novo personal trainer mesmo sabendo que isso ia magoar sua amiga doadora de óvulos com quem havia treinado durante anos, jogava tênis em sua própria quadra, três vezes por semana, com um profissional visitante. Quando saía de casa era para lutar ou atirar. Seu corpo foi ficando mais esguio e mais duro a cada mês, a firmeza mais um testemunho do regime implacável, de seu monasticismo de mulher rica e da força cada vez maior de sua abnegada determinação. Depois do treino do dia com o arco, com o boxe ou as artes marciais, ou de uma viagem para fora da cidade até o estande de tiro Saltzman, ela voltava para casa e se retirava sem palavra para sua ala particular, onde escrevia suas cartas e ordenava as idéias, reservada em si mesma enquanto os cães de ataque nas guias farejavam qualquer problema no ar, os holofotes giravam e os homens com óculos de visão noturna percorriam a propriedade. Ela não vivia mais na América. Vivia em uma zona de combate.

O funcionário que trazia a intimação para seu comparecimento ao julgamento do assassinato do pai como testemunha relutante para a defesa foi interceptado no portão da casa e depois escoltado até sua ala por Frank, o mesmo operador da Jerome que havia lhe dado os óculos de visão noturna. "Chegou isto aqui, madame." Devia ser uma piada, ela pensou, mas não era, suas cartas estavam atingindo o alvo, eram peças importantes para o caso de William Tillerman e ele queria interrogá-la a respeito. Tillerman havia indicado o nome de um terapeuta chamado E. Prentiss Shaw, que desenvolvera uma ferramenta de diagnóstico para uso em supostas vítimas de lavagem cerebral. A ferramenta era uma lista de itens que produzia um formulário de perfil psicológico. Era sabido que os chefes do Hamas no Oriente Médio costumavam traçar o perfil psicológico para selecionar os candidatos ao martírio. Esse era o tempo em que vivíamos, Tillerman argumentou no tribunal, uma era em que nossos inimigos invisíveis compreendiam que nem todo mundo podia ser um homem-bomba, nem todo mundo podia ser um assassino. A psicologia era absolutamente importante. Personalidade era destino. Certos tipos de personalidade eram mais sugestionáveis que outros, podiam ser modelados por forças externas e apontados como armas por seus controladores contra qualquer alvo que julgassem válido atacar. A ferramenta de perfil Shaw identificou Shalimar, o equilibrista, como uma personalidade maleável desse tipo. Shalimar, o equilibrista, gritava à noite em sua cela porque acreditava estar enfeitiçado, disse Tillerman. A defesa apresentou como prova mais de quinhentas cartas escritas ao acusado por miss India, conhecida também como Kashmira Ophuls, cartas que declaravam claramente sua intenção de invadir os pensamentos dele e atormentá-lo no sono. Uma das associadas conhecidas de miss Ophuls, uma mulher de origem soviética, era, de fato, uma auto-intitulada bruxa e membro da organização Wicca, como podia ser confirmado pelo testemunho de um ex-morador do prédio de apartamentos da Kings Road, sr. Khadaffy Andang. "A defesa pretende afirmar, mister Tillerman", interrompeu o juiz Weissberg, baixando os óculos, "que bruxaria existe?"

William Tillerman baixou por sua vez os seus óculos para o juiz. "Não, senhor", respondeu. "Mas não importa o que o senhor ou eu possamos acreditar aqui neste tribunal. O importante é que meu cliente acredita nisso. Imploro a tolerância da corte para o que pode parecer sensacionalismo, mas isso revela a extrema vulnerabilidade de meu cliente à manipulação externa. A defesa irá chamar testemunhas da comunidade de inteligência que revelarão a presença de meu cliente, ao longo de muitos anos, em diversos locais conhecidos por nós como escolas de terrorismo, centros de lavagem cerebral, e é nossa convicção de que, no caso do embaixador Maximilian Ophuls, meu cliente perdeu o domínio de suas ações. Seu livre-arbítrio foi subvertido por técnicas de controle mental, verbais, mecânicas e químicas, que comprometeram gravemente sua personalidade e o transformaram em um míssil, apontado para um único coração humano, que por acaso era o coração do mais notável embaixador contraterrorista deste país. Estava *Sob o domínio do mal*, se quiserem, era um zumbi assassino, programado para matar. A defesa irá provar que o assassinato pode ter sido disparado por uma 'feiticeira' ou 'manipulador' que não foi capturado. Uma vez completo o condicionamento, o momento de disparo da ação não exigiria nem mesmo o contato pessoal entre manipulador e manipulado. O comando podia ser dado por telefone, a resposta condicionada poderia ser ativada pelo uso de uma palavra tão comum quanto, ah, não sei, *banana* ou *solitária*. Não tenho certeza se o meritíssimo e os membros do júri conhecem o filme de trinta anos atrás ao qual me refiro. Se não, pode-se arranjar prontamente uma projeção."

"Longe desta corte, mister Tillerman", disse o juiz Weissberg, severo, "acusar o senhor de tentar fazer sensacionalismo. E, sim: eu assisti a esse filme e não tenho dúvidas de que o júri entende aonde quer chegar. Porém, trata-se de um caso de homicídio premeditado, mister Tillerman. Não vamos ter sessão de cinema no meu tribunal."

Nos dias seguintes às observações iniciais de Tillerman, todo o país se viu tomado por sua defesa "feiticeira" ou "sob o domínio do mal" de Shalimar, o equilibrista. Os homens-bomba das torres do World Trade Center, os suicidas da Palestina e agora a aterrorizadora possibilidade de autômatos humanos de mente controlada, prontos a cometer assassinato sempre que uma voz ao telefone dissesse *banana* ou *solitária*... isso tudo fazia uma espécie de sentido, o novo sentido sem sentido, Tillerman via isso nos olhos do júri e ao longo de toda a acusação encontrou apoio para seu caso. Sim, o acusado era um terrorista, disse a acusação. Sim, havia estado em alguns lugares remotos e amedrontadores onde gente ruim se reunia para planejar seus feitos sombrios. Usando diversos codinomes, estivera envolvido durante muitos anos na perpetração de tais atos. Nesta ocasião, porém, argumentava a acusação, a probabilidade era que estivesse agindo sozinho, por ter a vítima seduzido sua amada esposa. Quando Janet Mientkiewicz propôs isso, a teoria do marido vingativo, ela efetivamente viu os olhos do júri ficarem vidrados e entendeu que a simplicidade da verdade estava prejudicada pela comparação com o quadro paranóico de Tillerman, tão perfeitamente sintonizado com o clima do momento que o júri queria que fosse verdade, queria não querendo, acreditando que o mundo agora era como Tillerman dizia que era desejando que não fosse. "Nós podemos nos ferrar com isso", ela confidenciou a Tanizaki uma noite. Ele sacudiu a cabeça. "Confie na lei e faça seu trabalho", disse ele. "Isto aqui não é *Perry Mason*. Não estamos na televisão." "Ah, estamos, sim", disse ela, "mas obrigada por me dar essa força."

É a lei do cão lá no alto do Himalaia, senhoras e senhores, o Exército indiano contra os fanáticos patrocinados pelo Paquistão, mandamos homens para descobrir a verdade e a verdade é o que eles trouxeram para casa. Querem conhecer este homem, meu cliente? A defesa vai provar que sua aldeia foi destruída pelo Exército indiano. Arrasada, todas as construções destruídas. O corpo do irmão dele morto foi atirado aos pés da mãe com as mãos cortadas. Depois, sua mãe foi estuprada e assassinada, seu pai também foi morto. E depois mataram sua esposa, sua amada esposa, a maior dançarina da aldeia, a maior beleza de toda a Caxemira. Não é preciso um perfil psicológico para entender isto, senhoras e senhores do júri, este tipo de coisa perturbaria o melhor de nós, e o melhor deles era o que ele era, um astro de uma trupe de atores itinerantes, um comediante do arame, um artista, famoso à sua maneira, Shalimar, o equilibrista. Então, um dia, todo o seu mundo foi abalado e a sua mente junto. Esse é exatamente o tipo de pessoa que os mestres manipuladores terroristas procuram, este é o tipo de mente receptiva ao feitiço deles. A imagem de mundo do indivíduo foi quebrada e uma nova imagem pintada para ele, pincelada a pincelada. Como diz o homem no filme que vocês não verão no tribunal do juiz Weissberg, eles não sofrem apenas lavagem cerebral, eles são lavados a seco. Este é um homem cuja comunidade foi vítima de um crime sangrento que ele não pôde vingar, um crime sangrento que o deixou fora de si. Quando um homem está fora de si, outras forças podem entrar em sua mente e moldá-la. Essas forças pegaram o espírito de vingança e apontaram na direção que desejavam, não a Índia, mas aqui. A América. Seu verdadeiro inimigo. Nós.

O domínio do mal dissipou-se, como Larry Tanizaki prometera a Janet Mientkiecwicz, no dia em que Kashmira Ophuls ocupou o banco para a defesa. Uma testemunha relutante é sempre uma loteria e a decisão de Tillerman convocar a garota Ophuls era, na opinião de Tanizaki, uma escolha fraca, uma escolha que demonstrava como a defesa toda era um castelo de cartas. Quando interrogada por Janet Mientkiewicz, Kashmira revelou o que Shalimar, o equilibrista, não havia contado a seu advogado, o que os pesquisadores de Tillerman não tinham conseguido descobrir, o que os usurpadores de Pachigam não sabiam e os Yambarzal de Shirmal não contaram. Em um único e breve depoimento, feito com a calma de um carrasco, ela desmanchou o caso da defesa. "Não foi assim que minha mãe morreu", disse ela. "Minha mãe morreu porque aquele homem, que matou também meu pai, cortou a bela cabeça dela."

Virou-se para olhar Shalimar, o equilibrista, e ele entendeu perfeitamente o que ela não precisava de palavras para dizer. *Agora matei você*, disse ela. *Agora minha flecha está na sua cabeça e estou satisfeita. Quando chegar a hora de executar você, eu virei e assistirei você morrer.*

No dia seguinte ao pronunciamento da sentença, Shalimar, o equilibrista, foi transportado por solo para a prisão estadual da Califórnia em San Quentin, onde ficava localizado o corredor da morte masculino. Mais uma vez foram tomadas precauções de segurança extremas; ele não foi no ônibus comum da prisão e a carreata de onze veículos com motocicletas buzinando ao lado e helicópteros acompanhando pelo ar parecia, ao se deslocar para o norte pelos silenciosos sinos de concreto do Camino Real, a jornada de um monarca para o exílio, como Napoleão em frangalhos seguindo para Santa Helena. Ele permaneceu impassível ao longo de toda a viagem de doze horas. Seus traços tinham adquirido algo da cor e da textura cinzentas e pastosas da vida na prisão, o cabelo estava mais branco e um pouco mais ralo. Não falou com os guardas sentados ao lado e à frente dele na perua branca blindada, a não ser uma vez, para pedir um gole de água. Tinha o ar de um homem que aceitou seu destino e manteve o porte calmo enquanto era registrado no centro de recepção do corredor da morte, foi fotografado, tomaram suas impressões digitais, recebeu cobertores e o uniforme azul da prisão, depois foi levado com correntes de quadril para o centro de adaptação ou CA para esperar classificação. Ali seus pertences foram confiscados, a não ser por um lápis e uma folha de papel, um pente e uma barra de sabonete. Recebeu uma escova de dentes com o cabo cortado ao meio e um pouco de pó dentifrício. Depois foi trancado em uma jaula, despido e os guardas olharam, como tinham o hábito de olhar, debaixo de seus testículos e dentro dos orifícios do corpo, agora abra o sorriso, disse um deles, e ele não entendeu até que o guarda o agarrou pela nuca e o curvou para a frente para poderem inspecionar seu traseiro. Foi algemado, examinado com um detector de metais e levado para a cela. Um guarda gritou o número da cela e uma porta se abriu com um grande chiado porque usavam ar comprimido para abrir e fechar as portas. Depois, abriu-se uma fenda para bandeja, ele colocou as mãos para fora e as algemas foram removidas. Tudo isso ele agüentou sem protestar. Desde o começo os guardas ficaram perplexos com a qualidade de sua quietude, *estava em algum tipo de viagem de meditação*, disseram, e depois, quando conseguiu a fuga impossível, seus captores foram quase respeitosos, *era como uma espaçonave*, disse um deles, *quem não viu não acredita, mas eu e meus colegas aqui, a gente viu o que viu.*

A maioria dos homens condenados à morte era mandada para o Bloco Leste e o "Seg Norte", o corredor da morte original, onde ficavam localizadas as câmaras de gás, mas os que eram classificados como condenados Classe B — membros de gangues, homens que estiveram envolvidos em esfaqueamentos quando na prisão, aqueles que outros presos queriam ver mortos depressa — tinham de ficar no CA, onde havia quase cem celas de confinamento solitário, em três andares. O comitê de classificação decidiu que Shalimar, o equilibrista, era um prisioneiro Classe B em razão do número potencialmente grande de inimigos que poderia encontrar entre a população da prisão. Havia cerca de trinta e cinco homens no Seg Norte e mais de trezentos no Bloco Leste, e violência e estupro eram lugar-comum, qualquer coisa podia ser uma arma, um toco de lápis podia arrancar fora o olho de um homem. Os homens eram levados ao pátio em grupos de sessenta ou setenta e esse era um momento perigoso. Se uma briga explodisse, algum guarda poderia começar a atirar no pátio e o risco de ser atingido por uma bala que ricocheteasse nas paredes de concreto não era pequeno. A acomodação no CA era desagradável mesmo para os padrões do corredor da morte, mas durante longo tempo Shalimar, o equilibrista, optou por não participar do pátio. Ficava em sua cela, fazendo flexões de braço, ou estranhos movimentos em câmera lenta, como uma dança, hora após hora ou, por horas ainda mais longas de cada vez, mantinha-se sentado de pernas cruzadas no chão, com os olhos fechados e as mãos abertas sobre os joelhos, as palmas viradas para cima.

A cela media três metros por um metro e meio e continha uma cama feita de chapa de aço e uma pia e privada de aço inoxidável. Duas vezes por mês a prisão fornecia-lhe papel de escrita, papel higiênico, um lápis e um sabonete. Não tinha permissão para ter uma xícara. Recebia uma embalagem comercial de leite no café-da-manhã todos os dias e se quisesse café tinha de segurar a embalagem pela fenda de bandeja e o guarda colocava o café dentro dela. Quando o guarda era ruim de pontaria, queimava as mãos de Shalimar, o equilibrista, mas ele nunca deu nenhum grito. O CA era cheio de ruídos dos cem seres humanos condenados e de seus cheiros também. Os homens gritavam, vociferavam, falavam obscenidades, mas eram também cheios de filosofia e religião, haviam alguns que cantavam. *The days are coming when things will get better, first we must overcome the stormy weather* [Dia virá em que tudo será mais generoso, só temos de superar o clima tempestuoso] e alguns que falavam depressa, com ritmo marcado, numa espécie de rap de presídio, *ando de lá pra cá sempre numa linha reta, nunca estou pensando em nada, passar o tempo é a minha meta, até o dia mais brilhante acaba ficando escuro, o frio não passa nunca aqui dentro destes muros,* e muitos invocavam Deus, *horas e dias sentado, esta cela agora é o meu novo abrigo, mas não fui abandonado, porque sei que Jesus é o meu melhor amigo.* A vida de Shalimar, o equilibrista, se reduzira a isso, mas ele nunca protestava, nem cantava nunca, nem falava depressa e ritmado, nem invocava a Deus. Aceitava o que lhe era dado e esperava, quando William T. Tillerman o abandonou e foi embora, ele ouviu de todo lado as vozes dos presos mais odiados do corredor da morte dizendo, cara, levei quatro anos para encontrar um advogado para entrar com um recurso, isso aí não é nada, porra, levei cinco anos e meio, havia homens esperando nove anos ou dez, esperando a justiça, diziam, porque muitos ainda protestavam inocência, muitos haviam estudado e sabiam as estatísticas, a porcentagem dos indultos no corredor da morte era alta, muito mais alta do que no resto da comunidade carcerária, então Deus ia ajudar, se confiasse em Deus ele ia mandar Seu amor e salvar você, mas enquanto isso só dá para esperar, só dá para torcer para seu número não ser sorteado quando algum governador feliz de ser eleito quiser um homem para fritar.

Na parede de sua cela da prisão, um prisioneiro anterior havia escrito a giz uma equação de química: $2NaCn + H_2SO_4 = 2HCN + Na_2SO_4$. Aquilo, Shalimar, o equilibrista, entendia, era a verdadeira sentença de morte dele. "Não se preocupe de ficar esperando dez anos, não, bonitinho", um dos guardas provocou. "Cara, ouvi dizer que no seu caso vai ser tudo rapidinho."

Isso acabou não sendo verdade. Os meses se prolongaram em anos. Cinco anos se passaram, mais de cinco anos, dois mil dias lentos, fétidos. O tecido da prisão estava se desmanchando, assim como os prisioneiros. Uma tempestade pôs abaixo pedaços do muro perimetral, ferindo guardas e prisioneiros. Os homens do corredor da morte envelheciam, caíam doentes, eram esfaqueados, chutados até a morte, levavam tiros. Havia muitas maneiras de morrer ali, não cobertas pela equação da parede da cela de Shalimar, o equilibrista. Depois do terceiro ano, ele decidiu sair da cela e se permitia ser revistado nu e sair usando apenas a roupa de baixo, para participar do pátio e permitir que acontecesse o que tivesse de acontecer. No primeiro dia, formaram-se grupinhos de homens olhando para ele, desafiando. Ele não tentou encarar ninguém de volta. Encostou-se a uma parede e ficou olhando a gigantesca chaminé verde que se espetava do telhado da câmara de gás. Depois que a câmara de gás era usada, o gás venenoso, cianeto de hidrogênio HCN, era liberado na atmosfera por essa chaminé. Ele desviou os olhos.

Homens jogavam cartas em duas mesas de jogo. Outros homens jogavam uma bola ao cesto, um a um. Ele foi até uma barra de exercícios e quando completou cem flexões os jogadores de basquete pararam de jogar. Quando completou duzentas o grupo de pôquer se desmanchou. Quando completou trezentas, tinha a atenção de todos. Saltou para o chão e voltou a se encostar na parede. As pessoas notaram que não estava suando. Um dos Bloods mais importantes veio até ele. Era um homem grande, de cento e trinta quilos, segurando uma lâmina de plástico afiada que escapara ao detector de metais. O chefe de gangue inclinou-se para Shalimar, o equilibrista, e disse: "Não adianta exibir essa força que não vai salvar teu rabo de terrorista". Parecia não haver pressa nos movimentos de Shalimar, o equilibrista, mas o resultado foi que Blood King se viu em uma dolorosa chave de braço, Shalimar, o equilibrista, estava com a faca em sua garganta e antes que os guardas conseguissem atirar, empurrou Blood King longe e jogou a lâmina na privada do pátio. Depois disso, deixaram-no em paz durante um ano. Então, seis homens pularam em cima dele em um ataque coordenado, ele foi severamente espancado e fraturou duas costelas, mas quebrou as pernas de três homens e cegou um quarto. Os guardas não atiraram. Wallace, o funcionário que o provocara quatro anos antes, disse: "Nós só não abatemos você a tiros porque estamos esperando para ver você morrer sufocado naquele velho forno de gás ali".

Encontrou um advogado, um homem chamado Isidore "Zizzy" Brown, que estava conduzindo os casos de vários dos presos mais pobres do CA e era um das centenas de advogados do corredor da morte que residia na área de San Quentin. Havia reuniões de quando em quando na jaula de visitantes. Nessas reuniões, Shalimar, o equilibrista, não parecia estar especialmente interessado no processo de apelação. Um dos outros presos o alertou durante o período do pátio que seu advogado tinha má fama. Parece que havia ganhado o apelido por dormir várias vezes em julgamentos. Em uma dessas ocasiões, o juiz observou: "A Constituição diz que todo mundo tem direito a um advogado de sua escolha. A Constituição não diz que o advogado tem de estar acordado". Shalimar deu de ombros. "Não tem importância", disse. Passaram-se cinco anos e finalmente Brown lhe disse que fora marcada a data para a apelação. "Deixe passar", disse Shalimar, o equilibrista. "Não quer apelar?", perguntou o advogado. Shalimar, o equilibrista, afastou-se dele. "Já basta", disse. Nessa noite, quando fechou os olhos, deu-se conta de que não conseguia mais ver Pachigam com clareza, suas lembranças do vale da Caxemira tinham ficado imprecisas, quebradas pelo peso da vida no CA. Não conseguia mais ver com clareza os rostos de sua família. Via apenas Kashmira; todo o resto era sangue.

Um homem foi executado em San Quentin nesse ano. O nome dele era Floyd Grammar e fora diagnosticado como esquizofrênico, conversava com a comida e acreditava que os feijões no prato respondiam para ele. Estava no corredor da morte por causa do duplo assassinato de um executivo e sua secretária em Corte Madera; depois de matar os dois a tiros, ele voltou para casa, tirou toda a roupa, menos as meias, e ficou assim na rua até a polícia chegar. Ninguém nunca soube por que fez isso. Ele próprio não sabia. Podia haver marcianos envolvidos. Na noite da véspera de sua injeção letal, ele acreditou que havia sido anistiado e portanto recusou-se a preencher a requisição da última refeição. Os guardas deram-lhe biscoitos e sanduíches e o levaram embora. Uma hora depois, Shalimar, o equilibrista, estava nu na porta de sua cela enquanto o guarda chamado Wallace o revistava antes de levá-lo para o pátio. Wallace estava de bom humor, um humor cômico. O interesse pela execução tinha sido intenso. Haviam instalado uma central de mídia dentro da prisão e cem pessoas creditadas receberam passes. "Estamos em cadeia nacional, cara", disse Wallace, segurando os testículos de Shalimar, o equilibrista, na mão enluvada. "Mas isso é só ensaio. A atração principal vai ser quando a gente cuidar de você. Hoje a gente só acabou com um trouxa. Foi uma fuga de trouxa." Alguma coisa se rompeu dentro de Shalimar, o equilibrista, naquele momento e nu como estava, com o saco na mão de outro homem, ele levantou o joelho o mais depressa que pôde, martelou para baixo com ambas as mãos juntas e ficou batendo em Wallace por um tempo, até dois outros guardas atirarem nele com balas de madeira e desacordá-lo. Os guardas se reuniram em torno dele e chutaram seu corpo inconsciente durante alguns minutos, quebraram de novo suas costelas, danificaram suas costas, feriram a tal ponto sua virilha que ele não pôde andar durante uma semana, quebraram-lhe o nariz em dois pontos e esse foi o fim de sua bela aparência.

Quando voltou a sair para o pátio, Blood King acenou para ele. "Tudo bem?", perguntou. Shalimar, o equilibrista, mancava ligeiramente e o ombro direito estava mais baixo que o esquerdo. "Tudo bem", respondeu. Blood King ofereceu-lhe um cigarro. "Você tem um diabo dentro de você, terrorista", disse. "Se precisar de alguma coisa, fale comigo."

Um sexto ano se passou.

Assim que o julgamento de Shalimar, o equilibrista, terminou, Kashmira Ophuls voltou a ser ela mesma. Telefonou para os amigos e desculpou-se por seu comportamento, deu uma festa na Mulholland Drive para provar que não estava mais louca, telefonou para sua velha equipe cinematográfica e disse: "Vamos trabalhar". Ao longo dos seis anos seguintes, ela terminou *Camino real*, levou o filme a grandes festivais, encontrou uma boa colocação para ele na televisão e fez em seguida *Arte e aventura*, uma recriação dramatizada da Estrasburgo pré-guerra de seus avós e sua destruição final. Em casa, revisou o acordo de segurança com a companhia Jerome, diminuindo o nível de proteção para níveis anti-roubo mais convencionais. Ela também se apaixonou. Yuvraj Singh veio atrás dela na América como havia prometido, apareceu na porta com um ar um pouco brincalhão, um buquê de flores em um vaso de papel machê, um retrato dela esculpido em uma noz, uma coleção de xales bordados, um tapete em ponto corrente amarelo e dourado, *você parece um mercado de pulgas ambulante*, ela disse no interfone, abriu a porta para ele e com sua nova atmosfera de euforia pós-julgamento baixou as defesas e permitiu-se ser feliz, relaxou o treino com as armas, no ringue e nas artes marciais.

O relacionamento tinha suas dificuldades. Ela voltou à Caxemira, a seu jardim encantado, para ficar com ele sempre que podia, mas ele tinha de estar lá principalmente no inverno porque o trabalho dos artesãos era um trabalho de inverno, o lento bordado, o entalhe, e naquele inverno himalaio o frio mordeu seu rosto e a fez sentir saudade do calor da Califórnia de que havia sempre reclamado. Além disso, havia a situação política; que não melhorou, que deteriorou. A guerra estava sempre próxima e ele a aconselhou a ficar longe. Estava encontrando um mercado cada vez maior para seus produtos nos Estados Unidos, mas ainda precisava ficar longe por longos períodos e o fato de suas ausências não a incomodarem, de ela simplesmente prosseguir com seu trabalho e se contentar de vê-lo sempre que aparecia, isso o incomodava, ele queria que ela se perturbasse mais com suas ausências, queria que ela tivesse mais medo por ele, e especialmente que sentisse sua falta, porque quando estavam separados ele não conseguia dormir, disse, a solidão era insuportável, pensava nela a cada minuto do dia, estava enlouquecendo, nenhuma mulher nunca o fizera sentir assim. "É porque nesta relação eu sou o homem", ela disse, docemente, "e você, meu querido, é a mulher." Essa observação não melhorou as coisas. Porém, apesar dos problemas de um romance intercontinental e apesar do fato de ela parecer esquivar-se do assunto casamento toda vez que ele falava disso, apesar de ela ter empurrado de lado a caixa da aliança que ele colocou em cima da mesa quando a levou para jantar no dia de seu aniversário de trinta anos, os dois estavam no geral bem contentes um com o outro, de forma que quando a carta de Shalimar, o equilibrista, chegou, pareceu anacrônica, como um soco muito depois do gongo final.

Tudo o que eu sou sua mãe me fez, começava a carta. *Todo golpe que eu levo seu pai me dá*. Havia mais nessa linha e terminava com uma frase que Shalimar, o equilibrista, levou dentro de si a vida inteira. *Seu pai merece morrer e sua mãe é uma puta.* Ela mostrou a carta para Yuvraj. "Pena que ele não melhorou o inglês em San Quentin", disse Yuvraj, tentando ignorar as palavras feias, privá-las de sua força. "Ele põe o passado no tempo presente."

A noite no CA era um pouco mais tranqüila que o dia. Havia uma certa quantidade de gritos, mas depois da inspeção da uma da manhã as coisas se aquietavam. Três da manhã era a hora mais calma. Shalimar, o equilibrista, estava deitado em seu catre de aço, tentando evocar o som de água correndo do Muskadoon, tentando sentir o gosto de gushtaba, de roghan josh e firni do pandit Pyarelal Kaul, tentando lembrar de seu pai. *Queria ainda estar na palma da mão dele.* Abdullah havia prometido que ia voltar do túmulo na forma de uma criatura alada, mas Shalimar, o equilibrista, nunca procurara para ver se havia alguma poupa desafinada pulando por aí porque era aquele leão de pai que havia amado e não uma porcaria de um pássaro cor de laranja. Invocou a lembrança do pai encontrando passarinhos debaixo de sua pele, mas o rosto do pai ficava mudando, transformando-se no rosto contorcido de outro encontrador de passarinhos, Maximilian Ophuls. Shalimar, o equilibrista, desviou os olhos. Os irmãos entraram na cela para dizer olá. Estavam fora de foco, como fotografias de amador, e logo desapareceram. Abdullah também se foi. O Muskadoon morreu e o sabor dos pratos do wazwaan voltou para o sabor amargo de sempre da merda salpicada de sangue com o qual se acostumara ao longo dos anos. Então, ouviu-se um longo chiado e as portas se abriram. Ele se pôs de pé depressa, agachou-se um pouco, pronto para o que viesse. Ninguém entrou e havia um ruído de pés correndo. Homens com uniforme da prisão estavam correndo pelos corredores. *É uma rebelião*, concluiu. Ainda não havia tiros, mas começariam logo. Ficou olhando a porta da cela aberta, pasmado pelo espaço vazio. Então, a figura volumosa de Blood King preencheu a porta. "Tá a fim de continuar residindo neste estabelecimento?", perguntou Blood King. "Porque no caso de tá interessado, a gente acabou de dar um jeito de sair um pouco mais cedo." Shalimar, o equilibrista, não perguntou como as portas haviam sido abertas. A prisão estava caindo aos pedaços e talvez alguns carcereiros tivessem o seu preço. Não estava interessado. Saiu correndo.

Entre o prédio principal do centro de adaptação e o pátio murado conhecido como Alameda do Sangue havia uma curta passagem ao ar livre encerrada numa cerca de malha de metal, com um sólido teto de aço. Quando Blood King chegou a essa passagem, tirou de dentro do macacão um gigantesco cortador de metal que impressionou Shalimar, o equilibrista. O chefe de gangue viu o *como?* estampado na cara de Shalimar, o equilibrista, e abriu um sorriso grande. "Minha mãe contrabandeou para mim", disse. "Enfiado dentro de um bolo." Agora havia guardas atirando com balas de madeira e os trinta e tantos homens envolvidos na rebelião começaram a cair. Havia apenas três guardas no momento. Deviam ter apertado os botões de pânico que convocariam sessenta ou mais homens armados, mas eles estavam espalhados pelos prédios do presídio e levariam alguns minutos para chegar. Alguns prisioneiros atacaram os guardas. Shalimar, o equilibrista, não esperou para ver o resultado da batalha. Foi atrás de Blood King pela cerca aberta e os dois correram. Havia um muro a escalar. Eles escalaram. Depois, estavam correndo ao longo do alto do muro e uns cem metros adiante dava para ver uma dupla fileira de cercas com uns três metros de intervalo entre elas e além das cercas o chão aberto terminando na água: a boca da baía de San Pablo. A visão da água escura era embriagadora, a baía silenciosa e a lua deitada nela como um tesouro. Shalimar, o equilibrista, começou a correr depressa para a visão. Blood King, cambaleando desesperadamente pelo muro, chamou, soando de repente como uma criança abandonada pelo pai. "Aonde você pensa que vai?", gritou. "Espera aí, cara. Não me deixe cair agora. Não vá me deixar cair." O ruído de tiros estava ficando mais alto, mais armas, mais perto. "Isso aí não é bala de madeira", disse Blood King. Então o peito de seu macacão explodiu, o sangue jorrou e, parecendo jovem e irritado, ele caiu. Shalimar, o equilibrista, virou e correu mais depressa. Estava pensando em seu pai. Precisava que seu pai estivesse ali com ele, bem em foco, Abdullah Noman em seu auge. Precisava confiar em seu pai agora. Se a mão do pai o segurasse ele não ia cair. O alto do muro era igual a uma corda. Não era uma linha de segurança no espaço. Era uma linha de ar compactado. O muro e o ar eram a mesma coisa. Se soubesse disso seria capaz de voar. O muro se dissolveria e ele pisaria no ar sabendo que iria agüentar o seu peso e levá-lo aonde quisesse ir. Estava correndo em cima do muro o mais depressa que podia nessa época. Era o bastante. Seu pai estava com ele. Seu pai estava correndo com ele pelo muro. Não dava para cair. O muro não existia. Não havia muro.

Não havia noite em San Quentin. À noite, a prisão estadual parecia uma refinaria de petróleo. Baterias de holofotes baniam a escuridão, iluminando os blocos de celas, os pátios de exercício, e a aldeia de Ponta San Quentin, fora do portão principal do presídio, onde muito empregados da instalação correcional tinham suas residências. Foi por conta dessa noite brilhantemente iluminada que muitos carcereiros e moradores juraram depois ter visto o impossível, juraram aos amigos, à polícia e à mídia de informação, recusando-se a desistir de sua história apesar do ceticismo geral, que um homem havia simplesmente saído correndo da esquina da área murada perto do Centro de Adaptação no corredor da morte e simplesmente decolado, continuando a correr como se o muro se estendesse pelo céu como a muralha da China ou alguma coisa assim, correndo pelo ar como se estivesse simplesmente subindo uma montanha, os braços estendidos, não como asas realmente, mais para se equilibrar, pelo menos parecia. Correu mais e mais alto, até as luzes da prisão não conseguirem mais alcançá-lo e talvez tenha corrido até o paraíso porque se realmente caiu na terra, em algum lugar ali pela vizinhança, ninguém na comunidade de San Quentin ouviu nada a respeito.

Os coiotes andavam ocupados. Em muitos canyons havia notícias de bichos de estimação desaparecidos. Kashmira estava contente de nunca ter querido ter um cachorro de companhia ou um canário, nunca havia gostado da idéia de cuidar de uma criatura idiota demais para cuidar de si mesma. Gostara sempre da solidão e com um animal estúpido por perto a pessoa nunca está sozinha. Yuvraj estava longe e ela estava na cama assistindo a um jogo dos Lakers com um copo de champanhe na mão e uma tigela de pipoca acabada de fazer no colo. O século estava terminando, mal, é claro, e ela se preocupava com ele, claro que se preocupava, embora não fosse boa em demonstrar isso, tinha havido onze semanas de luta indo-paquistanesa em torno da Linha de Controle e as pessoas ficavam falando da opção atômica, claro que ela se preocupava, mas o medo roía a alma, era assim que ela pensava, a alma precisava que seu dono se comportasse como se não houvesse nada com que se preocupar, como se estivesse tudo bem. Ela disse isso a Yuvraj, mas ele achou que era uma falha emocional da parte dela, às vezes ela pensava que não conseguia estar à altura do amor dele, estava sempre falhando, e como ele poderia continuar sentindo amor por ela se pensava nela como uma falha, isso, então, também ia acabar mal, como o século, como a droga do milênio todo. Chardonnay demais, pensou ela, detendo a espiral descendente. As coisas estavam bem. Ele era um bom homem. Ela o amava. Havia lanternas japonesas penduradas nas árvores diante de sua janela. Além e abaixo delas a cidade queimava no fundo do vale. Toda aquela eletricidade utilizada apenas para agradá-la, apenas para lhe fornecer a sua *extravaganza* de toda noite à hora de dormir. Devia calar a boca, comer sua pipoca e olhar a bunda de Kobe, depois o queixo de Leno e aquele rapaz novo, Kilborn, o sujeito alto com o biquinho. As coisas iam ficar bem.

Tinha ouvido a notícia da rebelião no presídio, claro. Todo mundo ouviu a notícia. Yuvraj telefonou da Caxemira, cheio de preocupação. Disse que ela devia chamar o pessoal da Jerome imediatamente e voltar imediatamente para o nível anterior, mais alto, de proteção. Aquele Noman era um homem implacável e um guarda no portão e outro passeando pelos jardins com um cachorro alsaciano talvez não bastassem. Nem que o alsaciano se chame Aquiles?, ela perguntou, nem que seja o maior guerreiro da história da patrulha do meu gramado em forma canina? Ele não riu. Estou falando sério, disse. Ela não fez a ligação. Shalimar, o equilibrista, era um homem de ontem. Ela já o havia matado e não tinha medo de fantasmas. Também não tinha mais vontade de se envolver na teia da segurança máxima. Ninguém durava muito fugindo depois de seis anos no corredor da morte. Ele que fugisse. Ela estava a centenas de quilômetros de distância e haveriam de caçá-lo logo.

Duas horas depois ela acordou, a televisão ainda ligada, a pipoca sem comer espalhada em cima da manta. Arrumou tudo, colocou a tigela no chão e usou o controle central para apagar a televisão e as luzes. Droga, pensou, agora vai ser difícil tornar a dormir. Talvez devesse ler. Talvez devesse levantar e sair para dar uma volta, dizer um alô a Frank, o consultor de risco que estava passando a noite no jardim com o cachorro. Já era o meio da tarde na Caxemira. Talvez devesse telefonar para Yuvraj. Não sabia o que queria. Amanhã, como sempre, amanheceria um belo dia, aqui no paraíso, na cidade dos anjos maus. Ela queria dormir.

Quando o alarme de intruso disparou, ela olhou no monitor de setores embutido na parede ao lado da cama. Não era no portão, nem no muro perimetral. Alguém tinha passado pelo raio de luz dentro da casa principal. Os criados haviam trancado tudo para a noite. Os que dormiam na casa estavam em seus cômodos no extremo do gramado. Sabiam que ela gostava de privacidade e não teriam entrado em sua ala sem informá-la. Ela havia passado firmes instruções a esse respeito. Ela agora se movimentava depressa, agarrou a calça jeans que acabara de tirar e o suéter, foi para o quarto de vestir. Um segundo alarme disparou, também dentro da casa, mais perto do quarto dela. Como podia estar acontecendo isso?, perguntou a si mesma, não dava para evitar os raios ao longo do muro de fora, então, fosse quem fosse, tinha de ter entrado pelo portão principal, e como isso podia ter acontecido, a menos que o guarda no portão tivesse sido incapacitado, a menos que estivesse inconsciente ou tivesse sido morto tão depressa que não tivesse conseguido tocar o alarme e então o intruso teria aberto o portão e entrado; e o alsaciano também, Aquiles, o alsaciano no jardim pelo qual tinha um fraco apesar de sua cláusula pessoal de nada de animais porque afinal de contas ela própria era meio-alsacienne, teria o forte Aquiles sido morto também? O poderoso Aquiles e seu parceiro Frank? Estariam caídos no gramado com flechas atravessadas na garganta, porque ela nunca acreditou naquela história do calcanhar, a garganta era o melhor lugar, a garganta era certeza. Estava sendo um pouco histérica, sabia disso, e a lembrança do Chardonnay latejava em suas têmporas. Ali estava a chave da gaveta onde guardava a arma. Ali estavam as flechas e o arco dourado. Devia trancar a porta do quarto de vestir, a porta blindada e apertar o botão dali para chamar a polícia. Havia um monitor na parede ali também. Um terceiro alarme setorial foi disparado. Ele queria que ela soubesse que estava chegando. Passara silenciosamente por seus guardiões, mas agora que estavam silenciados queria que ela soubesse. Sempre havia carros de polícia patrulhando a Mulholland Drive, mas não chegariam até ali a tempo. Apertou o botão da polícia mesmo assim. Depois abriu a caixa que continha os disjuntores dessa parte da casa e desligou a chave geral. Ali naquela estante estavam seus óculos de visão noturna. Colocou-os. Fazia algum tempo que não ia mais com regularidade às aulas de arco-e-flecha e suas visitas ao estande de tiro Saltzman também tinham rareado. Seus tiros haviam sido sempre um pouco erráticos. A flecha era sua arma preferida. Devia trancar a porta do quarto do pânico e esperar os tiras, sabia disso, mas alguma coisa entrara dentro dela no túmulo de sua mãe e era essa coisa que estava no controle agora, ela não ia discutir. Tirou uma flecha da aljava e assumiu posição. A porta do quarto estava se abrindo na escuridão da noite e seu padrasto estava entrando, de faca na mão, não a faca que matara sua mãe, nem a faca que matara seu pai, mas uma terceira lâmina, virginal, o aço silencioso destinado só a ela. Estava pronta para ele. Pensou no fim de sua mãe em uma cabana gujar com a comida quente no fogão e no sangue de seu pai escorrendo pela porta de vidro. Ela era gelo, não fogo, e tinha também uma arma silenciosa. Tinha apenas um tiro, nada mais, ele não permitiria um segundo tiro, e estava dentro do quarto dela agora, ela sentiu quando entrou, e então os óculos de visão noturna o captaram quando passou diante da porta aberta do quarto de vestir. De repente, ele parou de se mexer, mudando de modo com a inexorabilidade de um caçador pelo alerta autopreservador da caça. Ele virou a cabeça, apertou os olhos tentando divisá-la, tentando ver o ar negro concentrado em um tipo diferente de escuro. A cacofonia dos alarmes enchia o ar e a ela somava-se o zurro alto dos carros de polícia que se aproximavam. Ele veio vindo na direção do quarto de vestir. Ela estava pronta para ele. Ela não era fogo, era gelo. O arco dourado se retesou para trás até onde podia ir. Ela sentiu a corda esticada apertando os lábios entreabertos, sentiu o pé da flecha contra os dentes cerrados, deixou os últimos segundos passarem, exalou e soltou. Não havia possibilidade de errar. Não havia segunda chance. Não havia India. Havia apenas Kashmira e Shalimar, o equilibrista.

ESTA OBRA FOI COMPOSTA PELO GRUPO DE CRIAÇÃO EM ELECTRA E IMPRESSA
PELA GEOGRÁFICA EM OFSETE SOBRE PAPEL PÓLEN SOFT DA SUZANO BAHIA SUL
PARA A EDITORA SCHWARCZ EM JULHO DE 2005